审判

王霄夫／著

作家出版社

目录

一、大清太子少保洪承畴遭遇刺客

明万历四十三年福建乙卯科第十九名举人洪承畴，于次年丙辰科殿试获二甲第十四名，捷报传来，举族欢庆。明末之时，洪承畴历经半生奋斗，誓为风雨飘摇的大明王朝的中流砥柱。然而崇祯十四年，清军围攻锦州，洪承畴率十三万兵马驰援，结果大败，率残部困守松山城，数次突围未成，城中粮绝，城破被俘。清兵将其押解至盛京，囚于寒室。洪承畴一心学文天祥，不肯投降。直到皇太极亲自临视，解下自己身上的貂裘给他披上。洪承畴感到一阵温暖，叩头降清。

其实在他心底深处，范文程的六个字让他感到了解脱的力量。

范文程向他劝降，洪承畴严厉斥责他数典忘祖，世祖范岳为洪武皇帝效忠，曾祖范鏓，正德进士、嘉靖兵部尚书，祖父范沉为沈阳卫指挥同知，祖祖辈辈食朝廷俸禄，你却投靠努尔哈赤，帮外族夺大明天下，必定背负千古骂名。

范文程并不反驳，只说了六个字：大明骨，大清肉。

洪承畴听到这六个字，极度震撼，愕然半天，久久没有吭声。

是呀，骨肉一体，只能合之，岂能分之？

松山陷落之时，北京讹传洪承畴殉国，崇祯帝大为震惊，设立祭堂，亲自致祭。洪承畴降清的消息传到北京，祭奠停止，举朝骇然。此后洪承畴余生，心中波浪再难平息，回想其时大明举国上下，都希望他成为又一个文天祥，不屈而死，而他却偏偏没有死，就因为没有死，他就得为大明覆亡承担罪责。

每一次躲过刺客之后，他只希望项上人头不会落到别人手里，这生前身后的骂名，他又能奈何。

前明太子太保、大清太子少保洪承畴入清后，三次回过福建泉州的南安老家，三次都遇到过刺杀或者说疑似刺杀。

为了躲过刺杀，洪承畴于顺治四年和顺治七年两次来回北京与福建，似乎都有意避开江浙，经江西、安徽南下北归。第三次回家是在顺治十年，他奉命经略湖广及两广、云贵五省，总督军务兼管粮饷，凡满洲亲王、公侯、将领、抚镇以及文官五品以下官员均受节制，兵马听其调度，一应抚剿事宜，事后报闻，看起来职权甚大，其实是让他为前方打仗的吴三桂等人做后勤保障。因为中间他得到消息，说清廷正与闽南沿海的郑成功军队谈判，以泉州划给郑成功管辖为条件，诱其降清。如果属实，洪承畴的老家将由郑成功管辖，以郑成功对降清的父亲郑芝龙的态度，必定对自己家族不利。情急之下，洪承畴顾不得向顺治请示，偷了个闲，私自沿长江而下，回了老家。到南京下船，遇上从山东转任浙江左布政使的张缙彦，证实了与郑成功谈判的消息。

洪承畴自福建匆匆回程，转道衢州，再从兰溪上船到达杭州。就在兰溪停留的时候，遇到了让他刻骨铭心、此生难忘的两件事：一是在兰江边戏馆看了一出戏，其内容让他深受伤害；二是看戏时遇到一次真正的刺杀，而这个刺客是自己喜欢的一个熟人。

洪承畴离开福建踏上赶往武昌的回程时，已是顺治十一年正月。

出仙霞关的那一刻，洪承畴感觉到这是他最后一次回老家了，回看生他养他的家乡，思想起前两次回老家的情景，内心激荡起对亲情的眷顾和诀别，但更充满难堪和痛苦。

七年之前，即顺治四年，洪承畴父亡丁忧，入清后第一次回到老家。

洪承畴出身南闽望族，父亲洪启熙，以孝道名闻乡里，娶妻傅氏，也是名门闺秀，所生三子，长子洪承畴，次子洪承畹早逝，三子洪承畯。洪承畴童年入溪益馆读书。因家境转贫，十一岁辍学，在家帮母亲做豆干，每日清晨到英圩埔走街串巷叫卖。当时本家长房洪启胤在水沟馆办村学，发现洪承畴极有天分且抱负不凡，免费收他为徒，重返校门。洪承畴在水沟馆读了五年书后，又到泉州城北学馆读书。洪承畴学习用功，博览群书。万历四十三年，二十三岁的洪承畴赴省参加乡试，为乙卯科中式第十九名举人。次年，赴京会试，连捷登科，为丙辰科殿试二甲第十四名，赐进士出身，可谓光宗耀祖。洪承畴入清后，一向以兄长为荣的承畯羞于见人，终日把自己关在房斋里，写字画画，放言与长兄洪承畴势不两立。洪承畴到达时正当中午，承畯在路口拦下他，到天黑才让他进入村埔。

守制期满，诏令洪承畴马上回京辅佐朝政，他希望能带母亲一起北归。傅氏口头上一百个不愿意，承畯更是竭力阻止，同时还在父亲灵位前，动员了族亲中的长辈，对长兄进行了一次凌厉的围攻和批判。

让妇孺等无关人员离开之后，三弟承畯关好门窗，直奔主题，首先重复了几次写给洪承畴书信中所提的谴责之词，严厉诘问他此生为何辜负大明。

洪承畴态度平和，甚至有几分谦卑，充满感情地回顾了自己的从政经历，点头承认大明对自己不薄。天启二年任浙江提学佥事，两年后升迁两浙承宣布政左参议，天启七年升陕西督道参议，历经擢升，至陕西三边总督，崇祯十二年春改任蓟辽总督，主持边事，贵为大明太傅、太子太保、武英殿大学士，大明何曾怠慢过他。

承畯激动之下，甚至拍起了桌子，大声说你既然觉得自己有愧于大明，有愧于家乡父老，有愧于恩师，难道不应该跪请认罪？

洪承畴不计较承畯的无礼，也不与其他人有更多的争论，只淡淡一句，都过去的事了，对与错，后人评说，自己愧对的是先父，不能为他送终，说着便跪了下来，向父亲灵位拜了三拜。

最后，包括母亲傅氏在内的所有人都支持承畯的提议，一致认为清朝的官没有什么好做的，劝他不要再为清廷效命，想办法辞官回乡。

对此，洪承畴无法答应，只能耐心地进行解释。清廷入京后，对他十分器重，以他仕明时的原职衔任命他为太子少保、兵部尚书，授秘书院大学士，成为清朝首位汉人大学士，情同再造。更重要的是，皇帝和摄政王多尔衮对自己慰劳备至，宠信有加，甚至一连数日召见垂询各省应兴应革之事，包括袭用明朝的许多典章制度等建议，无不采纳。自己入清，正可以做一些事，保护一批人，例如劝谏不崇信孔孟的宣导儒家学术，让满人官员习汉文，晓汉语，让前明士子参加科举，促进满汉合流。

承畯生气的是兄长居然还为自己评功摆好，操起桌上的砚台往洪承畴脸上投掷过去。

洪承畴头一歪，避过，仍不计较。

傅氏却感到长子的话有几分道理，阻止承畯继续为难兄长，随后斥退所有人，对长子进行单独问话。她对洪承畴投清的经过再三盘问，希望弄清楚心中的怀疑。首先突然问洪承畴，劝降你的人是不是你的契儿？

洪承畴脸色大变，赶紧伏地，连声否认。

傅氏又问，不是契儿那是契弟吗？

洪承畴已是一脸汗水，恳请母亲相信儿子，发誓说无论与那个范文程还是那个叫皇太极的人，绝对没有什么契兄契弟或者契父契儿的关系。

傅氏相信了儿子的话，解除了心中最严重的怀疑，如释重负，但又要他说明，是否如外界所骂的那样，是皇太极妃子小博尔济吉特氏诱惑了他。

关于这一段使家族蒙羞的情节，承畯在傅氏面前作过详细的描述：

当夜皇太极派宠妃小博尔济吉特氏携人参汤到兄长囚所，见他闭目面壁，毫不理睬，于是言语娇嗔，劝他即使绝食，也要喝口水而后就义，居然先将参汤喝进自己口中，然后再喂入兄长嘴里。望着迷人的红唇，兄长竟迎上去喝了一口。小博尔济吉特氏又如此再劝，兄长竟连饮了几口，只觉得下腹燥热难当，忍不住便与小博尔济吉特氏拥抱起来，竟然行了男女之事。后来兄长得知那夜把壶劝饮的丽人是当今皇上最宠爱的庄妃博尔济吉特氏时，不胜惶恐，可是皇太极和庄妃待他态度如常，好像根本没有发生此事。内心惭愧的兄长越发感激，决心死心塌地为大清效劳。

只有傅氏知道，丈夫洪启熙是因为听到这个传言后才身心俱碎，一命归西。她本人听到承畯说起这一段，也是捶胸顿足，呼天抢地，数次寻死不成，但冷静之后，将信将疑，总觉得大儿子在这件事情上是清白的，渴望有那么一次机会，大儿子能给她一个明白的解释，一个彻底的否定。

在母亲面前，洪承畴表现得底气十足，问心无愧，只承认已经公开的说法，即皇太极亲临囚室问寒问暖，见他衣服单薄，当即脱下自己身上貂裘，披在他身上，使他感动。

他把事情的经过作了详细解释：

崇祯十四年清军围锦州，他率十三万兵马驰援，结果大败，率残部入松山，清兵包围松山城，明军数次突围未成，城中粮绝，坚守了两个月，城破被俘，清兵将他押解到盛京，囚于寒室。皇太极爱惜他的才能，但误以为他好色，确实也派过多个北国美女来陪伴他这个南人，但他不为所动。皇太极无计可施，特命最受宠信的汉臣、吏部尚书范文程前来劝降，他当时一心学文天祥，不肯屈服，且大骂范文程。

一直站在门外听话的承畯一阵冷笑，尽情地讥讽兄长，说范文程发现你数次拂拭衣尘，回去告诉皇太极，说你一定不想死，你如此爱惜自己的衣服，更何况自己的性命。

洪承畴对弟弟的责疑和不理解表示难过，但并没有过多反驳，而是坚持按照自己所认定的事实进行解释。说到委屈处，他动情地流下了眼泪，叹了一口气，说皇太极亲临囚室，解下身上的貂裘要给自己披上，关切地问：天寒地冻，先生难道不冷吗？他久久沉默之后，叹息皇太极真是命世之主，于是叩头降清。

作为母亲的傅氏听到儿子受冻的情节，不禁落了泪，反过来劝承畯不要再责难大哥了。承畯却不仅没有轻易原谅兄长，反而痛声大骂，说梁上落下来一块燕泥，掉在衣服上，你还要一遍一遍去弹掉，当然说明你贪生怕死。松山陷落，北京讹传你殉国，崇祯帝大为震惊，设祭堂三十六，亲自致祭文的当刻，你降清的消息传到北京，祭奠停止，举朝骇然，大明君臣何堪，洪家又是何堪啊。

洪承畴以沉默表示自责，最后还是争取到了母亲对他的理解和支持。对于傅氏来说，其实她心里最难以释怀的仍然是降清过程中，自己曾经引以为傲的长子是否与小博尔济吉特氏有过瓜葛。对此洪承畴双腿一跪，在父亲的灵前发誓，坚决否认小博尔济吉特氏诱惑他的谣言，连对期间见过小博尔济吉特氏也作了否认。不仅因为此事侮辱了他和小博尔济吉特氏，更可怕的是会对自己、对全家，甚至整个家族带来灭顶之灾，因为小博尔济吉特氏正是当今皇帝的生母、皇太后。

傅氏宁肯相信儿子的发誓，以使心中最大的症结得到解除，到了天快亮时，终于松了口气，答应随同儿子去北京。但临走前傅氏又要他做一件事，去看望正在同安客居的黄道周妻子蔡玉卿，登门道歉，以便对族亲，对四邻，对闽人有所交代。

傅氏的提议让洪承畴深感为难。

洪承畴降清之后受命招抚江南，斩杀了许多拥护明王室的义士，其中就包括大学士、乡贤黄道周。黄道周就义后，蔡玉卿忍受悲伤，将丈夫遗骨运回漳浦北山，葬于其父母墓旁，以慰黄道周在天之灵，因此也更是得到乡人敬佩。黄道周死后，蔡玉卿与同安林家后人多有来往，傅氏打听到此时蔡氏恰好在同安寓居，希望洪承畴前往离南安一水之隔的同安林釬旧宅，拜见蔡玉卿，借机作些解释。

林釬与洪承畴既是同乡又是同科，两人于万历四十三年同时赴省乡试，都为乙卯科中举人，都是次年赴京会试，林釬为丙辰科一甲殿试第三名，成为探花进士，而洪承畴也高中二甲第十四名，赐进士出身。中间林釬因为得罪魏忠贤一党，仕途磨难，挂冠回乡，与黄道周结为知己。崇祯元年，林釬复出，拜为东阁大学士，入阁参与军国大事，崇祯九年五月逝世，赐谥文穆，身后名望，令洪承畴深感不如。

傅氏给儿子出了一个大难题，即便他愿意去，蔡玉卿又怎肯见他？即便见了，必定是一场让他颜面丢尽的难堪。洪承畴犹豫之后，拒绝了母亲要他去同安见蔡玉卿的要求。僵持数日之后，傅氏又对儿子妥协，希望他下次回家时，以别的名义资助蔡玉卿一笔金钱。洪承畴一口答应，母亲才同意跟他去北京。承畯本来还要阻挠，不想半夜有人潜入洪宅行刺，被洪承畴随扈驱赶。天亮发现正堂贴着檄文，内容是为黄道周报仇，取洪承畴一家性命，但没有落款。安全起见，承畯只好答应母亲随同洪承畴一起去北京。

傅氏在京城住了三年，因为遇到了一件令她极不愉快的事情，不久病故。

此前傅氏身体健康，没有任何重病在身的征兆，不想一天孝庄太后突然亲临洪府，看望傅氏。傅氏仓促出迎，慌乱间跌倒在地，而其时洪承畴却是先扶孝庄进门，没有顾及地上不起的傅氏。事后傅氏责问他为何不扶起年迈的老母，却要搀扶年轻的太后。洪承畴跪地解释，孝庄太后是满人，脚穿高跟靴子，进门时一定得有人帮扶，不然很容易踉跄失足，所以一时顾不上母亲了。傅氏再也不语，当晚不省人事，三天后不治而死。洪承畴强忍悲痛，依旧进宫入值，后来在没有把实情禀报顺治和太后的情况下，私自扶母亲灵柩回家乡，与父亲合葬。

洪承畴于顺治七年底这一次回老家，之所以行色匆匆，旋即赶回，一是为了躲避承畯对母亲死因的纠缠；二是从海上来了一群前明将士，突然闯到南安，企图攻入洪宅。幸好征闽主帅博洛派重兵将他们打退。洪承畴又躲过一劫，当天到达福州，仓皇之间，自然没有来得及兑现资助蔡玉卿的承诺。

顺治八年闰二月，刚刚亲政的顺治决定对全体朝官进行审查筛选，任命刚回北京的洪承畴兼管都察院，负责对所有御使的甄别。为了保密，洪承畴召集吏部官员临时到火神庙商议，秘密确定起升、外转、外调和降黜名单，结果得罪了一批官员。御史张宣弹劾洪承畴多次集议火神庙，意在密谋反叛，又未请旨私送其母回闽。洪承畴解释火神庙集议是为了商议甄别御史的事情，没有别的议题，至于送母亲南归，没有先请旨，甘愿服罪。顺治隔日就下了谕令，借火神庙是为商议人事不受干扰，不应该有所怀疑揣测，为了母亲甘愿服罪，当然情有可原，洪承畴留任，以观后效。

时隔三年，洪承畴于顺治十年底赶在冬至前回福建，到双亲坟前祭祀后，动员弟弟洪承畯一家离开泉州，以避免日后遭到郑成功的加害。他不事声张，也不见过更多族亲，只在父母的老屋里住着。得知兄长上一次为扶母亲灵柩回家，险遭弹劾，且兄长年纪渐老，来日无多，此次归乡居然央求带他去漳浦看望蔡玉卿，去黄道周坟前烧一炷香，算是完成母亲遗愿，承畯也不再责难他了，只是坚决不肯离开泉州，说宁死郑成功刀下，也不做清廷顺民。

洪承畴急于赶回武昌，而承畯一定要留他过了年，洪承畴也觉得这可能是此生最后一次回老家，因此住到顺治十一年的大年初五才离开。

兄弟辞别，难过得眼泪都流出来了。

几天后，洪承畴出了闽地，过仙霞岭时稍作停留，祭扫了同科三甲第十名的阮大铖。以往几次路过，自己并不记挂他，如今可能自己老了，思想起这些同科同榜，多了几分追念。崇祯十七年三月，李自成破北京，同年五月，福王在南京即帝位，终崇祯一朝没有被任用的阮大铖被起用为兵部右侍郎，不久晋升为兵部尚书。阮大铖曾入籍东林党，后来却又遭东林党人排挤，其品格本不足道，但他颇有才华，尤善词曲。他写的传奇也为世人喜欢。顺治三年六月，洪承畴劝阮大铖与其他东林党人一道剃发降清，算是遂了他重归东林的心愿，并授予官职。阮大铖感激涕零，自请为前驱，破金华后入闽，过仙霞岭时因病发死于石道。洪承畴想起这位同年进士如此下场，与自己有一定关系。如果自己当初不招降他，他今天也许过着著书立说、作曲弄墨的自在生活，何至于成了他乡野鬼。

想到此，洪承畴暗自叹口气，就地拜了一拜。

下山过了仙霞关，刚在驿馆歇下，便发现几个可疑人物一直在外面徘徊，洪承畴留了一个心眼，决定马上离开，赶到衢州住宿。果然刚一离开，驿馆就发生了大火。第二天洪承畴听说起火，断定十有八九是冲自己来的，但也不愿过多追究。因为计划赶到杭州后休息几天，洪承畴婉拒了浙闽总督刘清泰的挽留，直奔兰溪，准备沿水路到杭州。

兰溪属浙江金华府，婺江、衢江于此交汇为兰江，又在严州与新安江汇合，入富春江、钱塘江。在兰溪短暂停留的当晚，洪承畴在兰江边的戏馆看了一场戏，这场戏的内容深深刺痛了他。后来戏馆老板辩称，这戏的戏本由邑人李渔李笠翁编撰。

本来洪承畴并没有在兰溪住下的计划，而是乘船直奔杭州。他的旧属、浙江布政司经历司经历娄平从杭州远道赶来兰溪，早早在兰江码头迎接洪承畴。娄平是苏州吴县人，当年洪承畴总督两江时的贴身随从，曾跟随他走州入府，乘船过桥，吃了不少苦头，后来他奉调进京，路上把娄平留在了山东，在山东承宣布政使张缙彦关照下任经历司从六品经历，娶妻生子，年初又随同出任浙江左布政使的张缙彦来到杭州，做同样官职，日子也更加舒适。

与洪承畴的相见，并没有娄平想象中的许多叙旧寒暄，而是直奔主题。娄平汇报了张缙彦拟就的日程安排：第一天晚上便宴之后先看戏，第二天晚上以洪承畴的名义，在平湖秋月宴请若干名人。洪承畴看到名单中李乡君的名字，眼睛一亮，不想娄平随后说，在邀请的客人中，只有李乡君还没有找到，不知她是生是死，是真是假，如果人在杭州，也是行踪不定，居无定所。

洪承畴急了，因为据他的情报，李乡君确实已经在杭州出现，既然在杭州，就一定能找到。自己有些心思，也不好跟外人说，此次路过杭州，他其实是去寻梦的。这些年来，他一直有这个心愿，就是想见一见这个名叫李乡君的女子，因为他认定她可能就是李香君。当年秣陵教坊，秦淮八艳，除开陈圆圆这个人不说，他所艳羡的另有三个人：一位是柳如是，可惜她心有所属，且名花有主，嫁于万历三十八年庚戌榜探花钱谦益。另一位是顺治八年，以二十七岁芳龄早逝的董小宛，董小宛十六岁时已是芳名鹊起，后来在苏州半塘与冒襄即冒辟疆相遇。在柳如是的斡旋下，由钱谦益出面给董小宛赎身，然后从半塘雇船送到如皋冒襄老家，两人鱼水不离，可惜董小宛短命。

还有一位就是李香君，她与洪承畴的同年、三甲第十一名进士侯恂的公子侯方域，闹出过故事。顺治二年，洪承畴总督两江，客居南京，曾在秦淮河边梅香楼上，隔着珠帘，听过一个年少女子唱《牡丹亭·游园》，一曲终了，他的烦躁之心顿觉清亮温馨，宁静安详。记得别人都称这位女子为李香君。他猜想她离开侯方域之后，其心其情，正如一叶小舟，漂泊不定。算起来她现在也该出三十，正是一个女性最有情韵、最解风情的年纪。望着滔滔兰江水，洪承畴满脸沧桑，无限感慨，自己一生厮杀，如今老了，总想找个诸如李香君的红颜知己，使心中有所依托。

看到洪承畴沉思着，娄平猜到了这位旧主子的心思，跟着着急起来，表示回去之后，翻遍杭州城也一定把这个叫李乡君的女子请到。洪承畴也索性把话挑明，说要不是这个原因，自己又何必在杭州停留呢？他催促娄平立刻赶回杭州，让张缙彦继续寻找李乡君。

结果娄平连茶水也没有喝一口，就被洪承畴打发回杭州了。

出身蒙古科尔沁左翼中旗的二等侍卫多哈奉皇帝旨意，从北京赶到武昌，又从武昌追到福建，传旨洪承畴先不回湖广，而是直接回京。科尔沁左翼中旗由孝庄父亲和硕卓礼克图亲王吴克善掌管，所以多哈其实也是听命孝庄，这次明里负责洪承畴北归的安全，暗中却负有监视这位头号降臣的使命。他看看天色，说皇上、太后命洪大人回京有急事，建议洪承畴在兰溪上船，直达杭州。但一路上快马加鞭的洪承畴此时并不急着要赶回杭州，而是指了指兰江边的戏馆，说既来之，且在这里住一晚，有戏看戏。

多哈对随行的便衣护卫逐个布置，要求他们注意警戒，严防可疑人等。洪承畴则有些不以为然，认为只要行事低调一点，兰溪这样的小地方，谁又能注意到他洪承畴呢！

但是兰溪地方虽小，却是交通繁忙之地，一到晚上，各种船只纷纷靠岸，人流一下子多了好几倍。当袖中藏着两把短刀、名叫文进通的刺客下船，疾步逼向兰江戏馆的时候，洪承畴一行正好进入这家兰江边最气派的戏馆，并对各自民族艺术的优劣进行着争论。江南一带的戏曲是洪承畴生平最爱，他就是要请多哈这个来自草原的蒙古骑士听听江南最优美的戏文——《牡丹亭·寻梦》，让听腻了战马嘶鸣的多都统的耳朵享享福。

多哈大概知道点江南戏曲是怎么一回事，不以为然：汉人就知道充什么雅兴，我们科尔沁草原上的人却从来没有这样的耐心听这种又慢又软的曲子，这江南戏文固然优美，但哪比得上我们草原上的情歌长调慷慨嘹亮。洪承畴也不管多哈的这些想法，兴致勃勃地等点戏的小丑过来。据他所知，这天下家班，名气大的有吴三桂、查继佐、如皋冒家、山西亢家、泰兴季家、李渔、毕沅、王梦楼等人，其中这几年在江浙名声突然大振的李渔，就是兰溪人氏。在兰溪看戏，说不定会与李渔有关。果然不等他问什么，小丑自豪地吹牛说李渔李笠翁是他自小玩到大的朋友，李渔以前的名字叫李仙侣，自己的艺名木子李就是李渔给起的。

对木子李的说法，洪承畴心中怀疑，耳闻李渔生长在江苏如皋，为了考功名才回到原籍兰溪，清兵攻陷江南之后，听说他归隐山林，说不定现在回了兰溪老家，如果不见一见，那倒是一件憾事。于是问李渔是否在兰溪，如果在，可否引见。

木子李当然为难，说不巧了，李渔离开兰溪好些日子了，听说他这会儿在杭州。洪承畴挥挥手，多少有些失望。本想如果在兰溪结识李渔，那是有缘，借此机会表露自己当时的真实境遇和心路历程，以赢得同情，求得理解，以李渔的妙笔文章，故事传奇，为自己正名，让世人、后人知道自己的万般苦衷、千种无奈，知道自己究竟是个什么样的人。正想着，便说了句：人不在兰溪，说明与我无缘。

木子李连忙说李渔人可能在杭州。洪承畴嗯了一声，似乎没了兴趣，不再说话了。

这时乔装后的文进通靠着柱子站着，洪承畴回了回头，与文进通照了个面，好像觉得眼熟，皱了皱眉头，一时又想不起来何时见过，但神情陡然紧张了一下。

笛声悠扬，台上杜丽娘款款起舞：

……这花花草草由人恋，生生死死随人意，便酸酸楚楚无人怨……

洪承畴放松下来，陶醉地轻轻击掌，嘴里低低哼唱着，表情沉醉，眼角渗出几滴热泪，他显然进入了回忆之中：昔时京中，前明崇祯皇帝为犒劳进剿李自成的有功将士，曾在宫中破例宴请，其间有江南伶人助兴，他当时在场，听的就是这出《寻梦》……京华旧梦啊，洪承畴此刻像以往那样眼前旧事再现，心中波浪再起，他得进士入朝，擢升极快，沐浴皇恩，迁至封疆大吏，总督边事，可谓朝廷重臣、大明柱国，不想松山兵败，囚于盛京，其时大明举国上下，都希望他成为又一个文天祥，不屈而死，而他却偏偏没有死，就因为没有死，他就得为大明覆亡承担罪责……这样一遍遍问自己时，眼前满是崇祯的影子，挥之不去。接着又一次次努力让自己想到皇太极亲自临视，解下所披的貂裘穿在他寒冷的身上，那一刻他需要的就是刹那间的温暖，对于他这个生长在四季无冬的闽南人，这种温暖就是阳光，是空气，比吃饭、比睡觉更加重要，这种温暖无疑是恩重如山，情同再造，每每想到此处，崇祯的影子才淡去。这种心理变化几乎每天都在他身上发生，一物一事一景甚至一语都会触到他的内心深处，不知何时能了。

台上，杜丽娘婉歌道：

春归人面，整相看无一言，我待要折，我待要折的那柳枝儿问天，我如今悔，我如今悔不写题笺……

洪承畴一边听着，一边尽力安慰自己：是呀，自己何须感叹，大明消亡，自是天数，这戏照看，这《牡丹亭》还不是照听。

此时站在柱子后面的文进通过来，拔出袖中卷着的像书信一样的东西，抵向洪承畴的后背。洪承畴打节拍的手突然停止，眼睛也同时睁开，猛地回过头去，低声叫了声文公子是你啊，稍作停顿后，又说你别忘了，你的父亲史馆编裁文瑞方还在京城呢。

文进通迟疑了，洪承畴一笑，当年你在我的身边，我对你怎么样？文进通突然大怒，狠声说不要提当年了，我问你契儿是什么意思？

洪承畴一怔，说你这样的美少年在我身边，别人是误会，是嫉妒，你不要听信胡说八道。文进通当年英俊年少，日夜跟随洪承畴左右，只因某夜自己突觉得孤单，要他与自己同床共眠，次日一早，文进通突然不辞而别，洪承畴怀疑他一定是听了别人的挑唆。果然文进通今日来问契儿一事来了。如今文进通长得越发英武，洪承畴不禁激动，说你走之后，我可是一直想念你，你且听我解释。

文进通打断洪承畴，说我不听你解释，今天我是学荆轲来的。

两人正说着话，那几个假扮看客的护卫迅速出手，将文进通挡了出来。文进通招架一番之后，且战且退，纵身一跳，跃出戏馆的高墙。多哈见文进通如此猖狂，不肯放跑他，带着侍卫们追出戏馆，将退到江边的文进通围住，多哈逼上前来，喝令他束手就擒。文进通突然纵身一跳，投入滚滚兰江。

仍在看戏的洪承畴依然端坐不动，喝了一口茶水，继续看戏。这江南之地，要对他洪承畴不利的人何止千万，有本事，他们尽可骂他，甚至杀他。听说文进通已经投江逃走，叹息一声，说夜色沉沉，不要找了。又解释说此人父亲与自己有过交情，当年他小小年纪就来找我，想到军中立功，后来投靠了左良玉。详细的情况，洪承畴不愿多说。多哈听说原来是旧人，更觉得可恶，提剑又要出去，洪承畴连忙加以劝阻，说不过是路过兰溪，何必纠缠不休，看戏要紧，不能让这件事冲淡了兴致。

其实洪承畴放走文进通除了有所怜惜外，还因为文进通是宋末状元丞相文天祥的十七世嫡孙，如果文进通因为自己的缘故被捕，或者没了性命，这天下人，后世人对自己的指责、贬损，何止增添了十倍口实。他相信文进通只是对当年之事耿耿于怀，前来责问。如果他真是刺客，也不过是好名气，充英雄，只要他父亲在北京，他就不敢真的杀自己，当然自己也不会对他怎么样，要关要杀，最好因为别的事，因为别的人，不能跟自己有一丁点儿关系，绝不能让自己的名字因此而跟文天祥联系上。

真正让洪承畴感到受伤害的却是后面发生的事情。

洪承畴正恍惚间，《牡丹亭》已经唱完了一出，点戏的木子李走过来，建议听一出李渔新编的《苏武牧羊》。洪承畴脸色微微一变，放下茶杯，本能地摇了摇头，说这是前人写的故事，不会是李渔写的，随便唱别的，不想听这一出。

锣声中，木子李出场做了几个逗笑的怪动作，一边绕场，一边念白：各位看官，我是上山砍柴的樵夫，今日上首阳山，给人送吃送穿的去。木子李继续做着各种滑稽动作，然后对里面的两位长须学士说，两位今日不用采薇了，我今天给你们送来好吃的了。

洪承畴一脸疑惑：自己还真不知道李渔曾写过《首阳山》这一出。台上一位显然就是伯夷的一边出场，一边问是什么好吃的，另一个长须学士，显然是叔齐的紧接着出场，说我们要问清楚了才要。木子李唱着奇怪的曲调，从筐中捧出一把小米。叔齐先让伯夷的慧眼看看，小米是商黍还是周粟。伯夷长叹一口气，说不用看了，如今这天下是周的天下，这土地是周的土地，这人民是周的人民，这种出来的小米怎么可能是商黍，那你说我们还能吃这小米吗？叔齐表示坚决不吃，宁可饿死，也不食周粟。

洪承畴看到这里，笑脸慢慢地绷紧。多哈倒觉得好看，咧嘴笑起来。台上的戏还在继续，樵夫劝他们这是何苦，这改朝换代是大势所趋，何必跟自己的身体过不去。伯夷、叔齐同声表明，我们采薇首阳山中，与世人何干？与周何干？我们不吃你这小米了，你就成全我们的名节吧，然后唱着《采薇曲》退下。樵夫似乎是即兴念了一段：这世事真是难料，这人心变得更快，这伯夷、叔齐可是上古的事了。伯夷、叔齐真迂，他们如若下了首阳山，还不是享尽富贵荣华啊。

洪承畴已经坐立不安，握茶杯的手微微颤抖。多哈发现洪承畴的变化，问洪大人这戏不好看吗？但此时台上樵夫全不知道自己尽情讥讽的洪承畴就在台下看戏，在喝彩声中，反而越说越起劲，说出了终于惹恼了洪承畴的那一番话——

各位看官，这改朝换代是大势所趋，上古这周灭了商，而先前这元灭了我们大宋，这清灭了我们大明，保不准也是天意，是大势，这上古偏偏有伯夷、叔齐不能顺应大势，不知通变。如今又有更厉害的角色，也不躲到山里去，那黄道周、夏完淳一个个都赴了黄泉。

听到这黄道周的名字，洪承畴脸色血红，不禁往事联翩。顺治二年，朝廷任命他总督军务，招抚江南各省，但黄道周一介书生，不自量力，组织区区三千义军出仙霞关，由闽北入江西，抗击清兵，结果被俘。黄道周被解至南京，洪承畴因为黄道周和自己为闽南同乡，不禁喜出望外，一心招降。但黄道周并不领情，竟然誓言绝食，洪承畴深为怜惜，请来同乡好友，喻之以乡情，黄道周没有动心；乡人又邀他去市上游逛，并进入饭铺，黄道周仍是不肯进食。无奈最后洪承畴几次亲自出面，苦苦相劝，不想黄道周不但不解自己的一片苦心，反而写了副对联骂他：史笔传芳，未能平虏忠可法；洪恩浩荡，不思报国反成仇。这上联赞颂史可法忠贞爱国，为大明捐躯；这下联骂的就是自己了，洪恩浩荡的第一个字是洪字，不思报国反成仇，成仇就是承畴，两字同音，分明说他洪承畴不思报国。尽管如此，他仍然上书清廷，以自己头上顶戴担保，请免黄道周死罪。但黄道周坚决不领情，声明自己过吉州庐陵时，在文天祥故居前起过誓，决定有去无回，一旦兵败，唯求一死。临死前在东华门前大呼四句：纲常万古，节义千秋，天地念我，家人无忧。观者无不动容，洪承畴也不禁流泪拜祭。

事情过去几年，本来已在淡忘之中，不想今日被人揭起这段不快。这唱戏的人远比刺客更为可恶，居然编了戏文挖苦、贬损自己。想到这里，洪承畴脸色又变得铁青，突然站起来，伸手抽出多哈腰上的佩剑，猛地向台上掷去，剑落在台板上，直直地立在那里。台上扮演樵夫的木子李吓了一跳，但随机幽默了一下：这天上何故掉下刀剑来，难道天兵天将也在打仗，也在杀戮？

洪承畴怒不可遏，身手矫健地跃上台，拔剑架在木子李的脖子上。木子李哆嗦不已，但嘴上还问大人为何要杀我。多哈这时也明白过来，高声斥骂说刚才说什么黄道周、夏完淳，分明是要反我大清。木子李连声辩解，说小民不敢，这大清一入江南，小民就剃了头发，梳了辫子，小民是大清的顺民。小民不知道洪大人在看戏，小民是骂黄道周、夏完淳不识时务。

洪承畴把剑举起，但没有落下，然后又把剑还给多哈，舒了一口闷气，问戏文是谁编的。木子李看出洪承畴并不是真的要杀自己，镇定了许多，说不是小民编的，是小民的同乡李渔李笠翁编的。他看我们戏班经营惨淡，生活无着，就编这本《上古传奇》送给我们，小民不过是照本宣科而已。

虽然洪承畴对木子李的冒犯不了了之，但却是一夜难眠，第二天一早起来，不发一言，精神差了许多。喜欢整洁的洪承畴换上一身崭新官衣，正在按着自己长期的生活习惯照镜子，心想自己活到今天，也算赚了。顺治二年五月，豫亲王多铎率师攻占南京，福王被擒，随即占领常州、苏州、嘉兴等地，多铎被胜利冲昏头脑，悍然下剃头令，反对者，杀无赦，立即激起江南百姓的强烈反抗，抗清浪潮风起云涌。危难之中，多尔衮于闰六月急忙授予洪承畴招抚江南各省总督军务大学士，取代多铎。洪承畴采取以抚为主、以剿为辅的策略，尽量避免过多的武装冲突和流血，招抚、举荐大量明朝降官，用和平方式招抚徽州、九江、南昌等十三府，使这些地方免遭兵火洗劫。想到他入两江后，不仅劝阻满人再开杀戮，而且屡请清廷推恩江南百姓，善待儒生士子，以期和睦相处，因此才有了休养生息，甚至歌舞不禁、言谈不羁的和平局面，自己已经努力过了。当然，他受命招抚江南，也屠杀过江南抗清义军，斩杀过拥护明王室的义士，明宗室长乐王朱谊石、瑞安王朱谊防、金华王朱由产、高安王朱常淇、瑞昌王朱谊贵也败亡自己手中。江南人唾骂他，谴责他，误会他，也随他们的便吧，只要这项上人头不会落到别人手里，这身前身后的骂名，他又何奈。

多哈官衣在身，走进室内，洪承畴仍照镜子，多哈安慰他，洪大人征战南北，历险无数，又何曾伤到一点皮毛。劝他尽管放心，一路上都有戒备，谅刺客们不敢再冒险了。自己是专程护送洪大人的，洪大人要是有个闪失，自己怎么向皇上交代，皇上还在北京等着见你，建议不要走水路，快人快马，陆路北上，因为突然不走水路，可以避开那些刺客，还可以加快行程。等多哈一大通话说完，洪承畴放下镜子，冷不丁地说了句：杭州一定要去，刺客并不可怕，可恨的是那些舞文弄墨、作词编曲诋毁、丑化自己的文人。说着又推开窗户，指着兰江，说可叹这一江春水何等美色，但兰溪人殊为可恶。

多哈才明白洪承畴是放不下那个编《上古传奇》的李渔，连忙说既是本地人，何必绕弯路，派人把他抓来，如果证实是他编的，就把他杀了。

洪承畴摇摇头，没有同意。那些所谓的文人，向来喜欢沽名钓誉，有时候把名声看得比性命还重。他们要的是声名远播，流芳千古，李渔何尝不是这样想的。如果真的把李渔抓来，或者杀了，那真是成全了他的美名，对于李渔这样的道德不修的文人，最好的办法就是揭露他，让他抬不起头来，让他遗臭万年，这样他会比死还难过的。想到这一层，洪承畴不免得意地笑了起来，说李渔早已不在兰溪，有可能在杭州了。此辈人物舞文弄墨，赚取银钱，收伶狎妓，行为不检，在江南那些读书人心目中，名声并不好。而且，他还有一件最难以洗脱的事，很多人认为是他写了天下第一淫书《金瓶梅》，我要慢慢计较他。

洪承畴小像

二、浙江左布政使张缙彦空设戏局

河南归德人张缙彦是崇祯四年进士，十三年之后做到了正二品兵部尚书，却也遇到了危难之秋。洗清永远也无法洗清的污点，成为他今后多少年唯一要做的事。

崇祯十七年三月十七日，李自成攻北京，传言临危受命的张缙彦与大太监曹化淳打开了正阳门，放李自成大将刘宗敏进入北京。十八日晚，李自成军攻破北京内城，崇祯鸣钟召集百官，却无人到来，又听近侍说了张缙彦私开城门一事，悲叹君非亡国之君，臣皆亡国之臣。

清军入关，张缙彦回归德老家募兵抗清，失败后逃到江南，效忠南明，两年后又失败，走投无路之下，在南京被洪承畴招降。

张缙彦入清后，为山东右布政使，顺治十年底，转任浙江左布政使。

洪承畴之所以能够招降他，是因为洪承畴充分展示了对他的信任，相信他即便被逼无奈，也绝对不会打开正阳门的。

张缙彦听闻此言，感激涕零，同意入清。但他发现之前的污点并没有洗清，反而又给他增加了新的污点，人们对他打开正阳门的批评再次甚嚣尘上。

渐渐地，张缙彦开始怨恨洪承畴，要不是洪承畴花言巧语，威胁利诱，自己怎么会上当投清。与洪承畴划清界限，还自己一生的清誉是他最大的愿望。

作为朋友，李渔认为当初毕竟是洪承畴把他招降了，保了他的性命，劝张缙彦好好地当布政使，在位子上为前明做些善后，为大家暗中当个靠山。

他遇到故人，最想说的一句话，就是我真的没有打开过正阳门啊。

由于通缉令没有解除，兰溪人李渔在浙中穷山恶水间辗转数年，一直过着逃犯的生活。看到前面几个名气较大的地方抗清首领被放了出来，李渔想过去官府自首，但又觉得风险很大，万一满人的政策收紧了，回到顺治二年前，自己肯定会被杀头。留在金华，熟人太多，知道他上山抗过清的人不少，不排除其中会有告密者把他出卖。充分评估之后，李渔决定离开兰溪，离开金华，于顺治八年秋来到杭州武林门外，租了一处房子定居下来，两年后，在杭州自组戏班。后来通缉令从金华跟到了杭州，李渔沉静了一段时间，发现没有人举报他，更没有人来执行，于是胆大起来，又开始在杭州各个场所公开露面。

李渔原来叫李仙侣，明万历三十九年生于江苏如皋，金华府兰溪县其实是他的祖籍。崇祯八年，按科举有关规定，年已二十四岁的李渔回金华原籍参加考试，取得府试第一名，取得了生员的资格。浙江提学将李渔的考卷印发至全省儒生，作为参考范文。崇祯十二年，李渔赴杭州参加乡试，结果榜上无名。崇祯十五年，因洪承畴松山降清，举国慌乱，李渔赴杭州赶考途中遇到民变，半路折回，在家中陪同病重的母亲，直至病逝。因有此一段，他对洪承畴绝无好感。三年之后，清兵进入江南，浙江全境很快陷落。从此李渔与功名再无交集，在兰溪老家盖好伊山别业后，一心一意到外面闯荡，广交各路朋友，过自由自在的日子。

洪承畴在兰溪看戏的那天，李渔接到了正白旗正二品副都统董阿赖发来的戏帖，为庆祝杭州旗营工程最后一道城门平海门的竣工唱戏。

顺治二年六月，清兵进入杭州，八旗将卒皆驻城中，顺治五年，定浙江绿营兵标兵三营，共三千人，巡抚二营共两千人，民舍、官寺都被征用占住。其后，正白旗正二品副都统董阿赖率师驻防杭州，上请朝廷，要求在杭州城中圈地建筑专门的统一驻防旗营。朝廷责成浙江巡抚、辽东人萧启元负责办理，结果选中西湖东北部湖滨中段至大运河，仁和县的住宅基地及田地八百亩，钱塘县居民住宅地三百亩，共千亩土地作为旗城，加以圈建。旗营呈长方形，周长约十里，顺治七年主体建筑陆续完成。设五门，延龄门、迎紫门、平海门、拱宸门、承干门，水门三座，驻防旗兵近四千人。

几乎与董阿赖同时，浙江左布政使张缙彦早两个月前预订的戏约如期而至，时间恰好与旗营竣工典礼同一天。张缙彦是洪承畴同年进士侯恂的河南新乡同乡，崇祯四年进士，从清涧知县、户部主事、翰林院编著修、兵科给事擢升至正二品兵部尚书。崇祯十七年三月十七日，李自成攻北京，外界传言临危受命的张缙彦与大太监曹化淳打开了正阳门，放李自成大将刘宗敏进入北京。十八日晚，李自成军攻破北京内城，崇祯皇帝鸣钟召集百官，却无人到来，大声悲叹：君非亡国之君，臣皆亡国之臣。清军入关，张缙彦回新乡老家募兵抗清，失败后逃至江南，效忠南明，两年后又失败，在南京被洪承畴招降。入清后，为山东右布政使，顺治十年底，迁浙江左布政使。两个月前，从山东调任浙江的张缙彦恰好与回闽南的洪承畴同行，一直送富春江边，在严子陵钓台话别时，张缙彦再三挽留，请洪承畴转去杭州稍作停留。洪承畴归乡心切，没有答应，但约好来年初回程时，一定到杭州品茶看戏，小住几日。张缙彦到杭州就职后第三天，就拜访了李渔，并约下第二年正月的戏单，令李渔十分感动，但想不到会与旗营的戏单发生冲突。李渔因为与张缙彦已成朋友，希望他改日期，张缙彦却态度坚决，说这是根据一个重要人物的行程周密计划的，绝不能更改。后来张缙彦与董阿赖商量，董阿赖竟然作了退让，不仅同意李渔先完成张缙彦的戏约，而且更改了竣工典礼的日期。其中原因，直到得知洪承畴要来杭州的消息，李渔才恍然大悟。

最早告诉李渔洪承畴要来杭州的，是一个叫李乡君的神秘女子。

当时，李渔领养了两个孤儿，后来成为他最得意的弟子。一个是从金华婺江边收留的女孩，取名叫婺姬，当时婺姬与一群北方过来的流浪儿童在卖唱，李渔注意到一个特别清亮的声音，只见满面尘垢，以为是个男童，领回后，亲自为其沐浴，竟然发现原来是一个肌肤雪白的女孩，连忙为其穿衣，细问之下，女孩自称来自北京，张口之间，冒出几句难懂的话，李渔当时认为是朝鲜话，猜测她的母亲是一个嫁入明室的朝鲜人。还有一个到了杭州后收留的女孩，取名叫杭姬，饥饿难当的杭姬在天香楼前乞食，但目眶清透，头发金黄，看上去像西域胡族。李渔请她吃了一顿饱饭，知道她也从北京逃难过来，过长江后，与大人失散，李渔盘问其家世，杭姬隐约记得自己长得像母亲，出行都有锦绣马车。之后坊间风言风语，认为年过四十的李渔占有青春活泼的雏儿，有人甚至怀疑他奸污幼女，要到官府告他。

其实当时李渔喜欢的是像李乡君这样成熟的女性。传说这个李乡君正是秦淮八艳中的那个李香君，她与侯方域的传奇故事，使她成为当时江浙一带的名人，而才情并茂的李笠翁与为人正直、内心丰富的李乡君之间传出交好的风言风语，从来没有人加以记述，当时二李本人也是矢口否认。更诡异的是，据记载，李香君其间从未到过杭州，那个自称李乡君的人很可能是同姓同音而已，或者是假托其名。

李渔和这位李乡君第一次相遇是在涌金门外的西湖书社。

其时李渔落脚杭州数年，《笠翁诗集》、笠翁小说《无声戏》，由新任浙江左布政使张缙彦资助刻印，正在热销，只等售罄。有了资本，李渔打算在城内吴山下购置一块好地，盖一所宅子，将兰溪乡下的原配徐夫人、二夫人曹氏及两个女儿接过来同住，做一个地道的杭州人。张缙彦无疑是李渔的贵人，两人都早已知道对方，数度交往，便成了好友。张缙彦把李渔当成知己，后来一直全力相助，是由于李渔完全相信张缙彦对于当初打开正阳门一事的解释。张缙彦逢人就说，他不但没有和曹化淳一起打开正阳门，反而是拼死抵抗李自成的大军，最后上吊自尽不成才壮烈被俘，多数人认为这是张缙彦的一面之词，报以冷笑，甚至谩骂，只有李渔等少数人有自己判断，并认可了张缙彦的说辞，报以理解和同情。

对于李渔的理解和同情，张缙彦曾经激动得失声大哭，从此心存感激，对李渔的事业予以无私的支持。

温暖的阳光下，李渔坐在堆放了许多银子的方桌前，正在等待店家和他结账。道姑打扮的李乡君戴着一小片面纱，隐约盖住了小半张脸，但露出的双眼显得美丽睿智，极有光彩。她径直过来，把李渔当成了伙计，问他买了一本《无声戏》，也没有什么话，放下银子，拿起书就走。后来有人告诉李渔，刚才露出半张脸的女子叫李乡君，其实就是李香君。李渔一阵欢喜：原来李香君真的在杭州。但当时忙于售书，并没有跟出去或者继续打听。之后他加入杭州最有名的文学团体西泠诗社，与金华时的故交丁澎、辞官告假的著名诗人吴伟业及西泠诗社的主要赞助者徽州商人汪然明等，同游里西湖的岳坟，拜祭岳飞，再次与闻讯参与的李乡君见面。

岳飞墓前，李渔即兴写下了七言绝句《谒岳武穆王墓》：

忠臣尽瘁矢无地，万死甘心奈屈何。三字狱成千古恨，从来谤语不须多。

当时李乡君看着李渔写下的诗，不禁低唱轻吟，从面纱里面飘出这四句诗，赞叹一声，也没有更多的言语，便悄然离开了。这次岳坟相遇，李渔显然给李乡君留下了良好印象，但两人仍然没有继续来往。

一直到了顺治十一年初，洪承畴临来杭州之前，李渔和李乡君才再次见面。

娄平从兰溪回来，一筹莫展，经张缙彦指点，娄平好不容易打听到李乡君寄住在葛岭上的抱朴道院，兴冲冲地送上布司衙门的请柬。

李乡君问为什么要请自己到布司衙门看戏而不是戏场，娄平却对她卖起了关子，说有位大人点名要请她，但不方便在戏场这种地方，至于这位大人是谁到时候就知道了，千叮万嘱要她明晚一定要来。李乡君冷冷地推还请柬，说原来请我看戏还另有其人，请客的人是谁都不知道，我是不会去的。僵持了许久，娄平只好托出实情：点名请她的是洪承畴洪大帅，不能推辞，到时候，一定得去，因为洪大帅惦记李姑娘。

李乡君听到洪承畴的名字，表面还正常，但一股仇恨之火已经涌上心头。她想开口大骂一通，面纱也随着吐出的气息飘浮起来，又想这些话骂给娄平听也没有用，还不如不骂为好。于是马上喝了口凉水，使自己镇定下来，声明自己从南京繁华之所到杭州冷清道院，是静养读书来的，热闹喧哗的场所，她真的不想再去，何况是官府衙门。最主要的是她是李乡君，而不是李香君。

但娄平却表示自己已经暗中作过调查，知道李乡君曾对别的道姑提起自己经历，与李香君没有差别。同是明天启四年，即逢甲子年，生于苏州阊门枫桥一带，同是兄妹三人，同是八岁时，即随养母改吴姓为李。说起父亲，同样因为是东林党成员，被魏忠贤一党治罪后家道败落，漂泊异乡，同样是随同养母入住过秦淮河畔，同样是诗书琴画歌舞样样精通，同样是刚满十六岁那年见过侯方域。这些情况，听起来扑朔迷离，令人费解，但天下事哪有这样巧的，此李乡君就是那李香君。更让人惊诧的是，李乡君说李香君在苏州与侯方域曾经欢喜重逢，侯方域发誓要让李香君过上好日子。听起来，仿佛是她亲历一样。娄平显示自己不想揭破，说李乡君和李香君还不都一样，就像别人经常把他说成楼平一样。后来他看到李乡君手中的《无声戏》，突然笑了，说恐怕你会去的，你喜欢看李渔的书，给你透露一句，明晚请的就是李渔戏班。

娄平一离开，李渔领着杭姬、婺姬她们去游宝石山，经过了抱朴道院，正好从窗户里发现了李乡君。李渔急忙从假山上攀上去，一跳就跳到窗前，刚想说敬慕之类的话，李乡君先是披上面纱，然后对着窗外，出言直率，说我不是李香君，我是李乡君，乡野的乡。李渔正感到局促，李乡君拿起他的《无声戏》，说读笠翁新书，是一种享受。李渔不由得惊喜，趴到窗沿，说李姑娘过奖了，随后发出邀请，说近日有新戏上演，如有闲暇到戏班指点一二。

李乡君这时想起娄平请李渔戏班去布司衙门唱戏的事，态度突然转冷，讽刺李渔说客气了，谁不知道李笠翁是传奇大家、梨园名人，我李乡君哪有资格说三道四。见李渔愕然不解的样子，李乡君感到也许事出有因，自己该听李渔解释，于是问布司衙门请戏班唱戏，可知道是为谁唱。李渔想不到李乡君竟然知道这件事，犹豫了一下，如实回答说，布司衙门请了杭州的儒士诗友，都是乡君姑娘这样的名人。

李乡君又问，张缙彦没有告诉过你，请了什么朝廷大员。不等李渔回答，李乡君把请柬往窗外一扔说，听说洪承畴正从兰溪赶往杭州，这朝廷大员就是洪承畴。李渔捡起请柬一看，连说不可能，洪承畴怎么还敢到杭州来呢。李乡君一板一眼，说自己不过是提个醒，唱与不唱，外人不好强迫，布司衙门也请我了，但我是断然不会和洪承畴一块儿看戏的。要不是洪承畴投降清廷，挥师南下，这江南何至于这么快就沦为满人的天下，要不是洪承畴献计在江南开科取士，侯方域这些人就不会去考什么功名，你们崇敬的那个李香君和侯方域又何至于分手。

李渔这时才明白董阿赖为什么会让戏给张缙彦，原来是为了洪承畴。李乡君不去官府应酬，符合她的作风，真是性情中人，令人佩服。但李渔又想李乡君竟然提到了侯方域，看来是动了真气，也误会自己了，连忙表明自己也不是谁请都去的。对官府之请，自己有言在先，有三种人不给唱戏。接着声音朗朗，说出一番令李乡君刮目相看的话来：所谓三种人不唱，这三种人，第一就是不给钱的人，戏班以戏为生，没有唱白戏，喝西北风的道理。第二就是对戏班待遇不公的人。戏班子弟吃百家饭，但也是客人，吃喝二等不是待客之道。这第三就是不懂戏的人不给唱，对牛弹琴，岂不辱没了我皇皇戏文。其实这三不唱，不过是李某为戏班要一点尊严罢了。好一个三不唱，李乡君听了，不禁激动。李笠翁果然与别人不同，其用心良苦，她自然明白，不论市井唱戏的还是乐坊歌舞的，最重要的就是尊严。

李渔又解释张缙彦恰好给钱，管吃，懂戏，算是好友知己。

李乡君又口含讽刺，说李班主等着拿双倍戏金吧。李班主有三种人不唱，我心中却有三种人最为厌恶。这一是把大明葬送的奸臣和贪官污吏，包括开了城门向李自成投降、也算李班主好友的张缙彦；这第二就是那些屠杀江南百姓的满人刽子手；第三也是最恨的，就是像吴三桂、洪承畴这样丧失气节、卖国求荣、贪生怕死之人。尤其是洪承畴，更是可恶。他总督江南之时，进献开科取士之策，笼络人心，分化江南士人，摧毁人们的意志，江南读书人中有多少人上当受骗，被其利诱。

这时一阵风吹来，李乡君的面纱飘起来，李渔忍不住再次靠近窗户，想把李乡君看个仔细，但李乡君却别过脸去，不与他照面，还让他退后几步。李渔连忙一边后退，一边由衷地称赞李乡君，称其厌恶三种人是志存高远，李某的三不唱不能同日而语。但李某以为，张缙彦开城门一说，恐怕是讹传，还有那些考取功名者也无可厚非，他们也是出于无奈，就像侯方域。

不等李渔说完，李乡君突然要关窗户，李渔自知失口，刚想道歉，李乡君已经下了逐客令，说时候不早了，你走吧，改日再聆听教诲。

李渔离开抱朴道院，上了山，在鲜花盛开、绿树成荫的山顶，教杭姬、婺姬学《风筝误》新词，心里却一直想着李乡君的话，思谋如何想办法回绝张缙彦的这票戏。《风筝误》是李渔离开隐藏的山林，回到杭州以后新写的传奇，试演过几场，观众反响很好。婺姬、杭姬发现李渔此时显得情绪低落，一齐靠过来要安慰他。李渔心里一暖，爱怜地把手放在两个人的肩膀上，感到一阵欣慰。这两个女弟子虽然才十一二岁，确实是唱戏的好材料，他看好她们，要造就她们，她们年纪还小，只要日后努力，就能成为响当当的名角，唱红大江南北，甚至唱到北京城去。婺姬和杭姬上前撒娇地依偎着李渔，说师父不是说过，我们是您的婵娟吗，我们一定不辜负师父。李渔心情好了许多，开始教她们唱《风筝误》，日后杭姬演詹淑娟，婺姬唱詹爱娟，将来她们两个都是他的婵娟，当年屈原只有一个婵娟，而他却有两个。

此时保俶塔那边，木子李陪着一位客人，打断了师徒的教唱，这位客人正是企图行刺洪承畴未遂、跳入兰江逃走的文进通。他走过来站在石板上，向李渔作了一个揖，说了一句听起来没头没脑的话：日月在天永不落。

日月者，明也。李渔前几年和木子李他们在浙中山区抗过清兵、打过游击，一听这是反清复明组织的联络暗号，马上知道了来人身份，打发婺、杭二姬到湖边去背唱词，吊嗓子。等婺姬、杭姬离开，李渔让木子李和文进通坐下，提醒说杭州这地方，到处是满人耳目，可得小心。

文进通喝了一杯茶，问李渔明晚是否要带戏班到布司衙门去唱戏。李渔奇怪这事怎么谁都知道了，点点头说是为一个朝廷大员接风洗尘，定金已经付了。文进通问是否知道这位朝廷大员是谁。李渔想了想，说只知道是一位汉人大员，喜欢听汤显祖的戏，姓甚名谁，他并不清楚。李乡君跟他说这位朝廷大员是洪承畴，其实他不太相信，于是摇摇头，反问文进通是否知道是谁。

文进通嘴里恨恨喷出洪承畴三个字，并表示自己在兰溪差一点杀了他。木子李也把当时的情形述说了一遍。李渔不由得一怔，洪承畴居然去过自己的家乡兰溪了。

文进通把自己的计划直言相告：跟戏班去布司衙门，再次刺杀洪承畴，有去无回，决心为国捐躯。李渔连忙劝阻，说洪承畴他认得你。文进通说我化上戏妆，他岂能认得我。李渔明白了文进通的意图，显得不安起来，说到时候一定戒备森严，即使杀得了洪承畴，又何必白白送死呢，再说张缙彦还请了许多在杭州的前明儒士名人，总不能让大家一块儿受牵连。

文进通激动起来，说他们如果能为大明牺牲自己的生命，也应无怨无悔。杀死洪承畴，替大明报仇，替江南成千上万的百姓报仇，机不可失，都说李班主心系大明，旧恩不忘，报仇大事，不能袖手旁观。

李渔连连摇头，说自己当然可以例外，被请去看戏的前明旧臣、文场书生也可例外，张缙彦更可例外。他指着亭子外的婺姬、杭姬，说你送死不算，她们怎么办，她们还是孩子，她们稚嫩年华，只知道学戏、唱戏，图个温饱，国家忠义，前明大清的，于她们何干。万万不行，大不了不给洪承畴唱戏。

文进通不禁失望，但坚持要跟戏班一起混进布司衙门，至于具体办法，明天再到李宅商量。李渔知道拒绝也没有用，只好思谋缓兵之计，说明天不用到我宅中了，到时候我想办法通知你就是了。木子李送走了文进通，然后回来，对李渔说自己不想回兰溪了，李渔说那就留在戏班吧，正好用得着。两人叙旧，木子李怕被责怪，就把假托李渔唱《首阳山》得罪洪承畴这一段隐瞒了。

第二天不等李渔通知文进通，娄平又先到了一步，把李渔戏班早早请去了。

刚到后半夜，娄平带着一队营兵突然来到李宅。听到声音，一夜没有入睡的李渔紧张地从床上惊起，以为自己与文进通见面的事被人发现了，心里一阵慌乱，勉强镇静一下之后，迎了出去，木子李去开了门。原来是张缙彦请他带戏班到布司衙门。李渔顿时放了一半的心，回头吩咐木子李把人都叫起来，收拾好各自的戏服妆奁，跟他们走。这时婺姬、杭姬披头散发、衣裳不整地从房间里走了出来，吵着要一起去，李渔只好让她们快去穿好衣裳，稍作打扮，然后再一起走。

戏班一大半人，约有七八个，纷纷回到自己房间，手忙脚乱地收拾东西。最后在营兵的严密监视下，戏班的人手上拿着的行头、道具，特别是兵器等物，一件件检查后走出宅门，分别上了马拉的篷车，乘着月色，不消半个时辰，就到了布司衙门。娄平将戏班的人带到一个大房间，宣布从现在起，戏班最好住在这里，吃在这里，拉也拉在这里，谁也不要离开半步，一直等到明晚唱完戏。李渔一看，这不等于把戏班关在这里，说你看我们十来个人，男男女女，挤在一间屋子里算什么待遇？说着就要去找张缙彦。

娄平连忙说好话，布司大人交代，委屈李班主一个晚上，戏金加倍。见李渔还是不快，娄平索性说出实话：明晚张大人请的是洪承畴洪大帅，布司大人半夜里请你们过来，也是为你们好，怕你们嘴杂，走漏了风声，到时候引来刺客，这个责任谁也承担不起。事关洪大帅安全，跟张大人说也没用。

李渔脱口而出，说真的是洪承畴，事先没有说清楚给他唱戏呀。娄平拱拳向上，神情尊敬，说洪大帅盖世英雄，给他唱戏是抬举你。

李渔说我们开家班的，唱戏活口，图的是几个钱，给谁唱还不都是一样。娄平不理李渔，离开房间，李渔不禁责备自己不听李乡君的劝，忙追出去，要娄平告诉张缙彦，自己半夜里来半夜里去，感染风寒，坏了嗓子，明晚的戏唱不了，还是另请戏班吧。

娄平只想离开，头也不回，说洪大帅点的就是李笠翁的戏班。

此时，天蒙蒙亮，一夜未眠的李渔也不想再睡了，掀起隔帘一角，看到婺姬、杭姬还在熟睡，想叫醒她们，又不忍，一个人走到门外，发现四周都是营兵，后来想到布司衙门的后花园很大，是江浙园林的典范，今天不如趁早去看看。于是一个人来到后花园，只见园内古木参天，鲜花盛开，飞鸟惊起，撩动了清晨的安静，旧有的断柱和残壁表明这里也曾遭兵燹。李渔不禁吸了一口新鲜空气，心中又升起一番感慨。前明时，这里原来也是布司衙门，清兵南下，曾经炮火，几乎毁掉，留下这一堆断柱残壁，至今没有清理。但这些树木花草却一逢季节，仍然生机勃勃，郁郁葱葱！这里正是练功吊嗓子的好去处，可惜改朝换代之后，依然是官府地方！这情景又如《牡丹亭·游园》一出，李渔不由兴起，也不在乎不远处的娄平等人，站在断柱上，望着远处湖水，目中无人地唱起来：

原来姹紫嫣红开遍，似这般都付与断井颓垣。良辰美景奈何天，赏心乐事谁家院？朝飞暮卷，云霞翠轩，雨丝风片，烟波画船，锦屏人忒看的这韶光贱！

这时候在一边的张缙彦也不禁鼓掌，李渔一时也没有理会他，忽然停住，在断柱上坐了下来，叹了口气。张缙彦上前，问李兄怎么了？李渔指了指眼前的院落，说这场景，这汤显祖的《牡丹亭》，让他想起多少前朝故事，联想起今晚自己竟然要为洪承畴唱戏，更觉得无趣、无奈，唱了今晚这一出，别人会怎么看自己呢？以前听说过这洪承畴是个赏家，也有风雅情趣，但他这个赏家，那是在以前，是前朝的事了，后来他带兵打仗了，心中只想着杀人，这双手一旦沾上鲜血，这赏家的兴致，这赏家的情趣怕是早就没有了。何况他现在是大明的叛臣，这江南百姓更是视他为不共戴天的仇人，要是演了今晚的这场戏，怕是以后有很多人会朝自己吐唾沫、扔石块了，李渔戏班怕是无法在江南立足了。

张缙彦沉默着良久，说想那么多何苦呢。李渔摇摇头，看情形今晚的戏不唱也不行了，何况戏金都收了，就是因戏金丰厚，自己才不问清楚就答应了。收了戏金还可以退，可是现在人被押到这里，骑虎难下，脱不了身了。

张缙彦摆好一桌茶饭，握住李渔的手，拉他入座，说这次算我欠你的。李渔问他这次既然请的是洪承畴，为什么还要请那么多心系前明的杭州名士。张缙彦诡异一笑，说自己不仅刻意安排了杭州名士，还同时向洪承畴的一些同科进士和几名故交发出了邀请，如原候任浙江按察副使赵则鸣、原国史馆编裁文瑞方等，他们都应该在赶往杭州的路上，最晚今天到杭州。

李渔不禁惊诧，说你让他们与洪承畴坐在一起看戏，这怎么行？张缙彦得意，说我不仅让他们一起看戏，而且还要一起吃饭，一起议论前明旧事，来个三司会审，让洪承畴在大家面前，不仅饱受指责，无地自容，而且哑巴吃黄连，有苦说不出，我要为大明出这口恶气已经等了很久了。更重要的是，他要做一件惊天动地的事，当众宣布与洪承畴绝交，说着把早就写好的绝交书读给李渔听，希望他提出意见，以便修改得更好。

李渔听完张缙彦充满激情的朗读，明白了他的用意，并没有提出什么修改意见，只是点点头表示赞扬。但他心里认为张缙彦此举太过荒唐，太过幼稚，只顾着沽名钓誉，冒犯了洪承畴，丢官不说，搞不好连同大家一块儿赔了性命。他抓住张缙彦，神情严肃，说痛骂几声、讽刺几句，哪怕洪承畴愿意表达忏悔之意，大家解了气，大明江山也回不来了，不如好好地当布政使，在位子上为前明做些善后，为大家暗中当个靠山。但张缙彦仍沉浸在自己的计划之中，听不进李渔的劝，说别人不理解，难道你也不理解。李渔说这不好，当初毕竟是洪承畴把你招降了，保了你的性命。张缙彦说要不是洪承畴花言巧语，威胁利诱，我是不会上当的，所以我这次是计划好的，洪承畴扶灵回程，过山东时，我就跟他约好了。我一直想制造机会，在天下人面前表明态度，与洪承畴划清界限，还我一生的清誉，不然我下了地狱都会备受煎熬，永生永世不得超生。

李渔急了。张缙彦想借与洪承畴绝交，来洗清自己的名声，想法固然有可取之外，但没有实际意义，外人看来，像是一场狗咬狗的闹剧，谁都不会得一个好。李渔也不想给张缙彦泼冷水，只是问了句，如果有人借机行刺洪承畴怎么办？

张缙彦一听，不禁有几分慌乱，但马上又认为情况在自己的控制之下。他虽嘴上这么说，又赶紧找来娄平布置警戒。

到了中午，除了吴伟业、陆圻、丁澎等，那几个洪承畴故交赵则鸣、文瑞方等，尤其是同科进士一个都没有到，但布司衙门前围观的人却越来越多，而且赶也赶不走，娄平要去旗防营求助，被张缙彦阻止。形势尽管出现失控的苗头，但张缙彦仍然一心执行自己的计划，因此他接到洪承畴突然变卦、取消杭州之行的书信时，不禁大发脾气。好一个洪承畴，说不来就不来了，看来他真是诡计多端，比自己精明，让自己为他花钱请戏班，还正儿八经地点了什么《牡丹亭·寻梦》，把自己耍了一通。看来洪承畴是怕刺客，虚张声势，好让那些要杀他的人都赶到杭州，他却来一个金蝉脱壳，轻轻松松地往北京走了。明修栈道，暗度陈仓，太高明了！更可悲的是，他避开了自己苦心布下的局。想到这里，张缙彦不免大感失落。

到了傍晚，戏班进入灯火通明的厅堂时，张缙彦也没有情绪顾及其他宾客，只要求李渔不要再演《牡丹亭》了，说听了有几分难受，总让人想起往事，不如来点俗的，李兄编的戏文传遍市井街坊，很多人喜欢看，就唱李兄新编的传奇，乐上一乐。李渔左右前后看看，表情惊奇，问洪承畴不喜欢听《牡丹亭》了？

张缙彦苦笑，说洪承畴不来了，皇上急召他回京城了。

顿时间，大松了一口气的李渔也觉得有几分可惜，洪承畴倒是一个赏家，不来听他李家班的戏，也算他的遗憾。但最终李渔如释重负，活跃起来，说不唱《牡丹亭》也好，这样就可以唱别的更新鲜的戏文，就唱一出拙作《风筝误》。

锣声响起的一刹那，李渔忽然想起文进通行刺洪承畴的计划，连忙走到张缙彦边上，说既然洪大人不来杭州，不到府上来看戏，不如对外界讲明了好。

张缙彦不解，刚想问清楚，李渔说洪承畴要来府中看戏，为不走漏风声，大人半夜里就把戏班请来，怕的什么？

张缙彦不承认自己怕什么，说自己没什么好怕的。李渔把话挑明，说大人不怕，可这洪承畴怕，他怕有人行刺于他，既然他不来了，张大人自然就不用担心了。不过外面有些企图对洪承畴不利的人并不知道他已经不来了，万一惊动了董阿赖的旗营，怕是引发一场血灾，张大人索性讲明了，也省得有人到这里闹事。

张缙彦连声说言之有理，当即叫娄平过来，要他马上到外面宣布洪承畴不来杭州的消息。但门口文进通和一些怀着同样企图的人认为娄平他们散布的是谣言，断定洪承畴诡计多端，搞的是此地无银三百两，唱的是空城计，于是坚持在司衙外虎视眈眈，伺机起事。直至后来从小巷里走过来一位素衣女子，当众确认了这个消息之后，人群才陆续散去。这位素衣女子称文进通等为各路英雄，告诉他们说洪承畴不仅不在布司衙门，而且根本就没有来杭州，劝大家还是赶紧离开。

众人看到这位素衣女子，一时都安静下来，这位素衣女子正是李乡君。见大家一时不肯散去，李乡君继续说服，说自己原本是今晚司衙中的客人，但是后来张缙彦府派人告诉她，洪承畴不来杭州了。她敢断定这个消息是真的，大家赶快离开，不要做无谓牺牲。

文进通带头离开，其他人刚刚陆续散去，董阿赖就带着一队铁骑赶到了。挤在人群中观察的娄平连忙回到衙中，告诉了正在看戏的张缙彦，张缙彦悄悄擦了把汗，然后把董阿赖请进来一块儿看戏。

戏演完之后，张缙彦当着董阿赖的面，说今日看戏，倒看出一些滋味来，等有闲时还要听完《风筝误》后面几出，并把一包银子交给李渔，说日后司衙有什么喜庆，还要请李家戏班。李渔接过银子，又推了推，说张大人太客气了。

张缙彦把李渔拉到一边，低声讲出实话，说李兄不愧是编戏文的人，心中有奇巧之谋。要不是李兄提醒，今晚说不定真会有一场纷乱，甚至一场杀戮。

当晚，张缙彦冷静下来，把苦心写好的《与洪亨九绝交书》烧了。

因为洪承畴没有来杭州，娄平不太高兴，想迁怒于李渔，说我还是劝你一句，往后李渔戏班在杭州地方，只管唱戏，休管其他，更不要给张大人惹出麻烦，也许能过安生日子。再有，日后洪大帅总还要来杭州，如果点了你们的戏，不能推辞。

李渔点点头，说李某散淡之人，心中只有一个戏字，给谁都是唱。

但李渔想不到的是，一场危机正降临到他头上。

就在洪承畴路过兰溪的那一天，前明浙江提刑按察使司四品按察副使赵则鸣来到了李渔的老家。

万历丙辰科一共取进士三百四十四名，后来少了两人，一人是会元沈同和，另一人便是河南归德府的赵则鸣。因为事后有人揭发，沈同和试卷由二甲第三名的赵则鸣代做，二人即被除榜治罪。直到天启二年，有新证据表明试卷代做者或许并非赵则鸣，但认为事出有因，也就没有恢复他进士及第的功名，勉强起用为浙江布政使司经历司七品经历。其间因查办诸起风化案，使得地方道德文章，风清气正，为自己赢得官声，至崇祯十二年春上调京，任七品都监察佥事。李自成造反，朝臣无计可施，赵则鸣请赴前线，因官位低下，不被允许。崇祯十二年春由洪承畴与人联合举荐，任浙江提刑按察使司五品佥事，但没有到任。之后，洪承畴降清，赵则鸣考虑到两人以前的关系，迅速写血书对其进行讨伐，因而不受牵连。崇祯十六年，诏任浙江提刑按察使司四品按察使，赴任途中，清兵就攻陷杭州，赵则鸣仓皇逃往会稽山中，参加山民抗清。其间与黄道周有所呼应，兵败后传出死讯，其实他趁乱逃走，潜往江西三清山，入观为道士，后为云游道长。

两个月前赵则鸣接到张缙彦的邀请信时，既惊诧又感到不安。惊诧的是张缙彦居然有办法知道他在哪里，而且按照计划好的时间把邀请信送到他手上；不安的是自己作为顺治二年的通缉犯，既然张缙彦有办法找到他，清人的爪牙也就照样能够抓到他，看来自己的行踪尽在别人掌握之中。一开始他想尽快逃离，尽快销声匿迹，但后来还是因为在杭州能见到洪承畴，多年来一直想当面谴责这个大明最大的叛臣的渴望，最终占据了上风。

更重要的是，因为有此机遇，另外有一桩未了的心愿，霎时间变得清晰、强烈，使得他迫不及待，义无反顾，置生死于度外，毅然决然，前往杭州。

在离兰溪县城约十里路的下李村，道士打扮的赵则鸣带着侄儿赵僮，很快就找到了村口池塘边那座造型别致的李宅，也称伊山别业。崇祯三年，李渔从如皋回金华后，做了两件比较重要的事，第一件事是参加县试，最终得了秀才的功名；第二件事，就是自己亲自设计、施工，用了四五年时间，建造了看上去别具江南风格的宅院，并取名伊山别业。赵则鸣找到伊山别业时，开门的是李渔原配徐氏和二夫人曹氏分别所生的两个女儿。

徐氏正在中堂念佛，二夫人曹氏则在堂下缝制戏装。赵则鸣叔侄进门之后，佛堂前的徐氏站起来迎客，曹夫人则负责给他们泡茶。徐氏知道他们是来找丈夫的，其时李渔已经捎来书信，准备接她们去杭州，但不知眼前两个道士什么来路，就告诉他们说清兵杀到金华的那一天，李渔就离开这里了，她和二夫人已经好久没有见到他了，也一直没有音讯。

两个年幼的女儿似乎想说什么，被徐氏喝住，只好低头帮曹氏缝制戏装行头。赵则鸣不禁怀疑，戏装行头是戏班之物，一定是为李渔所备，怎么会不知道他到哪里去呢？徐氏一笑，仿佛看出赵则鸣的怀疑，解释说二夫人缝制戏装行头不过是打发日子罢了，并不一定是戏班用得着。

赵则鸣放下茶杯，表露出真实身份，介绍自己原是大明浙江按察副使赵则鸣。

大明按察副使？大明不是已经亡了吗？徐氏听了有些目瞪口呆，连忙关门，低声警告说这里已是大清的地方了，道长说话小心。

赵则鸣一听，不免忧伤。大明已经亡了，但是他赵则鸣既为大明官员，正在为大明继续尽职尽力。他抬高声音，说国家已亡，贫道不在乎自己的前途性命。徐氏似乎明白了赵则鸣的来意，一定又是想拉李渔做反清复明志士。于是摇摇头，说这几年已经有很多人做过说客，都没有用，他不会去的，清兵刚到江南的前几年，他也算到山上躲了几年，但到底耐不住寂寞，又回到了热闹的凡世，他的兴趣，他的热情只是在一个戏字，反清复明这样的大事，他怕是再也没有热情了。

赵则鸣心中冷笑，他这次专程来会一会李渔，岂是动员他反清复明。他赵则鸣生是大明官宦，死是大明英烈，他在继续为大明做事，但做的与那些人不同，这次来兰溪，另有目的，他要为大明完成一桩未了的事情。赵则鸣不禁严肃起来，问李渔去了哪里，请李夫人指一个方向。

徐氏口气也冷冷的，说要找李渔，说难也难，说容易也容易，你就到戏班里去找吧，只要有戏的地方就可能有他。道长到兰溪老家找他，那真是找错地方了。又问找他到底有什么不了之事？

赵则鸣口气严厉，说不瞒李夫人，贫道这次来是替大明讨一笔小小的旧债。徐氏连忙问什么旧债，说我丈夫何时欠大明的旧债，怎么没有听他说起过呀？

赵则鸣缓了缓口气，说这笔债与李夫人无关，本来早该讨了，只因世道变了，贫道一时自顾不暇，奔走他处，迟了几年。

徐氏更着急了，说赵大人就直说吧，夫债妻还也是天经地义的事，只要有证有据，不管过了多少年，欠多少，就应该还多少，这房子，还有家中的田地都可抵债。

赵则鸣听徐氏这么一说，心中有些感动，在他眼中，李渔仿佛是西门庆，徐氏则更像吃斋念佛的吴月娘，吴月娘本是正经贤淑的妇人，后来下场不幸，都是西门庆害了她。这一联想，赵则鸣觉得自己有点为难徐氏，看来李渔确实不在家中，再问也问不出什么，不如先离开，到别处再找找。临出门，赵则鸣说话柔和了许多，说这笔债并非金钱，不敢惊扰李夫人，我们找到李渔，自然会跟他结清。

三、万历除榜进士赵则鸣究审旧案

万历丙辰科除榜进士、河南人赵则鸣受张缙彦之邀赴杭州，是为了参加一次聚会，以便共同谴责洪承畴。

不过他却另有重大目的，就是为了追究一桩前明关于查禁淫书《金瓶梅》旧案。

崇祯六年至十二年，赵则鸣在浙江按察使司经历司经历任上，曾连上五道奏本，奏请查禁《金瓶梅》。

明亡后，赵则鸣更是痛定思痛，两种声音在他心里展开搏斗。一种声音说大明亡，其先兆乃是朝中腐败，阉人当道，官德不修，民不聊生，致使闯贼起兵造反，大清铁骑趁机入关，大明亡，是亡于洪承畴、吴三桂这样的奸臣叛将；另一种声音说大明亡，不是亡于兵备不守，也不是亡于朝政废弛，而是亡于文人不修，世风日下，亡于《金瓶梅》这样的淫书大行其道。但前一种声音反驳说连宏愿励精图治、立志中兴的崇祯帝也无法挽回，大势所趋，几人能挡，大厦将倾，独木不支，天亡大明，岂能怪罪于一本书？

尽管前一种声音似乎无可辩驳，世所公认，但他绝不会让另一种声音被掩盖，变得沉静、消失，他有自己的视角，不然当年他的文章怎么能成为二甲第三名呢？

离开下李村后，腹中饥饿、身体虚弱的赵则鸣一直由赵僮搀扶着，艰难地走了大半天路程，直到路过著名的诸葛八卦村时，赵则鸣的精神才振奋起来。

赵则鸣告诉赵僮，此处名叫诸葛村，与诸葛孔明有关，可进村凭吊诸葛孔明。叔侄大步进村，见到一口池塘，形同八卦之状，赵则鸣不由赞叹好一个八卦村。又走进诸葛祠堂，只见祠堂里面立着诸葛亮坐像，赵则鸣奔进去，突然下跪，一边高声恸哭，一边诉说：诸葛丞相，你何不生在大明朝，你何不显灵辅佐崇祯帝，我大明若有你诸葛先生，怎么会有闯贼之祸？怎会亡于满人之手？我崇祯帝有你诸葛先生，又怎会自缢于煤山之上？诸葛先生，赵则鸣不忠、不才、不能，求诸葛先生佑我大明一十六帝在天之灵，佑我大明遗民永避灾祸。

这时村外的官道上，一大队人马急奔着，扬起厚厚的尘土。

走在前面开道的是驻扎当地的普通兵勇，过后，才是一群精干魁梧的护卫簇拥着洪承畴出现。本来洪承畴计划马不停蹄直奔杭州，只是偶尔一眼看到前面的村落地形奇特，不禁好奇，策马上了山冈，发现村子形同八卦，怀疑正是自己早有所闻的诸葛八卦村。于是询问送行的兰溪知县，得知果然是诸葛村，一村皆复姓诸葛，居住的都是诸葛孔明的后人。洪承畴素来敬服诸葛孔明，取得功名之时就立志以他为楷模，立于朝中，造福桑梓，垂名千古。他兴奋地下了马，心想既然是先生后人集居于此，不可不进村拜访。多哈提醒他还要赶到杭州，如果停留会耽误行程，洪承畴却坚持进村做短暂访问之后再继续赶路。

不承想进村的巧遇，打乱了洪承畴后来的整个行程。

先是在八卦池边，洪承畴伫立了许久，随后又在阴阳两边辗转，感叹诸葛村的造势、设计果然名不虚传，不愧是诸葛孔明的后人，这池塘，这村势，这回廊，处处藏有机巧，布着兵棋。洪承畴一边感慨着，一边招呼多哈进入诸葛祠堂一同祭拜。多哈也欣然赞成，一脸敬佩，心中也不免感叹：三国故事在白山黑水也人人熟知，可惜诸葛亮生不逢时。

见洪承畴一行过来，兵勇们匆忙跑进祠堂赶人，把赵则鸣叔侄挤进一条小巷。赵则鸣得知居然是洪承畴来了，将信将疑，他听说洪承畴要路过浙江，难道是真的？再一次在兵勇口中得到证实后，赵则鸣难以抑制激动，双手不禁剧烈颤抖起来，这口气憋了很久了。洪承畴呀洪承畴，要不是你怕死变节，大明又怎么会亡得这么快。他要见他，要替大明好好问问，他嘴里边念叨着边要往外面冲，张口就要大骂。赵僮赶紧拦住，一把拉住他，又捂住他的嘴，说叔父要骂洪承畴，是很痛快，可是如果洪承畴一刀把您杀了，您就没有办法为大明做那件事情了，您死了，还怎么讨还《金瓶梅》的旧债？

赵僮的话犹如当头棒喝，赵则鸣突然冷静下来，怔怔地坐在石阶上。是啊，

赵则鸣问罪李渔

孰轻孰重，自己要想清楚了。

多哈听到声音，走进弄堂，盘问他们。

由于赵僮的提醒，一直激动的赵则鸣这时却异常冷静，说我们是过路的道士，进村讨口水喝。

多哈细细审视之后，觉得并无什么破绽，说你们既然不是本村的人，就赶紧离开吧。说着叫兵勇们将他们押出弄堂。经过祠堂门口时，赵则鸣听到里面的声音，突然停了下来，伸头往里看了看。只见一个有几分熟悉的背影正上了一炷香，又一拜，然后听到熟悉的声音：诸葛丞相在上，请受洪承畴一拜。

赵则鸣的双脚顿时粘在地上，一动都动不了，他断定，这背影、这声音是洪承畴无疑。本来要到了杭州才能见到洪承畴，想不到在兰溪提前相遇了。这时洪承畴叩了三个头，然后站起来，走到塑像前面，激动地说了一番话：诸葛先生，古今贤相众多，承畴最崇拜的就是您了。说起来，承畴也曾熟读圣贤之书，深知兵家韬略之策，不想生逢危难之世，审时度势，改朝换主，身后骂名，滔滔而来，此生恐怕做不成一代名相了。

直到多哈再次驱赶，赵则鸣又醒悟过来，长叹了一口气，刚要抬步离去，不想洪承畴听到了叹息声，回过头来看到赵则鸣，一下子就认了出来，疾步走出，叫了声赵兄。

此刻，赵则鸣满腹的话却一句也说不出来。他转过身来，神情冷漠，说我不认识你。

洪承畴喝退身后的兵勇，显示出见到故人的那种兴奋，将赵则鸣拉到八卦池边，说我是洪承畴呀，赵兄也算是我的同榜进士，岂能不认得？后来赵兄昭雪，放了浙江经历，我也出过一点力啊。像我洪承畴这样的人，恐怕赵兄要忘也忘不掉。

赵则鸣声音颤抖，说得罪了，我不认识什么洪承畴。前朝往事，就如过往云烟，不必再提，小小的一个四品官，哪能认得朝中一品大员。游方道士，云游四海，了无牵挂，人间事，早已淡忘。

洪承畴面孔板了下来，说既然你不肯相认，我也不勉强，你到兰溪干什么，总不会像那些江湖人士那样来取我性命的吧。

赵则鸣针锋相对，说可惜我手无缚鸡之力。

赵僮急忙上前，解释他们是来寻访一位旧人的。

洪承畴不免感兴趣，问这位旧人是谁，让早已淡忘人间事的赵兄还如此牵挂，赵兄能不能说出来听听，你找的莫非是反清复明的志士。

赵僮着了急，连忙说叔父找的是一位写戏文的人，只是想了结一桩前朝旧事。

洪承畴脸一紧，问写戏文的人？谁呀？

赵僮看了看赵则鸣，低下声，说他叫李渔，兰溪人氏。

洪承畴愣了半天，突然大笑起来。赵则鸣瞪了他一眼，说没有什么可笑的。

洪承畴停住笑，神情友好了许多，说洪某知道赵兄到兰溪来的目的了。因为洪某想起崇祯十二年春，赵兄到京城就任，托洪某转呈奏本给崇祯皇帝。

赵则鸣精神一振，说是有此事。

洪承畴似乎回想了一会儿，才想起什么，说事隔多年，今天我可以告诉赵兄，奏本呈上去了。因为我忙于蓟辽战事，把奏本交给了国史馆编裁文瑞方，由文瑞方呈给了先帝。

赵则鸣顾不得再与洪承畴计较，神情急切，说既然文瑞方呈上去了，先帝可有旨意？

洪承畴可能还没有想好怎么回答，故意卖起关子，说记得赵兄的奏本是请禁淫书《金瓶梅》一事，撰写此书的便是兰溪人李仙侣。但浙江另有奏本上来，说李仙侣并非此书的作者。

赵则鸣急了，说怎么不是李仙侣，我已经查得清清楚楚了，只因为皇上圣旨未下，所以未能及时将他拿问。但赵某并没有停止追查，只因兵荒马乱，乾坤倒转，耽搁了几年。

洪承畴瞪大眼睛，突然恍然大悟，说先帝有过御批。

赵则鸣激动得几乎站不住，镇定了一会儿，仍不敢相信，问真有此事？那先帝御批为什么没有下达浙江？御批讲的是什么？

洪承畴摇头，表情惋惜，说只恨李自成把局势搅乱了，驿路不畅，没有及时下达也是不得已的。又迟疑了一番，说这御批，我见过。

赵则鸣顾不得洪承畴的身份，厉声催问洪承畴，这御批说的是什么。

洪承畴表情终于肯定起来，说文瑞方将御批交给洪某，后来洪某将其存放秘阁，不相信，你到北京找我，我找出来给你看。

赵则鸣急得跺脚，说你快讲，我要知道先帝是何旨意。

洪承畴说好吧，我告诉你。洪承畴清了清嗓子，一字一顿，背了起来：先帝诏曰，依赵则鸣所奏，命其将人犯拿问递京，悔过具结，并查禁此书。

赵则鸣愕然许久，激动得热泪盈眶，又问先帝真这么说的？洪承畴认真地点了点头，说先帝圣旨，洪某怎敢骗你。

赵则鸣哭出声来，朝北下跪，一边叩头，一边大喊先帝啊，是罪臣赵则鸣辜负你了。

洪承畴过来扶赵则鸣，却被赵则鸣一把推开，说贫道承担不起，怕脏了你的手。洪承畴仍然扶他，又被推开，洪承畴并不计较，神情充满和蔼、关心，问他有没有找到李渔。见赵则鸣还是不理，赵僮怕这样僵持下去会惹恼洪承畴，连忙回答说我们去过下李村李家，李渔离开一年多了。

之后，就在诸葛村，一心想去杭州会李乡君的洪承畴突然接到京城传来的圣旨，命他从陆路火速回京，洪承畴那颗动情之心顿时凉了半截，在多哈的催促之下，只好骑马上路。临别时他送给赵则鸣叔侄两匹快马和一些银两，并告诉他说李渔很可能在杭州。

赵则鸣勉强接受了洪承畴赠送的银子，但毕竟年纪大了，骑不了快马，只好连夜坐船，次日傍晚到了杭州，进城时已是天黑，找了临近抱朴道院的一处便宜客栈住了下来。

赵则鸣收下了洪承畴的银子，怎么也睡不安稳，半夜穿衣起床，走到门外。尽管一路上赵僮劝他不要想太多了，管它是谁的银子，反正是为先帝、为大明办事。但是洪承畴总是为人不齿，日后要是被反清志士知道了，他如何说得清呀。想到这些，他望着眼前的一汪湖水，不由得叹了一口气：为了先帝的遗诏，暂时管不了这么多了。赵则鸣回到房间，叫醒赵僮，掏出一张纸条，要他赶紧穿好衣裳，有事要他去办。这张纸上记着当年按察司一十二位书吏勤杂的姓名住址，找到他们，说有紧要公务，让他们今日正午时分到抱朴道院会合。

临近正午，赵僮果然带了一些人来到抱朴道院。赵则鸣见到这些熟悉的面孔，不禁逐个点头示意。当年经历司的所有胥吏，甚至包括打杂的、看门的、喂马的，都到齐了，十多年了，都不似当年模样了。赵则鸣抑制住心中的激动，神情庄严地问候各位。因为都是赵则鸣任按察使司经历司经历时的下属，而且赵则鸣的按察副使和正使虽然任命了，却没有到任，所以大家都叫他经历大人，有的想改口叫按台大人，被赵则鸣制止了，说都是故交，叫原来的称呼更觉亲切。

众人一阵沉默后，分别诉说自己的遭遇：原来的文案姓荀，如今替人抄书为生；经历司的顾账房，如今到药店当了伙计；史检校上山抗过清，失了一只骆腆，现在帮人打更；司狱姓童，因为有点积蓄，则在西溪养鸡种田，果腹有余……这些原来的下属，以前俸禄虽少，但也被人看得起，现在却落到这步田地。赵则鸣看了看他们脑后的辫子，又有几分埋怨，说大家到底都是剃了发了。

大家面面相觑，内疚地低下头去。但赵则鸣看了看史检校一只空袖，马上又原谅了他们，安慰了几句。留发不留头，大家也是无奈，今日大家能冒险会集在这里，证明各位对大明仍存忠义之心，自己应该深感欣慰，不能求全责备。等情绪回来，赵则鸣直奔主题，说自己不能随大明而去，只为了今天的这桩事情，大家可是知道？

大家点点头，显得神情不安，那意思是说经历大人，我们知道是为了查办《金瓶梅》一事，但现在我们要紧的是吃饱饭，这丢性命、饿肚子的事，叫我们为难呀。赵则鸣自然读懂了他们的心思，对他们的冷淡反应颇为不满，说一会儿你们就不为难了。说着吩咐赵僮给每人一两银子，但还是批评了他们，说大明就是要银子的人太多，做一件分内的事也要银子。等赵僮发了银子，大家情绪高涨起来，赵则鸣才说明了找他们的原因：崇祯六年至十二年，本官在浙江按察使司经历司经历任上，曾连上五道奏本，奏请查禁《金瓶梅》，近日得知，皇上在本官的奏本上批了圣旨。

众人愣了许久，然后兴奋地叫了一声，眼神中露出幸福的光芒，开始七嘴八舌起来。苟文案说奏本是他替经历大人誊抄的，史检校回忆了一下，说他护送经历大人去京城高就，亲眼见到经历大人把奏本给了洪承畴的……赵则鸣连忙打断，白了检校一眼，连说不提此人，不提此人，奏本反正已经送到皇上手中，过谁手无关紧要。

众人一齐挤到赵则鸣身边，齐声问皇上御批说了些什么。赵则鸣示意赵僮望风，然后清清喉咙，神情骄傲，朗声道：皇上御批，依赵则鸣所奏，命其将人犯拿问递京，悔过具结，着其查禁《金瓶梅》。

众人不禁下跪，低声齐呼皇上圣明。赵则鸣热泪盈眶，将众人一一扶起，说今天本官请大家冒险前来，一为传达先帝圣旨，二是要开设公堂，将李渔声讨问罪，以完成先帝遗愿。

激动过后，也有人提出要看先帝的圣旨御批，瞻仰皇上朱笔。赵则鸣一顿，说今天暂时看不到，过几日他会去一趟京城，亲自去取，到时候一定让大家亲眼一见。

见众人多少有点失望，赵则鸣突然振臂一呼，说今天我们一定要实现先帝的遗愿，声讨李渔。

李渔就住在武林门外。

在赵则鸣的带领下，一伙人离开客栈，又出武林门，找到了李渔租住的宅子。李渔躺在床上，刚刚准备午睡。木子李听到有人叫门，以为是求戏的生意上门，放了赵则鸣进来。李渔看到床前一下子黑压压地围着十来个人，不由得一愣，问你们是什么人，找我有何贵干？

赵则鸣扫视了房间，看着门外的婺姬和杭姬，不禁感慨，说我曾到兰溪下李村，见过你的原配徐氏，吃斋念佛，青灯黄卷，独守空房，但不失贤淑，你两个年幼的女儿与二夫人曹氏缝制戏装行头，何等的辛苦。

李渔穿好衣服，不禁惊讶，问道长去兰溪见过我的二位夫人了？赵则鸣不理，继续威视着李渔，说你一个人在杭州风花雪月，牵黄擎苍，弄歌唱曲，醉入花丛，大胆李渔，你可知罪？

李渔一愣，问知什么罪？

苟文案喝了声，叫李渔快快起来，他面前的这位道长，正是大明朝浙江按察副使赵则鸣大人。李渔迅速猜到，这位须发皆白、上了年纪的道士大概就是崇祯十六年没有到任的浙江按察副使赵则鸣了。张缙彦曾经提到，他应该是布司衙门邀请看戏的客人之一，不知为何出现在自己家里。李渔连忙起床，充满尊敬地说，原来是按台大人，可惜当年你没有到任杭州，不然李某早就有缘聆听教诲了。

赵则鸣也不理李渔，推开后边的门，指着里面的库房对赵僮说，就在这里设下公堂。李渔说这是我堆放道具、排练戏文的库房，哪是什么公堂。

赵则鸣还是没有搭理他，径自走进库房，然后又转过身来，说把李渔带进来。已有准备的苟文案指挥童司狱等人把李渔一挟，就推着他进入库房。这时顾账房早将演戏用的椅子搬到赵则鸣面前。赵则鸣坐定，赵僮站立一旁，苟文案在一张木板提笔铺纸做记录状，其他几个模样粗壮的则随手拿起纸做的道具木棍站立两旁，好似衙役，顿时，一个临时公堂开庭。

李渔感觉不对劲，对着门外喊木子李，说快给这位道长上茶。

赵则鸣一摆手，说免了，公务在身，本按台不能喝你的茶。

李渔仍然云里雾里，说李渔愚钝，不明白你们有什么公务。

赵则鸣一脸威严，说因情势所逼，暂借这里设下公堂，审《金瓶梅》一案。

李渔一惊，忙问什么《金瓶梅》一案？

赵则鸣从布袋里取出一道发黄的奏本，说这是崇祯十年，本按台呈朝廷的奏本存本：经查，原籍金华府兰溪县李仙侣乃淫书《金瓶梅》作者，伤风败俗，流毒民间。

听到此，李渔已明白过来，原来赵则鸣是为这事来找他的，居然还在这里设下公堂，这看起来真像是一本传奇，一折好戏，想着不禁发笑。

赵则鸣厉声警告李渔不要觉得可笑，希望他赶紧承认《金瓶梅》就出自他的手。李渔上前，连声否认，说按台大人真是冤枉李渔了，李渔没有写过什么《金瓶梅》，你想想，当时我一心考功名，怎么有时间和精力去写这样一本书呢？再说我万历三十九年生人，按台大人得中进士那年，我才五岁，崇祯六年，我也不过二十二岁，以我的年纪和阅历，写不了这样的书。

赵则鸣手一指，叫了一声李仙侣，说谁不知道你年少为文，奇思巧作，虽然耽误了功名，但也遂了你的性情，放纵了你的笔端，我相信你写得出来。自崇祯六年至十二年，杭州、金华一带民间流传手抄本《金瓶梅》，杭州府道曾经查抄，有多人指证，他们手中的抄本是从你这里购得，你敢不承认？我当时没有来得及查办此事，因此现在让你狡辩。

李渔只好解释，说我确也看到过手抄本《金瓶梅》，但我也是从别人处购得。

赵则鸣问从何人处购得？

李渔说此人乃黄道周好友，好像叫什么笑笑生的，或许他告诉我的是假名，再说此人已于顺治二年战死绍兴。

死无对证，赵则鸣认定李渔在说谎，于是声音抬高，牵出李渔的另一件事情，问他敢不敢承认《肉蒲团》是他写的。李渔看看满屋子的人，一时哑口，但马上说《肉蒲团》看似荒诞，其中也有寓意，李某自会慢慢说明。至于《金瓶梅》，李渔承认确实作过点评。

《肉蒲团》乃奇淫之书，笔法与《金瓶梅》并无二致，但比起来，《金瓶梅》流毒更广。赵则鸣乘胜追击，说我不是说点评，实话告诉你，崇祯帝曾对本官的奏本有过圣笔御批。不容李渔说话，赵则鸣拱手作揖，朗声道：本经历曾五次上本，请查《金瓶梅》一案，终于感动圣意，于崇祯十年御批曰：依赵则鸣所奏，命其将人犯拿回递京，悔过具结，着其查禁《金瓶梅》。

李渔奇怪，崇祯帝当时勤勉朝政，忙于大事，倾注全部心神对付李自成和辽东战事，哪有闲心过问查禁《金瓶梅》这样的细小之事，不禁质疑，说依我看，这道御批有假，即使是真，也没有说人犯是谁。又反驳说崇祯十年，快二十年以前的事了，事隔这么多年，这御批有还是没有，谁能说得清楚。

赵则鸣顿时恼火万丈，说当然有人说得清楚，但现在不便说，皇上御批岂能有假。

李渔坚持要赵则鸣说清楚到底是何人。赵则鸣犹豫一番，终于开口说出了洪承畴的名字，说洪承畴知道这事。

在场的人听到洪承畴三个字，不禁都愣住了。

赵则鸣后悔被李渔一逼，这么快就说出洪承畴的名字，但迟早总是要说，因为他是重要证人。也不管众人的反应，赵则鸣硬着头皮说，崇祯十二年春，本官奉调进京任都察佥事，把第五道奏本交于洪承畴，后来洪承畴因为忙于战事，亲手交给其时正在给皇上讲宋史的文史馆编裁文瑞方，请他转呈给皇上。

李渔见赵则鸣说话并不高亢，显得几分不自信，觉得反击机会到了，说洪承畴什么人呢，骗了先帝，骗了大明天下所有人，按台大人怎么好相信洪承畴的话。

赵则鸣一拍椅子的扶手，说一事归一事，当时洪承畴乃御边大帅，朝廷大员，还没有投清，怎么能不相信？

李渔感到自己渐占主动，不禁全然放松，想笑又忍住，问奏本是否真的呈交给崇祯皇帝了？赵则鸣眨了眨眼睛，说当然呈了。

李渔又问，这御批是内阁代拟还是皇上亲笔？赵则鸣迟疑了一下，说当然是皇上的亲笔。

李渔则一脸认真，恳请将皇上御批让他看一看。赵则鸣一呆，说这御批当时留存京中，此时还在洪承畴手中，并表明是洪承畴亲口告诉他的。

李渔故作恍然，拍了拍手，说按台大人果然与洪承畴有来往，交情仍在啊。

赵则鸣大怒，说我与洪贼不共戴天。

李渔反问，既然不共戴天，那又凭什么要相信洪承畴的话？赵则鸣又理直气壮起来，说自己相信先帝崇祯，自己是为大明朝办事。

李渔态度也开始坚决，说自己真的未曾写过《金瓶梅》，没有凭证，不能随便冤枉人。

赵则鸣站起来，身体颤抖，说怎么会没有凭证。随后一通严厉的谴责：李渔啊李渔，你三房四妾，寻花问柳，宣淫诲盗，长于房闺，戏于密室，官府无法过问，但你为何还要写出来，毒害天下人呀。大明亡，不是亡于兵备不守，也不是亡于朝政废弛，而是亡于文人不修，世风日下，大明就亡于你们之手。

李渔数次想打断赵则鸣，都没有机会，最后按捺不住，激动地站进来反驳，说按台大人此言差矣，大明亡，其先兆乃是朝中腐败，阉人当道，官德不修，民不聊生，致使闯贼起兵造反，大清铁骑趁机入关；大明亡，是亡于洪承畴、吴三桂这些奸臣叛将，连宏愿励精图治、立志中兴的先帝也无法挽回，大势所趋，几人能挡，大厦将倾，独木不支，天亡大明，岂能怪罪于一本书！当然我并不是说这本书是我写，我只是认为把大明丢失天下的责任推给文人不修，感到不公，感到荒唐，感到愤怒。

这时，走廊上木子李和婺、杭二姬焦急地挤在门缝往里看。一时间他们还不明白这些人气势汹汹围着师父想干什么，但后来发现他们并不像官府的人，一致判断这些人肯定不是好人，如果他们是强盗，那师父就完了，应该马上去报告官府，最好直接找张缙彦求救。最后在婺、杭二姬的催促下，木子李从后门离开，进城去报官了。

屋内，李渔继续争辩，一口咬定自己绝没有写过《金瓶梅》。

见李渔还在抗拒，赵则鸣开始坐立不安，劝李渔不要再矢口否认，解释说今日设立公堂，权且审案，都是为了完成先帝的遗愿。自己等这一天，等了整整二十年，要不是清兵入侵，涂炭江南，自己早就找他算清这笔账了。今天不会关他，更不会杀他，只希望他能够认罪，然后随自己北上，到京城煤山下，向先帝在天之灵叩头悔过，然后事情就可以具结了。

李渔几乎有些感动，苦笑着说，赵大人，讲实话，不管别人怎么评价，我认为《金瓶梅》算是一部奇书，李某写不出，因此不敢欺世盗名，贪为己有。再说，如今已经改朝换代，李渔以戏为生，按台大人也易服换装，成了一个道长，今日大家到此，本应是我的客人，我应茶酒款待，何必闹剧一般，让李某难堪，更惹人笑话。

赵则鸣气得哆嗦，说什么闹剧，什么笑话，我们是认真的，你说你认不认罪？

李渔声音低缓，显得严肃，说我没有写过《金瓶梅》，怎么认罪？就是写过这书，也不算有罪。

赵则鸣猛地拍了一下桌子，说李渔大胆，我们是奉旨查办。

李渔依旧严肃，劝赵则鸣不要相信洪承畴。

这时其他人一齐上前指着李渔，半是斥责李渔太过放肆，半是请求李渔快认罪悔过，免得赵大人生气，坏了身体，惹出什么事来。

刚要再折腾下去时，木子李引着一队旗营的铁甲骑士踢门进来，几十把刀一齐架在赵则鸣的脖子上。原来木子李在武林门遇到了巡城的董阿赖，董阿赖认为可能是一伙反清复明分子对李渔为旗营唱戏的事进行报复，当即命令哨官带着数十铁骑前住李宅。赵僮等见状，要冲上去护卫赵则鸣，李渔赶紧上前，对带队的哨官说别误会，他们是我的朋友，我们是在排新戏。

哨官并不相信这是在排戏，当即对在场的每一个人开始审查，赵则鸣叔侄为了不使那些旧属受到牵连，主动承担了全部责任，跟哨官去了旗营大牢。

因为赵则鸣是在李渔家中被捕的，杭州城内很快出现了有关李渔出卖赵则鸣的误传。消息传到抱朴道院，借住在院中的李乡君听说后，心中十分焦急，决心展开对赵则鸣的营救运动，同时，她也想为李渔洗清出卖赵则鸣的罪名。这天晚上，李乡君离开葛岭到武林门外李宅，半路上遇到也去找李渔的文进通，李乡君和文进通取得共识，认为李渔不会出卖著名的抗清志士赵则鸣。

两人很快就来到了李宅，听到里面传出呜呜咽咽的箫声，不禁驻足。李渔正坐在堂下吹箫。赵则鸣叔侄在自己家中被旗营兵带走后，李渔一没有责骂木子李，因为木子李没有做错，如果有点纰漏，那就是搬来的救兵不该是旗营的人；二也没有急着去找董阿赖，因为还没有想好怎么解释。其实即便赵则鸣暴露身份，也不会带来大麻烦，因为清廷现在推行安抚政策，既往不咎，赵则鸣一个迂执道士，不会对他怎么样，再说他到底是张缙彦请来杭州的。但只怕万一，李渔想着，箫声突然停下。

见李渔吹了半曲就不吹了，站在身后的婺、杭二姬又开始埋怨赵则鸣，说师父豁达开朗，本来整天都高兴的，现在连箫都吹不下去了，她们不禁担心、害怕。李渔勉强笑了笑，安慰说师父吹一段曲子，情景所致罢了。

李乡君进来，看着杭姬手中的洞箫，说我远远地就听到箫声了。

李渔见来的是李乡君，忙说快请。李乡君要介绍文进通，李渔说我们早就认识，又问文兄是不是为了赵道长的事来找我算账的？李乡君连忙说明来意：旗营的人从李宅抓走赵则鸣，杭州所有关心反清复明大业的人可能误会是李渔有意告密。她和文进通关心李班主的名誉和安危，特来劝告，想请他出面，想办法救赵则鸣出来。李渔叫了声苦，说你们误会了，我不曾认得赵则鸣，是他自己找到这里的，而且硬要说《金瓶梅》是我写的，我不过评点过此书，就兴师问罪来了。

李乡君表情充满和气，安慰李渔，说是李班主写也罢，不是也罢，李班主的评点文字我倒看过，字字珠玑，足见李笠翁才情。李班主的文名，乡君从心里敬佩。李班主也许不知道，这个赵则鸣，在前几年反清复明的抗争中，也素有名声，我担心一旦旗营的人知道他的过去，怕是凶多吉少，到时候，李班主平白要承担出卖志士的罪名，那后悔就来不及了。虽说赵则鸣对李班主多有误会，只好等日后慢慢消除。但因为赵则鸣是从您这里被抓走的，所以李班主该出面相救。

李渔还是不急，说自己现在潜心文艺，沉湎一个戏字，早就不敢想那些反清复明的高远之事了，但即使赵则鸣再加罪于自己，他也决不会出卖他们。

李乡君继续安慰，说自己懂得李班主心思，因此相信李班主为人处世自有道理，决不会出卖赵则鸣，更不愿看到因为这件事毁了李笠翁的名誉，而且这事要做得轰轰烈烈，要让全杭州的人都知道是他李笠翁救了赵则鸣。

李渔双眼看着李乡君，连说谢谢乡君姑娘的提醒，并保证明日一早就到布司衙门，请张缙彦为赵则鸣担保，同时亲自找董阿赖说明情况。随后又叫木子李加几个菜，要请李乡君、文进通好好喝几杯。不一会儿房内摆起了酒桌，三人坐定，李乡君举杯，说今天还有一事求李班主帮忙，请李班主不要推辞。

李渔破例喝了一杯酒，已经微醉，说乡君姑娘的事，我李渔一定答应。

李乡君脸上泛起红晕，说请李班主教乡君唱几出新戏，笠翁先生新出八种曲，乡君出出都想唱会。

这时，月光泻进屋内，李渔表情得意。八曲初出，纸贵一时，李乡君好眼光，好心致，他日凑成十种，一定请她指教，不禁唱起了《风筝误》中的句子：

> 清明近，游人闹，好风光，大家欢笑。风筝糊就到春郊，高高放去。

李乡君也迈着醉步，跟着唱道：

> 最是春光易得消，才过元宵，又过花朝。芳菲时到不相饶，才放山桃，又放庭蕉……

后来有人说直到天亮，李乡君才意犹未尽地离开李宅，但又有人说，是文进通抱着她回到抱朴道院的。但不管怎么样，李乡君说动李渔出面保出赵则鸣的目的还是达到了。第二天上午，木子李带着婺姬和杭姬到旗营大牢送了牢饭，饭菜一样一样放好之后，赵则鸣端坐不动。赵僮伸手就要抓东西吃，婺、杭二姬齐声骗他说小心，饭里有毒。赵僮知道是吓他们，板下脸，说看你们小小年纪，美貌如仙，竟然这么狠毒。

杭姬回骂赵僮是个臭道士，说我们美貌如仙关你什么事，要不是师父非要叫我们来，谁会到臭气熏天的大牢里给你们送吃的。

赵则鸣站起来，说两位姑娘，你们年纪太小了，这里本不是你们该来的地方，你师父不应叫你们来，万一有个闪失，会后悔一生的。婺、杭二姬似乎知道赵则鸣说的意思，不禁笑了，说叫我们送牢饭，是因为我们和旗营的人熟，能让我们进来，他们对我们都友善得很，你想到哪里去了。

赵则鸣一时语塞，良久才说牢里有牢饭吃，我们不会吃你们的东西。

木子李骂了一句，说别不识好歹，我们师父正帮你去求情呢。

同一时候，在布司衙门，李渔和张缙彦正商量怎么让董阿赖放了赵则鸣叔侄，两人为此还编演了一遍。李渔的说辞是：道长是他从前的文友，只因性情孤僻，不合流俗，已经多年没有来往，但故友之情仍在，所以戏闹了一番。张缙彦则装作董阿赖，没有吭声，只等李渔提出条件。李渔想了半天，说愿以《笠翁诗集》和《无声戏》所得担保。张缙彦得意，说这个条件应该足以让董阿赖放人了。

当即，张缙彦陪着李渔到旗营见了董阿赖。起先都按编演好的进行，不想董阿赖一听李渔愿以《笠翁诗集》和《无声戏》担保，连忙摇摇头。李渔刚要再加码，董阿赖开出了自己的条件，不过董阿赖的条件令李渔开始觉得简单，后来则大感意外。

董阿赖要李渔带戏班子到旗营，给标统以上及家眷们唱三个晚上的戏。

李渔顿时放下心来，马上爽快地答应下来。当晚，李渔就带着戏班到旗营，连唱了三天三夜的戏，之后向董阿赖要人。董阿赖称赞唱得好，从来不喜欢看戏的旗营满官听了三天大戏，都说过了瘾，不仅放人，连戏金也要给李渔。李渔不肯收戏金，董阿赖翻脸了，说若你不收，我就把那个赵道士抓回来，你以为我不知道他是什么人。李渔只得恭敬不如从命，连忙接过银子。

后来李渔发现董阿赖另有所图，他送李渔到旗营门口时，突然拉住李渔，低声问他手头是否还有《金瓶梅》抄本，他想出重金买一本。李渔拔腿就走，连说没有没有，我哪里有什么《金瓶梅》抄本，没有没有。

董阿赖紧追出来，说这《金瓶梅》不是你写的吗？李渔越走越快，说董大人误会了，不要相信那个赵道士胡说，他老糊涂了，这《金瓶梅》不是我写的。

当晚，李渔在西湖边的涌金酒楼摆了一桌，给赵则鸣压惊，文进通、李乡君等也入座相陪。李渔以茶代酒先敬赵则鸣，对他所受的委屈表示道歉。但是赵则鸣仍端坐不动，滴酒不沾，沉默良久，叹口气，说李渔你也算当今一大才子，为何要写《金瓶梅》这样不堪入目的文字，国破家灭，你竟然还是风花雪月，夜夜笙歌？

李渔放下酒杯，说今日这桌饭，是特地为两位压惊的，还是不谈国家大事吧，并再一次声明，那《金瓶梅》不是李某人写的。

赵则鸣指了指婺、杭二姬，说还把她们也拉进来陪我，我说你什么好。《金瓶梅》不是你写的，你看看你，你在兰溪，家有贤妻，辛辛苦苦地为你缝戏装、制行头，但你在外头不仅是三房四妾，又勾引年少女子在你左右，这跟西门庆有何两样。

李渔忍不住站起来，说道长误会了，李某只有一房一妾，至于那些学戏的年少女子，她们可是好人家女孩，是向李某学戏的，道长不可侮辱她们。

赵则鸣哼了一声，说娶三妻四妾的是你的自由，自己无意干涉，不过有些话要说明白，知道李渔为了保人出来，向董阿赖送了人情，今天文壮士和乡君姑娘在此有意替你说情开脱，但可以告诉你，赵某既然身负先帝重托，一定会不遗余力地查办《金瓶梅》一案，不论如何绝不会迁就的。

李乡君耐心相劝，说赵道长不要太固执了，洪承畴的话不可相信。

赵则鸣转过脸，说我是固执，固执得不通人情，当年我为此事曾经向崇祯帝呈上五道奏本。现在既然洪承畴说见过先帝的御批，我不能装作没有听到，我一定要把事情弄个水落石出，有凭有据。但我也不是完全相信洪承畴的话，所以我想马上进京找到文瑞方。等我亲眼一睹圣笔御批，再回来找你李渔，那时候看你还有什么话说。

尽管酒宴不欢而散，但第二天赵则鸣叔侄离开杭州时，李乡君和文进通两人仍然到码头相送，还是想继续劝劝他。李乡君苦口婆心，说赵道长你去京城，一路凶险，洪承畴这个人老奸巨猾，翻脸无情，你千万不要自投罗网。

赵则鸣心中几分感动，但还是坚持上了船，说大明既亡，赵某所以苟且偷生至今，为的是查办《金瓶梅》一案，肃清流毒，完成先帝遗愿，生死早已置之度外，难道还怕他洪承畴。如自己能与夏完淳、黄道周那样，死于洪承畴之手，则是大幸了。这一番话，不禁让李乡君落泪不止，文进通趁机拥抱安慰。

一路上，赵则鸣看到两岸情景，始终感慨万千，心情起伏，过镇江时船舶稍作停留，看到北固亭上一个满族官员和一班苏州美女唱起曲子，禁不住眼眶里含着热泪，愤愤不已，说看那亭子上那满人好得意，真是“商女不知亡国恨，隔江犹唱后庭花”。

赵僮回到舱里，赵则鸣不肯进舱，对着亭子吟唱起当年辛稼轩的《南乡子·登京口北固亭有怀》：

何处望神州？满眼风光北固楼。千古兴亡多少事？悠悠。不尽长江滚滚流。年少万兜鍪，坐断东南战未休。天下英雄谁敌手？曹刘。生子当如孙仲谋……

唱到此处，他忽然心中一叹，煌煌大明，连孙权这样的人才都没有，可叹可悲。

四、清帝爱新觉罗·福临自主婚姻

来自蒙古科尔沁草原的小博尔济吉特氏，名叫本布泰，是贝勒寨桑之次女，即孝庄太后，出生于明万历四十一年，天命十年，不到十四岁就嫁给了努尔哈赤的第八子皇太极为侧福晋。

崇德元年皇太极在盛京称帝，受封为永福宫庄妃，两年后生皇九子顺治，崇德八年顺治帝即位后，称圣母皇后，顺治八年顺治亲政，尊昭圣皇太后。

顺治即位不久，孝庄就册立自己的侄女、蒙古科尔沁亲王吴克善的女儿博尔济吉特氏为皇后。而顺治恰恰不喜欢这位皇后，且这位皇后爱嫉妒，顺治无法容忍，坚决要求废后另立。顺治十年八月，孝庄见儿子实在没有回转余地，只好同意将皇后降为静妃，改居侧宫。

为了消除这一举动可能带来的消极影响，孝庄又选择蒙古科尔沁多罗贝勒之女博尔济锦氏进宫为妃。并计划于顺治十一年的五月举行婚礼。

但顺治对这位蒙古包里出来的美丽女子同样不感兴趣，其实他已经寻找到了真爱董鄂氏，打算接入宫中后封为皇贵妃，甚至以后要册立为皇后。

母子为此较上劲了。

顺治十一年正月，北京出现了连续数日的艳阳天，上年的积雪开始融化，似乎春天又一次过早地来到紫禁城。御苑之中，梅枝含苞欲放，树枝滴水如珠，阳光暖洋洋地照落其间，显出几分热烈。

一个正在和几个小太监放风筝的旗装少女，脱下了白狐皮帽，露出红扑扑的脸蛋，汗水湿润了额前刘海，不时地发出爽朗而天真的笑声。一个小太监跑过来，对其他几个太监低声耳语了几句，其他太监也不看天上的风筝了，匆匆离开。

少女拉着线，神情疑惑，问他们去干什么。

后来的那个太监告诉她，她的父亲、去江南筹办织造府的曹尔玉回来了，而且从苏州带来几个江南女伶，进宫给太后和皇上唱戏。少女急忙收线，但线已经断了，风筝从高处落下，远远地落到宫墙的另一头，落到政和殿那边去了。

政和殿这边，皇太后孝庄和年方十六岁的皇帝顺治正在召见刚刚从江南归来的曹尔玉。让曹尔玉感到吃惊的是，孝庄太后拉着顺治的手，显得十分亲近。

曹尔玉不敢相信这对母子真的已经和好了。

十一年前也就是崇德八年的八月初九，皇太极猝死于盛京后宫，他生前未立嗣子，因此引起一场激烈的权力角逐。多名郡王、贝子劝多尔衮自立为皇帝。但最后是孝庄幕后发力，说动多尔衮从大局出发，为避免内乱而作退让。多尔衮将劝他为皇帝的这些人诛杀，与诸王、贝勒和群臣奉立只有六岁的顺治。其时多尔衮左右辅政，掌握实权，首先罢黜了诸王贝勒在六部的官职，并于顺治元年正月，禁止外国馈赠清朝诸王贝勒，诸大臣凡事先奏请摄政王多尔衮，书写名字时，多尔衮应列在前面，多尔衮成为清朝实际的最高统治者。但自此，孝庄太后暗中下嫁摄政王多尔衮的传言就一直困扰着她。

最早在民间流行开来，是因为南明官员张煌言即张苍水的一首诗：

上寿觞为合卺尊，慈宁宫里烂盈门。春官昨进新仪注，大礼恭逢太后婚。

讽刺孝庄与多尔衮的叔嫂结婚之举。

对此清廷曾严令追查，但张煌言其时已逃往海中。孝庄读了这首诗，一笑了之，说作诗的人是故明之臣，对清朝怀有敌意，难免诽谤。

顺治七年十一月，多尔衮出猎古北口外，行猎时坠马跌伤，医治无效，十二月初九死于喀喇城。灵柩运回北京，多尔衮的葬礼依照皇帝的规格举行。顺治帝追尊他为义皇帝，庙号成宗。孝庄虽然一滴眼泪未流，但顺治却感受到母亲其实是最悲痛的人。

几乎同时，顺治对多尔衮的不满得到了最大的宣泄。

多尔衮弥留之际，他的同胞兄长阿济格当时在他身边，两人有过密谈。多尔衮刚一断气，阿济格立即派自己统帅的三百骑兵飞驰北京。顺治帝按照王爷们的建议，将三百飞骑收押后尽数诛杀，阿济格随多尔衮的灵柩进京时，立即成了囚犯，被送入监牢幽禁。他在监狱中企图放火，被赐令自尽。多尔衮的嫡派势力得以剪除，清算多尔衮也随即开始。

顺治八年正月，多尔衮的贴身侍卫苏克萨哈向顺治皇帝递上一封检举信，揭发多尔衮生前曾与党羽密谋，企图率正、镶白旗移防京郊，阴谋篡位，更有人说他偷偷地制成了皇帝登基的龙袍服装，家中收藏着当皇帝用的珠宝。于是只有十三岁的顺治第一次亲理朝政。他召集王爷大臣密议之后，拟定多尔衮谋逆之罪。多尔衮被撤去帝号，母亲及妻子的封典也全被削夺。

孝庄太后事后还是做了一些阻止，她希望儿子尽快把精力转移到治理天下、当一个好皇帝上面来。但顺治意犹未尽，面对母亲的劝说，反而更铆足了劲对着多尔衮。

顺治亲政后几乎每月发布一项重大诏令，尽最大限度抹去多尔衮的痕迹。

二月谕兵部，三月谕户部，四月谕吏部，五月谕工部，六月谕刑部，几乎每月一大诏令出台。孝庄太后本想有所批评，但看到儿子做的事情看上去大多正确，且受到许多官员的拥护，于是最大可能地保持了沉默。

顺治听了洪承畴等汉官的建议，颁敕江南各省，说多尔衮在世时那些之前拒清后来投降的人多被诛戮，他决定改变这一做法，对愿意入清的人都留下一条生路，准许其改过自新。孝庄当然不清楚远在浙江的李渔因此也可以像没事人一般开始正常生活，但知道此项政策惠及的众多人数，将很快变成大清的顺民。诸如此类，她怎么能反对呢？

有些事对与错一时还很难判断，如顺治停止了多尔衮为了修筑边城而加派岁赋的做法，是以舒缓民间负担的名义，她也不好反对。她相信多尔衮生前所做一切一定有他的理由，但可惜他永远缺席了，再也无法为自己做的事情解释、辩护。

其间顺治还做了一件大事，就是实行京察大计，显然这是针对多尔衮的非常具体的行动。所谓京察大计，即对官员普遍进行考核，在考核中，共有九百六十九名官员受到了革职、降调、致仕的处理，其中有一大半人似乎是多尔衮直接或者间接提携的。当时洪承畴负责对御使的甄别，遭到弹劾，虽然顺治力挺过关，但可见其难度。

许多被处分的官员找到各种途径向孝庄告状、诉苦，表示自己因摄政王的关系受到了牵连。孝庄也只是一听，没有发表任何意见，她还要看一看儿子到底会走多远。

这种考核方法得到了多数官员的支持，从此三年一大考核，定为制度。在一片拥护声中，趁着京察大计取得的成果，顺治以察吏安民之名，向各地派出大量御史，作为自己的耳目，准备对地方官进行一次大甄别。感到自危的地方官员纷纷划清与摄政王的界限，有的为了谋求自保，主动上书顺治控诉摄政王的罪行。

孝庄仍然保持缄默。

直到顺治下令满汉官员互参，矛头开始指向八旗尤其是多尔衮的旧部时，孝庄感到事态严重，逼迫急了，万一老八旗人反了，没有人会压得住阵，儿子的皇位还能不能保住就两说了。孝庄借避暑的机会，与儿子认真谈了一次话，说繁忙到此，该歇一歇了，当年要不是皇叔，你也当不了皇帝。

谈话一直到天亮才结束，很久没有在一起吃过饭的母子，一起用了早膳。

顺治似乎有所感动，加上清算多尔衮的目的基本达到，于是听从了母亲的劝说，不再对皇叔的旧属进行清算或者冷藏，而是要尽量笼络，大胆使用。重用多尔衮正白旗包衣家奴、旗主侍卫亲信的曹尔玉，就足以证明这一点。

曹尔玉，取字完璧，于后金天命四年，即万历四十七年生于盛京。出生第三年，努尔哈赤统领的八旗大军攻占沈阳，两周岁不到的曹尔玉，与祖父曹锡远、父亲曹振彦一起被俘迁居辽阳，襁褓中即沦落为后金四贝勒皇太极府上包衣家

《风筝误》

奴，可以说他的幼年是极为不幸的。稍稍长大就跟随满正白旗旗主多尔衮出生入死，连年征战，获得战功，封二等侍卫。多尔衮死后，正白旗自然由皇室接管，曹尔玉也就由顺治直接率领了。多年后，康熙写玉尔两字上下笔画紧凑，如同玺字，才改名曹玺。

曹尔玉为顺治与太后关系的融洽感到高兴，但他并不知道母子俩在什么地方作了妥协。

顺治向孝庄太后提出的条件就是要求婚姻自主。

册立不久的皇后也是他母亲的侄女博尔济吉特氏，但这门婚姻从订婚、聘娶都由多尔衮做主，顺治当然心有不甘，数次以两人性格不合，提出要废掉皇后，降为侧妃。孝庄无奈之下，表示了同意，但续妃的人选仍由她出面给他找，再聘的还是科尔沁贝勒绰尔济的女儿。这位新找的博尔济锦氏，年纪才十三岁，性格文静，并按照计划，将于今年五月先聘为妃，六月再册为皇后。但顺治提出自己的人选，将正白旗的内大臣鄂硕之女、闺名云珊即董鄂氏接到宫中，纳其为妃。孝庄这才知道儿子居然爱上了数次邂逅宫中的董鄂氏。董鄂氏年方十四，曾奉命服侍患病的皇后，不想却给了与少年顺治接触的机会，两人言语投机，很快就爱得如胶似漆。

面对儿子提出的条件，孝庄矛盾再三，作为权宜之计，只好答应待以后时机成熟，可以考虑接董鄂氏入宫，但必须在五月与博尔济锦氏完婚之后决定。

顺治提出时间表，说年内就要接董鄂氏进宫。

孝庄说不行，起码要等几年以后。

顺治说最多等一年。

孝庄坚持了一下，说三年吧。

顺治仍然坚持，说三年太久了。

孝庄作了让步，说那就两年吧，不能再短了。

其实此时董鄂氏已经常常夜宿内宫，顺治对母亲没有阻挠有些喜出望外，答应了母亲的这一安排，孝庄也开始积极地为儿子筹办五月纳妃庆典。

正是由于这次妥协，母子间长时间的隔阂开始消除。

曹尔玉此去江南，太后和顺治都分别给他交代了任务。

江南之地自古富庶，物产丰盛，天下财富十有其六，顺治命曹尔玉巡视江南，以期今后筹建织造府，其用意就是要控制江南财赋、经济，为大清国库充盈提供保证，究竟在何地筹建江南织造府，干系重大。曹尔玉果然不负所望，短短数月时间，便考察清楚，回京复命了。

孝庄叮嘱曹尔玉留心有什么助兴礼庆的新鲜玩意儿，以便为皇上五月纳妃婚典增光添彩。孝庄自幼生长在草原上，喜欢歌舞，但对南方音乐却有所向往，因此也急切地想知道曹尔玉能带来什么。顺治和曹尔玉说话的当口，坐在一旁的孝庄太后也乐个不停。

她年纪轻轻就做了太后，之后摄政王走了，顺治亲政，她闲了下来，心里总是有许多不适应，总想着用什么办法打发时光。早知道江南地方山清水秀，风景如画，女孩儿家皮肤滑嫩，心细手巧，长得也机灵，曾想叫曹尔玉选几个进宫来，陪她说说话，但一直没敢开口。难为曹尔玉想得周到，这次回来特地从苏州带了几个女孩，让自己听听她们说吴侬软语，弹江南丝竹，唱委婉南曲。太后高兴之余，也还给他一个惊喜，说你小半年没有见到夫人了，已经叫她过来一起用膳了，让你们夫妻早点相见。

曹尔玉不由得眉开眼笑，连忙说能伺候殿下是我们的福分。年初顺治得子玄烨，为都统佟图赖之女佟桂氏所生，曹尔玉夫人孙氏被选中给玄烨当奶妈，长住宫中。

孙氏抱着玄烨从侧门进来，看到曹尔玉，激动得叫不出声来。

曹尔玉走过去，四目相望，热泪盈眶，但他马上蹲到夫人面前，说殿下长壮、长胖了。这时风筝落在了殿外的台阶上，顺治看到，跑到殿外，捡起风筝。孝庄太后笑着说，风筝落到政和殿来了，肯定是你那淘气的女儿火婴没有规矩，敢在宫中放起风筝。

此时火婴已经站在殿门内，看到顺治在玩耍风筝，马上说太后猜对了，这风筝是奴婢放过来送给皇上的。

曹尔玉回头一看，愣了一愣，几个月不见，火婴突然长大了许多，都成大姑娘了，一时还真认不出来。火婴原姓霍，其实是曹尔玉的养女，她亲爹霍烈和曹尔玉都是多尔衮满正白旗的二等护卫，几次战斗中，互相救过命，算是生死之交。松山之役，洪承畴亲率精锐突袭营帐，一场火攻，霍烈夫妇都没能逃出来，曹尔玉向多尔衮要求，收养霍烈的遗女，因为她是火中救出，取名为霍婴，加曹姓时又叫曹霍婴，一段时间太后把她接到身边，后来进入北京，以汉人读音，霍火不分，就赐名火婴，让大家以后都把她当格格看待。

火婴叫了声爹，行了礼，左右看看，问他带来的唱戏江南女孩在哪儿。

一会儿工夫，御苑边上已经搭起一个小戏台，四周坐满了人。坐在前面的是太后、顺治，刚吃完奶的玄烨由孙氏抱着，也坐在前排。火婴站在一旁，太后让她坐下，并称赞说这宫中多少嫔妃、格格，没有她喜欢看戏，会看戏。

顺治随口说天下好的戏班都在江南，有朝一日，朕带你到苏杭，看个够。

火婴高兴得跳了起来，连忙谢恩，说希望皇上说话算数。

这时乐声大起，曹尔玉凑近太后说这江南歌曲多婉转柔软，轻细缓慢，要欣赏其中趣味，须有几分耐心。建议先听她们试唱一出，然后再点喜欢听的。

顺治有自己的见解，说江南水乡，自成其特点，朕倒是想听听市井乡里的东西。汉人讲所谓阳春白雪和下里巴人，朕要听下里巴人的。

曹尔玉疾步走到已经上装的女伶旁边，说土的，俗的，有江南味，市井味的，你们随便唱。火婴跟过来，拉着一个女伶，要求在旁边一边听一边学。曹尔玉笑说，火婴你就好好听她们唱戏吧。江南口音，十分难懂，很难学会。

那个女伶说要唱戏文很多，那些传奇名家写的戏本都会唱，什么关汉卿、马致远、王实甫、汤显祖，还有一个新冒出来的李渔。火婴说你们讲的这些人都是大名鼎鼎的名家，可惜他们都已经死了。

女伶笑她半懂不懂，说什么都已经死了，那个李渔就好好地活着。

火婴说那他活着也一定是个老头了。见女伶们还是笑话她，又说他既然是传奇名家，不是老头子还能是年轻人。

女伶说他偏不是老头，我们都唱过他写的戏，他可是一个风流倜傥、年轻气盛的江南才子。这时锣声响起，女伶不再继续跟火婴争论关于李渔的话题，款款上场，唱道：

> 古道西风瘦马，小桥流水人家，断肠人在天涯。

那边顺治似乎不感兴趣，说这不过是马致远的散曲，算是雅调。孝庄太后要看的是传奇，这传奇就是说故事，有情节，引人入胜。曹尔玉又匆匆跑过来，要求女伶们唱一出《西厢记》，《琵琶记》也行，看看有什么喜气的。这时与火婴说话的女伶建议唱一本李渔李笠翁的《风筝误》。曹尔玉反应不过来，回头一看玄烨手中玩耍的风筝，手一指，问就是这个风筝？

女伶点点头，说那是一本真正的传奇，我们刚好学过，看完了你只想笑。

一开始唱，太后果然看得眉开眼笑，连说有趣。就连一向神情淡然的顺治脸上也有了一些笑意，说这个李渔倒是会编故事。

火婴时而大笑，时而入神，等第一出戏唱完，火婴拖住那个下场的女伶，一定要她告诉自己，李渔他人在哪里。女伶喝口水，说李渔可能在杭州，教两个漂亮的小女孩唱这本戏。

火婴说你们什么时候回去，能不能带我去找李渔，我也要跟他学戏。

女伶忍不住想笑，说不行，你是格格，怎么能找李渔这样的人，像你这么标致的女孩子，又是格格，他不吃了你才怪，你去看看他写的《金瓶梅》就知道了。

火婴不禁茫然，这是她第一次听《金瓶梅》三个字。女伶显得眉飞色舞，说这是一本奇书，听说就是李渔写的，说的是三个女人，潘金莲、李瓶儿、庞春梅，各取一字，所以叫《金瓶梅》……

《风筝误》唱到一半的时候，多哈在前面引路，忐忑不安的洪承畴风尘仆仆地走进宫门。这一路上走得困难，虽然快马加鞭，日夜不停，想不到还是让皇上等急了。

一个太监迎上来告诉他皇上在看戏，曹尔玉带回几个苏州女伶，正演戏给太后、皇上看，让太后和皇上高兴高兴。洪承畴表情先是惊讶再是严肃，不禁担心苏州女伶从江南来，那地方对大清国心存不满的大有人在，即便是一个女伶，也要查明身份，马虎不得，这苏州女伶怎么能够随便进宫。

太监引洪承畴过去，顺治怕影响太后看戏，走到假山后面，洪承畴一边下跪，一边恭喜皇上将新纳长妃，低声喊道吾皇万岁，万岁，万万岁。顺治也低着声扶他起来，说你不去杭州，躲过了一劫，那里很多人都想杀你。还有，你私自离开武昌，回福建祭祖的事，情有可原，但这是第二次了，不能再有下一次了，不然别人知道，必定弹劾，朕怎么帮你说话。

洪承畴对顺治这么轻易地放过自己，并不奇怪，但显露出如释重负的样子，正要请罪，只听那边孝庄笑得合不拢嘴，站了起来，大着声音说这个编戏文的，倒是有趣，把家务事演得像真的一样。又对曹尔玉说五月是皇上纳妃婚典，听说天下最好的戏班都在苏州，你好给多留留心，赶紧选个戏班来热闹热闹。

顺治似乎受到感染，叫洪承畴一起过去陪太后听《风筝误》。洪承畴听到

"风筝误"三个字，一愣，态度认真起来，连忙说皇上今日好兴致，臣本不该打扰，但突然想到一事，要奏请皇上，请皇上恕罪。这出戏叫《风筝误》，写此戏者叫李渔，臣以为皇宫之上，御苑中演李渔的戏，实为不妥。

顺治脚步停下来，问洪承畴是什么意思，这李渔又是什么人？

洪承畴表情几乎有些愤怒，说李渔是淫书《金瓶梅》的作者，诲淫诲盗，是令人不齿的奸淫之徒。

顺治一听《金瓶梅》，说朕好像听说过这本书。

洪承畴声音突然很响，激动得有点失真，说《金瓶梅》字字句句，肮脏无比，不堪入目，流毒人间，贻害无穷。

由于洪承畴声音很大，火婴奔过来，对洪承畴说你这么大声说话，让别人怎么看戏啊，你吵到太后了。

顺治责怪火婴放肆，说你怎么跟洪大人说话的。

洪承畴不理火婴，顿了顿，说因此臣请皇上下旨，查禁《金瓶梅》，及李渔所作戏文、传奇等所有文章，臣愿意奉旨查办。在洪承畴眼里，年轻的顺治虽然是满人，而且还算刚成年，但却能够从善如流，听从自己的建议，开始崇尚孔孟之道，礼义廉耻。顺治八年，洪承畴联合一些观点相同的汉臣，上奏建议颁布禁娼令，顺治甚是赞同，下旨颁行，禁令一出，取缔教坊，关闭妓院，遏制了淫荡之徒的欲望，也砸掉了风尘人士的饭碗，对于争取天下人心，匡正社会风气，效果极佳。由此例子，洪承畴当然认为对于禁书这类问题的意见，顺治自然应该采纳。不想顺治给了他一个问号，说朕听说这《金瓶梅》是李渔所评，却并非李渔所编，会不会真是另有其人？

洪承畴对皇帝的态度感到意外，但依然想坚持一下，说这李渔诡计多端，是奸猾之人，他自知罪孽深重，于是就自己评点自己，金蝉脱壳，推卸责任。

顺治却岔开了话题，表示此事先放放再说，今天先不讨论这个事情，这次命他火速进京，是有军机要事和他商议，命洪承畴随去御书房。

见皇上和洪承畴离开，火婴走到孝庄太后身边，说皇上他不看戏了，这个洪承畴也不像话，不仅把皇上拉走了，更扰乱了太后的兴致。见太后只顾看戏，不理自己，又凑近曹尔玉，说洪承畴骂李渔写《金瓶梅》，这到底是一本什么书？曹尔玉随口一句，说自己也没有看过，听说宫中书库中有这本书。又警觉了一下，警告曹火婴可不能看这本书。

所谓听者有意，火婴当时就想，你们说不让我看，我偏要看。于是第二天她打扮成一个小太监，蹑手蹑脚混进了设在内府的明史馆书库。

其时书库只有文进通的父亲，也就是明史馆五品编裁文瑞方一个人。

祖籍江西吉州的文瑞方，算起来是宋末状元宰相文天祥的十六代孙。洪武九年，明太祖朱元璋在囚禁文天祥的兵马司土牢原址，建起了文丞相祠。永乐中期，文瑞方祖上从江西迁来北平，守候祠堂。文瑞方其实也参加过万历四十四年的殿试，虽然没有进榜，却在无功名的情况下，任职翰林院七品应奉，天启二年为翰林院五品修撰，崇祯五年起一直任职国子监。及李自成造反，因其文天祥的盛名，参与了起草征讨诏书。崇祯十一年奉旨入陕西，锦书表彰洪承畴。崇祯十二年春洪承畴改任蓟辽总督，文瑞方再次奉旨锦书犒赏洪承畴。回京时，洪承畴送至辕门，文瑞方挥泪建议洪承畴，一旦兵败有难，可一心学文天祥，只求一死，留名青史。两年后洪承畴兵败松山，被俘降清，消息传到北京，文瑞方依然相信洪承畴必然殉国，如其不死，也可盛祭褒扬，劝其一死，于是奏请崇祯帝亲自致祭。洪承畴降清消息确证之后，文瑞方仍然不信，愿以官职性命及名誉担保洪承畴必死。及至崇祯十七年，洪承畴引清兵出现在北京，文瑞方当场昏迷，三日方醒。洪承畴恳求入清，文瑞方坚决要求回文丞相祠看护守门，洪承畴再请，仍然不受官职，洪承畴奏请摄政王多尔衮，以日后由文瑞方参与修撰明史为条件，坚持授明时旧五品官职，文瑞方不肯，最后要求担任明史馆八品编裁官职，唯愿一生守护前明典藏。钱谦益为副总裁时，他曾当面大诵文天祥的《正气歌》。钱谦益大感羞愧，写上辞呈，离开北京，回到了常熟老家，与柳如是过日子去了。

文瑞方正在埋头清点善本书，听到声音抬起头来，看到火婴，以为是一个小太监，问这位小公公，好像很面生，到书库来干什么？

火婴事先编好了理由，说自己是刚进宫的，在政和殿当差，皇上叫奴才来借一本书。

文瑞方问皇上要看哪本书，火婴支支吾吾说出《金瓶梅》三字。

文瑞方似乎受了惊吓，手中的一叠书落地，火婴帮他一本本捡起，放好。文瑞方仍然十分不安，激动地坐下又站起来，说你们的皇上不可能看《金瓶梅》。

火婴说奇怪了，我又没有骗你，你这么紧张干什么，这到底是本什么书？

文瑞方双手颤抖，说《金瓶梅》是什么书，我给你看，反正你是断了六根的太监，给你看看也无妨。

火婴抑制不住高兴，说那你快拿出来，我要的可是李渔写的那一本。

文瑞方又一愣，说谁敢肯定就是李笠翁写的，我看是别人写的，李渔不过作过评点罢了。文瑞方嘟哝着找出钥匙，走到角落里，搬开一个箱子，把下面的箱子打开，捧出一摞书，说这就是《金瓶梅》。

火婴迫不及待要把书拿过去，文瑞方推开火婴的手，拿起其中一本，快速翻着给她看了看，说给你看，反正你是一个小太监。

火婴看了前面的几幅插图，不禁目瞪口呆，脸一红，结巴起来，说原来是这样的书。文瑞方冷冷一笑，说怎么能让你们的皇上看这样的书。

火婴暗暗骂自己太贸然了，太不知害臊，没想到是这样的书，让别人知道，就难堪了。进退两难之际，突然想到了一个理由，说这本书是那个洪承畴要皇上借的。

文瑞方一怔，又哼了一声，说洪承畴真是有脸，又想起要看《金瓶梅》来了。想不到我们这些前明的遗臣中竟有他这样的伪君子。

火婴听到文瑞方责骂洪承畴，说自己也有同感，这个洪承畴该骂，看他也不像一个好人，尽是他给皇上出这样的坏主意，让皇上看这样的书。我不借了。火婴说着转身就要逃走。

看着火婴的背影，文瑞方越想越不是滋味，当晚找了在京候命的四川道监察御使、也是自己当年在前明国子监的同事李森先，希望他写一个参弹洪承畴的奏折。李森先虽然号称铁面御使，但犹豫之后，还是在上送的奏折上匿了名。

奏折居然很快就到了顺治手中。第二天，顺治设宴招待洪承畴、曹尔玉。在顺治看来，二位臣子，一汉一满，一长一壮，为大清办的差事都是一等一的重要，尤其是洪承畴，顺治二年开始，率军南下，稳定江南，又马不停蹄进兵湖广，历时数载，对大清是有功之臣，这次去福建冬至祭祖，中间召回，是因为自己亲政时间不长，急需有人张罗朝中之事。

顺治叫洪承畴喝了一杯酒，正式赐封他为太子太师，内翰林院国史院大学士。

洪承畴急忙离座，伏于地上，大声谢恩，哆嗦着说吾皇万岁，万岁，万万岁。

曹尔玉呷了一口酒，轻蔑地看了看洪承畴。顺治回头又说曹爱卿，此行江南，大有收获，望你不辞辛苦，早作筹划，以后好好经营江南这片富庶之地，大清国库是否充盈，就靠你了。朕要你两年内办起江南织造府。一月后你再赴江南，这次去，要作长期打算，玄烨也大了，可由别人照顾，你们夫妻可以同行。

顺治站起来，又走近洪承畴，说洪爱卿你投奔大清，屡立奇功，但以后在朝中要处处谨慎啊，因为对你有成见的人依然不少，你看看，你进京不到两天，就有人上奏折参你了。

洪承畴认为是自己私赴福建的事，忙称自己有罪，愿听凭皇上发落。

顺治大笑起来，说朕看了奏折，就知道是闹笑话了，这奏折参洪爱卿私下里叫小太监到皇家书库借书，而且借的是《金瓶梅》。

洪承畴一愣，急忙辩解，说皇上，臣绝无此事。

顺治笑了笑，说宫里的事情哪样能瞒得了朕，这小太监是火婴冒充的，不干洪爱卿的事。这火婴也太由着性子胡闹了，真该让她早点嫁到土谢图亲王府中算了。听说土谢图亲王的孙子三贝勒早就等不及了。太后早就说了，火婴人大了，管也管不住，几次提起赐婚，让她早日与三贝勒完婚。

洪承畴舒了一口气，趁机点破火婴假冒皇上之名，又推过于微臣，无非是自己想看《金瓶梅》，可见李渔害人不浅。但顺治有些不以为然，说不过是一本书罢了。

洪承畴心中感慨，岂止是一本书啊，虽说只是一本书，但事关重大，前明之亡，并非亡于军事，而是亡于朝政废弛，士子堕落，人心不古，例如出笼《金瓶梅》这样的书，李渔这样的人。此类邪气，流行于世，前明焉能不亡。想到这里，说臣再奏请下旨，诏告天下，查禁《金瓶梅》，并拿问李渔。

曹尔玉这时有点听不下去，他在苏杭时，也曾听说过李渔其人，不过是一个戏班的班主，洪承畴居然要惊动皇上，不过是无事生非，小题大做，说这个李渔在市井坊里唱戏讨饭吃，没有什么妨碍，何必当真。

洪承畴反驳了一句，说正因为长年累月行走市井坊里，才流毒无穷。

曹尔玉冷笑，讥讽说既然这么一个人，你在前明为官时为何不把他查办了，要等到今天？

洪承畴叹口气，辩解说当年自己面对危局，疲命战场，哪里还顾得上这件事，如今不同了，天下初定，皇上英明，是正本清源、肃清流毒的大好时机。

顺治显得不耐烦起来，挥了挥手，说洪承畴说得有几分道理，待有空闲了，这事再作商议。洪承畴要再说，发现一个年少女子正在向顺治招手，顺治一见她，脸上顿时有了笑容，快步奔了过去。洪承畴有些不快，问这女子是什么人。

曹尔玉神秘一笑，离开后又回来，说如果没有猜错的话，她就是内大臣鄂硕的女儿董鄂氏吧。

洪承畴稍后出来，想想心情难以平复，于是径直来到宫中书库，见到文瑞方，开门见山，说文编裁，我这次去江南见到你儿子了，他在兰溪企图行刺于我。

文瑞方因为自己刚刚叫人参了洪承畴，多少有些不自在，原想避开他，不与他多话，一听这话，脸色顿时大变。自从北京被清人所陷，儿子就一人去了江南，投奔左良玉，之后就一直没有音讯。现在有了儿子的消息，文瑞方心潮起伏，不管怎么样，至少儿子还活着。因为关系到儿子生死，不能再对洪承畴强硬了，连忙说请洪大人恕罪，他年轻气盛，一定是受人蒙骗。

洪承畴见文瑞方显然被吓住了，马上又显得宽容，说这事皇上都知道了，已下令通缉，不过不会真的抓他。然后也不再说什么，转身就离开了书库。

文瑞方追出来，洪承畴理也不理，加快了脚步。

刚回到府中，赵则鸣叔侄已经在客厅等他了。洪承畴抑制不住兴奋，说赵兄终于来了，洪某对赵兄可是翘首以盼呢。随后命人备下一桌酒菜，为赵则鸣洗尘。赵则鸣不肯吃饭，说自己不饿，要先谈正事。自己千里迢迢赶到京城，是为了崇祯帝的圣旨而来，能否快一点让自己亲眼看一看皇上的圣笔御批。

洪承畴马上反应过来，笑容满面，说很快就会让赵兄看到的，但先请赵兄吃饭要紧。

赵则鸣坚持饭可以不吃，看圣笔御批要紧。

洪承畴板下脸，说不喝这杯酒，不吃这碗饭，先帝御批就不让你看了。

赵则鸣犹豫了一下，喉咙一哽，答应吃饭，但不喝酒，只吃白饭一碗即可。

赵则鸣果然只吃了一碗白饭，一会儿就放下饭碗，说饭已经吃了，现在可以看先帝的御批了。

洪承畴硬要给赵则鸣端上一杯酒，说不用这么急，御批不在自己手里，藏在宫里头。

赵则鸣顿时不快，认为洪承畴在搪塞他，说难怪不仅江南读书人，连风尘女子都不相信你。

洪承畴大度地一笑，哼了一声，心想风尘女子不过是一些低微下流的女子，要她们相信干什么。

赵则鸣仿佛看懂他的心思，正色起来，说什么低微下流，我看是一些道德高尚的女子。

还没有等洪承畴发问，赵则鸣说你听说过李乡君这个人吧，她就不相信你。

洪承畴惊诧怎么提起李乡君来，但嘴上平淡，问赵则鸣是否遇到李乡君了。赵则鸣自知失口，连忙否认遇见过李乡君。

沉默了许久，洪承畴突然不快，猛地喝了一口酒，说李乡君一定是听信流言，误会自己了。

又沉默了一会儿，赵则鸣找回话题，问几时能给他看圣旨。

可能是酒的缘故，洪承畴情绪又好了许多，神情豪迈，说先帝的御批，自己怎么敢私放在家里面，被满人知道了，那是要杀头的，表示明天一定想办法拿出来，让赵则鸣亲眼一看。

一早，洪承畴又一次来到宫内书库，与文瑞方商量，说这事你务必帮忙，也算是为先帝做最后一件事。

文瑞方拍着奏本的灰尘，说赵则鸣的奏本是找到了，可是上面并没有崇祯帝的御批，就连内阁的票拟也找不到。

洪承畴神情坚决，说当年崇祯口头说的他也听到了，也千真万确看到过先帝的朱笔御批，而且确信文瑞方也一定看到过。文瑞方再三回忆，说当年天下事太多，崇祯日理万机，即使御批也是由人代笔。他同意崇祯帝口头可能说过，可能没有人记下来，自己想不起来有过御批。洪承畴不断提供细节，文瑞方只好认为自己记忆力下降，记不清楚了。洪承畴不禁难过，说自己想目睹先帝的这件御批，一个晚上都没有睡着。最后亲自给文瑞方奉上一杯茶，递过蘸着朱砂的毛笔，说只有你的字迹最像先帝了，几可乱真，我说，你写。

文瑞方声音颤抖，说自己的字是像先帝，但这可是伪造圣旨。

洪承畴急了，说怎么是伪造，先帝明明有过御批，只不过找不到了，我们不过是把它复原而已。再说大明已经亡了，还怕什么，就算先帝在天之灵知道了，也不会降罪于你的，反而会赞许我们的一片思念之情，写吧。见文瑞方犹豫，洪承畴又加了一句，说我连你儿子文进通刺杀我的事都不追究了，这点事你难道还不肯答应。

文瑞方连忙提起笔来。

洪承畴念道：依赵则鸣所奏，命其将李渔拿问递京，悔过具结，并查禁此书。钦此。崇祯十年三月八日。

文瑞方写完，已是一头大汗，看看自己写的字，说这笔墨刚写上去，怎么看也不像崇祯十年的。

洪承畴说这你就不要管了。

文瑞方瘫坐在书堆上，不肯站起来，求洪承畴设法让他离开北京，回到祖籍江西吉州。

洪承畴一边吹干奏本上的字，一边说放心，到时候会让你走的。

洪承畴兴冲冲地回到府中，小心翼翼地把奏本交给赵则鸣，赵则鸣手捧奏本，左看右看，仔细地端详着崇祯御批，深信不疑，说这是先帝的真迹。

洪承畴长吁一口气，说我还能骗你。

赵则鸣多少有些激动和感谢，说洪承畴曾经身为大明的重臣，总算还有点良心，敢冒险保存前臣的奏折和先帝御批。自己要即刻回到杭州，看那个李渔还有什么话说。

洪承畴连忙加以鼓励，说这个李渔诲淫诲盗，实在可恶至极，这次绝不能轻易放过他，并说赵则鸣回浙江后自己可叫当地官员多方协助，将李渔治罪，了却先帝一桩心愿。

赵则鸣表示自己决不愿意惊动官府，说这是大明的旧账，自己会去清算。洪承畴趁机劝赵则鸣说识时务者为俊杰，不如入清，自己可保他一个三品按察使，然后以此身份名正言顺地追究此事。

赵则鸣警觉，态度马上坚决了，说入清的事无须再提，他万万不会，查办李渔是自己为大明朝尽的最后一份职责，待办完此事，了却先帝遗愿，自己也了无牵挂，全心全意做游方道士了。

五、四明山抗清志士黄宗羲托孤杭州

浙江余姚人黄宗羲最早出名是因为他父亲黄尊素。

黄尊素与洪承畴都是万历四十四年丙辰科进士，只是名列三甲一百八十三名，也是著名的东林党人，因弹劾魏忠贤而被削职归籍，不久下狱，受酷刑而死。崇祯元年平反冤案，黄宗羲身怀利锥入京申冤，就在审讯室里，以锥击刺阉党党人许显纯、李实，殴打崔应元，声名四起，连崇祯都称赞他是一个忠臣孤子。

黄宗羲之后的名气是因为参加了复社。崇祯四年复社召开金陵大会，当时恰好也在南京的黄宗羲成为社中活跃人物之一。明王朝垂倒之前的崇祯十五年，黄宗羲进京科考名落孙山，回到余姚家中，沉寂了一段时间。

崇祯十七年春，黄宗羲再次出名。南明弘光朝建立，阮大铖为兵部侍郎，编《蝗蝻录》诬东林党为蝗虫，复社为蝻虫，黄宗羲亦名列蝻虫，被捕入狱。

黄宗羲真正出名的是在第二年。

这年五月清军攻下南京，黄宗羲返回余姚，变卖家产，召集六百多青年族人上了四明山抗清，最后失败，整个家族几乎只剩下他一个人，返回故里，宁死不仕清廷，并撰成《明儒学案》《明夷待访录》等，传达明清更迭之际，国可灭，史不可灭之意。

顺治十一年，他悄悄地进行了一件大事，就是安顿好跟随他抗清牺牲的四明山烈士们的子弟。

顺治刚刚答应纳娶新妃，吴三桂之子吴应熊以父亲的名义上了一道奏折，即以吴三桂家班的名义，在顺治五月纳妃婚典上送上一台好戏。吴应熊其实算是顺治的姐夫。亲政之初，顺治为了笼络手握重兵的吴三桂，将自己的姐姐，即皇太极第十四女，下嫁吴应熊，以示优宠。吴三桂为了表示忠心不二，主动让吴应熊完婚之后留在北京。

顺治知道此事必然是吴三桂在后面指使，并不感到惊奇，惊奇的是吴三桂人在西南，居然在苏州有自己的家班，不由得怀疑他在江南还有别的势力，由此再一次关心起江南、关心起苏州来。

作为察吏安民的举措，顺治向各地派出御史，甄别地方官员。吴应熊上奏折的第二天，回京复命的四川道监察御史李森先得到了顺治的召见。顺治告诉李森先近期将作为巡按派往江南，至于为什么派你，一则因为你是山东掖县人，与江南并无多大瓜葛，二则你人称铁面御使，不会徇私情。

李森先听到顺治的这些话，内心一阵感慨，回想崇祯帝虽然励精图治，却不信任忠臣，大明岂能不败？而大清皇帝虽然年少，却知人善任，大清后继有人啊。李森先正激动着，顺治又补充说了一句，朕特别看重江南，把你派往那里，说明对你的高度信任。

李森先脑子清醒过来，迅速赶走了崇祯的影子，大声表示微臣决不负皇命，决不敢稍有松怠。

李森先正要谢恩离开，顺治又叫住他，说太后还有一件差事，虽然已有人办了，希望你也留意一下。李森先以为顺治还有什么重托，连忙神情庄重，再次跪下。

顺治却表情轻松，说再过三个多月，朕将纳妃，按照太后的懿旨，曹尔玉过几天就要奉命去苏州采办，还有远在西南的吴三桂，亏得他还惦记着朕，已经让驸马吴应熊上了折子，要送戏班进京唱大戏，巧的是戏班却是在苏州。这苏州出名伶，朕也知道，但吴三桂怎么会有戏班在苏州呢？

李森先插话，说吴三桂的如夫人是苏州人，就是秦淮八艳中的陈圆圆。

顺治恍然大悟，来了兴致，说朕知道此人，国子监祭酒吴伟业的长歌《圆圆曲》，不就是以吴三桂、陈圆圆的悲欢离合之事为线索的，此诗用极其委婉的笔调，讥刺吴为一己之私情叛明降清，打开山海关门，沦为千古罪人，全诗错金镂彩，辞藻华丽，尤其“恸哭六军俱缟素，冲冠一怒为红颜”两句，怕是要传诵千古了。所以吴伟业要辞官，凭这《圆圆曲》，朕也不放他走，要他有朝一日为大清作歌。

顺治流露出对吴三桂的轻视，让李森先禁不住五味杂陈，往事涌向心头。

松山之役，洪承畴被俘，久被围困的锦州明军已筋疲力尽，锦州守将、吴三桂舅舅祖大寿，走出内城，率众出降，明军防线，一溃千里。崇祯十六年正月，崇祯帝竟然还信任吴三桂，诏令他入关驰援京师，因行军迟缓，到达时清军已退，但崇祯还是感谢他来北京勤王，在武英殿宴请吴三桂，并赐他尚方宝剑。觐见崇祯的当晚，吴三桂与父亲应邀到国丈田宏遇家做客，父子俩遇到了来自田宏遇老家的江南女子，并同时喜欢上了这个名叫陈圆圆的苏州籍名媛。

李自成攻克北京，李森先自己也归降了，被任命为礼政祠祭司从事，如果没有吴三桂之变，也许现在就是大顺朝，而不是什么大清了。吴三桂本来也是降了李自成，只是率军入京朝见李自成途中，走到香河时，得知父吴襄被打至死，爱妾陈圆圆为李自成手下大将刘宗敏所夺，一怒而返山海关。李自成亲率数万大军前往平叛，吴三桂向多尔衮求援，请清兵入山海关，联合清军大败李自成，被清封为平西王。“恸哭六军俱缟素，冲冠一怒为红颜”写的就是当时事情。

顺治似乎替陈圆圆抱不平，说大明丢了江山，却诿过于一个女子，让人笑话。

沉浸在回忆中的李森先惊醒过来，说陈圆圆是苏州人，女伶出身，吴三桂家班在江南一带，原是很有名的，这就难怪吴三桂要点苏州的戏班了。

顺治点了点头，说朕在江南虽然已经派驻多名朝廷重臣，但吴三桂冷不丁送上来的奏折提醒了朕，朕想想还是不放心，还是想知道江南更多的实情。朕委你重任，你择准时机，轻车简从，秘密前往江南，重点是苏州，替朕查明当地详情，弄清事实真相，及时据实奏报。

顺治沉默良久，又想起什么，说朕听洪承畴说起，有个李渔以前写过一本叫《金瓶梅》的书，此人纵情声色，行为放浪，但据朕了解，对此人，还有截然不同的评介，他新写的传奇还是有口皆碑的，这样的文人，也不能太苛求于他。再说，太后也是喜欢听李渔的戏。

李森先因为自己为了此事匿名参过洪承畴，心里一紧张，擦了擦额上的汗，说微臣孤陋寡闻，听说过坊间曾私下刻印过《金瓶梅》抄本，谁人所作，众说纷纭，倒真不知道《金瓶梅》是这个叫李渔的人写的。

顺治对李森先的回答不太满意，说这江南人情风貌，官场内幕，文人情状，是非曲直，过往恩怨，你也要把它弄清楚了。

李森先赶紧大声表态，说微臣明白，微臣即刻就去。

顺治摆摆手，说哪天走，听朕谕令。

李森先记住了李渔这个名字。

李渔离开刚刚站稳脚跟的杭州，离开他心爱的西湖，是因为一个独眼的郭姓徽州茶商向董阿赖的举报。

原先李渔想排演自己早已写好的《比目鱼》，只因前些年天下纷乱，没有顾得上演出，现在看看，正好推出来上演。但绰号郭瞎子的茶商听了李渔讲的故事，认为《比目鱼》太过悲情，说现在局势稳定了，大家还是喜欢看轻松愉快一点的，还是点了《风筝误》《凰求凤》等，并付了一大笔定金。有了钱，李渔首先给婺、杭二姬买了些绸缎衣料，然后又偷偷藏了几包香粉胭脂，去了一趟抱朴道院，给李乡君送去，想请她出来看戏。不巧李乡君与文进通等人正在商议事情，李乡君站在门口，他看了看屋里，发现有几个陌生人。李乡君把他堵在门口，没有让他进去，李渔取出香粉胭脂，说是送她东西。李乡君欣喜，说李笠翁又出新书了。李渔把东西往她手中一放，也没有多说话就匆匆离去，路上又后悔自己没有向李乡君邀请，想折回去，又觉得冒昧，心里空落落地直接来到清波门的戏场。

喝彩声中，郭瞎子捧着一锭白银走上台去，硬要婺、杭二姬接过这锭白银，把二姬吓得差点哭了。

其实郭瞎子刚才看到台上的婺姬和杭姬，一只眼睛就直了，一边看戏，一边动起心思来。早就听说李渔养姬蓄婢，雅好声色，今日一见，果然名不虚传。这婺姬、杭姬虽然年幼，却是含苞欲放，色艺非凡，李渔醉入花丛，艳福不浅啊。自己家财万贯，却不及李渔潇洒自如，只能在这里饱饱眼福而已。郭瞎子越想越按捺不住，对坐在身边的另一位茶商胡长子说要以千两白银买婺、杭二姬中的一个。

按例，戏唱完之后，茶商设酒宴。茶商们和李渔及婺、杭二姬等人坐于一桌。郭瞎子向李渔敬酒，李渔推辞说不会喝酒，说滴酒便醉，如饮一杯则天转地旋。婺姬比杭姬酒量好，举杯解围，说代师父喝酒。

郭瞎子说婺姑娘肯替李班主喝酒，要是醉了怎么办。

婺姬轻敌，说我要是醉了，任你处置。

郭瞎子说任我处置好呀，把一张银票放在桌子上，说我输了，给你白银百两，要是你醉了，我就要你做小妾了。这句话引来哄堂大笑，婺姬心里一火，索性拿起一小坛子酒，小嘴微张，一咕噜把小坛子里的酒喝了个精光。

郭瞎子不好示弱，举起酒坛，心想这区区一小坛绍兴酒，难不倒自己，也一气喝了下去。

婺姬又拿起第二坛酒，被李渔阻止。郭瞎子得意，说认输就乖乖地做我的小妾吧，我下聘礼是白银千两。

婺姬已有几分醉，眼中含泪，看着李渔，说师父，你忍心让我走呀？说着分两次把坛中酒喝完。

郭瞎子捧起坛子又喝完了酒。婺姬已经站立不稳，拿过第三坛酒，脸颊绯红，几颗热泪落下来，说师父，喝死了我也要喝。说着将第三坛酒分五次喝完。郭瞎子接过第三坛酒，但脚步摇晃，捧起酒坛刚喝了几口，但突然不支，砰然倒地。婺姬脚步踉跄，一把抢过桌子上的银票就要撕，李渔拉住她的另一只手不让撕，婺姬不肯，仍然要撕银票，李渔夺过来，说师父替你收下了。

婺姬回来后大醉不起，李渔用热毛巾敷在她头上，一直守到第二天中午，婺姬才醒了过来。李渔给她喂了醒酒汤，等她舒服了一些，不禁责怪，告诫以后不许这样喝了，唱戏的人最要紧的是嗓子、身子，这酒伤身子，更伤嗓子，看你们不要命地喝，师父心疼啊。说着又掏出那张银票，说这银子是你的，好好存着。

婺姬不肯接，李渔说你马上都十二岁了，从今天起，也该放些银子了。再说这是你拿性命换来的，你尽可以花。

这时外面有人敲门，木子李去开门，郭瞎子出现在门口，李渔迎上去，郭瞎子也没有多说什么话，走近李渔，咬了咬耳朵。李渔推开郭瞎子，说万万不行，不用说一千两银子，就是一万两银子，我也不舍得让她离开，她可是演戏的好材料。

郭瞎子说李班主身边有的是年少美女，少了一个婺姬哪里还在乎，莫非李班主想留着自己享用。

李渔面有愠色，说这话讲得过分了，有辱婺姬名誉，要知道她们投靠于我，完全是为了学戏，为了唱戏，与李渔岂能有染。

郭瞎子紧追不舍，许诺若婺姬做了他的如夫人，绫罗绸缎，山珍海味，一样不会少她，这一辈子，荣华富贵就等着她了。见李渔还是不松口，郭瞎子猛地把银票丢在桌子上，说你养姬蓄婢，名声在外，却这般小气，少一个都不行。

李渔捋直袖子，说你身为商贾，本是和气生财，说话却这样盛气凌人。眼珠子是黑的，银子是白的，是钱人人都爱，我李渔也不例外，可是今天我就是不要你们的银子，婺姬年幼，更是不会图你们的钱财，而毁掉自己一生的幸福。你如果不信，就去问问她，如果她们见了你的银子肯跟你走，我立马身上绑块石头跳进西湖。

郭瞎子又摸出一张银票，说五千两银子，你就准备跳西湖吧。

这时，外面突然传来一个声音，说谁敢逼我们班主跳西湖。只见文进通突然出现，随后李乡君也翩然而至。文进通一脸杀气，问谁敢这样对李班主说话。不想郭瞎子直直地看着李乡君，说这位姑娘好标致，莫非又是李班主的又一婢姬。

李渔一听，猛然正色，骂郭瞎子无礼了，说乡君姑娘不是我李渔戏班的人。

郭瞎子单只眼睛一亮，哦了一声，说原来是秦淮八艳之一的李乡君，难怪这么入眼，说着便靠近李乡君，说今日遇见了，也是缘分，希望赏个脸，到西湖边上喝杯茶。

李乡君正眼不朝他看，扔过一脸冰霜，说我与你素不相识，恕不从命，还有你们不要张冠李戴，我不是那个李香君。

郭瞎子冷笑，说李姑娘倒正经起来了，还不承认，谁不知道李姑娘当年秦淮河上接待客人无数，车水马龙，日进斗金，我也曾经登门求见，不巧李姑娘忙得

李乡君小像

很，我排不上队啊。

李乡君强按怒火，说乡君平生最瞧不起的就是那些仗着几个臭钱，轻浪浮薄，不知天高地厚之人。这位客官脑满肠肥，说话轻薄，看来你即使排上七天七夜的队，也轮不上你。

文进通其实早已对李乡君有心，只是没有底气，不敢说出来，看见有人居然出言调戏，早已恼怒，手一伸，亮出一柄短刀，飞向墙壁，直直地刺进门板，大声说有辱李姑娘者，先叫他流血。

郭瞎子吓了一跳，不敢再说话。李渔连忙下逐客令，说你现在要走，那就快请便。郭瞎子瞪了瞪李渔，拿起桌上的银票，转身离开。

这时婺姬冲出来，抱着李渔就痛哭起来，说永远不要离开师父。李渔安慰，说等你长大了，给你找一个人品好、模样好、又有钱的相公，让他入赘。

婺姬娇嗔，说长大了也不让师父找，一辈子就跟着师父。

李渔静静地放开手，说婺姬，还有杭姬，你们是天底下最可爱的女孩，现在，你们既然跟着师父学戏，就不能心存杂念，要说谈婚论嫁，你们都还小，还不到时候，还是先跟着师父，把天下的戏都学会了，到哪里都会有饭吃、有房住。师父没有别的本事给你们，能给你们的只有满肚子的戏文。

李乡君鼓起掌来，说二位姑娘容貌清丽，先生却要拒人于千里之外，这可伤了姑娘的心了。

李渔笑着摇摇头，说婺、杭二姬豆蔻年华，天真无邪，心地纯真，情窦未开，要紧的还是学戏。李渔虽说风流名声在外，但也不至于误人子弟。

文进通已经不耐烦，打断他们的话，说明来意，如果力所能及，希望李渔帮助。接着由李乡君告诉李渔，下月初五，有一批为抗清复明感慨赴死的烈士遗孤要途经杭州，到时候想在戏班落脚三五天。

李渔开始有些犹豫，但看看李乡君，点头答应下来，说乡君姑娘的事情，也是我李渔的事情，能为乡君姑娘出力，我求之不得。

李乡君一笑，显然感动，但又正色说李班主，这是为大明做事，希望不会让你太为难。

李渔说是非大节，自己心里还是明白的。

后来决定由文进通去四明山接人，文进通以为李乡君同去，但李乡君却要留在戏班接应。见文进通有些落寞，李乡君送他到钱塘江码头，说自己年长于他，拿他当亲弟弟看待。文进通想开口说什么，但又没有说，只是想有一天自己一定要成为英雄，那时候，他一定能得到所爱女人的芳心。

送文进通回来，已是夜深。在大门口的月光下，李渔和李乡君进行了一场心与心碰撞的月光对话。

李渔看看李乡君的侧影，盯着她的脸，心想可惜乡君姑娘只待三五日，要是有三五月该多好。李乡君避开他的目光，说句心里话，自己承蒙李渔错爱，要是早先，那倒真的会跟着李笠翁，唱戏作曲，走遍天下，那是何等惬意的美事。可是现在世事变幻，白云苍狗，她已经灰了心了。

李渔猜到李乡君一半的心思，那都是亡国惹的，她一定是想得太多了，自己也曾有这样的一段日子，这样的一般心情，可如今总算过来了，又想着写曲，又想着搭起戏班，为天下人唱戏，只要一唱戏，什么烦恼都没有了。便安慰说教坊都被迫关了，什么时候解禁难说，乡君姑娘不妨和我共同撑起戏班，唱遍天下，唱到北京城去。

听到李渔有尾没有头的话，李乡君一脸惊诧，不明白为什么要唱到北京城，为什么要到北京城演戏，取悦满人。再说自己决心要做道姑，以后哪怕教坊再开，也不是她这个年纪再做的营生了。

李渔有自己的理由。

这大明先是被李自成伤了元气，后来又终于被满人铁骑所取代，这已是不可改变的事实。但从大明发展而来的传奇、戏曲不能灰飞烟灭，他建起戏班，要带着戏班进京，想着就是有朝一日到京城去，只有进京才能真正振兴、光大戏曲，用我们汉人的文艺，用我们的传奇故事，去感化、改造粗陋的满人。他沉默了一会儿，说李渔戏班演遍大江南北，攒足银两，目的就是进京，我要让京城的达官显贵、平头百姓都看我们的戏，只有进京才能将我李渔的戏名传扬天下。

李乡君自然是善解人意，李渔的意思她自然明白，但她一时不敢苟同，满人铁骑，践踏我大好河山，杀戮我弟兄姐妹，那是什么样的仇恨，用我们汉人的文艺，靠一个李渔的戏名，能够化解得了的吗？不过李渔有自己的想法，戏班也自有戏班的生存之道，自己不必较真，多少给点理解吧。李乡君叹口气，转开话题，说想起以前秦淮河边，是何等繁华的景象。

李渔也跟着叹口气，说乡君姑娘，这天下初定，人心思稳，昔日的繁华局面也许就会出现了，这正是我等靠文艺为生的人大显身手的好机会，别的事情，只能暂时抛开一边了。

几天后的一个子夜时分，文进通领着黄宗羲和六个小孩回到了杭州，以新招的戏班弟子身份，暂时在李渔家中落脚。

李渔早就听到过黄宗羲的大名，对这位年长自己一岁的同辈充满敬意，自愧弗如。为了抗清黄宗羲遭到清廷三次通缉，弟弟被处以极刑，儿子、儿媳也因贫病而死。当时在金华山中的李渔见过黄宗羲派来的信使，并用杭州官话与他进行了几句交谈。后来听说浙东兵败，看来洪承畴还是放了这位同榜的儿子一马，黄宗羲得以返回故里，教课授业，著述文章。清廷又不得不传出话，说别人不抓，黄宗羲还要抓，他才有所静默。

文进通拥着黄宗羲和六个小孩，从钱塘江的船上下来之前，李渔和李乡君等候在路边的时候，一列巡夜旗兵走过来，李渔迅速用身体挡住李乡君。李乡君被李渔的身体挤到墙角，透不过气来，她看着李渔宽厚的背部，突然感到一阵宽慰和幸福。领队的头目走近，李渔将身体尽量往后面靠，李乡君的身体被挤成扁扁的，胸部和脸颊被挤压着，纹丝不动。等巡夜官兵走得远了，李渔才移开身体，李乡君靠着墙壁，抚着自己的胸口喘着粗气。李渔连忙表示歉意，说乡君姑娘，他们认得我，但我怕他们盘问你，无端生出事来，多有冒犯。

李乡君镇静了一会儿，呼吸开始正常。不一会儿就听到钱塘江的水声了，李渔伸出手，想拉着李乡君的手，李乡君犹豫了一下，没有把手伸给他，李渔尴尬地把手收了回去。到了钱塘江边，文进通隆重介绍了黄宗羲，李渔说了一番敬慕的话，但黄宗羲却反应平淡，把六个小孩一一交给李渔，说自己在可能会连累他们，怕是不能进城，马上要坐船离开，这几个孩子就交给你们了。文进通也要护送黄宗羲离开，担心李乡君留在这里也太危险，希望带她一块儿走。

李渔对黄宗羲的态度多少有些失望，也就不好再热情下去，只是看着李乡君，等她的态度。

此时黑沉沉的江面上阵风吹来，掠起李乡君的额发，她捋了捋，看着李渔，说我不能走，这些孩子还没有安全，既然交到我们手里，我就不能一走了之。

这样，李渔还没有完全看清黄宗羲的脸，匆匆一见，就算过去了。

回来的路上，李渔突然停住脚步，看看孩子，问这些孩子要送到哪里去。

李乡君一时回答不上，她的心情不由得沉重起来。四明山最后的据点迟早会被清兵攻陷，他们只能离开，现在真是太为难李渔了。说实话，去哪里她也不知道，下一站能去哪里？但总会有下一站，一站接着一站，直到他们安全了，成长了。

李渔也显得不安，他不知道这些孩子这样转来送去，颠沛流离，什么时候才能到头，他们已经没有父母，够可怜的了，不能再让他们年纪小小还冒这么大的风险。他向前走了几步，将六个孩子一个个看过来，大的十三四岁，小的才七八岁，他们需要的是一个家，不如让他们留在戏班，跟着自己学戏。长得俊的学生角、旦角；长得丑的，学净、丑；天生不会音律的，就学做道具，干个杂活；上不了台面的，就吹个箫，敲个锣。相信不用四五年工夫，一个个都能自食其力，过上安定日子。李渔把自己的想法告诉李乡君之后，李乡君激动得热泪盈眶，突然向他鞠了一个躬，说代他们的父母向他磕头。

李渔急忙扶住她，心里想其实这个躬应该由黄宗羲来鞠，但他把人一留却忙别的事去了，变成让李乡君来还他的人情。想着，李渔说我有一个条件，希望乡君姑娘能答应。不过不管你答应还是不答应，我都会收留他们的。

李乡君有些警觉，问是什么条件。

李渔说希望她也能留在戏班。

李乡君为难，说自从离开秦淮河，自己就再无意于歌舞戏曲了。

李渔说不要求她登台演戏，就请她收徒授艺，与自己一块儿切磋音律，编写戏曲，主持戏班。

李乡君想了想，还是没有答应，自己是被官府盯着的人，会拖累戏班的。再说她打算回苏州了。

李渔马上说我以后也会去苏州的，戏班四海为家，在杭州待不下去了，就到苏州，一路唱着去。又指指六个孩子，说我今日就收这六个孩子为徒，作为新班弟子，为李渔戏班培养人才，一定好好对待他们，只要有一条被子，就先让他们盖，只要有一间房子，就先让他们住，只要有一碗饭，就先让他们吃饱，他们都是没爹没妈的孩子，即使我们再苦，也不能苦了他们。从今往后，他们就是李渔戏班的弟子，婺姬、杭姬她们会像待亲弟弟亲妹妹一样，好好对待这些小师弟小师妹的。

李乡君不禁感动，流泪说我代表浙东烈士，也代表黄宗羲谢谢你。

李渔递过手绢让李乡君擦泪，说不完全为了他们，我是为了你。

李乡君还过手绢，眼泪突然没有了。

再说这边郭瞎子越想越气，直接到了旗城，出头告发李渔勾结逆党，反清复明，意图不轨。董阿赖不相信，郭瞎子说自己在李渔家中见到了李乡君和另一个可疑人物。

但董阿赖认为李乡君现在是一个道姑，并非反清复明分子。

郭瞎子说自己打听清楚了，那个可疑人物叫文进通，就是今天城门口张贴布告上的通缉犯。

文进通企图在兰溪行刺洪承畴本来无真凭实据，加上洪承畴本人也没有追究的意思，此事算是不了了之。不想就在昨晚，朝廷突然发来紧急公文，要求拿办企图行刺洪承畴的文进通，一大早各城门口就张贴了通缉令。

董阿赖问了张缙彦，张缙彦怀疑很可能是洪承畴改变了主意，要抓文进通，劝董阿赖不必太认真。一直到了第三天，董阿赖才派了一个年老的哨官带人到李渔住处抓文进通。哨官带着一队人马到了武林门外的李宅，却看到门口上贴着一张纸，上写：戏班暂离杭州，择时归来。

对于这道通缉令，文进通断定是洪承畴从中作祟，誓言不会罢休。但李乡君认为眼下最重要的是守护着那些新班弟子，让他们长大成人，过上安定、美满的日子，不要再惹事端。连李乡君都这么说了，文进通不免失落，神情颓然，说杀洪承畴的事暂且搁下不提，但自己准备离开杭州。

李渔劝他暂时在戏班安身。文进通感谢李渔好意，说自己是通缉犯，洪承畴要是知道了，戏班就完了。更主要的他担心父亲成了洪承畴的人质，如果不接他离开北京，日后洪承畴要挟于他，岂不更危险，所以打算马上去京城，把父亲接出来。

文进通离开后，李渔戏班开始苏州之行，停靠的首站，也就是李乡君的首场演出，是在运河边上的余杭县三墩镇。李乡君早早化好妆，李渔一看，不禁击掌称赞，说好一个美娇娘，要是乡君姑娘入了戏行，那一定是名闻天下的角儿。早就知道谁都夸奖你当年秦淮河边的动人歌喉，不演戏真太可惜了。

李乡君看看镜子，说李班主羞我了，我们可说好了，我只是客串。

快上场时，李乡君显得有点紧张，说自从离开秦淮河边，已经几年不唱，担心自己还行不行。

李渔笑着给了一连串鼓励的话，说乡君姑娘风采照人，一出场保准能把台下那些看客全镇住。今日李渔戏班有幸，能得姑娘登台，这三墩人有福，能亲眼一睹姑娘风姿……

李乡君唱的是《西厢记》第四本《草桥店梦莺莺》。扮相美丽的李乡君上，念白：

今日送张生上朝取应，早是离人伤感，况值那暮秋天气，好烦恼人也呵。悲欢聚散一杯酒，南北东西万里程。

台下一片鼓掌声，李乡君唱道：

碧云天，黄花地，西风紧，北雁南飞。晓来谁染霜林醉？总是离人泪。

李渔看得入迷，眼神显出几分痴意，连婺姬、杭姬也不觉看得出神。李乡君紧接着唱道：

见安排着车儿、马儿，不由人熬熬煎煎的气；有甚么心情花儿、靥儿，打扮得娇娇滴滴的媚；准备着被儿、枕儿，则索昏昏沉沉的睡；从今后衫儿、袖儿，都揾做重重叠叠的泪。兀的不闷杀人也么哥？兀的不闷杀人也么哥？久已后书儿、信儿，索与我凄凄惶惶的寄。

李乡君唱完这段，整个戏场内喝彩声四起，兴起了一个高潮。

李渔诧异了整整一个晚上，真不知道李乡君是何时学会这些戏的。

离开三墩，戏班的三五条船便挂满风帆，从运河上一路驶上去。暮色降临，微风渐起，弦月映出银光，李渔与乡君相对喝茶，兴致上来，低声吟道：

窗外有人，已定是小姐，我将弦改过，弹一曲，就歌一篇，名曰《凤求凰》。昔日司马相如得此曲成事，我虽不及相如，愿小姐有文君之意。

李乡君不由感叹，说先生唱的是西厢故事，记得先生曾写过一部传奇《凰求凤》，想必是悟过真情，只可惜现如今是在船上。

李渔喝尽一杯茶，说哪里还不是一样吗，又唱起来：

有美人兮，见之不忘。一日不见兮，思之如狂。凤飞翩翩兮，四海求凰。无奈佳人兮，不在东墙。张弦代语兮，欲诉衷肠。何时见许兮，慰我彷徨……

舱内众人不禁探出脸来观看，婺姬说一个张生，一个莺莺，可惜今晚的月亮不圆。李渔没有理会，继续唱道：

愿言配德兮，携手相将！不得于飞兮，使我沦亡……

李乡君跟着兴起，念白：

是弹得好也呵，其词哀，其意切，凄凄然如鹤唳天；故使妾闻之，不觉泪下……

李渔突然坐下，良久不语，说李渔突然感怀人生苦短，诸多遗憾，不能像司马相如那样做出惊世骇俗之举，如果生在当时，李渔做一个司马相如，乡君姑娘做一个文君，那是何等的美事。

李乡君低下头，不看李渔，说只是可惜，这世道并非当时，所以不过是假设罢了。曾经沧海，这情爱二字怕是看破，不敢再奢想文君之举了。

李渔竟动了情，说乡君姑娘正当青春，才艺双绝，至情至性，有多少人爱慕你啊。

李乡君低下声，几乎难以听清，说我与李班主相遇之后，也想起古人一句话，恨不相逢未嫁时。谁想李渔听得一清二楚，说乡君姑娘此言差矣，过去的事情就让它过去，姑娘何曾嫁人。说句肺腑之言，姑娘在李渔心目中是一个完美无缺的女子，是自由之身，不属于任何人，包括你钟情过的那些个公子。

一番话显然引起李乡君心里震颤，转身就要回舱，李渔挡在前面，说乡君姑娘，虽说曾经沧海，但只要活着一日，就不能心中无爱，否则心就会枯死。你学学我李渔，心中有真爱多好。

李乡君冷静了许多，说李班主的真爱是戏剧，是传奇。天不早了，该休息了。船桨声中，李乡君默默回到船舱，留下李渔一个人对着汩汩流水，重复说着恨不相逢未嫁时这句话。

运河的早晨，一艘艘船纷纷靠岸，几乎与李渔戏班到达苏州的同时，赵则鸣的船在杭州拱宸桥码头靠岸了。叔侄俩以最快的速度集合了原来经历司的那帮属员。赵则鸣迫不及待地脱下外衣，撕开里衬，取出发黄的奏本，等大家齐刷刷跪了下来，赵则鸣声音洪亮念起来：先帝诏曰，依赵则鸣所奏，命其将李渔拿问递京，悔过具结，并查禁《金瓶梅》。

众人激动得围上来，争着要看崇祯真迹。赵则鸣要求众人依照原来职务大小排好队一个个轮流看。看的过程中，每个人都爱不释手，热泪盈眶。赵则鸣也激动得流下眼泪，说有皇上亲笔御批，看李渔还怎么抵赖。

狂躁之中，荀文案甚至建议说既然先帝有圣旨，我们杀了李渔，他也无话可说。赵则鸣一脸严正，说我们不是要杀他，先帝是叫他悔过具结。我要带他到北京，让他到煤山下磕头认罪，向先帝悔过。

赵则鸣领着众人来到李宅，见门开着，就走了进去，发现只有李渔的原配徐氏和二夫人曹氏及她们的两个女儿，其情景与上次在兰溪伊山别业一模一样。

徐氏认得赵则鸣，待之以茶，但回答说她们昨天才刚到杭州，也不知道李渔和戏班去哪里了。赵则鸣等人在宅前宅后找了个遍，都找不到李渔的影子。后来赵则鸣听了郭瞎子的话，才知道李渔不仅离开了杭州，而且是带着李乡君一起走的。原来郭瞎子不甘心，每天都到李宅来盯上一次，看看戏班有没有回来，这天正好碰见了赵则鸣。

郭瞎子认定李乡君与李香君是同一个人，说当初李乡君跟了侯方域，确是秦淮河上一段佳话。不过一个歌妓何必对江山社稷关心太多，朝廷在江南开科取士，侯方域是读书人，总是要功名的，李乡君到头来对侯方域入清太过指责，终究折了桃花扇，葬送了一段美妙情缘。她要是不那么较真，依旧跟定侯方域，何至于落到今天这地步。

这分明是在诋毁李乡君，赵则鸣大为不满，指责郭瞎子胡说八道，对李乡君极不公允。李乡君虽说是位坊间女子，不忘国家大义，民族气节，堪称女中丈夫，胜过多少男儿。与侯方域这样为了功名、不讲气节之人，断其情义，也不算可惜。

郭瞎子一脸不屑，独眼瞪得更大，说她现在跟着李渔戏班，沦落为一个戏子，就值得了？

听到这句话，赵则鸣心里一顿，李乡君真是聪明一世，糊涂一时啊，如被李渔所欺，名节美誉岂不毁于一旦。

六、前明郡王妃赤五娘私囚格格

年老的土谢图亲王为了孙子的婚事，提起精神，骑着马从科尔沁草原来到北京。

憨厚的孙子是他的希望，因此有求必应，孙子看了那么多王公贵族的格格，非要娶一个童年时见过的玩伴，就是二等伯曹尔玉的养女火婴。

孙子喜欢的，他也喜欢，孙子要的，他一定想办法给他。

他一到北京就托孝庄提亲。

孝庄惊愕之余，一口答应，满蒙一家亲可是大清的头等大事，而且从亲情上来讲，三贝勒也算是自己的侄儿了。

天聪三年，即崇祯二年九月下旬，皇太极进攻明朝，成吉思汗之弟、哈布图哈撒尔的后裔土谢图汗奥巴率领蒙古科尔沁部二十三名首领参加战斗。从此，科尔沁部与皇太极为首的满洲贵族结成了休戚与共的所谓手臂与手指关系，以奥巴为首的科尔沁也就成了清朝可以依靠的一支重要力量，科尔沁部贵族也开始进入后金朝中任职。是年九月，奥巴病死，皇太极惊悉奥巴去世，为素服垂涕，亲自祭奠，授其子巴达礼为济农，袭土谢图汗号。

奥巴死后，孝庄太后的父亲、科尔沁部的另一位领袖吴克善也得到了重用，他的女儿于天命十年嫁给了努尔哈赤第八子皇太极为侧福晋。天聪十年，皇太极在盛京称帝，更国号为大清，改元崇德。吴克善等率科尔沁等蒙古十六部四十九台吉会集盛京，参加了在笃恭殿举行的盛筵，孝庄正式受封永福宫庄妃，孝庄的父亲吴克善被封为和硕卓礼克土谢图亲王，诏世袭罔替，领科尔沁左翼中旗。

清军入关后，科尔沁蒙古一直为皇家礼重，除它在清朝开国定鼎中战功卓著外，还有亲缘关系，与科尔沁联姻始终是清皇室极为注重的一件事情。

孝庄正在进行将火婴嫁到科尔沁草原的步骤。

过了一些日子，就在曹尔玉要回江南的时候，孝庄传下一句话，希望火婴年内就嫁到科尔沁草原上土谢图亲王府，与三贝勒结为夫妻。奥巴之子巴达礼后来被封为土谢图亲王，而这个三贝勒，正是土谢图亲王的第三个孙子，更巧的是火婴的生父霍烈曾经是正白旗派往土谢图亲王部的联络官，三贝勒与火婴常常一起在军营中玩耍，可以说两人曾经是一段时期的童年玩伴。

火婴对当年的那个粗鲁的小胖墩并没有什么好印象，听到这个消息，一口回绝，然后就跑到曹府，向养母孙氏哭诉。

孙氏劝火婴，说这可是太后的赐婚，我也不好说什么，再说三贝勒也配得上你，小时候你们不是很合得来吗？曹尔玉也不太愿意火婴这么快就嫁人了，说小时候玩得来并不一定要做夫妻。太后也真是心急，火婴才几岁，再过几年不行吗，让三贝勒再等等，我去跟太后说。孙氏连忙劝阻，说老爷去说也没有用，太后是和皇上商量好才下懿旨的，你还是安心去江南吧。

曹尔玉叹了口气，说皇上答应过这次让夫人同去江南的，怎么又反悔了？孙氏忍住泪水，说太子殿下还小，自己也真放心不下，再伺候一年吧，等太子殿下过了夏天，断奶了，就到江南来。

门外那几个苏州女伶正在整装待发，原来她们几个也要跟曹尔玉回去。为首的那个女伶说她们住在京城水土不服，只好回去了。不想这话让火婴听到了，她眼睛一转，心中突然有了主意。

第二天吃过早饭，曹尔玉一行就到了码头，告别了送行官员。刚一开船，曹尔玉解脱似的去掉外衣，兴奋地说终于又可以回江南了，姑娘们，这一路上你们就一个个轮着唱戏，比喝酒，谁赢谁先唱。

船舱里顿时热闹起来，女伶们抢着说话，但曹尔玉发现其中一个女伶背朝着自己，始终没有说话，也不回头。他走过去，让她回过头来。

背朝曹尔玉的女伶说，回头就回头，怕什么，说着突然转身。

一看原来是火婴，曹尔玉一惊，一边问她什么时候上船的，一边又对舱外高喊，要船停下来。

火婴急了，说停船干吗，难道爹爹要赶我走呀？

曹尔玉连连摇头，心想若把火婴带到江南，到时候老土谢图亲王和三贝勒非找自己算账不可。

火婴好像看穿他的心思，说三贝勒凭什么找爹爹算账，我现在还没有嫁给他呢。

曹尔玉说爹不怕三贝勒，可这是太后赐婚，爹把你带走，这不是违背太后旨意，帮你逃婚吗？不行，爹要叫人送你回去。

火婴态度坚决，说我不回去。

这时众女伶也七嘴八舌向曹尔玉求情，说火婴是个生性活泼的女孩，要到江南玩玩，就带她去。又说看她聪明伶俐，模样俊俏，要不是长在宫中，那保不准是一个响当当的角，强过我们好几倍呀，曹大人就让她走吧，看看苏杭的风光，看看那些名伶的风采，以后嫁到王侯之家，怕是不能那么自由自在了。

曹尔玉一摆手，叫她们不要说了，说我女儿与你们身份不同，她是太后亲口封过的格格，现在擅自逃出来的，皇上、太后追究起来，这件事没法交代。

曹尔玉最后要火婴到了沧州就下船，叫专人送回京城。

火婴离京的消息传到宫中后，正在喝茶的太后果然恼了，放下茶杯，说这个野丫头，也不说一声就跟曹尔玉跑了，曹尔玉居然还带她走。正在给玄烨喂奶的孙氏连忙劝起来，说火婴想到江南看看，就让她去吧，从小没有了父母，也是可怜。再说这一路上由我家老爷照顾着，也不会有什么闪失，过三两个月就叫人专门送回京城就是了。

太后无奈，又有担心，说只怕她到苏杭去是跟下九流的人混在一起，学什么戏之类的，等上了瘾，三两个月工夫不一定肯回来。趁现在还没有走远，得把她拉野马崽一样拉回来。

洪承畴进来的时候，老土谢图亲王正向顺治发牢骚。

老土谢图亲王其实是土谢图亲王的弟弟，土谢图亲王死得早，就由他袭了爵位，如今他老了，都叫他老土谢图亲王。

顺治劝慰老土谢图亲王，说曹尔玉快马来报，让火婴在沧州留下，让土谢图亲王不要心急，不会耽误他孙子的婚事，但也不要到处去说这件事。

洪承畴听了一会儿，上前一步，说皇上英明，曹尔玉女儿出走一事不宜张扬，不然世人难免要有流言。等她回京之后，也不宜过于责怪。微臣以为，曹女年幼，向往江南美景并无过错，要错就错在李渔。

土谢图亲王又紧张起来，忙问李渔是什么人。洪承畴说火婴虽然是曹尔玉的养女，但毕竟是太后封赏过的格格，尚未出阁，却被《金瓶梅》所诱，《金瓶梅》乃天下第一淫书，像火婴这般年龄，看过此书，必定中毒，而且难以救治，此其一。臣曾听说曹府之中，火婴跟苏州女伶插科打诨，唱念做打，对粉墨之事似乎情有独钟。此去江南，必定会去寻访像李渔这样的戏中班头，伶中魁首，如果不巧相遇，李渔必定赏其美貌，欺其年少，焉能不做出不齿之事，此其二。其三……

土谢图亲王不耐烦了，催促洪承畴快告诉他这李渔到底是什么人，现在哪里。

洪承畴看了看顺治，继续抨击，说这李渔不仅三房四妾，而且周边多有青春年少的美貌女子。日夜陪伴，鸾倒凤颠，纵情声色，与其交往过的好人家女孩，最后都一个个变成没有廉耻、丧失名节的风尘女子。然后才回答土谢图亲王的话，说李渔现在杭州。

土谢图亲王说这样一个坏人，还不简单，叫董阿赖把他宰了，然后暴尸三日。

一直不吭声的顺治却很平静，说老亲王，这事跟李渔无关，你冲动了，这样的人不是说杀就能杀得的。

洪承畴低下身子，表情恭敬，说皇上太英明，这样的人是杀不得。但臣恳请皇上下旨，查禁《金瓶梅》，并从速将李渔治罪。既不杀他，也不把他下狱，更不是把他充军宁古塔。臣以为，查禁《金瓶梅》，令李渔写出书面悔过，禁止李渔在各地演出，解散其戏班，令其终生不得写任何文字。

土谢图亲王不快，说那不是便宜他了。

顺治仍然平静，说什么便宜他，这比杀了他还难受。洪承畴你到底是汉官，到底是读书人，知道用软刀子杀人，知道怎么让他生不如死。

听到顺治讥讽的口气，洪承畴愣了愣，说臣一心为皇上着想，为大清江山社稷着想，并无其他用意。

顺治来回走动，没有作声，最后仿佛拿定主意，但没有马上说话。

洪承畴以为自己的话起了作用，急忙催促顺治，说事不宜迟，从速处置李渔，对南方儒林士子也是一个警告。

顺治一番深思熟虑之后才说，朕考虑到江南民意未定，人心不稳，尤其是读书人，对我大清尚存疑虑，此种情形下，为难江南士子，恐怕有违民情，只能被反清复明的违逆之徒找到借口，趁机煽风点火，推波助澜，以扰乱地方为起始，最终动摇社稷根本。

见土谢图亲王听得迷惘，顺治语重心长开导他，说你是我大清贵胄、朝廷重臣，不能以一己之私而不顾稳定天下的大计，遇到此类事情，切不可莽撞，毕竟江南不是你蒙古草原。

洪承畴替土谢图亲王说话，说老王爷也是激于义愤，未过门的孙媳妇突然跑到人地生疏的江南，不能放心啊。

顺治一听，马上又对着洪承畴，说人家是跟她父亲一道去的，有什么不放心的。对付汉人，尤其是读书人，你比土谢图亲王懂，知道用什么办法。不过，朕以为你说的李渔这样的读书人，并不可怕。

洪承畴不屑，说李渔算不上读书人，连个像样的功名都没有。

顺治说那是你们汉人的看法。因为依顺治看来，所谓的读书人分为两类，一类人像闲云野鹤，虽身处闹市，却不问政事国事，很是逍遥自在，就如李渔，其实并不可怕。可怕的一类却是汉人认为的正宗读书人，就像东林党人、复社成员，就是那些"风声雨声读书声，声声入耳；家事国事天下事事事关心"的读书人。这一类人中有些所谓忠义之士，心系旧国，不知通变，著书立说，千方百计鼓动百姓反清复明，就像被洪承畴杀掉的夏完淳、黄道周。这两类人，哪类人更让人放心，不是明摆着的。顺治沉默良久，说出了自己的一番道理，说李渔没有什么可怕，《金瓶梅》也没有什么可怕，什么《风筝误》，就更不可怕了，不仅不可怕，还要感谢他，风花雪月，家长里短，为我大清点缀一二，歌舞升平，娱乐我大清国民，长此以往，潜移默化，人心思稳，天下祥和，这样的读书人，朕怎么能砍他的头。

洪承畴想不到顺治会这么说，而且句句在理，难以反驳，一时哑了口。良久，还是说出自己的意见，辩解说，臣以为《金瓶梅》这样的淫书如果不禁，李渔这样的堕落文人如果不除，那也会寒了天下读书人的心，毒害清明向上的世风，最终也会动摇大清的国本。

顺治表情缓和了一些，但明确表明了自己的态度：一是希望洪承畴对李渔这类人最好静观其变，不可张扬，可以私下告知江南官员，叫他们对李渔之辈加强监管，不过要适可而止，不能有所伤害。二是查禁《金瓶梅》的旨意不能下。三是火婴她想到江南玩几天，也不算太过分，况且有曹尔玉照顾她。讲完三条，看看土谢图亲王脸上挂不住，又和缓回来，说不过这是你的家事，你看着办吧。

再说曹尔玉的船到了沧州码头，徐徐停下，火婴却不肯下船，反而演出了一个激烈动作，使她最终得成江南之行。

曹尔玉站在船头招呼火婴出来，码头上等候的沧州官员上来迎接，说三贝勒今晚就要到，请格格下船。火婴站着不动，曹尔玉好言相劝，说从这里回京，一两日就到了，等以后太后和皇上准许你出来，你尽可到江南来找我，一个人来也行，和三贝勒一起来也行，保证让你好好玩。

火婴眼中含泪，她知道自己这一下船，就再也没有机会去江南了。曹尔玉不忍，安慰她并保证说等殿下稍大些，能放手了，夫人要来江南，火婴随她一起来。

不想火婴更坚定了，说我这次就要去。

曹尔玉拉下脸，说未经皇上、太后准许，这次你不能去。

火婴突然奔到船头，说不让我去，我就跳下去。几个女伶要上前去拉，火婴看着曹尔玉，说你们不要拦我，谁来拦我，我就跟谁过不去，

为首的苏州女伶转而向曹尔玉求情，说曹大人是一个豁达的老爷，带她走吧，就多担待一些，大不了以后向皇上太后求个情。

这下沧州官员不知所措，连忙上来，求火婴千万别跳。火婴迁怒沧州官员，说谁叫你们来接我的，并威胁说你们再不走，我就真的跳了。

沧州官员顿时张皇，连声说我们马上走，马上走。

曹尔玉也许觉得火婴闹得差不多了，叹了一口气，对站在岸上的沧州官员说，你们都看到了，我也是没有办法，一会儿三贝勒要是来了，你们就告诉他，让他到江南来找火婴。还有请转告土谢图亲王，不会误了太后定的婚期，让火婴从江南回来后再娶她进门。

火婴听到曹尔玉的话，高兴得跳了起来，却差点落水，沧州官员吓了一跳，连忙一边逃，一边说曹大人，我们告辞了。

曹尔玉刚喝令开船，火婴就破涕为笑。曹尔玉瞪了她一眼，也不禁笑了，然后又马上认真起来，说火婴，爹爹带你去江南，肯定是要遭别人骂的，这先不去管它了，但既然带你去，与你要有个约法三章。

火婴口里应得很快，说不用说三章，三百章我都先答应你，心里却想做不做得到再说。

曹尔玉说第一，到苏州后须隐瞒身份，问你是哪儿来的小姐，就说是从京城来的，是曹家一个亲戚。第二，不可私自出门，要出去游玩，一定要有人跟随左右。第三，不许找戏班学戏，遇到李渔这样的人不许搭理。

一听说这一条，火婴心想，这李渔是老虎会吃了我？就说能不能改成别的

一条。

曹尔玉说坚决不行，别的几条好商量，偏偏这第三条不能改。

曹尔玉还是没有把全部情况都告诉火婴。

临行前，孝庄私下向他说了几句话，对火婴作出了保证和承诺。他一直想找机会告诉火婴，但看到她现在兴奋的样儿，他几次都忍住了。

但是这约法三章反而使火婴对李渔更多了一份好奇，一路上，向几个女伶问了很多关于李渔的趣事，火婴觉得自己要做到第三条确实有些困难。女伶们还告诉她说，李笠翁八种曲，每出一种，争相传阅，洛阳纸贵，要说李渔的长相，那真是眉清目秀、相貌堂堂，那一举手、一投足，迷住了多少人。

火婴因此也不停地遐想，这个李笠翁，她们这样不要命地夸他，倒非见见他不可了。

过了浒墅关，船停了一会儿，就驶进了苏州城的内港。那个女伶看到火婴充满好奇的神情，觉得好笑，忽然提醒她，说如果找李渔，别忘了曹大人的约法三章。

火婴不理，说三百章都没用。

李渔戏班几乎和曹尔玉、火婴乘坐的官船同一天到达苏州。

运河两岸风和日丽，景色宜人，喧闹的码头上挤满了船只。众人刚要上船，忽然来了许多兵勇，将码头上的行人驱赶走，接着只见一艘官船驶进内港，船头扬起一面大旗，旗上赫然写着一个大大的曹字。

隔着一个水道，李渔看了个仔细，问这个姓曹的是什么人？李乡君站在后面，说曾听说此人已经来过苏州，与多尔衮同属满正白旗，他夫人是顺治儿子玄烨的奶妈，所以这么摆威风。他这次到江南，是来筹建江南织造府的，这江浙的钱财将来要经他的手，源源不断输往北京，供满人挥霍享用。

李渔的反应则平和许多，说是个有钱的满人，要让他喜欢上看戏就好。

官船上，那几个苏州女伶领着火婴走出船舱，火婴伸出头来四处张望，大声问怎么看不到寒山寺呢？唐朝张继不是写过一首诗，月落乌啼霜满天，江枫渔火对愁眠，姑苏城外寒山寺，夜半钟声到客船。这首诗不就是说船一到姑苏城，就能看到寒山寺吗？

这时李渔忍不住，对着官船说这位姑娘只知其一，不知其二，这都是文人写写而已，其实寒山寺半夜里从不打钟，这张继写错了。

火婴要过来与李渔对话，曹尔玉拦住她，说不要理他，江南人心多异，苏州不比在北京城了，你谨记约法三章，尤其千万别暴露自己的身份。

曹尔玉带头从船上下来，紧接着其他人也经过跳板上了码头。火婴站到船舷上，然后纵身一跃，跳上码头。李渔看到火婴跳上码头的姿态，好奇地多看了她一眼，说这个小姑娘倒有几分野趣。话刚出口，火婴回头望了望，李渔看见，又称赞了一句，说天生一副小旦的脸。

第二天，天气晴好，苏州街市上人来人往。火婴兴奋地走在前面，东看看西望望，一老一少的两个当地兵丁像跟班似的走在后面，但一不留神，火婴自顾自地往前走，消失在人流里。两个兵丁找了很久，才发现火婴在烧饼担前吃烧饼，于是开玩笑吓唬她别到处乱跑，小心被卖到红春楼去。

火婴知道红春楼是唱歌、跳舞、喝酒的地方，来了兴趣，设法甩开了两个兵丁，很快就找到了红春楼，听到里面果然有丝竹之音，兴奋地要走进去。恰好一个三十上下的美貌少妇站在门口，拦住了她。火婴不理，径直往里走，说自己是来看戏的。美貌少妇奇怪，说看戏到戏场里去，这里女孩免进。

火婴指着站在门口几位艳装浓抹的年轻女子，问那她们是男的还是女的？我偏要进去。说着快步走了进去，只见大厅中间，几个人正在演奏，一个舞女和着音乐节奏跳舞，另一个歌妓正在唱歌。火婴兴奋地在一张圆桌前坐了下来，并随手拿起桌上的糕点，边吃边看。

美貌少妇怕影响其他客人，没有马上撵她，而是悄悄地吩咐了两个面相凶恶的壮汉。恰在此时，李渔戏班的木子李举着木牌到红春楼推销戏票，一边走进大厅，一边叫喊：李家班复出，首演苏州城，《西厢》《琵琶》《还魂》，三十文一出，《风筝误》《凰求凤》《奈何天》五十文一出。

一些客人纷纷走出自己的房间，索取戏单，火婴走过去，也要戏单，木子李忙着给其他人分发戏单，没有理她，美貌少妇叫那两个壮汉连推带拉把木子李赶了出去。火婴着急，问一个拿到戏单的客人，客人色眯眯地看着她，说我把戏单给你，你给我什么？其他客人发现了火婴，一齐凑了上来，围着她议论，说红春楼还藏着这么个宝贝，怎么才亮出来？说着争先恐后要带她去。这时两个壮汉从楼梯下出来，美貌少妇向他们使眼色，那两个壮汉分开人群，走到那个客人边上，挟着火婴就上了楼，将她关进了楼上的一间黑室。美貌少妇紧跟着上楼来，说把她的嘴堵上。壮汉把一条手巾塞进火婴嘴里，然后又用一根细绳捆住她的双

火婴和曹尔玉下江南

手。火婴双脚乱蹬，踢翻了房内的凳椅，美貌少妇火了，吩咐把火婴的腿也捆上。两个壮汉齐心协力捆住火婴双脚之后，美貌少妇叫他们离开，然后搬起翻倒的椅子坐好，对火婴说你闹吧，等你没了力气，我再收拾你。

天好像是一下子黑下来的，房间里更是漆黑一团。

美貌少妇看看床上的火婴，点亮一盏蜡烛灯，照了照火婴的脸，说好一个标致的女孩，现在嫩了一点儿，不过到了这儿，不消半年，就叫你变成一朵茉莉花，香喷喷的，馋死那些男人。火婴眼珠子转动着要说什么话，美貌少妇说你的眼珠子会说话，我有话问你，你点头摇头算作回答，听话了，让你少吃一点苦头。又坐到床边，说听你口音是从京城来的，你到苏州可是来投亲靠友的。见火婴点点头，美貌少妇又问可是投亲未遇。火婴还是点点头，美貌少妇更加得意，说你不是王公贵胄后人就是官宦人家的小姐，让我猜猜，说不定你还是一个公主。

接着事情突然发生了变化，看到火婴眼睛不动了，美貌少妇显得迟疑，神情不安起来，自言自语嘀咕着，你说不定是前朝哪家亲王的公主，说不定是还在四处逃难，找不到安身之处。火婴眼神显示出惊愕，拼命摇头又拼命点头。美貌少妇恍然，竟然安慰她，说红春楼收留了很多这样的人，再多一个也不要紧，也算是我为前朝再做一件好事。自我介绍说她叫赤五娘，劝火婴小小年纪，也不用再奔波流浪了，就在这红春楼落个脚吧。

火婴越听越显得神情茫然，随后拼命摇头，赤五娘说摇什么头，到这般光景了，还放不下架子，大明朝亡了，不瞒你说，我也是大明的……突然又住了口，良久才说大家都认命吧。说着，忽然流下眼泪，说我从北京一路逃到南京，差一点掉进长江喂鱼了。

她诉说着，声音低了，平静下来，说你要保命，就听我的话，我给你一口安生饭吃。

看到火婴点了点头，赤五娘表情亲和许多，说这就对了，现在我把你裤子脱下来，查验你还是不是姑娘。如果是，我找个有钱的，往后的日子会宽裕一些，如果不是，那你自认晦气，明天就接客去。火婴身体拼命地往床里面缩，使劲地摇头。赤五娘说现在兵荒马乱的，不如在这里平安，叹口气开始脱火婴的衣服，不一会儿上身只剩下了一条红肚兜，一块漂亮的玉佩露了出来。赤五娘一看，顿时声音颤抖，说这是宫中之物，你从哪里来，难道你是我朱家落难公主？

火婴点点头，表示自己确是一个公主。

见火婴终于肯承认，赤五娘禁不住掩面而泣，说自己是福王第五个儿子的媳妇，也算是大明的郡王妃，论辈分还是崇祯帝的王嫂。崇祯十五年正月，李自成攻陷洛阳，老福王被砍了头，所幸我去京城拜年，躲过一劫，不想李自成又攻陷了北京，我亲眼见崇祯帝在煤山自缢身亡，接着满人的大军又占了北京，大明亡了，家也没有了。一阵垂泪之后，她又说为了纪念大明，自己的名字叫赤五娘，因为赤就是朱，排行五王妃，所以叫赤五娘。说着抱着火婴，说自己也有一个女儿，南逃时落水死了，如果活着也有你这么大了，以后我会好好待你的，当亲生女儿看待，一定要红春楼给你个床铺，谁叫我们身上都流着朱家的血。

火婴没有再挣扎，双目有点晶莹，看着赤五娘，想说什么，门突然推开，一个壮汉气喘吁吁地进来，说不好了，官兵把红春楼给围住了。

赤五娘并不紧张，冷笑一声，是不是官府禁娼动真格了，吩咐壮汉准备好份子钱，把人打发走。壮汉说看情形不是查什么违反禁娼令，因为来的不是苏州府的衙役，而是旗营的满人戈什哈，都骑马来的，像是来抓什么人。赤五娘一怔，不安地嘀咕了一句，八成是他们发现我的身份了，我知道总有这么一天的，谁叫我是大明的王妃呢，我一个人出去自首。

火婴身子一挺，从床上滚落到地上，拼命点头，又拼命摇头。赤五娘蹲下来，解开火婴的绳子，说外面的官兵是冲着我来的，一会儿你逃命去吧，我们还是没有缘分。

火婴喘着粗气，连忙解释说，他们来是找我的。

赤五娘一愣，更紧张了，说他们一定知道你是公主，追到这里来了，那你赶紧躲一躲。说着在床沿下面一按，墙上露出一个壁洞，说你先躲到壁洞里，我去对付他们。

火婴不肯钻进壁洞，挣扎着要出门，赤五娘不由她多说话，和壮汉一道把她往壁洞里一扔，然后把机关合上。

其时在红春楼外面，曹尔玉带来的旗营人马黑压压一片把门口堵住，那一老一少两个被火婴甩掉的兵丁一口咬定火婴在红春楼，要率先冲进去，门口的歌女舞娘急忙进门，把门关上。

曹尔玉大怒，对戈什哈下令把火把扔进去。正要点火时，赤五娘打开了门。曹尔玉率领戈什哈冲进来，随后赶到的苏州府从九品吏目匆匆跟进来，向赤五娘介绍了曹尔玉。

赤五娘恢复了往日的仪态，款步迎上来，说曹大人，带了这么多人杀进红春楼，为何事呀？

曹尔玉口气严厉，要赤五娘把人交出来。

赤五娘故作不知，高声问交谁呀。

那一老一少两个兵丁上来，说你别装傻了，人分明进了你红春楼。

这时躲在后面的娄吏目着急了，上前几步接连向赤五娘使眼色，说只要你马上交人，曹大人不会为难你的。

赤五娘仍然装糊涂，说你们说的什么人，我怎么不明白？

这时一位并无品位的年轻官差故意大声说，一个京城来的小姐，好端端一个人进来，竟然不见了，想拐骗良家妇女也不看看是谁，你们胆大包天，都不要命了？

赤五娘白了一眼这位年轻官差，说娄吏目，这一片灯红酒绿的地界平常都归你管，红春楼是唱歌喝酒的场所，一向规规矩矩做生意，从来不做伤天害理的事情，进红春楼来的，不管是男是女，都是自愿的，我们可不敢强逼人家，更别说是拐骗良家妇女。

这位叫娄吏目的年轻官差，是苏州府专管教坊的小吏，他正是浙江布政司经历司经历娄平的亲弟弟。因为都叫他娄吏目，所以也不知道他叫什么名字了。禁娼令颁布后，苏州城的妓院一律关门，连歌舞声色为主的教坊也关停了几年，从小就跟在公差后面跑腿的娄吏目闲来无事，去年本想投靠在杭州做官的兄长娄平，但由于形势的变化，他又留在了苏州，并进入了衙门。一是顺治亲政，气氛已经不那么严峻，贸市重新活跃，江南的戏班一下子涌到苏州，戏场开始热闹，判官缪家正看他顺眼，叫他代管戏班事务。二是清廷对禁娼也不认真起来，原来歇业的教坊半关半开起来，因为不是合法经营，苏州府不好正式纳入管理，于是聘用了娄吏目，让他专管梨园行的同时，也以半官方身份出面，负责对教坊的日常监管。

娄吏目正要发火，曹尔玉哼了一声，说看你这张嘴狡辩也没用，等下搜出人来我再跟你算账。又拍了拍佩剑，说要是她少一根毫毛，饶不了你。

后来戈什哈们将红春楼搜了一遍，其中两个人上楼并进了黑屋，而且在床底下找了找，没有发现什么，正要离去，突然听到墙壁里的声音，仔细寻找起机关来。其中一个戈什哈连忙下楼，报告了曹尔玉，曹尔玉拔出宝剑，逼着赤五娘一起上楼，赤五娘不肯上去，两个戈什哈把她架上楼去。

黑屋内，另一个戈什哈仍在寻找机关，墙壁里的声音越来越响，赤五娘进来，无奈地敲了敲墙壁，说姑娘你为什么要乱动呢，怨不得我了。说着按了机关，墙洞打开。火婴走了出来，一看是曹尔玉，忙拉住他的双手，曹尔玉又爱又怜又埋怨，说女儿，叫你不要乱跑，你不听，现在吃苦头了吧，快穿上衣服。

火婴这时才发现自己只穿了个红肚兜，连忙穿好衣服。

这会儿轮到赤五娘吃惊了，问火婴到底是什么人。

火婴说我是宫里来的，不过不是什么前明的皇宫，是大清朝皇宫。

赤五娘明白过来，身子一下软了，自己好糊涂，连她是大清公主都分辨不出来。

曹尔玉把剑架在赤五娘脖子上，说现在人搜出来了，你还有什么话说。

火婴拉住曹尔玉的手，替赤五娘求情，说爹爹你不要对她这么凶，她没有对我怎么样，她是一个好人，放过她吧。

曹尔玉还不肯罢休，说她竟敢绑架火婴，想造反啊，就这样轻易放过她，岂不是太便宜她，让苏州府发落她，坐牢，充军，杀头，哪条罪都够上了。

火婴慢慢按下曹尔玉的剑，说赤五娘并不知道我是什么人，所谓无知者不为罪，再说了她把我藏进壁道，原是想救我。见曹尔玉不解，火婴解释说她还以为你带着官兵冲进红春楼，是来抓我的。曹尔玉收起剑，脸色好了许多，说照你这么讲，她还有几分侠义心肠了，爹还应该谢谢她。

火婴嘟起嘴，撒起娇来，说反正不能抓她。见曹尔玉没有作声，火婴拉着他的手，说爹爹就答应我吧。曹尔玉说既然火婴为她求情，那就饶她这一回。

娄吏目诡异一笑，说当然不能抓她了，她是王妃。火婴一惊，你怎么知道？娄吏目说赤五娘讲的故事，他听了无数遍了，什么福王的五儿媳妇，编的。火婴糊涂了，问赤五娘娄吏目的话是真是假。

赤五娘要火婴别听信娄吏目胡说，接着和娄吏目争吵起来。

娄吏目说要不是编的，你怎么活到今天？

赤五娘说你说我编的，那你就把我交到官府，让他们查个真实，到时候你也领一笔赏钱，一生荣华富贵。

娄吏目说可惜现在官府不管这些事了，送你去，也不会收留你。

赤五娘说那你索性送我去旗营，让满人杀了我，你好向清人主子请功。

娄吏目哼了一声，你还不要说，以后朝廷突然改了主意，重新追究了，你这身份不管真假还真会丢了性命。

顺治新政，对明王室一般成员也是网开一面，给其生路，因此赤五娘纵是郡王妃，也不予追究了。

曹尔玉对赤五娘是否福王的五儿媳妇不感兴趣，但争吵声让他烦躁，于是喝住他们，警告娄吏目，说皇上颁布禁娼令几年了，你们就这样明目张胆地让红春楼开着，也太过分了。

娄吏目则辩解苏州府一向严格执行禁娼令，连擦边球都不让打，如果不信，希望曹大人经常来检查。曹尔玉哼了一声，你们开妓院的事我不管，只怕让洪承畴知道了，被追究，还有巡按江南的御使就要来了，你们好自为之吧。

娄吏目不禁感动，称赞曹尔玉体恤民情，开明大度，示意赤五娘留饭，以表达对曹尔玉的支持和理解。赤五娘刚要邀请，不想火婴听到洪承畴名字，骂了几句，被曹尔玉制止。娄吏目又说恰好平西王吴三桂新招女婿从云南来，要摆一桌酒菜，希望他赏光前往。曹尔玉听到吴三桂的名字，哼了一声，拉着火婴就走，没有再搭理娄吏目。

七、吴三桂女婿王永康设宴下套

早年王永康的父亲与吴三桂同为将校，当他还在襁褓中时，吴三桂就将女儿许配给了王永康当妻子。但没过几年，王永康的父亲去世，家道中落，寄养在邻居家。稍长大后，虽然生活无着，因其爱好艺文，外出唱曲帮腔，聊以无米之炊，年过三十还没有娶妻。一次看相的人说他富贵马上就要来了，王永康将信将疑之际，长辈亲戚才把以前吴三桂与他父亲结儿女亲家的约定告诉了他。不想王永康收拾旧箱子时，果然找到了当年吴三桂女儿的年庚八字和姻帖。

此时吴三桂已封平西王，声威显赫。

王永康突发奇想，竟然一路乞讨，奔波千里到了云南，初次造访王府，被门卫拒之门外，等了三夜，最后出示了姻帖才得以进门。吴三桂沉吟良久，虽然没有与王永康见面，但承认当年有这回事，并给王永康备下公馆，授为三品官，择日成婚。同时吴三桂还写了一封信给江苏抚臣，托其代买田三千亩，还购得苏州城齐门内拙政园，作为新居。

王永康在云南数月，始终没有见到岳父吴三桂，等他携新娘回苏州那天，吴三桂才当面交代他回苏州后的一项使命：物色、培养新一代女伶，重振吴三桂家班。随后，又叫人传信在北京的儿子吴应熊，让他马上奏明太后、皇上，吴三桂家班五月进京为皇上纳妃婚典献礼。

娄吏目在红春楼对曹尔玉所说的饭局，主客是李渔。

李渔戏班在百花巷客栈落脚后，不断有人来拜访。这天到了中午，李渔正要吃饭，客栈外又来了几个绅士模样的人，为首的中年人自我介绍他乃王永康，字长安，不久前从云南返还苏州，久仰李渔戏班大名，原来要差人到杭州去请了，听说你们到苏州来了，于是在此等候。

李渔当时没有想到苏州有名的赏家王长安居然这么快就来拜访，一高兴，也没多想王永康与吴三桂的这层关系，听说王永康在拙政园备下几桌酒菜，为戏班接风洗尘时，欣然答应。李渔跟着王永康走出巷口时，披着面纱的李乡君追上来，把李渔拉回巷内，低声提醒说王永康的名字好熟悉，听说吴三桂刚招的一个女婿是苏州人氏，也叫王永康，人称笑面虎。

李渔一惊，猛然醒悟过来，说他刚从云南回来，吴三桂封了平西王，人在西南，自己一时糊涂了，没有想清楚，就答应去吃他的饭，现在该怎么办？

李乡君态度坚决，说先问清楚，如果是吴三桂新女婿，我们不能赴这个宴席。

后来李渔一个人去了拙政园。园中的大客厅内，两桌丰盛的酒菜摆好，已经坐上了一些人，主桌留了几个空位，其中一个显然是给李渔留的。王永康拉着李渔，先介绍穿半身官服的娄吏目，说他是自己的结义兄弟，是府衙管教坊和入籍梨园行的吏目，教坊关停之后，专门管戏班事务，掌握我们戏班生杀大权，不好得罪。

李渔连忙作揖，态度恭敬，说李渔戏班初到苏州，请娄吏目多多关照。娄吏目倒也谦虚，说李渔戏班名声很大，跟官府多有来往，自己不过一个吏目，几乎不入流，哪里说得上关照。

李渔更加诚恳，说县官不如现管，娄吏目是戏班的顶头上司，你不关照，谁关照。娄吏目得意，说只要长安兄说要给哪个戏班行个方便，自己没有二话。

按照和李乡君事先商量好的，李渔跟他们寒暄后，就得离开，但李渔听说王永康边上的另一个空位是留给王紫稼的，多少有些意外和惊喜，不禁入了座。苏籍名旦王紫稼，人称江南第一红娘，顺治七年，一出《西厢》轰动了京城，从此名扬梨园，自己能见到王紫稼先生，也是有幸事。

但是这一坐下，后来让李渔陷入后悔。在等王紫稼的工夫，王永康得意地告诉李渔，王紫稼打算加入吴家班，只等娄吏目这儿把改籍手续一办，就算正式加盟了。

李渔一愣，问王紫稼要加盟的是哪个家班。王永康说这天底下称得家班的能有几个，李渔李家班当然算是一个，在苏州，吴三桂家班前几年在江南排名第一。

见李渔站起来要离席的样子，王永康索性说明，平西王吴三桂正是自己的岳丈。又说王某知道李班主心里在想些什么，吴三桂是吴三桂，我王永康是王永康，我们翁婿并非完全一路人。岳丈经历过是非，千古骂名或是流芳百世，留待后人评说，不关王某的事，王某兴致所在只在一个戏字上。

听了王永康这番表白，显得不安的李渔又重新入席，不禁赞同，说好一个戏字。看到李渔反应积极，王永康越讲越起劲，说当年自己受平西王如夫人陈圆圆所托，在苏州办起吴三桂家班，一时名角云集，好戏连台，江南看客，无不羡慕，可是这么好的一个家班，偏被带去了云南。云南乃蛮夷杂居之地，山高地黄，人烟稀少，再好的戏班去了那里也没有施展余地，顶多是自娱自乐，时日久了，必定退化。

入清以前，吴三桂戏班以苏州美女为主，包括如夫人陈圆圆，清一色的名旦名角，在京城和江浙都颇有名气。李渔奇怪吴三桂家班缘何销声匿迹，原来其中的台柱子都去了云南，上了年纪嫁了人，留在苏州的就是一个空架子。但他对王永康对云南的评价不太赞成，说昆明地方还是几近繁华，开化文明的。

王永康连连摇头，说再怎么几近繁华，开化文明，哪里比得上我们上有天堂下有苏杭。王某这次去云南原是向吴三桂索讨几个能教习的角色回来，以期重组家班，但他说什么也不肯，最后翻了脸，王某已经发誓永不去云南，王某说不定因祸得福，少跟着挨骂。这一番掏心窝子的话，使得李渔点头不已，坐下不走了。

拙政园里面谈得起劲，李乡君却独自一人在外面的大树下坐了很久。她看到不远处赛武大的烧饼担子，于是上前买烧饼。李乡君显然已经饿坏，一手端着一碗汤，一手拿着两三个烧饼，大口吃着，付钱时问赛武大，拙政园现在什么人住着？李乡君听完赛武大的话，愣了一会儿，拿着吃剩的烧饼，回到大树下，眼泪掉出来了。

李乡君知道，拙政园最早是大明朝初时伪逆王张士诚为他女儿女婿盖的，后来太祖皇帝朱元璋灭了张士诚，就充了公，变官府产物。赛武大告诉李乡君，现在拙政园是吴三桂新招女婿、笑面虎王永康私家宅园。

就在李乡君吃烧饼的当口，李渔也忽然想起李乡君在外面等着自己，要起身告辞，王永康怎么都不肯放他离开，说王紫稼马上就来了，一定得会上一会。但李渔坚持了一下，还是离开了。

李渔跑出拙政园，四处寻找，发现李乡君坐在大树下，疾步跑过去，李乡君咬着烧饼，不理他。李渔拍拍自己的脑袋，检讨自己进去之后光顾着说话，竟然把乡君姑娘忘在外面饿肚子，真是罪该万死。

李乡君表情缓和了一些，说黄桥烧饼味道还真不错，这里还有半个。

李渔一把接过来，吃起那半个烧饼，才说这王永康真就是吴三桂刚招的乘龙快婿。

李乡君正要讥讽，李渔解释说王永康和吴三桂为吴家班的事已经闹翻了，现在二人势不两立，他说永远不去云南，永远不见吴三桂了。

李乡君恼怒李渔居然相信了王永康的话，不禁激动，说女婿终究是女婿，你不是不知道，这吴三桂引满人入山海关，是亡我大明的第一罪人，比洪承畴可恨一百倍，你居然跟吴三桂的女婿喝酒吃饭，因为有好处就什么人都交往，未免太俗气了。

李渔急了，说我们只是谈论一个戏字，李某行走江湖，不过一个戏子，就是一个俗人，不过我不跟他说别的，就戏论戏。

见李渔声音大了，李乡君冷静下来，沉默良久，说自己也是逼得太急了，不过自己也是替你、替戏班名誉着想，要是苏州人知道，戏班头一来就吃了王永康的请，谁还会来请我们戏班唱戏，我们在苏州就难以立足了。

李渔看着李乡君，顿时感动，李乡君的良苦用心，自己应该明白、爱惜，无论如何不能跟她争吵，无论如何不能让她伤心不快。这样想着，一边吃起那半个烧饼，一边说以后就和李姑娘吃烧饼，李姑娘吃剩的半个，给我吃。

再说拙政园里，王永康看李渔突然走了，心里不免着急。这次他新婚不久就从云南匆匆赶来，也是岳父催他回来的。吴三桂封了平西王，又坐镇西南，对孝庄皇太后感恩不尽，听说太后要为顺治举办纳妃婚典，想趁机送苏州戏班进京以示敬贺，儿子吴应熊上表的同时，就让王永康回苏州物色年轻的角色，以吴家班的名义，进京献礼。

王永康深感责任重大，岳父的差事一定要办好，自己不图什么，官位、金钱没有十分兴趣。如果太后、皇上高兴了，封自己一个戏王，自己称雄梨园，乐界盛名岂不更好。到时候岳父是平西王，自己是戏王，翁婿两个都是王，平起平坐，也算是门当户对，不枉了当年的婚约。

第二天李渔接到王紫稼邀他到山塘河船上做客的帖子，欣然前往。

现实生活中的王紫稼看上去还是一个面相清雅的青年。目前还在虎丘边山塘河卷梢大船上演戏的，只剩王紫稼一家。所谓卷梢大船，即船中为戏房，船尾备菜，观戏者另换沙飞、牛舌等小船排列两旁。船上搭台，水上观戏，别有一番洞天好地方。但也有不尽人意之处，如遇上大风大雨，或者说这戏演得不好，岸上抛砖掷瓦，也会闹出人命事故。

在山塘河边等待王紫稼时，李渔突然看到不远处有座松树环绕的墓葬，猜到就是有名的五人墓，顿时神情肃然，有心祭奠，快步走了过去。

天启年初，阉党得势，朝政黑暗。苏州织造太监李实、巡抚毛一鹭阿附魏忠贤，残酷压迫、盘剥百姓，激起强烈不满。天启六年，魏忠贤派缇骑到苏州逮捕东林党人、礼部员外郎周顺昌。周顺昌居官清正，受到苏州百姓拥戴，因此听说周顺昌将遭逮捕，苏州城乡数万人群集抗议。当缇骑开读诏书时，愤怒的人众大声喧哗，哭声四起。

市民颜佩韦带头，率先为周顺昌喊冤，杨念如、沈扬、马杰、周文元等四人也求其疏救，跪乞至午时不起。缇骑持械大打出手，引起众怒，大家蜂拥向前，攀栏折楣，冲到前面奋力打击。缇骑二人当场毙命，其余负伤鼠窜，毛一鹭赖苏州知府寇慎等保护得以逃脱。事后苏州府出动大队人马保护缇骑，并连夜将周顺昌解走。毛一鹭快马奏报，告苏州民反，并三上疏，请以擒获首乱之功。城内外士民人人自危，颜佩韦等五人为保护当地群众，挺身而出，自首入狱。

五人临刑，大义凛然，英勇赴死，当地人士感五人之义，将他们合葬于虎丘之侧，题称五人之墓。复社首领张溥为作《五人墓碑记》，其文绝好，读起来荡气回肠，可供千年之后人阅读。

李渔感叹间，不顾人来人往，一字一句朗诵起碑文：

五人者，盖当蓼洲周公之被逮，激于义而死焉者也。至于今，郡之贤士大夫请于当道，即除魏阉废祠之址以葬之；且立石于其墓之门，以旌其所为。呜呼，亦盛矣哉。夫五人之死，去今之墓而葬焉，其为时止十有一月耳。夫十有一月之中，凡富贵之子，慷慨得志之徒，其疾病而死，死而湮没不足道者，亦已众矣；况草野之无闻者欤，独五人之皦皦，何也。

予犹记周公之被逮，在丙寅三月之望。吾社之行为士先者，为之声义，敛赀财以送其行，哭声震动天地。缇骑按剑而前，问谁为哀者。众不能堪，抶而仆之。是时以大中丞抚吴者为魏之私人毛一鹭，公之逮所由使也；吴之民方痛心焉，于是乘其厉声以呵，则噪而相逐。中丞匿于溷藩以免。既而以吴民之乱请于朝，按诛五人，曰颜佩韦、杨念如、马杰、沈扬、周文元，即今之傫然在墓者也。

然五人之当刑也，意气扬扬，呼中丞之名而詈之，谈笑以死。断头置城上，颜色不少变。有贤士大夫发五十金，买五人之头而函之，卒与尸合。故今之墓中全乎为五人也。

嗟乎，大阉之乱，缙绅而能不易其志者，四海之大，有几人欤。而五人生于编伍之间，素不闻诗书之训，激昂大义，蹈死不顾，亦曷故哉。且矫诏纷出，钩党之捕遍于天下，卒以吾郡之发愤一击，不敢复有株治；大阉亦逡巡畏义，非常之谋难于猝发，待圣人之出而投缳道路，不可谓非五人之力也。

由是观之，则今之高爵显位，一旦抵罪，或脱身以逃，不能容于远近，而又有剪发杜门，佯狂不知所之者，其辱人贱行，视五人之死，轻重固何如哉，是以蓼洲周公忠义暴于朝廷，赠谥褒美，显荣于身后；而五人亦得以加其土封，列其姓名于大堤之上，凡四方之士无不有过而拜且泣者，斯固百世之遇也。不然，令五人者保其首领，以老于户牖之下，则尽其天年，人皆得以隶使之，安能屈豪杰之流，扼腕墓道，发其志士之悲哉。故余与同社诸君子，哀斯墓之徒有其石也，而为之记，亦以明死生之大，匹夫之有重于社稷也。

贤士大夫者，冏卿因之吴公，太史文起文公、孟长姚公也。

诵毕，已有几十人驻足鼓掌，称赞他读得铿锵流畅，不像苏州话软绵。对于张溥，李渔早怀敬佩。其人生际遇，颇像传奇。张溥因为是其父与婢女所生，家族中都看不起他，连家中的奴仆也讥笑他塌蒲屦儿何能为。幼年时，家中财产被身为工部尚书的兄长张辅之凌夺、讼争，父亲张虚宇郁郁而死。但张溥不妄自菲薄，他洒血书壁，暗暗发誓要自强不息，与好友张采日夜在家苦读，并对经典一而再，再而三地抄录、默诵，直到能够流利背诵为止。明天启四年，张溥与江南文人在苏州创立应社，后改为复社，人员有张采、杨廷枢、杨彝、顾梦麟、朱隗、吴昌时等十一人，后来又遍及全国，超过三千人，平时以文会友，兼又评议时政，时称"一城出观，无不知有复社者"。当时的文人士气大振。一扫所谓宁坐视社稷之沦胥，终不肯破除门户之角立的明时士习。

当时李渔偏于金华一隅，只是听说，认为复社高不可攀，只有心向往之，而不能归之。如果当年也在苏州，必然是其中一员，与张溥必然有交往，可惜无缘。

这《五人墓碑记》为天启六年撰写，文中痛斥阉党，多少畅快。崇祯元年，张溥与同乡挚友张采一起，在太仓发起驱逐阉党顾秉谦，所撰文章，脍炙人口，因此名重天下。崇祯二年，张溥组织和领导复社与阉党作斗争，复社声势震动朝野，其影响遍及南北各省，执政朝中大臣由此颇为忌恨。崇祯三年，张溥和吴伟业、杨廷枢、吴昌时、陈子龙等同时中举，四年又与吴伟业考中同科进士，改庶吉士。崇祯十年，已经是礼部员外郎的吴昌时与张溥一起推举宗师周延儒复出。同里乡人陆文声要求入社被拒，因向朝廷告发张溥等结党。其结局有二，一是吴伟业《复社纪事》中说他是病卒于家；二是《明季北略》中记载张溥被吴昌时下毒，当夜腹部剧痛而死，时年四十岁。

张溥死后由黄道周为之作墓志铭。

李渔读罢碑记和墓志铭，心中已想好祭文，正要出口凭吊，王紫稼已经过来。两人一见面，相互表达敬慕之情后，李渔伫立碑前，一时不舍得离开。

王紫稼邀他上船，说自己天天看着五人墓，早已淡然了，五人逞一时之气，丢了性命，虽然扬名了，却有所不值，因为最珍贵的是人的生命。至于张溥，这只是书生意气，反被高官大臣利用，聪明反被聪明误，虽然才情胆识一流，却遭人嫉妒，死于挚友之手，岂不可悲，抱着遗恨而死，年仅四十，空留悲切。张溥之死，惊醒了众多文人救国的白日梦。你我都成不了张溥，天下之事与我们无缘，我们只随着性情，靠着才艺，及时行乐最好。

最后，王紫稼又说了一句：我们都只能做俗人。

李渔听王紫稼这么说，觉得在道理，点头赞同，想说什么，又没有说出来，沉默着跟王紫稼参观了大船。船上李渔心情稍好，问王紫稼现在船上演戏多有不便，王家班为什么不到虎丘戏场去演。王紫稼脸上闪过一丝苦笑，说李笠翁戏班来了，哪还有我的立锥之地，艺不如人，只好回到船上来了。

李渔不由感到愧歉，说紫稼兄言重了，姑苏城内藏龙卧虎，李某初来乍到，还请紫稼兄日后多多关照。如不嫌弃，还请王班主下船，到虎丘戏场同演一台。紫稼兄的红娘，李某的张生，若能珠联璧合，联袂共演，一定让苏州戏客看得服服帖帖，谁还敢说紫稼兄的半句不是。

坐了一会儿，喝了一杯茶，李渔推说还有午场的戏，就要告辞。临走，王紫稼要送给他五十两银子，说这五十两银子是一个苏州赏家为我们同台共演送上的定金，戏演完之后再送五十两。

李渔惊讶，问豪客是哪位贵人？王紫稼笑而不答。

李渔显然十分高兴，但一犹豫，马上又推还给王紫稼，相互推了几次，李渔还是笑着收下了，说紫稼兄这个朋友真是可交，请转告那位赏家，到时候李渔一定上门拜访，给他府上送去几出好戏。

李渔下了船，发现五人墓前，有人正在黄道周写的张溥墓志铭上拓片，刚走过去，一个书生打扮的小贩迎上来，问他是否要拓印黄道周书法。李渔问多少钱，小贩说看你是个行家，而且是外地人，就要你一两银子。李渔也不还价，掏出近二两银子给他，然后接过纸墨，小心翼翼地将张溥墓志铭拓印下来。随后细看，果然黄道周书法古朴简拙，脱胎汉末钟繇，却独具一格，真是字如其人。就凭他的字，也能得美名和富贵了。

自己这样想，真如王紫稼说的，只能做一个俗人。

李渔离开之后，王永康从底舱出来，对王紫稼说李渔是狡猾之人，我现在是在帮你对付李渔，李渔家班一天不走，你这里的生意就一天好不了。不过最终李渔也要和你一样都会成为吴家班的人，只要成为吴家班的人，你们就可以进京为皇上、太后献艺，在北京城扎了根，你们才有前途，你们演的戏才有更多的人看，你们才能过上好日子。

王紫稼鼻子一酸，眼中含泪，对着远去的李渔背影，露出复杂的神情。论年纪，王紫稼天启五年生于苏州长洲，比李渔小了将近十岁，但成名却早得多，十五岁男扮女装，擅演红娘，名冠一时，江南江北趋之若狂，引来名士才子对他的痴迷，吴梅村等都以与他交往为快乐。顺治八年，快三十岁年纪，北上京师，轰动一时，但不到两年，对于北方人来说，昆曲内容太过高雅，发音太过晦涩，京城的百姓厌听吴骚，闻歌昆曲，辄哄然散去。王紫稼深感落寂，吴梅村作诗劝慰他：

君不见康昆仑黄幡绰，承恩白首华清阁。古来绝艺当通都，盛名肯放优闲多，王郎王郎可奈何。

眼看吃住都要靠接济，王紫稼决定南归，正月没有过完就回到了苏州。眼看要重回昔日的辉煌，却不想新来的李渔戏班光彩夺目，让他感到了压力。而此时王永康伸出手要拉他一把，也让他感到几分激动，几分不安，真不知道该怎么办才好。

李渔戏班的首场演出在苏州最大的戏场虎丘戏场。

火婴趁曹尔玉去了太湖对面的湖州，由两个护送她的人陪着离开曹府，一路小跑着赶到了虎丘。

戏还没有开场，火婴到后台找李渔，因此遇到了婺、杭二姬，并受到了捉弄，以致她对李渔产生了怨气。她正在四处观望，婺姬看到一个跟自己差不多年纪的漂亮女孩冒出来，不免警觉，不等讯问，火婴有些急不可待，说她是从京城赶来找李渔的，并和盘托出自己对李渔的好感，说知道他写过一本书叫《金瓶梅》，看过一本他写的戏叫《风筝误》。

婺姬虽然年纪小，但已经感觉到眼前的这位女孩不仅是戏迷，也是师父的人迷，不禁酸了酸，说京城来的人就是不一样，听你口音是旗人，难怪心直口快。说着眼珠子一转，进了戏场，夺过杭姬的画笔，给杭姬画一个张生的妆，告诉她，一个年轻漂亮的小妹妹来找师父，杭姬个高，冒充师父把这人打发走。张生打扮的杭姬，与婺姬一唱一和，与火婴见了面。火婴看着杭姬，真以为是李渔，说自己看过《风筝误》里的其中一出，但不敢看《金瓶梅》，还告诉说那个松山之役投降我们满人的洪承畴，做了太子太师，国史院大学士，一品官，他可恨死你了，在皇上跟前告你写了《金瓶梅》，有伤风化。

杭姬吓得哆嗦了一下，但马上镇定下来，表达了感谢之意，问火婴有什么要求。火婴说想跟李渔学唱戏。

婺姬抢过话头，说拜师学艺不简单，要先学会伺候师父，等师父确信你有虔诚心，终于讨得了师父的欢心，师父才会正式收你做徒弟。

火婴焦急，问应该怎么做才算有虔诚心？

婆姬捏了一把火婴的下巴，说我现在教你怎么伺候师父，讨师父的欢心。婆姬端起茶杯，喂到杭姬嘴边，杭姬顺势在婆姬脸上摸了一把，说晚上还要喂酒给师父喝。只要师父高兴，徒儿喂什么都行。

见火婴神情开始不满，婆姬拉过火婴的手，说你给师父喂一杯茶试试。

火婴急忙摇头，拒绝了。婆姬过来拉她，说你心仪已久、万分崇拜的李渔师父就在你眼前，还不趁机表示表示。火婴犹豫地端起茶杯，不知所措，杭姬也装出放浪的样子，背起戏本：我李渔是放浪不羁之人，一向无拘无束，漠视礼法。有道是食色，性也，故此在我李渔眼里，男欢女爱，纵情声色，乃人之天性，也正是我李渔本色。看你妹妹模样，一定是富贵人家大小姐，可能看不惯我的做派，那就不要勉强。

火婴犹犹豫豫把茶杯端到杭姬嘴边，婆姬催促她快喂，说要跟师父学戏，这喂茶是小意思，以后还要一个碗里喝酒，一个盆里洗澡，一张床上睡觉。

火婴终于忍不住，气愤地把茶杯扔在地上，大骂你们汉人不是最讲男女授受不亲？你和李渔男女有别，怎么可以同一个盆里洗澡，还在同一张床上睡觉?!

杭姬装作气愤地捋捋衣袖，婆姬一把亲昵地抱住她，劝说师父，可不能动手，别跟人家小姑娘一般见识。

火婴说算我瞎了眼，起身就走，要离开戏场，又不甘心，决定看了戏再走。先送上的是《西厢记·张君瑞害相思》一折。台下的苏州看客一见居然有人在王紫稼所在苏州班门弄斧，颇为不屑，不断发出嘘声。但嘘声中崔莺莺一出场，看客们顿时安静下来，坐在前排的王永康不禁站了起来，赞叹这位旦角好有光彩，看遍天下戏班，很少见到这等角色的。一旁的娄吏目看了看戏单，叫人探探清楚，这旦角是什么来历。

看客对崔莺莺的喝彩，竟然让火婴产生了几分嫉妒，原来李渔戏班里竟有这么出风头的女人，比她见过的那些苏州女伶强太多了，李渔一定很喜欢她，说不定就是情侣。这样胡思乱想着，火婴忽然再也静不下心来看戏，也提不起精神来，想着到台后看看，想知道崔莺莺和李渔到底什么关系。她又一个人甩开陪同的人，溜了出来，但不知道该往哪边走。刚巧李乡君下了台来，火婴走过去，认出她就是崔莺莺，想腔调好点，但话到嘴边，却硬起来，喂了一声，问她叫什么名字？与李渔是什么关系？李乡君见她年纪不大，愣头愣脑，张口也不问称呼，又一口京腔，像是个没有教养的旗人，不免冷淡应对了几句，就不再理她。

火婴见李乡君这种态度，也马上不友好起来，说话挑衅，拦住李乡君问，戏班的男人和女人是不是一个碗里喝酒，一个盆里洗澡，一张床上睡觉的？

李乡君不禁惊愕，立即严肃了，说你问得可笑，也问得愚蠢。喝酒有时候也许要用一个碗，但绝不会一个盆里洗澡，更不会在一张床铺上睡觉。姑娘你真误会我们了，你这些话都哪里听说的？

火婴说这是李渔说的。

李乡君认真了，希望火婴不要相信别人胡说八道，李班主岂会这样说。

火婴说你们平常都在做戏，真真假假，戏里戏外谁弄不清楚。

李乡君流露出一脸的不快，甚至愤怒，火婴倒觉得心里痛快了许多，她蹦蹦跳跳着离开了戏场，可无处可去，就来到了红春楼门口，跟赤五娘进了楼。赤五娘吆喝一个小厮送一碗状元红，小厮端过酒来，火婴接过碗，一干而尽，赤五娘劝她，说这酒虽说是甜的，入口好后劲足，还是先吃点东西，垫垫底再喝。

火婴又叫倒满第二碗酒，又一口喝了下去，赤五娘急忙抓住她的手，不让再喝，问她有什么心事。火婴摇摇头，赤五娘仍抓住她的手不放，说你别瞒我了，我赤五娘是跑过三江码头的人，见的人多了，你一个小姑娘心里有事还瞒得了我？有什么心事，不痛快的事，不高兴的事，跟我说说。又补充声明，自己确实是老福王的五儿媳，跟她一样是贵胄人家。

火婴连连表示相信，又叫倒满第三碗，突然问赤五娘会不会唱戏？一说起唱戏，赤五娘也喝了一大口酒，陷入回忆：说起唱戏，那是很久以前的事了，我像你这么大的时候，还没有嫁到洛阳王府，就在苏州、镇江、南京这一带登台唱戏。那时候苏州戏班一个个都红火得很，苏籍名伶一捋就是一大把，后来我遇见了五王子，就不唱了，不然的话，我赤五娘也是一个大名鼎鼎的女伶。

火婴已显出三分醉意，听着赤五娘的诉说。赤五娘喝干了碗中的酒，说我们这一拨有好几个都半途改了道，包括平西王吴三桂的宠妾陈圆圆。那年田国舅来苏州赏玩，一眼相中陈圆圆，让她离开教坊，跟到京城唱戏去了。没想到这个陈圆圆跟了吴三桂，后来竟然是红颜祸水，把整个一个大明朝给害了。

火婴说怎么怨得陈圆圆，是你们明朝的皇帝、大臣和将军们无能。赤五娘怔了怔，站起来，说你这话是有几分道理，这事确实怨不得陈圆圆，她原来不过是唱戏的，要是她像我一样是朱家的人，是郡王妃，就算投降也没有人敢要，只好隐姓埋名，开妓院，开赌馆，苟且偷生。现在虽说她跟了吴三桂，荣华富贵，锦衣玉食，却也落得千古骂名，你说她倒是值不值？

火婴说吴三桂不就是一个平西王，什么封王封侯的，在旗人看来，他还是一条走狗。赤五娘也有几分醉意，感叹说狡兔死，走狗烹，飞鸟尽，良弓藏，这吴三桂将来还不知道落个什么下场。有一天吴三桂倒了霉，这陈圆圆不知又是个什么结果，到时候后悔也来不及，倒不如当初在苏州坊间唱歌做戏的，待年老色衰，嫁个有钱的老实人，也一生平安。

火婴开始头晕，单手抵着额头，说不想再议论什么陈圆圆了。

赤五娘正说得兴起，突然说吴三桂也知道自己不过是一条走狗，怕有一天真像韩信那样，被吕后杀了，一开始拼命想巴结垂帘听政的太后，现在又打算讨好皇帝了。

火婴猛地拍了一下桌子，说太后、皇上可不是吴三桂想蒙就能蒙的。

赤五娘也有几分酒劲，和火婴一样话多了起来，说再过几个月你们皇帝又要纳妃了，吴三桂早就谋划着要送一份厚礼。当年吴三桂家班可是赫赫有名，听说这太后又很喜欢看戏，想借着皇帝婚典，让戏班去热闹热闹，吴三桂肯定在这上面做文章，他把新科女婿王永康从云南派回到苏州，就是要变着法整出一个好戏班来，到时候进京给太后祝寿。

火婴抢话，说太后是喜欢看戏，但她喜欢乐呵的戏，像李渔的《风筝误》。

赤五娘认可火婴的说法，说苏州看客最喜欢看的戏，可能真是李渔家班的戏。今天红春楼的客人少了七成，人都到哪儿去了？去虎丘戏场看李渔家班的戏了。王永康眼睛早瞄上李渔戏班，想吃进肚子里，再邀像王紫稼这样的苏州名角，组成个天下第一的吴三桂家班，轰轰烈烈进京，给你们大清的太后、皇帝唱戏，这拍马屁的功夫天底下谁比得上他？

火婴听了五娘的话，顿时酒醒了三分，奇怪赤五娘怎么知道得这么多？

赤五娘压低嗓门，昨晚红春楼来的最大嫖客就是吴三桂的女婿王永康，他一喝了花酒，高兴了，什么话都说。火婴吃惊吴三桂要吞并李渔戏班，然后怪怪地一笑，心想这李渔还蒙在鼓里，也是活该，到时候什么李渔家班，什么《风筝误》，什么张生红娘，全没了。想着，又觉得不能太便宜了吴三桂，更不能够让他的计划得逞，自己要回京城，把这事告诉太后、皇上，什么吴三桂家班，是骗人的。火婴已有了七分醉意，加上这么一想，也不再说话。火婴离开时脚步已有

后台杭姬假扮李渔骗火婴

李渔爱慕李乡君劝其留在戏班

些踉跄，赤五娘坚持搀扶着她，送她回到曹府。火婴往床上一躺，就呼呼入睡。赤五娘给她掖好被子，红蜡烛照在火婴睡熟的脸，赤五娘细细端详着，或许想到了自己的女儿，不由生出几分爱怜，禁不住抚着她的脸和头发，哼哼地唱起了摇篮曲。直到后半夜，赤五娘才悄悄离开曹府。

火婴睡了一天，到了第二天晚上还没有醒，从湖州回来的曹尔玉过来催促她去看戏，火婴仍然睡着。晚上曹尔玉看戏回来，带回了一个令火婴恐慌不安的消息：按照太后旨意，三贝勒已经在赶往苏州的路上。

当晚火婴并没有表现出什么不正常，但次日一早，她给曹尔玉留下了一封书信，趁人不注意，离开了曹府。她赶往红春楼，以曹尔玉的名义，向赤五娘借了一百两银子。一听说要借这么多银两，赤五娘自然要问清楚了再借，于是绕着圈子问起来。火婴眼中含着泪，说三贝勒奉太后和皇上的旨意赶到苏州来了。

赤五娘听火婴说完了前因后果，终于明白了火婴的真实身份和目前的遭际，没有再查问下去，果断地拿出一百两银票，交给了火婴。

八、辛卯河南乡试举人侯方域梦走姑苏

侯方域的底气大半来自他的祖父和父亲。

祖父侯执蒲以万历二十六年进士入仕，做到太常寺正卿。父亲侯恂与洪承畴、阮大铖万历丙辰科同榜，列三甲第十一名进士，一开始就放了山西道御史，天启年间因其东林党人身份，遭到罢官。崇祯元年再次起用，不久任兵部右侍郎督治昌平，其间最有名的事情就是提拔了后来南明的风云人物左良玉。三年后任户部尚书，正官场得意，崇祯九年李自成军攻破开封后，因按兵不救遭陷害入狱。李自成攻破北京，谢绝任官，归家隐居。

侯方域是在父亲金榜题名后的万历四十六年出生的，十五岁即应童子试中第一名，祖父和父亲的政治观点从小就深深感染了他，崇祯十一年回到金陵参加乡试期间，参加了复社，与同样有名的方以智、陈贞慧、冒辟疆合称复社四公子，以抨击魏忠贤余党为快事。

次年李香君与他一见钟情，让他精神昂扬，清军南下，奔走于明军大营，为左良玉等抗清名将的座上宾，传说连史可法著名的《复多尔衮书》都出自于他的手笔。

明朝还是亡了，正当他风华正茂的年纪。

顺治八年，侯方域应辛卯河南乡试，所作策论五道建言当时还没有亲政的顺治。首策勤于读书，二策议礼，三策论治道，四策论不可轻议治河，五策论明赏罚，应考之后，又悔恨自己既念明朝，就不该赴试要官。辛卯乡试一举，痛悔失足，内心之抑郁自恨。据说侯方城回到归德老家。回想自己遭遇坎坷，事业一无所成，悔恨不已，发誓终生不仕，建造壮悔堂，一心研究学问，创作诗文。

侯方域在生命的最后一年，离开河南归德府，取道南京，秘密来过苏州，看起来像是病中的一次幻想之旅。

因为侯方域心里始终放不下一个人，这个人就是李香君。

他最后回到南京的这一次，尽管他知道李香君已经死了，但当听说疑似李香君的人以李乡君的名字出现在苏州的一个戏班里，他立刻抱着沉重的病体，孑然来到苏州，一路行来，犹如进入似真似幻的梦境。

白天的苏州城生机无限，店铺林立，车来人往，熙熙攘攘。

此刻李乡君对侯方域到苏州浑然不知，正每天到虎丘戏场演一回崔莺莺。

戏散场回到客栈已是子夜时分，李渔还没有睡意，看起了木子李记下的账目，多少有些兴奋。只唱了一个晚上的戏，戏金就有十六两：一本《风筝误》十二两，《张君瑞害相思》一折加二两，扣除场租一两，灯火费一两，净得十二两，一到苏州就来了个开门红。听说王紫稼的梨园，每做一本不过三四两、五六两戏钱，李渔戏班却净赚了十二两，还有女旦缠头在外。演戏凭的是真本事，别的戏班有能耐，也可胜过自己。但是这一来，委屈了王紫稼这样的名角，别的戏班也很难在苏州活下去了。看到赚了钱，李渔又想怎么样分配这些钱，明日叫木子李带新班的六个弟子到包子店吃一顿好的，再给婺姬、杭姬每人一两，叫她们买些脂粉绫罗，另外，给李乡君送五两银子过去。总之自己一两不留，明日开场，这银子就来了。李渔心想拿着银子去找李乡君，不是正好有由头了。于是他迅速数好五两银子包好，走到隔壁李乡君房间门口，敲了敲门。

李乡君正坐在床上，一边卸装，一边照镜子，听到李渔声音，赶紧梳头整衣，要开门出来，又照了照镜子，然后才开门。李渔进门，看到李乡君铅华洗尽，平添了几分素淡，不由多看了几眼，连连称赞，说淡淡妆，天然样，好一个本色的汉家姑娘，乡君姑娘越发漂亮了。

李乡君低下头，说班主别取笑我，人靠衣装马靠鞍，我这个样子让李班主见笑了。

李渔还要继续打趣，说欲把西湖比西子，浓妆淡抹总相宜。

李乡君避开李渔的话题，问有什么事。

李渔奉上五两银子，说今天到苏州第一场演出，来了一个开门红，一晚上就赚了十二两银子。李乡君连连摆手，说银子她不能要，戏班一大帮人，尤其是新班的六个孩子都要吃饭、穿衣，还需要钱，班主收留了他们，自己已经感激不尽。

李渔不好硬给，说算我替姑娘保管着，收起银子，但脚还是不动，不肯离去，谈起李乡君从杭州到苏州，一路过来，对戏班弟子悉心照顾，教习戏曲，大家都很高兴，以后戏班要生存，要兴旺，还离不开姑娘。李乡君连忙打断他的话，说她很惭愧，自己多蒙李渔收容，得以留在戏班，暂时有了一个安身之所，最要紧的是烈士遗孤们有了一个好去处，以后待他们出了新班，上得了台面，一切都安排停当，自己也就没有什么好牵挂了，那时自然应该离去。

李渔急了，说乡君姑娘今后也不能离去，不然戏班说垮就垮。李乡君沉默良久，说自我大明朝亡国破鼎之后，先前的繁华一去不返，乡君的命运也如飘蓬断梗，转徙无常了，下一处会走到哪里，我也不知道。

李渔说既然无处可去，那为什么一定要走呢？姑娘天生丽质，神赋才艺，是一等一的角色，不如干脆入了行，若假以时日，一定能红遍天下。随后提出了挽留李乡君的三个条件，一是李乡君与自己共同经营戏班，所赚钱财，一人一半；二是赢得名誉，两人共享；三是凡编新剧，均由李乡君首演。

对李渔提出的三个条件，李乡君内心虽然激动，也充满感谢，不过在她眼里，赚那么多钱财又如何，红遍天下又如何，就算天下第一又如何。想当年南京城秦淮河畔，自己过得不正是灯红酒绿、繁花似锦的日子，可时至今日又怎样？曾经有过的千般恩爱、万种欢喜，还不是恰如那昙花一现，一夜之间全都凋零枯败了，正所谓落花有意，流水无情，如今对世间事，早已意冷心灰，快乐欢愉之情也怕是不会再有了。

李渔知道李乡君但凡显露出这种沉默神情的时候，必定是触动什么往日心思，他也必定进行老生常谈般的劝慰，说大明亡国破鼎，也许是天意，天地乾坤自有定数，岂是你我这样的芸芸众生所能左右的。如今故国已亡，活着的人日子总还要过下去。乡君姑娘想必历尽坎坷，心中所受的苦楚和委屈确非常人能比，我也完全能体会得到，但实在不能苟同乡君姑娘这样终日沉湎于怨愤和哀伤中，不能自拔。国破山河在，有多少人不是心中藏着无限苦楚、千般无奈，但又怎样呢？我还是那句话，蝼蚁尚且偷生，活着的人总还要活下去，姑娘应该学着在苦境中寻找乐趣，于逆境中活出光彩，如此才不枉到人间走一遭。

李渔声音柔和，说姑娘是冰雪聪明之人，心中的结也不是旁人三言两语就能解开的，俗话说解铃还须系铃人，姑娘的心结也只有姑娘自己能解开。不过相信乡君姑娘终有一天会悟到这个理的。

李乡君明白李渔对自己的良苦用心，可是心结一旦系上了，解开只怕没有那么容易。李乡君不禁苦笑，说天色已晚，大家都早点歇息，不要再替我担心。

李渔只好站起来，说方才他说的事情希望有个决定，李乡君显然已经决定，说承蒙班主怜惜，乡君感激不尽。共掌戏班之事，请恕不敢从命。

李渔也不好再说什么，怏怏离开了李乡君的房间。

李乡君关好门，怔怔地坐在床前，一会儿，她从衣箱里取出半把断扇子，然后打开，扇子上画着几株血红的桃花。心想桃花扇故事，不只是李香君才有。她看了一会儿断扇，合上，吹灭了灯，但是辗转反侧，不能入睡。

此时在客栈的另一侧房间，赵则鸣披衣站立窗前，盯着对面亮着灯火的房间。差不多与侯方域同时，赵则鸣也赶到了苏州。一路上，赵则鸣也一直担心李乡君会被李渔拖下水，怕李渔把李乡君骗到苏州唱戏赚钱。到了苏州，先急着看了街上李渔戏班的戏报，但里面没有看到李乡君的名字，赵则鸣放了一半的心。李乡君跟李渔到苏州，必定是迫于无奈，她不肯轻易现身，说明她还是知道珍惜自己的名誉。

对面的房间里，从李乡君那里出来的李渔叫醒了装睡的婺、杭二姬，说请她们喝酒，陪自己说话。婺姬和杭姬向李渔敬酒，李渔以茶代酒，分别与两人喝交杯酒，婺、杭二姬兴奋得发出很响的笑声。赵则鸣不由得心中愤愤，夜半三更，李渔与雏姬相拥，勾肩搭背，纵情声色，与西门庆有什么两样。但赵则鸣感到欣慰的是，里面没有李乡君，想必她是不会半夜里和李渔这样的人纵情淫乐的，不禁称赞李乡君虽然秦淮歌妓，但有几分风骨。

夜深人寂，李渔举杯的手突然停了下来，他感觉到今晚婺、杭二姬无法排解自己心中的惆怅和寂寞，于是放下茶杯，吐出一口气，说师父好烦恼也。说着，突然喝了一口酒，说夜深人静之时，唱什么好，偏不唱风花雪月：

望青烟一点，寂寞旧山河。烧角秋笳马上歌，黄花白草英雄路，闪得我对酒销魂可奈何！

歌声传到赵则鸣房间，他静静地听着，躺着不语，两行眼泪已经流下来。

赵僮被吵醒，要起来骂人，赵则鸣任由老泪流淌，说由他唱吧，他在想夏完淳了。

顺治二年，夏完淳年仅十五，随父亲夏允彝在松江起义抗清。失败后，夏允彝投水殉国。夏完淳与太湖义军联系，继续从事抗清复明活动。不久，太湖义军被包围消灭，夏完淳泅水脱险。顺治四年春，鲁王赐谥夏允彝为文忠公，并任命夏完淳为中书舍人。之后夏完淳决定渡海去找鲁王，被清廷侦获逮捕，从水路解往南京受审。正是这场与洪承畴的交锋，夏完淳充分展示了他的才情和气节，其名声超过了同时代的许多为明朝而死的牺牲者，某种程度上甚至超过了他的老师史可法。

夏完淳被押到南京，洪承畴亲自讯问并劝降，说你小孩子知道什么呀，怎么会起兵叛逆，还不是被人利用了，如果你能够归顺，凭你的才学，可以做个不小的官，发挥你的才干。

夏完淳挺立不跪，装作不知道眼前的这位审讯大员就是洪承畴，高声回答，说我听说洪承畴先生是本朝人杰，松山、杏山之战，血溅章渠。先皇帝震悼褒恤，感动华夷。我很早就敬慕其忠烈，年纪虽少，杀身报国。当左右差役告诉他堂上大人就是洪承畴时，夏完淳更是声色俱厉，说亨九先生早就为大明殉难了，天下谁不知道，曾经御祭七坛，天子亲临，泪满龙颜，群臣呜咽。现在谁敢伪托其名，以污忠魄！

洪承畴顿时神色沮丧，气势减弱，久久呆立着，无言以对。

几个月之后，夏完淳就义于南京西市，临刑时，他立而不跪，神色不变，刽子手战战兢兢，不敢正视，过了很久，才持刀将他喉咙割断。友人收殓遗体，归葬于松江昆冈乡荡湾村夏允彝墓旁。夏完淳的遗腹子出世后夭折，一代忠良绝嗣。

李渔唱的正是夏完淳在狱中所作《江儿水》。

一直没有入睡的李乡君也听着歌声，不禁坐起，眼泪从她脸上落下，黑暗中轻轻地跟着哼起来：

荧荧灯火，新愁转多。暮暮朝朝泪，恰便是长江日夜波。

李渔的歌声戛然而止，整座客栈一片死寂。

第二天一早，赵则鸣起了个大早，发现异常安静，向店小二打听，店小二告诉他，李渔带着戏班天没亮就赶到虎丘戏场去了。

赵则鸣赶到虎丘戏场时，戏班众人正在练功，吊嗓子，但并没有李渔的影子。

再说李渔在回来的林荫道上，被赵则鸣拦住了。赵则鸣叫赵僮到路口望风，然后把惊愕不已的李渔拉到树林里，说本按台是从京城赶回来的，回杭州寻你不着，又赴苏州，为的就是叫你早一日知道先皇崇祯帝的御批圣旨。

李渔点头，表情诧异，刚想说什么，赵则鸣口气更加严峻，说上次没有拿到先帝圣旨真本，怕你不服，因此特意去了趟京城，拿回圣旨真本，好叫你心服口服。

李渔苦笑，心想赵则鸣这个年纪舟车劳顿，奔波于京杭之间，真是太难为他了。说赵大人，这都是前朝旧事了，你何必如此固执，非要穷追猛打，不依不饶，揪住李渔不放呢。

赵则鸣仰了仰脸，一声叹息，说你又怎会懂老朽我一颗故国之心。夏完淳是我大明顶天立地的忠烈，你虽然会唱夏完淳《江儿水》，但你仍旧没有悟到内中的情感和深意。告诉你，为了先帝的遗愿，不用说区区行舟驾车之累，风餐露宿之苦，就是付出性命，老朽我也心甘情愿。

李渔擦了一把汗，因为有早场演戏在即，急着想先走一步，希望赵则鸣有什么教诲，回苏州客栈再慢慢说。赵则鸣急了，喝了声李渔听旨，李渔伸头去看他手中的奏本，这一看，心里一颤，大吃一惊，说果然像是崇祯帝的真迹。赵则鸣又一声严厉，说什么果然像，真迹就是真迹，先帝御批在此，你还有何话说？

李渔想着脱身，态度诚恳，说李渔不胜惶恐，可惜先帝不在了。不过这《金瓶梅》确实不是李某写的，李某不才批注过其中的一个刻本，而且寥寥数语，请赵大人明察。

赵则鸣收起奏本，放入怀中，说李渔不要再狡辩了，崇祯六年起，我明察暗访，为的就是收集证据，将这本淫书的始作俑者绳之以法。如今证据在此，你还口口声声说不是你写的，那又是谁写的？

李渔转身就走，赵则鸣紧跟上来，喘着气，说虽说皇上不在了，大明亡了，你可不能赖账呀。李渔越走越快，表示如果自己真的欠账，是不会赖的，说着忽然停住，看了看白发白须的赵则鸣，心中涌出一股酸楚，说今夜晚一点请你们叔侄吃顿饭，正好听赵大人谈公事，还有，你们在客栈的吃住一律记戏班账上。

戏散场后已是半夜，赵则鸣看到婺、杭二姬摆好酒菜，正在等候，怕李渔设局，让自己吃什么花酒，不肯入座，李渔叫婺姬、杭姬离开后，赵则鸣答应一起吃饭，表示喝一碗肉汤即可，并暗示他不会反对李乡君参加。李渔其实也巴不得李乡君一块儿吃饭，说赵道长若有此意，李渔这就去请她来，想必她一定会来，说着就出门去请。

赵则鸣想阻拦，但又不坚决，说她如歇息了，就勉强不得。赵僮此时肚子已饿，看着桌上的酒肉，不觉动心，确定李渔离开后，随手拿起一块五香牛肉塞进嘴里，快速咀嚼着，然后拿起酒杯，倒进嘴里。

李渔敲李乡君的房门，但房中没有人应声，这时婺姬出现，说她偷偷摸摸地出去了。杭姬点了蜡烛台过来，引李渔走进屋里，果然空无一人。见李渔怔怔的，婺姬说这半夜三更的能到哪里去，八成是跟旧相好约会去了。杭姬又说真是落花有意，流水无情啊。李渔也没有理她们，他担心李乡君不肯留在戏班，一个人不辞而别了，孤身一人，会出什么意外，得把她拦回来。顺手拿起一只灯笼，下了楼，奔出了客栈。

李乡君背着包裹，确是离开了，但她走走停停，并没有走远。只是她看到李渔提着灯笼急急赶来时，才加快了脚步，一口气跑到了浒墅关码头。就在李乡君要登上一条挂满灯笼的夜船时，李渔及时地追了上来，问她为何不辞而别。李乡君回过头，没有说话。李渔拦在她的前面，说要走，也要好好地走，选个风和日丽的好日子，十里长亭，好好送别。

李乡君欲言又止，似乎有什么难言之隐，李渔缓过气，说有什么事姑娘不妨直说。李乡君正视着李渔，告诉他自己要突然离开苏州的原因，说是侯方域他找来了，我不想见他。

李渔心里顿时沉重，沉默了好一会儿，说依我看，躲他不是上策，我曾耳闻你们两个人的故事，姑娘心中如有他，或许可以破镜重圆。

一听这话，李乡君显然生气了，说我心里已经没有任何人，尤其是什么侯方域，他不会真把我当李香君吧，只怕见到了越说越说不清楚。李渔听到这话，暗中有几分欣喜，但愕然地说如果你心里没有他，更要一见，跟他说明白，讲清楚，既然大家缘分已尽，一拍两散，从今往后不再有什么瓜葛，岂不是大家都落个干净清爽。

李乡君急忙摇头，说李班主说得也太轻巧了，如果李班主心里也曾有过生死相随、地老天荒的男女之情，也许就不会说得这样轻巧。

李渔眼睛一亮，说生死相随、地老天荒的男女情，说得真好。李乡君对李渔的态度感到不满，便讥讽他，说可惜李班主一向风流倜傥，独立不羁，大概不会懂得那样一种男女情。

李渔先是把自己嘲笑了一通，然后说我三更半夜追你而来，一番好意劝你留下，反倒受你一顿奚落，罢了，乡君姑娘对我李渔还有什么不满，是不是先回客栈，只管一件件说来，李某一定洗耳恭听。

李乡君顿了顿，觉得自己话过分了，说对不起，乡君一时情急，方才说话有些不妥，请李班主见谅。不过我不能再回客栈了，我实在不想见他。李班主还不知道，他这会儿可能已找到客栈了。

李渔感到了李乡君的心中恐慌，相信她确实不愿见到侯方域，于是认真起来，一把拉住李乡君要回客栈，说如果姑娘真的不想见他，我李渔出面，好言好语替你打发。李乡君不情愿地跟着李渔走回客栈，已经是子夜时分了。李渔叫李乡君先到自己房中，与赵则鸣等一块儿喝茶，然后自己一个人到客栈门口等起侯方域来。直到太阳出来之前，一个黑影走过来，不理会李渔，对着客栈轻轻喊叫李乡君的名字。李渔迎上去，发现来人面目不清，想问，黑影竟然认出他，叫了他一声李笠翁，并自称侯方域，但因为也披着面巾，始终没能让李渔看清他的面容。李渔为了不让他见到李乡君，故意引着他离开客栈，一直走出巷口，天仍然没有亮。两个人的谈话却已经进入正题，并且发生了争吵，李渔说，我不知道你是不是侯公子，但我告诉你李乡君自愿留在戏班，请你不要再打扰她了。

神情疲惫的侯方域显然还是不服，说我想看看这人是不是李香君，万一她是假的，我立马就走，我去了七八个地方，见了许多自称是李香君的女子，结果都是假的。我希望她是真的，如果她是真的，我就带她走，因为我们相爱在先，两情相悦，江南士林，包括你们风月场中，人人皆知，香君离我而去，是一场误会，如今天下局势已安定，我和香君再续旧缘，也是情理中的事。待我与香君说明一切，就是功名也可不要，她一定会尽释前嫌，原谅我。

李渔心想李香君离你而去，也是人人皆知，真是感慨这功名二字引多少人折腰，当初侯方域为功名错走一步，后悔无穷，这前嫌岂是他想释就能释的，好不容易得到，如今又怎么肯舍弃。但看到侯方域的倦态，也就没有把这些话说出来，想了想，说她不愿见你，你也不要管她真假，她在戏班刚刚开始过安稳的日子，现在先不要打扰她。

侯方域的声音哽咽，说我们相爱一场，心中自有默契，再大的心结，只要见了面都会解开。你从中阻拦，是何道理，香君乃高洁女子，你岂能让她屈身于戏班，我劝你不要硬拉着她，和你一道行走江湖。

这番话把李渔说恼了，本来自己心一软，想好好地对他，不想他竟然出口伤人。于是他话也尖刻了，说你这是什么话，唱戏之人，虽然低微，但人穷志不短，也不像有的人，平常说得如何的忠君爱国，如何的民族大义，但那满人的铁骑还在千里之外，便已经贪生怕死，早早剃了发成了大清顺民了，不愧识时务者为俊杰啊。

大概侯方域被李渔的话刺痛了，一时发不出一点声音，喘完一口粗气之后，大骂李渔诱骗李香君为自己唱戏赚钱，肥了自己，毁了她的名誉，坚持一定要李香君跟他回去，除非香君另有所爱，不然他一定要接走她。

李渔也被激怒了，说念你是一个读书人，留你一个面子，不然，我不会理你，还有你说对了，香君姑娘也许另有所爱。侯方域紧张得一阵颤抖，几乎站立不住，说这不可能，一定要李渔说出是什么人。

一见侯方域如此状况，李渔又觉得自己可能太过分了，语调缓了下来，说李香君的私事，谁能知道，侯公子，你还是先回去，你若和香君缘分未尽，她自会来找你的。侯方域仍不依不饶，全身抖个不停，要李渔说清楚，李香君到底是不是另有所爱了。

李渔口气软下来，说不管这个乡君姑娘是不是另有所爱，但她现在确实不愿意和侯公子见面，我说的是实话。她不愿见你，你也不能勉强人家，想必你也懂这个道理。

侯方域怪怪地一笑，终于怀疑李香君的另有所爱就是李渔，李渔无奈并苦笑着否认李乡君怎么会看得上自己这样的人。侯方域又变得傲慢起来，说我想也是，香君岂是你李渔这种不入流的文人所能够染指的。

李渔回头离开，说言多必失，如果再争下去，恐怕你我都要出口伤人了。趁着天早人静，侯公子还是请回吧。走了几步，又回来，又顺便说一句，我李渔虽入戏行，唱曲娱人，但并非下流文人。

此时侯方域想继续缠斗下去，指责李渔自命清高，写出《金瓶梅》这样的文字，世间没有第二人吧。李渔不想恋战，说侯公子看过《金瓶梅》，李某也看过，而且批过，可惜的是，这《金瓶梅》并非李渔所作。

李渔发动最后一击，是因为感到侯方域的这句话伤害了他。侯方域叹口气，但愿香君没有看过《金瓶梅》，不会误入你的圈套。李渔对着侯方域模糊的脸，说李乡君确是另有所爱，她爱的人是我李渔。

后来侯方域一阵发呆，丧魂落魄，一脚重、一脚轻地背对着李渔离开了，突然大笑一声，回头扔给一句话，说这个李乡君又是假的。

李渔蒙了半天，才追上去，说我还怀疑你这个侯方域是假的。

过一会儿李乡君才从巷口奔了过来，她急切地望着前面，搜寻着侯方域远去的影子，想叫又没有叫，然后转身回到了巷内，回到客栈，找出那半把断扇，又匆匆回来，李渔还站在那儿，阻拦她，说他已经走远了，还哪里找他去。

李乡君执意要去找人，说这是我们之间的事，与你没有关系，他既然说我是假的，我去还他的东西，看他敢不敢说我不是真的。

李渔愣了愣，说那个李香君如何结局，他应该清楚，我看他是得了梦游症，别理他。

李乡君沉默许久，突然问李渔，如果你编戏文，李香君该如何结局？

李渔想了想，若是让大家看了满意，就写乱世之中，李香君在苏州与侯方域欢喜重逢，两人喜极而泣，侯方域发誓要让香君过上好日子。

李乡君笑了，这样结局好是好，但李香君不见得会满意。

李渔又一想，说那就两人被那个老道人当头棒喝：啊呸，两个痴虫，现在还谈婚论嫁，现在国在哪里，家在何处。于是两人拔剑四顾心茫然，勘破尘缘，出家了事。

李乡君刚想点头，又说李香君满意了，侯公子必不满意，不然他怎么还会去考什么功名呢。

李渔审视着李乡君，一脸疑问，说实际上李香君嫁给侯方域为妾，侯方域变节南下，李香君则在侯府里被人赶了出来，寂寥而死。是这样吗？

李乡君避开李渔的眼光，说问我，我怎么知道。也许吧。也可能两个人连最后一面都没有见着，李香君就留下一柄桃花扇恹恹地死去，临去之前留下话，公子当为大明守节，勿事异族，妾于九泉之下铭记公子厚爱。可惜，她的侯公子食言了。

长久的沉默。

李渔努力安慰李乡君，说侯方域还是爱李香君的，他作的《李姬传》可以为证，说着背了起来：

李姬者，名香，母曰贞丽。贞丽有侠气，尝一夜博，输千金立尽。所交接皆当世豪杰，尤与阳羡陈贞慧善。姬为其养女，亦侠而慧，略知书，能辨别士大夫贤否。张学士溥、夏吏部允彝急称之。少风调皎爽不韦，十三岁，从吴人周如松受歌《玉茗堂四传奇》，皆能尽其音节；尤工琵琶词，然不轻发也。

李乡君神情缓和了许多，说我也读过，接着李渔背了下去：

雪苑侯生，己卯来金陵，与相识。姬尝邀侯生为诗，而自歌以偿之。初，皖人阮大铖者，以阿附魏忠贤论城旦，屏居金陵，为清议所斥；阳羡陈贞慧，贵池吴应箕，实首其事，持之力。大铖不得已，欲侯生为解之；乃假所善王将军日载酒食，与侯生游。姬曰：王将军贫，非结客者，公子盍叩之。侯生三问，将军乃屏人述大铖意。姬私语侯生曰：妾少从母识阳羡君，其人有高义；闻吴君尤铮铮。今皆与公子善，奈何以阮公负至交乎，且以公子之世望，安事阮公。公子读万卷书，所见岂后于贱妾耶。侯生大呼称善，醉而卧。王将军者，殊怏怏，因辞去，不复通。

未几，侯生下第，姬置酒桃叶渡，歌琵琶词以送之，曰：公子才名文藻，雅不减中郎；中郎学不补行，今琵琶所传词固妄，然尝昵董卓，不可掩也。公子豪迈不羁，又失意，此去相见未可期，愿终自爱，无忘妾所歌琵琶词也。妾亦不复歌矣。

侯生去后，而故开府田仰者，以金三百锾邀姬一见；姬固却之。

开府惭且怒，思有以中伤姬。姬叹曰：田公岂异于阮公乎？吾向之所赞于侯公子者谓何，今乃利其金而赴之，是妾卖公子矣。卒不往。

李渔一边听着李乡君背诵，一边感慨。侯方域在旧时梦中，难以自选，但这次既来寻梦，却贸然而来，又贸然而去，还敢胡说李乡君是假的，真是既无情又糊涂的人物，难怪李乡君不愿意再理他。

李渔心头涌着一股浓浓的情意，陪着李乡君沿河道走了很长一段路。李乡君最后停在桥下，四处张望，水汽缭绕，微风带寒，她衣着单薄，不觉打了个冷战。紧跟上来的李渔将自己的外套脱下，轻轻披在李乡君身上，说乡君姑娘，晨雾漫漫，都天亮了，你还是先回客栈歇一会儿吧。

李乡君神情怅然，望着桥下的流水，说这事原本与你无关，我一时不慎，把你扯进来了，真是对不起。李渔不禁更加动情，眼中已经含泪，说能为你做点什么，是我的心愿，什么扯进来不扯进来的。我李渔一生，胸无大志，既不是读书做官的材料，也不是经营有方、生财有道的商贾大亨，连一个正经人都算不上，那些读书人对李某多有诟病，哪里比得上侯公子，要家世有家世，要才华有才华，要功名有功名，我李渔只凭着几分野路子手段，领着一个戏班讨口饭吃，真是个不上不下、不伦不类、不尴不尬的角儿啊。在世人眼里，李渔不过是一个养姬蓄婢、纵情声色、骗吃骗喝、行为委琐的无耻之徒。

李乡君激动地劝他千万不要这样评价自己、这样作践自己，别人在说什么坏话她不管，但她不会在乎别人怎么看他，对于李渔，她有自己的看法、自己的评价，以后若是有缘重逢，会好好说给他听的。

李渔心中不舍，但也不再阻拦，显然她学那个李香君一样，还是放不下侯公子这样的人。李乡君看出他的心思，掏出半把扇面上露出一丛鲜红桃花的断扇，说他可能已经连夜离开苏州城，回到他的归德老家，或者去了南京，总能找到他的，替人把这把桃花扇还给他，前半世多少恩恩怨怨、多少前尘往事，都刻在这把断扇上了。这半把桃花扇也是一样，不由得让人沉湎于旧事，悲从中来，无法自抑，现在把它还了，把该了的了了，才会得到真正的安宁和清静，才能从旧梦中解脱出来。

李渔神情失落，叹道像她这样至情至性至美的女子到哪里去找，可惜侯公子，一念之差错过了美好姻缘。她一定要走，自己也不能再拦，希望她一路之上保重。随后取出一张银票，交给李乡君，让她带到路上花。

李乡君上了桥，渐渐隐去，又突然折回来，向李渔嘱托新班子弟，说他们无父无母，年幼无助，万请好好照顾。

世间人，名字不过是一个符号。

李乡君走后，很少饮酒的李渔喝了一顿酒，大醉了一次，醒来后自叹自己真是没用，枉做一个男人，为了儿女私情，竟会如此的失态，如此真让戏班众人失望，真是惭愧。于是他自嘲地唱起来《金瓶梅》开首的那段：

> 丈夫只手把吴钩，欲斩万人头，铸造铁石心性，却为花柔。古有项籍、刘季，一似万人愁。偏遇着虞姬、戚氏，豪杰皆休。

李乡君上船离开苏州，到长江水道中间时，船摇晃起来，接着船慢慢地沉下去。一个大汉一把抓住李乡君，把她拖出了船舱。

几乎同时，火婴搭乘的运粮船也慢慢悠悠地驶进了在镇江和扬州中间的这片水域。瞌睡中的火婴听到船老大唱歌：

> 天公作法乱如麻，十对夫妻十配差。常使娇莺栖老树，惯叫顽石配奇花。合欢床上眠仇侣，交颈围中带软枷。

火婴听了一会儿，问里面的意思，船老大说这首曲，是说世上姻缘错配者多，比方美妻嫁了丑夫，才女配了俗子，这才叫作真苦。古来红颜薄命四个字，已经说尽了。只是这四个字也要解得明白。不是因她有了红颜然后才有薄命，只为她应该薄命，所以才罚做红颜。但凡生出个红颜妇人来，就是个薄命之坯子，哪里还有好丈夫轮到她嫁，好福分轮到她享。方才我唱的诗、说的话，都是一个叫李笠翁的人写的。

火婴奇怪怎么又是这个李渔，刚想问什么，船突然猛烈地摇晃起来，船老大奋力撑起船竿，向岸边划去，没有几下，放下船竿，不再努力，说船被水匪凿沉了，想不到姑娘真是红颜薄命，被那个李渔说中了。

船舱里已经进水，几条小船飞快地划过来。

九、大明忠靖公义子史承志娶亲传宗

自从史可法义子史德威继承义父坚持抗清事业，英名传播以后，就有许多人打着史姓义子的旗号，集聚前朝遗民，占山为王。为了证明得到史可法的真传，这些人有的索性改名史德威，有的则取名史承志之类的。直到顺治十一年，叫史承志的还在扬州一带的长江上打游击。

同时作为义子，就有了光荣的祖上。史可法身为东汉溧阳侯的裔孙，考中了崇祯元年进士，历任户部员外郎、郎中，崇祯十年升任都御史，崇祯十四年总督漕运，崇祯十六年七月拜南京兵部尚书，参赞机务。

真正成就义父的是扬州。

崇祯十七年义父为弘光朝礼部尚书兼东阁大学士，又为兵部尚书，督师扬州。

真正让后人记住义父的是扬州十日。

弘光元年五月十日，多铎兵围扬州，向义父劝降，义父致《复多尔衮书》拒绝投降，表示城亡与亡，我意已决，即碎尸万段，甘之如饴，但扬州百万生灵不可杀戮。

扬州城破之前，时为副将的史德威因为追随义父多年，被义父收为义子。二十四日清军入夜扬州城破，义父自刎不成，被众将救下。多铎因为恼恨攻城清军伤亡巨大，下令屠杀十天，扬州百姓死亡八十万人。义父壮烈就义后，史德威将其衣冠葬于扬州城天甯门外梅花岭。

史承志以史德威为榜样，在芦花岛坚持到顺治十一年，到了娶妻的年纪。

最早得到火婴被长江水匪掳走密报的，竟然是顺治。

自顺治五年以来，除了浙西南、闽北及长江口外，江南大部分地方已趋平静，原来一些反清抵抗组织大多零散于水泽野外，沦为打家劫舍的绿林好汉。打击盗匪抢劫，应是地方官府的事情，但这京杭运河，乃国之动脉，小有骚扰，舟不敢行，一日不畅，阻隔南北，伤及国本，因此顺治始终认为马虎不得，于是沿运河一线，耳目遍布，监视颇严，一有风吹草动，有潜伏于民间的细作直接报告大内，让皇帝在第一时间掌握情报。顺治看完密报，觉得非同小可，马上想到应该再叫洪承畴出马了，治理江南，根除匪患，他是最合适的人选。

洪承畴赶到宫中，得知顺治要自己回武昌途中转道江南，心里有些意外甚至惊喜，但表面上却显示出几分为难、犹豫。一旁的孝庄太后不耐烦，说洪承畴不肯去就算了，让他直接回湖广，曹尔玉在江南，救自己的女儿，该让他自己想办法。

顺治则坚持让洪承畴先去江南待上一个月，然后再回武昌，说你曾总督两江，江南官民虽说对你多有误会，但敬你者也大有人在，朕料想没有人敢伤害你，朕叫多哈随你左右，你尽可放心去。又说服太后，说曹尔玉正在筹办江南织造，干系重大，分不得心，再说也不只是救火婴一个人，而是安定整个江南，还是洪承畴最合适了。

洪承畴欣喜之中又有所不满，当年平定江南，确是费了一番心血，暂时造就了安定的局面。韶光易逝，洪某老矣，原以为再也用不着离开京城了，想不到又去西南五省，现在又因区区几个水匪，也要他洪承畴中途再跑一趟江南。不过皇上视自己为肱股之臣，江南财赋之地，大清国计民生所系，自己没有拒绝的道理，看来两江之地与他洪承畴有不解之缘了。让他有些高兴的是，自己正可趁此机会见一见像李乡君这样的江南名媛。

洪承畴离开之后，顺治把多哈叫到书房，交代任务。一是洪承畴去江南有几分凶险，那里要取他性命的人实在不少，要确保洪承畴在江南的安全，不要离开左右；二是对洪承畴的言行要暗中节制。洪承畴为人过于聪明通达，对他还是不太放心。仇人既多，恐怕也有一些是私仇，不在他此行范围的事务，不能让他假公济私。

差不多在同一时间，苏州府代理长官、判官缪家正急匆匆带着运粮船上的船工来到曹府，把火婴遇上盗匪的来龙去脉，向曹尔玉和刚刚赶到苏州的三贝勒说了一遍。三贝勒怒不可遏，当场就要赶到镇江去救人。曹尔玉却认为这帮盗匪主要是为劫财，主张先礼后兵，出齐银两，把火婴赎回来，先命镇江府派出能员干吏与水匪谈判，救人最为要紧。同时令长江水师暗中协助，伺机出击。

赤五娘听到火婴被劫的消息，主动来到曹府，向曹尔玉献计，说硬救不如花钱赎人，可保你女儿无虞，如果派兵强抢，你女儿怕性命不保。然后又把脸贴到曹尔玉耳边，说了几句话，曹尔玉听了，频频点头。

较早得知水匪抢船掳人的还有王永康，他听到消息，马上到客栈，找到李渔，说他一个朋友是经营船运的，李乡君乘坐的那条船在长江上沉了。这条船遇到一帮长江水匪抢劫，船就沉了。滔滔长江，犹如汪洋大海，船上的人，除了一个船工，一个都没有回来。

起初李渔感到全身无力，但很快打起精神，决定马上去一趟镇江。于是把婺、杭二姬、新班弟子等集合在一起，又请来王紫稼，拜托他和王永康一起帮助木子李暂且管理戏班事务。王永康对李渔对自己的信任心中窃喜，叫他只管放心地去，等他回来，定将戏班完璧归赵。

婺、杭二姬带头哭起来，全场顿时哭声一片。王永康说船已经等着了，催促李渔快走，不要像生离死别似的，让大家伤心。李渔不再多说什么，硬硬心肠离开了客栈，直奔码头，搭上了王永康介绍的那条帆船。

第二天李渔到了镇江找了条小船，进入快接近扬州水面的岛上，在岸边徘徊了半天，见到一个正在晒网的渔人，急忙划过去，指着江心的那一片芦苇荡，说自己是唱戏的木子李，想去葫芦岛看看景色。渔人手中亮着一把渔叉，打量他，说你唱两句给我听听。

李渔头一仰，放开喉咙唱了起来：

> 说《西厢》、唱《牡丹》，李渔我只身单舟闯龙潭。这水儿荡，船儿摇，胸中却坦坦。七八步走遍天下，三五人百万雄兵来挡，落难公子中状元，私订终身后花园……

渔人听得高兴，听李渔唱的这几句，断定不会是官府探子，答应送他去岛上，还告诉他，水寨头领姓史名承志，与抗清大英雄史可法有关系，为了后继有人，马上要娶一位娘子，正愁没有手段庆祝，有你这个戏子助兴，史承志高兴了，必定有赏。

同一天赶到镇江的赤五娘则简单得多，她一身农妇打扮，登上了一条神秘的小船，很快就消失在茫茫长江之中。约隔了一个时辰，三贝勒带着一批精干捕快也来到码头，不一会儿，几条水师船过来靠岸，列成队形，三贝勒上船，命令那个船工带路。

葫芦岛其实是在长江上的一片芦苇荡。芦苇荡深处，李乡君、火婴及其他妇女走到寨前。火婴看到李乡君，皱了皱眉头，正想着在哪里见过，一个自称是军师的向她们宣布了头领要娶其中一位做压寨夫人的决定。

李渔上岛后，以木子李的名义，被引见到史承志面前。史承志神秘地暗示了自己与史可法情同父子，扬州十日屠城后，他带着幸存的扬州百姓一直躲避在岛上。为了证明与史可法的关系，史承志还熟练地讲述了史可法的详细履历，并希望李渔能够记住。

为了表达对史可法的崇敬之情，也为了拉近与史承志的关系，李渔主动要求到史可法的牌位参拜，并即兴口撰祭文：

史公可法，字谓宪之，又字道邻，祥符人氏，祖籍顺天，先公史崇，封侯溧阳，四十九世，传代裔孙。崇祯元年，高中进士，授官西安，历任户部，崇祯十年，升任御史，总督漕运，危难之年，官拜南京，兵部尚书，参赞机务。弘光朝中，礼部尚书，东阁学士，又领兵部，督师扬州。五月十日，清酋多铎，兵围扬州，逼降史公，史公复书，岂可投敌，气压尔衮，城亡与亡，我意已决，碎尸万段，甘之如饴，百万生灵，不可杀戮。二十四日，清军夜袭，扬州城破，史公自刎，众将救下。多铎恼恨，攻城下令，屠杀十天，扬州百姓，亡死百万，扬州十日，史公壮烈，天昏地暗，壮哉史公，万古流芳。

这一通哭祭，感动得史承志流了泪。

李渔站起来，左右看看，见都一个个一边在陪着泪，一边惊愕地盯着自己看，谁也不肯先说话。

史承志擦了擦泪，说还要记住一点，是我这个义子冒着生命危险将他安葬的。

李渔点点头，又加上四句：

幸哉史公，后继有人，在天之灵，含笑九重。

史承志上来，抱起李渔的头哭了一阵，说总算有人还说我的好话。

其实这几年李渔听到的事情多了，真真假假之中，对史可法产生了另外的一点看法。

南明初建之时，兵力尚存，完全可以与清军对抗一阵子，但当时的核心人物史可法却倡导联合清军，对付李自成，试图借刀杀人。当清军围剿李自成时，史可法一再催促皇帝，派人携带白银十万两、黄金一千两、绸缎一万匹向清人通好，以感谢他们杀退了李自成，并表示愿意降格以求，尊清为叔，结为叔侄之好。却没有想到清军攻入西安，消灭李自成后，挥师南下。史可法身为带兵大将，面对重兵压境，方寸大乱，致使手下将领不是望风而逃，就是不战而降，降清的二十三名总兵、四十七名副将、二十四万马步军，远远超过清军人数，贻误了大明一次生存反抗、收复失地的机会。再说扬州之战，当时部下有人提出要投降，史可法没有坚决阻止，只是说你们要想富贵，就各自请便吧。

李渔知道自己这些想法不能说出来，因为不仅无人能信，而且会成为众矢之的，遇到今天这种场合，就掉脑袋了。

对史可法，他只能是敬其忠烈，因此方才一番凭吊也是包含真情的，但自从有另外看法以来，剩下的是痛其无能。

等史承志平静下来之后，李渔说自己一向崇敬史可法，可惜没能参加当年扬州的战斗，希望有机会为史承志效劳。

史承志自然把李渔当成了知己，后来还因为在自己结婚仪式上居然可以演出苏杭一带很有名的《风筝误》，十分痛快地答应了李渔提出的条件，同意让李渔在妇女中挑选两个花旦，扮演大夫人和二夫人。

李渔看了一圈，没有发现李乡君，就先挑了火婴。火婴不认识李渔，起先并不配合，后来知道是选中她去演戏，态度顿时友好了许多。

李乡君跟着军师进来，一见李渔，惊了半天。李渔赶忙使个眼色，忙说李姑娘，木子李找你找得好苦。李乡君一愣，反应过来，心中感动，原来军师说这教戏的人竟然是李渔，他一定是救自己来了。等军师离开，李乡君责怪他不该来，来了也是送死，戏班中的那几个新班弟子以后谁来照应。

李渔胸有成竹，说木子李自有主张，让你安全离去，等我们一齐唱了《风筝误》第二出《闺哄》再说。

旁边火婴终于忍不住，说木子李，你不能只救她，丢下我不管。

李渔说你跟我临时抱佛脚，学会几句戏再说救不救你。

正在此时，主寨那边赤五娘和史承志相见的情景也令人感动。赤五娘先是叫了一声史将军，然后在芦棚的史可法灵位前烧了三炷香。

因为史承志早就听闻苏州红春楼赤五娘是老福王的五儿媳，连忙跪了下来。

赤五娘一边扶起他，一边感叹道，要不是改朝换代，你一个堂堂的大明副将怎么拖到今天才娶亲，赶紧为史家繁衍后代，让史家世代香火传承。

史承志又惊又喜，说王妃娘娘今天正好当媒人，帮我看看那位选中的女子，替我保个媒，也可以说是明媒正娶，以后省得别人说闲话。

赤五娘正要满口答应，史承志又突然问赤五娘这次来芦花岛，有什么要紧的事。赤五娘早已编好理由，说红春楼这会儿生意红火得很，人手不够，这回要去江北招一些姑娘来，路过镇江，早就听说史可法的后人在芦花岛坚持抗清大业，又听说你在招亲，怎能不来赶赶热闹，为你贺喜。

夜色降临，一片空地上，灯火通亮，一堆草垛，权当戏台。因无锣鼓，全场十分安静。李渔一上场一口念白下来。

这时火婴扮旦上，对着李渔唱道：

琥珀浮光，喜红颜华发，共映霞觞。一样的辛盘菜果，今夜倍觉生香，徜徉，对景开怀增欢畅，案齐眉，珠擎掌。祝寿康，但愿年年今日，共醉千场！

史承志看着火婴，眼睛都直了，赤五娘也认出了火婴，但仍不动声色，说这旦角儿，果然十分才气，像是以前唱过戏的，不过年纪稚嫩，怕是做不了压寨夫人。再看看那个大夫人怎么唱的。

李乡君扮大夫人上，骂火婴演的二夫人：

骂你那淫妇腔，妖精样，逞自强，将人谤。不分个后到先来，恁般无状。

火婴扮的二夫人回敬：

我倒不是个小妖精，你是个老妖精。为甚么别人在房里吃酒，要你沿墙摸壁来听？笑你那狐狸越老越猖狂，迷人技痒，到处寻郎！

大夫人要打二夫人，二夫人也不示弱，李渔上前劝架。

草垛下史承志看了这场戏，不禁感慨，说怎么这两个夫人都这么难缠，把老爷推来推去。赤五娘忽然明白了木子李要唱这场戏的用意，但不知道这个木子李要救的是哪个人，不管怎样，自己也正好利用，说这其中的滋味就是放着两位各有千秋的夫人，你一介武夫，哪有心机和精力对付。

史承志似有所悟，但仿佛又舍不得任何一个。

赤五娘趁机建议，说你当我是郡王妃，就听一句劝。那个小的，生相俊美活泼，那是北相，只怕日后刁蛮任性，撒泼起来，你养不了她的。而那个大的，聪慧端庄，美貌天成，对人自会百般照顾，如你以后金盆洗手，离开芦花岛，她或许会帮你一二，做个正当营生，也可一世无忧。

史承志犹豫，说王妃娘娘说的是，容他再考虑考虑。

赤五娘趁势再劝，说男子汉大丈夫说话算数，当断则断。留下大的，放了小的。你放心，我把那个小的带走，安置我红春楼里，日后你想她，便来找她，狡兔三窟，也多一个窝儿。说着又起身走到草堆后面，说我还是走近看看，也好替你拿个准主张。

正好轮到火婴有唱词，没有看到赤五娘过来。一会儿李乡君替场，火婴下来看到赤五娘，惊问你怎么也被掳来了？赤五娘低下声，说是你爹曹尔玉要我来救你，一会儿我求情叫史承志放了你，你马上跟我走，容不得他反悔。我已在芦苇荡里藏下一条船，等戏散了，说走就走。

火婴指着正唱得欢的李渔，提出把木子李也带走。又指李乡君，说把她也带走。

赤五娘说她要留下来做压寨夫人，她走了，你就走不掉，不管她。

此时，三贝勒带领众水师向岛上围过来，率先上岸的水师指挥伏在芦苇荡里仔细观察后，发现里边竟然在唱戏，水师陆续上岸，架起几门火炮，对准了戏场，单等三贝勒一声令下，即可开炮。三贝勒担忧起火婴安全，犹豫不决。

水师指挥匍匐向前，靠近了空草地。李渔是站在草垛上，看得远，回头发现了匍匐过来的官兵，连忙悄声告诉李乡君。当然史承志也发现了异常，站起来，慢慢地走上草垛，看了看李渔，然后压低声音，对赤五娘说三十六计，走为上计，你带她们坐快船走吧。

赤五娘感动落泪，叮嘱史承志来苏州找她，即使有天大的难处，红春楼始终是你落脚的地方。

由于船太小，李渔决定留下来和岛上其他人一起走，赤五娘带着李乡君和火婴上小船，飞快地驶离芦花岛。很快，李渔和史承志等人就被水师包围，史承志要带手下去拼命，李渔劝他不可硬拼硬打，连个老婆儿子都还没有就白白死了，怎么对得起史可法。说自己去和官兵谈判，让他带着手下借机逃走，自己也算为大明，为扬州幸存者做了一件有意义的事。

李渔把双手放到脑后，被几个水师押到三贝勒前面，自我介绍叫木子李，是李渔戏班唱戏的。

三贝勒焦躁，急切地问火婴下落，不然就要把他扔到水里去。

李渔说贝勒爷劳师动众，无非是为了解救火婴，现在她皮毛不伤，十分安全，但是如果贝勒爷千军万马杀过去，先死的一定是火婴，建议水师先退到水面上，自己才能救出火婴。三贝勒救火婴心切，答应了李渔的要求。

李渔磨磨蹭蹭转回到芦苇荡中，确认史承志他们已经全无影踪，估计已经走远，又慢吞吞地回来，告诉三贝勒火婴已经回家了，木子李不敢欺骗贝勒爷，火婴是苏州一个叫赤五娘的人接走的，千真万确，她是受曹尔玉所托。

回到岸上，三贝勒把李渔交给水师指挥，自己兴冲冲赶回苏州。

水师指挥把李渔交给了镇江府。捕头审问了一次，画了个押，想放他走，不想镇江府师爷突然过来说知府请他去一趟。镇江知府知道他出身李渔戏班，十分礼遇，说今日有位朝廷大员莅临镇江，想请你今晚在府上唱戏，助助雅兴。也请来几个本地的戏子，但演艺粗陋，哪比得上苏杭名伶，你既是李渔戏班的，想必技高一筹。

李渔不免高兴，问这朝廷大员是南人还是北人，是汉官还是旗人，也好有个选择。这汉官，尤其是南人，多喜欢听细腻婉约的，如《牡丹亭》《西厢记》；这北人，尤其是旗人，则多喜欢听粗犷豪放的，比如《单刀会》《赵氏孤儿》等。

知府赞扬木子李说话不俗，告诉他这朝廷大员是汉官，也是南人，打前站的随员已经把戏单子下来了，点的两出戏既有南人喜欢看的，也有北人喜欢听的，刚才你都说到了。这头一出是《牡丹亭》，这第二出是关汉卿的《单刀会》。

李渔问这位朝廷大员是谁？知府犹豫片刻，叫师爷把门关上，说他是皇上身边的红人，朝中佐理军机大臣、一品大员，太子太师洪承畴。

李渔听到洪承畴的名字，一下子怔住了。

李乡君和赤五娘、火婴在镇江分了手，知道水师撤了回来，史承志和李渔等人脱了险，就直接来到南京。

秦淮河边，依旧是热闹嘈杂，繁华如旧，正如南京人夸耀的那样，如今天下安定，秦淮河边比从前更热闹了，店铺比以前多了，生意也比以前好了。李乡君来回走了几段，从夫子庙起，回想到自己曾住茶楼上，这条曾被兵火烧毁的街市，虽然是新修建的，如同从前模样，只是茶楼到了顺治五年由商贾重新盖起，但全不像当年的茶楼。她抬头看着楼房，双目晶莹，呆呆地沉思着，没有发现几个身着各色马褂的人从夫子庙出来，上了桥。其中穿紫马褂的正是洪承畴，他站在桥上放眼四顾，看到桥下发呆的李乡君，不禁多看了几眼。桥下的李乡君抬起头来，刚好和桥上的洪承畴远远的一个照面，不由得一怔，赶快把脸转向别处。

桥上的洪承畴不禁一愣，这女子好似见过，却一时记不起来了。要再看时，李乡君已消失在人流里。

李乡君进入了一条深巷，在巷底的一间大宅前停了下来，这间宅子正是侯家在南京的别业，听说如今已经换了新主，她敲了敲门，开门的是一个陌生的旗人。李乡君神情颓然，从包袱里取出折断的桃花扇，说原来的主人还在不在，她是来还一样东西的。

陌生人一看她手中的扇子，哎呀了一声，说怎么又来了一个李香君，说这宅子早不是侯家的了。

李乡君依然沉浸在某种情景之中，问侯公子几时回来？

旗人也认真起来，用好像说了好几遍的说辞，忍住笑，说香君姑娘，侯公子早已出远门了。

李乡君黯然，说好吧，要是他有一天回来，请你把东西交给他。

旗人连声说好的好的，我一定亲手把桃花扇还给侯公子。

任由背后传来一阵讥笑声，李乡君没有再回头，渐渐走远，消失在巷口。

旗人关好门，对身边的一群偷看热闹的家眷，茫然不解地说，这个李香君不像是假的。

长江上，一艘官船从南京而下。

洪承畴坐在船头的太师椅上，发了一阵感慨。他望着滔滔江水，将花白的辫子往脑后一甩，叹道这也不是江水，这是二十年流不尽的英雄血。多哈在一边称赞洪承畴有点当年关云长气概。洪承畴不免惊讶，他方才说的是关汉卿《关大王独赴单刀会》中关云长的一句话，多哈竟然知道，这个满人不简单呢。多哈说自己虽是满人，对关云长也是十分敬重的，关云长当年过五关斩六将，真英雄也。

傍晚，洪承畴等一行在镇江下了船，直接到了知府衙门管辖的江边戏台，坐上宴席。多哈提出要看一出关云长。知府就郑重推出了木子李，一个会唱《关大王独赴单刀会》的苏州来的戏子。洪承畴叫了声好，表示赞同，说此次来江南，想听的第一出戏，就是《单刀会》中的第四折。

锣鼓声中，李渔手提青龙偃月刀，端坐椅中，望着一江流水，大声念了那句“这也不是江水，二十年流不尽的英雄血”，接着挥舞大刀，边舞边唱：

> 水涌山叠，年少周郎何处也？不觉得灰飞烟灭。可怜黄盖转伤嗟。破曹的樯橹一时绝，鏖兵的江水犹然热，好教我情惨切！这也不是江水，二十年流不尽的英雄血！

堂下洪承畴看着，不禁浮想联翩。英雄总是英雄，这曹操识得他是英雄，这孙权怕他是英雄，这刘备更钟爱他是英雄，英雄谁都器重。当年崇祯如匡扶汉室的汉献帝，少不了他洪承畴，后来皇太极又似曹操，极力收买他洪承畴，现在顺治倚仗他洪承畴，要说当今关云长这样的人物，不是他又是谁呢？这样想着，洪承畴不觉一脸豪迈雄壮，好似自己就是关羽。但镇江知府说他这样盖世英雄，前朝倚重，大清朝更是少不得的奉承话，却显得画蛇添足，洪承畴一听，脸板了下来，厉声说我怎么敢跟关圣帝比。

戏唱完之后，洪承畴提出叫唱关云长的伶人一块儿喝酒。李渔一下场，收拾好行装，正准备离开，被师爷拦住，带他来见洪承畴。洪承畴仔细看看李渔，突然说如果你是木子李，我们应该在兰江戏馆见过，你当时说你是李渔自小玩到大的朋友，你的艺名木子李就是李渔给起的。

李渔猛然想起木子李向他提过这事，没想到洪承畴居然还记得这么清楚，不禁暗吃一惊，但马上灵机一动，说是有一个唱丑角的故交是兰溪人氏，不过不叫木子李，是叫木李子，一字之差。洪承畴将信将疑，从头到脚打量着李渔。多哈也盯着李渔看，说确实不像那个曾经冒犯过洪大人的小丑。洪承畴终于拿起酒杯，邀请李渔坐船一同回苏州，要见见他师父。

李渔急忙拒绝，说我是被师父赶出来的。木子李学艺不精，又不听话，因此师父不喜欢，就找个借口把我赶出了戏班。

洪承畴喝下一杯酒，说就凭你刚才一出《关大王独赴单刀会》，你几乎要超过你师父了，李渔把你赶出来，分明心胸狭窄，容不得弟子强过自己，我偏要把你送回去，助你接替他班主的位子。

李渔推辞，洪承畴一把抓住他的手腕，说明天必须跟我一块儿走。

李渔没能脱身，第二天只好上了官船。洪承畴端坐船内，遥看舱外，见阳光灿烂，天气晴朗，不禁兴起，叫李渔从船舱里出来，想叫他唱一段，但一时不知道该让他唱什么。运河航路狭窄，水流平顺，不比长江波浪滔滔，况且已经到了苏州府所辖地界了，此情此景也不适合唱《关大王独赴单刀会》一类的豪放大歌，只见夕阳西下，河汉上小桥频现，那日在长江上，与今日在运河上，景象不同，心境当然两样，世事变幻何尝不是如此。洪承畴想着，点了马致远的越调《天净沙·秋思》。

李渔不禁佩服洪承畴真是应景之人，当即唱了“枯藤老树昏鸦，小桥流水人家，古道西风瘦马。夕阳西下，断肠人在天涯”四句，唱得低沉凄美，也唱得洪承畴心中落寂惆怅。他想到自己虽位极人臣，但也有无法说、无处说的断肠苦衷，普天下之下，又有几个人知道这改朝换代之际，自己应付得如何苦？如同戏子，这台上做戏和现实中做戏其实没有什么不同，戏子做戏，他洪承畴何尝不在做戏，无非是做得好差罢了。

这时运河两岸，斜阳西倾，阡陌交通，炊烟袅袅，洪承畴不由得神色迷离，说这江南真是好地方啊，如果江南人不那么恨我，这里真是我洪承畴安度晚年的好去处。顺治二年，朝廷任命他总督军务，招抚江南各省，摄政王多尔衮赐他衣帽，委以重任，他到江南，以招抚为主，进剿为辅，抱定多安抚少杀戮的方针，以致人心归顺，江南初定，原前明官属多招降录用，但是问题偏偏出在黄道周身上。坊间传说，黄道周死于他洪某之手。当时黄道周解至南京，洪承畴喜出望外，以为朝廷得一忠义之人，胜得土地数州，自己岂会存心加害于他，再说，他还是自己的同乡。黄道周誓言绝食，但过酒铺，连饮三个酒店，每个酒店三杯酒，以致没有饿死。自己几次出面，苦苦相劝，黄道周不但不解他一片苦心，反而写了那副对联骂自己。洪承畴想到此，突然想起兰江戏馆木子李当众念过这副对联，问李渔可听说过。

李渔脱口而出：

史笔传芳，未能平虏忠可法；洪恩浩荡，不思报国反成仇。

洪承畴愣了愣，问这是你师父李渔跟你说的吧。李渔摇摇头，说这与我师父无关，江南凡认得字的人，都知道这副对联，史可法就不说他了。

洪承畴奇怪，说为什么不说他，难道你不崇敬他？

李渔犹豫了一下，没有说出对史可法的另类看法。

不想洪承畴却不客气，把史可法贬了贬，说史可法本可保证大明偏安江南，形成三足鼎立，但他却联合清军，对付李自成，错失让大明做一次南宋的机会，作为带兵大将，手下将领望风而逃，没有坚决阻止，几十万大军在他手下顷刻流失崩溃，足见其无能误国。

李渔对洪承畴居然跟自己的看法一样，深感错愕。但他突然生发感慨：要是史可法当年替代洪承畴，在松山之役后壮烈，对大明岂不是莫大的鼓舞，说不定后来是另一番景象了。

李渔感慨间，说这个写对联的黄道周却不得不说，也更令人敬佩。黄道周不也是闽地人，不也是闽海才子嘛。天启朝翰林编修、崇祯朝翰林侍讲学士，隆武朝武英殿大学士、吏部和兵部尚书，堪称三朝元老，仕途上屡遭坎坷，三起三落。可歌可泣的是危难之时募兵北上，婺源首战告捷，孤军深入，三战三败，在童家坊被俘，顺治三年于南京大中桥从容就义。黄道周殉难金陵，闻者莫不流涕哀恸，留都南京白昼顿时如阴晦的夜晚，其死讯经浙江传至福建，隆武帝震悼罢朝，赐谥忠烈，赠文明伯，并令在福州为黄道周立闵忠庙，树中兴大功坊，在漳浦立报忠庙，树中兴荩辅坊，春秋奠祭，黄道周的事迹在福建都传遍了，当然包括这副对联。如果以后写传奇，名字就叫《忠烈传》，让千秋大业都记住他的事迹。

洪承畴听李渔这么说，不胜惊讶，连连点头，说好一个三朝元老，三起进落，三战三败，你可知道，清军得黄道周，洪某认为胜过占领几个州的土地，三次设宴请他，三次向清廷求情。想起来就一阵苦楚，黄道周以前是闽海才子，如今是福建圣人，洪某何尝不是忍辱负重的当代英雄。这上联赞史可法，这下联骂我洪承畴，但世人并不知道，朝廷几欲杀黄道周，是洪某数度求情，上疏皇上。

看着李渔惊异的表情，洪承畴背起了为黄道周求情的奏疏：道周清节夙学，负有重望，今罪在不赦。而臣察江南人情，无不怜悯道周者，伏望皇上赦其重罪，待以不死。

李渔沉默许久，说顺治皇帝并没有答应你的请求，还是命令将黄道周处死。

李渔望着洪承畴，神情变得复杂，忍不住说了一句：下旨的是皇帝，举刀杀人的却是臣下，黄道周这样一个铁骨铮铮的前朝忠臣死了确是遗憾。

洪承畴不免一阵牢骚，说黄道周为人固执，如果还在明朝，也早就死了，他不是没有在阎罗王前徘徊的经历，比如崇祯十三年，他被崇祯责以党邪乱政，在狱中备受酷刑折磨，杖疮发作，几不能自持。崇祯十四年冬，又被判永戍广西。此番杖谪，几乎没了性命。天下人都忘了他写过许多诗词文字，却只记得这副长对联，也太偏颇了。他洪承畴上奏为江南数省免征税赋钱粮，为江南百姓安居乐业竭力奔波，这些事就无人说起，无人记得了。江南人误会他洪承畴太深，连一个唱戏之人，时至今日还这么说，想起来也真叫人可怕，不过一现在自己手握权柄，操纵着多少人的生杀大权，现在也不怕人们怎么说了。想着又冷笑一声，说江南想置我于死地的人太多，那些冥顽不化的所谓前朝志士，屡次想刺杀我，不过一次也没有得手。

洪承畴停了停，摸了摸自己起皱的脖子，说我倒不是怕这些人。

李渔问洪大人怕什么，洪承畴起了起身体，说正经读书人并不可怕，时至今日，他们那些义愤填膺、指责谩骂的空洞文字，也不新鲜了，我已经不当一回事了。像侯方域不是也骂过我，但现在他不也考取功名了。

李渔不同意，说侯方域有了功名，却少了一个红颜知己，得不偿失。

洪承畴哼了一声，说侯方域本来就配不上李香君。

李渔恍然，说原来洪大人不恨他们。

洪承畴愣了良久，才说我最恨的就是你师父这样的伶人，自以为聪明，编起戏曲，广为散布，明里暗里，亦真亦假，嘲讽咒骂本官，真是可恶至极。平头百姓不明就里，还真信了戏里的胡编乱诌。

李渔听到洪承畴居然如此憎恶自己，一惊，手中的筷子掉在甲板上，不等洪承畴问，李渔弯腰捡起筷子，解释自己刚才听到惊涛拍岸，故而双手一抖，筷子落地。

洪承畴哈哈大笑几声，说木子李非常人也，你刚才这一举动，本官倒想起三国里青梅煮酒论英雄的故事。曹孟德与刘玄德园中对饮，酒至半酣，忽阴云漠漠，骤雨将至，曹操与刘备数论当世英雄，点破了刘备的心思，说天下英雄唯操与使君耳，刘备心中恐惧，手中筷子落地，时值天雨将至，雷声大作。刘备乃从容俯首拾箸道一震之威，乃至于此。曹操笑他丈夫亦畏雷乎，刘备回答，圣人迅雷风烈必变，安得不畏，将闻言失箸缘故，轻轻掩饰过了。多疑的曹操于是不疑刘备，后人有诗赞曰：勉从虎穴暂趋身，说破英雄惊杀人；巧借闻雷来掩饰，随机应变信如神。木子李，可惜你入了戏行，不然凭你的机巧，也不比我洪承畴差。

李渔笑笑，表情从容，说洪大人可比曹操，木子李一个戏子，只能在台上唱唱刘使君罢了。这涛声突如其来，震耳欲聋，木子李能不怕?

洪承畴不信，说本官看出来了，方才你筷子落地，是因为提到了你师父李渔。就凭他写的奇书《金瓶梅》，就说明你师父并非常人。

李渔一下子认真起来，否认《金瓶梅》是李渔写的，写此书者其实是兰陵笑笑生，并非李渔。洪承畴说写就写了，怕什么，大明已经是旧朝了，大清朝英明豁达，绝不会拘泥细枝末节，你师父写的就是你师父写的，承认了也无妨。

李渔说《金瓶梅》是一本奇书，但也获太多骂名，我师父焉敢冒天下之大不韪，无端承担是非风险。

洪承畴乐了，突然大声，说被人误会的滋味不好受吧。一把拉住李渔，眼睛里露出冷光，说我在兰溪看过你师父写的新戏，戏名叫《首阳山》，说的是伯夷、叔齐的故事，表面上赞的大清，说本官的好话，但其实是借古讽今，含沙射影，在骂我杀了夏完淳、黄道周。

李渔急忙否认，说那一定是有人假托我师父之名。我师父所作之戏，不都是风花雪月、家长里短的平常故事，这种天下兴亡、安邦定国的传奇，他向来不敢有什么兴趣。

好一个木子李，能言善辩，巧舌如簧，不愧是李渔的弟子，洪承畴想着，又和气了，说是你师父写的也不要紧，这江南有许多人明目张胆、毫不遮掩地骂本官，本官又何曾计较，我洪承畴不是器量狭小之人，不然，早就像周瑜那样，被人气死了。说着指了指不远的苏州城，说到了苏州，本官要会会你师父，请他把戏班班主的位子让给你。

十、待嫁美少女火婴戏场被耍

对生长在江南，从前明过来的人来说，很难明白一个满族少女的喜怒哀乐，尤其是内心的情感世界。

火婴平生第一次来江南，其时十五岁还不到。她对格格的身份并不看重，可以说没有什么感觉。因为在满族的女性长辈中，叫格格的太多了，也不见得哪个人活得特别幸福愉快的。尽管到了后金时期，作为正式称号使用时，君王和贝勒的女儿才称为格格，后来又按照汉人习惯，重新规定了封号，用于尊称地位高贵的女性，但很多亲王府里的女子，或是被皇后贵妃认下的养女，地位有高有低的，也都称作格格。

火婴心底里本来就不稀罕格格的身份，到了苏州江湖市井之中，早已把自己的这个身份忘了个一干二净。

出京之前，听义父说，因为格格太多了，几个王公大臣已经提议要把格格分为几个等级：亲王嫡福晋生的女儿为郡主，侧室所生的女儿为郡君；世子及郡王之女嫡福晋所生的女儿为县主，侧福晋所生的女儿为县君；贝勒嫡福晋所生的女儿为乡主，侧福晋所生的女儿为乡君；贝子嫡福晋所生的女儿为县君，侧福晋所生的女儿不受封，都称为宗女。如果没有正式封号者，也都一样统称为格格。

孝庄太后私下里跟曹尔玉提起过，火婴至少能封个乡主，理想的话，还能争取封个县君，当一个真正的公主。但条件是，必须与蒙古通婚，嫁给土谢图亲王的孙子三贝勒。

孝庄还许诺，火婴出嫁这一天，按公主礼，让额驸家将准备好的礼物抬至午门恭纳。礼品为鞍马十八匹、甲胄十八副、马二十一匹、驮六匹、宴桌九十席、羊八十一只、乳酒和黄酒四十五瓶，一件不少。而且，婚后火婴可以带着额驸三贝勒一起入宫，拜见太后、皇帝、皇后等，依次行谢恩礼。其时宫中少不得还要大张宴席，热闹一番。

曹尔玉看到火婴到江南后鱼入大海的兴奋劲儿，又想到她终有一天会嫁到草原上，在蒙古包里生活一辈子，一直不忍心开口跟她说起这件事。

这格格的身份还不如不要呢，看人家苏州小姑娘活得多惬意啊。

李渔离开苏州的这段日子里，戏班遭受了一场不大不小的劫难。

王永康以李渔委托自己管理戏班为由，与娄吏目串通，把李渔家班集中到虎丘戏场，要他们与吴三桂家班一块儿挂籍，把李渔戏班的官印度牒，交给王永康保管，凡李渔戏班成员，都要到娄吏目这里登记画押改籍。

木子李带头，婺、杭二姬率先发作，戏班众人闹哄哄地说什么也不肯画押。娄吏目当场就扔了笔，说你们都是些吃百家饭的人，不肯入籍度牒，那就证明李渔戏班是擅自撮合起来的草台班子，那要吃官司了。

候在旁边的两个衙卒抖开一条绳索，三两下就把木子李捆了，木子李要反抗，王永康笑着警告，说跟我作对，就是和平西王过不去，和平西王过不去，就是和朝廷过不去，到时候不肯改籍，抓的就不只是木子李，而是你们师父了。

接着娄吏目来到客栈，在各个房间里翻箱倒柜，找了半天，也没有找到官印度牒。隔壁房间的赵则鸣听到响声，奔过来，推门看到王永康正在翻戏箱，赵则鸣说你们怎么可以趁主人不在，悄然入室，翻箱倒柜，与盗贼有何两样。

娄吏目顿时发作，开口就骂赵则鸣一个老道，不要在苏州多管闲事。

赵则鸣不甘示弱，回骂小小吏目，出口伤人，行为不端，贫道看你是私出公差，图谋不法勾当。

娄吏目一听赵则鸣说话的口气，心想当道长的竟然打得一口好官腔，怕是有些来历，威胁要把他弄到衙门里问清楚。见衙卒们冲上楼来，赵僮拉开姿势，与他们打斗，衙卒们一起拥上，强行将赵则鸣叔侄带到苏州府大牢。

赵则鸣进了苏州监牢，只见对面的槛内两个狱卒正对木子李用刑，木子李脸上挨了几鞭子，鲜血流下来，痛苦地呻吟着，几乎要死过去。

后来火婴出面，木子李比赵则鸣叔侄早几天放了出来。

赤五娘带火婴回到苏州，曹尔玉硬是赏了她二百两银子，并答应以后好好关照红春楼。但火婴心里惦念当时留在镇江的木子李，对曹尔玉说自己能死里逃生，也多亏了木子李出手搭救，李渔不怎么样，木子李倒是一个顶天立地的人，要模样有模样，要智谋有智谋，说着就要出去，看他有没有回来。

曹尔玉不让她出门，至于那个木子李，到时候他摆上一桌宴席答谢他，但还是派一个戈什哈到戏班打听消息。听戈什哈回来说木子李被苏州府衙娄吏目抓走了，火婴当即带了几个人离开曹府，跑到府衙要人。

衙卒中有认识火婴的，知道她是曹尔玉的女儿，只好叫出娄吏目与她对话。

娄吏目见火婴长得漂亮，要调戏她，火婴甩手一巴掌打在娄吏目脸上。娄吏目挨了一巴掌，一时蒙住了，但马上摩拳擦掌，冲上来要打火婴。一旁的戈什哈抽出刀来，要砍娄吏目。娄吏目吓了一跳，连连退步，脚后跟绊到门槛，差点摔倒。

衙卒们一看事情不妙，趁他们争吵的当儿，悄悄地把木子李从大牢的后门放出，叫了一辆车，送回了百花巷客栈。火婴闯进大牢，查找了几遍，也没有看到木子李的影子，逼问狱卒，得知人已经放走了。火婴先到虎丘戏场寻了一遍，后来又径直来到百花巷的客栈，指名要找木子李。

木子李这时回来不久，正躺在床上，婺姬、杭姬一边流泪，一边包扎木子李被打坏的脸。木子李纱布中露出两只眼珠，不停地呻吟。在门外站了一会儿的火婴听到，推门进来，看到木子李这副样子，不禁愤怒，正嚷着要去替木子李报仇，正好曹尔玉进来将她拦住。

杭姬怕火婴认出自己，已经躲开，只剩婺姬一个人，曹尔玉问事情原委，木子李见曹尔玉没有恶意，把娄吏目要他们改籍，加入王永康戏班，又把自己关起来，逼迫交出官牒的事说了一遍。曹尔玉打抱不平，先取出一张银票递给木子李，说为芦花岛的事替火婴表示感谢。

木子李摸不着头脑，也不敢接银票，问芦花岛什么事？曹尔玉以为木子李故意装糊涂，是在为火婴的名誉着想，对于火婴来说，芦花岛的事知道的人越少越好，心中不禁称赞木子李真是通情达理的精细之人，强令木子李接下银票，然后催火婴先离开，好让木子李好好休养。火婴不舍，约定他脸上伤好了，再来看他。

官船在这一天晚上停靠在浒墅关码头，李渔先一步告辞，洪承畴送他下船，心想木子李这样的人才跟了李渔，当个戏子，是埋没了，说如果哪一天戏班散了，你可来找本官，一定给你一份好差事。

李渔心中多少有点感动，差点想说出自己真实身份，但又怕洪承畴对自己不利，下船后，作了一个揖，说李渔戏班不会散的，木子李除了一个戏字别无他能。

李渔离开码头，摸着黑，兴冲冲回到百花巷客栈，但是楼上楼下空无一人，客栈伙计说戏班这些天都在虎丘戏场唱戏。他把东西一放下，兴致勃勃地直奔虎丘戏场。只见戏场内外灯火通明，李渔说是找李渔戏班，要走进去，却被拦住。看门者是一个陌生的面孔，指指门口招牌：李渔戏班要加盟平西王吴三桂家班了，哪里还有什么李渔戏班。李渔正愕然间，王永康从戏场里出来，一见李渔，就把他挡在门外，要拉他去拙政园参加宴席。

这时夜场的戏已经散场，观众已经陆续离开，李渔急于见到戏班弟子，也不理会王永康，走进戏场。刚刚下场卸妆的婺姬、杭姬和众弟子一齐围过来，叫了一声师父，一起哭了起来。李渔禁不住热泪纵横，一个个拥抱过来。听完弟子的控诉，李渔又是愤怒又是难受，说都是自己的错，不该离开他们。

这时王永康过来笑着要请大家吃夜宵，李渔婉拒了邀请，于是王文康发出了威胁，表示自己知道戏班子弟的来历，一旦被人告发，他真替李渔和戏班子弟的性命担忧。李渔心里顿时慌乱，迅速带着戏班子弟匆匆回到了百花巷客栈。

过了子夜，李渔一个人悄悄到红春楼见了赤五娘。李渔一进门，说他并非木子李，而是李渔戏班的班主李渔，当时在芦花岛上情况复杂，自己不得不隐瞒真实身份，所以冒名木子李，请赤五娘不要见怪。

赤五娘大笑，说明白了，那个长着一副丑模样的木子李才是真正的木子李，你这个木子李是假冒的木子李，是大名鼎鼎的李渔，害得火婴上了你的当。

李渔关好门，神情焦急，说自己有一件急事请五娘帮忙。这件事风险极大，恐怕让五娘为难。见赤五娘点点头，李渔把实情告诉了赤五娘，说这六名新班弟子，都是浙东四明山抗清的忠烈遗孤，我见他们无父无母，颠沛流离，实在可怜，就收留了他们，打算让他们学戏，在梨园行找口饭吃，不想此事被人得知，借此要挟我李渔。然后把吴三桂新女婿王永康以此要挟戏班挂籍吴家班的事情说了一遍。

赤五娘急得搓起手来，说孩子们处境危险了。

李渔说自己来是想马上给他们找一个藏身之地，自己三更半夜找她的目的，是想把这些孩子藏到红春楼里。

赤五娘苦笑了一下，说不管你相信不相信，我赤五娘是大明郡王妃，冲着这些大明忠烈的后人，豁出去了，叫李渔快去把大明忠烈后人们接过来，说红春楼虽是人来人往杂乱得很，但正可以浑水摸鱼。这阁楼上有一间空屋子，绝没有人上去，并拍胸脯保证，有我赤五娘在，孩子们出不了事。

李渔回到客栈，新班弟子一个个睡得很死，李渔叫醒木子李，两人憋足劲抱一个，扛一个，先把四个新班弟子从房间里搬出来，下了楼梯，放上停在客栈外面的马车，折返回去时，不想遇上婺姬、杭姬也一人抱着一个走了出来，李渔一愣，把她俩手中的两个新班弟子放上马车。李渔心想她们什么都不知道最好，于是也不理她们，也叫木子李留下，一个人上了马车，不一会儿就到了红春楼。赤五娘正焦急地等在门口张望，新班弟子在睡梦中被搬上阁楼，赤五娘拿出红绸丝被，一个个帮他们盖好。这时李渔已经是一身汗，心中一块石头终于落了地，多亏了赤五娘，这下孩子们暂时安全了。

洪承畴到苏州后的第二天，王永康在留园为他接风，曹尔玉、多哈等一同参加，恰好此时几个旗营中的满族将军到江南游玩，前几天刚到苏州，于是一同作陪。娄吏目在洪承畴面前极力表现，安排了王紫稼唱《西厢记》。洪承畴异常兴奋，王紫稼是唱红娘的，当年进京，轰动一时。才唱几句，那几个满族将军听了却不耐烦，一脸藐视，说有要事先走一步，拂袖离开。

等唱完，洪承畴还觉得不满足，只是点了点头，娄吏目连忙递上戏单，洪承畴看了看，眉头一皱，问怎么没有李渔戏班？不等娄吏目走进去狡辩，曹尔玉忽然大笑，说洪大人看戏非要点什么戏班，让他们为难了，所以只好用假话来搪塞。那个木子李，我也见过，分明在苏州。

但洪承畴喝了一口茶，心想娄吏目说李渔戏班离开苏州必有原因，李渔的行踪总有办法查清楚，自己不能在众人面前显得对他过分关注，于是口气平和，说王紫稼的戏也是一流的。

娄吏目正纳闷为何那几个满族将军突然离开，听洪承畴这么说，马上恭维他真是个大赏家，说王紫稼现在是平西王家班的名角，到了五月还要进京演出，为当今皇上大婚贺喜。

听到娄吏目这句话，正在埋头喝茶的曹尔玉猛然一惊，自己一忙竟把这一档子重要的事给忘了。自己离京前太后曾经再三嘱咐，让他物色苏杭戏班进京为皇上纳妃大典唱戏，让皇上高兴高兴，这件事，太后只肯告诉少数几个人。娄吏目十有八九是从吴三桂女婿那里得来的消息，吴三桂抢先一步在苏州组戏班，就是为了进京，向皇帝邀个头功。

曹尔玉打留园见过洪承畴回来，心里焦躁不安，去了趟红春楼，告诉赤五娘一个当时最大的一个秘密：皇上打算五月就要册立新皇妃，自己也要物色戏班进京庆贺。赤五娘找到李渔，劝他抓住这个机会。李渔因为王永康企图谋取戏班的事，心里一直惶惶不安，同意和赤五娘拜访曹尔玉。

曹尔玉正在自斟自酌，正在酒劲上，也不顾忌泄密什么的，兴致勃勃地把来龙去脉讲了讲。原来皇上即位不久，太后就册立自己的侄女、科尔沁贝勒的女儿为皇后。而皇上恰恰不喜欢这位皇后，加上这位皇后爱嫉妒，皇上无法容忍，要求废后另立。顺治十年八月，孝庄见废后之事实在没有回转余地，只好同意将皇后降为静妃，改居侧宫，另外选了还是科尔沁的多罗贝勒之女进宫为妃，也就是孝惠章皇后，但皇上对这位来自科尔沁草原的漂亮姑娘同样不感兴趣。

李渔听了也不禁来了兴趣，问皇上到底喜欢谁呢？曹尔玉说出了董鄂氏三个字。去年孝惠章皇后病危，内大臣鄂硕的女儿董鄂氏进宫服侍，五天五夜没有合眼。皇上对她可谓是一见钟情，看作是姿容绝代、才华出众、善解人意的红颜知己，非得把她娶进宫来。太后原来一直不同意，僵持了有些日子，现在松了口，眼下就先娶新妃，两年以后再娶董鄂氏。

李渔一则对顺治与董鄂氏如此深情产生极大好感，二则戏班若能进京，也是天赐良机，正好扬名天下。顾不上多想别的，马上答应明日就写一个戏单子送过来，用什么戏本尽可以点，特别推荐了一本《比目鱼》，是自己以前的作品改编的，现在只写了一半，就扔在那里了，这些天就把它改出来，一定赶得上进京。

赤五娘力赞李渔是个有情有义的热心人，曹尔玉吩咐的事他不会含糊的，当然以后戏班有什么事，曹大人也要多多关照。曹尔玉爽快表示，以后戏班有什么事尽管找他。李渔见曹尔玉如此性格，不由激动起来，说话豪放，说自己有个计划，不但要扩大戏班，招收学徒，还要邀请一批名角，组建天下第一戏班，轰动京华，演遍全国。

曹尔玉被李渔说得兴起，一拍桌子，让李渔只管大胆地把戏班搞得红红火火，所用资费，由他来负责。如此厚礼，太后和皇帝岂能不高兴。但又担心王紫稼帮王永康，他演的《西厢记》真是不赖，怕输给吴三桂家班。

李渔不以为然，让曹尔玉放心，李渔戏班里有一个角色，活脱脱一个崔莺莺一个杜丽娘，自己的那几本戏，要是有了她出来撑门面，必定是演一本火一本。这个角色叫乡君姑娘演，她原先并不是唱戏的，不过曾经在戏班客串一段时间，与戏班情谊颇深，与自己也有些私交，只要曹尔玉能够关照，想必能把她请回苏州。李渔拱手，认认真真地向曹尔玉作了一个长揖，为李乡君求情。

曹尔玉把李渔摁在座位上，叫他不必如此，有话就说。李渔坐了下来，低着声，说这位李乡君色艺双全，聪慧通达，但因为性情耿直，也得罪了一些权贵，给她安上一个私通逆党、图谋反清复明之类的莫须有罪名，迫害于她。还有，她带了几个小孩子都是旧时姐妹留下来的孤儿，如今投靠戏班，也怕被人诬陷是什么逆党后人。

赤五娘马上接过去解释说李乡君跟秦淮八艳差不多的人，一个歌妓知道什么反清复明，还不是有人看中她的美色，想找个由头逼她就范，害得人家姑娘如今只能东躲西藏，颠沛流离的，真是十分可怜。不过她才艺出众，早就名声在外了，这戏班如果能请到她出山，再加上调教好那些孩子，那才称得上天下第一戏班。

曹尔玉连连点头，表示赞同，不过一个秦淮歌妓、女流之辈，说什么私通逆党、图谋不轨，尽管请她回来。只要她肯出来为大清效劳，进京唱戏，有谁敢为难她，你就找我，再不行，有皇上，有太后，怕什么，那些小孩子，更不要说了。

李渔又站起来，一连三个长揖，声音感动，说李渔替李乡君、替戏班众弟子谢谢曹大人，自己别无报答，只有把戏本演好了，进京之后，一定拔得头筹，夺个魁首，以报曹大人的知遇之恩。

曹尔玉和李渔越谈越投机，要留他们吃便饭，又吩咐门外的戈什哈把小姐找来，但是等了半天，火婴还是没有出现。

其时，曹府后花园里，姹紫嫣红，蜂飞蝶舞，阳光明媚，引得在堂下梳妆的火婴愉快地走着云步，从房里出来，唱着无名氏的曲子：

> 对妆台，忽然间打个喷嚏，想是有情哥思量我，寄个信儿。难道他思量我刚刚一次？自从别了你，日日泪珠垂，似我这等把你思量也，想你的喷嚏儿常似雨。

唱着，火婴不禁真的打了个响亮的喷嚏，胡思乱想道：唱着这支曲儿，真打了喷嚏，一定有什么人念着自己，会不会是木子李呢？

这时戈什哈进来，说赤五娘陪了一个戏班的人来，曹大人请她到客堂去，火婴一听兴奋了，心想是不是木子李。但听戈什哈说叫李渔，火婴失望了，怎么不是木子李呀。戈什哈离开后，火婴懒洋洋地哼了几声，跟着走了几步，心想来的人是李渔，又不是木子李，我才懒得见他，随他去，我不见他，我逛街去，我现在就去找木子李。火婴在花园里转了几圈，就从后门离开了。

火婴因此遇到了种种不愉快。

火婴出门之后，哼着曲子，三步一跳地走路，经过拙政园时，差点与王永康撞了个满怀。王永康侧身避过，火婴不知往哪里走，喂了一声，向王永康问李渔戏班所住的百花巷客栈。王永康见火婴没有礼貌，又听她说是找李渔戏班的，正要发作，仔细看看她的俏模样儿，不仅没有伶人的风尘味，而且更像是大户人家女儿，再一看，不禁一惊，这女孩儿家，那模样，那声音，一等一的戏子材质，天生的名角苗子，加上王紫稼调教一二，吴三桂家班要是有了这样的女角，那不是如虎添翼。她很可能是去找李渔的，千万不能让她被李渔戏班网罗了。王永康心里这一谋划，于是和颜悦色赞美了一番，说姑娘口齿伶俐，青春活泼，面容姣好，天生丽质，是学戏的好材料。

火婴灿烂一笑，说木子李也是这么说的。王永康一脸不屑，说木子李不过一个演小丑的。火婴嘟了嘟嘴，表示不快，说木子李相貌堂堂，一表人才，怎么不过是演小丑的。

木子李也算一表人才？这姑娘的眼光与常人有些不一样。王永康冷笑，说姑娘遇到我算是有缘，不如先到我府上坐坐，我给姑娘介绍几个名角，那才叫相貌堂堂，一表人才，比木子李强一百倍，姑娘如果不信，请随我进来。

火婴哼了一声，她才不信这里还能有比木子李强的，看了看大门，也不犹豫，跟着王永康走进了拙政园。园中池水边，王紫稼正在唱戏。王永康介绍说这位是苏州名伶王紫稼先生，当即叫王紫稼来一段给火婴看看，王紫稼一见火婴，说看她眉目应该是唱崔莺莺的，我唱一曲让她学学：

> 见安排着车儿、马儿，不由人熬熬煎煎的气；有甚么心情花儿、靥儿，打扮得娇娇滴滴的媚；准备着被儿、枕儿，则索昏昏沉沉的睡；从今后衫儿、袖儿，都揾做重重叠叠的泪。兀的不闷杀人也么哥？兀的不闷杀人也么哥？久已后书儿、信儿，索与我凄凄惶惶的寄。

王永康鼓掌，说你听，好不好。

火婴说好是好，但也没有什么难的，说着就一字不漏、一音不差地把王紫稼刚才唱的一段唱了一遍。

王紫稼断定火婴初次听到这段曲子，不禁失口称赞，连说了四个好：好女子，好颜色，好记性，好悟性。

王永康喜出望外，连忙说当年紫稼先生可是轰动京城的，你要是想学戏，紫稼先生就是苏州城里最好的师父，你不是正可以拜他为师呀。

火婴警觉起来，说自己已经跟木子李约定好了，要跟他学戏，是不会拜别人做师父的。

王永康拦住，说木子李算什么，插科打诨的，根本不入流，为何非认定木子李不可，太让人费解。火婴一边走，一边认真地告诉王永康，木子李和她患难与共，是生死之交。

旁观火婴好久的王紫稼追上来，仔细看了看火婴，说姑娘果然是个学戏的好材料，向王永康建议，如留下她，自己把她调教成一个活脱脱的红娘。

王永康拦住火婴，说姑娘听到了，紫稼先生可是慧眼识人才，伯乐相千里马，你留在我们戏班，让他好好教你，保管让你成为名角，吴三桂家班就要进京为皇上和太后唱戏，那个李渔戏班迟早归平西王。

火婴恍然，原来他们是吴三桂家班的，怪不得这么霸道，昂着头说你们吴三桂家班再厉害，也比不过李渔戏班，皇上和太后都喜欢看李渔戏班的戏，吴三桂也奈何不了李渔戏班。

王永康愣了愣，心想这小女子好大的口气，皇上和太后看什么戏都知道，问她到底是什么人。火婴越走越快，说她是跟太后说得上话的人，说着出门就离开了拙政园。王永康不敢再拦，看着火婴的背影，显然是往百花巷走的，不禁暗暗叫了声糟糕，她一定去找那个木子李了，要是她有什么来历，又向着李渔戏班，那事情就变得麻烦了。

但是火婴到了客栈以后，遭遇了不快。她急匆匆找到了客栈，一边上楼一边叫喊木子李的名字，恰巧看到木子李坐在楼梯口解下脸上的绷带，不禁走近看了个仔细，然后明白了什么，像当头被浇了一盆冰水，愣愣的脸一时凝固了，气氛刹那间变得有些可怕。婺姬和杭姬走到走廊上，看到火婴，有几分被吓住了，退又不是，站又不是，最后索性推出木子李，让木子李向火婴说清楚。

木子李硬着头皮，站起来，说姑娘你误会了，自己真是木子李。火婴仍然怔怔的，说那我要找的那个木子李是谁？木子李支支吾吾说了实话，自己根本没有去过镇江，更没有上芦花岛。火婴见到的是他师父李渔，她这会儿要找的那个木子李也是他师父李渔。

火婴抬头看着婺姬、杭姬，认出了假扮李渔的杭姬，突然明白了。原来上次假扮李渔的就是她，难怪自己觉得面熟，她们一直合伙骗自己，原来芦花岛上那个救了自己的木子李就是李渔，李渔也一直在骗自己。火婴说不出话，气得直跺脚，把楼板跺得震天响。

婺姬也不再示弱，双手叉腰，口气也硬了回来，说我们不是存心骗你，不过是跟你闹着玩的，和你开个玩笑。你也不要当一回事，戏班的人就喜欢寻开心，弄个笑话大家高兴高兴，又没有存心害你，你何必计较。

杭姬好言相劝，说事情也搞清楚了，你快走吧，师父回来了会责骂我们的。

火婴说你们竟敢骗我，甭想就这么轻易把我打发了。

婺姬逼上去，说那你想怎样，看你是什么富贵人家的千金小姐，戏班这种地方不是你待的。

火婴不肯相让，你们不说清楚，我就不走。

婺姬眼睛一转，嘲笑说你其实就是来找师父的，你不跟师父见上一面，哪里肯回去。你是不是喜欢上师父了。

火婴要回敬婺姬一句什么难听的话，又有点难以启齿，又看到戏班的人都围了上来，杭姬和木子李也跟着起哄，自己寡不敌众，一边提了提精神，说谁稀罕他，他也合伙来骗我，我不想见他，一边就下了楼梯，临出门，回头又宣布自己将再也不和李渔戏班的人来往了。

不想这时李渔兴冲冲地走进客栈，火婴回头，发现了迎面走来的李渔。但李渔只顾往门里走，并没有注意到火婴站在门口。火婴呆呆地看着李渔，眼里含着眼泪，终于忍住，大叫一声，木子李，你不认得我了。

李渔一听，站住了，回过头来，愣住了。

火婴迎上一步，摆出示威的架势，说刚刚在芦花岛上你还教我唱戏，转眼就不认识我了。

李渔确定她是火婴，又惊又喜，说怎么会不认识，我刚从曹大人府上回来，还提起姑娘，没想到你到这里来了。既然来了，就进去坐坐，我介绍戏班的人给你认识认识。

火婴抬头瞪着楼上的婺姬和木子李等人，说你戏班里的徒弟们我早领教过了，骗起人来眼睛都不眨一下，你们汉人真是有其师必有其徒。然后又气呼呼地对着李渔，说我不进去，为什么要骗我？

李渔歉意地笑了笑，解释这是误会，自己并没有存心想骗她。当时在芦花岛上情况危急，怕暴露了真实身份，引起那帮人的怀疑，所以就谎称木子李，是避难避到岛上去的。如果自己不假冒木子李，还怎么接近她和李乡君，怎么能掩护她们离开芦花岛。

火婴一时想不出说什么话反驳，声音轻了下来，仍然责怪，说那也不能把我蒙在鼓里，害得人家还傻乎乎地到处找木子李。

李渔向火婴赔礼，承认是自己的不是，请她不要再放心上。哪天有空，唱段戏给她听，向她赔罪。

火婴友好了许多，眼神柔和，说自己不要他赔什么罪，就问他在芦花岛上说过的那句话还算不算数。

李渔连忙回忆，但自己在芦花岛上说过很多话，不知道火婴指的是哪一句。刚想再问，火婴自己说了出来，说你答应过要教我唱戏，不能赖账。

李渔恍然大悟，说绝不会赖账，所谓君子一言，快马一鞭。火婴姑娘既然这么看得起我李渔，诚心诚意要跟我学戏，我当然愿意教。哪天有空就上门教你几出戏。

火婴笑了，原谅了李渔，说算你还是一个守信用的人，不用你上门，我来戏班学就行了。

李渔为难了，火婴身份尊贵，学几出戏权当自娱自乐，哪能正经八百地到戏班来学戏，连忙说恐怕有所不便，让别人知道了，还以为你入了梨园行，有失姑娘的身份。

火婴急了，又翻下脸说什么身份不身份的，不让我来戏班，难道是怕我知道你的那些丑事？李渔一脸困惑，问我有什么丑事怕别人说道的？火婴涨红了脸，说你三房四妾还不够，还要和你那几个女徒儿，同一个碗里喝酒，同一只盆里洗澡，同一张床上睡觉。

李渔愣了半晌，又好气又好笑，说这是从哪里听来的话，什么我和几个女徒儿，同一个碗里喝酒，同一只盆里洗澡，同一张床上睡觉，我李渔的艳福真是不浅。这下子我是被你一棍子打死，成了一个大淫贼了。

火婴更加气呼呼了，说我没有胡编乱造冤枉你，是你那女徒儿亲口说的。

门外李渔和火婴说话的声音越来越响，传到客栈楼上，杭姬听了不知所措，要拉着婺姬躲进屋里。婺姬拉住杭姬，说偏不躲，死不承认，看那个丫头还有什么招。

这时楼下火婴猛地拉住李渔的手，说要给他指出来是谁说的。李渔只好跟着，心里已明白一定是婺姬杭姬她们在背后如此编派他，真是岂有此理，非好好罚她们不可。走到楼梯口，火婴手一指楼上，说刚才她们两个人还在，一定是躲到房里去了。

不等李渔叫，婺姬探出脸来，杭姬紧随其后，都低着头，不敢说话。

火婴手一指，说就是这两个小毛孩说的。

李渔显得很恼火，问婺姬和杭姬在背后编派过师父没有。婺姬不满师父生这么大的气，说什么也没有说过。杭姬声音低低的，说师父这么凶，好像对仇敌似的，有什么事，也要先弄清楚了，省得冤假错案，委屈了好人。

李渔没有更多发作，问她们为什么要骗火婴，跟师父一个碗里喝酒，一个盆里洗澡，一张床上睡觉。

婺姬抢先喊起冤枉来，坚决说她们绝不会不知羞耻，说这样的话，是火婴在冤枉人了，要不就是看错了人。

火婴连上几步楼梯，说自己记得清清楚楚，没有看错，又指着杭姬，说当时是她假扮你这个师父，她们两人合伙来骗我。

李渔当然什么都明白了，表情惊诧，说你们两个人小小年纪，越来越不像话了，看我不好好教训你们。说着便找东西，又一时找不到，索性脱下鞋子往楼上扔。但是鞋子没有扔上去，又落了下来，结果落到火婴头上，火婴先是怔住，然后恼怒地冲李渔吼了声，你鞋子扔我头上了。

李渔慌了神，说错了，错了，我不是扔你的，我是扔她们的。

婺姬、杭姬不禁乐了，站在楼上，笑出声来，说师父舍不得扔我们呢。

李渔真火了，说今天就是扔你们两个人，又脱下另一只鞋，往上面扔去，鞋在空中转了几转，碰在楼柱上，掉了下来，不偏不倚又落在火婴的头上。

一直躲在楼上的木子李也不禁哈哈大笑起来。李渔一时不知道如何是好，连忙赔礼。火婴气得胸脯一挺一挺的，说你根本就是扔我，捡起地上的两只鞋子就往李渔身上扔去。李渔走过去，也不躲避，让火婴扔自己出气。

楼上的婺姬不禁得意扬扬，说师父就是舍不得扔我们。

杭姬也声音甜甜的，说师父，扔痛你了，我们给你揉。

李渔抬起头，高声大骂起来，火婴再也忍不住，眼泪落了下来，转身就冲出了客栈的大门。李渔赤脚追到门外，火婴已经不见了踪影，只好沮丧地回到客栈。婺、杭二姬下楼劝李渔，说火婴是个任性的主儿，犯不着追她，由她去。

李渔一脸严肃，说你们不知道她是什么人，你们得罪了她，闯下大祸了。

婺、杭二姬一时紧张起来，说我们这么做，也是怕她骚扰师父，也是为师父好。李渔声音低下来，说别找理由了，赶紧找她认错，我们吃戏饭的，求的是过安稳日子，不要说千金小姐，就是普通百姓，也得罪不起。你们如此下圈套捉弄别人，总有一天会给戏班引来灾祸。

婺姬、杭姬和木子李见李渔动了真气，低着头，不敢再说话了。

李渔望着自己的赤脚，一时也想不出怎么办才好。婺姬小心翼翼地问火婴究竟什么来历，总不会是什么公主吧？李渔在她头上敲了一下，说还真给你猜对了，她不是真的公主，也跟公主差不多，不过你们可不要到外面乱说，惹出什么事来，那真要砍你们的头。

婺姬不禁瞠目，害怕了，说她真是公主，那她这么恨我们，一定会到皇帝那儿告御状的。

李渔见她们吓坏了，又安慰说那倒不至于，你们还是小孩子，不好计较，还有师父毕竟在芦花岛上救过她一次。可你们要知道，王永康对戏班虎视眈眈，想把我们吞并，变成吴三桂家班，眼下戏班面临着生死危机啊。现在只有曹大人，当然还有他的女儿，就是你们得罪了的这位姑娘，是唯一能够帮助我们对付王永康的人。

婺、杭二姬低着头，说师父，我们知道错了。

一会儿，李渔又转怒为喜，告诉他们戏班要进京唱戏了。见徒弟们又高兴又惊诧，李渔显得踌躇满志，说再过两个月，皇宫里将有大喜事，曹尔玉大人要送上一份大大的贺礼。

众人面面相觑之后，抢着猜测起来，木子李猜的是苏杭美女，杭姬猜的是金银财宝，婺姬担心了，怀疑是要把她和杭姬选进宫去。李渔打断他们，说是我们戏班，曹大人的这份厚礼，就是请李渔戏班进京唱戏，送上几本大戏，你们一定要好好地唱，一定能誉满京华，轰动紫禁城。

婺、杭二姬不解，说现在不是大明了，给大清的皇帝唱戏，不怕别人说我们？

李渔怔了怔，说我们不过是唱戏的，在大明朝也是唱戏，如今大清了，要是不唱，那不饿死呀，大明朝已经回不来了。

大家一阵沉默，然后又担忧起来，说王永康抢先一步叫我们改籍，变成吴三桂家班，那王永康怎么肯善罢甘休。李渔心中冷冷一笑，说李渔戏班任谁也改不了，抢不走，曹尔玉盛情难却，我李渔机不可失，真是天不亡我李渔家班。只要咱们把看家的本领都拿出来，用心去唱，把每本戏都唱好了，曹尔玉满意，那大清的太后、皇帝看了高兴，不用说王永康，就是平西王吴三桂也奈何不得。

婆、杭二姬醒悟过来，问皇宫里什么大喜事？

李渔故作神秘，说皇上又要娶老婆了。

十一、山塘河戏妖王紫稼仗义暗助

明天启五年生于苏州长洲的王紫稼这时正过了三十岁年纪，恰是鲜花盛开、绿树最茂的年纪。他原名稼，字紫稼，作为最有名的昆曲旦角，苏州人都叫习惯叫他紫稼这个字了。像许多名伶一样，他给自己取了好几个名号，一作子玠，又作子嘉。

天生尤物，风流儇巧。

美哉少年，十五岁男扮女装，擅演红娘，名冠一时，举国趋之若狂，引来名士才子对王紫稼的痴迷，连同崇祯元年的榜眼吴梅村也与他有了交往。如果大明朝没有亡，如果大明朝依然鼎盛，王紫稼说不定在皇宫里常进常出了。

满人是不会喜欢他的吴侬软语的，但他还是不甘心安于江南一隅，而且年龄不饶人，等到顺治八年，眼看快三十了，他鼓起勇气北上京师，到了第三年，终因昆曲内容太过高雅，发音太过晦涩，京城的百姓厌听吴骚，闻歌昆曲，辄哄然散去，紫稼深感落寂。

时值寒冬，大雪弥漫，王紫稼走投无路之际，吴梅村及时出现了，他先是请他好好吃了一顿，然后给他换置了几件华美冬衣，最后还作诗劝慰他：君不见康昆仑黄幡绰，承恩白首华清阁。古来绝艺当通都，盛名肯放优闲多，王郎王郎可奈何。

王紫稼随后南归，回到苏州后，如鱼得水，恢复了行事张扬、作风高调的本性。当时有人告发他以才色勾引妇人，聚会乱性，以致后来巡按江南的李森先以淫纵不法的罪名将其抓捕，杖打数十，皮肉溃烂，之后押赴阊门，戴枷示众，三日后死亡。后人称国初有三妖：金圣叹儒妖，三茁和尚僧妖，王紫稼戏妖，三人俱不得其死。

这都是后话了。

火婴气愤委屈之下，到红春楼找赤五娘，不想引起一个路过者的注意。

娄吏目一脸生疑地看着火婴进了门，让门口名叫冯秀儿的琴妓把琴声停下来，问她方才进去的姑娘是什么人。冯秀儿一脸的嗔怪，说除非你进去陪我喝酒，买我几支曲子，我才慢慢告诉你。

娄吏目板着脸，说我是公门中人，青天白日的，怎么好做你的生意，再说缪判官要我马上去留园见洪承畴。说着取出一块银子，说我晚上来再听你的曲儿。

冯秀儿接过银子，妩媚地一笑，在娄吏目耳朵边说了几句悄悄话。

娄吏目赶到留园，只见洪承畴端坐池边，品着茶水，见娄吏目进来，站了起来，以示优厚。以前听娄平说过，他有一个胞弟在苏州府做事，想不到这次见到了，算是故人，洪承畴有意另眼相待。娄吏目看得明白，双腿一屈，向洪承畴行了个重礼。

缪判官说洪大人想点几出戏，吩咐娄吏目去请李渔戏班进府来唱。娄吏目心里一急，支吾着说不知李渔戏班有没有回到苏州。洪承畴兴致勃勃，连声说不急，明日晚上再看也不迟，还有也不用请到留园里来唱，他倒想去虎丘戏场看，那才有趣味。

多哈担心虎丘戏场各色人等都有，秩序混乱，建议还是单独请李渔戏班来留园专场演出。

洪承畴不以为然，说如果他在苏州城里都不能看戏了，江南岂能说已经太平？自己这次到江南来，敢在大庭广众下看戏，与民同乐，这不就是江南局势安定、民心向善的最好佐证。皇上、太后知道了，也好让他们放心。

多哈只好不再坚持，但要求娄吏目明晚一定叫李渔戏班到虎丘戏场唱戏。娄吏目说了几句贬低李渔戏班的话，洪承畴却力挺李渔，娄吏目委婉反驳了几句，洪承畴又说他不懂戏乱评戏，命他马上就去张罗。

洪承畴虽然表面上批评娄吏目，但心里对娄吏目不禁又添了几分好感，既然是娄平兄弟与自己有缘，有机会多抬举抬举，自己在苏州正好用得上像他这样的人，虽只是个小小九品吏目，可办事利索，更可贵的是有自己的见解。于是当着众人的面，他又优待了一下娄吏目，对缪家正说如果有什么事，娄吏目可时常来找我。

娄吏目受宠若惊，禁不住满脸欣喜，连连说愿为洪大人效劳。

娄吏目离开留园就直奔拙政园，王永康听了他的叙述，神情变得严峻，说洪承畴胆子不小，竟敢公然到虎丘戏场看戏，也不怕那些反清复明逆党来取他的脑袋。娄吏目觉得洪承畴此人也不好捉摸，依他看来，洪承畴点名看李渔戏班，可能他自己听说了李渔戏班的名声，也可能是摆摆架势，为自己壮壮胆，各种可能都有，但是有一点他似乎看了出来，那就是洪承畴对李渔并无多少好感。王永康仍然不快，说不管洪承畴存的是什么心，但是李渔戏班到虎丘戏场唱戏，要用我吴三桂家班的名义。

娄吏目因为有了洪承畴这一道令牌，加上王永康的坚决态度，不免神气了许多，和王永康带了一干人到苏州客栈找李渔。一见面，马上短兵相接，王永康还有七分客气，但李渔并没有笑容，说托长安兄的福，李渔离开苏州这些天，戏班多蒙关照。王永康马上一笑，说戏班是大家的，还分你我，一家人的事情，客气什么。李渔严肃地回了句，说李渔戏班就是李渔戏班，怎么好强加给王先生呢？

娄吏目急忙制止李渔，叫他不要装糊涂，戏班改籍的事不能反悔。

李渔故作惊诧，问娄吏目，李渔戏班改籍，官府度牒在哪里？合同文书又在哪里？这样重大的事岂能空口无凭。

娄吏目眼珠子突了出来，说苏州地界上，戏班的事就归我管，改籍之事水到渠成，也由不得你。李渔声音也大了，说什么水到渠成，娄吏目你既是公门中人，也比我们懂得法度，假公济私、巧取豪夺岂是官府所为。戏班的事归你管，那你归知府衙门管吧，你不讲理，我自有讲理的地方。

娄吏目有些恼怒，提醒李渔不要太猖狂，抬出空缺了大半年知府的衙门来吓人。你既然提起知府衙门，告诉你，现在是判官缪家正署理府衙事务，不过缪判官这方面的事由我做主，我现在就代缪判官发话，明晚你带戏班到虎丘戏场唱戏，连唱三天。

李渔平静下来，说既然是知府衙门吩咐，李某从命，但这戏金，我想也不会少一文的。明晚第一本《牡丹亭》，后晚第二本《单刀会》，再后晚第三本《风筝误》。

一直在旁笑着的王永康突然收住笑容，说娄吏目让你在虎丘戏场唱戏，必须同时挂出平西王吴三桂家班的名号。这是平西王的意思，谁都不能违抗。

李渔摆摆手，表示不能答应，说平西王远在云南，怎么会管到李渔戏班在苏州唱戏的事。

王永康脸上闪过一片阴云，神情诡秘，叫李渔借一步说话。

李渔犹豫了片刻，随王永康走到门外。

王永康看看周围，低声问李渔，新班弟子怎么就突然不见了？

李渔就担心王永康会来这一手，心里不禁一阵发凉，沉了沉气，说他们本来是平常人家孩子，自愿来学戏，不想学了，当然就走了。

王永康好像为李渔担心的样子，说他们可都是反清逆党的后人，谁胆敢窝藏他们，就是图谋东山再起，反清复明，可是要诛九族的。

李渔瞪大眼睛，说大清顺治八年不是颁敕江南各省，之前抗拒后来投降的人再不追究了。再说一帮小孩跟反清复明更没有什么关系了。

王永康冷笑，说李班主好糊涂，年纪大的悔过自新容易，怕的就是小孩，日后长大了，岂不是大清的隐患？斩草要紧的是除根，朝廷能放过呀。

李渔心里一紧，马上一脸的无辜，叫王永康不要冤枉人，那些人都是普通人家的孩子，根本不是什么反清逆党的后人。

王永康冷笑，说其实自己并不想为难李渔，无非是让他为平西王效力，改个名号唱戏罢了，又何苦死撑着，到时候自己吃苦头呢？

李渔丝毫不作让步，说新班弟子的事，自己还是那句话，他们都是一些平常人家的孩子，谁要是诬赖他们是什么反清逆党后人，一切免谈。

见商量不成，王永康等一行人只好先离开苏州客栈，再图对策。娄吏目想着去红春楼，王永康取出一张银票，说到红春楼这样的地方，可要多带点银子。

再说红春楼内，火婴已经哭诉了一个下午，最终赤五娘安慰她，说那几个徒儿人小心大太不像话，真应该好好管教她们，叫李班主好好向你赔不是。

火婴抹了抹眼泪，情绪好转，提出原谅李渔的条件：罚李渔教她唱戏。

赤五娘心生爱怜，说罚李渔明天就教火婴唱。火婴脸上荡漾起笑容，准备下楼去，这时忽然听到边上的房间里响起个小孩子的哭声。火婴奇怪怎么有小孩子在哭，刚想说什么，赤五娘连忙拉她下楼。但是房内的哭声并没有停下来，火婴忍不住回转身来，朝那边走过去，推开门，看了看，发现了新班弟子们的脸蛋，不禁惊诧，说他们不是李渔戏班的小弟子吗，他们怎么在这里，为什么哭？

新班弟子一齐哭叫起来，说想师父，想李乡君，还说想回浙东老家。

火婴拉着他们的手，说你们想见师父，我带你们去，让你们师父送你们回家。

赤五娘连忙阻拦，说万万不行，他们没有家了，戏班就是他们的家。

火婴不解，刚要问，赤五娘关好门，先劝住孩子们的哭声，然后认真地对火婴说，我曾告诉过你，我是老福王的五儿媳，弘光皇帝的弟媳妇，那些前明的官员总认为我是假冒的，都不信我，不肯帮我。我的确是真的，让你相信我是真的不要紧，因为你不会去报告官府，但是如果让别有用心的人知道了，就难保不会去告官，那你说，我的性命还能保得住？李班主侠肝义胆，收留了他们，如今有人知道他们的来历，有可能去告官，他们在戏班里就不安全了，就躲藏在这里。李班主自会想出好办法，现在只是暂时在这里避几天。

火婴频频点头，明白了赤五娘的话，心想这个李渔倒也算一个有情有义的人。她眼睛一转，说我来帮他们。

这时因为没有客人听琴，冯秀儿闲着无事，上楼吃点心，听到了阁楼上的哭声，爬了上去，透过门缝，发现了新班弟子，又蹑手蹑脚下了楼，纳闷地在门口站了一会儿。到了灯笼挂起，果然等来了娄吏目，不禁喜出望外，急忙将他拖进自己房中，不等听琴，直接一番云雨。后来冯秀儿说起了楼上见到一群小孩的事，娄吏目马上穿好衣服，问她都是什么样的小孩。冯秀儿索性一丝不挂，横躺在床上，撒着娇不肯告诉他。

娄吏目取出一张十两的银票，扬了扬，冯秀儿扑过来夺银票，娄吏目要她先告诉自己才给银票。冯秀儿勾住娄吏目的脖子，眼神中仍有几分胆怯，说如果让赤五娘知道了，她非撕烂我的嘴不可。娄吏目不屑，将银票一会儿塞进她的双乳中间，一会儿搁在冯秀儿肩窝窝上，说赤五娘不过一个鸨婆，怕她做什么，我替你保密，你快说。

冯秀儿看了看银票，犹豫了一下，指了指楼上，说在阁楼上。

娄吏目开门出去，看看外面没有人，突然闪身上了楼，悄悄爬到阁楼上，听到里面孩子们的说话声。一个说在这里真憋得慌，想喊不能喊，想唱又不能唱。另一个说等离开这个地方，一定要跟婺姬姐姐、杭姬姐姐好好学戏。娄吏目贴近门板，从门缝里搜寻孩子们的脸，不禁一惊，原来李渔把那些反清逆党的后人藏到这里来了。

这时突然有人上楼，接着传来赤五娘的声音。娄吏目一怔，连忙躲到一堆杂物中。赤五娘停下来，侧耳细听，又听不到声音，看到冯秀儿的房门虚掩着，走了过去，门缝里看到冯秀儿偷偷数着银票，然后放进一只百宝箱中锁好。

赤五娘推开门，站在门外，见冯秀儿赤着身体，神色慌张，问娄吏目呢，这里是卖艺不卖身，犯法的勾当不许有，官府抓着了，自己担当。

冯秀儿指了指被窝，说官府酒喝多了，睡得死死的，还抓谁呢。

赤五娘看到床铺上娄吏目脱下的外衣，相信了冯秀儿的话，拉上门，但又沿着楼道，一个房间一个房间地察看。一会儿娄吏目从楼梯口迅速地闪了进来，冯秀儿吓了一跳，一把推他出去，叫他赶快走。

娄吏目离开红春楼，匆匆到了拙政园，一见王永康就告诉他，在红春楼里见到李渔的那些新班弟子了。

王永康大喜，李渔啊李渔，还真有你的，竟然把人藏到青楼妓院里。

娄吏目建议马上叫人去官府出首，先把这些小孩抓到府衙，然后马上就去抓李渔。王永康说先不要忙着抓人，一切应以平西王托付的事情为重，主要的目的还是要李渔戏班改籍。现在还是该让娄吏目出面，问李渔肯不肯改籍，如果肯，凡事都不追究，而且要保那些新班弟子过关。如果他还是推三阻四，不肯改籍，先抓了这帮小孩，然后再逼李渔就范。这次有这么大的把柄捏在手里，李渔敢不乖乖就范？得意间，王永康取出一张银票递给娄吏目，补助他这次在红春楼的花销。

这时窗外一个人影闪过，王永康走到外面，人影已经不见了。娄吏目奔出来，怀疑是王紫稼。但王永康认为不必担心他，王紫稼就是个痴人，他听到什么，也不至于会去告诉李渔。

娄吏目并没有猜错，窗外闪过的那个人影正是王紫稼。

王紫稼离开拙政园，心中郁闷，来到了红春楼。赤五娘见是王紫稼，自然高兴，紫稼先生长久不来，一定要叫他多喝几杯酒，让新来的姑娘陪陪他，一边给他倒酒，一边说紫稼先生来，姑娘们不仅不收你的钱，还要倒贴。

王紫稼摆摆手拒绝，他一向抱定宗旨，卖艺不卖身，红春楼的姑娘们不能碰他的身子。后来喝了几杯酒，已有几分醉意，话多了起来，说红春楼开不了几天了。赤五娘惊讶，问了起来，王紫稼神态迷茫，把娄吏目发现红春楼窝藏李渔新班弟子的事告诉了赤五娘。

赤五娘一怔良久，又大笑起来，说新班弟子是来过红春楼，那是来玩的，不妨告诉他们，新班弟子早就离开红春楼了。

王紫稼站了起来，准备离开，说走了就好。等出了红春楼，酒已经醒了三分，脚下便像生风一样走了。

几乎在同时，娄吏目带了一干公差到客栈，把睡梦中的李渔叫了起来，正式通知李渔，戏班改籍的事就定了，明晚唱戏，就用平西王吴三桂家班的名号。李渔还没有开口，楼上探出婺姬、杭姬和木子李等人的脸，齐声表示反对改籍。

娄吏目大喝一声，说我今天来就是为了戏班改籍的事，若答应了，就不采取行动，好好地就走，还让王永康送许多银子。若不答应，就跟我到衙门走一趟，有些话你自己跟洪承畴说去。

李渔一愣，也不客气了，说娄吏目，你的职责只是管戏班、舞榭、坊间的注册入籍，我去不去衙门，恐怕你强迫我不得。

娄吏目脸一横，说别以为你唱戏有些名气，我就不敢动你，今天就强迫你了，你没看见我带了许多人，他们可不是普通的衙卒，是捕快。

木子李和婺姬、杭姬等奔下楼来，那几个捕快向前挡住他们，李渔怕徒弟们吃亏，一边跟娄吏目离开，一边说这衙门是说理的地方，跟你走，我不信你能只手遮天。娄吏目走在后面，婺姬和杭姬上前要厮打他，娄吏目抱头逃走。

李渔跟着衙役、捕快一路走到拙政园，在门口停了下来。李渔抬头一看，说这怎么是衙门，这是王永康府上。赶上来的娄吏目推他一把，说都一样，让他先进去。那几个衙卒捕快一齐把李渔推进门去。

里面王永康笑容满面地迎接李渔，李渔讥讽说送我到衙门里去，拙政园几时变成苏州府衙了。

王永康解释，说那些捕快原是要送李班主到府衙的，娄吏目是为你着想，才疏通了关节，把你送到这儿。突然口气严峻，说李班主，你闯大祸了，新班弟子的事被人知道了。

李渔心中一怔，表面上却显得茫然，说新班弟子什么事，我怎么听不明白？

娄吏目说你别装糊涂了，你那些新班弟子都是反清复明分子的后人，有人报官了，还好遇着我，给你瞒下了，那可是要诛九族的。

王永康显示出关切的样子，说李班主，此事瞒得了一时，可是瞒不了长久。这么多人知道了，你叫我很为难，知情不报，也是要株连的，到时候我也脱不了干系。

李渔心中充满惊愕，戏班窝藏烈士遗孤之事，他们是从何得知的？难道是赤五娘走漏了消息？难道他们是在讹诈自己？窝藏逆党遗孤，这可是天大的罪名，戏班绝不能承担，自己绝不能承认。他一时说不出话来，思量着如何应对。

娄吏目见李渔半天不吭声，早不耐烦了，说等我抓到了这帮逆党后人，人证物证俱在，看你还敢狡辩。

这时李渔已经镇定下来，说你们弄错了，这些新班弟子都是一些普通人家的孩子，什么窝藏逆党后人，这是诬陷，存心要置李某于死地。再说这些新班弟子如今人都已经走了，五湖四海的也不知他们的去向。

王永康哈哈大笑，说还在苏州城，要不要娄吏目给你找出来？见李渔不再说话，王永康以为他已经被吓着了，趁机劝说起来，不就是改籍吗，何苦把自己的身家性命都押上去。李班主不肯改籍，娄吏目把你往官府里一送，你性命不保不说，你那些已经成才的弟子，你辛辛苦苦写就的戏本，还不是归别人？说着突然绷住脸，厉声说谁叫你在红春楼阁楼上藏了那六个逆党遗孤。

人为刀俎，我为鱼肉啊，此时此刻，李渔想到了这句话。虽然惊愕、焦虑、愤懑，但他却不敢再说什么，看来戏班劫数难逃，明摆着是青天白日之下的明火抢劫，也只能认了，只能答应将戏班改籍了。

李渔犹豫间，娄吏目早已将一张白纸铺开，把一支笔递给他。

李渔双手颤抖，迟迟没有落笔。王永康索性自己拿起笔，写道：李渔戏班经营困难，班中伶人生计难维持，今仰慕平西王光大戏曲之美名，自愿将戏班改籍……

李渔双目紧闭，叹了一口气，说随你们写，你们愿意写什么就写什么。说着站起来要走，王永康拉住他，说还要等你签字画押，按手印。

这时门洞外面传来王紫稼唱戏的声音，李渔出了门洞，说你们写，我到外面听王紫稼唱戏，顺便透口气。王紫稼看见李渔，迎上来，言语快速，说李渔戏班是你李渔的，谁也夺不走，拿不了，养不起。不过这一签字画押，你我就是一家了。李渔苦笑，说李某已经身不由己。王紫稼低声说李班主所担心的无非是阁楼中六个新班弟子，赤五娘说人已经离开了红春楼，李班主还有什么担心的？看到李渔怀疑的眼光，王紫稼转身走开了。

这时王永康走了出来，说契约已经写好，请李渔签字画押。李渔读完契约，提笔想画押，但看了看门洞远去的王紫稼背影，忽然停住，反悔了，说今天我不能画这个押。娄吏目大声说把他捆了送官。李渔坦然，说你们想捆就捆吧，把我送官好了。

王永康不禁恼羞成怒，全然没有了平常的那些笑容，连声说好，既然这样，就不要怪我不仁不义了，你自己性命可以不要，那些新班弟子可还是小孩呀，你就忍心看着他们一个个被砍了头？

李渔颓然地坐在门槛上，一副任凭发落的模样。王永康也一屁股坐在李渔边上，说李班主是受别人之托，听说这托孤之人也就是自称李乡君的正在南京，要是有人向官府告发，她就一定会被通缉，到时候她的性命也不保。李渔一怔，连忙说此事与李乡君无关。

王永康不禁得意，说有没有关系，只要抓到人，关进大牢，严刑拷打之后，就一切都清楚了。

李渔怔怔地坐了良久，最后站起来，在契约上画押，颤抖的手沾上印泥，按下手印，又坐在门槛上，说此事真的与李乡君无关。

娄吏目把契约收好，说这改籍就算定了。

这时王紫稼进来，趁王永康他们不注意，暗中向李渔摇了摇头。李渔站了起来，突然恍然：唱戏之人，出门在外，怎能轻信别人。

他对娄吏目说这契约好像写错了一个字，得把它改过来。

娄吏目将信将疑，说我先看看。于是又读了一遍，认定有错字。几个人一齐凑近，李渔将契约拿在手中，读了起来，读到一半，突然用力三两下将契约撕得粉碎，说天不公，地不道，你们这是强人所难，改籍之事，我李渔实难从命。

王永康阻止不及，气得跺脚，骂李渔是言而无信、出尔反尔的无耻之徒，说那就别怪我不客气了！他让娄吏目先派人到南京告官，把李乡君抓起来，还有马上将红春楼的那些新班弟子抓起来，把李渔送到府衙大堂。

就在李渔在拙政园被迫签戏班改籍契约的当儿，洪承畴却轻车简从，到苏州客栈找李渔，也就是他心目中的木子李来了。

从镇江一路过来，木子李跟自己颇为投缘，因此洪承畴心里一直惦着他。这个木子李虽是个唱戏的，但确是个人才，可惜还委屈在戏班做李渔的徒弟。听说戏班住在百花巷的苏州客栈，正好一路找去，顺便也看看苏州城的晨景。最主要的是他除了见木子李，还想见一见李渔。多哈要打发人过去请木子李，洪承畴说出实话，今天除了要见一见木子李，还有戏班班主李渔，也非得见上一见。

多哈想起当时在兰溪看戏时的情景，忽然明白过来，看来洪承畴没有忘记李渔。快到客栈门口，多哈回头吩咐扈从一会儿见到戏班班主李渔，马上锁拿。

洪承畴阻止，说多哈会错意了，李渔这样的人，自会有人计较，用不着本官去为难他。

多哈上前敲敲门，无人应声，一推，门虚掩着，被推开了，一干人走进了客栈。这时客栈老板出来问是找人还是住店。洪承畴说明来意，客栈老板叹口气，说一大早来了帮衙卒、捕快，把戏班李班主抓走了，他几个徒儿要去衙门拦缪家正的轿子告状。又指着楼上房间，说要是几天不出来，又不是空了一个房间，也不好让别的客人住。那边上的一间上房已经空着了，原来是李乡君住的，说是去了南京几天，但她现在还没有回来。

一听到李乡君的名字，洪承畴心里一怔，原来李乡君在苏州，在李渔的戏班里，内心不禁有几分激动和喜悦，但表面上仍然平静，漫不经心地说现在同名同姓或者冒名顶替的人很多，这李乡君不一定是秦淮河边的那个李香君。客栈老板十分肯定，说就是秦淮八艳的李香君，侯方域都来找过她了，不过因为没有理他，被气走了。

洪承畴脚下已显示出急切，几步迈上楼梯，要去看李乡君的房间，客栈老板上前，说她现在人不在不能进去。洪承畴自知有些失态，把上了楼梯的脚收回来，忙问她旁边一间何人居住。客栈老板抱怨起来，说一老一少两个道士，大家都叫他赵道长，被衙门抓走有些日子了，房间一直空着，也不知道几时放出来，到时候这房钱怎么算?

洪承畴不禁恍然，原来赵则鸣还真的不辜负崇祯帝，他一定是来盯着李渔的，苏州衙门怎么把他抓了？于是对客栈老板说赵道长是自己的老朋友，所欠的房钱由他来付，转身和多哈离开了客栈，去了苏州府衙。

府衙判官缪家正听到洪承畴要去苏州大牢探监，连忙陪洪承畴进入紧邻府衙的大牢。

洪承畴抢在前面，一个牢笼一个牢笼地看过去，终于在最后一个牢笼里听到了咳嗽，洪承畴把脸贴近栏栅，叫了声赵贤弟。

躺在地上的赵则鸣起了起身体，认出了洪承畴。

洪承畴忙令狱卒打开牢门，快步进去要扶起赵则鸣，赵则鸣却摆摆手，说这里脏，怕污了洪大人的华服。这分明话中有话，讽刺洪承畴当年爱干净而被范文程看出惜命的投清往事。后面缪家正听得明白，担心洪承畴会下不来台，想着用什么词缓和一下，但洪承畴并不恼怒，淡淡说了句，谁不喜欢干净，快离开这个脏地方吧。

赵则鸣说自己为何进来，又为何出去，希望给个说法。

缪家正表态说自己不知道赵道长关在这里，如果是错抓，他会查清楚。

洪承畴帮缪家正开脱，说他现在只是代为署知府事宜，诸事繁多，并不是样样都知情的，即便知情，也不好随便做主，情有可原。

洪承畴等一行人在百花巷苏州客栈的时候，木子李带着婺、杭二姬拦下初到苏州的江南巡按李森先的轿子。

洪承畴看到缪家正心神不宁的样子，问了问，知道李森先一到苏州，就被拦轿告状，而且是李渔戏班木子李出首喊冤，顿时来了兴趣，说木子李也算是他的老朋友，再说自己当年在刑部六年，对审案颇有心得，想跟缪家正一起去听听。后来一边嘱咐送赵则鸣先回客栈休息，一边就和缪家正去了府衙。

十二、铁面御使李森先巡按江南

与大多数前明的官员一样，李森先的个人经历也算曲折。

他曾经是山东掖县人的骄傲。崇祯九年的举人，崇祯十三年的进士，官授国子监博士，仕途一路向好，但他保持冷静，立志要求自己成为一名刚正不阿的清官，嘉靖朝的海瑞就是他的榜样。但不幸的是他生于末世、乱世，他的人生轨迹一度陷入混乱。

李自成攻入北京，崇祯帝死了，他来不及选择，就做了降官，被任命为大顺朝的礼政祠祭司从事。满人进入北京，他随波逐流，被清朝重新任命为原官国子监博士。

让他重拾斗志的是，清廷满足他的志向，让他当了一回海瑞。

顺治二年考授为江西道监察御史。其时明末阉党冯铨、谢升为清朝内院弘文院大学士，执掌朝政。李森先上疏以魏忠贤当时杀贤臣、通贿赂、谋逆成类比，请求将冯铨弃市以彰大法，一时轰动朝野上下。由于冯铨上下活动，李森先被罢官回原籍。顺治九年，李森先官复原职，赴任四川道监察御史，两年以后的今天，他以此身份出巡江南。他暗中发誓，此次巡按江南，要以风骨冷峻、铁面无私之名，以平生摧折豪恶、匡扶正义为己任，求得声满天下，名传青史。

后来苏州之行的成果并不如愿，但仍有所斩获。因为早在北京时，他就听说风流儇巧苏州优人王紫稼遨游于京都公卿和文人雅士之间，名儒如钱谦益、吴梅村等都与其诗酒往还，称为王郎，又听说其回苏州后花天酒地，引诱妇女，有伤风化。

李森先初到苏州就选择王紫稼，认为碰了一块硬石头。

后来他逮捕了王紫稼，一顿痛杖，随后立枷死于苏州阊门之外。

李森先上了船，一路向南，背后的京城越来越遥远。

这一次顺治把他从四川召回京城，准备派他去江南巡察，临行前亲自接见过一次，其中提到了李渔这个名字。

没想到正式履任前，孝庄太后竟然召见了他，而且也提到了李渔。

孝庄与顺治讲的内容基本一致，只不过孝庄更言简意赅一点。大意是在江南虽然已经派驻多名朝廷重臣，仅江苏一地已经有洪承畴在，但还是不能令人放心，还是想知道江南更多的实情，因此委派他第一站巡按苏州，有什么情况据实奏报，当机处置。江南不能乱，江南一乱，势必牵动大清财赋命脉，动摇大清好不容易才有的安定局面。

孝庄太后召见完全是意料之外，李森先切实感受到清廷对自己是真正信任的，不禁感动万分，伏在地上，誓言一定不负使命，竭尽全力为大清办差。

孝庄也不忘记交代了纳妃庆典，让江南戏班进京助兴一事，说在苏州的曹尔玉，还有远在云南的吴三桂，亏得他们还惦记着，主动提出要送戏班进京，但巧的是两个人选中的戏班都是在苏州。停了停，孝庄突然发问，想听听他对吴三桂办家班一事的真实看法。

孝庄知道，跟大多数出于无奈入清的汉官一样，李森先一定对吴三桂充满成见，私下里也一定多有批评，如对于吴伟业讽刺吴三桂的《圆圆曲》也都一定叫好，但在自己面前，他们的内心看法是绝不会流露的。孝庄看着神情犹豫的李森先，又鼓励了一句，你讲真话，恕你无罪。

李森先大着胆子抬起了头，看了看孝庄太后，相信她是真诚的，于是回话说微臣褒贬之间，不免隐含个人的感情色彩，请太后降罪。

孝庄手一挥，说站起来说话，恕你无罪。

李森先站了起来，性格中的真实一面顿时表现出来，但语气还算平和，说平西王的父亲早年就在苏州建了自己的家班，其中平西王的如夫人陈圆圆，原来也是女伶出身，这个家班在淞吴一带确实有些名气。李森先说着突然有些激动，抨击起来，说前明时所谓昆腔慢调盛于苏州一带，吴侬软语，靡靡之音，蚀磨意志，例如一个叫王紫稼的优人，男扮女装，名冠一时，竟然引来官员名士痴迷，趋之若狂，有此妖孽，大明岂能不亡。所幸大清朝风气大正，一扫颓废，顺治十一年，王紫稼进京唱曲，如法炮制，京城官民厌听吴骚，哄然散去，一点都不买账。

孝庄听了李森先的异常跳跃的话，也没有责怪他，笑了笑，说吴三桂冲冠一怒为红颜，投了大清，原来这个红颜就是陈圆圆。不愧为御使，把别人的底细都搞得一清二楚，皇上遣你去苏州是选对人了。但孝庄劝李森先不要高估了什么王紫稼这类人，不过一个梨园行里的人，虽然纵情声色，不至于要承担明朝灭亡的责任。

李森先坚持自己的看法，说听闻此人以其色相，来往玩弄官宦商贾之间，贻害地方，污染风气，如果听之任之，没有惩罚，后果也很严重。

孝庄微微点头，说既然这个人这么令人讨厌，你该尽职就尽职吧。

接着孝庄也提到了李渔，说曹尔玉不甘落后，也要送一个戏班，名号叫李渔戏班，听洪承畴说起李渔写过一本叫《金瓶梅》的书，行为放浪，诲淫诲盗，但对此人还有截然不同的评价，他写的传奇有口皆碑，这样的文人，也不能太苛求于他。再说她也听过几个苏州伶人学唱过李渔的戏，竟然有几分粗犷高亢，跟科尔沁草原上的放歌一样。

李森先不禁惊诧孝庄如此洞察细节，额上冒出汗来，说微臣孤陋寡闻，坊间曾私下刻印过《金瓶梅》抄本，但不确定《金瓶梅》是这个叫李渔的人写的。据微臣所知，李渔戏班源于金华府所属县域，因其山水错综，民风爽朗，其歌曲粗犷高亢完全可能，微臣这次去苏州，一定仔细听一听。

李森先当夜离开大内，心中狐疑，临走前去了明史馆，见了文瑞方。

崇祯十三年李森先任国子监博士时，文瑞方是上司，多年不见，自然一番叙旧。

文瑞方听说他奉旨前往江南，要查阅抄本《金瓶梅》，愣了半天，问哪一件抄本？

李森先迟疑片刻了，说应该是万历以后的版本，据说写此书者名叫李渔。

文瑞方一愣，说怎么你也找这本书？

李森先奇怪，问难道还有别人找过这本书？

文瑞方站起来，说洪承畴、曹尔玉，还有顺治皇帝都找过这本书。

李森先恍然，哦了声，原来是这样，那我更要查阅这本书了，您帮忙找一找吧。

洪承畴、曹尔玉，还有顺治皇帝找这本书，可能是出于猎奇，但李森先为人严苛，不喜文艺，他找这本书，一定有什么名堂，自己不能帮他，到时候弄出一个书案来，岂不害人。文瑞方这样一想，似乎一时不知道放哪里了，找了一会儿没有找着，就说可能让哪个王公贵胄偷偷拿走了。

文瑞方犹豫了一下，说得想一想放哪里了。又问李森先奉旨前往江南，不知何时启程。

李森先说今晚与家人一见，明日一早就动身。

文瑞方沉默了一会儿，说容我仔细找一找，今晚亲自送到府上。

李森先无奈，说那就多谢了。

文瑞方送走李森先，掌灯时分才离开内城，回到住处后跟儿子文进通商量，说你正可借此机会回到江南。京中凶险，你不能再待下去了。

文进通上次在兰溪遇到洪承畴之后，一直为父亲的安危担心，替黄宗羲安顿好那几个浙江烈士遗孤后，于半个月前从杭州直接赶到北京，准备接父亲潜回江西老家，但一直没有机会。不过，父子相处的这几天里，文进通因为自己的心目中的英雄一个个倒掉，情绪颓唐，向父亲求解。文瑞方好好开导了儿子，说生逢乱世，对人不要抱太大希望，更不应该盲目崇拜，毕竟像你先祖文天祥这样的人千年才出一个。文进通表示自己不能愧对祖宗，应该干一件轰轰烈烈的事情。

文进通只好暂时搁置行刺洪承畴的想法，全力实施接父亲逃离北京的计划。现在既然李森先是父亲的故属，正好是一个机会，文进通劝父亲一起离开。说只要您离开了北京，我就可以杀洪承畴了。

文瑞方大泼冷水，说你该成熟了，不要再有什么冒险鲁莽的举动，你刺杀一个洪承畴，又唤不回大明。

文进通终于鼓起勇气，突然问父亲，契儿是什么意思？

博学的文瑞方一惊，马上明白过来，说什么契儿，是不是洪承畴这个闽人伤害过你？当年正当少年的儿子投奔洪承畴效力，后来却突然离开了，这其中发生了什么，有什么原因，他也没有多追问，现在听儿子猛然提起契儿两个字，马上明白儿子为什么一定要杀洪承畴了，他顿时觉得天昏地暗，跌倒在地上。

醒来时已是天明，原来一心要去找洪承畴拼命的文瑞方冷静下来，劝儿子忘记过去，什么都没有比保全性命重要。文进通仍然劝父亲离开北京，文瑞方摇摇头，说你父亲现在走不了，要是我擅自离京，还没到通州，就被抓住了，还要连累你，连累李森先。

文进通执意要带父亲一起走，说这次来就是带您离开京城的，我怎么能一个人回去。

文瑞方急了，说不要固执了，你本不该来，现在两个人走，谁都走不了。

文进通态度坚决，说那我也不走。

文瑞方叹口气，十分无奈，突然想起什么，说你先回去，我想办法尽快离开。有一件重要的事情要你马上去办，揭露洪承畴伪造先帝圣旨。

文进通犹豫，说这圣旨不是父亲写的吗？

文瑞方气血上升，满脸通红，说这都是洪承畴逼的，他找不到真圣旨，就让我冒充拟了一份，你带上我的手迹，说出真相，不能让洪承畴继续蒙骗世人了。但你不要再鲁莽行事，去刺杀洪承畴，那是无谓之举，我要你回去，就是要说明真相，这比杀了洪承畴还痛快。杀了洪承畴，必定遭来清廷的报复，那会死更多的人。现在天下初定，你找到那个你说的好女子，成个家，为文家传宗接代。

文瑞方提起的这个好女子，其实是李乡君。文进通到北京之后，忍不住告诉父亲，自己已经有了意中人，但没有说出具体的名字，也没有说出对方年纪比自己大许多，因为到目前为止，这件事还是自己的一厢情愿。

文进通热泪盈眶，说儿子不离开您。

文瑞方抚着儿子的脸，说儿子啊，怎么英雄气短了。你先回去安个窝，我会想办法早点过来，再不济，他们总有一天会准我告老，那时候，任我离开京城。

当晚，文瑞方把书送到李森先的临时住所，并把文进通介绍给了他。

文瑞方将《金瓶梅》郑重交给李森先，说就剩下这一件抄本了。

李森先也不敢马上翻书，说多谢了，保证连夜看完，明日一早完璧归赵。

文瑞方看看前后，说有一事想烦劳李御史。

李森先神情随和，请文瑞方尽管说。

文瑞方让文进通从门外走出来，拜见了李森先，然后压低声音，说文某的这位学生，是江南人氏，因家中突然遭遇变故，想搭御史的船一同回到江南。

李森先看看文进通，说真是一表人才，但想了想，又为难了，说我此行简便，旅资费用并不充裕。

文瑞方取出一锭大银，说费用文某自会承担，只要一路上随行李御史就可以了。

李森先答应，说那好吧，明日一早在南城门前会合。

不想第二天到南城门时，李森先被人拦下了，拦他的是土谢图亲王。土谢图亲王听说李森先要去苏州，不顾年迈，与三贝勒骑马赶上来，李森先等了一会儿文进通，因此没有按时启程。土谢图亲王拜托李森先催促曹尔玉尽快把火婴送回京城，李森先答应一定把信带到。土谢图亲王感叹自己不通汉语，尤其不懂南方语言，不然正想去江南看看。前来送行的文瑞方在旁听到，说自己通晓满汉语言、南北口音，可以很快教会他。土谢图亲王顿时高兴，要拜文瑞方为师。文进通又担心父亲安危，任怎么劝，还是坚决留了下来。

送走李森先，老土谢图亲王马上跟着文瑞方到明史馆，见文进通年轻力壮，心中喜欢，后来三番五次要推荐他在宫中谋个职务，当个皇差。

李森先第一站就到了苏州。

木子李带着婺、杭二姬拦下初到苏州的江南巡按李森先的轿子。

李森先一听是戏班的人告状，立刻借了苏州府的公堂审案。

不一会儿，洪承畴由缪家正陪着来到府衙。洪承畴堂上坐定，也没有与李森先寒暄，李森先也没有起身迎接，只管自己审案。

洪承畴很快发现自称木子李的人是一张陌生的面孔，显然是个冒名的，当场就要拆穿他，又想起木子李还是李木子可能不是同一个人，于是暂时作罢。

几乎同时，木子李偷眼认出洪承畴就是在兰溪戏馆差点杀了自己的那个人，真是冤家路窄，竟然在苏州遇到了，连忙避开洪承畴的目光。情急之下，木子李捋了地上的一把灰尘，一边哭着喊冤，一边抹脸，泪水沾着尘土，脸容顿时肮脏模糊。

洪承畴没有把木子李和兰溪戏馆的那个小丑联系起来，但纳闷自己在镇江遇到同船而行的木子李又是谁？

木子李松口气，等洪承畴一问，连忙就说去镇江的是我师父李渔。

洪承畴惊了半天，手中的惊堂木迟迟没有落下去，直到李渔被娄吏目带进来，他才发现自己活生生被骗了一次。

原来为了拖延时间，李渔答应跟娄吏目到知府衙门，不承想竟遇见了洪承畴高坐公堂，想退避已经来不及，只好硬着头皮，低身作了一个长揖，说在下乃是李渔，解释道自己被盗匪掳去芦花岛，不得已隐埋真实姓名，并非有意欺瞒。

洪承畴不禁自嘲地大笑一声，李渔这一路过来，在他面前应对自如，没有丝毫普通百姓见到官员的那种胆怯，可见他并非一个平常人，到底是唱戏的，演得天衣无缝，居然把他给蒙了。他这样想着，双手一阵颤动，嘴唇哆嗦着一时说不出话来。

干坐堂上的李森先终于忍不住，对缪家正说自己另有要事在身，不奉陪了，不等洪承畴说话，起身离开。大家对李森先的突然离开似乎并不关心，堂上的争吵激烈起来。娄吏目看出洪承畴已经很生气，显然跟李渔有不一般的过节，顿时来了精神，说李渔以戏班作掩护，收留窝藏了一批反清复明分子的遗孤。

在场的人都吃了一惊。

旁边的王永康冷冷一笑，说这等大案，洪大人不会不关心。

洪承畴此时却镇定起来，似乎并不想小题大做，声音平静，问李渔有没有这样的事。

李渔悔不该糊里糊涂就跟着到衙门来，不料想会遇着洪承畴，更不知道洪承畴会如何对待自己，心想只能矢口否认了。他说这是诬陷，娄吏目与他人合谋，企图吞并我李渔戏班，因此捏造出所谓窝藏反清复明遗孤之事。此事子虚乌有，纯属造谣，我要反告娄吏目诬陷之罪。

洪承畴冷冷地观察着李渔，口气依然淡淡的，说李渔，要是真有这事，性命可就不保了。

娄吏目断定洪承畴对李渔没有善意，此时正是自己巴结这位当朝大员的好机会，于是抢在王永康前面，将详情报告洪承畴，说李渔从杭州带过来的新班弟子共有六人，前些日子突然没了踪影，原来是李渔把他们藏到红春楼的阁楼里。

洪承畴尽管在两江任上驻过苏州，但一时想不起来红春楼在什么地方，表情显得茫然。王永康连忙上前，说这红春楼原是苏州的一家教坊。娄吏目所说属实，这六名新班弟子是当年秦淮一个叫李乡君的女子托付给李渔，由李渔窝藏于戏班，继而转移于红春楼。

洪承畴听王永康提起李乡君，不禁关切，问是不是秦淮名妓李香君？

王永康说此女子来历不明，自称李乡君，是乡村的乡，不是芳香的香。

洪承畴点了点头，口上说都一样，但心里却一阵波动。不管是乡君还是香君，都令人想象。如果这个李乡君与此牵连，事情岂不复杂，这李乡君和李渔究竟是什么关系，李乡君行踪又在哪里，这都是自己想问清楚的，但又觉得现在还不能问，于是决定先不发表意见，听听李渔怎么狡辩，他一定会把事情推到李乡君身上。

不想李渔更多的是为李乡君着想、辩解，说此事与李乡君无关，是王永康和娄吏目早有预谋，要吞并李渔戏班，改头换名成平西王吴三桂家班，三番五次威逼利诱，软硬兼施，只可惜没有得逞，现在又编造出这等耸人听闻事件，还牵出什么李乡君。

王永康多少有点逼迫洪承畴，说我已经让人盯着，人一定还在红春楼，请大人马上派人到红春楼搜查，不然就会有包庇李渔的嫌疑。洪承畴没有马上表态，缓缓站了起来，看了看李渔，说我已叫人在留园设下一茶桌，三个杯，你、我，还有赵道长，要品茶论旧。

府衙大队人马把红春楼给团团围住的时候，引来了半个苏州城的人来看热闹。起先赤五娘带着歌女舞娘们横在大门口，不让他们进去。双方对峙了一会儿，多哈扒开赤五娘她们，几步跨进门去，跟着娄吏目直奔阁楼，但搜了个遍，整个阁楼空无一人。娄吏目傻眼了，急忙下楼找冯秀儿，冯秀儿朝赤五娘房间努了努嘴。

娄吏目明白了冯秀儿的意思，带着多哈要进赤五娘房间，赤五娘急忙拦住，说不能看这间屋子，一位千金小姐刚洗完澡，衣裳还没有穿。

娄吏目一把推开赤五娘，说青楼妓院，哪来千金小姐，衣服没有穿我偏要看。说着就推门，但门紧关着，娄吏目往门缝里看，几个捕快也挤过去一起看。赤五娘情急之下，一把拉过多哈，说里面的姑娘是你们旗人，她原是来跟我学唱歌的，顺便洗个澡，正在里面换衣服，娄吏目好无耻，要引这么多人偷看。

多哈一听，上前拖开娄吏目。娄吏目挣开多哈的手，断定这些小孩一定藏在里边，叫一个妓女脱了衣服来打掩护，这把戏骗得了谁？说着一把拉出人堆中的冯秀儿，要她指证人是不是藏在里面。

赤五娘一巴掌打在冯秀儿的脸上，大骂她是个吃里爬外想把姐妹们都害了的贱货。冯秀儿捂住脸，躲到娄吏目身后求救，娄吏目亮出刀，挡在前面，鼓励冯秀儿只要指出来，保证明天就让她过上好日子。

冯秀儿低着头，躲过众怒，指着赤五娘的房间，说就藏在这间屋子。

多哈命令把门打开，赤五娘不慌不忙，敲敲门，说火婴姑娘开门。

里面传出火婴的声音，说吵什么，我还没有穿好衣服。

多哈听声音很熟，不禁愣住了。

娄吏目不由分说，一边用力撞门，一边说管她是准，撞进去再说，三两下把门撞开。多哈站在门框里，先是看到一个裸露的后背，等那人回过头来，发现是火婴，连忙退到门外，把门一关，一把拽过娄吏目，甩手就是两个耳光。娄吏目捂着脸，蒙了半天。

这时娄吏目反应过来，心想自己是奉了洪承畴命令，还要怕谁，于是摆出一副忠于职守的架势，说这房间一定要搜，又看到多哈手中的刀晃了晃，只好退了回来。

等了一会儿，火婴突然打开了门，只让多哈一个人进去。多哈进去，把门关上，说小的是奉洪大人之命，来查找几个小孩，娄吏目举报他们是逆党后人，就藏在红春楼里。

不等多哈讲完话，火婴已经把娄吏目大骂了一通，说几个小孩不过是李渔戏班的小弟子，娄吏目借这件事诬告李班主，娄吏目是个无赖、坏蛋，他是我的仇人，我回京城请个圣旨，非把他杀了。

多哈低声解释，说还不是被平西王的女婿王永康逼急了。

火婴不依不饶，大声揭发起来，说那个什么平西王的女婿王永康，早就在设计圈套想吞并李渔戏班，换一个名号叫平西王家班，想趁机讨皇上和太后的好。什么窝藏逆党后人，全是他一手搞出来的阴谋，无非就是要吞并李渔戏班，好达到目的。又讥讽多哈，洪承畴插手，难办了是不是？他嫉妒李渔，早在京城的时候他就说李渔的坏话，他这是挟嫌报复，你竟然还帮他们。

多哈宽容地一笑，说你这就错了，临行前皇上吩咐要关照好你。

火婴拉开床上的帷帐，说皇上要关照我，就不要派洪承畴到江南来害人，你看看他们都是小孩，还没有我大。

床上几个李渔戏班的新班弟子看着多哈，缩成一团，瑟瑟发抖。多哈心里一怔，他们不过是些孩童，一个个幼稚、天真，而且无知，哪里知道什么叫逆党，什么叫反清复明？火婴说得没有错，这完全是有人故意借机制造混乱，浑水摸鱼，想达到他们的目的。

多哈拉好帷帐，说出一番道理：洪大人江南此行的目的是清剿两江境内的匪患，应尽量避免惊扰当地士人及百姓正常生活。皇上还特别嘱咐在下，满汉现在是一家人，对于汉人要怀柔、安抚、疏导，而不可把小事化大，激化满汉矛盾，破坏稳定大局。洪大人也应该明白皇上的意思，也一定会遵照皇上的旨意，我想他也不会让王永康等人拿窝藏逆党遗孤之名挑起事端，过分为难李渔戏班的。

火婴兴奋地拍起手来，说皇上太英明了。

多哈看了看帷帐，说找个机会赶快送他们离开这里。

娄吏目几次想破门而入，火婴走出来，迎头就是一巴掌，说你整天想着害人，现在连我都不放过，我先杀了你，提你的头去见洪承畴。火婴说着夺过多哈手中的刀要来砍娄吏目。赤五娘一边假装劝阻，一边赶娄吏目，说这是曹大人的女儿，也是太后亲封的公主，你偷看她穿衣服，她不杀你，曹大人知道了也要杀你。

娄吏目一听，心中发虚，抱头乱窜，下了楼。冯秀儿追过来，娄吏目想带她一起跑，发现火婴也提刀下了楼，也顾不上冯秀儿，夺门而去，逃得无影无踪。

冯秀儿刚想离开，被两个壮汉挟住，要把她拖进一间房内，赤五娘一巴掌打过去，说你几乎给红春楼带来灭顶之灾，恐怕饶你不得。

冯秀儿转过来求火婴，火婴看着冯秀儿可怜的样子，求情说饶她一次。

赤五娘叹口气，恨声说这样的人留在红春楼也是祸害，把她赶出去。

任冯秀儿怎么哀求，两个壮汉硬是把冯秀儿赶了出去。一会儿，火婴的门开了，六个新班弟子换上舞娘们的衣装一个接着一个出来，然后下了楼。多哈叫过一辆马车，由火婴领着六个孩子，坐上马车，最后进了曹府。多哈上门向曹尔玉作了解释，准备择机处分娄吏目，并表示李渔新班弟子的事，不会再追究。

李渔去曹府接回新班弟子，招呼他们向火婴跪下谢恩，火婴一起送他们回苏州客栈。当天晚上，戏班闹起来，笑声、喊声、唱戏声传遍了整个客栈。赵则鸣在自己的房中静静地听了一会儿，感慨万千，李渔是做了一件大好事，收留了烈士遗孤，该对他心存感激。一会儿又想回来，《金瓶梅》的事情并没有了结，那可是先帝的遗愿呀，李渔纵然为大明做了这一件好事，自己也不能因此置先帝的遗愿而不顾，我赵则鸣办不到。

赵僮发现叔父内心矛盾，神情焦虑，建议让李渔悔个过，然后就放过他。

赵则鸣重重摇了摇头，说不是我不让，是先帝不让。

奇巧的是，苏州城为搜捕李渔新班弟子一事闹得沸沸扬扬的那天晚上，借宿在秦淮河边的李乡君刚刚睡下，就做了一个噩梦，梦见几个流浪小孩向她乞讨，她掏出银子要分发给他们时，这些孩子却被人追杀，纷纷逃走，接着这些孩子突然变成了新班弟子。

李乡君惊醒过来，一夜未睡，直到天亮时才又半梦半睡迷糊了一会儿。

李乡君凌晨时又做了一个梦，梦中出现的都是侯方域的身影，而自己则是那个李香君附体。

梦中，几个满人官员走进侯府，接着就传出了侯方域将被外放知府的消息，于是她绝望了，敲开了侯府大门，把断扇交给侯老伯。侯老伯好像被烫了一下，迅速躲开她递过来的断扇，她神情凄然，说他不肯见我，也不用躲我，我要走了。侯老伯避开她的眼光，他几乎要说出实情了，但仍然没有说出，

她只好把话捅开，说我这是最后一次来了，恭喜他了，侯公子终于也要去做官了。

侯老伯叹口气，解释说侯公子也是被迫无奈。

她不禁全身凉透，转身就走，走了一段路，又回望侯宅，热泪纵横，慢慢离开。

侯方域出来的时候，她已经没有踪影。

侯老伯劝他去追赶，他却说见到她，她就会把桃花扇还给自己，在她心中就荡然无存，就消火了，就死了，不能让她把桃花扇亲手交还给自己的，要她一辈子手中留着那把断扇，心中留着他这个人。

到了这里，李乡君醒来了，原来是借着别人做了一个梦。她决定马上回到苏州，但依然停留在梦境里，在码头滞留了很久，也不见侯方域来追赶，终于死了心，搭上了最后一班船离开了南京。一路上顺水顺风，昏昏欲睡了一天一夜，在第三天太阳下山前回到了苏州，但等待她的却是许多不如意。下船之后，李乡君看到码头上围了许多人，原来是李渔戏班当晚招考学徒的戏报，于是背着行李直接去了虎丘戏场。

天已经黑下来，虎丘戏场灯火通明。

李渔同时也看到了李乡君，两人四目相望，却说不出话来。曹尔玉摆了一桌茶水，请李渔和李乡君喝茶吃饭。李乡君因为曹尔玉身份，开始不愿意去，李渔说了曹尔玉保护新班弟子的事，她才欣然前往，对曹尔玉再三感谢。但听说现在李渔戏班就在曹尔玉名下，没人敢随意欺负戏班，李乡君惊诧地朝李渔看了一眼。李渔连忙解释，说曹大人是暂时租下戏班，要请戏班进京唱戏。

李乡君更奇怪了，问进京唱戏是怎么回事？

曹尔玉说五月皇宫将有大喜事，我要给送上一份最好的贺礼，就是请名扬苏杭的李渔戏班进宫唱戏。

李乡君端茶杯的手微微一颤，眼光中含着埋怨，说恭喜李班主终于如愿以偿，可以进京唱戏了。

李渔说戏班进京唱戏，少不了你，有乡君姑娘加盟，戏班进京才能发扬光大，如得乡君姑娘加盟，李渔戏班可成为天下第一戏班。

李乡君忍住眼中的泪水，但口气淡淡的，说乡君本是风尘女子，国破家亡，无以为生，才暂时寄身李渔戏班，也偶尔客串一下。但进京唱戏，万万不敢，愿意追随戏班走遍天涯海角，吃尽百家饭菜，也不愿意跟你进京去。

曹尔玉有点不高兴了，说选中李渔戏班进京，对于戏班来说，既称得上是一件荣耀的事情，也是戏班的职责，完全在情理之中，你何必如此拒绝，拂了李班主的好意。

李乡君起身，对曹尔玉说，李班主愿意去，是他的事，我并非戏班里的人，去与不去，有我的自由，请不要勉为其难。

李乡君勉强喝完了茶，带着新班弟子一回到苏州客栈，就与他们抱头痛哭。李乡君不停地自责自己不好，不该舍你们而去，从此以后姐姐再也不离开你们了。

李渔一时没敢进去，等他们哭完，对木子李如此这般交代了几句，叫他进去劝慰。木子李进了门，对李乡君说，师父答应曹大人进京唱戏，也是为了新班的小师弟小师妹不再担惊受怕，东躲西藏，是为了姐姐不再被官府为难追拿。师父其实是想找一顶保护伞，保护戏班不被王永康这样的人给欺侮了，保护我们大家能顺顺当当、平平安安地唱戏，师父没有错。木子李的一番话加上新班弟子也七嘴八舌地替李渔求情，李乡君沉默良久，推开门，对李渔收留她这个无处安身的人表示了感谢，然后答应自己先留在戏班。

戏班新招弟子，要游街庆祝。

第二天一早，李渔兴冲冲地下楼，带领木子李、婺姬、杭姬和新班众弟子走出客栈，按例游街。之前李森先看在曹尔玉的面子上，先一步送上一份简朴的贺礼，李渔送李森先到巷口，李森先问了关于王紫稼的几个问题，李渔一一作了回答，心里奇怪为什么李森先关注王紫稼，但李森先并没有再多问。回到巷口，赵则鸣拦住他，有话要说。李渔随赵则鸣进巷子里，赵则鸣问他何时启程到京城去。李渔心中不禁觉得奇怪，戏班进京的事怎么连赵则鸣都知道了，他连忙解释，说皇宫喜事，大约在五月，还有一些日子。

赵则鸣一脸的愠怒，说他大清皇宫喜事与我有何干，我是问你何时进京向先帝认罪悔过。

李渔吃惊不小，也不免有些愤愤。想不到赵则鸣还在正经八百地追查《金瓶梅》的事，近来戏班所经历的一些事，想必赵则鸣也是知道的，自己在诸多事情中不是已经表明了心志？虽然不是英雄豪杰，但也不是大明的罪人，为何赵则鸣还要揪住自己不放呢？

看到李渔错愕的表情，赵则鸣义正词严，说自己绝不会停止追查的，先帝遗愿胜过自己性命，自己不敢有丝毫松怠，不会就这么放过他。又说你收留大明忠烈遗孤，救过李乡君，也救过我，我心里不胜感激。但这是两码事，本按台皇命在身，公事公办，不徇私情，何况也不是治罪于你，只是让你到先帝坟前，悔过具结。

李渔几乎爆发，但又不敢大声，忍耐了一会儿，说我说过一百次了，《金瓶梅》不是李某写的。

赵则鸣一见李渔显然有了情绪，更是抓住不放，说你这是什么态度，你不用抵赖了。这事一天不了结，我就一天不会罢休，就是我死了，我侄儿赵僮也会盯住你不放。

李渔只好先认下，说过个把月戏班可能进京唱戏，到时候赵道长也不妨随行，到了京城之后，你我可以一同到先帝坟前祭拜，到时候李某会表明心迹的，赵道长尽管放心。

赵则鸣不相信，说李渔闪烁其词，并不像真心悔过。

外面李森先其实一直没有走，一直听他们说话，这时从巷口闪进来，对赵则鸣说你冤枉李渔了，《金瓶梅》岂是他写的，应该另有其人，你既然到了苏州，不如查查本地人氏，比如冯梦龙。冯梦龙是本地长洲人，崇祯初年，曾经因私下刻印过《金瓶梅》，被人告发，后来不了了之。

赵则鸣认得是李森先，并不惊讶，讥讽地叫了他前明国子监博士的称呼，说什么冯梦龙写的，他死了快十年了，死无对证，绝不是他写的，别自以为是。

李森先神情诡异，说本官历来公事公办，容不得污秽，但也不冤枉人，苏州地方，纵情声色，奸淫之徒不少啊，望赵前辈留意。

其实之后李森先说到了王紫稼的名字，但李渔因为急于赶到街口，没有听到有关的争论，因此后来也没能及时提醒王紫稼，以致对他悲惨结局颇感愧疚。

此时街上锣声响起，队伍缓缓过去，引来无数的看客。

婺姬、杭姬和木子李举着李渔戏班的大旗，带着新班弟子赶上来。最后李渔带领新招考的弟子经过。王永康和娄吏目躲在人群中偷看，不禁恼怒，李渔招摇过市，分明是在向他们示威。

当晚，曹府大厅灯火通明，摆了七八桌酒席，宴请李渔戏班全体人员以及诸多官员、宾客。李渔宣布将推出一出新剧，剧名先叫《比目鱼》，只需一生一旦，专写戏班中男女之情，一定十分好看。火婴自告奋勇，要求唱旦角，但李渔抓起李乡君的手，说这个旦角要请她来唱。

新班弟子开始起哄鼓掌，李渔把李乡君的手抓得更紧了。火婴捂着脸跑出大厅，赤五娘看见，连忙跟了出去，看到火婴正在气呼呼地擦着眼泪，安慰说李班主一定是喝醉了。

火婴心想假戏还有真做呢，喝醉了才会原形毕露，李渔心里根本只有李乡君。这时李乡君也走到门外，劝火婴不要误会李渔。火婴回过头看了看李乡君，说我没有误会，赤五娘上芦花岛，是为了我，他冒死上芦花岛，却是为了你。刚才我想唱旦角，他理都不理我，却厚着脸皮，强要拉你。

李乡君握着火婴的手，神情坦然，说李班主是喝醉了，不要与他计较。你想唱旦角，没有人会跟你争，乡君姐姐更不会跟你争。

这时李渔又脚步踉跄跑了出来，又要拉李乡君，李乡君赶紧避了避，把火婴推过去，说这么虔诚好学的弟子你不教她唱，还想硬拉着我出丑。李渔发现自己拉着的是火婴的手，连忙放下来，说自己喝醉了。

火婴出奇的平静，说你没有喝醉，你都知道拉错手了。

李乡君说李班主没有拉错人，他就是想你跟他一块儿唱《比目鱼》。

开演《比目鱼》

李渔愣愣地一时说不出话。李乡君趁机劝说，听李班主说过，火婴姑娘是天生唱戏的材料，那还不好好显示显示。

火婴站在那里不动，说他又不是拉我。

李渔看了李乡君一眼，果断地拉住火婴的手，说我们一起唱《比目鱼》。拉着火婴走进大厅，登场唱戏。全场又响起掌声，火婴擦净泪痕，又是不安又是激动。

李乡君站在门口，犹豫着没有走进大厅，赤五娘过来，叹口气，说这火婴是喜欢上李班主了。

李乡君虽然有所察悟，但听赤五娘这么一说，仍然不免一阵不安。如果真是这样，一个大清贵胄小姐，一个戏班班主，怎么收场？

赤五娘说恐怕只有李姑娘才能收这个场。李班主身边不缺年轻漂亮的姑娘，更有婺姬、杭姬这样痴心的女徒儿等着长大，外人看来，百花丛中，风流快活，李班主必定是见一个爱一个的多情主儿。但这只是他外面的样子，其实他还是十分的专情。唉，依我看，他现在心里只装着一个人。

李乡君回避着赤五娘的眼光。赤五娘一语点破，说李班主心里面的这个人恐怕就是李姑娘。李乡君摇着头说五娘在取笑她。自己是过来人了，曾经沧海，现在心里放不下的也只有新班的孩子，男欢女爱的事早已淡漠了。

赤五娘满不在乎地笑了笑，说我不管姑娘到底是谁，是李乡君还是张乡君，过度沉湎往事，走不出来也犯不着。

李乡君严肃起来，说你们不相信我是李乡君，我无所谓。

赤五娘叫了一声好，说就该这样，就像人家总怀疑我郡王妃的身份是假的，我也无所谓。只是如果姑娘真是李香君，李班主就不敢喜欢了。现在李班主喜欢的是你这个活生生的人，只可惜李班主落花有意，李姑娘流水无情。但不管怎么样，李班主不能伤了火婴。火婴从小在宫中寄养长大，天真无邪，稚嫩冲动，现在心里有了李班主，怕也是流水无情，落花有意，不能让一个好端端的女孩越陷越深，拔不出来。火婴在苏州待不了几天，过段日子就要回到京城，嫁给那个三贝勒，去蒙古草原了。要是她真的把一份情、一颗心扔在苏州了，她在土谢图亲王府就高兴不起来了，以后的日子怎么过，那岂不是苦了她一辈子？

李乡君明白赤五娘的意思是叫她找个机会劝说李渔，不禁觉得难过。自己能做什么呢？男女间的事，你情我愿，一旦生发，怎能掐得死、割得断、扑得灭？难道自己去告诉火婴，你不能爱李班主，他不适合你，你离开他，不要理他，何况她是一个任性的格格。

赤五娘见李乡君没有说话，在门口来回走了几步，说李姑娘与李班主是天造地设的一对，两个人要才有才，要貌有貌，都有一副侠义心肠。一个机智多谋，幽默洒脱，一个看似冷冷冰冰，其实却是温柔似水。再说你们年纪合适，阅历丰富，这样般配的姻缘，哪里去找。见李乡君没有回应，赤五娘又说你们也有不般配的地方，李班主家中已有妻妾，李姑娘则是单身女子，李姑娘就吃亏了。

李乡君停了下来，表情奇怪地看着赤五娘。

赤五娘迟疑了一会儿，说出一番令李乡君难堪的话来，说姑娘和李班主假戏真做也好，真戏假做也罢，戏班里头，男男女女，情来爱去的，不要太当真了。我是说你与李班主在外人面前不如凑成一对，让火婴知难而退，及早抽身，断了心中的挂念，所谓快刀斩乱麻，这样也不会让火婴伤得太深。

李乡君显然不高兴了，说五娘想到哪里去了。随后叹息一声，走进了大厅。

十三、吴县狂生金圣叹舌战留园

金采于明万历三十六年生于苏州吴县十全街后，再也没有离开过。

幼年生活优裕，后父母早逝，家道中落，但性情却变得骄傲。成年后更是为人狂放不羁，能文善诗，改名人瑞，字圣叹，别号鲲鹏散士。因岁试作文怪诞而被黜革，后应科试，改称金人瑞考第一，但绝意仕进，以读书著述、评注古典为乐。

他有一个有名的舅舅钱谦益，他八岁那年，母亲欢天喜地地告诉他，舅舅要不是因为文章太好而引起争议的话，一定是状元，而不是探花。

但他并不尊重他这个什么都优秀的舅舅，舅舅投清后他更是看不起了。舅舅官至礼部侍郎，他送上对联讥讽：三朝元老小花脸，一个文官大奸臣。

官府多次因为他出言不逊要惩治他，奈何顺治皇帝无意间读到他的诗文，赞美他是古文高手，不要以当前眼光看他。这消息一出来，地方官员只好对他敬而远之了。

他要为天下文章抱打不平。

每当有疑难案审，他总是要来旁听，有什么传奇演出，总是要加以评点。最后应验了他自己设想过的结局：七年以后，吴县调来新县令任维初，对欠税者用重刑，又高价售公粮于百姓，激起民怨。民众假借顺治驾崩契机，集市游行，后金圣叹与百多名秀才往孔庙哭庙，发泄不满，并向巡抚朱国治呈揭帖告发县令。朱任二人早已勾结，捕一十八名核心人物，反向朝廷告秀才们抗纳兵饷，鸣钟击鼓，聚众倡乱，震惊先帝之灵，要求严惩，处斩立决。顺治十八年七月十三日，金圣叹被斩于江宁三山街法场，终年五十三岁，作绝命诗如下：

天悲悼我地亦忧，万里河山带白头。明日太阳吊唁我，家家户户泪长流。

回溯到顺治十一年，正是他最自以为是、最放得开的时候。

这一天洪承畴在留园召开了会议，参加者有江苏巡抚，苏州、镇江两府及驻防将军，长江水师指挥等。洪承畴说这次奉旨到江南督办剿匪事宜，已半月有余，对诸多情况大体掌握，并以顺治的名义简要地宣布了一些政策：

离京前皇上再三吩咐，江南初定，不可大动干戈，所谓匪盗不过是前明的一些残余，多半都是生计无着的低层官兵，之所以铤而走险，无非是混口饭吃。所谓剿，地方上已建有功勋，芦花岛大捷他会奏报朝廷请功，皇上会对立功员属皆有数额不等的赏赐。根据目前的形势，应改变方略，对江湖一线的匪盗，宜抚不宜剿，抚在先，剿在后。即日起两江及闽浙各州、县颁发布告，不得已为匪盗者，皆可弃械投诚，出山离水回归为民，不仅既往不咎，而且每人发给银两，鼓励其谋求正当营生。

洪承畴的命令下达之后，苏州府率先行动，当天就在街头显眼处张贴了布告。史承志因为赤五娘在红春楼给他安排一个闲差，打算积够钱以后，就效法史德威终生为史可法守墓。

李渔听说后，完全理解史德威的选择。天下大势，变幻莫测，但变幻之中，自有定数，并不是几个人可以改变和左右的。顺天者昌，逆天者亡，大清王朝日益昌隆，百姓摆脱战乱之苦，生活逐渐安稳下来。试想一下，假如重新挑起一场战争，百姓岂不是又要陷于水火之中？为避战祸流离失所，妻离子散，想必这也不是大多数人愿意看到的局面。洪承畴这次到江南来，是来剿抚所谓匪盗的，来江南半个多月了，并没有动刀动枪。如果自己没有猜错的话，他是想抚，是让大家离开山里、水里，寻个生计，过安稳日子。招抚成功了，就是他洪承畴的功劳。如果洪承畴被刺杀了，引起清廷震怒，说不定派一个喜欢杀戮的满族将领，大动干戈，那江南百姓岂不是又要遭受一次天大灾难？

李乡君虽然不同意李渔的话，但想到那些新班弟子若能平安成长，也只能先顺应时事了。说李班主说得对，眼下，还是把戏演好，让大家安心过日子。

李渔兴奋，展望起来，说戏班如果去成北京，日子会越来越好。

赵则鸣一听，问他何时进京，说自己也要进京，不如一同前往。李乡君劝赵则鸣不要再为《金瓶梅》的事难为李渔，木子李见赵则鸣还揪住李渔不放，也说大家都各奔前程，有些事可以一笔勾销。

赵则鸣绷紧了脸，说万事皆可勾销，但此事不能不了了之。

这天曹府里的火婴听到土谢图亲王让李森先催促她回京的消息，顿时觉得自己像掉进冰窖里，浑身冰凉冰凉的，情绪低落至极。曹尔玉心里也十分难过，同时也深感无奈。火婴再不回去，自己不仅对不起土谢图亲王、三贝勒，更无法向太后、皇上交代。他也知道，自从火婴到了苏州，即使遇到什么难处，都是快快乐乐的，而且那些戏班的人，也都把她当成一家人。可是，总有一天她要回去的，不是他不帮比亲生女儿还亲的养女，但这苏州再好，终究不是她的家。

火婴眼泪夺眶而出，央求让自己再住几天，跟戏班一起回北京。这时李乡君去曹府向曹尔玉道谢，曹尔玉说了火婴要回京的事。李乡君希望火婴再见一见戏班的人。火婴说见了又怎样，终究还是要走的。李乡君安慰她，说戏班就要进京唱戏，到时候也许能够在京城相见，并答应转告李渔，让他来送一程。火婴十分坚决，说送了就能留在苏州？不是还得回去？我们是两个世界的人，也许我根本不应该来江南。

离开曹府后，李乡君一路上心里闷闷的。火婴要回京城了，心里有许多的不舍，但她说得对，她和李渔和戏班，属于完全不同的两个世界，她属于皇家，属于豪门贵族，属于大清王朝，李渔和戏班却属于民间，属于一个戏字。

李渔从李乡君口中得知火婴要回京城的消息，心里一沉，火婴迟早要走，但没有想到这么快就走。火婴天真活泼，说话直率，要不是生养在贵胄人家，绝对是一个唱戏的好角色。可她这一走，就是回到另一个世界，也许再也见不到了，也真是令人怅然。李乡君劝李渔去送送她，火婴千里迢迢从京城来到苏州城，与戏班邂逅一场，也是有缘，况且火婴还不顾尊贵身份，救过戏班的孩子们，现在她要回去，自应该去曹府送一送。

李渔去曹府时，曹尔玉正在清点丝绸、糕点等火婴回京要带的礼物，李渔捧着一叠书本，说火婴要回京，我来看看她，顺便送上以往所作的小说、传奇。曹尔玉说李笠翁传奇，洛阳纸贵，这比什么礼物都贵重，火婴一定十分高兴。

火婴正在房中懒懒地整理自己的衣物，看到戏装，刚放进箱笼里，又把它拿出来，扔在桌子上，最后又捡回来，叠好放进箱笼。外面传来曹尔玉和李渔说话的声音，火婴想开门，但还是犹豫着住了手，曹尔玉敲门，告诉李班主给她送戏本来了，火婴推说自己还没起床，没有开门。

李渔无奈，把戏本留下，准备明日再来。

火婴听到脚步声逐渐走远，突然站起，把门打开。李渔和曹尔玉同时回过头来，只见火婴站在门口，说把戏本给我。

李渔把书交给火婴，火婴神情怪怪地说有一本书，这里没有。李渔一时疑惑了，凡是印刻出版过的拙作，都在这儿了，不知火婴说的是哪一本。火婴表情冷淡，说你写的《金瓶梅》。

李渔笑了，说原来火婴也有此误会，这书不是我写的，都是李某没有说明白，以至于很多人都以为《金瓶梅》是我写的。火婴盯着李渔，说依我看就是你写的。说着进屋，把门一关。

曹尔玉和李渔面面相觑，李渔说火婴一时心情不好，今晚就让火婴点出戏，明日李某亲自登台。

火婴看着李渔送来的戏本，饭都不肯吃，曹尔玉催促她吃饭，说明晚到虎丘戏场看戏，李班主还叫你点两出，他亲自登台唱给你听。

火婴转而有了笑容，点了一出《风筝误·哄闺》。半夜的时候，火婴又看《比目鱼》，看到谭楚玉和刘藐姑为了捍卫自己的爱情，双双演出了最壮烈的一幕，眼泪停不下来，爱不释手之际，竟然把唱词都背了下来。

当晚李乡君读完《比目鱼》，心情难以平静，与李渔展开了一场讨论。她一边落泪，一边滔滔不绝地说了一番读后感。先赞叹谭楚玉出于对女伶的爱慕，不惜放弃作为一个儒生的地位、名誉，投身于四处流浪的江湖戏班，男女真诚相爱，投河殉情，至死不渝，这是多少人向往却又达不到的境界。再三表示自己喜欢这个故事，人世间的男女之情，大凡恩爱时都卿卿我我，海誓山盟，但是到了危难时刻，恐怕就顾不得曾经的恩爱缠绵，守不住彼此的承诺，还不是先保全自己要紧，正应了一句唱词：夫妻本是同林鸟，大难临头各自飞。正因为如此，李渔笔下的楚玉和藐姑尤其让人感动，如此坚贞的男女情，只怕不是人世间能有的。

李渔没想到李乡君如此喜欢这个故事，如此情怀伤感，有点喜出望外，想给她拭泪，李乡君赶紧擦去眼泪，转过脸，说见笑了，刚好看到他们双双投河这一节。李渔不免有些得意，说君子有成人之美，我李渔怎么忍心让他们就这样死呢？再说我更不想你难过、流泪，看到后面，乡君姑娘自然会笑的。李乡君合上抄本，说我觉得看到这里最好，宁可在此为他们感动，替他们流泪，这样楚玉和藐姑就一辈子留在我心里了。

李渔不禁佩服李乡君的这番话。多少人看到此也流了泪，但他们却逼着自己写下去，非要编造一个完美的结局，让他们最后笑一笑，乡君姑娘的见解却与别人不同，她喜欢虽然悲苦、残缺、美好但并不完满的结局，这不也是自己心里想的吗？李乡君依然感慨，说人世间，每个人的遭遇不同，心里的感受自然不一样。乡君以为写到双双死去，才是最美好的结局。如若不死，谁能保证两个人中有哪一个不会变心？

李渔连忙劝李乡君不要太悲观，人世间总还是存有真情。坚贞的爱情不是非要死了才可以得到，活着也可以得到。世上有负心人，也有痴情人……李乡君打断他，说总是负心人居多。李渔有些无奈，说其实，我也喜欢你说的这个结局，但是书商为了赚钱，非得叫我狗尾续貂，让我加上后面夫贵妻荣大团圆的结局。

李乡君口气缓和下来，说让这对有情人终成眷属也好，即使是世间少有，就让它像月亮一样高高挂在天上吧，也好让世间的俗男俗女有个慰藉。

次日，李渔广送戏帖邀请苏州城内的名士，随帖说明虎丘戏场首演新编传奇《比目鱼》前几出，后面的该怎样编下去，还未拿定主意，多请各位行家指点。又托曹尔玉给洪承畴送上帖子，正在留园漫步的洪承畴听说新戏是李乡君挂头牌，眼睛一亮，答应去看看。

傍晚的戏场外，在张贴着《风筝误》的戏报边上，木子李又贴上一张加戏《比目鱼》的戏报，高声引来行人。苏州名士中金人瑞到得比较早，本以为李渔会在门口恭候，但李渔并未出现，心中有几分不悦，后来看到洪承畴和曹尔玉来了，也不见有人来迎，心想李渔其实还有分寸，自己不应计较。

官轿在虎丘戏场门口停下，火婴从轿子上走下来，一边脱斗篷，一边走进戏场。李渔和李乡君正在上装，一听说火婴来了，连忙揭开帘子走出来。火婴看到李渔他们轰轰烈烈地正在上装，似乎并不高兴，又见李乡君迎出来，便问李班主亲自登台，那谁演大夫人？

李渔说是乡君姑娘亲自登台。

火婴又问谁演二夫人，不等李渔说话，火婴说如果不嫌我笨，这二夫人就让我来演。说着脱下斗篷，一扔，说给我上装。李乡君说火婴这是第一次在戏场登台亮相，当然要画一个最最美丽的妆，还是请李班主给你画这个妆吧。

火婴没有作声，在凳子上坐下，对着镜子看着自己的脸，自言自语，说这是我第一次登台唱戏，不知道会不会也是最后一次。李渔手中拿着油彩和脂粉走到火婴的背后。李乡君示意大家先到外面去，众人退了出去。

帘内只剩下李渔和火婴两个人。李渔从背后靠近火婴，把油彩轻轻地抹在她的脸上。火婴呆呆看着镜中两个人的身影。李渔的双手在火婴的脸上轻柔地抹着。火婴感到了李渔呼吸，神情有些紧张，李渔说火婴天生丽质，妆怎么画都是好看的。

火婴有些失神，说扮相好看又有什么用，我又不能留在戏班唱戏，还是要回京城嫁到草原去。

李渔停住了画着妆的双手，心里颇不是滋味，男大当婚，女大当嫁，火婴也长成大姑娘了，总要有个归宿的。李渔画着妆，神情若有所失。火婴又叫李渔给她画眉，李渔手拿托盘，用细细的画笔给她描眉。火婴拿起铜镜照了照，显出满意的神情，说还没有抹唇红。李渔又端上一盆胭脂，手也不禁轻轻颤动了一下，说给火婴点唇。手指印起一点铅红，往火婴的嘴唇上轻轻地一捺。火婴嘴唇抿了抿，叫他再点一下。

李渔伸手要点，火婴突然把他的手抓住，说要是你能永远为我点唇该多好。

李渔呆了一下，避开火婴的眼神，说再照照镜子，看满不满意？火婴仍然盯着李渔，说李班主为我画的妆，我怎么会不喜欢？可是我问你，你喜欢我吗？李渔说火婴青春活泼，天生丽质，人见人爱，大家都喜欢你。

火婴又问了一遍，你喜不喜欢我？

李渔半晌才开口，说要是火婴生在平常人家，我一定收你为徒，你一定是我最喜欢的徒儿。不等李渔说下去，火婴突然抱住李渔不放，双目一动不动地看着李渔，说你带我走吧，我要跟着你唱一辈子戏。

李渔认真起来，说火婴你是天生唱戏的好材料，我也很希望你能跟我们在一起，可是不行呀，你怎么能跟着戏班唱戏呢，你可是公主。

火婴眼泪一下子流下来，说我不是真的火婴，我的父母都已经去世了，我要是自己能做主就好了。我就是要跟着戏班，到处唱戏，过无忧无虑、自由自主、快快乐乐的生活。你就带我走吧。

李渔想推开火婴，又不忍心用力，说火婴别说傻话了，你应该回京城，你属于那里，你有你的美好生活。

火婴双眼晶莹，神情显得绝望，说我回了京城，怕永远见不到你了。

《风筝误》演出还比较正常顺利，台上李乡君演的大夫人和火婴演的二夫人正在厮打，李渔在中间劝架，被两位夫人推来推去。台下多哈仔细辨认火婴，旁边洪承畴讥讽曹尔玉过于开通，竟让火婴混到戏班子里，与他们同台唱戏，只怕土谢图亲王知道了不太高兴。曹尔玉知道洪承畴并无好意，顶了回去，说火婴天性活泼，喜欢唱戏，太后也都是知道的，皇上也是准了，土谢图亲王是草原上的王爷，不是你汉官的胸怀，他有这么一个能歌善舞的媳妇，才高兴呢。

洪承畴内心又一阵感慨，心想回京就上一道奏折，重新倡导礼义廉耻，以端正世风，匡扶正气。洪承畴板了板脸，说这大清得了天下，三纲五常、三从四德也不能不要。曹尔玉也哼了一声，说汉人打仗不行，这方面倒是有一套。两个人较劲的工夫，场内鼓掌声此起彼伏，换场之际，洪承畴就站了起来，直奔后台。李乡君正忙着换装，木子李掀开帘子，送进一个大花篮，说是一位贵客送的。李乡君也不看，叫木子李不要放在面前。李渔无奈，只好叫木子李把大花篮送给婺姬、杭姬。

洪承畴掀开帘子进来，李乡君回头，并没有认出洪承畴。洪承畴连忙作了自我介绍，李乡君一惊，站了起来。洪承畴两眼发光，说南京一见，好多年了，想不到李姑娘青春依旧。李乡君一时想不起是否见过洪承畴，但马上反应过来，他肯定又把自己当成李香君了，于是也不解释，也不看他，说后台简陋之地，隐蔽之所，洪大人不该来。

洪承畴语调显得急切，说上次本来想到杭州与李姑娘一叙，但遇到急事，赶回京城，前些天，在南京秦淮河边，似乎又见姑娘身影，不想还是失之交臂。李乡君镇定下来，及时调整状态，说民女好像与洪大人并不认识。洪承畴连忙说虽然没有面对面见过，但顺治二年，梅香楼上，洪某曾经隔着珠帘听姑娘唱过《茉莉花》。李乡君心中一凛，她怎么也记不起来。洪承畴说自己最近会待在苏州，住在留园，有机会一叙，届时提醒一二细节，李姑娘自然会记起来的。

李渔进来，洪承畴马上端回架子，说李班主怎么能让李姑娘唱《风筝误》这样的俗戏，岂不是辱没了李姑娘？

李乡君故意拉了拉李渔的手，反驳说别人眼里俗的，在我看来却是最高雅的。

洪承畴看到李乡君和李渔挨得这么近，几乎像是一个人，气得像少年一样，脸一下子涨红了，正要发作，多哈从外面进来，催他回去。洪承畴也马上平静了许多，再次邀请李乡君到留园细细切磋。

多哈似乎有事要禀报，催促洪承畴离开，洪承畴说把《比目鱼》看完再走。

洪承畴离开后台后，李渔又给刘藐姑扮相的李乡君说了说戏，说投河时应该有不弃生命的念头，回望、踉跄，犹豫片刻，然后投入河中，然我见你投河已成定局，则是义无反顾，没有丝毫的犹豫，便纵身跳入河中。火婴兴奋，要挤在边上看他们演，并唱了戏中刘藐姑的一段，李渔一听，连忙称赞火婴真是个好材料，昨天刚送给她的戏本，她就能背了，答应她在台边看。

一阵吹打之后，李渔走上台介绍，说所编《比目鱼》由自己旧作改编，原是一篇数千字故事，刊印之后，有许多看客向他建议，把它改成传奇，因自己心中无底，编到第十出后，现编现唱，唱到谭楚玉、刘藐姑双双投河为止，结局如何，还请各位指点。

李乡君率先出场，与净角木子李纠缠一番后唱道：

伤风化，乱纲常，萱亲逼嫁富家郎，若把身名辱污了，不如一命丧长江。

唱完跳入台下的水中。看到这里，洪承畴惊起，又镇定下来，说这是演戏，何必当真。曹尔玉也有些困惑，说人分明扑通一声落入水中了，怎么会是演戏？

李渔扮生角上，又说又唱，纵身一跳，也落入水中。不想几乎同时，台边上又一个人奔出来，情急之下跟着跳进水里。下面看戏的惊慌了。洪承畴连笑几声，说做戏，这戏是做的，是假的，不必一惊一乍。曹尔玉不安，说跳下水的人怎么没见上来，说着沉不住气，跑到水边去探看，只见水平如镜。多哈跟着冲过来，对曹尔玉说声不好，刚才跳下去的是火婴。火婴在水中挣扎起来，曹尔玉跺着脚，大喊谁救她重赏一百两。此话一出，早有几个府衙的班役纷纷跳入水中。火婴已经呛了许多口水，开始支撑不住，加上衣裳泡了水，身体一重，慢慢地沉下去。其实在船上的李渔抓住火婴的一只手，火婴看到救自己的是李渔，顿时安详了许多，李渔用力托起她，火婴露出微笑，说我以为你沉下水了。李渔吃力地想把她拉上船，说我从小在水边长大，哪会沉下去。

跳下去的衙役也手忙脚乱地帮忙，终于把火婴托上岸来。

火婴猛烈地咳嗽着，连连打起喷嚏，吐出几口清水。李乡君上前抱住火婴，把戏衣脱下，盖在她身上，又拍打她的后背，说你不会游水，干吗往下跳呀。曹尔玉用斗篷把火婴裹起，李乡君跟着一起离开了戏场。

虽然已经深夜，洪承畴并不急着离开虎丘戏场，说着心中有话不吐不快，要谈谈对新戏的感想，让娄吏目留下李渔和金人瑞等一批苏州名士，到门口的茶楼喝杯茶再走。茶点早已摆好，洪承畴端坐中间，叫李渔先讲，李渔说因心中无底，担心看客们不满意，现在看起来，效果还是好的，准备改定之后，正式上演《比目鱼》，以答谢苏州看客。

李渔话讲完许久，洪承畴才转过神来，清了清喉咙，说编得虽好，要不是这个旦角唱得好，不见得有现在这般轰动。本官戎马一生，位极人臣，与戏班坐谈叙首，还是生平第一次。只因李班主唱了一出好戏，本官颇有感慨，生发心得一二，不吐不快。洪承畴讲得兴起，站了起来，说本官虽然一直忙于国家大事，佐理军政要务，但对戏文传奇却有偏爱，闲暇之时，也有涉猎。《比目鱼》虽然还未最终定稿，但确是上乘之作。

在座的苏州名士，除了金人瑞，基本上附和洪承畴的话，当面奉承了几句。李渔听到大家肯定，难免得意，说现编现演，草草而就，粗疏之处还是不少，待改定之后会更好一些。不想洪承畴话锋一转，指着没有表态的金人瑞，说也别高兴得太早，且听听金人瑞先生的意见。

李渔早已听说金人瑞的名字，也读到过他许多文字，特别是他对《金瓶梅》的批点，令人敬佩，可以神交已久，连忙向前作个揖，说圣叹先生久仰大名，请多指教。金人瑞也不谦让，直截了当评点了一番，说这本戏到这里，奇是奇了，却有大问题。这本戏改自李先生的白话小说，然而腰斩原作，至谭、刘二人双双投江之后，全剧便戛然而止，悲情乎，无望乎，李班主想说明什么？赚看客眼泪吗？我以为这个结局看起来震撼人心，而细想一下，却显得造作。有道是天无绝人之路，善有善报，恶有恶报，谭、刘二人，既然使人同情，便不能叫他们这样死了。就这样死了，一了百了，前面轰轰烈烈的故事等于白说了，看客也就不再抱有念头，心情缺憾而归，谁还会来看二次？《比目鱼》演完一轮也就演不下去了。《西厢记》《牡丹亭》也有类似绝望之笔，但最终都是起死回生，峰回路转以大团圆收笔，故而让人看了又看，百看不厌。有道是有情人终成眷属，善始善终，完美结局。

李渔一边听，一边频频点头，话虽刺耳，心里却不感到惊讶，因为他曾经观察过金人瑞的为文风格，例如他评点施耐庵的《水浒传》，认为结局过于不忍，索性把原来一百二十回本腰斩成七十二回本，以梁山泊众英雄排定座次作为结尾，这样看来，他提议谭、刘二人起死回生，峰回路转以大团圆结局就一点也不奇怪了。

不等李渔反应，洪承畴已经鼓掌，表示自己完全赞同金人瑞的意见，建议李渔写好续戏，讲谭、刘二人被路过船只双双救起，谭本是儒生，饱读经书，金榜题名，官运亨通；而刘藐姑被富贵良善人家所收养，不愁衣穿，身体得以调养，然后与已经是高官的谭楚玉相遇，自此，旧情重燃，门户相当，又有朝中重臣从中撮合，婚姻美满，皆大欢喜。

其他人多赞成洪承畴的结局设计，按照这样编下去，看的人会越来越多。

接下去，洪承畴与李渔发生了争论。洪承畴几分得意，不禁大话出口，说可惜本官另有要务在身，不然真的就动手把这本戏续编下去。

李渔承认洪承畴的话有一定道理，但仍需细细琢磨，因为看客之中，五光十色，眼光各异，多愁善感者却喜欢悲剧结局，以便触景生情，兔死狐悲，推人及己，因心中多有练习，便一遍遍地来看。

洪承畴打断李渔的话，说悲悲戚戚到底，没有一点生机，谁喜欢看。

李渔坚持自己的观点，说悲剧、喜剧，各有所爱，喜欢看欢喜结局的，多是男人、商人、官人。李某吃这碗饭的，只能据实而论，喜欢看悲剧结局的多是女人、文人、失意人。

洪承畴急忙压住李渔的话锋，说李班主的话是奇谈怪论，按照你的意思，本官就是庸俗平实之徒，李班主则是高雅才情之士，只因为本官指出《比目鱼》的不足，就如此沉不住气，编些道理来反驳本官，你们这些编传奇的心肠也该开阔些，就没有听说过忠言逆耳，良药苦口。问问大家，是谭、刘二人死了好，还是让他们复活过上美满日子好？

下面马上有人附和，说应该让谭楚玉、刘藐姑两人有个美满的结局，并称赞洪承畴高屋建瓴，一针见血，字字千金，李渔有这么好的机会听洪承畴评点，应该以谦虚为本，洗耳恭听。

洪承畴又乘胜追击，问几个弹琴陪茶的女客，李班主说女人喜欢看悲剧结局的，那本官就问问你们，这谭、刘二人是死了好，还是活着好？

几位女客都是看过戏的，看看李渔，欲言又止，不想金人瑞上前，说自己散场时，听过几个女看客的议论，都说谭楚玉这样有才有情还有义的男人，女人家见了他个个都会喜欢，岂能由刘藐姑一人独霸，死了也好。还说男欢女爱，不一定荣华富贵，万一谭楚玉变心了呢，刘藐姑还不如当初就死了。

洪承畴奇怪地看着金人瑞，恼火他居然帮起李渔来了，刚想针对他说几句，金人瑞马上接下去说，这不过是女看客的说法，自己并不赞同，李渔刚才说喜欢看喜剧结局的都是庸俗平实之辈，而喜欢看悲剧结局的都是纤细、高雅、有才之人，这话大失偏颇，古今多少人间故事，有喜有悲，各人命运不同，观者感受也自然不同，只是生逢乱世与生逢盛世，就不是一人一事的悲和喜了。现在改朝换代之际，除少数左右逢源、两朝荣华之人外，大多数世间凡人，包括我等儒生，多是忧患苦难之中，你不如多给他们虚幻的甜蜜，也是为文做戏之人行大好事。

金人瑞的一番话，全场顿时寂静。

洪承畴瞪了金人瑞一眼，不便发作，拂拂手，说今天就到此为止，散了。

夜深人静，李渔回到客栈后，李乡君听说晚上他与洪承畴喝茶论戏，其间发生了争论。李渔解释说洪承畴虽然令人厌恶，但他在看戏这方面，却是一个真正的赏家，新上《比目鱼》，总要找几个人挑剔一番，包括洪承畴。李乡君却说这洪承畴才不会这么简单，你就为了一个戏字，就没有想过洪承畴对戏班、对你是不是心存友善？要说挑剔，苏州观众哪个不是内行，哪个不是赏家。我们不能与洪承畴这样的人有任何交往，说句心里话，我都不想演了。听李乡君这么一说，李渔不安起来，连忙检讨自己事先考虑欠周全，也没有和她商量，并向李乡君保证，除了请洪承畴看戏，不会再和他有任何瓜葛。

次日火婴病倒了，裹在被子里面，全身发抖。郎中给火婴搭脉，望气，沉吟一番后，说夜落冷水，感染风寒，有烧热症状。不过，姑娘年轻，身体本钱好，无伤大碍，给她开一剂清热退烧药服下，就会好的。火婴不满，说哪有好得这么快的，说着又喊起头疼来。郎中又说起码十天半月才能好起来，开了药，叫家人拿着药方抓药。

不一会儿李渔和李乡君进来，火婴要坐起来，李乡君忙把她按下，火婴仍然对昨晚的事好奇，问你俩明明跳进水里了，怎么后来又都在船上了？众人相互看看，忍不住掩口笑了起来。李渔说出实情，原来李乡君唱完就要跳入水中时，一只小船划了过来，李乡君纵身一跃，轻轻落在船上。同一时间，在布帘后面两个新班弟子高高举起一块石头投入水中，溅起水柱和浪花。小船把李乡君送到戏台后面，然后又划了回来，等着李渔跳下去。火婴生气了，说我跳进水中，想救你们，你们却在捉弄我。李渔端起碗要喂火婴喝药，算是自己向火婴赔罪。火婴喝着汤药，说这《比目鱼》真好，什么时候让我唱。李渔答应把戏本结局写好了，托人带到京中，让她好好看看。

李乡君对曹尔玉说火婴这样的身体，经不起一路颠簸，不让她歇上十天半月走不了。曹尔玉想了想，说不好再改了。万一路上不适，可在沿途州县停留，请良医探视诊治。李渔向曹尔玉求情，说火婴落水，受了风湿邪气，如医治不及时，会留下病根，必须观察数日再送她回去。

曹尔玉勉强点点头，说过几日再看吧。不过有言在先，火婴这几天在府中好好调养，哪里都不能去。还有戏班的人，包括李班主，就请不要再到府上来看她了，免得火婴劳神分心，养不好身子。

洪承畴想着李乡君又拉李渔的手又帮他说话的情景，几夜未睡，正好王永康为李渔戏班改籍的事恼火，以吴三桂的名义找洪承畴帮忙，洪承畴就把李渔写过奇书《金瓶梅》的事告诉了他们。王永康奇怪，说《金瓶梅》作者另有其人。洪承畴脸拉下来，说是你知道，还是我知道？这查禁《金瓶梅》一事，前明时浙江官员早有奏本，指明了《金瓶梅》就是浙江兰溪李渔所作，崇祯帝有过圣旨，要求严查。

娄吏目与王永康相互看看，神情颇不踏实，洪承畴扔下一句话，说前明要查办的事，到了大清照样要查办，钦差李森先正在苏州秘查风化案，如果告到他那里，李渔虽然能保住命，但势必名誉扫地，一蹶不振，还能和你们争什么。王永康仍然怀疑，说李渔窝藏逆党后人，意图反清复明的大罪都被曹尔玉包庇了，区区一本淫书，还能把他怎样？再说缪判官是一个老好人，定不会追究。

娄吏目则完全明白了洪承畴的意思，怂恿王永康只管去找李森先，让他查办李渔诲淫诲盗罪责，一旦罪名成立，天下读书人的唾沫也会把李渔淹死。

十四、名士后代冯、沈二秀才状告淫书

如同许多苏州人一样，冯秀才家族中有多个著名长辈。

最著名的是他的二爷爷冯梦龙。冯梦龙自号吴下词奴、姑苏词奴，万历二年生于南直隶苏州府吴县长洲，冯氏有兄弟三人，被称为吴下三冯。由于家境太好，加上苏州当时的风气，二爷爷除了写诗文，主要精力都放在写书赚钱上。有名的如《喻世明言》《警世通言》《醒世恒言》合称“三言”，付印后得银无数。又定本《游园惊梦》等著名昆曲剧目，校对精刻《水浒全传》，评纂《太平广记》等，并有笑话集等十余种，一时财源滚滚。

冯秀才不愿提起的，是二爷爷功名上没有什么建树，一生虽有经世治国之志，但不愿为理学道德约束，与歌儿妓女厮混，被认为是品行有污、疏放不羁，而难以容忍，因而长期沉沦商贾之中，为书商带去巨大利润。直到崇祯三年，五十七岁时，才补为贡生，次年破例授丹徒训导。崇祯七年升任福建寿宁知县，其间上疏陈述国家衰败之因，四年后告老还乡。

清兵南下时，刊行反清的《中兴伟略》，并以七十高龄，奔走反清大业，南明唐王隆武二年即清顺治三年，被清兵所杀。

冯秀才出生在这样的一个家族，对书籍版本自然有其所长。

何况冯秀儿正是他的堂妹。

这一天针对李渔戏班的公审，首告是冯姓秀才和原籍嘉兴的沈姓秀才。

娄吏目不费周折，在十全街找到偷书贩书为生的冯梦龙侄孙冯秀才，答应他只要出头，就把以前没收的古籍全数归还，给沈秀才的条件是让他以沈德符后人的身份在苏州落户，并可以继续贩卖古董字画。

在没有任何预先通报的情况下，冯、沈二人径自闯入驿馆，递上状纸。

李森先一看是告李渔写《金瓶梅》，猛然想起皇上和太后的话，顿时警觉万分，说没有凭据证明《金瓶梅》是李渔写，他不能接状纸。冯秀才指责他不问案底情由就帮李渔说话，一定受了李渔什么好处。沈秀才也义正词严，说《金瓶

梅》诲淫诲盗，流毒甚广，编著者难逃其罪。《金瓶梅》是不是李渔写的，把他押到衙门里审问审问，就完全可以证明《金瓶梅》出自李渔之手。

李森先正恼怒间，娄吏目求见，说奉洪承畴之命，请他去一趟留园。

洪承畴正在双目微闭，喝茶听曲，一曲了了，才睁开眼睛，开口就表扬李森先一早就办公问政，并问他审什么案子。李森先说是一帮穷酸秀才瞎胡闹，不用理会他们的。不想洪承畴摇头，批评李森先不尊重这些秀才，就是不尊重江南读书人，以后他们还要中举人、中进士，其中佼佼者金榜题名之后，步入宦海，前程未必在你之下。

李森先心里哼了一声，这帮秀才都是落了几次榜的，如今不潜心读书，还要来瞎闹，会有什么前程。洪承畴把一卷纸头扔在茶桌上，李森先一看，原来是秀才们的状纸，没有想到洪承畴已经收到他们的状纸了，不禁严肃起来，说告此状根本就是无事生非。

洪承畴脸色也更加严峻，建议李森先认真管一管，结果如何，另当别论，也不枉了铁面御使的名声。李渔写《金瓶梅》之事，自己以前也有耳闻，一直心存好奇。如果能够查清事实，对李渔有所鞭策，对世人有所警告，也是一功。这状纸该接，因为有证人，这个证人就是赵则鸣。

李森先清楚洪承畴是给自己戴高帽，但也不便再拒绝洪承畴，以免影响自己的正事，答应即刻审理此案。洪承畴又口气婉转、语重心长地说，你是钦差审案，本官虽是一品朝臣，也不好多加干涉，但提醒你，李渔善于耍赖机变，又是编戏出身，说话真假难辨，惯于赚人眼泪，你要认真对待，切不可心慈手软。李森先听了半天，虽然对洪承畴的用意不是很清楚，但断定洪承畴是站在原告一边的。

这时候娄吏目没有请示缪家正，早就布置衙役到百花巷客栈带李渔。李渔前脚离开不久，另一班衙役后脚就把赵则鸣以证人身份请走了。

李渔到了苏州府衙大堂，等了许久。听说钦差审案，栏外聚集了许多看热闹的人。李森先气喘吁吁地从留园赶回来，升了堂，一拍惊堂木，告诉李渔，姓冯和姓沈的两个落第秀才把他告了。李渔愣住了，什么姓冯和姓沈的秀才，与自己素不相识，无冤无仇，一定是搞错了。不等李森先发话，冯秀才和沈秀才对李渔轮番控诉起来。

冯秀才声明自己是冯梦龙货真价实的侄孙，回忆儿时曾听二爷爷冯梦龙评过《肉蒲团》一书，情节直言不讳，文字不堪入目，而《肉蒲团》正是李渔所撰，既然《肉蒲团》都会写，何况《金瓶梅》。李渔听到冯梦龙的名字，神情一下子严峻起来，说冯梦龙是自己敬重的前辈，崇祯七年路过苏州时曾经到冯府拜访，恰巧他南下赴任，因此失之交臂。但冯梦龙顺治三年被杀时，《肉蒲团》尚未刊印，何来评点？冯秀才顿时恼怒，竟敢质疑二爷爷，大骂李渔心怀肮脏、行为不检，自己沉于房事、嬉于淫巧不算，竟然著书立说，绘声绘色，赤男裸女，展露人前，写出《金瓶梅》这样的淫书，流毒世间，伤害人民，为士人所不齿，为大清所不容。

冯秀才的话引来栏外一阵鼓掌，沈秀才不甘落后，抢上前去，声称自己是沈德符的嫡孙，对版本颇是在行，他仔细研究了李渔的传奇戏本，认为行文句法、故事情节与《金瓶梅》十分吻合，尤其是描写男女之情、床第之欢，如出一辙。李渔见刚刚一个冯梦龙的侄孙，马上又有了一个沈德符的嫡孙，更加愕然了，先不管他们是真是假，但至少这一出是精心安排的，自己切不可轻视。

沈秀才见李渔冷静地看着自己，似乎不屑跟自己说话，也火了，李渔大骂三房四妾不算，还蓄婢养姬，纵情声色，生活糜烂。李渔经营戏班多年，收罗女徒儿无数，往往以教习戏曲为由，诱惑良家女子，落入其布置好的圈套，以致日久生情，一个个都不能自拔，并下结论说《金瓶梅》一书不过是现身说法，是李渔个人生活的真实写照。

沈秀才的话也引来栏外一阵叫好声。

看上去处于挨打境地的李渔其实已经成竹在胸，并不惊慌，开始寻找反驳的机会。李森先看着李渔，似乎给他机会提出反驳。但接下去围绕李渔该站着说话还是跪着说话，又扯了一会儿皮。

按大清律法，秀才是有功名的读书人，若非谋逆或者烧杀重罪，一般审案，不用跪堂，可以站着说话。李渔站了起来，表明自己也是秀才出身。既然李渔也有过功名，李森先也同意让他站着说话。

二位秀才质疑李渔的秀才身份，李渔讥笑说李某与二位一样，也是乡试不第，又登记造籍，有据可查，如果嫌麻烦，文章才学，一试便知，八股文章还是历算文艺，随便你们挑，几位要是有兴趣，当着李大人的面比一比。

冯秀才笑李渔是小地方的人，井底之蛙，不知道苏州文脉宝地，藏龙卧虎，满大街都是秀才，随便一个都比你强百倍。我等秀才身份都有证明，你有何凭据说自己是秀才？

火婴不舍离开，李渔、李乡君安慰

李渔知道他是冯梦龙后人，有几分想让他，说秀才不秀才，其实没有什么，重要的是才学，如令叔公虽无功名，才华、名声远在他人之上，那些高中进士的有几人能及？

冯秀才大怒，说二爷爷要不是藐视功名，何止进士，说着冲上来就要拉扯李渔，旁边沈秀才也要帮衬，被李森先喝令制止。

一直等到赵则鸣来，争吵才暂时停息下来。

赵则鸣一进大堂，先声明自己乃万历四十四年进士中过榜的人，再以自己曾经是浙江按察使司副院副使的身份证明，如果李渔自己不放弃参加科举，也有可能是举人、进士出身。冯、沈二人一时哑了口，因为娄吏目跟他们说过，传赵则鸣来，是要他证明李渔写过《金瓶梅》，怎么一来就帮起李渔说话了？赵则鸣看了看他们，神情不屑，说贫道生平不说假话，我看你们二人才疏学浅，并非李渔对手。

冯、沈二人显然被赵则鸣的身份镇住了，加上他们并不知道赵则鸣是除榜进士，因此想发作，又忍住，站在堂下朝李渔瞪眼睛，不再说话。

李渔借势开始反击，说苏州秀才联名告我，实在是不懂文章之学。今日借李大人大堂，对两位秀才有一番开导。《金瓶梅》一书，假托宋朝，实写明代。早在李渔幼年时，已经知道兰陵笑笑生作《金瓶梅传》，何来李渔所作。

突然栏外有一人为李渔鼓掌。

冯秀才急了，大声反驳说这兰陵笑笑生是李渔假托其名。

李渔从从容容，大谈起有关《金瓶梅》的掌故，为自己辩护。他认为《金瓶梅》实乃明嘉靖间大名士手笔，退一步说，也至少是万历朝的。并举出三点证据，其一，万历八年，武进士麻城刘承禧家有《金瓶梅》全本，冯梦龙与其有过交往，得观其书后，曾主张付梓出版；其二，万历二十五年，袁中道笔记中记载，他访问时任吴县县令的兄长袁宏道时，曾携带这本书；其三，万历十年前后，苏州就出现了《金瓶梅》的刻本。李渔指着冯秀才，说这些你二爷爷冯梦龙最清楚。

沈秀才瞪大双眼，说什么万历十年前后苏州就出现了《金瓶梅》的刻本，这些说法从哪里来，完全凭空捏造。

栏外为李渔鼓掌的人走了进来，说李渔没有捏造。

来人正是金人瑞，他声明自己也有秀才功名，也就不跪了。

金人瑞好像早有准备，从袖中取出一本书，说苏州各家书店都有这本书，你们自己看看，什么捏造，这本书叫《野获编》。手指沈秀才，笑他居然不知道自己爷爷的书。

沈秀才接过书看了看，交给冯秀才看，两人一时干瞪眼了。

金人瑞又一把拿过《野获编》，交给李渔，李渔谢过金人瑞，说冯、沈二位也算是秀才出身，却读书不多。《野获编》为万历四十六年嘉兴举人沈德符所作，记载的都是万历朝以前的事情。李某生于万历三十九年八月七日，而《野获编》记载万历三十七年就有《金瓶梅》的刻本，难道李某前世写了《金瓶梅》?

冯、沈二位没想到金人瑞横插一杠子，一时又拿不出什么证据反驳，顿时哑口无言。李森先看到金人瑞提供的证据，相信李渔说得有理，也看出冯、沈二人不是正经之人，相比之下，对李渔也多了一分客气。一时间，大堂之上李渔占了上风，他把书交还给金人瑞，金人瑞拿过书，不再搭理他，扬长而去。

李森先一番堂审，发现李渔很是雄辩，两个来路不明的秀才被驳得哑口无言。这两个秀才演的分明是出闹剧，自己不能再跟着纠缠下去，便推说有更重要的案子待办，要提前离开，请赵则鸣想办法收场。

赵则鸣并不买账，说李渔作《金瓶梅》一案，是我前朝旧债。当年贫道曾奏本皇上，力主查办此事。而且，先帝崇祯也有御批，贫道既为前朝旧属，不能有负故主。因此既然要审案，应该由贫道来审，所谓一代事一代了。

赵则鸣居高临下的样子让李森先不快，李森先说现在是大清朝了，岂容你在此指手画脚？看你是前辈我提醒你，凭你刚才这一番话被别人听到了，就能治你反清复明的大罪。

审案的情况很快传到了留园，娄吏目气愤地报告，在金人瑞的帮助下，冯、沈二秀才被李渔驳倒，而且更令人恼怒的是赵则鸣居然说《金瓶梅》是前朝旧案，应该由他来处置李渔。

洪承畴似乎早有所料，并不感到奇怪，反而称赞赵则鸣这个按察副使了得，要娄吏目转告李森先，赵则鸣要管这个案子，就让他管。娄吏目心中诧异，又不敢多问，回去转告李森先。李森先说既然案情一时审不出结果，不如押后再审，是不是先让李渔回去，就让赵则鸣做主了。

赵则鸣拉着李渔匆匆离开衙门，他对李渔的辩词早有自己的一番驳辞。李渔的说法、金人瑞的证言，唬得住那几个粗浅秀才，却骗不了他。《野获编》固然是名家所作，沈德符其中的记载他也曾经研究过，粗粗一看，十分可信，但细细一读，也有可疑之处。刘承禧、冯梦龙所提刻本并非一定就是《金瓶梅》。最主要的是，沈德符与赵则鸣有过交往。沈德符生于万历七年，乡试虽第，但京试不中，所著文章多有想当然，让赵则鸣深深怀疑的是，沈德符卒于崇祯十五年，中间与李渔也不是没有交往，不排除两人有欺瞒世人的苟且之举。

但李渔矢口否认与沈德符有过深交。

赵则鸣哼了一声，说无深交不假，但也不能排除你给了他诸多好处，他替你编词解脱的嫌疑。李渔急了，说这话可是想当然了，李某并不富裕，怎能给得起好处。况且沈德符也不是贪财的人。赵则鸣乘胜追击，说沈德符虽不是贪财之人，但与你一样，喜好声色，你李渔所富有者，不正是美貌女子？

李渔哭笑不得，说你冤枉我李渔暂且不管，冤枉了沈德符，那他九泉之下还得安宁。赵则鸣神情严峻，一字一句，说你们就没有想过，先帝在天之灵是否安宁？如果沈德符还活着，也得一起到先帝灵前下跪认罪。

李渔知道话题一扯开去，一时半会儿说不完，耐着性子向赵则鸣求情，说自己现在很忙，还得到曹尔玉府上去送他女儿，答应等戏班进京唱戏那一天，一定听从赵则鸣吩咐，按他的意思去做。

赵则鸣不快，说你跟满人显贵走得这么近乎贪图什么？李渔反驳了一句，那你替大清官府审案，让大家知道了也不太好，不如先回到客栈，你慢慢问话，那岂不更好。

赵则鸣气得白须飘起来，说我为大明尽职，不用挑地方。李渔说你是前朝官吏，方才在这大清的大堂上出现，对大家的名节总是有所损害。赵则鸣一时心里颇感委屈，自己还不是为了先帝的托付，才这样做的。心里一伤感，迟疑起来，两人又相持了许久，李渔想着尽快脱身，满口答应，说随你去京城就是了。

正在留园的洪承畴得知赵则鸣把李渔放了，不好责怪李森先，后来让缪家正把金人瑞找来，问了问，金人瑞送上《野获编》，神情诡异，说特别是沈德符《敝帚斋余谈》务请有空时一读。洪承畴随手把书往桌上一放，也没有再理别人，只管自己焚香弹琴。

李森先与多哈两人散步到树林中，多哈趁机向李森先透露了顺治的心思：皇上担心的是江南地方，人心未定，对李渔这样的人，尽管是一个三流文人，但在民间影响并不可小看，因此也是安抚为上，切不可让江南士民以为兴文字狱，搞得人心惶惶。李森先问多哈，洪承畴他这样做是为什么？多哈就把吴三桂女婿要把李渔戏班推选改籍的事说了一遍，李森先哼了一声，说吴三桂家班搜罗王紫稼这样的人，才应该重重治罪。

洪承畴睁开眼睛，好像听到了他们的谈话，但他仍弹琴，曲名却是《茉莉花》。

李森先开堂审案的消息也传到曹府。

火婴的病似乎一下子又好了，坐在窗前，看着女用人打开箱笼，帮她整理行装。曹尔玉进来，告诉她从多哈那里听到的消息，今天苏州城的两个秀才到钦差李森先那里把李渔告了，李森先已经传唤李渔过堂。

火婴一惊，问个究竟。曹尔玉说还不是为了《金瓶梅》的事，告他诲淫诲盗，有伤风化。火婴愣了，说写书怎么还要坐牢？曹尔玉看火婴急了，说这两个秀才被李班主驳得理屈词穷，无话可说了。既然告不倒李渔，李森先已经把李渔给放了。火婴舒了口气，心中关切，但嘴上不说，等曹尔玉离开后，想出门去看看，却被门口的戈什哈拦下。一会儿，李渔急匆匆地来到曹府，火婴的心才放了下来。李渔带来了几瓶滋阴膏，是李家祖传的秘方，给火婴补补身子，说曹府什么都有，但这补女儿身子的滋阴膏肯定没有。曹尔玉知道李渔祖上都是开药铺的，祖传秘方一定很灵验，欣然收下。

火婴突然变了脸，要李渔把什么滋阴膏带回去。

曹尔玉说这是李班主的一片心意，怎么能拒绝。火婴瞪了李渔一眼，说看不见，摸不着，谁知道这一片心意算什么，还是把什么祖传的秘方拿回去吧。

曹尔玉告诉李渔，火婴要后天才走，所以对谁都这态度。船已经备好了，多哈奉了皇上、太后的旨意，派出大内高手专门送她回京，免得像上次那样，差点做了水匪的压寨夫人。

火婴嘟哝着说早知道还不如做压寨夫人，芦花岛比蒙古草原强多了。

曹尔玉严肃起来，说当时带了你来，已经是冒了风险，到现在还拖着不肯回去，都被你害惨了，连我现在都不敢回京，看太后、皇上怎么骂我。

火婴垂下头，说爹爹，女儿回去还不行，说着一颗眼泪扑地落下来。

曹尔玉看见，心一软，递过一块丝帕，说火婴，苏州是好，江南是好，你是我女儿，但你毕竟也是格格，有的事爹不能为你做主。

火婴突然扑通跪下，求曹尔玉让她再留几天，上有天堂，下有苏杭，自己还没有去过杭州呢。

曹尔玉答应到明年春天，一定奏请皇上、太后，让你随你的娘一起到江南，到杭州去游玩。

火婴差点哭出来，说到了明年春天，怕是皇上、太后也做不了这个主了。

曹尔玉连忙安慰，说爹爹去说服老土谢图亲王，到时候让三贝勒带你一块儿来。火婴突地站起来，说谁都不要带我来，我自己一个人逃出来，看你们怎么办，说着转身离开。

曹尔玉望着女儿气呼呼的背影，眼睛也不禁湿润起来，叫李渔去劝劝火婴。

李渔站在火婴房间门口，留下滋阴膏药，说江南好地方，这苏州是好地方中的好地方，谁舍得走啊，可惜生在帝王家，也由不得你。

十五、苏州府九品吏目借计《西厢》

顺治十一年初，崇祯四年榜眼吴伟业请假回乡，沉寂数月，又以大隐隐于市为由，离开太仓，到苏州内城住了起来。

他能离开喧嚣的京城，却忘不了水声琴韵、诗文汇集的姑苏城。

天启四年，自号梅村的吴伟业参加了张溥创立的复社，即成入室弟子，并成为中坚。有惊无险的是崇祯四年他参加会试，遭乌程党人诬陷，被指控徇私舞弊，所幸崇祯帝调阅会元试卷，亲自在吴伟业的试卷上批“正大博雅，足式诡靡”，得以高中一甲第二名，授翰林院编修。其后仕途得崇祯帝殊遇，崇祯十年任东宫讲读官，崇祯十一年崇祯帝临场视学，观看皇子就学情况，获赐龙团月片、甘瓜脆李。崇祯十二年再迁南京国子监司业，崇祯十三年升中允谕德，崇祯十六年升庶子，他内心充满感激。崇祯十七年，李自成攻入北京，崇祯帝自缢煤山，吴伟业闻讯大哭，一心求死，为家人所阻。

弘光元年，福王召拜吴伟业为少詹事，因与马士英、阮大铖不合，仅任职两月便辞官归里。明亡以后，吴伟业对清朝消极应对，不予合作，十年时间，屏居乡里。顺治十年，诏举遗佚，荐郯交上，有司再三敦逼，吴伟业控辞再四，父母流涕相求，不得已乃应诏入都，授秘书院侍讲，后升国子监祭酒。

每当想起崇祯帝对自己的恩遇，深为自己仕清失节而痛悔，他不愿别人以入清官职祭酒相称。曾观伶人演《烂柯山》即《买臣休妻》，某伶于科白时，大声对台下吴梅村说：姓朱的有什么亏负于你？

吴梅村不禁满面通红。

辞官不成，他能做的就是每年都请一次长长的病假。

他看重的是自己的诗人身份。世人称其诗为梅村体，传世《圆圆曲》中有名句：恸哭六军俱缟素，冲冠一怒为红颜。此番潜入苏州还有一个目的，就是在元墓山之北为自己找一处墓穴，并亲自设计在墓前立一圆石，上题“诗人吴梅村之墓”。

新戏《比目鱼》在虎丘戏场演出盛况，使李渔戏班在苏州一下子红火了，这也令王永康十分生气，王紫稼当然也倍感压力。

王永康把王紫稼抢白一通，说他枉称苏州名伶，吃红娘这碗饭要吃到什么时候，白花这么多银子了，希望他早点想办法拿出新戏，让姑苏剧社赚回面子。娄吏目劝王永康不能逼得太急，新戏有的是，现在关键是要争取洪承畴，只要他肯站在我们一边，李渔戏班再红，迟早也得归吴家班。王紫稼的《西厢记》红遍天下，完全比得过《比目鱼》这样的俗戏。这个时候就要演《西厢记》，但不是在虎丘，而是要送戏上门，在留园给洪承畴演专场。

碰巧的是洪承畴也差人来，请姑苏剧社到留园演《西厢记》。娄吏目报告，前国子监祭酒吴伟业为探母病请假回到太仓，半个月前到了苏州。洪承畴敬佩其诗名，想与他一叙，但吴伟业一直不肯来见他，后来听说他想看王紫稼的《西厢记》，就想借这个由头，把他请到留园，娄吏目答应马上安排。

洪承畴欢喜不已，提出了包括赵则鸣等人的一份名单，娄吏目看了，脑子一转，建议添上李渔。王永康没有同意，请谁都可以，就是不能请李渔，即便请了他，他也不一定肯来，岂不是自讨没趣。

娄吏目向洪承畴耳语几句，洪承畴频频点头，连说好主意，也不向王永康解释，说只怕人家不肯来，除非王紫稼出面去请。娄吏目也鼓动王紫稼亲自去请李渔。

次日王紫稼到虎丘戏场给李渔送上请帖，李渔与吴伟业在杭州有过诗交，算是旧友，当即应允，向木子李交代了几句，跟着王紫稼去了留园。

李渔一见洪承畴和王永康、娄吏目都在，又得知吴伟业和赵则鸣来不来还不一定，不由得一阵忐忑，进退都不是，硬着头皮坐了下来。等看完了《西厢记》

中的《拷红》，吴伟业还是没有到，李渔也顾不上向王紫稼告辞，就要离开。洪承畴却坚持留他，说等吴伟业到了一起再看一出，一块儿吃饭，讨论诗文。李渔说还要赶回虎丘，晚上还要演《比目鱼》，以后有机会专程拜会吴伟业。

洪承畴不高兴了，说紫稼先生也算是梨园名家，诚心请你来，怎么没有看完就走了，你别也自视太高，瞧不起人家紫稼先生。

李渔心里虽着急，却也只好坐下来，说自己绝无此意。紫稼先生演的红娘，人人都叫好的，只是今日不巧，改日一定上门向他请教、赔礼。过一会儿听娄吏目从外面回来说吴伟业生了病，今天来不了了，李渔再次起身告别。洪承畴半真半假，说吴伟业摆架子，不等他了，但此地叫留园，已经来的人，今日不留也得留，否则这留园的大门暂时就迈不出去了。

王紫稼唱罢，也不卸妆，就陪大家吃饭。洪承畴拉住王紫稼的手，不肯松开，神情不禁迷离，对李渔说，留下来与美红娘共进晚餐，也没有亏待你。王紫稼见李渔被留住，耽误了晚上的演出，十分抱歉，一定要再给他单独唱一段。李渔听得入神，连声叫好，一时忘记了烦恼。

洪承畴一杯酒下去，又紧握王紫稼的手，对李渔说，今天除了看红娘，另有议题。今天请李班主来，有件事情要和你商量。

李渔肚子饿得叫了起来，刚拿起的筷子又放下，洪承畴给他夹了一块肉，说你和紫稼先生都是梨园行中的领军人物，有关你的种种传奇，传遍南北，名闻天下，紫稼先生凭红娘一角，红透江南，轰动京华，你们两个若是联合起来，那是怎样的一个局面啊。

李渔对洪承畴的话表示赞同，说李某对紫稼先生十分敬佩，几次想合作，都没有机缘，如果洪大人有此美意，从中撮合，一定会合作成功的。

洪承畴哈哈一笑，说有你这句话就好办了，本官就直说了，你和紫稼合作是第一步，第二步本官希望你与王永康尽弃前嫌，握手言欢，重组姑苏剧社。今天本官做个和事佬，让李渔戏班和姑苏剧社合二为一，各退一步，不叫李渔戏班，也不叫吴家班，而是以姑苏剧社的名义，进京演出。

王永康这时才明白洪承畴用意，不禁暗喜，连忙表态表示赞同，说洪大人的面子李渔也不会不给。

李渔顿时恍然，毫不犹豫地摇头，说这不行，绝对不行。

见李渔执意不肯就范，洪承畴放开王紫稼的手，劝李渔说，姑苏剧社是平西王出钱办的，邀请李渔戏班加盟，也是平西王的一番美意。一旦加入姑苏剧社，要钱有钱，要人有人，到时候一起到京城唱戏，一路上还可巡回演出，各州知府自然夹道相迎，那是何等风光。从此以后，李班主和戏班众人的命运就从地上变到天上了，再也不用行走江湖，四处流浪，过那种吃了上顿，还不知道下顿在哪里的生活，今日不如做个人情，挂了姑苏剧社的牌子，稳稳当当地在大雅之堂唱戏，流芳百世，名扬千古。

李渔后悔不该来，也不能怪王紫稼把自己骗来，想必他也不知情，肯定是娄吏目和王永康合谋设下的计，让洪承畴来强压自己。李渔心中不快，但想着既不能让他们得逞，又不能得罪洪承畴，就保持态度恭敬，说不是我李渔不愿意让戏班过上好日子，也不是不想流芳百世，名传千古，此事已经有过曲折，李某不愿意再起风波。何况，李渔戏班已经被曹尔玉曹大人订下了，李某岂能反复无常，言而无信。再说，曹大人说的意思与洪大人的一样，也是想通过进京唱戏使李渔戏班的名声得以宣扬。戏班进京唱戏，曹大人已经奏报宫中了，不好变了。

王永康听李渔搬出曹尔玉，着急起来，刚想开口骂人，洪承畴却淡然一笑，说这说明李渔戏班吃香，是好事，曹大人那里我去通融，我想他也不会与平西王争。宫中那头，平西王自会去说明，再说，我洪承畴在皇上、太后面前也说得上话的，李班主不必为难。

李渔头上冒出汗来，说李渔戏班进京唱戏，消息都已传出去了，岂能言而无信。

娄吏目见李渔快坚持不住了，趁机帮腔，说洪大人讲得再明白不过了，不过就是挂谁的名号，何必太认真。王永康也说洪大人亲自出面劝说，你的面子也够大了，你不会连洪大人的面子都要驳回吧？

李渔不理娄吏目，说对于洪大人，区区一个戏班，不算什么，但李渔以戏班为生，心中只有戏字，别无他物，如果把戏班拿去，等于把李渔的性命拿去一样。苏州名伶如云，戏班如林，为何非要李渔戏班不可？

洪承畴说等进京回来，完璧归赵，戏班还是你李渔的。你若不相信，我洪承畴可以作保。

王永康早已不忍，说李渔你也太狂妄了，洪大人虚怀若谷，宽大为怀，你却一味冲撞，都说你是冒犯上官的刁民，一点儿不假。小心苏州秀才告你的案子还没有了结。

李渔站起来，向洪承畴辞别，说李某愚钝，不解洪大人的美意，如有得罪，万勿见怪。既然有人逼迫威吓，这顿饭我怕是也不敢再吃了。

洪承畴瞪了王永康一眼，拉住李渔，说你是本官请来的客人，谁敢逼迫威？坐下，大家都坐下。王紫稼也劝李渔，等吃完了再走。

李渔说做东之人不欢迎李某，李某只好告辞，坚持离开。洪承畴沉下脸来，你不等吴梅村来，一定要走，也不勉强，只是刚才议论加盟姑苏剧社一事，话已经说到这个份儿上，你再斟酌斟酌，早点定夺。

王永康指着李渔的背影，说此人也太狂了，居然不把洪大人放在眼里。

洪承畴方寸不乱，说本官这话既然说出去了，不听也得听。又冷静了一会儿，说李渔戏班有名气，也有人才，李渔编的传奇太后也喜欢，此事还要从长计议。

王紫稼给洪承畴续了续茶，说人各有志，不能强求，要办好姑苏剧社并非一定要李渔戏班。

王永康对王紫稼拍桌子，说你好没有志气，卧榻之侧，岂容他人鼾睡，他若不肯给，也要把他搞垮了。这天下第一戏班，非姑苏剧社莫属。随后又对洪承畴冷冷一笑，说平西王私下里曾经说过，西南是平西王说了算，江南是洪大人说了算。李渔不是被人告了吗，只要洪大人跟李森先说，叫他秉公办案，惩治刁民，把李渔下狱，群龙无首，这戏班自然就归在姑苏剧社名下了。

洪承畴也突然拍了一下桌子，说你也不要想得太简单，李渔在苏州杭州、在江南有很大声望，不是说想治罪就能治罪的，何况如今还有曹尔玉在背后撑着他，要当他的靠山，事情闹大了，最后谁赢谁输，还不一定呢。

李渔迟迟没有回来，虎丘戏场这边乱了套，木子李只好临时安排婺姬、杭姬上了《风筝误》，一时观众走了不少。李乡君担心李渔被人为难，跟着木子李一起去了留园。

洪承畴一见门洞外的李乡君，连忙松开握王紫稼的手，叫娄吏目请李姑娘进来一起坐。

娄吏目走到门洞外，说李渔已经走了。李乡君朝里面看了看，不见李渔的影子，心想既然李渔已经走了，自己就不能进去，转身就要离开。洪承畴已经走过来，说李姑娘既然来了，就一起坐坐，谈谈对王紫稼红娘一角的看法。

王紫稼脸上还留着妆，也过来邀请，李乡君不理洪承畴，仍要离开，说紫稼先生的红娘已有公论，不用乡君来评说。紫稼先生，乡君对你的演艺十分敬重，以后有机会定当面讨教。既然李班主不在，我也先走了，冒昧打扰，请见谅。

洪承畴急了，一边示意娄吏目上前拦住，一边说李姑娘，洪某还要和你喝杯酒，谈谈《比目鱼》。

李乡君头也不回，说我并非大人邀请的客人，我是来找李班主的，这《比目鱼》也就不用谈了，酒就更不便喝了。请让条路。

娄吏目不肯让路，说洪大人十分看重李姑娘，和洪大人喝杯酒再走。

王永康也上来，说李姑娘，你色艺超群，声名远扬，我们对你仰慕已久，姑苏剧社正是少了像你这样的台柱子。李乡君面露愠色，回头对着洪承畴，说洪大人是谁呀？又恍然哦了一声，洪承畴，曾经经略辽东、血战松山的洪承畴，他怎么还活着，怎么还在苏州？

现场一阵难堪之后，洪承畴突然笑起来，说李姑娘还会说笑话，太可爱了。你们都别拦着李姑娘。李姑娘是性情中人，讲的是随意、随缘，她不愿留下来，就不要勉强。

李乡君离开，洪承畴又跟了出去，说洪某送一送李姑娘。

洪承畴跟到门口，对李乡君说，洪某要说的就两句话。这第一句话，刚才王永康他们是爱才心切，急于想把李姑娘留在姑苏剧社。李渔戏班虽然有些名望，但毕竟池小水浅，容不下像李姑娘这样见过大世面的人，时间久了，你就知道那不是久留之地。

李乡君没有说话，加快了脚步，洪承畴仍然紧跟，急切地表示自己的想法，说如果李姑娘愿意加盟姑苏剧社，我保证让你过上衣食无愁的生活，无性命困扰之虞，无颠沛流离之苦，无委曲求全之辱，就是比你当年秦淮河的日子也要好上几倍。

李乡君终于停下脚步，打断洪承畴的话，说洪大人这番许诺倒让我有几分心动，但有一件事洪大人可能没有说清楚。据我所知，现在拦住我去路的人，有一位是吴三桂的姑爷。恕我直言，所谓姑苏剧社，其实就是吴三桂家班。你说我李乡君能不能留在这样的一个戏班？

洪承畴沉吟一会儿，说李姑娘心志，洪某知道一二，但姑娘何必计较太深，像紫稼先生这样的名角不是照样留在姑苏剧社？所谓水至清则无鱼，人至察则无友，斗转星移，时过境迁，李姑娘到了现在还这样较真，那日子岂不过得太苦。我这不过是个建议，请李姑娘想想明白，时至今日，李姑娘已经尽心尽力了，名声名节都有了，随遇而安吧。

李乡君转过脸，看清了洪承畴的脸，稀落的灯光下，一脸白须，确已苍老。尽管他说的可能有几分真实，但总是让人少了信任，自己绝不能再听他说下去，不然会受到无休止的纠缠。于是她又把脸转向别处，说洪大人话已说完了，该让我走了吧。

洪承畴显然有几分感动，说李姑娘，日后你若不肯加盟姑苏剧社，洪某也不会勉强你，不会为难你这个朋友的。

李乡君一怔，差点笑出来，但又忍住，说洪大人怎么也称我为朋友了。

洪承畴陷入一种回忆，神情显得单纯，说当年在江宁，我先听到过李姑娘的芳名，也曾见过秦淮八艳图，然后曾亲耳听到你唱过一曲《茉莉花》，那真是纷乱之世中的天外之音呀。自此以后，李姑娘的形象就留在洪某的脑子里，那天在南京我也去过秦淮河畔，试图重觅芳踪，可惜李姑娘的梅香楼被兵火烧成了一堆废墟。

李乡君心中一惊，但仍然不动声色。

洪承畴继续动情地诉说，近日秦淮河边见到真人，却似幻象，前几天在虎丘戏场看过李姑娘演的刘藐姑，果然名不虚传。今日其实是想与李姑娘见上一见，切磋切磋的，可惜李姑娘没有前来，洪某正失望之际，李姑娘就出现了。

李乡君想笑却再也笑不出来，说乡君不过以娱乐他人为生，沽笑卖唱，地位卑微，洪大人如此抬举，真是不敢当。洪大人可是大明大清两朝的一品大员，如今又是太子太保，是皇帝倚靠的重臣，你我是两个世界里的人，乡君哪里高攀得上。

洪承畴多少有点难堪，话也不好听起来，说李姑娘快人快语，性情刚烈，难怪当年侯方域的所为李姑娘一直不能原谅。侯方域已经是昨日烟云，李姑娘的心是不是在李渔身上了，我担心时间久了，会毁了你的名誉。

李乡君受到刺激，言语突然冷峻，说李班主不拘小节，却是真情真性，不像有的人，满嘴忠孝礼义，行为却是大奸大恶。说句实话，能够与李渔同在一个戏班，乡君深感荣幸。

洪承畴显然被触痛了，双手颤抖，一时说不出话来。

李乡君趁机抓紧离开，又停住，回过头来，说还有一件事跟你说清楚，你年老眼花认错人了，我不是那个李香君。

李乡君的身影很快消失在夜色之中，洪承畴站在原地，仿佛一匹受到伤害的老马，整个身体散了骨架一样，无力地萎缩着，直至赵则鸣出现眼前，都没有丝毫察觉。

随后洪承畴一愣，说赵兄，怎么是你，你怎么来了？

赵则鸣神情不快，说不是请我来看《西厢记》吗，我是来看看吴梅村到底来了没有。

洪承畴回过神来，说吴伟业身体不适，一时来不了了，赵兄能来就好。

赵则鸣得意，说我想他也不会来，不过李渔竟被你骗来了。说完往里看看，又问洪承畴为什么扣留李渔，外面传言，洪大人将李班主扣下了。

洪承畴瞪大双眼，连忙解释，说李渔早走了，这苏州城地方太小，传起谣言来也太快了，洪某又背黑锅了。

赵则鸣看洪承畴焦急的样子，相信了他的解释，说可能是贫道误会了。贫道只是因为与李渔旧债未了，不希望横生枝节。

洪承畴听赵则鸣这么说，顿时又来了精神，说现在李渔的名气越来越大，《金瓶梅》一案怕是要不了了之。

赵则鸣摇摇头，语气坚决，说赵某身负先帝重托，《金瓶梅》一案自有章法，一定要将此案做个了断。

洪承畴点点头，以示感动，说你一人的力量也显得单薄，是不是与李森先联手查此事？还有，王永康他们也正跟冯、沈二位秀才寻找新的证据，相信会对你有帮助。当然赵兄绝对不愿与他们成为朋友，但是你可以利用他们。他们跟你一样，对李渔写出《金瓶梅》这样的淫书颇为不满，这是你和他们的共同之处。只要赵兄愿意，我一定助你一臂之力。

赵则鸣板起脸，说贫道已经说过多次，这是我与李渔之间的旧债，外人无须插手。贫道查办此事，虽然势单力孤，但会尽全力，如果让那些受人唆使又不学无术的秀才介入，反而会玷污我赵则鸣的清白名声，也违逆了先帝的本意。至于吴三桂的那个女婿，贫道羞于和他为伍。

洪承畴急了，说赵兄不要太过拘泥，反而有负先帝啊。

赵则鸣一边离开，一边毫不客气地回驳了一句，要说辜负先帝，赵则鸣绝不会像有的人。

洪承畴一愣，想不到赵则鸣不仅顽固不化，而且出口伤人，真是可恶。自己三番五次善待于他，他竟全然不知好歹，这样的人，在前明时仕途不畅也不奇怪，如今改朝换代，仍然道貌岸然，不知通变，不可一世，这样的人，自己对他宽宏大度，不去计较。难保有一天别人会让他吃大苦头，下场必定可哀。

当夜洪承畴不曾入睡，脑子中不断出现李渔、李乡君和赵则鸣三个人对自己不友好的言辞，思谋如何反击、如何出气，但一直到天亮，也没有想到更好的办法。之后刚要迷糊一会儿，多哈撞进来，传达五百里加急的皇上圣旨，叫洪承畴组织江南州府的精兵强将，布防太湖至长江一线，保护运送江南贺品和贡物到京城船只的安全。

接着睡眠不足的洪承畴又不明不白地受到火婴的一顿奚落。

接近中午，多哈陪洪承畴到曹府商议具体事宜，曹尔玉说货和船都已经安排好，苏州二十船丝绸、杭州二十船瓷器、常熟十船菜油，明日就到苏州会合。只等一路水防布好，安全保障没有问题了，这五十船货物就浩浩荡荡运出江南，直抵北京城。

洪承畴想尽快回去睡觉，说曹大人想什么时候走，就什么时候走。

在多哈提议下，曹尔玉请洪承畴喝杯茶再走，其间讨论到给皇上备什么大礼的问题。一提到皇上，洪承畴来了精神，开始豪言壮语，说我准备的这样东西，就长在我身上。

不想这句话被刚经过的火婴听到，几步奔走过来，说你身上的东西，是你的头，还是你的两只脚。

洪承畴愣了愣，神色愠怒，说你一个小孩子，岂能猜到。

火婴似乎恍然大悟，故作惊奇地叫了一声，说我知道了，你身上的东西，不就是衣服，你不会是打算把你穿的衣服脱光了，送给皇上吧。

洪承畴站起来，一脸认真，说是我身上的一片忠心。

火婴说什么心不心的，谁看得见呀。不像我爹爹，身为大清朝的大臣，就有看得见的忠心。皇上大喜，除了一片忠心，还备下了一份厚礼，就是李渔戏班的十台大戏。

洪承畴冷笑，说依我看来，这份所谓的厚礼太后未必喜欢。

火婴手指了指洪承畴，说错了，太后恰恰喜欢看戏，而且太后喜欢看的是李渔戏班的戏，太后喜欢的皇上也当然喜欢。

洪承畴神情不屑，不再理会火婴，提醒起曹尔玉来，既然说到李渔戏班，有一句忠告。李渔戏班坏就坏在李渔身上，曹大人想必也知道了李渔在苏、杭一带的名声。此人虽有些才华，但行为很不检点，世人多有诟病，如今已激起民愤，苏州秀才联名将他告下。

火婴心里不安，但嘴上哼了一声，说几个破烂秀才，能蹿上天去？

洪承畴表情诡异，正话反说，不会怎么样，因为李渔三房四妾不算是罪。他不仅与多名女伶相好，还诱骗无知少女上当，使其堕落，是一个彻头彻尾的情场狂徒，色中骗客，连李乡君这样久经情场的女人都被他骗得团团转，世上那些未嫁少女就更不用说了。

火婴想骂什么，但又发不出声音，只气得一脸通红。

她一开始就讨厌洪承畴。可她不太明白的是，洪承畴降清之举在江南很多人看来是那么的严重，那么的不可原谅，而皇上和太后却好像很喜欢他，相信他，倚重他，她认为十有八九是洪承畴喜欢讲大道理，装得一本正经，把皇上、太后蒙骗了。迟早她要揭穿他，等回到京城就说他的坏话，把自己看到的他的种种丑陋的行径全都说出来，看他还有何颜面装什么正人君子，还怎么在京城混。一个糟老头子最好告老还乡，回到江南，让人给骂死算了。想到这里，火婴忍不住此刻就想开口骂。

曹尔玉急忙劝住，说婴儿不得无礼。

火婴还不知道亲爹霍烈死于松山之役，正是洪承畴率人火烧后方营帐，霍烈夫妇才被烧死。曹尔玉怕洪承畴与火婴话一多，万一扯出当年松山的事来，引起火婴怀疑追究，知道洪承畴是杀死自己父母亲的仇人，那就没完没了了。

火婴心想既不能骂，我就不理他。

洪承畴得意自己言辞锋利，逼退了火婴，于是乘胜前进，继续抨击李渔，说以李渔这样的人品，却要拿他当贺礼送给皇上、太后，岂不是要冒大风险。试想一下，那几个苏州秀才都是名士之后，他们既然能到李森先那里告李渔，也可以进京告御状，到时候不是一两个人，而是天下的秀才，天下的读书人。

曹尔玉被洪承畴说得一愣一愣的，最后怀疑地嘀咕了一句，有这么严重。

火婴却似乎明白了洪承畴的用意，冷静下来，说爹爹，千万不要听他胡说。又转向洪承畴，说你以为我不知道，你想叫我爹爹放弃李渔戏班，好让王永康他们把戏班吞并了，变成吴三桂家班，到北京唱戏。

洪承畴用教训的口气说，这个你就不懂了，吴三桂家班早在前明时就闻名大江南北了，那时候哪有什么李渔戏班。说句公道话，李渔戏班要是能够加入吴三桂家班，那是抬举了李渔。

火婴双手一叉腰，说你这是什么话，谁听说过吴三桂家班？别人都说李渔戏班好，只有你说什么吴三桂家班厉害，再厉害也是以前的事了，现在是大清朝，有本事你回到前明去呀。

洪承畴呼着粗气，说不出话来。

几乎同时，李渔和李乡君也正在商量离开苏州的事情。

开始李渔有点不甘心，说不管情况怎么样，还是要努力一下，带着戏班进京唱戏，只要仍有一丝希望，就不应该轻易放弃曹大人给我们的这个机会。

李乡君努力敦促李渔离开，认定洪承畴和王永康他们不会善罢甘休，进京唱戏以后还有机会的，如果王永康在洪承畴的支持下，真的下黑手，想走也来不及了，她最担心的是新班弟子的安全。

李渔仍然不想轻易屈服，为了戏班能进京唱戏，光大戏曲，传播我中华文化，死而无憾。但李乡君本来就不是戏班的人，并无义务留在这里承担风险，再说那些新班弟子开始学成后，自己一定会好好照顾他们。李乡君可以放心离开，到杭州去，尽量不要出去露面，想必官府的人也不会来打搅。他已经想好几个安置地方：一是回到杭州住到武林小筑，让徐曹二位夫人陪她；二是如觉得不方便，仍可回抱朴道院；三是实在不行，老家兰溪可以暂时安身。

李乡君沉默许久，说自己是想离开苏州，想到杭州，见见他的两位夫人。也想到李渔的家乡兰溪去看一看，但是，要走必须一起走，必须整个戏班的人。尤其是新班弟子，必须尽快离开苏州。

十六、常熟钱谦益柳如是伉俪受惊虎丘

顺治十一年，生于万历十年的钱谦益已经七十二岁了。

妻子柳如是还年轻，只有三十六岁，她侍候年老多病的钱谦益，连离常熟城半天路程不到的苏州都好几年没有去过了。

躺在床上的这位老人，怎么看也不像万历三十八年的殿试探花。

钱谦益除了与柳如是说说话，大部分时间都是在回顾人生。

他立志做一个司马迁，却偏偏做了管人的官。

参与修《神宗实录》，撰《太祖实录辨证》五卷，立志私人完成国史。天启元年诣阕补官，崇祯元年七月应诏北上，出任礼部右侍郎，翰林侍读学士。十一年任礼部侍郎，不久因贿赂上司遭御史陈以瑞弹劾而被罢官，

奉诏削籍南归。

这年他五十六岁，也是他人生重要的一年。这年初春，钱谦益前往西湖荡舟闲游，至杭州名妓草衣道人家中，恰逢二十岁的柳如是也客居杭州，在草衣道人的撮合下，两人相识。

崇祯十四年，钱谦益迎娶柳如是，以致非议四起，婚礼中的船被扔进瓦石。老夫少妻本可以隐居江南，双宿双飞，但弘光朝廷一纸任命，钱谦益担任了礼部尚书。清军兵临城下时，柳如是劝他一起投水殉国，他沉思无语，最后说水太冷，恐不能下池，柳如是欲奋身沉池水中，被他拉住。

其实他是舍不得柳如是。

钱谦益率大臣在滂沱大雨中开城向多铎迎降，仕清后以礼部侍郎管秘书院事，《明史》馆副总裁。顺治三年六月，以身体有病为由请求归乡，返回南京，与柳如是一起回常熟。次年，受淄川谢陛案牵累，被逮北上，关入刑部大狱。柳如是抱病随行，上书陈情，誓愿代死，经四处奔走，救出钱谦益。

病重的钱谦益一直活到康熙三年才病故，一月之后，柳如是自缢身亡。

多年以后，乾隆将钱谦益列入《贰臣传》，并作诗挖苦：平生谈节义，两姓事君王，进退都无据，文章那有光。真堪覆酒瓮，屡见咏香囊，末路逃禅去，原是孟八郎。

不管怎样，顺治十一年，钱谦益有柳如是陪伴，并没有感觉到病痛的折磨，而且精神时好，甚至想去苏州看戏。

火婴离开苏州的前一天，也就是李渔戏班在虎丘戏场被砸的那天晚上，黄宗羲坐着乌篷小船到了苏州。

几天前，黄宗羲从余姚到杭州，得知四明山的烈士子弟随着李渔去了苏州，心里并不踏实，于是从杭州坐船，先转到常熟，探望先辈钱谦益。

一来续故人情。万历三十八年黄宗羲出生那年，钱谦益科场得意，得一甲第三名，至天启年，到浙江考察熟读经典的人才，少年黄宗羲被其赏识，并得到指点，这次他来看望卧床不起的钱谦益也算尽师生之谊。二来也是有所求。黄宗羲认为烈士子弟以演戏为生，终不是长久之计，应该培养他们读书，日后求个功名，为光复大明出力。如果能够受教于钱谦益门下，既得安全，又得学问，更能

钱谦益和柳如是

对得起他们父母在天之灵。

黄宗羲到达之后，发现钱氏身体每况愈下，似大去之期不远，再让他收留培养烈士子弟不太可能，颇感失望，也就打消了这个念头。

果然钱谦益对黄宗羲来看他感激涕零，大谈苦衷，大放悲情，痛骂满人马背上民族，没有教化，翻脸无情。顺治五年，钱谦益因黄毓祺反清案被捕入狱，柳如是四处奔走，上下打点，才救出自己，对此感慨言诗：恸哭临江无孝子，从行赴难有贤妻。但家财散尽，积蓄全无。一则焦虑爱妻柳如是今后生活保障，二则担忧自己毕竟名士，殡葬规格不能太简，而丧葬费用尚无着落。

黄宗羲来访第二天，恰好扬州盐台顾氏开价润笔一千两白银，立地向钱氏求文三篇。此时钱谦益文思不再，手不能提笔，已无力为文，情急之下，居然求黄宗羲代笔。黄宗羲自然坚决推辞，无奈之下，钱谦益将书房反锁，逼迫他连夜写完三篇文章。柳如是为表示感谢，弹琴一曲，挽留黄宗羲。黄宗羲写好文章，一阵唏嘘之后，执意离开，赶往苏州看望几个浙东子弟。

柳如是听说李渔戏班收留抗清烈士后人的事迹，打听了李渔的情况，不禁心生敬佩，有心想去苏州看戏。又听到李乡君的名字，感到惊诧，奇怪李乡君与李香君同名同姓，只一字之差，很想与黄宗羲同去苏州，一探究竟。但又担心钱谦益病体沉重，须臾都离不开她，再是与正值壮年的黄宗羲同行，恐惹人非议，柳如是只好作罢。黄宗羲临走前，钱谦益柳如是从新得的一千两白银中取出五十两装进一只红袋中，托他带给苏州的外甥金人瑞，让他有空来探望舅父一面，以前甥舅之间虽有过龃龉，但毕竟已经过去，希望自己死前能见上一面。柳如是送至码头，又拿出一把题了两句诗的崭新桃花扇，请他转送给李乡君，说这个李乡君侠肝义胆，无论她是不是当年秦淮河畔那个日夜相见的小妹妹，她都佩服她，想仿效她，说完已经两行泪水。

黄宗羲以前就敬重柳如是。

当年柳氏择婿要求很高，许多名士求婚她都看不中，绝大多数只停留在友谊阶段。她与复社领袖张溥等人友好时，自己也曾经领略过她的才情，后来她曾委身于松江举人、夏完淳的另一个老师陈子龙，但两人偏偏又性情不合，时常吵闹得人尽皆知，让她心伤欲碎。陈子龙在抗清起义中不幸战败而死，柳如是的初恋随之结束。后来传出她遇到二十八岁就考成了探花郎、诗词享誉一方的钱谦益。钱谦益虽说年纪大些，可有情有趣，对她又是这般关照，与他在一起，她觉得生活是那么安稳恬静、有滋有味，两人情投意合，年纪相悬又算得了什么。面对柳如是的一片痴情，钱谦益无法再犹豫退缩，终于在崇祯十四年的夏天，这位年过半百的东林领袖正式将柳如是娶进了家门，并为她在虞山盖了壮观华丽的绛云楼和红豆馆，金屋藏娇。可是不久清军攻破了江南，弘光朝廷宣告结束，大明顿时成了大清的天下。钱谦益作为旧朝遗臣，同意了柳如是的建议，同投西湖自尽。

柳如是明白黄宗羲在想什么，又想问什么，借着眼前的河水，回忆说那是初夏的夜晚，就我们两个人，驾了一叶小舟，漂进西湖，月光冷冷地照着我们。

黄宗羲仿佛自己也在现场，连忙说你年轻，不能死。

柳如是叹息一声，说是呀，我们都没有跳。水并不冷，我们还是不想死。

黄宗羲沉默片刻，说我记得你给钱先生写的那首诗：

> 素瑟清樽迥不愁，柂楼云雾似妆楼；夫君本志期安桨，贱妾宁辞学归舟。烛下乌笼看拂枕，凤前鹦鹉唤梳头；可怜明月三五夜，度曲吹箫向碧流。

柳如是身体猛然一颤，说我都忘了，这是我写的诗。

黄宗羲不禁替柳如是的今后担心，欲问又止，一番无语，上船离去。

钱谦益看到柳如是回来后有些心神不定，想着安慰她，从新班子弟说到戏班，问她想不想去苏州看戏。

柳如是含泪摇头，说哪有心情看戏，现在都不知道戏是什么了。

钱谦益让她把自己扶起来，说自己最近感到好点，想到苏州走一走，顺便看场戏。

柳如是一愣，泪水夺眶而出，说春寒料峭，身体要紧，以后再看吧。

钱谦益也流了泪，说你高兴了，我才会好，明天我们就搭条大船，去苏州看戏。

柳如是失声大哭。

近傍晚时，黄宗羲到了苏州城外，住了一个晚上。第二天寻到十全街，金人瑞刚离开家。下午再去，金人瑞去虎丘戏场看戏了。又见万人空巷，打听之下，原来李渔戏班最后一场演出新戏《比目鱼》，便顾不得腹中饥饿，寻到虎丘戏场，不想正好看到了戏场被砸的混乱场面。

之前并没有任何证据证明洪承畴参与了此起事件的密谋，或者出了什么点子，但至少他对李渔戏班的态度，鼓励了王永康和娄吏目，事情发生在曹尔玉和洪承畴离开苏州前的头天晚上，其时机似乎经过精心的挑选。

李渔和李乡君商量停当，决定演完在苏州的最后一场之后，戏班半夜装船，悄悄离开。之前，李渔回了一趟客栈，与店老板结清膳食账目，结果被沈秀才一伙人紧紧盯上。

而虎丘戏场这边，由冯秀才带了一帮落第秀才伺机起事。

戏场门口，车水马龙，人越聚越多，场内已经客满。木子李举出客满牌子，但仍有看客源源不断地进来，拥在门口不肯离去，而且越聚越多，并开始吵吵起来，场面一下子混乱了。李渔此时回到客栈，迟迟还没有回来。木子李不禁紧张，告诉李乡君，李乡君到门口一看，说不能再放人进来了。

此时柳如是扶着钱谦益也被拦在外面。

这天一早，钱谦益提起精神，硬是让柳如是陪他坐了条大船到了苏州。大船终点站到浒墅关码头，到岸后，户部驻浒墅关郎中马之骏亲自上船迎接，原来马之骏与钱谦益都是万历三十八年的进士，马之骏是二甲七十二名，钱谦益则是探花，而且两朝官职又都在马之骏之上，因此对钱谦益自然礼遇有加。因为柳如是不想在苏州城太多招摇，马之骏就在关内安排了宴席。因钱谦益身体不佳，对他的敬酒都由柳如是代喝，只是后来说到前明往事，钱谦益和马之骏抱头痛哭了一阵，互敬了三杯酒，差点耽误了看戏。马之骏要了一条像样的小船，亲自把夫妻俩送到内城河，钱谦益要求快天黑时再上岸，说苏州认识自己的人多，怕引起麻烦。马之骏说认识钱兄的人虽多，但不一定能认出来，毕竟我们都上年纪了，就是怕夫人风华绝代，正当其时，到了热闹场所，引人瞩目。

柳如是扶着钱谦益，一笑，说如今形容枯槁，谁还看得。

虎丘戏场人来人往，尽管马之骏叫了衙役开路，却挤不到门口，钱谦益没有力气跟着挤，眼看就要支持不住，柳如是提出不看戏了，还是回去吧，钱谦益拼命摇头，推开柳如是，要用力往门口挤进去。

此时混在人群中的冯秀才一声鼓动，很快人群如潮水一般前呼后拥，冲进戏场。但同时被挤出来的人也往后退过来，把钱谦益推倒在地。柳如是急了，顾不得人们的脚从自己身上踩过去，死死护住钱谦益。

场面一片混乱。

此时戏场内高喊声、尖叫声混在一起，有人向台上正在唱散曲的婺姬扔东西，情急之下李乡君连忙替下婺姬，唱起了苏州人喜欢听的一段昆腔，场内方安静下来。冯秀才急了，暗中给不喜听曲的苏州市井有名的“六兄弟”塞了几块碎银子。这六兄弟姓氏不同，并非同胞，而且年龄悬殊，从小就听说天启年苏州民变故事，种下了立志对抗官府的心愿，更重要的是六人都是机户出身，他们的父亲都是在抗清中死节，对大清怀有仇恨，时时处处寻机闹事，凡热闹场所，都有六人身影。此时那六兄弟得了冯秀才银子，一鼓噪，人群又开始闹起来。吴伟业、金人瑞等一些有心赏曲的看客与六兄弟发生对抗，六兄弟开始大打出手，看客们纷纷起立逃离，混乱中几个人被推落水。台上李乡君看到，急忙叫木子李和新班弟子下水救人。

混乱中，冯秀才拉过一个女子走到水边，突然把她推落水中。

一片骚乱之后，戏场一片狼藉，戏台已经半塌，地上躺着七八个人，低声呻吟着。戏班众人有的发呆，有的手足无措，新班弟子吓得哭起来。李乡君指挥婺姬、杭姬手忙脚乱地拉扯布帘、幕帐盖在落水者身上，新班弟子抹了一把眼泪，一齐过来，把落水者抬到台毯上。

这时娄吏目带着一班衙役、捕快进入戏场，大喊出了这么大的事情，李渔难逃罪责，宣布马上要对戏班采取措施，把李渔抓起来。娄吏目目光搜索了半天，没有发现李渔，李乡君上前，说李班主今晚不在戏场。娄吏目不信，说戏场开演了，他居然不在戏场，怪不得戏场要出事，那他去哪儿了？

娄吏目嚷嚷着要抓李渔的时候，客栈这边，沈秀才一伙人已经把李渔围困了一个时辰。之前李渔一个劲向他们解释自己要赶到戏场，改日再听他们说话，几次想夺路而走，都是冯秀才仗着人多，把他拦住，最后还对李渔挥舞拳头，说你这淫棍，今天必须认罪。其他人随之高声附和，大喊着要将李渔游街示众，李渔只好又躲回房间。

其间赵则鸣试图帮李渔解围，大喝一声，说虽然改朝换代，但也有规章法度，这样聚众围攻，岂不是扰乱了秩序。今天让李渔先回戏场，安排好演出，明天自己作为大明前官员，一定在这客栈之内，排定次序，就《金瓶梅》一案，由大家逐个向他讨个说法。

沈秀才一伙分神之际，李渔几次开门，想偷偷出去，但都被发觉，众人将门口团团围住，不让他离开。他只得一次又一次急避进屋，把门关上。赵则鸣见沈秀才不听自己的劝说，回到房中找来赵僮，说这些烂秀才可能要动手伤人，你去守在李班主房门前，不能让他们胡来。

赵僮出门走到李渔房门前，拦住沈秀才，沈秀才一伙想推开赵僮，赵僮发力，坐起桩来，任秀才们再推，也是纹丝不动。赵则鸣终于忍无可忍，走到门外，喝退沈秀才，说追究《金瓶梅》一案，我前明法度自有定夺。贫道乃前明浙江按察使，崇祯十年起连上五道奏本，请查办《金瓶梅》一案，先帝有御旨命本按台专办此案，不料战祸连年，改朝换代，始料不及，事情就耽搁了数年。《金瓶梅》一案是前明旧债，责有专任，何须你们聚众相逼，说什么游街公审，本按台现在管这事了，你们就不要添乱。

秀才们被赵则鸣暂时镇住了，一时没有了声音，但仍然不肯离去，直到后来虎丘戏场出事，踩死人的消息传来，沈秀才精神一振，说都是李渔戏班惹的祸，戏场死了人，他还在这里逍遥自在，追逐私利，草菅人命，鼓动要把他送官。

秀才们一听，群情激愤，又起哄起来，一齐往里拥。

赵僮听说戏场踩死人了，也乱了分寸，赶紧退回来，赵则鸣也叹一口气，连说天意天意。李渔听到消息，不禁也吓了一跳，情急之中，来了个措手不及，破门而出，跳下了楼，向客栈外冲去。

李渔跑出巷口，沈秀才才醒悟过来，带人追了出来。

李渔听到后面追赶声，一边跑一边回头，不防备迎面娄吏目带了一帮人将他拦了个正着，差点把他撞倒在地。娄吏目当即宣布要逮捕他，李渔站住，喘了口气，说你们要抓我李渔，也要等我把戏场的事情处理好再抓，我不会逃跑的。

娄吏目同意让他到戏场看看，但要先把他锁起来。两个衙役抖开铁链，将李渔锁住。然后，娄吏目和一班衙役及众秀才押着李渔往虎丘方向走去，沿路上，围观者纷纷跟随，人越来越多。

这时虎丘戏场这边，微服看戏的李森先亮明了自己的身份，稳定了场内的秩序，又指挥手下将几个年纪老的伤者扶走，金人瑞和几个略懂医术的看客，开始给台毯上的几个落水昏迷者施救。发现衣衫被撕破的还有吴伟业，李森先上前慰问，吴伟业说他没有什么伤，自己可以离开，但临走前表达了愤怒，说苏州人看戏从未有过这样闹场的，分明有人故意为之，希望李森先给戏班一个公道，将闹事者绳之以法。

李森先摆出公事公办的样子，神情威严，尊了声祭酒大人，说这戏场秩序一类的事情，本应该由苏州或吴县官员负责，不过我既然在现场了，就不能不管，虽然事情是有人故意捣乱所致，但是如果死了人，戏班也难逃其责。

李乡君脸上的妆已经化开，也顾不得难堪，上前主动承担责任，说李班主今天根本不在场，凡事都由我做主，戏场里看客本来都好好地坐着，不知从哪里进来一批人搅乱了戏场，分明是有人故意闹事，希望李大人明察，查出幕后黑手。

李森先仍然不想给人留什么情面，说李渔是班主，戏场出事，哪里脱得了干系，人命关天，这一死人，麻烦就大了。吴伟业轻蔑地看了看李森先，拂袖离开，回头留下话，说果然铁面御使，但不敢得罪权贵也是枉得其名。李森先依然神态冷峻，对着吴伟业的背影，说多谢梅村先生提醒，你就等着瞧。

过一会儿，又是人声鼎沸，娄吏目等一伙人将李渔押进了戏场。李渔看到满目混乱不堪的局面，想奔上前看个究竟，无奈被铁链锁住，迈不开步子，只好愣在那儿。婺姬和杭姬看到师父被锁着，吓得大哭起来，新班弟子一边哭一边就要来救李渔。李乡君急忙拦住，抢上前来，说都是乡君的错，是乡君没有照看好。木子李连忙上前，说都是自己的错，没有把好门。

哭声中李渔反倒冷静下来，安慰他们，说大家别难过，冲戏场的事以前也有，只要不伤人、不死人，也没有大不了的，相信会对付过去的。

娄吏目指着台上，还敢说不伤人、不死人，你自己看看。

李渔看到台上金人瑞无计可施的样子，又发现躺着几个落水者，吓了一跳，脚步踉跄，凑近仔细看了看，但被锁链牵绊，差一点跌倒，回头对娄吏目，说他们没有死，快解开我身上的锁链，我可以救他们。

娄吏目说分明已经断了气，除非你有起死回生之术。

李乡君急了，回头向一直没有作声的李森先，近乎哀求地请他下令解开李渔身上的锁链。李森先点了点头，让衙役快解开锁链。娄吏目对李森先有几分发怵，只好任由衙役解开李渔的锁链。李渔抖开铁链，迅速爬到台上，捧起落水者的头，嘴对嘴地吸吮了几下，然后又挤压胸脯，不一会儿，落水者哇地吐出一口清水，哭喊着醒了过来。李渔又捧起第二个落水者的头，又嘴对嘴地吸吮，挤压胸口，落水者又哇哇连吐几口清水，醒了过来。

李渔救到最后一个时，不禁迟疑，因为这是一个年轻的女子，而他知道这个女子正是王紫稼的相好冯秀儿。娄吏目跳上戏台，挡住李渔，说你可仔细了，她是良家妇女，不许你有辱于她。

李渔正犹豫着，李乡君过来，将娄吏目拦推到一边，说迟一刻就是一条人命，人命关天，还顾得上什么男女大防。李渔一听，下定决心，捧起冯秀儿的头，拼命地吸吮着，又挤压胸膛。娄吏目大怒，冯秀才等人冲上台来阻止李渔，被李乡君和戏班的人死命拦住。李渔看冯秀儿没有醒过来，又第二遍吸吮，挤胸，但冯秀儿还是没有醒过来。李乡君看得急了，说你太顾虑了，我来试试。模仿李渔的动作，吸吮，挤胸，但仍然无济于事。

李森先上前看了看，说人已经一命归天了。李乡君坚持再试试，又开始吸吮，挤压，但仍然不见她醒过来。李渔此时却显得很镇定，忽然想起什么，和李乡君一起将冯秀儿翻过身，然后李渔双脚踩住她的后背，猛然跳了三跳。冯秀儿忽然动了动，金人瑞看到，大声说动了。李渔迅速地又将她翻过来，深深地一口吸吮，接着挤胸，冯秀儿身体一颤，嘴一张，一口口清水大吐起来。这时冯秀才跌跌撞撞地跪在李森先面前，宣称冯秀儿是他妹妹，要告李渔轻薄羞辱良家妇女。

众秀才一边喊着要打死李渔，一边突然围了上来。

李乡君和新班弟子要上前堵住，突然一只手伸过来，拉住了她。李乡君回头看了看，认出是黄宗羲，怔住了。黄宗羲抓住她手不放，低声警告，说浙东子弟切不可卷进去，不仅他们会很危险，而且会连累戏班。李乡君松开手，说请黄宗羲放心，她和李渔都把新班弟子的安危看得比自己的生命还重，绝不会再把他们卷进去。两人争论之际，李森先站在中间，走了个来回，将两边的人隔开，先是对李渔说，今晚只能请你到衙门待一夜了，然后又对娄吏目说，这里不是闹事的地方，赶快把人散了。

在拙政园坐镇的王永康早已摆好酒菜，静候着好消息。果然娄吏目兴冲冲地回来通报，王永康大喜，当即取了一张百两银票给娄吏目。娄吏目得意，说所谓兵不厌诈，如此计谋，任谁都防备不了，可惜那几个落水者都被他救活了，不然他死定了。王永康听说李森先插手，怕夜长梦多，说事不宜迟，当务之急是把李渔戏班归属姑苏剧社的事办妥，让李渔在牢里把改籍文契签了。娄吏目喝了一杯酒，匆匆吃了几口菜，又马上赶到府衙大牢。

娄吏目跟李渔摊了牌，软硬兼施，希望他听劝，趁早把李渔戏班变成姑苏剧社的改籍文契签了，说姑苏剧社其实就是吴家班，背后就是平西王，只要王永康出面帮上一把，公事公了，私事私了，一句话，马上就可以离开大牢，戏班也可以安安稳稳地在苏州唱戏。说着娄吏目把文契和笔塞给李渔，要他马上签字。李渔不肯看文契，也不愿接过笔，说事发突然，戏班何去何从，总要等其中蹊跷搞清楚了，不然只怕不明不白地做了冤大头。娄吏目顿时变了脸，说李渔你有骨气，这次即便不丢性命，也得在大牢里待着，加上新班弟子的事还没有完，新账老账一起算，到时候不想改籍都不行。

李渔之所以配合李森先，任由娄吏目把自己关进来，主要是为了拖延时间，盼望戏班能够按照原来计划，连夜离开苏州地界，自己也就没了后顾之忧，但怕就怕戏班没有走成。李渔听了娄吏目的话，心里又焦急起来，于是应付娄吏目说，改籍一事，还要容他说服戏班上下，请娄吏目先不要难为他们。

当晚戏班没有走成，黄宗羲也没能把新班弟子带走。

李渔被押走后，李乡君不理会衙役们张贴的封条，要把戏箱抬走，带戏班的人离开戏场。看守的衙役阻拦，说娄吏目交代过，事情没有查清楚之前，戏班哪里都不能去。李乡君交涉，提出自己留下来做人质，让新班弟子先离开，说已经后半夜了，他们还是孩子，又困又饿，让他们走，要抓就抓我。

见一直商量不通，旁边的黄宗羲心中着急，就从钱谦益让他带给金人瑞的红袋里取出几锭大银，分给几个衙役每人一锭，衙役接过大银，吆喝了几句，突然之间消失了。李乡君连忙叫新班弟子抓住机会，马上跟黄宗羲离开苏州，新班弟子急得哭了，坚决不肯走，说要走也要跟李班主一块儿走，僵持了很久，黄宗羲只好作罢，让李乡君带着戏班先回到客栈休息。

黄宗羲带着余下的银子先去了十全街，一路上发愁怎么向金人瑞交代。不想金人瑞听了黄宗羲的解释，不仅不要他归还少了的银子，而且表示自己根本不会接受钱谦益的施舍，剩下的也由黄宗羲支配，但答应看在他的面子上，有空去一趟常熟。

黄宗羲放心不下新班弟子，婉拒了金人瑞的留宿，摸着黑找到了百花巷，与李乡君商量对策。李乡君已经洗净脸上的妆，并换了衣服，给黄宗羲准备了简单的酒菜，黄宗羲突然想起柳如是托自己转交的桃花扇，身上找了个遍也没有找着。李乡君从袖口取出了扇子，问他要找的可是这样东西，黄宗羲看了看，连连点头，奇怪怎么会在她手上。李乡君说这是晚上她在戏场捡到的，而且一看就是柳如是的东西。黄宗羲估计自己在慌乱之中丢失了，所幸居然是李乡君自己捡着了，但更奇怪她怎么知道是柳如是的。李乡君打开扇面，指着上面的两行诗说，我看青山多妩媚，青山料我亦如是，不是她是谁？而且这个字体我也认得，就是柳如是的笔迹，只是越来越像钱谦益的字了。

黄宗羲频频点头，看着李乡君，心中十分激动，谁说她不是真的李香君呢？

简单地吃了饭以后，李乡君要黄宗羲放心，他的浙东子弟目前不会有危险，李渔其实是个很有气节的人，如果不行，即使失去了戏班，他也会保全新班弟子。再说李森先既然他人在现场，亲眼所见，又号称铁面御使，总得讲是非，讲事实，讲法度，至于和王永康一鼻孔出气，危及新班弟子，遭天下骂名的事，相信他不会干。黄宗羲点点头，心中感动，说李渔讲情义，我们也不能置其不顾，要想办法救他。说着把红袋子往李乡君面前一放，说这里还有一些银子，可用于上下打点。李乡君推回红袋子，说钱谦益的银子还是不用为好，我想想别的办法。

子夜时分，李乡君找到赤五娘，说戏场出了事，李渔被关进了府衙大牢，求她想想办法。不等天亮，赤五娘带了一包银子到大牢探望李渔。牢头一大早平白得到银子，自然欣喜万分，连忙带赤五娘进去，把正在瞌睡的李渔弄醒。李渔惊醒过来，一看是赤五娘，连忙站起来，开口就问李乡君和戏班的人怎么样了。

赤五娘安慰李渔，说衙门暂时不会对戏班其他人怎么样的，没有把他们都关进大牢，娄吏目一个人成不了气候，他做不了主。戏场没有死一个人，那几个伤得也不重，大不了赔几两银子。李渔仍然担心，说恐怕没有这么简单，闹事的是那几个秀才，他们背后有人指使，设下圈套，想置自己于死地，然后谋取戏班。赤五娘让李渔放下心，她在苏州城还是有些办法的。

一会儿牢头过来催促，李渔看着赤五娘的背影，忽然想起什么，又叫住了赤五娘，问她火婴是不是今日一早就要离开苏州了？

赤五娘点了点头，说自己正要赶过去送她。

李渔不禁难过，说此前答应过到码头送她，不想又失约了，只好托五娘带封信了。说着突然撕开衣服内的衬布，又向赤五娘借了头钗，在衬布上密密麻麻刺了几行字，然后折好，交给赤五娘，叮嘱说火婴既然走了，就让她安心地走，这信等火婴上船之后再给她。

赤五娘十分感动，说请李班主放心，一定把信交到火婴手上，都这个处境了，她知道了不会怪你的。

洪承畴因为要离开苏州，凌晨就起了床，娄吏目在旁边伺候着，随着一炷香烟袅袅升起，洪承畴一边自得地微闭双目弹着琴，一边听娄吏目讲述虎丘戏场发生的事情。一会儿李森先到留园送行，洪承畴才停下琴声，对昨晚虎丘戏场发生的事情，勉强发表了一点意见，提醒李森先，戏场踩人案虽然没有酿成严重后果，但要注意及时处置，以防止引起更大民愤，希望他秉公审理。娄吏目跟着补充了几句，说一些苏州读书人比较愤怒，指责李渔借救人为名，对落水女子趁机轻薄，极尽羞辱，这正好证明了李渔是一个令人不齿的淫棍。

洪承畴随后建议李森先审理此案从特别之处入手，必有收获。李森先不解，刚想问明，对洪承畴已有揣摩的娄吏目连忙插话进来，说抓住李渔轻薄落水女子一事，可揭露李渔为人下流的本性。

李森先瞪了娄吏目一眼，说你不是也看见了，这女子不是被李渔吸吮之法救活了？

洪承畴表情惊异，说自己不在现场，不好妄加判断，问娄吏目的意见。娄吏目胆子一壮，说岂不闻饿死事小，失节事大，用这种方法救回来的人，不去寻死那就太奇怪了。

李森先无语良久，突然问娄吏目，这落水女子是不是王紫稼的旧相好？

娄吏目一怔，脱口而出，说王紫稼那么多相好，我怎么知道。

洪承畴突然站起来，说李巡按，你还是多盯着李渔吧，毕竟戏场差点闹出人命，有机会在北京相见，本官还想听听铁面御使审案的结果。至于紫稼先生，有什么事，王永康会替他担保，就不要太关注他了。

天亮时，苏州下起了雨，气温骤降。

浒墅关码头四周，突然多了一些穿着蓑衣的兵勇，在多哈的安排下，在运河两岸持枪戒备。

绵绵细雨中，洪承畴着一身当年皇太极赠送的貂皮披风，骑着马出现，看了在场的官员，唯独不见马之骏，问过之后，才知原来马之骏陪钱谦益柳如是夫妇回常熟了。洪承畴不禁愕然，心中又不是滋味，柳如是居然陪着钱谦益悄悄来过苏州了，却无缘见面，真还有几分遗憾。

柳如是这次陪丈夫到苏州，可谓屡遭挫折，戏看不成不说，戏场门口遭人踩踏，丈夫受到惊吓，神形俱丧，自己要不是马之骏手下救护，差点被人踩死，虽然只受了小伤，但是游苏州的兴致全无，丈夫连探望妹妹的计划都取消了，只想马上回到常熟。马之骏过意不去，既然挽留不成，所以当天夜里，就亲自送他们回到常熟。

洪承畴环顾之后，下了马，看看河关的情形，忍不住指挥了一番，说十船丝绸排在船队前面，十船瓷器在中间，十船香油排在最后。务必注意，香油船和丝绸船必须隔开，每船隔一丈，不疏不离，中速行驶，不快不慢，还有，每隔五船设押运船，官船就安排在船队最中间。又吩咐押船的官兵，说船队如此庞大密集，而运河狭窄，稍有堵塞，就会停滞不前，务必要注意疏导过往船只。

曹尔玉正在和几个官员交接，议论到昨晚虎丘戏场事情，曹尔玉说李森先把李渔暂时收监，是在保护他，不会对他怎么样的，等查到捣鬼的人，自然会放了他。火婴坐在轿上，掀开轿帘，问爹爹在说什么。曹尔玉摆摆手，又指了指雨水，支吾了几句，然后接过账本仔细看起来。

火婴下轿，顶着雨水，迷惘地望着码头上热闹的景象，曹尔玉走过来，催她上船了。火婴回头看看，说再等一等，李班主答应过要到码头送她的。

洪承畴已经上船，说时辰已到，可以开船了。曹尔玉催火婴，火婴坚持再等等，曹尔玉说不能再等了，这么大一个船队不能等太久了。火婴两只脚就是不肯上船，望眼欲穿。但是李渔和戏班的人还是没有出现，火婴眼光暗淡下来，缓缓转过身体，上了船。这时赤五娘从远处一边叫一边跑过来，火婴回过头来一看是赤五娘，马上又要下船，曹尔玉拦住，说火婴，开船了。火婴挣开曹尔玉，跳下船迎向赤五娘，赤五娘气喘吁吁地解释，说后半夜才睡，醒来一看，糟糕，赶不上送火婴了。

火婴往后面张望，问赤五娘有没有看到戏班的人。赤五娘欲言又止，马上又打起哈哈，说戏班的人睡得晚，怕也是睡过头了，劝火婴不要急。

曹尔玉怕赤五娘多嘴提到昨晚戏场的事，连忙下了船来拉火婴，说过不多久戏班就要进京了，到时候就能见面的，叫赤五娘赶快离开。

火婴一脸暗淡，说他答应带着戏班的人来送我的，李渔说话不算数，我不想再见他了。

火婴上船之际，赤五娘突然想起自己手中的包裹，是带给火婴路上吃的点心，里面藏着李渔的一封信。她也不经同意就上了船，亲手将包裹交给火婴，说这是给你路上吃的，想吃了就打开。

李渔暂时被押在府衙大牢，婺姬和杭姬一急，竟然偷偷跑到拙政园，向王紫稼求救。王紫稼正和王永康、娄吏目喝着茶，吃着桌子上的各种精美糕点，引得婺、杭二姬不住地咽口水。王紫稼给她们递过糕点，说你们想吃就吃吧。

婺姬伸手拿过一块糕点，说吃就吃。杭姬一把拦住，看着王永康，说不会是里面放什么药了吧？

王永康不禁大笑，说放什么药，迷奸药还是毒药？你们不相信，我吃给你们看。说着随手拿起一块糕点，几口就吃完了。

此时婺姬、杭姬已经饥肠辘辘，连忙大吃起来，随后又喝了几大口水，肚子胀得滚圆，打了一阵饱嗝，泪眼汪汪向王紫稼求起情来，说王紫稼是师父的好朋友，如今师父落难，理应出手相救，日后一定重谢云云。王永康暗笑，有意吓她们，说你们戏班碰到这样的事，王某深表同情，你们师父是生是死还很难说。

王紫稼连忙对王永康说，她们还是小孩，就别吓她们了。又安慰婺姬、杭姬，说二位姑娘不要太着急，李班主吉人自有天相，不会有事的。

娄吏目不快，横了王紫稼一眼，说紫稼兄倒会宽慰人。可惜法不容情，几乎闹出人命，认真追究起来，这一关怕是很难过去。

婺姬、杭姬又哭了，说一定要救师父出来，豁出性命也要救师父。

王永康说只怕是你们性命豁出去了，你们师父还是救不出来。又似乎有所感动，说其实要救你们师父也容易。办法是有，也用不着你们豁出性命。很简单，你们两人同意签个文书，画个押，加入姑苏剧社，你们师父就有救了。

杭姬顿时惊恐不安，连连摇头，说要我们加入姑苏剧社不行，师父知道了，一定会把我们逐出戏班的。

王永康一脸真诚，说你们师父性命都没有了，还能把你们逐出戏班，救人要紧。

婺姬动摇了，转过头希望王紫稼证实，王永康说的是不是真的，她们两人同意加入姑苏剧社，师父就有救。

王永康不容王紫稼说话，趁热打铁，说你们也该知道，这姑苏剧社就是平西王吴三桂家班，平西王是什么人你们应该知道，除了皇上就是他最大了。所以你们只要投靠平西王的门下，成为姑苏剧社的成员，平西王就有责任保护你们，当然也会救你们师父。

杭姬和婺姬将信将疑，问怎么救我们师父。

娄吏目过来，说我是衙门里的人，又是管戏班的，我的话你们总该相信吧。只要平西王一句话，向皇上请个圣旨，你们师父立刻就能放出来。

婺姬、杭姬犹豫着，怀疑地看着娄吏目，说你不会又骗我们吧。

娄吏目冷笑，说王永康可是一片好心，你们不相信就算了。

王永康和娄吏目自顾自喝着茶，不再理会她们，王紫稼想说什么，又没有说。婺姬和杭姬坐又不是，站又不是，最后相互看看，咬了咬牙，答应加入姑苏剧社。

王永康大喜，让王紫稼把起草好的合同文书拿来。婺姬和杭姬不识字，想叫王紫稼读给她们听，娄吏目说这是官方文牒，由他来读。娄吏目读完，婺姬、杭姬闭上眼睛在文书上按了手印，娄吏目作为见证人也画了押。

王永康拍手表示欢迎，说从现在起，你们就是平西王吴三桂家班姑苏剧社的成员了。

婺姬、杭姬再一次潸然泪下，只好一边抹着泪，一边要先回客栈。

王永康拦住，说你们现在已经是姑苏剧社的人了，还回去干什么。宽慰了几句之后，说从今天起，吃住都在这里，由紫稼先生教你们唱戏，老老实实地待在姑苏剧社，好好出力，不然，你们师父就不要想离开苏州大牢。

王紫稼看看她们可怜的样子，实在不忍，说长安兄，还是让她们先回去吧，不然，还以为我们把人扣住了。

王永康阴了脸，说留在这里有她们吃，有她们喝，什么扣她们，是她们自愿留下来的。停了一会儿，又叫王紫稼去一趟百花巷，告诉李渔戏班的人，只要他们都肯加入姑苏剧社，李渔出狱之后，给他留一个姑苏剧社总教习的位子。

王紫稼到百花巷客栈，与李乡君进行了初步的谈判。

李乡君和新班弟子聚在一间屋子内，焦急地等待婺姬、杭姬回来，木子李和赤五娘到各处都找了，也没有找到她们。李乡君不禁担忧，她们要是再出事，自己怎么向李渔交代，刚想自己出去寻找，赤五娘叫住了她，说事情到这个地步，越来越难以收拾，我看李姑娘还是带着新班弟子暂时离开苏州，免得黄梨洲先生在这里等得心焦。

李乡君看了看屋里愁眉不展的黄宗羲，态度依然坚决，说李班主没有出狱，我是不会离开苏州的。

此时，王紫稼进来，先是报了婺姬和杭姬的平安，然后硬着头皮向李乡君说明来意，说加入姑苏剧社，不失为权宜之计，当务之急，是保全李班主。王永康答应，如果大家肯加入姑苏剧社，李渔还可以当姑苏剧社总教习。

李乡君一阵接着一阵的愤怒，说李班主不会稀罕什么总教习的位子，我们也不会加入姑苏剧社，高攀不起，乘人之危，把婺姬、杭姬扣作人质，就能逼迫戏班改籍吗？说着就要去拙政园向王永康要人。

王紫稼拦住李乡君，掏心掏肺地说，李姑娘，虎丘戏场发生冲场踩人事件之后，情况对李班主不利，婺姬、杭姬是为救李班主才决定这么做的，怪不得她们。王永康凭着自己是吴三桂的女婿，以势压人，李班主和你们哪里是他的对手。与他抗争，只是以卵击石，你们斗不过他的，再说，除了吴三桂，现在又多了一个洪承畴帮他。留得青山在，不怕没柴烧，先受点委屈，保住李班主的性命，保住戏班众人的安全。再说王永康的目的很明显，就是想以李渔戏班的实力，撑起姑苏剧社这块招牌。只要大家暂时加入姑苏剧社，王永康也许会手下留情，放李班主一条生路。

李乡君平复了一下情绪，反驳说紫稼先生，你们抢了他的戏班，这跟要了他的性命有什么两样？再说，李渔戏班的事由李班主做主，你们要我们加入姑苏剧社，也要征求李班主同意，两相情愿，也不能用如此卑劣的手段。

王紫稼显然觉得理亏，不禁词穷，说李姑娘，还是先避一避锋芒，后退一步，从长计议。

李乡君见王紫稼说得有几分真切，口气平和下来，说紫稼先生，我也不是怪你，你也是无奈，你告诉王永康，让我和李班主商议之后再答复他。不过，婺姬、杭姬先放她们回来。

十七、秣陵坊名媛李乡君击鼓鸣冤

顺治十一年春，李乡君现身苏州。

虽然都在秣陵教坊接过客，但与杭州人不同，见多识广的苏州人没有把暂借李渔戏班栖身的李乡君，与秦淮八艳之一的李香君搞混。

但凡去虎丘戏场看过戏的苏州人，把李乡君看作是一个艺色一流的女伶，而李香君则是写诗吟曲、弹琴作画的名妓。

苏州人还知道得更详细，李香君于明天启四年，逢甲子生于苏州阊门枫桥吴宅，兄妹三人。香君八岁时，即随养母改吴姓为李，名李香，号香君。其父原是一位武官，因系东林党成员，被魏忠贤一党治罪后家道败落，漂泊异乡。后随同养母入主秦淮河畔媚香楼，诗书琴画歌舞样样精通，媚香楼成为文人雅士和正直忠耿之臣常来的地方，李香君因此也染上了一身正气，说话往往义正词严。

八十年之后因孔尚任《桃花扇》，遂闻名于世。

第一次见侯方域时，李香君刚满十六岁，在经历一段幸福而沉重、内在而张扬的爱情之后，侯方域变节南下，李香君留下一柄桃花扇恹恹地死去。

但这个李乡君，苏州人对她的以往知道得便不多，有时候拿她与李香君进行比较，想象她们的经历可能相似。

虎丘戏场踩踏案，李渔被抓扣，戏班面临空前危机，冯秀儿上吊自尽，李渔被告逼死人命，罪不容赦。

李乡君勇敢地走到了前台。

顺治初年，摄政王多尔衮挥师南下之时，就在江宁至苏杭一线建立了严密的情报干支系统，远在北京的朝廷在第一时间就会获得重要信息，以便尽快应对突发事件。

苏州秀才诉讼案及戏场踩踏事件发生没有几天，就有人密告京中。

顺治接报后一晚未睡，自亲政以来，他更加关注江南。一则江南是国家财源之地，必须确保安定，这次之所以让洪承畴出马招抚水匪，平定匪患，似乎是杀鸡用了牛刀，就是因为大清财赋通道，容不得一点闪失。二则天下人心就看江南，江南就看读书人，前明出身江南的高儒名士大都已经收服入清，但身处下层的读书人，既前朝无功名，又怯于再考入仕，焦虑之中，只得以怀恋大明为由，标榜忠节，哗众取宠，彰显存在。想着，顺治担心苏州由此生变，继而影响整个东南，于是次日一早，就亲拟了一道给李森先的密旨，命他妥善处置，尽快消弭事端，密旨八百里加急送往苏州。

密旨还在路上，苏州已经出了人命案。

虎丘戏场发生的踩踏案，按理应该由苏州府和吴县负责审理，巧的是当时吴县知县回湖广老家守制，但期满未归，原本前几天就要补授的苏州府空缺缪家正身体不适，当众晕倒，回老家养病去了。按例由户部驻浒墅关郎中马之骏代理府衙事务，马之骏因为送钱谦益夫妇去了常熟，没有回来，派人去催，马之骏听说是这样的难事，索性说自己感染了风寒，暂时不回来了。

李森先一心想着自己身负安定江南的皇命，也不推辞，承担起了审案的责任。

因为李森先是钦差，苏州府和吴县两级衙门的其他官员正好表现，不仅不躲清静，而且格外积极配合，公堂布置不敢丝毫马虎。衙门外观看审案的民众也都秩序井然，不像上次审《金瓶梅》案，也不敢随便起哄。

对审案熟门熟路的李森先在案前坐定，等李渔进来，一拍惊堂木，直接开始了审理。

李渔因为在牢中补了觉，精神没有差到哪里去，恭敬地向李森先行了礼，态度显得配合。李森先按照程序，指明了堂前冯秀才等人的原告身份，说明了案由，虎丘戏场被挤踩至伤、推倒落水者的五名家属现联名将他告下，接着把李渔数落了一通。李渔刚想申辩，李森先却不让他开口，数落李渔身为戏班班主，租用虎丘戏场唱戏，理应对看客安全负责。有道是人满为患，戏班为多得钱财，在客满的情况下还放人进场，致使秩序混乱，拥挤不堪，造成多人踩伤、落水。最后说本官现已查明，虽无死人或重伤者，但李渔身为戏班班主，难辞其咎。

李渔听着李森先的话，连连点头，没有反驳一句，并再次表明态度，自己身为班主，戏场出事，所有责任都在他一人身上，事故已经造成，看客受到惊吓、伤害，他愿意认罪受罚。

李森先因为在现场，知道事情的经过，心里清楚李渔该负多少责任，见李渔没有逞弄口才，借故狡辩，惊讶之余，不禁满意。于是左右看看，先肯定李渔的态度不错，然后问他吸吮落水女子，可是你故意为之？

李森先这种讯问法，使冯秀才大感不快，因此对李渔的审问，很快演变成了李森先和冯秀才之间的一场争辩。

堂下冯秀才看到李森先既没有对李渔动刑，又没有严厉斥骂，顿时不满，直呼李森先名讳，大声抗议，说公堂审案，没听说过还有征求人犯意见的。李渔当众吸吮落水良家女子，难道还是无意的？他一定是见我那妹子年轻貌美，淫心不能控制，才大庭广众之下做出伤天害理之事，李渔犯下此等大罪，至少也要杖刑三百，如不毙命，也得流放宁古塔。

李森先恼火冯秀才说话的口气，冲着他沉下脸，说是你判案还是本官判案？什么大罪要杖刑三百，李渔可是把你妹子救活了。

冯秀才不甘示弱，马上顶了一句，说哪有这样救人的。又转向栏外看热闹的民众，一番慷慨激昂：我妹乃良家妇女，自幼遵守三纲五常，贤良淑德，精通琴

李乡君入狱探望李渔

棋书画，艺压群芳，本可以跟紫稼先生这样的名人一唱一和，结为伉俪，却不想因为看戏招来横祸，被人挤入水中，差点梦断青春。如果就这样死了，自是天命，我会厚葬她，不料受尽李渔凌辱，被他当众用臭嘴尽情吸吮，胸脯屡屡挤压，她还有何面目活在这个世上，紫稼先生如何还肯与她同床共枕？这与逼死一条人命有什么区别。

李森先本来坐着，一听到王紫稼的名字，站了起来，几次想打断，最后还是耐着性子听冯秀才把话说完。这时全场一片寂静，许久之后李森先重新坐下，声音低沉，说李渔救活人命是本官亲眼看到的，你说那人是你妹子，她人呢？快去把你妹子叫来，本官有话要问。冯秀才一时愣住，感到自己刚才话多说漏了嘴，让李森先抓住了缺口，支吾起来，说妹子痛不欲生，不愿见人。

李森先不听，拍了拍惊堂木，说府衙公堂审案，传她来就要来。冯秀才神情露出一丝慌张，说她不愿来，也不能强迫她，否则，她真的只能寻死了。

李森先不采纳冯秀才的理由，吩咐班头马上带着衙役去冯家，把冯秀才的妹妹带到大堂审案。

随后事情发生了突变。

班头衙役前面走，冯秀才也连忙跟了出去，不出一条街，就到了冯家门口。衙役推门进去，竟然看到冯秀儿身体在半空中悬着，已经上吊自尽。冯秀才急忙叫着冯秀儿的名字，号啕大哭起来。忙乱之中，沈秀才突然带着六兄弟冲进来，围住了衙役，喊叫着说李渔逼死人命，罪不容赦，要求严惩，沈秀才甚至提议将李渔处以宫刑。

这时娄吏目进来，指挥几个亲邻要卸下冯秀儿，班头急忙阻止，说死因没有查明，不能移动现场。娄吏目说人分明是上吊，还有什么现场不现场的，她这样吊着，像什么样子，鼓动众人把冯秀儿卸下，班头坚持不让。两边相持不下，冯秀才瞪了眼，指着班头，说她是我的妹子，为什么不能放下来，是李巡按传她，正好把她抬到府衙大堂去。班头依然强硬，命衙役把大家拦住，说非得等仵作验过尸身以后，人才可以放下来，这是朝廷法度，不得违反。

一会儿工夫，冯家前面的这条街上挤满了看热闹的人。在河对面，很少大白天开门的红春楼也开了门，赤五娘从里面奔出来，站在河边，询问对面的人，知道是李渔救活的冯秀儿在家中上吊自尽了，连忙拦下一条船，过了河。到了冯家门口，赤五娘拼命地往里挤，让衙役放她进去，说自己看一眼就走。衙役说赤五娘不怕死人，就让你进去。赤五娘随着人流拥到门口，看到眼前吊死者的脸在空中一晃一晃的，看清果然是冯秀儿，禁不住想往里挤去，看个究竟。

与此同时，在府衙的李森先也得到落水女子悬梁自尽的报告，大吃一惊，也不坐官轿，叫人带路往冯家这边走过来。衙役分开人群，让李森先挤进屋里，李森先见人还吊在梁上没有放下来，问明原因后，同意班头的做法，说仵作没有检验之前，谁也不许动尸体。

沈秀才和自称是亲邻的六兄弟围了上来，威胁李森先说如果不严惩李渔，就要抬尸游行，停尸府衙，看李森先怎么收场。冯秀才趁机和六兄弟卸下门板，要放下冯秀儿尸体。李森先厉声警告，说只要我人在苏州，就决不容许抬尸闹事这样的恶性事件发生。

冯秀才冲进里面，叫六兄弟搬来桌子，自己爬上去，要解开尸体。李森先再三喝住，要求等仵作来了再解下尸体。但冯、沈二位和六兄弟不听，要强行解尸，班头上前阻止，双方动起手来。

最后冯、沈二位和六兄弟倚仗着人多，又有亲邻街坊明里暗里帮衬，将尸体放下来。由于冯秀才手忙脚乱，上吊绳子一断开，尸体重重落在地上，溅起一片血污，但冯秀才没有任何难过的样子，而是急于把地上的冯秀儿拖上木板。

李森先看到冯秀才举动，突然产生怀疑，一把抓住冯秀才，问她既然是你妹妹，怎能如此粗暴对待？

冯秀才一怔，马上醒悟过来，说大家轻一点，轻一点。

这时赤五娘好不容易挤进屋里，终于看到了女尸的脸，一脸惊愕，随后又走近几步，低头细看女尸的脸，一边揉自己的眼睛，一边嘀咕说这不是被我赶出红春楼的秀儿吗？

赤五娘刚想大声说话，娄吏目一急，一步上前拖住她，说天下不该你管的事太多了，你别乱说话，给李大人添乱。冯秀才看到赤五娘，一时不知如何是好，娄吏目打了一下冯秀才，低声说你怎么不哭啊。经娄吏目这么一提醒，冯秀才哭号起来。哭声中，沈秀才已经指挥六兄弟抬起门板拥到了外面。

赤五娘猛然挣开娄吏目的手，上去拉住李森先，说李钦差，我认得她。但人声嘈杂，李森先根本听不清赤五娘在说什么。赤五娘索性扯住李森先的袖口，不让他走。李森先不耐烦，说赤五娘，这时候你添什么乱，把赤五娘一推，走到外面。

抬着冯秀儿的门板慢慢向另一条街移去，后面跟从者越来越多，甚至堵塞了邻近的主要街道。众衙役急急忙忙跟在抬尸人群的后面，李森先奔出来，命令班头派人拦住队伍，绝不能让他们到府衙胡闹。

由于游行人多，衙役终没有能够拦住。不到一个时辰，府衙门口挤满了抬尸游行的人群，在沈秀才的鼓励下，人群抬着尸体，试图冲进府衙，但被衙役们奋力挡住。

到了中午，僵持仍在继续。

李乡君到府衙时，拙政园派出的家丁抬着饭瓮过来，为抬尸人群供应酒菜。李乡君穿过人群，试图进入府衙，被衙役推搡，差点跌倒在地，只好又退了回去。沈秀才注意到李乡君，上前拦住了她的去路，冯秀才也围过来，看了看，说姑娘好面熟，一定是李渔戏班的人。沈秀才对冯秀才说，你妹妹死了，不如叫她赔你一个。六兄弟听到，趁机围住李乡君起哄，不让她离开。李乡君拼命想挤出人群，但六兄弟已经动手动脚。衙役们也敢怒不敢言，只愤愤地站在门口观望。李森先在门缝里看到，大骂六兄弟，真是无法无天了。

李乡君处于险境，充满愤怒，说请你们让开，这是知府衙门，难道你们没有王法吗？

沈秀才对着李乡君大吼，什么王法？欠债还钱，杀人偿命，李渔逼死人家亲妹妹，叫你赔上也是天经地义。冯秀才也说你给我当妹子，日后让你嫁给王紫稼，什么好日子没有，跟着李渔死路一条。

有人开始拉扯李乡君的头发和胸脯，李乡君蜷缩成一团，保护自己的身体。赤五娘突然奔过来，拨开人群，一把抓住李乡君，说大白天的，来看什么热闹，快回去接客。

围着李乡君的人群顿时愣住，沈秀才怀疑赤五娘在骗人，说这分明是李渔戏班的人，你拉她接什么客？赤五娘讥笑沈秀才，说你眼睛也不好使了，她是我红春楼新来的头牌。说着拉住李乡君，说他们又不付银子给你，还不快走。

李乡君醒悟过来，急忙跌跌撞撞跟着赤五娘挤出人群，到了河边，上了船。等她们上了对面的岸，冯秀才突然想起，大叫说她是李乡君，怎么能放她走！六兄弟兴奋地追到河边，抢了条船过了河，有几个年少的试图跳过河去，结果落入水中，挣扎了半天才爬上岸来。

赤五娘见状，拉着李乡君拼命逃跑，但跑了一段，快到百花巷口的时候，终于被六兄弟中几个腿快的追上，其中年长的警告赤五娘把李乡君留下，走自己的，不要多管闲事，否则一块儿赔上。

赤五娘见六兄弟人多，无奈丢下李乡君一个人，自己跑进了巷子。正当六兄弟一齐动手要抱走李乡君时，赤五娘很快又从巷子里折回来，身后还跟着赵僮及新班弟子，再后面则是赵则鸣、黄宗羲和金人瑞。赵僮冲在最前面，一顿拳脚将六兄弟打翻在地，新班弟子也合力按倒了其中的一个。后面又有六兄弟的人赶上来，要上前动手，一看到金人瑞，也不敢贸然还击，马上逃走了。

回到客栈，李乡君惊魂初定，喝了一口水，谢过赵僮，又问起金人瑞是怎么回事。金人瑞说自己刚好过来看望黄宗羲，碰上了，那六兄弟的父亲都参加过抗清，都战死了，成了孤儿，又成了现在这个样子，自己经常接济他们，所以看到自己，只好跑了。黄宗羲担心新班弟子惹祸，再次提出要带他们马上离开苏州，但新班弟子看到李乡君今天被欺侮，更不肯走了。李乡君答应黄宗羲，只要李渔一回来，马上一起离开。

赤五娘担心李渔恐怕一时出不了大牢，说戏班被人算计了，那个上吊死的女人，就是被红春楼赶出去的冯秀儿，是王紫稼旧日的相好。她几时做了那个秀才的妹妹了？这其中肯定有诈。

李乡君也说本来戏场里好好的，突然拥进来许多人吵闹起来，我也觉得这事奇怪，现在看来，那天闹事的人可能是有人预谋指使的。他们这是想栽赃诬陷李班主，我现在就到府衙去，我要击鼓鸣冤。

赤五娘忙劝阻，说府衙混乱不堪，你刚逃回来，不是又落虎口吗？现在去击鼓鸣冤，谁还会来理睬，现在情势危险，绝不能去。李乡君坚持要去，说李森先对李班主素有好评，不会太为难李班主和戏班的。依我看，李森先把李班主关进大牢，就是保护他。

赤五娘还是劝李乡君先不要去，说现在那么多人围住府衙，李森先也不知在哪里，找个做主的人都难。

见李乡君坚持要去府衙击鼓鸣冤，金人瑞表示愿意陪她一起去，有他在，那些人不敢对她怎么样。赤五娘要做证人，也跟着一起去。

李乡君刚刚击了一声鼓，金人瑞夺下她手中的鼓槌，拉着她从府衙的边侧小门进去，经过班头通融，找到了李森先。

李森先正在给苏松总兵梁化凤写信，要求从盛泽大营调一千绿营兵，金人瑞急忙劝阻李森先，说顺治二年元月三日清军进占苏州城，吴县、长洲县归清，清军总兵土国宝屠城，由盘门杀至饮马桥，城区六万五千多人，死伤加上逃亡在外就有三万七千多人，至今创伤难抚。如果调兵，衙前的这些人正好浑水摸鱼，反而会引起更大民乱，满旗将佐也一定大开杀戒，滥杀无辜，当年情景重演，到时候朝廷归罪，你李大人一个汉官怕是吃不了兜着走。

金人瑞这一番话晓之利害，李森先深以为然，把信件烧了。

李森先正奇怪怎么鼓才响了一下就不再响了，知道刚才是李乡君击鼓鸣冤，表示愿意做主，耐心听完了李乡君的诉说。赤五娘也马上作证，说上吊自尽的女人是被我赶出红春楼的冯秀儿，不过是冯秀才的远房堂妹，何时成了他的亲妹子，李班主冤呢。

李森先频频点头，当即作出两点判断，一是所谓戏场踩人案是有人蓄意制造，目的就是置戏班于死地；二是被李班主救活的落水女子悬梁自尽，分明是有人借此事故意陷害李班主，蹊跷的是此女与名伶王紫稼有染。李森先哼了一声，说王紫稼以色诱人，染指妇女，勾引官员，不论男女，就像换件衣服似的，有一句古话，叫作多行不义必自毙。

李乡君见李森先把王紫稼说得那么恶，有些愕然，一时不知道说什么好。赤五娘替王紫稼解释了一句，说冯秀儿以前是跟王紫稼学过戏，也相好过，但都是冯秀儿一厢情愿，现在王紫稼根本看不中她，她就和娄吏目好上了，是个离开男人就不行的人。

李森先摆摆手，收回话题，说你们知道王紫稼是姑苏剧社，也就是吴三桂家班的台角，外面那些人闹的背后，无非就是想抢吞李渔戏班。

李乡君不禁感动，说李大人明鉴，李渔戏班一定能保住。趁李森先得意，李乡君提出想去大牢探望李渔。李森先答应了李乡君的请求，当即让班头等天黑后带李乡君去大牢。

到了傍晚，娄吏目出面试探李森先，他以报告情况的口气，警告李森先，说外面的人越来越多，越来越不像话，怎么说也不肯撤离府衙大门，再不满足他们的要求，怕要出大事，建议李森先只要尽快处置李渔，他们自然就会散去。

李森先闭着双眼，不急不忙，说案情复杂，尚未审明，本官不会胡乱处置李渔，那班恶秀才，想把李渔游街示众，让众人的唾沫把他淹死，这岂不乱了朝廷法度。

娄吏目摸到李森先态度强硬，暗中对冯、沈等人进行了鼓动。到了晚上，府衙门口突然聚集了更多的人，组织似乎更加严密，有的提着灯笼四处巡看，有的围着篝火取暖，有的搭起了帐篷，按时送来夜餐的竟然是拙政园的家丁。本来想离开轻松一会儿的冯秀才在娄吏目催促下，只得继续捂着鼻子坐在女尸旁边，时而号哭几声，时而又坐下来，饮杯酒，吃口菜，没有一点撤退的意思。

在班头的安排下，李乡君披着斗篷进了府衙大牢，跟着睡眼惺忪的牢头见到了李渔。李渔从睡梦中醒来，睁开眼睛，没有马上认出李乡君。李乡君眼中噙着眼泪，激动地一把抓住李渔的双手，说李班主，你受苦了。

李渔恍如梦中，一把拉住李乡君，说你怎么来了，我在这里好好的，比在外面好多了。戏班的人怎么样？他们还好吗？

李乡君因为探监有时间约束，镇定下来，急着说李渔最关心的事情，说大家都好，不用挂念。戏场踩人的事情是有人指使的，那个被救活的落水女子，赤五娘认出她叫冯秀儿，也就是把新班弟子下落告诉娄吏目的人，后来被赤五娘赶了出去，冯秀才说她是他的亲妹子，其真假已经引起李森先的怀疑。

李渔说自己也觉得蹊跷，等到开堂，要当面跟他们对质。

李乡君告诉李渔，冯秀儿已经悬梁自尽了，他们抬尸游行，还把府衙大门堵死了。

李渔一听，怔了良久，忽然大笑起来。

李乡君一怔，说李班主，事情闹得不可收场了，你还笑。

李渔精神好了许多，说我这不是高兴的笑，是苦笑，他们这是昏了头了，害了一条人命，在苏州城的府衙大门前聚众闹事，如今天下初定，大清皇帝最关心的就是天下稳定安康，江南向来是朝廷的赋税重地，财政收入的命脉，所以朝廷才会再三安抚江南。现在居然有人以戏场踩人为由，策划掀起一场大波，那不跟造反差不多，此事势必会震动朝廷，大清皇帝岂会坐视不理？

李乡君摇摇头，说他们背后有洪承畴，有吴三桂，皇帝知道了又怎么样？到头来还不是迁怒我们戏班，怪罪李班主。

李渔说未必如此，但又显得担心，说原以为他们会适可而止，只不过借此机会索赔钱财，把戏班赶出苏州城，没想到他们聪明过头，变本加厉，居然抬尸游街，还包围府衙，逼迫钦差就范，这可是犯了朝廷的大忌了。这样一来，必然物极必反，连累更多的人，最后遭罪的恐怕是苏州的百姓，尤其是苏州的读书人。

李乡君心里也不由得一紧，问如此严重的后果，那些背后操纵的人他们怎么就没有想到？

李渔叹气，说等他们想到，怕是已经来不及，现在的局面已经难以收拾，由不得他们控制了。

牢头过来催促，李乡君犹豫之后，把王永康采取欺骗手段，逼迫婺姬、杭姬签下加盟姑苏剧社的契约告诉了李渔。李渔不禁愤然，他们是在欺负两个孩子，如此也太下作了。李乡君说她们是为了救李渔才这么做的，也是迫不得已，戏班的主心骨不在，大家心里都乱了，不知道该怎么办好。李渔说王永康显然已经开始具体动作，事不宜迟，戏班应该赶快离开苏州了。

但是李乡君态度坚决，容不得半点商量，一定要救李渔出去之后，大家一起走。两人争执了半天。李渔知道此时拗不过李乡君，再说眼下婺、杭二姬的安危迫在眉睫，想了想，终于想到一个办法，说王永康夺不走她们，虎丘戏场被冲，是因为看戏的人太多了，看戏的人多，是因为《比目鱼》这本戏好，那场戏正是婺姬、杭姬初露头角，让大家都知道了她们是李渔戏班的人。见牢头在旁，李渔靠近李乡君，咬了一阵耳朵，交代了一个锦囊妙计。

李渔所谓的锦囊妙计是要尽快争取虎丘戏场重新开场，以最快的时间向官府提出虎丘戏场解封的申报，而且要上演《比目鱼》。

李乡君一路上既忐忑，又振奋。忐忑的是现在戏场还封着，但官府不会再允许李渔戏班在虎丘唱戏，管事的娄吏目根本就是与王永康一伙的，搞得不好，他们会对戏班变本加厉，极尽压迫，以自己的力量恐怕难有胜算。振奋的是一场新的较量即将开始，自己内心的斗志被进一步催化，李渔说得对，王永康、娄吏目不能一手遮天，不能永远封杀戏班，戏班不能停止演出，不能向他们屈服，戏班不能不抗争。想象着真相披露，苏州观众支持拥护戏班的情景，李乡君不由得加快了脚步。

李乡君拖着疲惫的身体回到苏州客栈，新班弟子围上来时，她人已瘫倒在地。黄宗羲知道李渔不仅不让戏班离开苏州，而且虎丘戏场马上重新开场，顿时不快，指责李渔分明是让戏班陪他在苏州一块儿遭罪，即便是一厢情愿为了救援婺、杭二姬，也不能拖累新班弟子，再一次要求带走新班弟子。但新班弟子不仅不愿意跟黄宗羲离开，而且要积极参与到这场斗争中去，救出婺姬、杭姬。李乡君感觉到新班弟子的成长，孤独感顿时消除，心头一热，说李班主正是为了救他们，才想到了这样的办法。苏州观众喜欢看《比目鱼》，如果我们重新上演《比目鱼》，一定会吸引更多人来看的，官府可以封戏场，但阻挡不了我们为苏州观众唱戏的愿望。虎丘戏场不让演，我们就在城里找一个地方搭个临时戏台，再唱《比目鱼》。李乡君借着大家情绪高涨，宣布了李渔的具体计划，挂出戏报，广发戏单，杭姬唱生角，演谭楚玉，婺姬唱旦角，演刘藐姑。

新班弟子相互看看，愣住了，说杭姬姐姐、婺姬姐姐她们还被王永康扣着呢，到时候不放回来怎么办？

李乡君说班主正是要让全城的人都知道婺姬、杭姬被王永康扣住了，这正好让观众知道真相，知道李渔戏班的名角婺姬、杭姬被扣在王永康府中的真相。说只有让更多的人知道婺姬、杭姬现在身在何处，知道是谁企图强占她们，王永康才不敢欺负她们。李乡君似乎感到胜利在望，说戏班不会被吓倒，要留下来，留在苏州城，等李班主出狱，等婺姬、杭姬回到戏班。

新班弟子恍然，群情激愤，鼓起掌来，齐声表态，说明白了，全明白了，我们不走，等李班主回来，等杭姬姐姐、婺姬姐姐回来。

看到热烈的场面，黄宗羲显然有所感染，但心里最担心的仍然是新班弟子，怕他们因此殃及，遭遇不测，于是一个人悄悄离开了客栈，到十全街，敲开了金人瑞家的门，说要跟他商量商量，有什么办法可以保护新班弟子的安全。

金人瑞当晚留宿黄宗羲，安慰了一个晚上，劝他不必担心。在苏州这样的环境下，新班弟子很安全，没有人敢冒天下之大不韪，在没有任何证据的情况下，明目张胆迫害烈士遗孤，洪承畴不敢，李森先不敢，吴三桂也不敢，任王永康再心狠手辣，也不敢真的找这个茬，揭这个伤疤，不然他将号召全苏州的生员秀才，把拙政园给烧了，把他的祖坟给掘了。

黄宗羲感到金人瑞的话虽然有些豪言壮语，但也有几分道理。如今大清受了洪承畴这些人的影响，一改初期的严酷做法，对付前明的人，似乎更多的是怀柔，任谁标榜心系前明，都不抓不关不杀，都是平淡以对，都视为沽名钓誉，免得你更加起劲，更加有威望。细想想，连他黄宗羲这样的人都可以大摇大摆地行走在苏杭之间，新班弟子还能有什么事，也许真的是自己多虑了。次日一早，黄宗羲回到客栈，表示要留下来支持戏班，和李渔等一起离开。李乡君本以为昨晚他一个人不辞而别，见他回来，而且态度也变了，感动得流下眼泪，说有黄宗羲这样的名士做后盾，还怕谁呢？

金人瑞送走黄宗羲，到河边吃了早点，上了一条船，半个时辰不到，经外城河到达拙政园，把大门敲得震天响。

敲门声把二楼小间里的婺姬、杭姬从噩梦中惊醒过来。两人同时坐起来，气喘吁吁的，一头冷汗。婺姬说刚才梦见师父被押到法场了，而杭姬梦见师父已经被砍头了，两人越想越怕，认为这个梦是不祥之兆，说不定师父真的将遭遇不测，得赶快去告诉戏班众人，劫法场，救师父。两人顾不上穿鞋，赤着脚下了床想开门出去，但门已紧锁，这时才如梦方醒，自己是被关着出不去了。

没有人给金人瑞开门，金人瑞只好绕着拙政园的外墙壁走了一圈，走到后门的一处假山，爬了上去，隔着漏墙，隐约看到王永康和娄吏目、王紫稼三个人在喝茶说话。王紫稼毕竟是唱戏的，声音十分尖亮，似乎在劝王永康，说婺姬、杭姬既然已经签了合同文书，谅她们也不会反悔，还是让她们先回戏班吧。

娄吏目嘴里嚼着糕点，声音含糊不清，大概是不同意王紫稼的意见，说不能让婺姬、杭姬就这么回到戏班，白纸黑字，又有画押，她们已经是姑苏剧社的人了。李渔绝对想不到，他两个最有前途的高徒都投奔姑苏剧社了，看他还能顶得了几天。

王永康已经铁了心，让娄吏目通知府衙前的那些人配合一下，苏州城群情激愤，他们要冲进府衙，惩办李渔，谁能挡得住。李渔不肯就范，就再给他一点颜色瞧瞧，让那些秀才把事情闹得再大一些，天塌下来有平西王撑着。李渔无非就是巴结上了曹尔玉，自以为靠山硬，有恃无恐，现在曹尔玉走了，没有人敢拦着了。

让娄吏目最不快的是李乡君居然去探了监牢，说让李渔待在大牢里也太舒服了，还可以与李乡君幽会，岂不是太便宜了他，都是李森先在包庇他。娄吏目得意，说现在府衙前闹事的人已经不把李森先放在眼里，就听他娄吏目的。

王紫稼劝了一句，说聚众冲击府衙，那可是造反。

王永康声音严厉，说是要造反，就是要造李渔的这个反，然后把王紫稼数落了一通，说他旧相好死了，一点都不难过，也不肯出头，真是婊子无情，戏子无义。王紫稼被说恼了，但又不敢大声反驳，只是嘟嘟囔囔说冯秀儿也是自己的命不好，被人推下水，把李渔设计了，又被人害死，还自己上吊，又怪罪到李渔身上，人在做，天在看，以后案情真相大白，官府追究谁还不一定。

王永康大怒，甩过一句，说什么案情大白，没有那一天，要是有那一天，官府追究，就是你这样的人去做替死鬼。

金人瑞听到这里，下了假山，踉跄了几步，走了。

十八、如皋知县穆同诓迎贵客

董小宛很快就在秦淮河出了名，而且名气不在陈圆圆、柳如是和李香君之下。

她在曲意卖笑之时，依然保持清高的脾气，绝不任人摆布，因此生计并不容易。之后回到苏州，家中母亲长期生病，债主纷纷上门催债，董小宛只好重操旧业，将自己卖到半塘的妓院，但抱定不卖身的初衷，只限于卖笑、陪酒、陪客人出游。

她受客人之邀，游太湖、登黄山、泛舟西湖，一去就是十天半月。就在董小宛离开秦淮河不久，一位公子慕名到秦淮河去寻访她，此人就是当时与侯方域齐名的冒辟疆。天启年间，阉党魏忠贤阴谋弄权，惑乱朝纲，年少有才之士冒辟疆联合一批热血青年结社金陵，伸张正义，无奈终因势弱力薄，不但未成气候，还惨遭阉党摧折，冒辟疆虽免于难，但前途深受影响。

乡试发榜，冒辟疆又一如既往地名落孙山，然后又一如既往地到苏州打听董小宛的下落，得知她已在半塘待客，便又兴致勃勃地专程拜访，但都不凑巧，董小宛一如既往陪客人邀游去了。之后又接连去了好几次，都无缘见到董小宛，直到准备离开苏州的前夕，再到半塘，终于与她相见。初冬之夜，董小宛酒宴归来，见来了位翩翩公子，想挣扎着起身，无奈酒力未散，脚步摇晃。冒辟疆在她身边坐下，欣赏着她的醉态。

冒辟疆自我介绍后，董小宛看着他，称赞了几句，原来是冒公子。

遗憾的是，这时冒辟疆已出游日久，囊中羞涩，不得不先离开苏州，回家乡如皋去了，但心里对董小宛的眷恋从此难舍。这年冬天，在柳如是的斡旋下，由钱谦益出面给董小宛赎身，从半塘雇船送到如皋。次年春，冒董结成伉俪。美好的家庭生活刚过了一年，天下大乱，李自成攻占北京，清兵入关南下，肆虐无忌，董小宛与冒辟疆崇尚气节，誓死不肯降清，冒家险遭荼毒，幸亏逃避得快，才得以保住了全家的性命，然而家产却丢失殆尽。

锦衣肉食、琴棋书画的日子从此结束了。

洪承畴到了如皋才知道董小宛已于三年前离世，但他不知道的是，因为这次如皋之行，以致后人传言，董小宛当年未死，而是被他洪承畴计取，送入皇宫，以博取皇帝的欢心，岂不知董小宛死时二十八岁，顺治才十四岁。

苏州城内平地起风波的时候，船队过了长江，洪承畴本来可以溯江而上，回到武汉，但想想自己奉旨而来，负有圣命，提出在瓜州渡停留一两天，观察一下长江水面上是否太平，两岸及岛屿上是否还有匪患。这一想，洪承畴又耽搁了回武昌的行程。

到了第三天，船队开始北行，到了扬州又停了几个晚上，不想快到高邮时，因河道拥挤，加上天黑，遇上了堵塞。不等天亮，洪承畴披衣出舱，看了看绵延的船只，对多哈发起牢骚，说本官早就预言，这么大一支船队，怎么能轻易通过狭窄的运河水道，一个船队，环环相连，稍有阻滞就前进不得。当年曹操兵败赤壁，就是中了诸葛亮的连环计，把船只联结，结果一把火就给烧了整个船队，幸好现在水匪都已招抚，不然真是危险啊。

多哈说已经连夜组织当地官民疏通了，估计很快就能够通行。洪承畴却仍然激动，说他们连夜疏通有什么用，都靠不住，本官早传令沿岸将官，凡挡道的过往船只，一律拖到河汊，搁浅沉没的，一律炸毁，不还是堵住了？又指着前面的曹尔玉乘坐的官船，开始埋怨起来，说本官的意见把船队一分为三，化整为零，依次而行，曹尔玉就是不听，现在好了，出事了。

多哈连忙说洪大人英明果断，曹大人会同意按照洪大人的办法行事的。

洪承畴说江南水路纵横，河网密布，要格外小心才是。古人云，南人善水，北人善骑，各有所长，讲的就是这个道理。

多哈继续安抚洪承畴，说皇上钦命洪大人招抚江南，就是看到了洪大人的长处和才干。

洪承畴眨了眨眼睛，可能觉得自己刚才激动得有点失态，马上平静下来，说真正英明的是皇上呀。

一直到天黑，河道还没有疏通，船队堵在狭窄的水道上，进不得退不得，最后叉港湾，在靠近如皋县城的地方停了下来。夜雾迷茫，曹尔玉命船上灯笼都点起来，戈什哈警惕地守卫在船的边上。船舱内，火婴甚觉无聊，也没有睡意，于是披着衣服呆呆地看着舱外的水影。一会儿她觉得有些冷，找出李渔送给她的戏装披上，随手就甩了一个水袖，突然水中发出声音，白晃晃的小鱼不断地跃出水面。火婴心一动，不禁轻轻地哼唱了几句：

> 弦有离思竹有情，欢歌亦作断肠鸣。当时坐听潜鱼跃，此夜愁看宿鸟惊……

接着念白：此乃湖上笠翁李渔句也。

火婴突然停止，脱下戏装，躺了下来。

一会儿船舱外面戈什哈开始吃夜宵，嚼食物的声音传到耳朵里，火婴觉得肚子饿，重新起来，想走出船舱，又想起什么，回头找出赤五娘送给自己的包裹，刚要伸手进去，这时曹尔玉在外面喊，说火婴怎么还没有睡？

火婴说他们啃东西的声音打雷似的响，把我吵醒了，怎么没有我吃的，我也饿了。外面戈什哈一听，嚼嘴声马上停下来。

曹尔玉说刚才前面的漕运官送来一些特产，爹爹怕你睡了，所以没有叫你，刚才听到你唱曲子，知道你还没睡，还有两只鸡腿是留给你的。

火婴提不起劲儿，说要吃，还不如回扬州城好好地吃一顿。

曹尔玉说半夜三更的，扬州已经远了，又是人生地不熟的，不好上岸。

火婴又不高兴，说不让我上岸，那我不要什么鸡腿，我自己有好东西吃。说着又要找包裹里的东西，但马上改变主意，伸出手，将鸡腿一把接过来，随手就大啃起来。吃完鸡腿，火婴瞌睡不止，迷糊中拿起戏装盖住身体睡了过去。

第二天，运河上的船队堵成一团，新调来的一帮水师正在疏导过往船只，但依然没有很快通畅的迹象。火婴等得不耐烦，对曹尔玉说，爹爹我在船上闷了几天几夜了，要么上岸，要不就回苏州。

曹尔玉指了指河道，说已经在疏导了，用不了多久，就可以开船了。如果今晚还走不了，就下船，住到岸上去。

眼看天色又到下午，北行的水道还没有完全通畅，不想南下的河道突然有船相撞，其中一条运粮船沉了下去，河道再次堵塞。这时高邮知县吴化如得知消息从陆路赶过来，邀请洪承畴和曹尔玉去前面的高邮县城做客。

正犹豫着，如皋知县穆同带了几辆装潢一新的车马赶到，想接他们去如皋县城小住一两天。

本来洪承畴对高邮的老鸭炖芦笋印象颇深，加上可以在高邮湖等船队，倾向去高邮。但在两位知县各不相让之际，吴化如有意无意搬出平西王吴三桂，说吴三桂祖籍在高邮，父亲吴襄做官才迁往辽城，因此平西王算是我们高邮人。

洪承畴一听到吴三桂的名字，神经刹那间被触动。按前明官制，自己堂堂柱国、蓟辽总督绝没有特意路过一个总兵官故居的道理。自从进入大清，从功业而言，在皇帝心目中，一个藩王并不在他这个一品当朝、太子少师之上，即便自己不计较这些，最重要的是绝不能让世人感觉到自己与吴三桂有什么密切的关系。这一想，洪承畴板下脸，拒绝了吴化如的邀请。见洪承畴回绝了吴化如，穆同不禁欢天喜地，连忙请洪承畴上马车。因为有御旨，曹尔玉急着去苏州，洪承畴却先答应了，说曹大人，这是天意，要留你到如皋做一次贵客。

火婴见洪承畴要去如皋，偏不想跟他同路，就说去高邮。

洪承畴不理会火婴，只问曹尔玉的意见。

火婴较上劲，说就去高邮，不去如皋。

洪承畴看了看火婴，说你不去高邮，也不能让你一个人留在这里，到时候土谢图亲王问我们要人怎么办。

火婴说任我去哪里，就是掉进河里淹死了，也由我自己，谁叫你多管闲事。

洪承畴没有发作，笑笑，说我不管闲事，你父亲管。

火婴哼了一声，跳回船上，说我就是不愿意跟你一块儿，我回船上去。

曹尔玉犹豫，说此去如皋至少要半天路程，水师正在打捞沉船，很快就会疏通了。穆同连连向曹尔玉作揖，说请大人放心，沉船不拖走，船队一时还是走不了。洪大人都去了，曹大人怎么能不去呢？洪承畴一听，说穆知县你真是木桶，你父母没有给你起错名字，你应该说曹大人不去，洪大人怎么会去呢？曹大人不去，本官自然不会去。

穆同急了，叫身后的一个姓李的县衙典吏一起来拉曹尔玉。

年轻的李典吏果然挽住曹尔玉的手，说河鲜酒菜都准备好了，不去岂不是白白浪费了。

本来坚持不去如皋的火婴一听李典吏说话，怔了怔，觉得口音跟李渔十分相像，走出船舱，问他怎么抓住我爹爹的手不放，又听说他姓李，问他是哪里人。

李典吏一边继续挽住曹尔玉的手不肯放，一边说自己是如皋本地人。火婴又问了别的话，愣了半天，确定与李渔口音相同，于是问他知不知道一个叫李渔李笠翁的人。李典吏一脸茫然，摇摇头，显然对李渔的名字有些陌生。

穆同却乐了，说火婴问对人了，这个李渔就是他叔叔。

李典吏也马上反应过来，说知道知道，以前叔叔在这里的名字叫李仙侣，是他父亲李茂的弟弟，生在如皋，长在如皋，李渔的父亲也就是自己的爷爷李如松，是开药店的，李渔二十五岁才回金华府兰溪县老家考功名，听父亲说他现在写传奇、写文章闻名江南，赚了很多钱。不过现在药店由他父亲李茂继承，生意也一直很好。

火婴兴致大振，跳下船，也顾不得刚才与洪承畴的争吵，一定要曹尔玉带她到如皋县城去逛街。

洪承畴一旁听了自称是李渔侄子的李典吏的话，情绪一阵阵低落下来。自己还真不知道，李渔居然还是如皋人，奇怪的是，上次路过兰溪，也是李渔的老家，因为多住了一晚上，就惹了一肚子的烦恼，至今难以释怀，今天到了如皋，又跟李渔沾了边，说不定又会遇上什么不痛快，又添出了一段新愁。还有现在已经知道李渔出生于此，自己还要在此落足吃饭，世人会不会以为自己是慕名前来，以为自己对李渔也充满着好感和仰慕，岂不是白白给他做了一次宣扬。洪承畴越想越觉得不舒服，又突然改变了主意，说不去如皋了，哪里都不去，回到船上去。

火婴差点拍手，说你不去好啊，我们自己去。

穆同当然不知道洪承畴为何改变主意，呆了半天，不知如何是好。

火婴却说穿了原因，悄悄告诉李典吏，说洪承畴不喜欢你叔叔，所以他不肯去。

李典吏一听，吓得脸色都变了，不敢再说话。场面正尴尬着，火婴急着要去如皋县城，说不管洪承畴了，催穆同快走。但曹尔玉不让她去，如皋还有些路，会耽搁时间。洪承畴上了船就不肯露面，穆同只好怏怏离开，火婴与曹尔玉生着气，一定要去如皋县城。

对峙了一会儿，后来拗不过火婴，加上船上到底乏味，大家还是去了如皋，曹尔玉和多哈把洪承畴也拉了去。洪承畴本来死活不肯去，但穆同说了句，可惜冒家班请来了一个扬州昆旦，二十岁的美少年，见不到洪大人要伤心了。

洪承畴一听，立即一边骂穆同胡说八道，一边马上又答应去了。

火婴奇怪，问曹尔玉为什么洪承畴突然改变了主意，曹尔玉连忙向她摇头，说你不懂，不要说话。

原来穆同说到冒家班，让洪承畴想起了一个人，这个人就是秦淮八艳中的董小宛。崇祯末年，钱谦益出面保媒，董小宛嫁到如皋，成为冒家公子冒辟疆的小妾，不久清兵入关南下，冒家不肯降清，四处亡命，虽然保住全家性命，然而家产尽没，沦为穷困，但董小宛并没有弃冒家而去，甘心在如皋过贫贱生活。昔日名花，不知有否凋零。洪承畴怀着一片好奇，当然应允去如皋看看。

到了如皋，已是天黑，众人就直接去了望海楼吃晚饭。洪承畴问清窗外所见就是冒家水绘园，探头细细观看，发现一片萧条不堪，于是问起冒家近况，说既然要看冒家班，为何不见冒家有人来？穆同这才解释，冒家如今家道中落，财力不继，加上冒辟疆大半时都住在影梅庵，陪伴董小宛，无心把旗号再次举起来，县衙与乡绅公议出钱，才恢复了冒家班。

洪承畴这才知道董小宛已经不在人世了，不免一阵惆怅，精神差了许多，随后又是一阵愠怒，大老远地来一趟如皋，穆同分明把自己诓来，正要发作，穆同已经以冒家班名义送上了特地准备的夜场，洪承畴才重新振作起来。

扬州请来的那个昆旦，唱了一折《惊梦》，洪承畴其实酒量不大，也不嗜酒，听完戏，却不过瘾，举杯连敬了唱杜丽娘的昆旦三杯酒，学着他唱了一曲。昆旦鼓掌，说洪承畴虽经风霜，依然面相清朗，声音雄厚，令人倾心。两人一来一往，纠缠不停。

火婴心中犯腻，问洪承畴，怎么你喜欢他呀，他是个男的。

洪承畴借着酒，说年轻美丽的事物谁不喜欢，俊男和俏女，凡是入眼称心的，我就感到舒坦动情。

火婴恍然大悟，说难怪你跟苏州那个唱红娘的王紫稼也暗地里手牵手的，不小心被我看见过一次。洪承畴脸色沉了沉，但没有再搭理火婴，继续和昆旦一唱一和。

火婴还想说什么，曹尔玉把她拉到外面，说有的事你不懂，也不要看。火婴仍然惊讶，说洪承畴在别人面前那样子，正儿八经的，碰到好看的小男人，就像换了个人似的，我回去告诉皇上和太后。曹尔玉说你回京城见了太后和皇上不要胡说八道，各人各好，怪不得他。

等洪承畴尽了兴，给了昆旦一大笔赏银，已经是半夜。此时火婴已经顶不住困，打起瞌睡，李典吏答应第二天陪火婴逛如皋的早市，顺便到他家的药铺去看看。

火婴还是没机会探访到什么李渔旧时的生活足迹，顺治的一道紧急御旨把后面的行程都打乱了。

天还没有亮，驿馆外面洪承畴和多哈说话的声音把火婴吵醒。多哈又敲开曹尔玉的门，说刚刚黄马褂快马传来皇上御旨，有重要事情商量。曹尔玉过了一会儿就来敲火婴的门，催促火婴快起床，马上就离开如皋，自己要赶回苏州，让她先回北京。

火婴光听到了回苏州三个字，不禁大喜，连忙穿好衣服，打开门，说太好了，我要跟爹爹回苏州。

一行人准备早饭都不吃，就要离开如皋。李典吏跟穆同前来送行，却发现洪承畴不见了。

洪承畴天不亮就起床，一个人悄悄绕着水绘园走了一圈，又打听到影梅庵在城南，加快脚步找了过去。因为天气好，影梅庵看过去显得很近，连门口的匾额都看得清大概，但走起来却还是有一段路。庵门已经打开，有一个人出来，约四十岁年纪，看神态似是读书人，洪承畴怀疑此人正是冒家公子，连忙低着头闪到一棵树前面。那人往洪承畴看了看，也没有打招呼，往城里走了。

后面一个老尼姑出来，洪承畴站在门口迟疑了一下，老尼姑问他是不是来找冒公子的，洪承畴嗯了一声。

老尼姑指着进了城门的那个人，说冒公子刚进城去，怎么你和他刚好错过了。

洪承畴独自进到庵里，转了一圈，在庵堂后面找到了董小宛墓地，静静看着墓碑，不敢相信穴里人真的是董小宛，伫立良久，也没有多作停留，匆匆离开。

洪承畴回来时，也没有说去了哪里，只管自己坐下来吃了早饭，直到吃完饭，也没有说过一句话。

只有火婴嘟囔着说了洪承畴几句，说早知道要等他，她就去水绘园边上的李家药铺去看看了。等大家起身离开，火婴又对李典吏表示了十分的歉意，说下次来如皋她一定去李家的药铺看看，还问他有什么东西带给他叔叔的，她又要回苏州继续学戏，会见到李渔。李典吏说只有一个口信带给李渔，他父亲也就是李渔的兄长李茂身体越来越不好，希望叔叔回如皋来看看，以叙兄弟之情，再一个是药铺这些年的红利不少了，也找个机会分一分。

火婴替李渔答应下来，说一定让他早点回来，把戏班也带来，唱戏给这里的人听。洪承畴旁边冷笑，对李典吏说你叔叔这么多年光写书赚了不少钱，不稀罕药铺的这点红利。曹尔玉插上话来，药铺的红利算下来也不少了，一定比卖书唱戏挣得多。洪承畴摇摇头并不认可，说他一本书就抵得过多少家药铺了。

曹尔玉说那不至于，什么书能赚这么多钱？

火婴哼了一声，说我知道他又要说《金瓶梅》了。

洪承畴得意，对曹尔玉说你女儿聪明，让她一猜就着。

穆同吃惊，表示怀疑，说洪大人，《金瓶梅》怎么真是李渔所著？

李典吏急道，听说我叔叔从小就能写诗作文，他能写得出的。

洪承畴一听李典吏的话，大笑，说你们听听，他侄儿都证明了，《金瓶梅》就是李渔写的，有空给赵则鸣做个证人。又对穆同说，你最好把这件事好好向如皋百姓士子宣扬宣扬，兴许还是如皋的骄傲呢。

火婴跺了跺脚，对李典吏说，你真笨啊，他这是在讥讽你叔叔，你还真敢上当。

回来的路上，火婴不想理洪承畴，一个人骑马走在前面，一心想着回苏州后告诉李渔。直到快上船时，曹尔玉拦下了火婴，要她马上回北京，不能再回苏州，苏州城现在乱得很。

火婴差点哭了起来，泄了半天的气，但很快又觉得不安，问苏州城里发生什么事情了？曹尔玉也不多话，只是说没有什么大事，不过是城里面那六个结义兄弟在府衙闹事，把皇上都惊动了。

火婴心里一紧，不禁警觉，说戏班他们不会有什么事吧？

曹尔玉打哈哈，说当然不关戏班的什么事，戏班还能有什么事，你就安心回去吧，等过了高邮，水路就顺畅了，用不了几天，就到了京城，可以见到太后、皇上，难道你不想他们？

火婴嘟了嘟嘴，说当然想了，可是他们催得也太急了，我还没有在江南玩够呢。要知道这样，我就在如皋玩几天了。

曹尔玉说以后爹爹常在江南了，下次你尽管来。又催火婴上船，说往北的水路已经慢慢通了，不如回北京的船先走。

火婴眼泪落下来，心有不甘，说爹爹就是怕我回到苏州。

曹尔玉看到火婴这个样子，心里不忍，但也不想再迁就，说这一船队东西，还有你，皇上催着要呢，耽误不起了。

火婴还是不肯上船，说真不想一个人回去，路上这样堵，回到京城都什么时候了。

之后父女两人扛了半天。曹尔玉说苏州你反正是不能回了，爹爹让多些人护送你从陆路走，这样就快了。

火婴又说不想骑马。

曹尔玉说那你坐轿子。

火婴说也不想坐轿子。

曹尔玉说难道你想走回京城。

火婴说也不走路。

曹尔玉说那你怎么回去。

火婴索性耍赖，说我就坐船。

曹尔玉认真了，说好女儿，苏州城出事了，你就赶紧自己回去，别再给爹爹添乱了。

火婴不免又紧张起来，说爹爹你告诉我，苏州城出什么事了？

曹尔玉不再理会火婴，吩咐几个戈什哈把火婴送回船舱，等船队能走了他就马上赶回苏州。

火婴真生了气，只管自己回到船上去，等回到船上，又坐立不安，想着苏州城到底出什么事了，问戈什哈，一个个都摇头不知。

后来多哈过来，火婴拉住他，问苏州城出什么事了。多哈不假思索就告诉了她，有人因为虎丘戏场踩死人一案，聚众闹事，包围苏州府衙了。

火婴还要细问，多哈什么也不说了，火婴只好一个人回船舱里待着，气鼓鼓地望着舱外。岸上，众人齐心合力把沉船拖出水面，大家脸上露出胜利的喜悦。但牵引沉船的绳索突然断裂，刚刚浮出水面的沉船失去控制，撞上打捞船，顿时打捞船被撞破一个大洞，船舱进水。水师们奋力抢救，但打捞船开始大量进水，慢慢地沉下去。

洪承畴恼怒，但又无奈，对水师指挥说这里你多费点心，我们还有急事要马上回苏州，说着就上了马。曹尔玉从戈什哈手中牵过马，犹豫了一下，想和火婴告别一声，但狠了狠心，一挥马鞭，跟上洪承畴一行，走了。

船舱中的火婴闷着头看起李渔送她的戏本，背了一出，因为一天没有吃饭，觉得肚子空，想吃东西，又不想出舱，开始寻找舱内的食物，猛然看到赤五娘送的包裹，连忙把包裹解开，一条白布飘落下来。火婴专心找吃的，取出一些苏州麻饼之类的点心，没有注意到落在地上的那条白布。火婴吃饱后，兴致提高了一点，穿起戏装，要准备唱戏，又恨舱内狭窄，踢了踢脚，一脚刚好踩在布条上，低头看到了几个血字，不禁愣住，弯下腰捡起来，读布条上的字：火婴，李渔身陷大牢，不能相送，珍重，珍重。

火婴又读了一遍，接着闻了闻布条上的字，仍然还有血腥味，惊醒似的穿着戏装奔出船舱，喊叫着，试图叫住曹尔玉。

火婴要离船上岸，被戈什哈拦住。火婴回到舱内，又细看着布条，不禁埋怨自己错怪了李渔，错怪了戏班的人，李渔没能来送她，原来是遇到了这么大的事。让她感动的是，他在牢里还想着用血写字的办法解释为什么没有来送她，他正是汉人所说的君子啊。火婴想着，心潮起伏，坐立不安，只想着怎么尽快回到苏州，见到李渔，见到戏班。

到天黑时，火婴让人叫了酒菜，还穿起戏装给他们唱戏。火婴身穿戏服，端着酒杯唱着：

……牡丹亭，娇恰恰，湖山畔，羞答答；读书窗，淅喇喇。良夜省膳茶，清风明月知无价。

火婴一边唱戏，一边倒酒，很快就把跟随的戈什哈灌醉，然后自己也假装喝醉，身体摇晃，戏步踉跄，倒下就睡了。

到了半夜，火婴把自己打扮成那个昆旦模样，连戏装也没有脱，偷偷开了舱门，跳下船，在黑暗中沿着运河往南走，双腿泥泞，走走停停，走了一天，到天快黑时，前面出现一个码头，船上、岸边都聚集了很多人。火婴听到唱戏的声音，循声找过去，只见简陋的船台上，有个戏班正在唱戏。旁边正是赛武大，火婴觉得眼熟，就走过去，摸摸身上又没有钱，厚着脸皮说能不能给我吃一点，以后我还给你钱。

赛武大头也不抬，说没有钱就不要想吃东西。话还没有说完，火婴就认出赛武大，说怎么是你呀，你不是虎丘戏场门口卖烧饼的吗？

尽管火婴一身泥垢，而且穿着戏装，因为在苏州时她买过几次烧饼，赛武大觉得有些眼熟，但不敢断定她是哪个戏班的，就给了她一个烧饼，惊诧她怎么会突然出现在这里，他差点误以为是紫稼先生到了。

火婴也奇怪在这里遇到赛武大，他的出现，说明这里离苏州不远了。但赛武大的一番话马上让她感到沮丧。赛武大告诉她，这里搭上船虽然可以直接到达苏州，但这里离苏州还远，要再走一天一夜，而且苏州城现在很乱，戏场没有戏演，生意不好做，他这是准备回扬州老家了。

火婴吃完半个烧饼，问赛武大借点船费，等她回到苏州，一定加倍还给他。赛武大为难，说戏班都是跑码头吃百家饭，以后不知道还能不能见到。

这时在一旁一个面相尖瘦的中年男子盯着火婴身上的戏装，凑上前来，介绍自己是戏班的头，江北一带都叫他戏霸天，说我们就是要去苏州的，你把身上的戏装换给我，过几天戏班去苏州，带你一块儿走。

火婴捂紧戏装，说不行，别的什么都能给你，这戏装可不能给你。

戏霸天失望，说你身上只有这套戏装还值点钱，抵得上你一路的费用，你不肯给，那只好算了。

火婴看了看戏台，说要不我给你们唱戏，你带我回苏州。

戏霸天眼睛一亮，来了兴趣，说你会唱戏，难怪你穿着戏装，你是从戏班逃出来的？问她原来是哪个戏班的。

赛武大也作了证明，说火婴是李渔戏班的。火婴抓住时机，大言不惭，说自己是李渔戏班的台柱子，看看这戏装，就是李渔师父送给她的。听到李渔的名字，戏霸天肃然起敬，说原来是李笠翁的徒儿，李渔戏班，久闻大名，一看这戏装就知道非同一般。那你为何逃出来呀？

火婴否认自己是逃出来的，随即又编了编，说她叫李乡君，代李师父去了趟如皋县，看望他生病的哥哥，回程时迷路了，正要回苏州去找师父。

戏霸天相信了火婴的话，把刚下了场的其他人招呼过来，向他们介绍火婴。火婴主动表示自己可以教他们几出李渔戏班的戏，并列举了《风筝误》《奈何天》《凰求凤》等几部戏的名称。说到后面，火婴绘声绘色地提到了《比目鱼》，说这本新戏刚刚推出，就轰动了整个苏州城，就虎丘最大的那个戏场，人挤人，花多少银子都看不到，这本新戏就是自己唱红的。

戏霸天崇敬之中又提出了几个疑问，第一个疑问说他们知道李渔戏班有两个年少的女弟子婺姬和杭姬，但没有听说李乡君也是李渔的弟子。第二个疑问既然她叫李乡君，为什么说话口音是京城腔调，而且起了个女人名字。火婴很快做出解释，说其实自己和李渔是合伙关系，是出于尊重才称李渔为师父，和他并不是师徒关系，娄、杭二姬还是孩子，她们才是李渔收下的弟子，因此她们也算是我的弟子，我身体不舒服了，累了，才轮得上她们唱我的角色。那个秦淮秣陵教坊的李香君，和我不过同名同姓罢了。至于京城腔调，因为自己曾经在北京唱过几年戏，经常见达官贵人，甚至连皇上和太后都要见，所以就学会了京腔京调，一回到苏州，我就马上说苏州话了，就像那个王紫稼也是一会儿一口京腔一会儿一口苏腔。因为是唱昆旦的，起个女人的名字，也是为了更加方便自然。

戏霸天见火婴表情坚定，说话流利，不敢再有在质疑，搬过一条凳子，又递上一杯茶，央请火婴给他们说说《比目鱼》。

火婴坐下，呷了一口茶，答应教唱一段《比目鱼》，但条件是先教最精彩的一出，等送她回苏州后，再教他们全本，说着就唱了起来：

伤风化，乱纲常，萱亲逼嫁富家郎。若把身名辱没了，不如一命丧长江。

戏班旦角模样平平，悟性一般，跟着火婴唱了一段。火婴摇头，要她再重新唱。戏班旦角又唱了几遍。

火婴又扮生角：

你们不消喧嚷，刘藐姑不是别人，是我谭楚玉的妻子……

火婴念白：

今日之死不是误伤，是他有心死节。这样急水之中，料想打捞不着，她既做了烈妇，我不得不做义夫了。我那妻啊，你慢些走，等我一等。

然后又唱道：

维风化，救纲常，害人都是这富家郎。守节捐躯都为我，也拼一命丧长江。

火婴脑子中不断出现李渔的镜头：李渔在芦花岛上教她唱戏，自己在戏中推李渔，另一边则是李乡君推他；李渔在布帘内为她描眉，涂口红，她站起来，在李渔脸颊上留下一个吻印；自己在看戏，看到李渔跳入水中，奔过去，也跳到水中。最后想起落下的白布条和上面写着的血字，心中突然喊叫我要回苏州，越快越好。火婴停了下来，一会儿仿佛从梦中醒过来，回到了现实，说我先教你唱这一出，等到了苏州再慢慢教。

戏霸天忽然改变了主意，把火婴扣下，说等她教完了一本戏，就送她回苏州。

火婴很快把全本的《比目鱼》教完，以后的几天里，戏霸天骗她说往苏州走，但其实没有往南，而且一直都没有过长江，而是沿着江岸往东北角走，离长江越来越远。因为每天都能够看到水面，火婴以为戏霸天没有食言，正往苏州赶。戏班有了新戏，每天日夜不停演戏，戏霸天不仅不放火婴走，而且准备将她留在戏班。

这天到了靠近南通州的一个集镇上，墙上挂出了苏州名旦李乡君首演李笠翁新剧《比目鱼》的戏牌。火婴起初不肯上台，戏霸天答应今晚这一场唱完了，就叫人送她回苏州。

十九、玄观庙结义六机户火烧衙旗

大白天在苏州城内大街上闲逛的大多数是失业的机户。

因为明朝洪武时就鼓励种桑养蚕，种植稻谷不如种桑养蚕，苏州地方很多农田改为桑田，稻农变成了织造机户，丝绸业日益发达，附近的村落变成了苏州城的一部分，东北半城居住的都是机户。织造局这样的新机构也诞生了，负责织造的太监成为权势超过地方官的重要人物。

机户多以丝织为生，机户们的日子，始终过得艰难。尤其是小机户，每天大清早，几百人嗷嗷相聚在玄庙口，如果一天没有活计，全家饥饿。

朝廷常年一味盘剥，终于酿成苏州的第一次民变。

万历二十九年，胆小的苏州人大闹了一回。太监孙隆到苏州，私设税官、擅立关卡，这一年正好又碰上一连两个月阴雨，桑田淹没，万余机户停工。但孙隆还照例向机户收税，规定每台织机收税银三钱，每匹绸缎收税银五分，更逼得许多机户倒闭，机工失业。机户葛成在玄妙观一呼，全城纺纱、丝织、染色、踹布工匠二千余人聚集抗议，杀死税官。事后，葛成挺身而出，承担起所有的责任。万历四十一年，被关押了十三年的葛成出狱。

受到万历二十九年这起事情的鼓舞，于天启六年，脾气见长的苏州市民把矛头直接指向了当时最有权势的人物魏忠贤。几万百姓会集起来，而苏州读书人走在最前面，甚至连商贾子弟、差役小吏、歌女娼妓，以及市场角落的摊商小贩都被动员起来。

事情的结果就是留下了五人墓。

苏州乡民集资，把崇祯三年病逝的葛成葬在了五人墓边上。

苏州人谁怕谁。

到了顺治十一年，这六位失业机工跟许多赶不上前两回闹事的后人，总是渴望发生什么事情。

洪承畴和曹尔玉一前一后回到苏州的这天，苏州城的情势已经陡然趋紧。其中火上添油的是李渔戏班跟王永康发生了公然对抗。

由此后来有人传说王永康暗中策动了火烧苏州府衙前旗杆的严重事件。

按照预先商议好的计划，李乡君头天晚上找到吴梅村时，刚好诗社的主要人物都在，特别是最重要来宾、明宗室朱中楣也应邀专程从江北宝应县赶到苏州观看《秣陵春》。

朱中楣祖上是辅国中尉朱议汶，系出瑞昌王府，为镇国中尉朱统第三子，母汪氏亦为名家女。明亡时她虽然年轻，但因为连年苦难，眉宇之间多显沧桑。崇祯十二年，她嫁给李元鼎，但从此厄运连连。

崇祯十三年，李元鼎补授光禄大夫，朱中楣随往京师，至甲申年，李自成农民军攻陷京师，夫妻遭遇明亡之痛，一时走投无路，不知何往。没有多久，清兵入关，搜罗遗老，封李元鼎为太仆寺卿，擢兵部右侍郎，不久因推荐人出了事，被免去官职。朱中楣劝丈夫回到江西，但江西正在打仗，有家难回之际，只好暂时寄住津门兄长李紫函这里。不想李紫函又因事被捕，李元鼎被牵连，差点一同被抓。案情昭雪后，夫妻准备举家南归，但江西烽火仍然没有停息，于是侨居江苏宝应县甓社湖。三年前李元鼎不仅官复原职，而且很快晋升为兵部左侍郎。但是第二年冬，重新因一桩旧案牵连被逮，一年后才得以脱罪，去年初夏离开北京后，仍侨居甓社湖邸舍。夫妇二人誓言从此俭约相守，过吟咏诗词的隐居生活。改朝换代之世，大家对朱中楣也都是同病相怜，格外关心，许多话尽在不言中了。

朱中楣说自己看了《秣陵春》剧本，强烈表示想先睹为快，并题了四句诗当众念起来：

越调吴歈可并论，梅村翻入莫愁村。兴亡瞬息成千古，谁吊荒陵过白门。

李乡君听了感动落泪，所求之事几乎开不了口。

吴梅村写成《秣陵春》，讲的是南唐一段悲欢离合的旧事，实际上暗中寄托对前明灭亡的哀思，准备由诗社出面，邀请苏州的几个名家，其中还有王紫稼也来帮场，在沧浪亭戏场试演。娄吏目虽然同意，但要求不许对外售票，仅限于诗社成员观看，而且不能超过两场。

吴梅村得知李乡君是来借沧浪亭戏场的，感到几分为难，解释说诗友都得到明晚看《秣陵春》的通知，延误了大家的期待也不好交代，再说要改时间已经来不及。

李乡君无奈，正要离开去另想办法。朱中楣拦住她，问了个仔细，不禁同情戏班的困境，回头劝吴梅村，并希望诗社各位都理解和支持李渔戏班。因为李渔戏班是在与吴三桂斗，是与整个大清斗，势孤力单，遭遇危难，特别需要帮助。朱中楣这一说，倒马上起了作用，吴梅村当即征得在场社友的同意，答应推迟自己新编传奇《秣陵春》的首演，把戏场让出一两天。

天还没亮，木子李带着几个新班弟子在内城大街小巷张贴了几十幅戏报，李渔戏班在沧浪亭重新开场，献演全本《比目鱼》，新伶杭姬初次正式登台扮生谭楚玉，婺姬扮旦刘藐姑。喜欢赶早的城内大多数都看到了戏报，争相传告之后，几乎人人皆知，最后连外城的人都纷纷赶来，以求证李渔戏班再次开演新戏的消息。虎丘戏场人挤人的，挤出一场事故，就是为了看这《比目鱼》，现在波涛尚未平息，新的风暴就开始酝酿，大家除了希望看到《比目鱼》，更多的是一种莫名的激动，外城河岸摊市茶楼里面，顿时议论纷纷，人们的情绪也慢慢开始沸腾。

娄吏目经过观前街时，看到了戏报，断定是李渔在牢里唆使戏班故意挑战官府权威，恼怒之下，上前撕毁戏报，并当众宣布李渔戏班的演出为非法。金人瑞和一班儒士正在吃早点，走过来，围住娄吏目斥责了一通。娄吏目碍于金人瑞在苏州的威望，也不敢发作，只是哼了一声，就疾步离开，直奔拙政园。但金人瑞等人议论了一会儿，说到娄吏目嚣张的样子，越说越觉得气不过，认为不能轻易罢休，就撵着娄吏目离开时的路，一起往拙政园过来。

娄吏目慌慌张张走进拙政园，王永康招呼他一块儿吃早点，娄吏目顾不上饿，把撕成两片的戏报展现在王永康眼前，说一早李渔戏班那几个残兵正满大街张贴《比目鱼》的戏报，婺姬唱旦，演刘藐姑，杭姬唱生，演谭楚玉，满大街嚷嚷，让苏州城的人都知道二姬还是李渔戏班的人。

王永康看了看戏报，随手一扔，不以为然，说李渔都在牢里，他们怎么敢演戏？而且二姬在我们手上，不放她们回去，他们拿什么来演《比目鱼》，这明摆着在愚弄看客，官府是要究办的，你马上派人把戏报都一一撕了。

娄吏目把自己差点被金人瑞等人围攻的事说了说，觉得此事来得奇怪，担心其中有诈，向王永康作了分析，列出几个疑点：一是沧浪亭戏场这些天上演的是应该是吴梅村的《秣陵春》，本来就是网开一面，好不容易能够演出，却把场子让给了李渔戏班的《比目鱼》，分明是中间有所串通的。吴梅村等人在暗中帮助李渔，所以不得不有所防范。二是一些儒士狂生一大清早就兴高采烈地围观戏报，似乎有意捧场，尤其是金人瑞与李渔戏班有些交往，恐怕要出头，金人瑞诗名远扬，据说连皇上都读过，所以这股力量绝不能小觑。三是一路走来，外面的人都在指指点点，说婺姬、杭姬被扣在拙政园，所以李渔戏班此举是把矛头对着吴家班，甚至对着平西王，想制造事端，扩大影响，所以万万不可大意。

娄吏目几点说完，王永康不禁认真了许多，但没有妥协的意思，说要是真这么多人要对着干，也不怕，大不了大家都凭实力，出凶招狠招，看谁把天上的窟窿捅得更大。

娄吏目的担心并非多余，到傍晚时，沧浪亭戏场里的戏迷越聚越多时，却传出消息，说王永康仗着吴三桂巧取豪夺，将婺姬、杭姬强扣在拙政园。戏迟迟没有开场，沧浪亭内外的场面开始混乱，戏迷们开始起哄，嚷着要到拙政园帮戏班要回婺姬、杭姬。

刚好王紫稼过来，被人拦住，盘问婆姬、杭姬是否真的被王永康扣在拙政园了。王紫稼原是来客串《秣陵春》的，一见这场面，赶紧找到吴梅村。吴梅村连声抱歉，说今晚的戏场已经出让给李渔戏班演《比目鱼》。金人瑞过来，劝他说实话，王紫稼只好点点头，但又说她们是签了合同文书的，现在已经是姑苏剧社的人了。

在旁的木子李上前反驳，说谁都知道她们是李渔戏班的人，合同文书是有人强迫她们签的。王紫稼一时无言，说既然晚上不演《秣陵春》了，他就先告辞了。吴梅村劝王紫稼回去说服王永康，放了婆姬、杭姬，让她们唱《比目鱼》。

王紫稼叹口气，说此事他也试图劝阻过，但王永康不听他的，着实叫他为难。金人瑞说不信王永康会恶人做到底，坏了苏州人的名声，要跟王紫稼去拙政园，当面劝说他放了婆、杭二姬。王紫稼怕事，随即自己离开。

没想到金人瑞一行人真的跟着他来到拙政园，要王永康放人。

王紫稼进了门，说后面跟来一群人，围在门口，不肯散去，劝王永康先放了婆姬、杭姬。

王永康说坚决不放，我要让外面的人知道，现在好吃好喝地管着她们，她们是我们姑苏剧社的人，他们想看戏，到时候让他们看姑苏剧社的戏看个够。门打开，王永康走出来，看到黑压压的人群站在门口，顿时火了，说你们这么多人围着我拙政园想干什么，都走开。

金人瑞走出人群，上前几步，说长安先生，大家想让你放了婆、杭二姬，让她们回到戏班，到沧浪亭戏场唱《比目鱼》。

王永康看到金人瑞出头，心里怕了三分，但表面上不甘示弱，说她们是我姑苏剧社的人，什么放不放的，你们要看《比目鱼》，我姑苏剧社自会唱给大家听的，现在快快散去，不然我要报官了。

王永康说到要报官，惹恼了金人瑞，他又上前一步，重复了一遍，说王永康你放了婆姬、杭姬，让她们回自己的戏班唱《比目鱼》。

金人瑞与王永康就在门口对峙着，谁也没有让步的意思，众人跟在后面，不肯散去。王永康说你们不肯走，我有办法让你们走。手一挥，大门里面突然冲出一群家丁，压住了人群，并随时要大打出手的样子。王紫稼急了，连忙拦到前面，劝王永康不要伤人。推搡过程中，先动手的家丁把金人瑞推倒在地上，隔着漏窗察看的娄吏目怕事情闹大，奔出来制止了家丁。

金人瑞被王紫稼扶起来后，也不跟王永康计较，回头就要奔往府前街，要告王永康强占女伶，强霸戏班。王永康也动了气，后面追了几步，说金圣叹你有本事就去告我，要是你不敢告，以后不要在苏州混了。

被王永康一激，金人瑞果然来到府衙，要击鼓告状。但衙前一片混乱，鸣冤大鼓已经不翼而飞，守在门口的衙役也没有闲暇理会金人瑞。金人瑞这时才想起现在府里不仅没有知府，连府衙都被冯秀才他们围困了。

冯秀才为首的对抗行为已经白热化，为了吓唬李森先，沈秀才公开扬言，如果再不把李渔交出来，就要火烧府衙。尽管冯秀才再三交代不要真烧，但六兄弟却做得像真的一样，搬来干草和树枝，洒上油，只等点火，说放一把火又何妨，凡事有王永康顶着。

沈秀才一看六兄弟真的要动手，害怕起来，说了几句劝阻的话，六兄弟此时已经性起，根本听不进去，说现在苏州城我们说了算，天一黑就放火。

一直在现场的娄吏目跟着李森先在府衙门前探看。李森先看着，心中不由感叹，苏州人向来脾性平和，心肠慈软，现在怎么也变得有反骨了，这背后一定有人在恶意唆使，自己一定要找出这背后的人，向皇上交代。不等李森先想完，娄吏目指着外面黑压压的人群，劝李森先赶紧把李渔交出去，不然怕是要出大事，又说不如打开衙门，看看外面的情形。说着，不等李森先同意，就示意衙役打开衙门。大门刚开启一半，人群就拥了进来，六兄弟无赖也混在中间，高声喊叫要抢官银、抢官粮什么的，李森先夺过一把刀，厉声阻止，说你们这是造反。

沈秀才拨开李森先手中的刀，要求把李渔交出来。

李森先把刀往柱子上一砍，说不退出大门者死，堂堂苏州府衙，岂容你们在此撒野。

人群犹豫，退缩了几步，然后一齐看看沈秀才、冯秀才，冯秀才还是嘴硬，说李钦差，我们不管你是大明的官还是大清的官，反正你不是苏州知府，苏州地方事务，不用你插手。

李森先听懂冯秀才的话分明是嘲讽自己背明投清，不由得火冒三丈，随手一刀刺落冯秀才的帽子。冯秀才吓了一跳，往后就逃，李森先又举刀要砍沈秀才，沈秀才也急忙跟着人群逃离。李森先趁机指挥衙役关上大门，但愤怒难平，把手中的刀重重扔在地上。

率先到达苏州的多哈第一时间得到了冯秀才他们冲击府衙的警报，开始并不相信这帮读书人真的会这么做，但随后消息不断传到，使多哈急切地感到如果再不动手制止，局面将无法控制。但事关重大，多哈决定马上和后一步赶到的洪承畴进行紧急商议。洪承畴不相信冯秀才他们真有胆子纵火烧府衙，认为不过是虚张声势，表示自己能够阻止他们。

多哈神经已经绷紧，说皇上有密旨送达，严令果断处置，不得延误。

洪承畴仍然大将风度，说闹事的秀才不是被赶出府衙了吗？苏州地方屡次发生民变，前明魏忠贤处理税案不当，结果激起民变，朝廷弹压，有五人死节，至今仍是苏州人心中的一块伤痛。洪承畴手向西边一指，说有空去看看五人墓，张溥写的碑记。

多哈对前明反对魏忠贤斗争中殉难的苏州市民颜佩韦、杨念如、沈扬、马杰、周文元等五位义士深感钦佩，不止一次看过墓地，但听洪承畴这么说，有些不快，严肃起来，说现在是大清朝，皇上英明，岂能容得魏忠贤这样的阉贼把持朝政，苏州官民必须顺应天意，不能再妄生事端。冲击府衙，已经是越过界限了。

洪承畴勉强附和，说那当然，把他们赶走就行，千万不要伤人。虽然话这样说，洪承畴并不着急，因为他心里有更大的一本账要算。皇上派他到江南，是来安抚人心的，尤其是苏州地方，由于前些年市面萧条，许多市民因为无业，成为市井混混，一有风吹草动，势必因应闹事。因此要静观其变，切不可鲁莽行事，以防激起民变。想着，便说皇上的密旨本官也看到了，等查明情况再作决定。

洪承畴表面上显得镇定，但实际上并没有掉以轻心，乔装之后，要到府衙门前观察一番。多哈得知，劝洪承畴不要去，说现在府衙外混乱不堪，怕这些人头脑发热，丧失理智，被人利用。如果藏有可疑人物，借机生变，那就更危险了，为安全起见，请洪大人暂时离开苏州，到江宁暂驻，等事态平息之后再回来。

洪承畴坚持要现在去，说我堂堂一品大员，居然连苏州都住不得了。他们不过是苏州平民百姓，所作所为又不是针对我洪承畴的，何必多虑。你也不要大惊小怪，这不过是一起普通民事案件，江南民心安抚为上，切不可鲁莽行事。这个时候，我还是留在苏州吧。

多哈怕贻误时机，到时候皇上怪罪，于是又到码头接上曹尔玉，商量对策。曹尔玉一听，十分果断，说真是反了，他们竟然敢借戏场踩人的事情火烧府衙，查清主使，决不轻饶。两人稍作商量，决定先不管洪承畴的态度，而是按照皇上的旨意，当机立断，请苏松总兵梁化凤从盛泽大营火速调三千绿营铁骑赶到苏州，迅速动手平定这场风波。

多哈离开之后，洪承畴一身便装，戴了一副珐琅眼镜，装成教书先生模样，到府前街边的小巷里看了看，发现场面比他想象的要混乱得多。听到一群人在议论，其中六个人似乎是为首的，一打听，原来是苏州市井有名的结义六兄弟。洪承畴也参与进去，发现这六兄弟口口声声把火烧府衙挂在嘴里，似乎天不怕地不怕，意图成为新六人义，扬名全国。洪承畴不由得问他们怎么不怕官府追究？六兄弟中年长的直言说背后有王永康，王永康的背后有平西王，怕什么，一会儿还要把小小的苏州府衙烧了呢。

洪承畴感到事态严重，马上要去拙政园责问王永康，结果被娄吏目拦住，说拙政园那边另有一场风波，苏州戏迷被李渔戏班的人煽动，围住了拙政园，正向王永康兴师问罪。洪承畴愣了愣，说什么戏迷，为何跟王永康过不去？娄吏目趁机添油加醋，说都是李渔戏班的戏迷，其中秀才金人瑞带头，说什么要看《比目鱼》，他们一定是受了李渔的挑唆。洪承畴仿佛不太相信娄吏目的话，要问来龙去脉，说他们这是为李渔鸣不平，王永康是不是做得过了。娄吏目连忙为王永康辩护，说姑苏剧社从李渔戏班挖了两个小角，都是你情我愿的，不想他们小题大做，上拙政园闹事，企图为李渔解围。

洪承畴忍不住点了点头。娄吏目的判断没有错，拙政园前这个新起的场子，无疑是李渔戏班唱的对台戏。平心而论，娄吏目虽然官职低下，但精明强干，机巧权变，识事断人更是不凡，只可惜人格稍逊，不然日后也可一用。洪承畴犹豫了一会儿，不顾娄吏目阻止，就径直往拙政园去了。

此时拙政园门口，静坐的戏迷和家丁们的对峙还在继续，到府衙击鼓告状不成的金人瑞刚好回来，上前就敲起门来，再一次打破原本平静的气氛。

园内婺姬、杭姬听到外面的敲门声，也开始撞门。门外传来上楼梯的声音，王紫稼站在门外，说二位姑娘，你们就别撞门了，撞不开的。告诉你们，外面乱成一团了，等事情过去了，我求王永康放你们回戏班。

婺姬猛地踢了踢门，大骂王紫稼骗她们来，好好地让她们走就罢了，不然，就告他拐骗人口。骂着又与杭姬一起大喊，指名骂王永康。

王紫稼下了楼，劝王永康先放二姬走，让门外的戏迷也好散去。王永康坚决不答应，说两个都是美貌娇嫩的角儿，等她们长大了前程无限，怎么能放她们走，到哪里说去都没有用，她们可是签了合同文书的，休想耍赖。

洪承畴想从后门进拙政园，却被戏迷发现，只好又从正门走，金人瑞自报了家门，把事情经过说了一遍，希望他能做主。

洪承畴听完，暗自抽了一口凉气，一下子看清了戏迷背后的这股势力，他们不仅仅是金人瑞这样的名秀才，更有像吴梅村这样的当代大文豪，朱中楣这样的明室后人，他们明里是在替李渔戏班出头，挑战王永康，实际上是冲着王永康背后的吴三桂，更准确地说是为了替大明出一口恶气。此事自己务必保持清醒，千万不能让他们认为自己站在王永康一边，不能让他们以为自己和吴三桂还有什么瓜葛，不然正好被人抓住把柄，转而冲他洪承畴来了。洪承畴想到这里，当着大家的面把王永康骂了几句，说如果情况属实，会尽力说服王永康，让他放人。

其实洪承畴不过在应付他们，心里并没有打算兑现承诺，他压根就不想管婺、杭二姬的事，不想让金人瑞这些人认为自己在讨好他们，说到底，大明毕竟是翻过去的一页，不能像他们以为的那样，他洪承畴老是心里过不去，觉得有愧，因此可以揪住此种心情不放，借机要挟。因此洪承畴进入拙政园，一见到王永康，就把他责骂了一通，但并不是为了外面戏迷的事，而是说他竟敢唆使他人火烧府衙，到时候皇上追究，诛灭九族，吴三桂都救不了你。

王永康一脸不服气，马上把责任推回到洪承畴头上，说自己不过依照洪大人的提示行事，事情闹得越大，李渔越倒霉，吴三桂家班就能得到李渔戏班。再说冯秀才他们不过是虚张声势，吓唬吓唬李森先，怎么会真的放火烧府衙。

洪承畴顿时怒火升起，把手中的茶杯一摔，说什么依照本官的提示行事，本官何时提示你如此胡来？管不住外面的这些人，由他们抬尸游行，居然抬到府衙来，那也就算了，但要火烧府衙万万不可，这是造反，赶快叫他们罢手，他们已经越界，不许再闹了。

王永康双手一摊，说洪大人胆子怎么变小了，事到如今，就是皇上来了也没有用。

跟王永康还没有吵完，洪承畴又和李森先争执了一番。

再说李森先已经得到情报，洪承畴到过府衙前暗访，跟着也来到了拙政园。洪承畴与王永康在争执间，李森先让娄吏目开了门，进门见到洪承畴，逼他拿出态度，说洪大人，你快想想办法，他们要火烧府衙了，再不来硬的就来不及了。

洪承畴见李森先突然出现，愣了愣，说他们胆敢点火，就以造反论处。这种事一开始就手软不得，对滋事歹徒绝不能姑息迁就。又说自己劝过李森先，要果断处置。

洪承畴显然要把责任推到李森先身上，李森先一听，也马上强硬起来，冷冷地进行了反驳，说自己一开始可是听了洪承畴的话，才由他们在府衙门口停尸数日的。

洪承畴白须抖了一下，指责李森先大胆，说本官何时叫你放任他们了，你作为皇上钦差，专门巡察苏州，早该拿定主意了，事到如今，你还怨起本官来了。如果皇上怪罪下来，本官绝不庇护于你。

李森先故意像是被吓了一跳，口气却充满讽刺，说洪大人吓煞我了，您可要替下官做主，拉下官一把呀。

洪承畴不依不饶，哼了一声，说做什么主，你什么时候听本官劝导了，事情都是因你一味袒护李渔而起，现在形成如此混乱局面，你难逃干系。

李森先显得紧张，说下官不敢，请洪大人指点。

洪承畴显然相信李森先这回是认真诚恳的，终于抛出了自己的意见，说你要是真的听本官的话，就开堂公审李渔，或者先把李渔交给他们。

府衙前的骚乱，使得大牢里也开始人心惶惶。

李渔听到有人占据府衙又要火烧的消息，并不相信，认为牢头是在骗自己。但传话的牢头神情恐慌，说消息千真万确，天一黑他们就要放火烧府衙。

李渔怔了半天，不禁喜少愁多。喜的是多行不义必自毙，如果胆敢烧府衙，那这场戏就算有了结局，李渔戏班自然可以摆脱困境。但这一来，那几个秀才在劫难逃不说，恐怕还要殃及池鱼，万一皇上震怒，动用了旗兵或者绿营，刀剑无情，苏州城的读书人和普通百姓都会受到连累和伤害。再要深究，戏班也难以逃避灭顶之灾，最后凭吴三桂的地位，清廷必然网开一面，最后的赢家还不是吴家班？这一想，李渔感到事情严重，觉得当务之急，自己应该马上设法离开大牢，马上带着戏班离开苏州这个是非之地。正在焦虑之时，李森先进来，李渔顿时豁然，迎上去，说给钦差大人添了这么大的麻烦，李某深感歉意。

李森先苦笑，说深感歉意的应该是本官。李笠翁，实话告诉你，本官已经撑不下去了，洪承畴逼本官把你交出去。本官来是跟你商量这事的。

李渔愣了愣，心里明白了大半，但显出深感不解的样子，问李森先要把自己交给谁，是江南总督还是江宁巡抚，或者大清皇帝。

李森先知道李渔是明知故问，说把你交给外面的那帮人，相信你能对付得了他们，有本钦差在，他们不敢太过分，充其量让你赔些银子，向他们表达悔过。

李渔忍不住笑了几声，说这真是笑话，他们既非官非吏，亦非良民顺民，凭什么把我交给他们，难道这大清朝连这么一个小小的动荡都应付不了，就乱了法度，没有秩序了。

李森先点点头，显然赞同李渔说的话，但因为是洪承畴逼他，他一时也没有更好的办法平息事态。洪承畴或许有些道理，他不想让朝廷采取严厉的措施，制造出什么血案。

李渔笑得更大声了，说钦差大人中了洪承畴的计谋了。从戏场踩人，到抬尸游行、围困府衙，事态一步一步趋向严重，苏州城阴霾弥漫，乌烟瘴气，朝廷对此岂能熟视无睹，置若罔闻？洪承畴身居高位，怎能不知道朝廷对此事的态度？依李某愚见，洪承畴一定得到皇上的旨意，随机应变，见风使舵，现在他急于找一只替罪羊。

李森先猛然醒悟，说他是想找本官当替罪羊，洪承畴善于权术，老奸巨猾，这一层本府早有防备，但是没有想到他居然要拿本官当替罪羊。

李渔说钦差大人是大替罪羊，而钦差大人又要把李某当小替罪羊。如果把我交出去，李渔顶多是受其辱，得其死，但钦差大人的头上就多了一顶罪名。身为江南巡按，自毁法度，交出权柄，软弱附逆，有负皇命，追究起来，只怕钦差大人不仅前程不保，而且会以渎职罪量以重刑。

李森先心里一紧，嘴上却认为李渔未免危言耸听了。李渔神情严峻，说并非危言耸听。聚众围攻府衙，是造反，大清的皇帝岂能容忍有人造反。如果把我交出去，到时候朝廷追究起来，就没有人给你当替罪羊了，留着李渔，对钦差大人有用处。见李森先犹豫，李渔马上补上一句，说李大人也不用为难，如果把我交给他们就能平息一场风波，那就把我交出去。

李森先沉默良久，说李笠翁言之有理，本官不过试探你，不会真的把你交给他们。李森先缓缓走到牢门口，一会儿突然又回来，说李笠翁，本官带你去一趟留园见洪承畴。

李渔跟着李森先悄悄离开大牢，坐了一条小船，从水路到了留园。洪承畴一见李渔，全然不提要把他交出去的事情，而是把李渔当老朋友，好好夸了几句，说李班主以戏为生，才华盖世，声名远播，也是非常人。洪某人称一代枭雄，建

六兄弟火烧旗杆

功立业，难有第二，可是，你我却是同病相怜。见李渔茫然不解的样子，洪承畴连忙解释，说自己一时感慨太多，有些激动了，主要是世人误会我们了，对你我之辈，误会至深，我们两个人感受岂能不同。然后语重心长，说李笠翁，以我现在的地位，可以为李班主正名。

李渔其实听懂了洪承畴的意思，但不明白他目的何在，不免有几分警惕，表面上显得惶恐谦虚，说多谢洪大人，洪大人是一代重臣，李渔岂敢相比，再说李渔浸染俗世久了，名声怕是正不过来了。

洪承畴对李渔的谦虚比较满意，于是直奔主题，给出了条件。大致意思是说李渔文名天下皆知，传奇小说更是行销甚广，必将传至后世，希望李渔以此特长为洪承畴撰文作传，可以消除世人对他的误会，如果答应，他可以为李渔效劳，为继续演出《比目鱼》助一臂之力。

李渔诧异洪承畴真心用得着自己，觉得新鲜，相信又不敢相信，刚想问，洪承畴直截了当，说李渔对他的事迹已经很了解，绝不会像别人那样恶意曲解，然后把镇江初次相遇、长江上一番感慨、运河路上交心攀谈，重新回忆了一遍。说李渔是传奇大家，如果把他的所遇所求编成传奇，以正视听，也算是没有白白交往一场。

李渔一愣，没有正面应答洪承畴的要求，岔开话题，问洪承畴是不是要把他交给外面的那班秀才？洪承畴知道一定是李森先告诉李渔的，瞪了他一眼，对李渔说总比把你关在大牢里好，再说，这是苏州地方事务，李森先巡按东南，代行职责，完全可以做主，本官是不会干涉。把你交出去就算是本官的主张，他们一见到要找的人，自然就不闹了，事态也马上就会平息，苏州城也马上会恢复往日的秩序和繁荣。本官经历过的大事、难事太多太多了，哪里会像有的官员，见到有人上门捣乱，就手忙脚乱，惊慌失措。

李渔称赞洪承畴稳坐钓鱼台，平息这场风波有希望了。洪承畴不禁自得，说李笠翁还真了解本官，当年诸葛亮对付曹魏五路兵马犯蜀，既没有披挂上阵，也没有布兵列队，而是安居成都丞相府的后花园，像本官现在一样，赏赏花，看看鱼，喝喝茶，运筹于千里之外，就把曹魏的五路大军打败了。

李渔想起赵则鸣跟自己提到过，洪承畴路过兰溪祭拜诸葛祠堂，自比诸葛孔明，看来洪承畴果然有些要做一代名臣的情结，遗憾的是投清之后，名节不保，青史留下污点了。李渔想了想，回应了几句，说李某自幼熟读诸葛亮前后《出师表》，深感诸葛亮不愧为一代名相，修身养性，忠君爱国，鞠躬尽瘁，死而后已，愿洪大人将来也能以此风范、人格、节气和操守名垂青史。李某这里先给洪大人庆贺了。

洪承畴白须又一阵颤动，李渔话里有话，不情不愿，又让他没法计较，于是仍故作平和，说这青史是人写的，天下大势，浩浩荡荡，不可逆转，适者生存，应时而动，所谓识时务者为俊杰也。生命可贵，蝼蚁尚且贪生，何况是人呢？

李渔刚想反驳，洪承畴不容他开口，说你不用怕，李钦差把你送到外面，并不是叫你去送死。他们也不至于置你于死地，不过是把你五花大绑，游街示众，让苏州民众往你身上扔扔臭鸡蛋、烂菜心、破砖块，吐吐口水唾沫，大骂你是奸徒淫棍，是《金瓶梅》中的西门庆。由他们出出气，虽然受尽侮辱，但绝不会要你的性命。你放心，本官会叫人保护你，绝不让你有生死之虞。李钦差也一定会保证不让他们把你打死了。

洪承畴一番话里藏刀的言论，让在场的人愣住了。李渔知道洪承畴是在咒他，强压住心头愤怒，向洪承畴作了个揖，说承蒙洪大人关照，李某谢了。李某确实怕死，尽管受尽奇耻大辱，也是保命要紧。从今以后，洪大人也不会孤单了。

轮到洪承畴奇怪了，问这话是什么意思？

李渔语调平和，几乎是侃侃而谈，说这天底下，人人都说大明朝的臣民之中，最怜惜自己生命的是洪大人，为了活命，可以把一个大明朝、一个民族丢了，说起珍惜生命，无人能与洪大人比肩。现在又有一个李渔，也是贪生怕死之徒，为了保命，臭鸡蛋、烂菜心、谩骂、唾沫都要领受，有我李某陪伴，洪大人当然不孤单了。

李渔的话充满挑衅，几近狂妄，再一次深深地得罪了洪承畴。

不等洪承畴发作，李森先以还没有结案为由，将李渔带回府衙大牢。

拙政园前的戏迷还在继续交涉，府衙前的骚乱更加严重，聚集的人越来越多。

在苏州府衙前聚集的主要有三类人：第一类是心怀故明，对大清统治仇恨的年纪稍长者，借机释放积压多年的忧愤；第二类不乏趁机赶热闹的苏州市民，大都自我感觉较好，年轻且家境较好，对不平静的生活充满向往，希望事端扩大；第三类则是机工及织造坊的手艺人，他们的雇主不惜停产歇业，鼓励他们前来，目的是压制衙门的气焰，防止课税加重和日常盘剥。这三类人对事情本身不想深究，对后果也来不及考虑，以参与者和旁观者的双重身份出现，大大营造了声势，烘托了气氛。

据一些长辈回忆，其场面堪比明朝天启六年，苏州城乡数万人齐集，反抗魏忠贤，为周顺昌呼冤的情景。

沈秀才、冯秀才不禁感到自身力量的强大，情绪处于高度亢奋之中，言行显得不可一世。两人轮番上场，不停地鼓动六兄弟带头，做出勇敢之举，结果大家争相表现。其中有人还点燃了火把，高呼着火烧府衙，一齐逼近府衙门口。人越来越多，附和的声音响得几乎传到了外城。在毫无制约的情况下，六兄弟中的那个年长的点燃了府衙门口前两个旗杆中大的一个，旗杆慢慢地燃烧，周边几条街上都能看见熊熊火光。

李乡君站在百花巷口，听到河对岸传来的哄乱声，登上客栈的阁楼，透过楼房参差之间，看到了着火的旗杆，心慌神乱，禁不住担忧李渔的安危。面对年少冲动要去营救李渔的新班弟子，她却又得变现得镇定，和黄宗羲一起把大家一个个劝回屋内。

正在李乡君张皇焦虑之际，赤五娘从河对岸急匆匆过来，告诉了府衙前发生的情况，劝戏班赶快离开苏州，找地方避一避。黄宗羲赶紧提议李乡君马上带新班弟子离开，他留在苏州找金人瑞他们想办法。李乡君坚持要走大家一起走，说李班主还在牢中，婺、杭二姬还被滞留在拙政园，我怎么能离开，再说新班弟子也不愿意走。两人几近争执，仍无良策，后来赤五娘说起曹尔玉可能已经回到苏州，正在调绿营兵对付闹事的这些人，李乡君再也沉不住气，说那些人已经放火了，紧接着就是一场灾难，再不赶快救出李班主，就来不及了。说着把长发一绾，卷起袖子，打扮成撑船的男船工，要离开客栈。

黄宗羲劝阻，说现在外面危险，大家都先留在客栈，等拙政园金人瑞他们那边的交涉有什么结果再出对策。

李乡君执意要去，对李渔戏班来说，现在的苏州城已经没有安全的地方，留在客栈也是危险。其实刚才赤五娘说到曹尔玉回到苏州时，李乡君突然有了自己的计划，只是此刻不便说明。她要去找曹尔玉，求他出面救出李渔，不管有没有把握，她都要努力试一试。这时赵则鸣跟到巷口，与黄宗羲一同劝阻李乡君，说你一个弱女子，手无缚鸡之力，去了又有何用，还是留在客栈等消息吧。但李乡君没有丝毫犹豫，一脚已经迈出巷口。赵则鸣感动，后面紧跟几步，说一定要去的话，叫赵僮跟去，回头叮嘱赵僮跟着李乡君，要用自己的性命保护她。

乔装打扮的李乡君跟着赤五娘穿过人群，赵僮寸步不离紧跟着她们。但是两个人找了半天，连曹尔玉的行踪也没有打探到。

李乡君和赤五娘先是一起到曹府，但大门紧闭，敲了半天的门没有人应声，又到驿馆打听，也没有人说见过曹尔玉。赤五娘叫李乡君先回客栈，自己去码头看看。李乡君不甘心，又沿着护城河边上的茶楼酒肆，一家家地找，正一无所获之时，发现一队队全副武装的绿营兵正在过河，拥向内城。只见多哈出现，一边布置排列进攻阵式，一边叽里呱啦地宣布剿杀令，说敢有反抗者杀、手执兵刃棍棒者杀、举火玩火者杀。

李乡君心里一紧，赶紧折回，越想越觉得事态严重，预感到要发生大事，毫不犹豫地奔往府衙大牢，找李渔要主张来了。

从城外进来的铁骑悄悄进入内城，随时逼近府衙，截住人群，一场杀戮看来难以避免。此刻，李森先登上府衙假山，看到外面的另一个旗杆也开始燃烧，映得半天通红，心中不安猛然加剧。对他来说，最紧要的是避免苏州城发生惨剧，他必须好好教训闹事的秀才，让他们赶紧收手，不然难逃杀身之祸，必须说服外面跟从的和看热闹的人赶紧离开，刀剑无情，免得伤及无辜。衙门打开半扇，几名衙役提着兵器先走出来，紧张地站在门口警戒，随后李森先出来，站在石阶上，看了看燃烧的旗杆，压住心头的怒火，好言好语劝说冯、沈二位和带头的六兄弟。由于场面嘈杂，李森先只表达了一个大概意思，说你们不要再闹了，烧了府衙门前的旗杆，以后苏州知府上任，这新造旗杆的银子还得苏州百姓出，也就是你们出，多不划算，现在你们马上离开，这银子就由后任的苏州知府出了。

冲在前面的沈秀才没想到李森先这个态度，怔了怔，说只要李森先主持公道，严惩李渔，旗杆他们赔偿。冯秀才怕气氛冷却下来，连忙冲上去，声言要为妹妹报仇，只要李森先交出李渔，他们马上散去。场面再次混乱，人群开始向衙门口拥来，把李森先围在中间。

李森先也不后退，说有话好好商量，你们最好推举一个人出来，与本官好好谈。沈秀才和冯秀才相互看看，人群一时又静了下来。沈秀才开口打破沉静，说大家别中了李森先的奸计，他是枪打出头鸟。

李森先指着冯、沈二人，你们不说，本官也知道你们两个是带头的，就由你们说吧，其他的人静一静。

依然是沈秀才出头，为显示与李森先平起平坐的样子，也一步跨上了石阶，说李钦差好眼力，我和冯秀才是带头的，就替在场的苏州民众提三个要求：一要严惩李渔，把李渔交出来，给死者偿命；二要没收李渔戏班，大小人等一律拍卖改籍，归属我们苏州人的姑苏剧社；三是在场所有的人误工误业，都要予以赔偿，每人起码十两银子。最后的这条要求引起了六兄弟这帮人的兴趣，现场一阵欢呼。

李森先闭着眼睛，又是点头，又是摇头，说你们这些要求太过分，事关朝廷法度，本官也不好做主，本官要奏报朝廷，让皇上知道，至于是福还是祸，看你们的造化，先散了。

听到李森先要上奏皇上，全场一时又没有了声音。沈秀才却恼了，说钦差大人不要拿满人的皇上吓唬我们，这场面我们要是不管了，由他们烧啊杀啊，把一个苏州城掀翻天，看你怎么向你的皇上交代。

沈秀才的话显然越过了底线，李森先不由得倒吸了一口凉气，刚想严厉制止，不想他刚才满不在乎的神情和挖苦威吓的口气，已经惹恼了趁势作乱的六兄弟，他们一齐冲上前来要殴打李森先，众衙役拼命拦住。不等李森先再说什么，人群很快发动了向府衙的进攻。衙役们被击溃，逃回里面，关上府衙大门。因为大门牢固，众人合力推了很久，也没有松动半分。

冯秀才和沈秀才商量后，觉得冲击李森先没有什么好处，而是应该抓住李渔不放，于是又鼓动大家索性到大牢去，把李渔拉出来游街示众。

二十、黄马褂信使文进通快马传旨

左良玉曾经是少年文进通的偶像。

叛逆不驯的性格使左良玉成为当时年轻人向往的英雄。

崇祯元年，因文官歧视军人，宁远卫发生兵变，年轻的将领左良玉加入到兵变的行列，事后遭到撤职处分。不久，袁崇焕怒火平息，左良玉也得以复职。

崇祯十年安庆告急，崇祯帝派熊文灿到安庆，并命左良玉至安庆。可左良玉对熊文灿漠然置之，擅自去郧县攻打张献忠，追击中，挥刀将张献砍得血流满面。

崇祯十二年张献忠复叛，左良玉七月二十五日至房县。张献忠设下埋伏，左良玉中计大败，突围中士卒死了一万多人，脱困士兵不到千人。以轻进致败而贬三级。

明崇祯十三年川陕一战中，统帅杨嗣昌九次下令左良玉堵截，左良玉袖手旁观，置之不理。致使张献忠从容出川攻打襄阳，取得大胜，杨嗣昌一气之下汤水不进而亡。崇祯帝将左良玉削职，戴罪立功自赎。

李自成攻打襄阳，左良玉撤兵至武昌，左良玉向楚王要兵员、要粮饷，均没得到补给，遂掠夺武昌包括漕粮盐舶。到九江后拥兵二十万，在朝廷严令下出兵，大败立足未稳的张献忠，收复汉阳和武昌。

北京城破，崇祯自缢，福王登位，左良玉拥兵八十万，号称百万军，成为长江中游重要屏蔽，此时像文进通这样的无数热血青年投奔到左良玉军营中。

但很快发生了让文进通热情冷却的一件事。弘光元年，左良玉以清君侧为名打起了内战，结果兵败，在九江呕血数升而死。文进通在左良玉的儿子左梦庚率部投降清军阿济格部之前，决然离开。

左良玉在文进通心中的形象从此黯然。

文进通想成为大明英雄的梦暂时碎了，但他做梦都没有想到自己会当上顺治皇帝的信使。

在紫禁城候了大半夜，直到凌晨，文进通才等到顺治的召见。

文进通成为皇差，全因为老土谢图亲王与他偶然的一次见面。

之前老土谢图亲王为学汉语，找到了文瑞方，其实他一眼就看出文进通是文瑞方的亲生儿子，为了表示友好，竭力推荐文进通进宫当差。文氏父子婉言谢绝，但老土谢图亲王热情不减，坚持推荐。

后来文氏父子之所以同意，是因为老土谢图亲王想到了一个周到的办法，给文进通谋求了一个职位，这个职位可以让文进通自由来去北京和苏州之间，最终可以把父亲接回江西老家。

文进通当上了专门给江苏送达圣旨的皇差。

这一天顺治几乎没有跟文进通直接照面，隔着一道门，叫内侍把写好的手谕交给他，嘱他不得耽误，即刻去苏州，向洪承畴、曹尔玉和李森先三个人传达旨意。文进通还是向父亲告了别，但怕被误会和责怪，特意在黄马褂外面穿了件真丝长衫遮挡。文瑞方知道顺治居然让自己的儿子当了信使，恍惚不已，怔了半天，心里明白儿子是为了自己的安全，为了自己能够早日回到江西老家厮守在祖宗身旁，才当了满人的差使。自己不也是做了史馆的副总裁，为满人效力了吗？想着，文瑞方满肚子想劝导儿子的话也就一句都出不了口，只将早已写好的一封信，嘱他亲手交到赵则鸣手中，然后叹了口气，只说了好自为之四个字，就不再言语了。

文进通一离开北京城，心境顿时放宽，犹如鱼入大海，龙飞云端，白天骑马赶路，晚上坐船过夜，一刻没有耽误，十天时间不到，就见到了水汽氤氲的姑苏城。其时天刚刚放明，码头上行人稀少，他从寒山寺上了岸，走路到了内城，途中经过了绿营兵设置的几处盘查，都被文进通一口新学的京腔吓唬过去了。接着文进通在城门口看到了刚刚张贴的安民告示，虽然早市如常，但看得出并非风平浪静，于是三步并作两步到了府衙。

府衙大门紧闭，门敲开后，出来值班的衙役半睡半醒地说李森先几夜没有好好睡觉，这会儿可能在什么地方歇息着呢。文进通站在衙门口等了许久，不觉饥肠辘辘，就在街边摊上吃了两屉小笼肉包和一大碗馄饨，随后又要了一杯茶，边喝边看着街景，心里一阵惬意。

及至日上三竿，还没有见府衙开门，文进通终于不耐烦，早知道还不如先去百花巷，见一见赵则鸣叔侄和新班弟子，想着付了钱就要走，却看到李森先指挥一伙衙役突然出现在府衙门口，开始搬走两个烧焦的旗杆。

文进通不顾周边人多，脱下长衫挽在手中，露着一身黄马褂，迎上去，高高叫了一声李大人，文进通传旨。

李森先回头看到一片耀眼的黄马褂，连忙过来，定睛看清是文进通，激动地抓过他的双手，说文壮士你终于来了，终于在苏州见到你了，你辛苦了，快说皇上有何旨意？

文进通从怀中取出顺治手谕，说圣旨在这里，皇上请李大人和洪承畴、曹尔玉一起接旨。李森先听到洪承畴和曹尔玉的名字，急忙制止文进通宣读，说还是等见到二位大人后再一道宣读圣旨吧，说着就要陪文进通一起到留园见洪承畴。

文进通因为自己与洪承畴曾有过节，不禁犹豫，李森先说你是皇上差遣，谁也不敢对你怎么样，不用顾忌。

再说李乡君因为是探看李渔，而且又给了牢头一两银子，得以顺利进入了大牢。李渔见李乡君来看他，又惊又喜，想拉过她的手说一些热情的话，但李乡君却一脸的紧张，把外面的情况简要说了说。李渔起先并没有觉得严重，但听说多哈带了全副武装的绿营兵拥向内城，准备围剿闹事者，大叫了一声不好，说赶快想办法制止，不然苏州人要遭殃了，我们也要遭殃了。说着叫过牢头，要求马上放他走，待事情过去了，他再回来。牢头问明情由，也慌乱了，但又不敢做主，要禀报李钦差同意，才能让他出去，说着又锁好槛门，马上去请示李森先了。

牢头离开不一会儿，随着一阵嘈乱声，在沈秀才和冯秀才的鼓动下，那六兄弟带了一群人拥进了大牢。

赵僮从外面跑进来，拉着李乡君就走，说赶快离开，有人冲进大牢了。李乡君挣脱赵僮，说你保护好李班主，不用管我。赵僮说李班主人在槛内，怎么出得来？说话间，冯、沈等人已经拦在关押李渔的槛栏前面。

冯、沈二人带着一群人突然黑压压地出现在自己面前，李渔感到事态严重，他们居然可以毫无阻拦就冲进了苏州府大牢，说明苏州城真的已经失控，如果他们再这样下去，这些人的性命恐怕保不住了。

李渔主动迎上去，隔着铁栏，大声呼吁他们要关心自己的安全，说从盛泽大营调来的绿营兵已经进入内城了。

冯、沈二人愣了愣，但没有理会李渔劝告，一则认为有平西王做靠山，凡事有王永康兜着，绿营兵不敢真的对付他们；二则断定李渔是诈编故事，故意制造恐慌吓唬他们，企图骗他们好汉不吃眼前亏。两人以为自己戳穿了李渔的把戏，不禁得意，大骂他这个贼囚徒，身处牢笼还敢造谣惑众，他们绝不会上当。为首的六兄弟不顾阻拦，动手从狱卒手中夺钥匙，试图开锁进入槛内捆拿李渔。躲在赵僮后面的李乡君急了，奔上前去挡住拿着绳索的六兄弟，不让他们靠近槛门。

李乡君被六兄弟拿住，挣脱不得。李渔急了，又出不了槛门，伸出手来一把拉住沈秀才的衣袖，说她与此事没有关系，放了她，我跟你们走。

沈秀才审视着李乡君，说这小个子男人哪里见过，到底为什么如此着急，问清楚了再放他。沈秀才话音未落，赵僮一把抓住他，就要掐他的脖子。李渔见赵僮要下狠手，急忙劝阻，让赵僮放开沈秀才，赵僮指着李乡君，说先放了她，然后再放开沈秀才。冯秀才仗其人多，鼓动六兄弟把赵僮也一块儿捆了。六兄弟先后上去拳打赵僮，被赵僮连起两脚踢倒了其中的几个，躺在地上一时起不来。随后赵僮背后挨了几拳，但忍住痛，反而掐紧了沈秀才的脖子。沈秀才一脸通红，嘴唇发紫，吐出一口白沫来。李乡君怕出人命，连忙叫赵僮手下留情，但六兄弟似乎不顾沈秀才死活，继续攻击赵僮。赵僮也急于腾出手准备还击，将沈秀才越掐越紧。冯秀才吓得慌了神，说李渔你快叫他住手。李渔发现当务之急是让六兄弟收手，设法让李乡君脱离险境，但他们因为吃了赵僮的亏，已经急了眼，根本不听冯秀才节制了。

情急之下，李渔突然心生一计，说我赔你们银子。

六兄弟听到银子二字，顿时停下来，对着李渔过来，其中带头的那个人挥着拳头，说你坐着牢，哪里有银子，就是有，能有冯秀才、沈秀才给得多？我们不只这么几个人，你给不起，每人给十两，至少也得几百两。

李渔想了想，好像豁了出去，说我给你们一千两，这里没有，但有地方有，你们跟我去取。

李渔开口就给一千两，把在场的人都镇住了。

李乡君挣脱开六兄弟的手，奔到栏前，叫李渔不要昏了头，哪里去找一千两。李渔说为了救大家，让苏州百姓躲过一难，一千两银子不多。说着向李乡君使眼色，压低声音，让李乡君带赵僮赶紧离开，到红春楼赤五娘那里借一千两银子过来。

冯秀才听不清李渔和李乡君的谈话，怀疑是李渔的诡计，说你去取，让你逃走怎么办？

李渔说你们要是不放心，那就让她去取，我就在这里，哪里都不去。

后来在六兄弟的压力下，冯秀才只得同意让李乡君和赵僮离开去取银子。喘过一口气的沈秀才不甘心赵僮就这么走了，不敢阻拦，又急于泄恨，亲自动手搬来一捆稻草，架在槛栏上，威胁说如果取不回银子，就烧死李渔。李乡君坚持如果冯秀才他们不撤到大牢外，她就不去取银子。六兄弟想银子心切，同意与冯秀才到大牢外守候。

李乡君与赵僮刚离开，冯秀才不放心，让沈秀才带人跟过去。

李乡君心里面认为李渔的计划并不可行，眼下的局面花一千两银子或许可以暂时对付，但不能化解苏州城里的乱局，况且赤五娘是不是能够拿出一千两银子还很难说。但眼下救李渔要紧，李乡君犹豫着，还是不肯离开，说你们先把李班主放了，我就去取。

沈秀才举着火把往李乡君脸上扬了扬，说你再不走，把你也绑起来，连你也一块儿烧。

赵僮见状，又要动手，李渔急忙摇头阻止，催促赵僮快带李乡君离开，说你们要救我，就快快到我说的地方把银子取来，不然，你我性命都完了。

李乡君被一群人押着进了红香楼，后面赵僮与这群人推推搡搡跟上来，赤五娘连忙奔过来，说乡君姑娘，他们把你怎么了？

沈秀才一惊，说她原来是李乡君，说着猛扯李乡君帽子，李乡君一头长发顿时飘落下来。赵僮一把抓住沈秀才，又要掐他脖子。六兄弟要执拿李乡君，赤五娘横在中间要骂人。沈秀才躲到六兄弟身后，说我们把府衙围住了，李渔也在我们手中，如果一千两银子不拿过去，我们把府衙和李渔一块儿烧了。

赤五娘表现出为难，说只能先凑六百多两，暂时救救急，然后就上了楼。接着，正在楼上喝茶的曹尔玉突然下楼来，说李姑娘，这银子一两也不能给，等天一亮，苏州城就安宁了，李班主不会有危险的。

原来赤五娘与李乡君分开以后，由于绿营兵阻挠，只好回到红春楼，不料得来全不费工夫，赤五娘一进门看见黑压压地站着一帮戈什哈，曹尔玉与一个黄马褂迎上来，开口就说要茶喝。黄马褂向她行了个礼，然后抬起头来，说五娘不认得我了？赤五娘细一看，原来是文进通，惊愕了半天，刚想问，曹尔玉介绍说文进通刚刚从北京到苏州，是来传圣旨的。

赤五娘惊奇文进通怎么从北京回来了，居然还穿了一身黄马褂。文进通连忙作了解释，表示自己不过是暂时的，主要是为了父亲的安全，等将父亲接到江南安置，就不会再为清廷效力。

赤五娘叹了口气，没有再责怪。文进通说顺治发了一道手谕，由他快马送达，交给曹尔玉与李森先，命他们须臾关注苏州局势，如果有火烧府衙之举，除盛泽大营已进入苏州城，将有关人等全数扑杀缉拿以外，再由苏松总兵梁化凤派兵增援，以防止民变。

赤五娘一怔，说梁化凤可是个好杀的人，本来是一帮被人利用无理取闹的人，万一官府的应对过了头，别的苏州人不服气，顶了牛，那岂不是杀个青红皂白，殃及无辜？

文进通说顺治也知道苏州民风，希望事情到此为止，不要再有蔓延，不然会不可收拾。

李乡君看到曹尔玉出现，不禁又惊又喜，顿时感到了一线希望，但一想还是先救出李渔要紧，焦急地说他们已经丧失心智了，什么事情都做得出来呀，请容我先救出李班主再说。

赵僮也劝李乡君，说你不能回去了，李班主叫你来取银子是假，叫你逃脱才是他的目的。曹尔玉感动，说李班主危难时刻还想着别人，不乱方寸，是一条汉子。随后又命令戈什哈把沈秀才和六兄弟绑了，沈秀才仍然口硬，说你们如果不把我们放了，苏州府衙大牢不保，李渔性命不保。

之后因为李乡君担心对李渔不利，劝曹尔玉先放走沈秀才和六兄弟。沈秀才还要回嘴，六兄弟却表现出好汉不吃眼前亏，保证不再伤害李渔，不再滋事作乱，然后挟着沈秀才仓皇离开。

李乡君此刻想起李渔还在牢中凶多吉少，决定自己先带着六百多两银子去缓和一下，免得他们把气撒在李渔身上。

曹尔玉见李乡君坚决，也不好阻拦，吩咐戈什哈天一亮马上进入府衙大牢，保护李渔，说他一定得活着，我还要他带戏班进京给皇上、太后唱戏呢。

再说牢头刚向李森先请示李渔要求暂时出狱一事，又有狱卒跑过来报告有人冲击大牢，李森先一怔，急忙带人从后门往大牢过来。此时被狱卒们赶到大牢门口的六兄弟开始往里面投掷石块，甚至点燃火把准备火烧大牢。想进入大牢的李森先头上也中了石块，额角上鲜血直流，仍然手捂额角，劝他们马上离开，说再闹下去，对谁都没有好处，要知道，你们已经烧了府衙前的旗杆，如果再火烧大牢，那可是真的造反了，要诛九族。

从红春楼回来的沈秀才处于极度的愤怒之中，冲上来反驳李森先，说我们这么做是出于义愤，也是被你们知府衙门逼的，你们如果再不满足我们的要求，这个反真的要造了。

六兄弟也因为没有得到银子，急于冲进大牢伤害李渔，开始跃跃欲试，有的甚至亮出了兵器。其中有一个把火把钉在门板上，把门点着了，衙役和狱卒赶忙纷纷救火。

李森先趁机进入大牢，来到李渔槛前，说他们真糊涂，他们不知道一场杀戮马上就要开始了。

李渔也不再多想什么，显然形势严峻，时间不多，唯有自己出面让他们出出气，或许可以延缓事情进一步恶化。于是态度坚决，要李森先把他交出去，说再不把他交出去，他的命不仅保不住，而且很多人因此流血丧命。

李森先犹豫间，李渔突然伸手槛栏外，从牢头手中一把夺过钥匙，打开了槛门，径直跑到大牢门口，往前一站，说李渔在此。

守攻双方都怔住了，突然一片沉寂。

六兄弟逼近李渔，李渔急忙说各位且慢，你们聚在府衙门口闹事，这会儿又要火烧府衙大牢，无非是为我李渔，现在我李渔把自己交给你们，任凭你们处置，先游行示众，然后动用私刑，最后乱石打死，全由你们，但是李渔要奉劝你们一句……

没等李渔把话说完，沈秀才冷笑一声，说你这龌龊下流的无赖，还敢奉劝我们，今天不死也要叫你脱层皮。

六兄弟齐向李渔投掷火把、石块。

李森先见状忙带人阻止，沈秀才等人威胁道，李大人你要是不想把府衙大牢变成废墟，就把李渔交出来。

李渔看了看，李森先这边加上带来的衙役和狱卒，不过十几个人，而冯、沈这边至少有一百来号人，看来今天不跟他们走是不行了。于是对李森先说他们是冲我来的，有什么后果我承担。又对冯、沈二人说，我会跟你们走的，但我要问清楚要把我带到哪里。

冯秀才说你害死我妹妹，要你拿命来赔，说着和几个亲朋扑上来，要厮打李渔。

但是六兄弟这时候看重的已经是银子，是李渔承诺过的一千两银子，反而对冯秀才的转移焦点表示了不满，一边像护着财神一样护着李渔，不让他挨打，一边劝冯秀才，说人都死了，还不如多要些银子。

过了很久，李乡君还不见回来，冯秀才对眼巴巴盼着银子的六兄弟一阵冷笑，说你们上当了，李渔这是缓兵之计，什么银子，他是在骗我们。六兄弟顿时愤怒，扬言要烧死李渔，开始在李渔身边堆起容易燃烧的杂物，就差点火了。李渔高声解释，说银子一定会取来的，你们放火烧了我，银子就没有了，还欠人命，犯不着，犯不着。

六兄弟和冯、沈二位交涉之后，决定先押李渔游一趟街，于是把李渔绑到一辆车上，然后抬起冯秀儿的尸体，开始形成游行队伍。

这显然是苏州数十年没有出现过的奇观，一时间，内城街上万人攒动，水泄不通。

此时正赶往大牢的李乡君正好遇到游街队伍，心里不由得抽紧，似乎听到了李渔的声音，隐约看到了李渔的影子，拼命挤进人群，但又被前面的人挡住。于是对身后的赵僮说，你把我抬上去。赵僮把李乡君举到空中，李乡君看到了戴着枷锁的李渔，知道他们是把他游街示众了。

李乡君难过地流下眼泪，身体一软，滑了下来。

娄吏目悄悄挤上来看了看，朝冯秀才使了个眼色，冯秀才领悟，突然抄起一根丢弃在路边的船桨，冲开六兄弟的阻拦，对着李渔打了几下。李乡君猛地冲了进去，奔到李渔前面，用身体挡住落下来的船桨，说你凭什么打人？冯秀才一时蒙了，等明白过来，船桨正落向李乡君头上。赵僮眼疾手快，冲过来一把挡住，冯秀才一个趔趄，站立不稳，跌倒在台阶上，但马上站起来，鼓动六兄弟动手殴打李渔。

李乡君与赵僮一道护住李渔，李渔定睛看清是李乡君，急得直跺脚，说你好糊涂，不顾自己性命了，不要管我，快离开。

李乡君指着赵僮身上背着的包裹，说李班主的性命，怎能不管呢！给他们的银子带来了，先给一半，另一半等他们放了你再给。

情势发生了戏剧性变化。

那带头的六兄弟急于瓜分五百两银子，不仅停止了攻击，而且马上散到了一边，只剩下冯、沈两位和几个亲朋赖住李渔不放，声称姑苏剧社会用更多的银子，把更多的人召回来。

李森先看到了这一幕，走过来，然后叫人带走冯、沈二人，说原来你们背后有姑苏剧社指使，怪不得你们没有王法，光天化日之下敢私自抓人游街，责令他们马上放了李渔。冯、沈不肯，与李森先争吵起来，不想旁观的市民有不服的，替二人讲话，另一些没有拿到银子的泼皮，也不让衙役为李渔解锁，现场又开始哄乱。李渔一看不对头，劝住李森先，然后走到冯秀儿的尸体旁边，跪于地上，回头对冯秀才说我要好好哭一哭你的妹妹，以示歉意。

周边的人看到李渔突然的举动，都停了下来。

李渔又高声问冯秀才要酒，冯秀才奇怪，问李渔要酒做什么。

李渔神情认真，说自己要祭奠冯秀儿。

六兄弟中一个为首的手中拿过一葫芦酒，交给李渔，说等你祭奠完了，见不到另一半银子，你休想活命。

李渔倒酒洒地，说放心吧，银子不会少你们的。

冯秀才大怒，再一次扑向李渔，六兄弟则再一次将李渔围在中间，不让冯秀才靠近。

人圈中，李渔摆了个庄严的姿势，大声念了起来：

> 呜呼烈女，不幸夭亡。苏州烈女，上穷碧落下黄泉，魂灵飞向何处寻。

人们看到李渔唱卧龙吊孝一般，不禁好奇，站在一旁看起热闹来。李森先愣着神，纳闷李渔搞什么名堂。

李渔伏地恸哭一番，唱起来：

> ……哀君情切，愁肠千结，唯我肝胆，悲天断绝。呜呼烈女，生死永别。朴守其贞，冥冥灭灭，魂如有灵，以鉴我心。呼呼痛哉，伏惟尚飨。

六兄弟中有人见李渔哭得如此悲切，也不觉手软，呆呆地站在旁边。

李渔被游街的消息传来，隐蔽在红春楼里的曹尔玉已经按捺不住，披上盔甲，提着宝剑，刚准备率领戈什哈出门，多哈突然出现门口，把他拦了下来，说按照皇上密旨，得听洪承畴的号令。曹尔玉看了看外面经过的人群，说为什么要听他的，皇上命我等果断处置，不得延误。多哈说自己带了三千绿营兵还在埋伏着，等待号令，劝曹尔玉说皇上有他的道理，洪承畴是汉臣，又在江南经营多年，知道怎么对付，还是先听他的吧。

曹尔玉还是坚持现在就动手，指责洪承畴是在听任他们把李渔游街示众，自己也有皇命在身，凭什么听他洪承畴指挥。又说自己熟悉苏州城的地形，他们游街示众，必定要经过繁华闹市，其中要经过玄妙观前面的空旷地带，这时候马队冲进去，正是大好时机。

赤五娘见曹尔玉要动真格了，连忙也上来劝阻止，说曹大人，手下留情，不要动刀动枪的，都是看热闹的人多，派几个人吓唬吓唬他们足够了。真的一场杀戮，以后曹大人还怎么在苏州建织造府，还怎么跟苏州人要丝要绸的？

曹尔玉听了赤五娘的话，将剑入了鞘，只是口里犟着，说他们这是造反，不能够对他们手软，不杀他们威风，他们明天就会杀我的威风。

多哈替洪承畴解释了几句，说洪大人一定有办法管这件事，他是要等天黑以后，围观的人都散了，再来对付一小撮敢再闹事者，那时候要有敢违抗的，就格杀勿论。

多哈后来索性把门也关上了，不让曹尔玉离开红春楼。

游街队伍停下来的堂子口，也就是李渔哭尸的地方，其实就在留园附近，可以说只隔着一道墙及连着墙的一条小河。洪承畴当时正与刚刚赶到的苏松总兵梁化凤商议如何对付苏州的乱局。

李渔的恸哭声传进来，洪承畴刚要问怎么回事，正好娄吏目跑进来，报告说是李渔在哭祭冯秀才的妹妹，也就是上吊而死的冯秀儿。

洪承畴一怔，说他们真把他游行示众了，也太为所欲为了。梁化凤穿起盔甲，说不能再这样乱下去，该由下官来收拾局面了。洪承畴伸手替梁化凤卸盔甲，说梁将军刚才我已经派人打探清楚了，多哈带着你盛泽大营的三千绿营兵已经设下埋伏。我已严令他们听候号令，不用梁将军再劳神了。忽然又几声大笑，说这个李渔还真是有才，分明在演卧龙吊孝，苏州人吃软不吃硬，他这一哭，再也不好为难他了。梁将军只要把握时机，四两拨千斤，皇上那里我们都好交代了。

傍晚的时候，街上看热闹的人潮很快散去。冯、沈二人带着剩下的亲朋好友举着火把，仍然回到衙前集聚，坚持不让李渔脱身。李乡君、赵僮及闻讯赶来的新班弟子与他们发生了对峙。在李森先催促下，由多哈和曹尔玉共同组织的一场小规模的清场行动迅速而悄然地展开，除冯、沈二人得到娄吏目的通报偷偷逃离外，其他人被悉数擒拿，仵作和捕快将冯秀儿的遗体抬走，衙役们也很快清理好府衙外的杂物。

曹尔玉趁机又将李乡君等戏班一干人等送到红春楼里暂避，并嘱咐赤五娘关门停业。李乡君担心李渔安全，又拜托曹尔玉，说李班主为人处世不知变通，曹大人想必也了解一些，请大人费心，尽快还他自由身。曹尔玉要李乡君放心，说这李班主还要带戏班进京呢，不然，我拿什么向皇上敬贺。

李乡君诚恳谢过，又觉得不踏实，说怕洪承畴会从中阻挠什么的。曹尔玉不屑，说洪承畴官做得再大，还是汉官，是降臣，我还用得着怕他？

李乡君见曹尔玉如此态度，放下一半心，说还有一件事，想请曹大人帮忙。随后把戏场被封了好几天，戏班被迫到沧浪亭唱戏的前因后果讲了讲，说婺姬、杭姬被王永康强行扣在府中，至今不肯放回，缺了这两个角色，戏班想唱也开不了场。曹尔玉听了，气愤难平，说王永康也欺人太甚了，答应李乡君今晚就把人要回来。

洪承畴赶到现场时，清场行动已经结束。洪承畴赞扬一番之后，随即又表达了不满，冷冷一笑，说你们虽然按照本官的计划处置，但你们提前动手了。曹尔玉从红春楼回来，跳下马，说本官不过是按皇上的旨意行事，皇上叫我们果断处置，不得延误。要是迟一步动手，这府衙就要变成灰烬了。

洪承畴看了看四周，说火烧府衙不过虚张声势罢了。既然大家都是为皇上办事，我也不多说了。当务之急，要迅速处置虎丘戏场踩人案，事件愈演愈烈，几乎酿成大乱，全都因此而起，而始作俑者就是李渔，是关是放，尽快审定。

曹尔玉认为现在最要紧的是恢复城内秩序，审问闹事歹徒，查出背后主谋，迅速侦办，严惩不贷，而不是什么处置所谓虎丘戏场踩人案。对李森先说你是钦差，你要拿定主意。

李森先想了想，先是赞同曹尔玉的意见，说天网恢恢，疏而不漏，我一定尽心尽责，还苏州百姓一个安宁祥和。然后又认为洪承畴说的有道理，抓紧处理虎丘戏场踩人案，还人清白，朗朗乾坤，清平世界，给一个申冤说理的地方。我已将李渔押回狱中，明日就审。

洪承畴摇了摇头，说李大人身为钦差大臣，用法处事，一碗水端平最好。刚离开几步，突然又回头，说一帮人围困拙政园，是抓还是赶，也得快做决断，如果厚此薄彼，本官就让梁化凤将军清场了。说什么李渔戏班的戏迷，说什么要看《比目鱼》，我看他们一定是受了李渔的挑唆。说完又叫多哈亲自去一趟，立即驱散围在拙政园的乱民。

曹尔玉反对，说什么乱民，他们都是苏州戏迷。

洪承畴一听，又回过头来，说那也不能围在别人家门口呀。

曹尔玉认为洪承畴根本就是有意偏袒王永康，但又顾及面子，没有马上说什么，过了一会儿，又忍不住，说自己了解过此事，李渔戏班婺姬、杭姬两名年幼女子被王永康私自扣夺，戏迷为其不平，遭其家丁无端殴打，投诉无门，只能在拙政园静坐抗议。

李渔被押游街

洪承畴沉默良久，也不想多费口舌，说还是请他们快离开吧，免得被人抓住把柄。只有他们散了，我们才好放手处置府衙前闹事的人，释放李渔。又对李森先说，你是钦差，明白圣意，也知道息事宁人、稳定江南的道理，你知道应该怎么办。

当晚夜深，李森先带了人要将拙政园前静坐的苏州戏迷强行驱离，但一开始就产生了对抗，而且金人瑞、吴梅村及朱中楣等一些名人及时到场声援，李森先晓以利害，说如果大家不肯离开，洪承畴就要让梁化凤带兵前来镇压。这一来，名人和戏迷们更加不肯走了，并要求洪承畴出面说清楚。洪承畴得知情况，恼火李森先把他卖了，自己显然不便到现场与这些人见面，但同时也制止了梁化凤用武力对付的想法。不久，曹尔玉带了戈什哈出现，对王永康的所作所为表示了不满，要求马上交出婺、杭二姬，王永康拿着合同文书，说她们已经是我姑苏剧社的人了，岂能放她们回去。曹尔玉见王永康态度强硬，搬出了顺治和太后，说李渔戏班是他给皇上和皇太后订下的贺礼，少一个人都不行。

王永康没有马上服软，说即便到皇上那儿，我有凭有据，不相信我告不赢。曹尔玉愤愤地把手按在剑把上，说你不要太过分了。王永康显然是个能言善辩的主儿，说我过分？曹大人，我看过分的是你呀，为区区两个女伶，大黑天的亲自跑来，你是不是要买她们做妻做婢？可以呀，拿银子来。这通话使得曹尔玉火起，拔出剑来，就要动武。多哈急忙挡住，说这是何必，平西王的姑爷有个长短，平西王脸上不好看，说不定会惹出什么事来。曹大人，大家还是相安无事的好。

曹尔玉不肯收剑，说今晚不交人就不罢休。多哈回头又警告王永康不要为两个小女孩惹来大麻烦，到时候皇上震怒，平西王也要责怪于你。自此，事情总算有了一个结果，感受到压力的王永康同意让婺、杭二姬离开姑苏剧社，但要等到官府裁定后再放人。

在李森先的一再坚持下，王紫稼被带回了府衙，因为李森先认为是王紫稼把婺、杭二姬骗到姑苏剧社的，而且王永康也把此事推到了王紫稼头上。尽管吴梅村努力阻止李森先带走王紫稼，但也无济于事。

面对突然的变化，王永康和娄吏目商量对策，娄吏目劝王永康还是避一避，离开苏州，投奔远在西南的岳父吴三桂。王永康虽然恼恨洪承畴不愿帮忙，但仍然对他寄予几分希望，说我为什么要避？一没杀人，二没放火，他们不敢怎么样。平西王手握重兵，进军云南，被朝廷所倚重，就是出了天大的事，也有平西王顶着，应该避一避的倒是你娄吏目。

娄吏目心里也巴望洪承畴会保他，再说自己的行为都是幕后，别人没有证据，也没有什么怕的，就说自己是官府中人，没有什么好避的，除了王紫稼顶了事，眼下最让人担心的倒是那两个秀才。

结果两人正发愁的时候，冯、沈二人在临近拙政园的小船上躲了一个晚上，见大势已去，翻墙进入拙政园，双脚还没有落地，突然拥出一伙家丁，把两人按倒在地，被当作盗贼挨了几棍。王永康闻声从里面走出来，看着两人仔细辨认着。沈秀才见到救星，连呼王长安王老爷，不认得我们了？

王永康假装细看后，摇摇头，连说不认识。然后又明白过来，说你们一定是和府衙门口闹事的无赖六兄弟一伙的，逃到这里来了。说着便吩咐家丁把他们抓起来送官。

两人霎时明白王永康翻脸不认人，刚要大声叫骂，家丁们又用棉布将两人的嘴巴一一堵上。

二十一、代知府判官缪家正主审三堂

缪家正名不见经传，从何处来，有何业绩，时人对他没有什么关注，但他有一个特别的朋友顾炎武。

昆山人顾炎武儿时过继给去世的堂伯顾同吉为嗣，寡母王氏十六岁未婚守节，昼则纺织，夜观书至二更乃息，独力抚养顾炎武成人，教以岳飞、文天祥、方孝孺忠义之节。因此十五岁的顾炎武就加入了复社，和他的许多志同道合的朋友一样，立志振兴国家。因为屡试不中，在二十七岁那年断然弃绝科举之学。直到崇祯十六年，感受到国难当头，不可卸责，在德清籍朋友、优秀的倾听者缪家正的鼓动下，一起捐纳成为国子监生。

国破之际，顾炎武满腔热血投入轰轰烈烈的抗清大业。松江、嘉定陷落之后，顾炎武潜回昆山，又与奋勇义节之士一起守城拒敌。数天后昆山失守，死难者多达四万，顾炎武生母何氏右臂被清兵砍断，两个弟弟被杀，他本人则因城破之前已逃往别处而侥幸得免。九天后常熟陷落，顾炎武嗣母王氏闻变，绝食殉国，临终嘱咐他，说我虽妇人，身受国恩，与国俱亡，成仁成义。你不做异国他族的臣子，不负世世代代给你们顾家的国恩，不忘先祖的遗训，我可以安息于九泉之下了。

而缪家正遭受什么样的家变，族中死去多少亲人，连埋葬他们的数十口新坟，他对顾炎武绝口不提。他只想苟活着，如绿叶扶红花一般，在改朝换代之际表现出碌碌无为，默默无闻地经营着生存之道，传宗接代，延续香火。

顺治三年，顾炎武本打算赴福建就职方司主事之任，将行之际，入清为官的缪家正半路上追上来，告诉他闽浙沿海的隆武朝已经瓦解，并力邀他去莫干山暂时一避。

顾炎武将低头聆听的缪家正数落了大半天，但并没有与他断交。

顺治十年九月，史可法的义子们在长江口大破清兵，几乎控制了崇明岛。次年正月，他们又溯长江而上，直抵镇江，并登金山遥祭明太祖朱元璋陵。顾炎武受到了鼓舞，暗中组织诗社，散布反清思想。

缪家正小心劝告，不仅被当耳旁风，而且饱受讥讽和斥责。之后顾炎武迁居南京钟山即神烈山南麓，做起了前明的守陵人。

已经做了苏州府判官的缪家正时不时地偷偷到南京来看他，听完他怀念前明感慨之词，随后留下一些银子离开。

虎丘戏场踩踏案之后缪家正一直脱不开身，不料顾炎武遇到了危难。

期间顾炎武回过一趟昆山老家。原来，顾氏有世仆名陆恩见顾家日益没落，顾炎武又久出不归，于是以私通过南明的罪名控告顾炎武，顾炎武秘密处决陆恩，案子移交松江府审理。缪家正得知，以养病为由，请了假，到昆山暗中通融，松江府终以杀有罪奴的罪名结案。

缪家正赶回苏州，面对的却是难堪的局面。

缪家正一从昆山回来，就被洪承畴派人控制了。

其实这些天苏州城并没有像表面上那样平静，大清早就开始忙碌的也不只李森先一个人。洪承畴为了尽快把苏州城风平浪静的消息奏报顺治，特意天不亮就把曹尔玉、多哈等人叫来，一边吃早点一边商议后续办法，说如果皇上派人催问或者李森先抢先把情况报上去，那就被动了。对于查办相关人员，禁止聚众上街，绿营兵撤回盛泽，礼送梁化凤离开苏州等议题上，大家很快达成了一致。但围绕是否释放李渔，曹尔玉与洪承畴一来一往发生了争论。曹尔玉先提出把李渔放了再说，洪承畴则表示反对，认为虎丘戏场踩人案先有人告下李渔，之后挑唆戏迷围困拙政园，又多了一项罪名，暂时还不能放了李渔。曹尔玉反驳说李渔当时囚禁在大牢里，怎么去挑唆？洪承畴冷笑不语，旁边伺候着的娄吏目帮腔，说李渔生性狡猾，一定是他里应外合，暗中指使。曹尔玉恼怒娄吏目插嘴，差点把茶水倒在他脸上，说戏迷静坐，只不过向王永康讨个说法，稍后便被驱散去了，如果不放李渔，那么姑苏剧社私自扣押婺、杭二姬，目无王法的行为，也要一样追究。

正争得不可开交，多哈进来告知皇上的手谕到苏州了。

由于文进通当众向李森先宣旨，消息传到了与府衙一水之隔的红春楼，正准备打烊睡觉的赤五娘马上过了河，奔到百花巷客栈，告诉了李乡君。李乡君正在洗漱，马上觉得这是一个机会，顾不得梳妆，就要去府衙找皇差，请求释放李渔。

正在院子里打太极的赵则鸣不以为然，说什么皇差，不过一个骑马送信的，李森先不是钦差吗，也没有用，不过是洪承畴从中作梗。木子李一听，劝李乡君去向洪承畴求情。赤五娘也建议跟洪承畴交涉，说只要李姑娘肯向洪承畴求一声，这事可能就好办了。李乡君摇头，说李班主无罪，即便是有罪，也由苏州地方官审理，我为什么要向洪承畴求情？

黄宗羲也赞同李乡君的主张，说洪承畴也不能一手遮天，顺治旨意来了，说不定会出现转机。所以咱们先要搞清楚这个皇差到底传达的什么旨意，所谓知己知彼。李乡君点点头，拿定主意去找皇差，木子李和新班弟子也一定要一起去，于是一群人浩浩荡荡来到府衙。

这时府衙前围了一圈人，衙役人数也突然增加了不少，同时还来了许多戈什哈四周站着，不让闲人靠近。一会儿洪承畴和曹尔玉他们赶来见皇差，一看竟然是文进通，愣了愣神，忽然大笑，不仅没有计较过去的事情，反而为他高兴，说贤侄终于想通了，可喜可贺，并关心地问了问文瑞方的近况，这自然消除了文进通的一些敌意。旁边的多哈认出文进通，差点拔出剑来，见洪承畴这般态度，也醒悟过来，冷冷地向文进通点了点头。

文进通把圣旨交给了李森先，李森先看了看又交给曹尔玉，最后交到洪承畴手里。顺治谕示洪承畴、曹尔玉、李森先克心尽力，将苏州城发生事情查清，即日奏报。洪承畴看完，神情自责，说几个秀才告状的小案子居然惊动了圣上，我等当将苏州城已经风平浪静的情况如实报告，将引发事端的案子尽快了结，让圣上放心。

文进通正要跟着洪承畴等人进入府衙，挤进人群的李乡君从背后看去，不禁愣住了，这人不是文进通又是谁？李乡君不顾洪承畴等人也在，迫不及待叫了一声文壮士文进通。

文进通也听出是李乡君的声音，停住步子，回过头找了找，奔回几步，走到人圈外，向李乡君行了个礼，说李姑娘我们又见面了。

李乡君打量着文进通身上的黄马褂，立即明白了八九分，强压住心中的不安和激动，说原来皇差就是你呀。文进通苦苦一笑，说什么皇差，我不过是一个送信的，正好借机回来看看。李乡君看看洪承畴已经消失在府衙里面，将文进通拉到一边，说我有话说。随后把李渔的事情说了一遍，希望文进通想办法把李渔放了，说你这个皇差一到，李班主有救了。

文进通答应想办法，但也说明了难处，说李森先这个人比较喜欢按部就班，可能要三堂会审之后才决定是否放出李渔。

李乡君神情担忧，说只怕洪承畴从中刁难，对李班主不利。文进通劝李乡君放心，说李森先对李班主似有几分好感，加上曹尔玉肯帮忙，这事恐怕由不了洪承畴。两人正说着，李森先过来，说文壮士快进去吧，又对李乡君说文壮士刚刚到苏州，他现在是皇差，一路辛苦了，你们不要打扰他。

文进通无奈一笑，又看着李乡君仍然没有释怀的表情，重复说了句什么皇差，我不过是一个送信的，又低下声说有些事，我以后再告诉你，还有你转告赵道长，我父亲有一封信要交给他。

李乡君回过神来，刚要抓住机会对李森先说李渔的事，李森先已经拉着文进通走进府衙大门了。

当时洪承畴担心的是苏州的乱局如果继续蔓延，势必会引起顺治不满，到时候派李森先这样的人不够了，会派重臣甚至亲王到苏州，显示对自己的不信任不说，关键的是派来的人，如果施以铁腕，牵涉更多市民，一定会把局面搅动得更乱，留下后患。因此自己必须及早应对，果断处置，在顺治有新的决定之前，恢复一个正常的苏州。后面洪承畴一连串的动作，足以体现他化解矛盾、收拾残局的能力，以及大事化小、小事化无的智谋。

首先是安抚梁化凤。当天中午，洪承畴设宴为梁化凤送行，答应在皇上面前为他请功，并由娄吏目出面，从停业的教坊中找来两个歌女，鼓动她们以家道中落的身世背景，美女识英雄，取得梁化凤的同情与欢心，当晚梁化凤就带着她们离开了苏州。

其次是送走绿营兵，以伙食补助的名义，从驻浒墅关户部郎中那里借支三千两，打发三千绿营兵回到盛泽大营。次日天明，苏州市民已经看不到一个梁化凤的铁甲骑兵和腰间挎刀手持长枪的绿营兵了。

之后洪承畴提出必须有一个对事情认账的人，一个必须对苏州出现的乱局负责的官员，这个人最合适的当然是地方官。因为当时苏州知府没有到任，根据娄吏目提供的线索，洪承畴决定把离职养病的判官缪家正从德清老家执缚到苏州。

但派去的人回来亶报，缪家正人并不在德清。

洪承畴大怒，正要上报朝廷，缪家正却从昆山回来了。

缪家正被解到洪承畴面前，大喊不服，责问何罪之有。洪承畴哼了哼，说苏州乃江南腹地，物阜民安，却因你昏聩无能，管治不严，混淆是非，纵容恶徒聚众闹事，几乎酿成大乱。苏州城内出了这样的事，你作为苏州父母官，却擅离本职，怎么向皇上交代？这个罪责你必须承担。缪家正顶撞了几句，说李钦差坐镇府衙，哪有下官的责任，下官养病在家，李钦差也是知道的。洪承畴大怒，猛地拍了桌子，骂缪家正欺骗上司，明明去了昆山，却谎称回德清老家养病，更可恶的是还想把罪责推到李钦差头上，像疯狗一样，乱咬人。

曹尔玉也帮李森先说话，指责缪家正身为苏州父母官，什么事情紧急，什么事情缓慢，什么是国事，什么是家事，难道不清楚吗？如果追究起来，你是该承担责任。缪家正还要再辩，洪承畴大怒，命令将他当场关押。

娄吏目当晚带着酒食探望缪家正，安慰了一番，劝他把责任推到李森先身上。不过缪家正很快就被放了。

一则德清县的儒林士绅得知缪家正被下了狱，结伙乘船进入苏州，为缪家正鸣冤，并扬言要告御状。二则黄宗羲不顾个人危险，出面找了洪承畴，言明缪家正是为了朋友顾言武出了昆山，行为可敬，如果因此治罪，必然江南士林大哗。洪承畴见过小时候的黄宗羲，脑子里还有几分印象。万历四十四年春赴京赶考，他沿海而上，路经余姚，曾受黄素尊接待小住几日，当时曾听过黄宗羲吟诵诸葛亮《出师表》，印象深刻。洪承畴思忖前后，暗自也觉得黄宗羲说的有道理，关押缪家正有所不妥，但不肯轻易表态。又劝黄宗羲赶紧离开苏州，如果被人抓了，他也不好办。黄宗羲说如果能被洪大人抓了，那是一件荣幸的事，被洪大人砍头最好。洪承畴苦笑，没有再理会他。

其实洪承畴还怕德清人不肯罢休，又生出事端，只好先解除对缪家正的羁押，令其在衙中反省，说让你戴罪立功，协助各位大人审案，只要克心尽力，仍可留你在苏州做官，说不定奏明圣上，让你做上苏州知府，但是如果再有差错，新账老账一起算。缪家正已经有些坚持不住，这时双腿一软，扑通跪下，三呼万岁，然后又朝洪承畴叩了三个响头。

李森先虽然恼怒缪家正企图推责到自己头上，但也明白洪承畴的用意，如果顺治一定要追究，缪家正还是替罪羊，也就同意先放他一马。

准备闹事的德清县儒林士绅见缪家正不仅没有被治罪，反而有可能擢升为知府，一齐谢过洪承畴，逛了一圈苏州城之后，知道正为演戏的事情热闹非凡，于是先派一人回德清报喜，其余的人则留下来等着看戏。

洪承畴松了一口气，提议抓紧审结虎丘戏场的踩踏案，曹尔玉则要求先解决李渔戏班与姑苏剧社的纠纷，查办王永康私扣婆、杭二姬的恶行，而李森先却主张要追查冯、沈等秀才聚众闹事火烧府衙旗杆之罪，三人一时争执不下。最后多哈支持洪承畴的意见，说按照时间顺序，先审虎丘戏场的踩踏案。

案子由李森先主审，缪家正副审，洪承畴、曹尔玉和多哈一旁监审。虽然没有像往常那样开放审案，但衙门外仍然黑压压地挤满了看热闹的人，其中金人瑞带着黄宗羲上了对面的茶楼，隐约能看见衙门里面的情况。李乡君和木子李因为可能作为证人出庭，被允许在侧门边上等候。有新班弟子还跟着几个顽童爬上了新竖的旗杆，衙内情形一目了然。

开场由缪家正主持，缪家正一拍惊堂木，高喊把人犯押上堂来，众衙役齐声呼应声中，李渔和冯、沈等人被押上来。

肃静了良久，李森先看了看缪家正，说你先问吧。

缪家正回头，说三位大人，先问谁？

洪承畴说先问李渔。

曹尔玉马上说先问两个秀才。

李森先左右看看，让缪家正自己决定先问谁。

缪家正举起惊堂木，迟迟没有拍下。

李渔上前，说先问李某吧。

缪家正这才敢把惊堂木拍下，随后娴熟地按照程序，开始审理起来。开始缪家正都是认真地听着，并无明显的表情，但中间不断有突然的发问。李渔细说了一遍虎丘戏场踩人至死案的前后过程，缪家正打断他，问李渔当时人在哪里。

李渔一时被问住了。因为事发之后他从来没有想过自己当时在哪里的问题，缪家正这一问，令他吃惊不小，连忙说当时自己并没有在现场，而是被人堵在百花巷客栈。

缪家正依然不动声色，问李渔可有证人。

李渔显然为自己找到一个辩白的机会而显得有些兴奋，声音也响亮了起来，说除了戏班的人，客栈老板、伙计都可作证。

缪家正渐渐进入角色，令衙役马上传苏州客栈老板、伙计到场。

客栈老板和几个伙计很快被带到，客栈老板把当时沈秀才带人围在李渔房间前，阻止他出去的情形说了一遍，几个伙计也作了证实。缪家正正要采纳他们的证词，作出李渔不在戏场的判断，洪承畴认为不忙于做出什么结论，开口反驳了客栈老板的话，说沈秀才们找李渔辩论，当然要到客栈找，这说明不了什么。

曹尔玉忍不住站起来，说我看李渔无罪，先放了他，问李森先同意不同意。李森先点点头，虽然表示同意先放了李渔，但又问洪承畴的意见。

洪承畴白须抖动了一下，说暂时不能放吧，李渔与本案难脱干系。虎丘戏场踩人一案，虽然没有人命，但总是管理不严之责，就这样放了他，苏州百姓怎能服气？又对李渔说你不要以为本官不想为你开脱，其实如果本官不及时伸手，你恐怕受尽游街示众之辱了。

李渔明白洪承畴是想让自己当众向他表示感恩，给足他面子，但是他心中不爽也不愿意看别人秉公办案的作风，不仅难以让自己屈服，而且更多地产生了心理上的对峙。因此李渔话到嘴边，马上变成了讽刺的口气，说洪大人，李渔虽然是三流文人、四流戏子，但最不堪忍受的还是被人侮辱。当然要谢谢你，留园池亭旁，喝茶赏花观鱼，以闲暇之中，稳操胜券，平定乱局，使李渔没有被臭鸡蛋、烂菜心、破砖块扔，更是避免被唾沫淹死。

洪承畴神情掠过一丝恼怒，轻轻地嘟囔了几句话，提议由缪家正负责审理案子，不等曹尔玉和李森先表态，打了个哈欠，站起来走了。缪家正好像听清了洪承畴说的什么，也不问曹尔玉和李森先，说今天到此为止，赶紧吩咐衙役把人先都收监，明日再审。

见堂审这么快就结束了，外面围观的人自然失望，情绪又激动起来，迟迟不肯散去，直到府衙里的衙役倾巢出动，才连赶带吓把场地清空。打听消息的木子李听说李渔没有被当堂释放，回来和新班弟子会合后，要冲进府衙讨说法，都被一一推了出来。李乡君急了，在赵僮开路下，想进府衙，主动要求作证，衙役要去通报缪家正，被多哈手下拦住。赤五娘挤进来，拉住其中一个面熟的戈什哈，央请他通报一声曹尔玉，但也没有得到理会。后来还是黄宗羲请赵则鸣出面，勉强把大家劝回来。

当晚金人瑞来到客栈，告诉大家说缪家正叫人把装殓冯秀儿的棺材停放在府衙后门，看情形可能对李渔不利。围绕如何应对，大家商量了一夜，最后赤五娘说冯秀儿又不是李班主害死的，不信真相不能大白天下，与其明天输掉官司，不如先发制人，兴许能挽回一局。

次日一早，赤五娘以祭奠冯秀儿的名义，带着红春楼里大小妇女，趁看守的衙役出去吃早餐的空当，走到府衙后门停放冯秀儿棺木的地方，一齐坐了下来。在旁边警戒的铁骑听到哭声，过来驱赶。赤五娘也不理会，叫着冯秀儿呀我的冯秀儿呀，带头哭号起来。其他人也跟着喊冯秀儿啊我的姐姐呀，你死得好苦啊，齐声大哭。

缪家正闻声从前衙奔过来，伸手扯拉赤五娘，赤五娘一把推开他，索性一边攀住棺材，一边喊得更响了，说冯秀儿我不相信你会上吊，你是被人害死的呀。其他人马上附和，哭喊冯秀儿呀，我的姐姐啊，你是被人害死的呀。哭声一片，引来衙门周边过往路人要挤进来看究竟，很快府衙后门口又围成了几圈。

赤五娘见人多了，停住哭声，站起来对着看热闹的人，说各位请看看，她原是我红春楼的姐妹冯秀儿，十三岁就到红春楼，十五学得琵琶成，十六弹得好琴艺，生就得落落大方，虽说卖艺不卖身，但见多识广，什么都想明白了，被李渔吸了几口，怎么会上吊呢？

路人们一阵议论，十有八九赞同赤五娘的话，缪家正听出了一个大概，也不禁疑惑，一个红春楼的女子，不会被亲了几口就想不开上吊的。赤五娘乘势拉过缪家正，说李渔不是亲她，是救她，要不是吸了那几口，她早就死了，她是被别人害死的。

缪家正愣了愣，问赤五娘冯秀儿怎么是被别人害死的？

赤五娘向缪家正耳语，说冯秀儿是被人推下水的。

哭棺的场面惊动了李森先，随之曹尔玉和洪承畴也得到报告，先后赶到了府衙。为避免事态扩大，在曹尔玉和李森先提议下，洪承畴决定由缪家正马上升堂审理。

赤五娘作为原告，出堂诉说案由，说后衙搁了几天的棺材里装的遗体确是冯秀才的妹妹冯秀儿，但早年就入了红春楼，与冯家脱了干系，只因前些日子犯了点小事，被赶出了红春楼，想不到她竟死于非命。

赤五娘这一招果然扭转了局面，先是冯秀才由原告变成了被告，接着扯出娄吏目，最后受牵连的是王紫稼。

因为冯秀儿被赶出红春楼与娄吏目有关，缪家正下令传唤娄吏目。娄吏目虽然是证人身份，但到堂时还是显得慌张，及至看到洪承畴坐在缪家正后面的中间位子，才恢复了平静。

缪家正照例拍了惊堂木，一切按程序进行审讯，问娄吏目上吊自尽的女子可叫冯秀儿？

娄吏目装糊涂，说自己不知道谁是冯秀儿，当然也就不可能认识。

缪家正又拍了拍惊堂木，对娄吏目说假话发出警告，说就是刚刚装殓的上吊女子，你敢说不认识？

李森先与洪承畴耳语几句之后，不等洪承畴反应过来，就向缪家正提出开棺验尸，建议抬棺上来，当堂辨认。

不一会儿棺材被抬到大堂，一名仵作掀开棺盖，冯秀儿的遗体呈现眼前，尸体已经发臭，堂上众人捂着鼻子。

洪承畴暗自紧张，一边站起来，一边叫人马上熏香。李森先说这女尸污秽不堪，洪大人素爱洁净，还是先暂避到府衙后花园或者回到留园休息。

洪承畴又坐了下来，神情显得严肃，说钦命审案，不敢马虎，本官勉为其难吧。

但是过了很久，没有人肯上前认尸，刚好多哈进来，赤五娘情急，拦住多哈，行了一个礼，说这冯秀儿没有少敬你酒，你也认一认吧。

多哈因为见过冯秀儿，急于判别，抢着揭开盖在冯秀儿脸上的绸布，仔细一看，说她正是冯秀儿，当时赤五娘要惩罚她，还是火婴求的情，让赤五娘放了她一条生路。

洪承畴走到香炉前猛吸了几口之后，说多都统说是红春楼的冯秀儿，应该不会有假。但教坊歌女卖艺不卖身，最怕别人说没有羞耻之心，被人轻薄之后，生怕被人指责，因此想不开，上吊自尽也不是不可能。说着挥一挥手，令缪家正先把尸体抬下去。

赤五娘阻止了过来抬棺的衙役，坚持等仵作验尸。说冯秀儿是被人推下水的，后来被李渔救了过来，之后又突然上吊死了，一定是被人谋害的。沈秀才、冯秀才心虚，大骂赤五娘诬陷好人，上前就要厮打，赤五娘不甘示弱，与二人对打起来。曹尔玉上前几步，把冯、沈二人挡了回去。

缪家正劝曹尔玉回到座位上坐下，说冯秀儿是上吊还是被人谋害至死的，等仵作验了尸便知道了。

李森先突然站起来，说本官已经验过尸，冯秀儿是被人勒死后再吊上去的。

李森先此话一出，全场顿时哗然。很快仵作上来，报告了验尸结论。原来李森先在事发之初怕被人毁尸灭迹，秘密安排仵作验了尸。仵作回忆当时情形，说当时粗粗一看，她是死后才被吊上去的，细细勘验她的脖子、眼睛、耳朵等，无不证明被吊上去时人就死了。洪承畴看了看李森先递过来的验尸报告，随手扔还，责怪李森先为什么不早说明，害得大家在这里陪了半天死尸。之后洪承畴皱着眉头，退了出去，临走，让衙役把棺木抬出去，即日安葬。

第三天上午，等洪承畴迟迟来到府衙大堂，缪家正一拍惊堂木，审案继续。虽然冯、沈二位有谋害冯秀儿、嫁祸李渔的嫌疑，但因为其秀才身份，因此仍然作为证人到堂。

还没等缪家正开始盘问，曹尔玉就大声斥责起来，说你们几个刁毒秀才，是怎么害死人命、欺骗官府、挑起事端的，快如实招来！你们的幕后指使是谁？不然大刑伺候。

冯、沈二位则大喊冤枉。

洪承畴拦住真的要施刑的衙役，跑下堂去，挨近冯、沈二人，低声地劝导。曹尔玉不满，要洪承畴公堂问话，大声一点。洪承畴突然厉声问了一句，说你们是否出于义愤才向李渔问罪的？

曹尔玉一愣，随后声音更响，说什么义愤？他们这是聚众造反，快说出幕后主使。

冯、沈二人看着神情威严的洪承畴，又看了看站在旁边的娄吏目，胆子又壮了许多，也大着声回敬曹尔玉，说没有谁指使我们，我们完全是出于义愤。李渔作《金瓶梅》一书，诲淫诲盗，毒害苍生，是可忍，孰不可忍。而戏场踩人之后，又轻薄落水女子，当众吸吮其口，大伤风化，是我等读书人所不齿、所不忍。抬尸游行，请愿府衙，全是为讨还一个礼义廉耻的纲常。

第四天一早，李渔到堂，缪家正把冯、沈二人指责他的话复述了一遍，问李渔有什么话说。

不想李渔摇摇头，表示自己无话可说。

曹尔玉着急了，一定要李渔说话反驳。洪承畴得意地一笑，说李渔是不是理屈就自然词穷了。洪承畴这带有倾向性的话，刺痛了李渔，接下去就演变成了一场激烈的争吵。

李渔向洪承畴行了个礼，说无话可说，是因为自己无罪。三堂会审，审的不是《金瓶梅》一案，而是审谁人故意制造事端，冲击戏场，推人落水，又设计杀人，抬尸游行，聚众闹事，围困府衙，图谋权柄，几乎把衙门化为灰烬，把李渔剁成肉酱。他们号称是秀才，却会杀人、放火；他们读圣贤书，却目无法纪，为害地方，三堂会审，不审他们，反问李渔。《金瓶梅》一书并非李渔所作，即使与我有些干系，与本案又有何牵连？

槛外金人瑞带头喝了一声彩，马上响起一片掌声。见李渔的话赢得了喝彩，本来不想再多说什么的洪承畴心生不快了，哼了一声，说李渔的《金瓶梅》与本案大有关系，秀才们开始是由于义愤，情绪失控，冲进戏场，是因为《金瓶梅》；口吮昏迷女子，姑且是救人心切，但是大庭广众，不顾廉耻。洪承畴的话也带来了一些掌声。

掌声过后，李渔不禁大笑，说洪大人，你是从前明过来的人，你有何凭据说李渔写了《金瓶梅》？

这话当然刺痛了洪承畴，虽然后来他自己也觉得有失风度，但愤怒中说出来的话变成了骂人。洪承畴猛地拍了拍案子，说李渔为骗钱吃饭，作此淫书，生性淫荡，见其美色，吸吮其嘴，敢不承认自己的行径如同西门庆？秀才们对此痛心疾首，丧失理智，故而有聚集府衙、声讨问罪之举。秀才有罪，也是因你李渔而起。

李渔看到洪承畴如此恶言相加，显然已经气坏，这种情况下，不如再刺激他一下。李渔于是忍住讥笑，语调平和，尊了一声洪大人，说天下骗钱吃饭的人无数，如果以此推断，也轮不上李渔。饿死事小，失节事大，李渔再淫，也不会以吸吮半死女子为快事，我也怕天下人耻笑。

李渔这话里有话，分明是在暗讽洪承畴投清之举失了大节。对此洪承畴当然极其敏感，更加失了风度，他坐下来又站起来，双手一阵颤动，指着李渔，但又一时想不到更好的回击话语，最后只说了一句你做都做了，还敢不承认，显得无力。

李渔又向洪承畴作了个揖，说洪大人，请你不要以君子之心，度我小人之腹。

看到李渔仍然嘴硬，洪承畴只能以势压人了，一边大骂李渔死不悔改，一边叫缪家正下令将李渔掌嘴。一直站在后面没有说话的文进通急忙向李森先低声说了几句话，李森先点了点头，刚要说话，曹尔玉已经急急忙忙站起来反对，说李渔没有什么大错，《金瓶梅》的事情，在京城的时候，有过争论，要管这本书，也要等此案完结，禀明圣上之后。

因为曹尔玉说的话刚好也是文进通刚才提醒李森先的意思，于是李森先走到洪承畴边上，低声说《金瓶梅》一书暂不提起，皇上曾言下官，不予追究的。

不等李森先说话，洪承畴马上打断，说皇上亲委本官安抚江南，难道连一本书都不让过问？本官这就回去禀明皇上，这差事我无法干了。没想到为了李渔，李森先居然当众抬出皇上来压自己，洪承畴不禁怒火更旺，不仅曹尔玉和李森先的劝说听不进去，就是对顺治的恭敬都顾不上了。

曹尔玉对洪承畴撂挑子的话大为不满，当即表示不快，说洪大人不肯干，别人也会干，曹某就不相信，这抚定江南，离了谁就不行了。

多哈连忙上前，半是劝慰，半是提醒，说这大堂之上，各位务请慎言。

洪承畴啪地一拍桌案，想说什么，又忍住了，心中一阵悲痛和酸楚，谁叫现在是满人的天下，谁叫自己是降臣呢，是忠是奸全由别人说了算，是进是退也由不得自己，罢了。他暗自叹息之后，缓缓地坐下，喝了一口茶，良久，看了看缪家正，说你是苏州父母官，这案子你自己审吧。

李森先见洪承畴神情颓丧，有点过意不去，亲自给他续了茶水，说洪大人，三堂会审是皇上钦差定的，洪大人还是你主持吧。

洪承畴很久没有言语，心中充满了懊悔。大庭广众之下，自己不仅失言，而且被李渔一通批驳，又失了面子，这苏州本是是非之地，自己何苦多管闲事。想着，不禁一阵情绪低落，之后也不跟任何人招呼，就要离开府衙。

曹尔玉早已恼怒冯、沈二人，不等洪承畴出门，已经抢过衙役手中的棍子就要打。李森先连忙一边拦住，一边叫缪家正宣布退堂。但曹尔玉不干，坚持要用刑，多哈也表示支持。站在后面的文进通悄悄拉住李森先，劝说既然曹大人和多大人都这么坚持，不要干预了。

施刑衙役为难，问先打谁？

曹尔玉说两个烂秀才一起打。

李森先希望洪承畴说句话阻止，走到门口的洪承畴停住脚步，说他们也该吃点苦头，曹大人想打就打吧。不过我提醒一句，读书人打不得，要打也打得轻点。

曹尔玉已经性起，一把抢过衙役手中的棍杖，一边一下，打起冯、沈二人的屁股来。

洪承畴拂袖而去。

冯、沈二人挨了四五下之后，似乎支持不住，一齐看向娄吏目求救。娄吏目连忙低下头，跟着洪承畴跑了出去。

第五日的审案，本以为洪承畴不会到场，不想他比谁都到得早。

因为关系冯秀儿的死因，在李森先建议下，娄吏目作为证人被传唤上堂。问到他与冯秀儿的关系，娄吏目故作恍然，说那个被李渔逼死的女子，只知道她是冯秀才的妹子，并不熟识，也不知道她的姓名。

缪家正又举惊堂木，说冯秀儿是因为你才被赶出红春楼的。娄吏目看了一眼稳坐缪家正身后的洪承畴，竟然以为缪家正是在提醒自己，是让他把李渔戏班还有红春楼与反清复明有瓜葛这桩案子再抖出来，彻底摧毁李渔一伙。这一想，娄吏目马上精神抖擞，突然抬高了声音，把红春楼如何窝藏前明烈士子弟，又如何被冯秀儿揭发的事情经过叙说了一遍。但他话还没有说完，曹尔玉一把抓过缪家正手中的惊堂木，连敲了五六下，打断了娄吏目，警告他不要疯狗乱咬人。

娄吏目也不示弱，向洪承畴求救，说洪大人我忠于大清，请洪大人主持正义，惩办违逆。

因堂上闷热，多哈一直在挥扇，这时他不等洪承畴说话，随手就将扇子往娄吏目脸上扔过来，说我当时在场，你对火婴格格不尊一事还没有追究，这事容不得你再胡说。

娄吏目还不死心，硬着脖子呼请洪承畴明察。其实此时洪承畴心中黯然，所谓反清复明在江南已经偃旗息鼓，朝廷已经不会像前几年那样认真对待了，顺治要的是江南的稳定和人心，而自己也不能够像以前那样，在江南杀了许多忠于前明的烈士，替大清做尽恶人。不想娄吏目竟然把红春楼与反清复明有瓜葛的案子牵出来，时至今日，自己绝对不能够再卷进去，随着时间的推移，自己必须做一些讨好江南人的事情，在他们眼中慢慢恢复忠良的形象。想着，洪承畴对娄吏目的呼请只能置之不理，左右看看，说案子由缪家正自己审理，本官不便说什么了，当然各位也都不要再说什么了。

一直没有说话的李森先也认为娄吏目在故意把审案引导到错误的方向。只不过李森先心中的目标另有其人，这人就是王紫稼，因此他并没有理会洪承畴要求大家闭嘴的话，站起来绕到缪家正前面，单刀直入，问娄吏目冯秀儿是不是他的相好。

娄吏目连忙否认，并严正要求李森先不要坏了他的名声，说一个教坊女子怎么会是自己的相好呢，这冯秀儿原来是王紫稼的相好，冯秀儿大把的银子都花在他身上了，红春楼里，包括苏州城谁不知道。

李森先回到原座，冷笑一声，把王紫稼狠狠抨击了一通，说一个大男人花一个女子的银子，真是没有廉耻，如今人死了，他却无情无义，也没有见他到棺材前流一滴眼泪，真是戏子无义，婊子无情。

缪家正按照李森先的要求，下令传唤王紫稼。一个时辰后，王紫稼穿着一身美服被拘押到堂。问到他和冯秀儿的关系，王紫稼迟疑了一下，并没有马上承认。在缪家正步步紧逼之下，他才回忆起自己与冯秀儿有过交往，但不敢确定死者就是冯秀儿。

对于王紫稼这种回避态度，李森先更加恼火，命令王紫稼脱下漂亮的衣服。王紫稼坚决不肯，抗争了几句，李森先大怒，上前一把撕扯下来。王紫稼绸衣被撕裂，里面竟然没有穿衬衣，露出了一身白肉，引得槛外看热闹的人纷纷往里面拥挤。看到王紫稼的窘境，一些人幸灾乐祸，一些打抱不平，两边发生了争吵，局面一度混乱。洪承畴看不过去，叫娄吏目将自己的衣服给王紫稼披上。

碍于洪承畴的干涉，李森先当日没有将王紫稼收押，但已下定了惩处他的决心。王紫稼由娄吏目陪着离开府衙，去了拙政园，一见到王永康便大哭了一顿。到了晚上，王永康设宴给王紫稼压惊，王紫稼想想自己被当众污辱，边哭边吃。酒席至一半，洪大人又差人给王紫稼送来一件绣面绸披风。娄吏目给王紫稼助威打气，说有洪承畴撑腰，迟早出了气报了仇。当夜，王紫稼心情舒坦了许多，向着留园方向遥唱了一曲《牡丹亭》。其时，他绝想不到死亡的厄运即将降临他的头上。

二十二、爱徒儿婺、杭二姬身陷拙政园

李渔一直怀疑婺、杭二姬来自京城。

北京城破，明宗室女性及京中官宦妻女大多自找去向，年纪幼小的则被遣送他人。因此南渡的人群中不时出现京腔京味、落魄无助的女性。

顺治七年，李渔在金华婺水江边，八咏楼下遇见水土不服的年幼婺姬，李渔递上一块碎银给她的同伴，然后带她到饭馆里吃了一顿面食。奇怪的是饱餐后的婺姬居然激动地吐出了一句他听不懂的话，李渔怀疑她说的是朝鲜话，而且猜想她与来自朝鲜的女性有密切关系。果然后来婺姬断断续续回忆起她的母亲有时候会讲的话。李渔断定婺姬的母亲至少是王妃或者是高官的夫人，因为只有他们才会娶到一个朝鲜的女子。

李渔直接将婺姬带去杭州，在西湖边又碰到了临时与别人结伴卖唱的杭姬。

杭姬也是一口的京话。

李渔不禁心生爱怜，寥寥数言，听其京语，显然不是本地人，而且，杭姬眼睛偏蓝，头发偏黄，明显有外族血统。李渔感到好奇，心怀犹豫，离开之后又返回原地，请她吃了饭，然后叫旁人作证，表示愿意收留她为徒。但杭姬并无亲人，也无同行，自行做主跟随了李渔。后来李渔查问杭姬的出处，一无所获。只能凭猜想，杭姬的母亲是一位胡人，而她的祖父或者父亲一定是朱姓王族，说不定是守护西北边疆的塞王。

对于身边两位让他充满猜想的女弟子，李渔抱定一个想法，就是自己一定让她们一切重新开始，一定好好保护她们，让她们好好学戏，过上安定美好的日子。

不想到了苏州，他却面临和两位女弟子的分离，他岂能甘心。

三堂会审第六日，应曹尔玉要求，堂上开始讨论是否释放李渔。升堂不久，就有多名衙役进来报告，说衙门外集聚了苏州城的乡绅、戏迷，请求释放李渔。

对于是否马上释放李渔，堂上出现了三种态度。

曹尔玉提议缪家正马上放了李渔；李森先也态度松动，但希望经过洪承畴点

审案 虎丘戏场踩踏事件

头同意，并折中建议先放了李渔，监视候审，随传随到；洪承畴不同意马上放人，异议说随传随到行不通，认为李森先想得简单，唱戏之人四海为家，哪里有饭吃，就到哪里去，你放了他，他一走了之怎么办，这案子怎么了结？

曹尔玉坚持释放李渔，说李渔与本案的关系都已经清楚了，他没有什么大错，各个戏场关闭了这么多天，苏州民众也等着看戏，再拖下去不放，苏州百姓不服，又要闹出什么事情了。

洪承畴嘴里还是一哼，说你们就是怕秀才们闹事，他们要是敢闹事，就让他们闹吧，到时候责任在李渔。尽管话这么说，对于释放李渔，洪承畴还是没有完全反对。其实曹尔玉的话多少触动了他，不放李渔，苏州的戏迷完全有可能借机闹事，继而被那些标榜死忠前明的江南士子利用，将矛头对准自己。为了一个李渔，这一头被苏州人、江南人责骂，另一头说不定会受到朝廷里的政敌抨击，最后可能被顺治治罪，两头不讨好，何苦呢？但是就这么放了李渔，洪承畴当然觉得自己丢了颜面，要放也要找一个台阶，这个台阶就是李渔对自己服一次软。

缪家正似乎看出洪承畴心思，回过头来劝导李渔向洪承畴承认自己的错误，不然洪大人不同意放人，他也不好做主。不想这一劝，引发了李渔和洪承畴的又一场争吵。

李渔开口就针对洪承畴，说洪大人，你不放，我还不肯走呢！你们说一声抓，就把我抓来了，要说一声放，我也要讨个说法。

洪承畴眼睛一瞪，说你所作所为，惹起事端，还敢讨说法？

李渔反驳，说请问洪大人，我何罪之有？我所作所为，犯哪一条，哪一款，请指教。

这时洪承畴还显得冷静，说你有没有罪，那是不是想等本官给你查清楚了。

李渔两手一摊，说那就等查清楚了再抓我。

洪承畴神情不屑，说抓了你再查也无妨。

两人你一言我一语，一直停不下来，李森先觉得李渔话说得实在太过了点，打起圆场，骂李渔别太嘴硬，洪大人是一品大员，你不得无礼，放你回去，你还不向洪大人谢罪。

站在后边的文进通忍不住也插上一句话，说各位大人有心让你走，你就不要多话了。

李渔这时才冷静下来，住了嘴，向洪承畴作揖赔礼，说洪大人，李渔得罪了。

洪承畴见李渔还是随机应变退了一步，挥挥手，说罢了罢了。

曹尔玉急忙宣布，说三堂会审，我和李钦差说要放，洪大人也说罢了，缪判官，放了李渔。

缪家正举起惊堂木宣布，说李渔你可以离开府衙了。

洪承畴仍然坚持了一下，指责缪家正也太草率了，怎么能说放了就放了。暂时不能放，要放也要等案子结了再放。

李森先趁势劝了劝洪承畴，说李渔有错，也是无心之过，不如先放了他，案情如有变化，或者皇上有新的旨意，再提他到堂审问。

洪承畴心里恼怒李森先这时还拿顺治来压自己，于是将不快冲他而来，说怎么你也厚此薄彼，如此不公，对王紫稼万分严苛，对李渔却万分宽容，皇上称你是铁面御使，这件事情上我看徒有其名。

李森先怔了怔，没有反驳，但洪承畴的这几句指责，其效果却是后来将王紫稼推向了死亡的深渊。洪承畴拿王紫稼作比较，分明对他暗藏私心，王紫稼此人，连洪承畴都迷住了，可见是祸水。但后来之所以如此对待王紫稼，李森先并没有多加说明。

之所以如此对待李渔，李森先事后这样向洪承畴作过解释：不管是因为皇上有过定谳，更是因为洪承畴作为前明过来的高官，对以往儒林文场中事，即便没有亲身经历，也理应了如指掌，洞若观火，不应该相信《金瓶梅》这本书是李渔所作。

文进通很快就来到客栈，把释放李渔的消息通知了李乡君，李乡君对于洪承畴肯轻易放出李渔怎么也不敢相信。文进通把三堂会审讲述了一遍，说就是洪承畴不同意，也是两个对一个，他也不好再坚持，当然只能放了。

这时黄宗羲也陪着金人瑞等人进来报信，证实了文进通的话。李乡君顿时热泪盈眶，说等李班主出来，我们就要在沧浪亭重开戏场，唱三天三夜的戏以谢苏州百姓。

到了傍晚，木子李把李渔接回客栈，李乡君和大家凑了份子，请客栈老板准备了两桌酒，给李渔接风压惊。客栈老板跟着高兴，坚持这顿饭算他请了，李乡君不肯，只白要了一坛米酒。金人瑞、黄宗羲、赵则鸣叔侄和戏班众人围坐屋内，刚好满座。

李乡君率先敬了一杯，李渔一口干了，接下去大家轮番敬酒。李渔因为不胜酒力，都只抿了一抿，随后感慨，说这些天有劳各位为李某费心了，连累大家了，我先敬大家一杯。

大家都站了起来，只有赵则鸣端坐不动，说李姑娘盛情邀请，老道只好来凑个热闹。这些日子为了你李渔，李姑娘吃了不少苦头，你无论如何得先回敬李姑娘一杯。

李渔连忙举杯转向李乡君，说赵道长说得有道理，我先敬乡君姑娘。

李乡君举起酒杯，不肯独干，说在座的每个人都很关心李班主，挂念李班主，这杯酒大家一起喝吧。

李渔点头，说大家一起干，刚要举杯，突然停住，扫视了全场，说怎么少了几个人？见大家都沉默着坐了下来，李渔恍然，说婺姬、杭姬不在，原来是少了她们两个人，我去找她们。

木子李要跟李渔一块儿去，说自己一直盯着拙政园，没有看到婺姬、杭姬她们出来过，也没有听到她们唱戏的声音，他们一定把婺姬、杭姬关起来了。

李乡君瞪了木子李一眼，说李班主刚回来，你先不要说这些了。

李渔不禁焦躁，说苏州城最坏的就是这几个人，他们什么坏事干不出来。婺姬、杭姬时刻处在危险之中，我现在就去找王永康要人，我要把她们要回来。说着就要往外面走。李乡君一把将他拉住，说李班主，你刚刚回来，吃完饭先歇息，今晚就不要想这件事了，要去也明天再去。

李乡君扯住不肯松手，李渔只好颓然坐下，几乎落泪，说都是我没有照顾好她们，我这个班主，我这个师父没有当好。我真担心王永康会伤害她们。

当晚李渔辗转反侧，一夜未眠，思谋着如何向王永康讨回婺、杭二姬。

天还没有亮，李渔一个人悄悄离开客栈，跑到拙政园敲门，但任他敲了半天，也没有人开门。一直等戏班众人都赶来之后，才打开门。里面走出的一个家丁认识李渔，态度还算平和，说李班主你把门敲得打雷似的响，把人都吵醒了，一大早有什么事？

李渔说我来找我的两个徒儿，请让我进去，回头又对戏班众人说，你们在这里，我进去，说着就要进门。家丁好言好语阻拦，让李渔稍等，他去通报一声。王永康听到声音出来，把正要进门的李渔堵在门口，说李班主，你真是不速之客，刚刚躲过一劫，也不好好歇着，半夜三更就来敲人家的门来了。

李渔不肯退后半步，说我是来找回我的两个徒儿的，请你放她们回去。

王永康故意哦了一声，说我差点忘记婺姬、杭姬是你的徒儿了。前几天你在大牢里有所不知，她们已经是我姑苏戏班的人了。

李渔一边往里面挤，一边说你们乘人之危，采用欺瞒诱骗之术，胁迫她们签下合同文书，于情于理于法，都是不能容许的。如果不想对簿公堂的话，还是请你放她们出来。

王永康左阻右拦，说凭什么放？合同文书，白纸黑字，作保证人，一样不少，难道我还怕对簿公堂？

几个出门吃早点的德清儒林士绅，包括一些当地路人，听到争吵声，纷纷过来，站在门口观看。木子李当着人多，抢着表现一下，上前插嘴，说你不放她们，一定是有什么鬼。

王永康看着围观的人越来越多，知道不能当众示弱，索性把身体横在门框里，说我堂堂正正人家，有什么鬼。

木子李跺了跺脚，说你要是没有鬼，带她们到门口让我们见见，说不定你们用了什么毒药，把她们害死了。

木子李这一横炮，说到了人命，周围顿时响起一阵嗡嗡的议论声。王永康怕以讹传讹，引发众怒，于是先不跟木子李计较，说李渔我念你们曾经师徒一场，就把她们从睡梦中拖起来，让你看看是死还是活。

不一会儿，几个家丁带婺姬、杭姬出现在大门。王永康提过灯笼照着睡眼惺忪又惊魂未定的婺姬、杭姬，说李渔你看好了，这两位就是你的徒儿，婺姬、杭姬，她们好好地活着。又对围观的人，说你们都看清楚了，她们可是活人，几时喝毒药死了。

李渔激动，想走近婺姬、杭姬，但被众家丁挡住。

婺姬、杭姬喊着师父，已经泪流满面。

那几个德清儒林士绅不禁同情，鼓动木子李冲上去抢人，说凡事有缪判官出头，不要怕。木子李胆子一大，往前挪了几步，被几个家丁抓住，重重地扔了回来，落在地上。新班弟子再难控制情绪，冲上去要抢夺婺姬、杭姬，被正好赶到的李乡君拦住，说大家冷静一点，听师父的。

李渔见里面出来的家丁越来越多，怕新班弟子吃亏，退回几步，劝说新班弟子，好不容易让他们安静下来。李渔又走回一步，看着婺姬、杭姬，问你们可好？

婺姬哭起来，说我们想师父，要跟师父回去。

杭姬拉住李渔，说师父，对不起，我们不应签了什么合同文书。

李渔安慰她们不要难过，说会有办法让你们回到戏班的，你们要好好照顾自己，时刻防备疯狗咬你们。

王永康听到，说李渔你尽管放心，拙政园高墙深院，什么疯狗都进不来。她们既然入了姑苏剧社，就不是你的徒儿了，你也用不着管这么多了。

这时王紫稼出来，看到这个场面，马上明白了怎么一回事，劝王永康不如先让婺姬、杭姬回去，与师父团聚团聚，到时候她们再回来。

王永康脸一沉，说紫稼兄你倒是想做好人了，她们走了能再回来？你担不了这个保。

李渔与王紫稼打了声招呼，神情平静了许多，上前对王永康说我们毕竟师徒一场，总是有些挂念，既然从此以后分手，能不能让我们说几句告别的话。

王永康答应，说人现在让你看了，我再给你一个人情，有话就说吧。

李渔拉着婺姬、杭姬走到一旁，低声嘱咐了一番：现在一时还回不去，这些天只有靠你们自己。不过你们放心，师父不会扔下你们不管的。你们要好好地吃，好好地睡，不要委屈了自己，也不要硬顶。你们就当自己在演戏，演给他们看，千万要保护好自己。不管遇到什么事，都要想得开。要相信自己将来是最好的女伶，功不可一日不练，要向王紫稼先生多请教请教，以后能好好地唱戏，比什么都重要。

见二姬连连点头，显然听懂了自己的话，李渔心中感叹她们真是好悟性，不禁心生爱怜，靠近二人，说师父对不住你们，没有照顾好你们。

婺姬、杭姬听了李渔的话，心里踏实了许多，被家丁推进里面时，也不再大声哭了。

门刚要关上，王永康余意未尽，又推开门，对李渔说，别看现在她们又哭又闹的，那是当着你们的面做戏，用不了多久，叫她们走她们还不肯走呢。不等李渔说话，大门砰的一声已经关上。

李渔醒悟过来，隔着门对王永康大喊，她们是我李渔的徒儿，你永远夺不走的。

那几个德清儒林士绅在旁边不服，鼓励李渔打官司，说缪家正一定会主持公道，到时候他们一定会到堂上声援。

拙政园回来之后，李渔没有心情吃早饭，躺回床上想补睡，又睡不着，想起那几个德清儒林士绅的话，当天就到府衙告状。缪家正很快就升了堂，听完陈述，又找来娄吏目问了问，不禁为难，说王永康与你的两位徒儿签有合同文书，这个官司你打不赢的。劝李渔一场风波刚刚平息，现在千万别再生什么事了。

李渔见娄吏目在一边向缪家正嘀咕不停，知道官司没有什么希望，但仍然不肯罢休，说签合同文书那是王永康设下圈套诱骗她们，谁不知道婺姬、杭姬明明是我李渔的徒弟，是李渔戏班的人。现在王永康将她们强留府内，限制出入，形同囚犯，这与强抢民女有什么区别?

缪家正看了看娄吏目，说本官知道婺姬、杭姬是你李渔徒弟，但王永康手中握有合同文书，再加上他背后有吴三桂撑腰，胳膊拧不过大腿，本官也没有办法。

李渔轻蔑地对缪家正一笑，说这大清朝又不是吴三桂的，我就不信他能一手遮天。

缪家正面无表情，说李班主，说气话也没有用，此事慢慢再想办法吧。还有你说要重开虎丘戏场的请求，也不能太急。

李渔外边转了半天，知道那几个德清儒林士绅没有来，但心情好了一点。回到客栈，李乡君问了问，劝他对婺姬、杭姬的事别太着急了，先好好歇息几天，等身体恢复了再想办法。

李渔不甘心，戏班进京不能少了婺姬、杭姬，想找一找曹尔玉，请他出面调解，把她们要回来。

李乡君想了想，让李渔在客栈好好待着，她去找曹尔玉。

李渔又犹豫了，说算了，还是不去找他了，我们麻烦他的事情已经够多了。再说，又牵涉到吴三桂，曹大人或许也有难处。

后来直到李乡君一句提醒，他才振作起来。

当晚李渔做起梦来，梦见婺姬、杭姬回来告别之后又走了。醒过来，发现已是次日早上，只见李乡君端着一碗馄饨站在床前，李渔把梦里事情告诉了她，说真的怕她们从此后就不能回到李渔戏班了，自责说我真是没用，昨天早上没能带她们离开拙政园。

李乡君劝说李班主也不要太自责了，你当时在大牢中，哪里还顾得上，要怪就怪我，是我没有照顾好她们。你不是谋划过吗，等你养好了精神，我们再实行你说的办法，戏班就要重新开场唱戏，她们一定会回到戏班的。

李渔这时候突然想起自己在大牢中曾经设过的计谋。

当时李渔身陷牢中，婺、杭二姬的安危迫在眉睫，牢头在旁，李渔靠近李乡君，咬了一阵耳朵，交代了一个锦囊妙计。所谓锦囊妙计是要尽快上演《比目鱼》，挂出戏报，广发戏单，杭姬唱生角，演谭楚玉，婺姬唱旦角，演刘藐姑，让全苏州的人都知道婺、杭二姬是李渔戏班的弟子。李乡君说官府封了虎丘戏场，后来问吴梅村借了沧浪亭，这个计划正实施了一半。

与李乡君交谈之后，李渔心情好了许多。刚好这天沧浪亭加演一场《秣陵春》，吴梅村差人送来请帖，邀请李渔和李乡君捧场，李渔突然精神一振，说我们答应过，要为苏州百姓奉献三天三夜的大戏，按照我们计划过的，要让全苏州的人都知道婺姬、杭姬是我李渔的徒弟，是我李渔戏班最新的名角，王永康他赖不去，抢不走。

李渔和李乡君并黄宗羲等人早早到了沧浪亭，向吴梅村表示了感谢。诗社的人听说李渔来了，纷纷对他进行安慰。朱中楣提起前些日子李渔戏班要演《比目鱼》的事情，又一次说到李渔戏班不仅仅是跟王永康的姑苏剧社斗，更是在与吴三桂斗，是与整个大清斗，大家都会尽力声援的，鼓励李渔戏班向苏州观众兑现在沧浪亭献演全本《比目鱼》的承诺。吴梅村和诗社各位大力赞同，当即出资帮李渔续租了戏场。

看完了《秣陵春》，李渔自然心潮澎湃，彻夜难眠，第二天全体出动，在内城外城都张贴了献演全本《比目鱼》的戏报，说新伶杭姬正式登台扮生谭楚玉，婺姬扮旦刘藐姑。人们看到了戏报，又一次争相传告，又一次情绪沸腾起来。

自然，娄吏目也又一次看到了戏报，又一次到拙政园把消息告诉王永康。

拙政园这边，王永康正处在意外的兴奋之中。他像往常那样，悄悄地靠近二姬住的房间，手指头点破窗户纸，察看里面情况，发现婺、杭二姬也不哭闹了，再细看，发现原来王紫稼正与她们说话。二姬表示以后一早起来练功，而且主动提出找王紫稼学几本戏，尤其要学他最拿手的好戏。

身着戏服的王紫稼满口答应，态度谦逊，说我有什么拿手好戏，不过就是《西厢记》，你们都会了。你们肯练功学戏，你们师父知道了一定很高兴。

看到这样的情景，王永康不禁心中得意，是呀，用不了几天，她们就是像模像样的姑苏剧社的名角了，等虎丘戏场重新开场，剧社首演，就让婺、杭二姬代表姑苏剧社亮相。

令王永康很快就扫兴的是，娄吏目又一次过来，给他看了李渔戏班的戏报。由于心情急转直下，王永康愤怒得几乎失控，把戏报扔进了池水之中。李渔和吴梅村这伙人又一次串通，又一次暗中帮助李渔，各取所需，各怀目的，来者不善，接下去很可能就是所谓的戏迷重新集聚拙政园门口，要求放回婺、杭二姬。

果然在王永康意料之中，到傍晚时，散乱各处的戏迷包括那几个德清儒林士绅，从骂他到骂吴三桂不过瘾之后，又一次会合到拙政园门口，对王永康扣留婺、杭二姬表达强烈的不满。

情景跟上次几乎一模一样，又是金人瑞出头向王永康提出要求，请他放了婺、杭二姬，让她们回到戏班唱《比目鱼》。

王永康想起上次自己威胁说要报官，惹恼了金人瑞，致使双方发生了冲突，金人瑞到府衙告王永康强占女伶，强霸戏班，尽管没有告成，但王永康自此清楚金人瑞是会把事情闹大的人，不可以轻易得罪，万一中间出什么差错，或者让皇上知道了，说不定会惹出祸端。心里盘算之后，王永康强压火气，不仅耐心地作了解释，还把跟婺、杭二姬签订的契约文书拿来让金人瑞看。金人瑞没有马上相信，说谁都知道婺、杭二姬是李渔弟子，等事情搞清楚之后再来理论。王永康又叫王紫稼和娄吏目作了证明，金人瑞一时没有了话，带着人暂时离开。

之后王永康与娄吏目紧急商量，娄吏目出了几个主意：首先请求缪家正尽快解封虎丘戏场；同时马上广贴戏报，对外宣布，抢在李渔戏班在沧浪亭演《比目鱼》之前演《西厢记》，但关键是要取得洪承畴的支持，其办法是当晚就请他到拙政园看婺、杭二姬初演一二出。

王永康豁然开朗，先去拜见了缪家正，缪家正虽然为难，而且建议戏报暂时不要张贴，但表示如果洪承畴有句话，他就随时解除封闭虎丘戏场的禁令。

邀请洪承畴却很顺利，娄吏目还没有说演《西厢记》，洪承畴已经欣然答应，说正好看望看望王紫稼。

洪承畴随便吃了晚餐，就跟着娄吏目来到拙政园。

王紫稼红娘扮相，站在门口迎接，说乐班到齐，请各位入座。

洪承畴一见王紫稼娇媚容妆，顿时兴致上来，抓住他的手不放，说唱什么戏，不会又是《西厢记》吧？

王紫稼也不敢把手抽出来，边跟着洪承畴走，边说洪大人是《牡丹亭》的赏家，今天还是唱《西厢记》。在下只唱丫环红娘，崔莺莺和张生另有其人。

两人一边走着，洪承畴索性捏住王紫稼的双手，说红娘是紫稼先生的拿手好戏，但不知张生、崔莺莺是何人所扮？

洪承畴神情惊奇得有些造作，声音柔和，说紫稼先生唱红娘，甘作绿叶扶持红花，生、旦另有其人，又是什么大角色？

王永康仓促上前，说一会儿给洪大人一个惊喜。

回头看到王永康，洪承畴收住笑容，声音一粗，一语点破，说无非是婺姬、杭姬。

王紫稼欣喜，说洪大人说对了，正是李渔的两位高徒。

王永康横了王紫稼一眼，说错了，什么李渔的高徒，分明是姑苏剧社的台柱子。

洪承畴看戏心切，也不多话，由王紫稼引领着走上水榭对面坐下来，茶也顾不上喝一口，就催着开锣。

一会儿，水榭上婺姬扮崔莺莺和王紫稼扮红娘上来，娇声念白：

自见了张生，神魂荡漾，情思不快，茶饭不进。早是离人伤感，况且暮春天道，好烦恼人也呵。好句有情怜夜月，落花无语怨东风。

水榭对面，洪承畴静神屏气，出现遐想的表情，双眼微闭，耳边传来婺姬歌唱：

落红成阵，风飘万点正愁人。池塘梦晓，阑槛辞春，蝶粉轻沾飞絮雪，燕泥香花黄落花尘，系春心短流丝长……

洪承畴也跟着浅唱起来：

隔花阴人远天涯近。香消了六朝金粉，清减了三楚精神……

洪承畴兴起，激动地站起来，奋力鼓掌，连声称赞唱得好，唱得好。

等一出唱完，稍事休息，洪承畴提议王永康给赏，并希望请崔莺莺和张生过来见见，一块儿喝杯茶。

婺姬、杭姬过来，认出是洪承畴，相互看看，不敢说话了。

洪承畴细细端详了婺、杭二姬，赞扬了一番。婺姬见洪承畴态度和善，壮起胆子说她们是李渔的弟子，不算是姑苏剧社的人。洪承畴其实早就知道婺、杭二姬的来历，但故作惊讶地细问情由，娄吏目不等婺、杭二姬说明，抢先将来龙去脉说了个清楚，王永康也展示了二人改籍的文契。二姬要解释，被王紫稼劝了回去。

洪承畴表情突然严肃，话锋一转，教训起二姬来，说你们十三四岁年纪，让我这个朝廷一品大员看你们的戏，还不是因为紫稼先生教得好，借到风光。说着又执过王紫稼的手，说能有紫稼先生教你们，是你们的福分，李渔戏班毕竟草台班子，虽然流俗于民间市井，但登不了大雅之堂，你们以后要跟过去一刀两断，彻底消除旧有的影响，扎扎实实在姑苏剧社多学、勤学，成为紫稼先生这样的谁见谁喜欢的人。

洪承畴教导二姬的当儿，王永康叫人捧来绫罗绸缎，说这是洪大人赏的，给你们做些新衣裙。

洪承畴恢复了笑容，要说这是本官赏的，这也太少了，每人再赏十两银子。

话音刚落，已经有人捧来两封银子，王永康叫她们接过去，说收下吧，这也是洪大人赏的。

婺姬和杭姬相互看看，愣神想了一会儿，显然这个洪承畴是向着王永康，绝不会为她们做主，目光中掠过惆怅和无奈，又记起李渔叮嘱过叫她们逢场作戏，不要吃眼前亏的话，马上强颜欢笑，接过了银子。

王永康认为洪承畴的话起了作用，不禁高兴，说跟着你们的师父李渔，只会吃一辈子苦。听洪大人的话就对了，日后在姑苏剧社安下心来，好好地唱戏，日后到了京城，哪个达官显贵相中了你们，你们的日子就天上人间了。

洪承畴不以为然，说富贵荣华太俗了，以后像紫稼先生这样进京唱戏之后扬名天下，成为一代名伶才是根本。其时，我虽老矣，仍可动笔为你们撰记写传。

婺姬、杭姬听到这些话，似乎都像真的一样，不由担心难以回到李渔身边了，一阵伤感和恐惧涌上心来，眼中含泪，差点哭出声来。

王永康一看，立马不喜，说你们怎么突然哭丧着脸了？

二姬擦擦泪，说我们是高兴，所以落泪。

洪承畴看她们梨花带雨，不由心生爱怜，说坐下歇歇吧，一起喝茶。

待二姬坐下，王永康挨近婺姬落座，婺姬起身避了避。洪承畴看见，似乎有心保护二姬，提醒王永康最好离崔莺莺远一点，说平西王知道了，他的女婿在苏州风流快活，左牵黄，右擎苍的，说不准要动怒了，小心本官日后告诉平西王。

王永康讪然一笑，说平西王远在西南，他怎能知道，洪大人总不至于真要找个子虚乌有告密去吧。崔莺莺还是坐到洪大人身边，张生也一块儿坐过去。

婺姬、杭姬犹豫，王永康催促，说你们坐到洪大人身边，每人赏五两银子。

洪承畴拉住已坐在身旁的王紫稼，说不要为难她们了，她们年纪尚幼，岂是风情女子。她们坐我对面，本官看看就可以了。洪承畴望着婺姬，脑子中出现幻觉。婺姬又变成了别的人，一会儿是柳如是，一会儿是董小宛，最后又是李乡君……洪承畴很快又恢复了平静，正襟危坐，说要演好崔莺莺，你还得向李乡君多学学呀，本官看过多少个崔莺莺，在虎丘戏场看到的李乡君是最迷人的一个。

众人都愣住了。

王紫稼趁机把手挣开。

据说后来拙政园发生了一件意想不到的事情，王永康一怒之下把王紫稼赶回了山塘的船上。

当晚王永康酒醉，走错了房间，其时杭姬熟睡未醒，刚掌着灯解完手的婺姬从床上惊起，大呼救命。

王永康酒醒了大半，急忙一边捂住婺姬的嘴，一边接住差点掉落地上的烛台，说嚷什么，我又没有非礼你。

这时身后突然有声音响动，只见一个人影奔出来，试图对婺姬施以援手。王永康举起烛台一照，竟然是衣服凌乱的王紫稼，顿时愕然，问王紫稼怎么进来的？王紫稼支吾了几句，一时找不到合适的话解释清楚。

王永康叫婺姬回到帐里睡下，又察看了睡得死死的杭姬，随后狠狠往地上啐了一口，离开了。

王紫稼追赶出来，王永康走了很远才停下来，说我知道你好雏儿这口，你要敢迷奸她们，坏了我的大事，我把你送官。明天你给我滚回船上去。

王紫稼开始还支支吾吾想解释，后来索性坦承，流着眼泪，说她们二人，一个金发碧眼，一个雪肤如糯，天生尤物，我爱之迷之，实在难以把持，我也是情不自禁啊。

王永康狠声，说你有雅兴喜欢尤物，还不如像李渔那样有眼光，从小养育两个，大了一颗心当然在你身上，任你摆布。

对于头天晚上发生的事情，王紫稼也没有再向王永康作解释，一早就带好自己的行头，离开了拙政园，回到了山塘河属于自己的卷梢大船上。王永康也没有进行更多的挽留，说住回船上可以，但他仍然是姑苏剧社的人。婺、杭二姬远远地在楼上看着，杭姬一脸的不解，认为婺姬昨晚遇到的事是在做梦，婺姬惊魂未定，怀疑自己可能真的是做梦了。

这天一早，苏州府张贴告示，以虎丘戏场踩踏尚未了结为由，把沧浪亭也暂时封了，正在沧浪亭搭台的木子李也被娄吏目带人赶了出来。

木子李回到客栈后告诉李渔，李渔正在吃早饭，刚好那几个德清儒林士绅又来声援，李渔受到鼓舞，不等放下碗筷，就要去府衙论理。李乡君要跟他一块儿去，被黄宗羲拦住。黄宗羲认为这事背后有人在下达指令，那些德清人帮不上忙的，找缪家正也没有用，再一次提出离开苏州，让他带着新班弟子先回到浙东，万一朝廷再要追究反清复明义士，苏州刚好在罗网之中，到时候悔之晚矣。

黄宗羲的话里充满埋怨，李乡君不由得难过，说事实证明新班弟子在苏州不曾受到伤害，如果有一人闪失，她愿以死谢罪。

趁李乡君与黄宗羲争论不休的时候，李渔迅速离开客栈，和那几个德清儒林士绅去府衙找了缪家正。缪家正以公事繁忙为由，跟李渔打了个照面就要离开，李渔跟着他不放，责问姑苏剧社可以在虎丘演《西厢记》，李渔戏班为什么不能够在沧浪亭演《比目鱼》？缪家正含糊其词，说这事得问洪承畴。

李渔想去找曹尔玉帮忙，犹豫了半天还是没有去，又不知道李森先和文进通去了哪里，只好鼓足勇气到留园找洪承畴。洪承畴倒是没有让他吃闭门羹，出面见了他，但一口推说这种事权责在苏州府，他不好干预，但他会主持公道，沧浪亭演不了《比目鱼》，姑苏剧社同样也不能在虎丘戏场演《西厢记》。

李渔知道他们这是相互推诿，是官府的惯有做法，如果自己陷进去，这一圈恐怕永远绕不出来，不如另想办法。回到客栈正要商量下一步怎么办，木子李又得到消息说王紫稼离开拙政园回山塘河了，所以演不了《西厢记》。李渔一听，忽然放心不下婺姬、杭姬，王紫稼不在拙政园，那二姬的处境会变得糟糕，他得去找王紫稼问问二姬的情况。

李渔心急火燎跑到山塘河边，王紫稼正站在船上吊嗓子，见李渔出现，并没有马上停下来，继续唱完。等他停下来，李渔上前行个礼，说紫稼先生，你怎么回船上来了？

王紫稼目光有些闪避，说这船上是我的家，不回船上来，回到哪里去呀。

李渔有意上船，王紫稼却并没有邀请他的意思，而是跳下船来，指着五人墓旁边的松柏林，说我们就在树下走走。

两人绕着五人墓，边走边谈。李渔问起婺、杭二姬情况，说自己本来已经在沧浪亭订下几票戏，如果二姬能够回来，《比目鱼》就能开演了，现在把事耽误了。王紫稼摇摇头，说王永康知道你们要在沧浪亭演，岂能把二姬送回，我看沧浪亭的事，就是他拦着的。

李渔正要问个详细，王紫稼欲言又止，不肯再说下去，只是叹口气，说王永康是吴三桂的女婿，你们斗不过他的。

李渔态度坚定，说我不是要跟他斗，只是要回自己的人，不管他多大的靠山，人是一定要赎回来的，我已经和戏班商量好，如果沧浪亭演不了《比目鱼》，虎丘戏场又一时开不了禁，戏班就到附近州县日夜加演，十天半月便回苏州，等收回订金，攒足了银子，就去赎人。

王紫稼苦笑，说李班主，你想得太简单了，王永康要的不是银子。

李渔并不惊讶，说他要我李渔戏班，我可以给他，等进京回来，我把李渔戏班奉送给他。

王紫稼认真了，说姑苏剧社也是要进京的，说不定苏州只能去一个戏班，不然王永康才不干呢。

李渔一惊，要问个究竟，王紫稼自知失口，赶忙岔开话去，说我也是道听途说，京城里面的事谁知道呢，李班主千万不要当真。随后又转到二姬身上，说李班主你就放心，我一定会把她们当成自己弟子好好照顾的。但是一到晚上我回了船上，她们只能自己照顾自己了。

王紫稼话里有话，李渔更觉得不安，说她们一个才十三，一个十四不到，都还小呢，希望王永康善待她们。

二十三、科尔沁草原土谢图亲王逼讨孙媳

后金天聪十年，即崇祯九年，科尔沁等蒙古部十六部四十九台吉会集盛京，请皇太极受尊号。皇太极更国号为大清，改元崇德，设宴招待科尔沁诸王公。科尔沁土谢图济农巴达礼被封为土谢图亲王，诏世袭罔替，领科尔沁右翼中旗。在同一天，孝庄太后的父亲吴克善封为和硕卓礼克土谢图亲王，领科尔沁左翼中旗。

土谢图亲王对大清始终顺从，带头响应清朝对蒙古部族实行盟旗制，并致力把盟旗组织推广到整个蒙古地区。科尔沁蒙古为皇家礼重，除它在开国定鼎中战功卓著，为清王朝的建立立下了不朽的功勋，更重要的还是亲缘关系。

孝庄太后努力延续这种亲缘关系，除了自己的娘家和硕卓礼克土谢图亲王，原来的科尔沁左翼中旗以外，还有整个原来的蒙古部落。

其中就是要把土谢图亲王，曾经的科尔沁右翼中旗笼络进来，成为自己的又一门至亲的亲戚。

如果有一天大清在中原、在江南的根基动摇，遭到更大的反抗，除了八旗，还有蒙古部落是完全可以依靠的力量，因为汉人十分惧怕蒙古铁骑。还有一个更深层的原因，万一她遇到危险，不管这个危险来自清八旗，甚至来自自己的儿子，她娘家人一定会在紧要关头出面保护自己。只要草原上的蒙古盟旗还在，别人将永远心存忌讳。

土谢图亲王还在北京为孙媳的事情焦急的时候，谣言传遍整个苏州。朝廷将改变顺治十年四月对前明反清人士大开生路、许其自新的诏令，恢复采取严厉手段，甚至大开杀戒的政策。苏州城将又一次为之前的混乱付出惨重的代价。

谣言得以盛传的起因是苏松将军梁化凤突然南调福建，有人据此猜测是因为他在苏州无所作为，镇压不力，因此调离，由满人镶黄旗营接防。与此同时，知情人透露，洪承畴很久没有在留园露面，就连平时喜欢吃各式早点的曹尔玉也连续几天没有光顾专供早餐的店铺。更主要的是，许多人见到从浒墅关下来一批披甲带刀打着锦绣旗帜的满人武士，一律的京城口音，时不时地说着满话，不由得

让苏州人想起崇祯十六年清军进城时的情景。之后谣传说这不过是打前站的尖兵，大队的镶黄旗铁骑将从北方陆续开进苏州。

苏州一时间忽然平静。

要求释放冯、沈二人的聚集抗争行动暂时搁置，市井混混的街头生事顷刻减少，甚至各类社团的正常活动也都骤然停止，为李渔戏班出头而围困拙政园的行动自然偃旗息鼓。作为《秣陵春》观赏活动的组织者，吴梅村立即中断了与沧浪亭戏场的租约，并迅速转移了戏班道具行头，送走了各位诗友。李渔前去告别时，最后离开的朱中楣李元鼎夫妇当天已经回到了宝应县。

这种情形下，李渔虽然不相信谣传，但万一真的如此，事态就严重了。他担心清廷真的下手，恐怕会殃及很多人，像黄宗羲这样背负抗清义士盛名的人物，继续留在苏州就非常危险了。李渔犹豫之后，还是找黄宗羲劝了劝，希望他赶紧离开苏州。黄宗羲断然拒绝，说自己正愁没有为大明尽忠的机会，如果真的遭遇危难，他将慷慨赴死，比起夏完淳他们，自己已经太幸运，活得太长了。李渔越起劲劝，黄守羲越是犟着不肯走，几乎跟李渔翻脸。

李渔实在不放心，设法找到了文进通，文进通也不敢确定，在李渔一再追问之下，他又觉得并非空穴来风，不可不防。据他所知，洪承畴是离开苏州去了镇江，听多哈说他是到金山寺拜会高僧的，马上就要回来，但此人一向好诈，或许虚虚实实，另有盘算。一筹莫展之后，文进通相信曹尔玉一定知道内情，不如打听一下。李渔几经波折没有找到曹尔玉，后来才知道他去常熟劝农养蚕，一时回不了苏州。

李渔稍稍放下心，又开始担忧虎丘戏场和沧浪亭这些地方一时开不了场。不管形势如何，是乱世还是盛世，戏班总得演戏，戏班没有演出就没有收入，当务之急得马上为戏班找寻生计。

尽管缪家正下令限制李渔不得离开内城，而且娄吏目日夜派人在客栈外守着，李渔还是决定离开苏州一试。

当天李渔向客栈老板赊了账，摆了一桌酒菜，把大家叫拢来，说明天他要暂时离开苏州，到周边各县打打前站，预订戏场。李渔这一说，现场顿时陷入悲情之中。大家一边担心，一边落泪，都不肯吃饭。

首先是李乡君力劝李渔不要离开苏州，以免官府得到口实，再予追究。李渔叹口气，把实话告诉大家，说冲了戏场之后，道具、行头损坏不少，修补不好的，要重新添置，现在戏班只剩下几两银子，再这样下去，大家只能跟着他讨饭了，自己身为班主，总不能看大家都饿死。

木子李似乎想到好办法，提出再向客栈老板赊借一点或者大家分头凑一点，熬过几天，总能云开日出，不要非得冒险离开苏州。李渔眉头一紧，说本月的房租不是已经赊账了吗，不能再赊了，总之戏班不能在苏州坐等，一定要想办法。

李渔声音一高，全场一齐看着他，安静下来。见只有李乡君别过脸不理他，李渔满脸笑容，说这顿饭是我请大家的，首先感谢乡君姑娘为戏班费尽心思，吃尽苦头。李乡君仍然没有把脸转过来，说你请我干什么，赶紧让孩子们吃吧，他们都饿坏了。李渔连连点头，捧起饭碗，说今天作为班主、作为师父犒劳大家，尤其是新班弟子，以后的日子可能要清汤寡水，不管怎么苦，都要睡好、吃好，专心学戏、练功，等着苦尽甘来。

大家吃着饭，李乡君说要解个手，一个人出去了很久。李渔着急，心想上个茅房用不了这么多时间，一定有什么事情去了，又不好叫人去催看，只能不断地看着门口。李乡君回来时把一封银子放在桌子上，说李班主，这点银子先将就用一用。

李渔奇怪，刚要问李乡君从哪里来的银子，但看到她头上的钗子、耳环都不见了，马上明白李乡君把首饰变卖了，连忙说不行，怎么能用你的银子呢，你把首饰赎回来。

李乡君脸一板，说我的银子怎么就不能用？我也是戏班的人，李班主，银子不多，但也可勉强渡过眼前的难关。

李渔难以抑制激动，一阵脸红，说那就算借的，一定给你买回最好的首饰，以后到了京城，陪你去最好的金银铺，由你挑最喜欢、最满意的，就这么说定了。

李乡君显得轻松地一笑，说那就先谢谢李班主了。不过不戴金银首饰觉得更自然，会习惯的。

大家想想戏班落到这个地步，不禁难过，一桌上好的饭菜，谁都没有再动过一口。黄宗羲打破沉默，又提出带新班弟子离开的事情。李渔还没有开口，李乡君已经驳回，说新班弟子谁都不愿意走，黄先生要走只好一个人自己走。李渔也建议黄宗羲先回浙东，以后找机会，让新班弟子时不时地回去看他。黄宗羲以为李渔要赶他走，从袖子里掏出一块碎银，说他们现在舍不得离开你，我哪里走得了，李班主请放心，我的伙食由我自己负担，不够我现在就去向金人瑞借几两，

王永康扣留二姬

绝不能让孩子们饿着，说着就放下筷子，站了起来。李乡君知道他的脾气，拦他不住，只是说要去也等吃了饭下午再去。但黄宗羲既然站起来了，再不肯坐下，还是离开了。

再说黄宗羲前脚刚刚离开，赤五娘后脚就来到客栈。因为担心李渔赊账还不起的客栈老板正耷拉着脸，一见到赤五娘，马上迎过来，说赤五娘也来得巧，李班主他们正在聚餐。赤五娘说聚餐也不请我，什么意思，你不是说他们现在手头拮据，连付房租都困难，哪里还请得起客？客栈老板正要诉苦，见赤五娘上了楼，也跟上来，说李班主赊账越来越多，也不知什么时候能还上。

赤五娘不跟客栈老板多啰唆，三两步走在前面，推门进去，说李班主，这么热闹的场面也不叫我。

李渔连忙叫人让出一个座位，请赤五娘入座。

李乡君自己起来，让赤五娘坐在李渔边上，说这是李班主请大家吃便饭，你为戏班也出了大力，还要好好谢谢你，到时候要单独请你。

李渔也解释说自己要谢的人实在太多了，戏班原来准备在虎丘戏场连唱三天三夜的大戏，奉送给苏州百姓，但是官府不让开场，只好以后再谢了。

赤五娘一屁股坐下，说李班主，你让大家白看戏，还不人山人海，还不又把虎丘戏场挤垮了，到时候遇上几个捣乱的，又要踩人了。李班主苦头还没有吃够呀！再说戏班白白送戏，你们吃什么，好心不一定有好报，要看戏，让他们掏钱。

李渔感慨起来，说总不能因为发生了踩人的事情，就不敢开场演戏了。不过这次事情之后，我发现苏州百姓的眼睛是雪亮雪亮的，他们没有把我看成是一个坏人。尤其是苏州的戏迷更是错爱李渔。我李渔无以为报，只有把最好的戏奉献给苏州观众。

赤五娘不以为然，说李班主执意要送戏，我赤五娘也不好阻止，但凡事还是要多留神，不要忘了，硬是要把李班主押起来游街示众的那班人不就是苏州百姓。

李渔不好再辩论下去，显示出一副大度样子，说那是他们受坏人唆使，对我有所误解。戏班靠唱戏为生，观众是衣食父母，他们对李渔不好，情有可原，只要他们以后还喜欢看李渔戏班的戏，我李渔就不会与他们计较，依然会把他们当作贵宾看待，随时欢迎他们到戏场来看戏。我已经打算好了，先到周边各县谋个饭吃，戏场哪天让开场，我就哪天回来。谢谢赤五娘提醒，吃一堑长一智，李渔以后注意就是了。

赤五娘摇摇头，说李班主，你讲的这些道理虽然好，但人心难测，别人谁会像你呀，我们不想你再吃亏了。然后取出一张银票，说戏班经历了这么多事情，又这么久没有开张，手头一定紧了，这二十两银子你当作盘缠先用着吧。

李渔急忙拒绝，说戏班已经够麻烦你了，这银子我不能收。

赤五娘嗔怪了，说你以为是白给你的呀，以后有钱了要连本带利还我。

李渔只好接过银票，说五娘，戏班还真需要钱呢，你这是雪中送炭呀，那我就不客气了，到时候一定加倍奉还。不过客栈老板知道赤五娘送了银票，厚着脸皮跟李渔要账，把二十两都要了过去。

夜深时，黄宗羲才回来，一声不吭就进了自己的屋子，躺下睡了。

李渔估计他可能没有借到银子，想进去劝慰几句，却被李乡君拦住了。李乡君走进李渔房间，说这时候去，反而让梨洲先生觉得难堪，明日再说吧，反正一时不缺钱了。

李渔想留她多说说话，李乡君已经出了门，说李班主明天要起早，早点歇息吧。

李渔不情愿，站在门口，说我是想睡，但怎么能睡得着。

李乡君一笑，背朝着他，说还有什么睡不着的，五娘送来二十两银子，客栈的房租总算还上了一些，李班主也可以喘口气了，添道具、行头的钱以后再说，我手里还留下一点当盘缠。

戏班窘境一时改变不了，让李渔更加急于离开苏州寻找演出的机会。

拖到次日午时，李渔安顿好戏班诸事，悄悄出门。但这天还是没有离开苏州。李渔在赶往码头路上，发现娄吏目手下的衙役挥着铁链跟上来，时刻准备锁拿他的样子，赶忙转过身又往回走了一段路，试图甩掉他们。

当天他不能离开苏州更主要的原因是，他居然在红春楼旁边的贞节牌坊上看到了一张寻人启事，知道了火婴失踪的消息。

李渔一脸的惊愕，不由自主地进入了红春楼，在赤五娘这里，火婴失踪的消息得到了证实。

原来昨天晚上，曹尔玉从常熟回来，为解除疲乏，到红春楼听曲，之后赤五娘留他喝夜茶。那些吓住苏州百姓的镶黄旗满人武士突然拥进来，据说为首是朝廷派到苏州的采办。那些武士们声称刚刚从北京来，慕名找来，要听江南美女弹琴唱曲。之后知道他们原是来找曹尔玉的，因为曹尔玉去了常熟，他们等得无聊，在采办的推荐下，到红春楼寻找一点乐趣，不想在这里遇见了曹尔玉。

采办据说受土谢图亲王之托，用满语讯问曹尔玉，火婴为何迟迟没有回到北京。曹尔不由得万分惊诧，说火婴不是交给你了吗？你们早该回到京城了，怎么还到苏州找人。但采办说土谢图亲王咬定火婴没有回北京，说该打听的地方都打听了，断定火婴绝没有回到北京，一定还在苏州，所以土谢图亲王托他带了这么多戈什哈前来接应，土谢图亲王已经禀过皇上，命他无论如何一定要带火婴一块儿回到北京，不然土谢图亲王要亲自到苏州兴师问罪。

曹尔玉心里暗叫糟了，怔了半晌。想起当时船队过了扬州快到高邮时，因河道拥挤，遇上了堵塞停了下来，中间去了如皋回来后，自己回到苏州，而火婴跟着船留下，应该往北走了，可怎么居然没有回到北京，也没有返回苏州，这么说她真不见了？曹尔玉越想越感到事情严重，强作镇静，让采办先回去告诉土谢图亲王，火婴不会有事的，请他们放心就是了，一旦有火婴消息，马上送她回来。但采办说什么也不肯走，一定要留在苏州等消息。曹尔玉也顾不得责怪采办，放下茶杯就带着这伙人跟他一起离开了红春楼。

曹尔玉焦急了一夜，不等天明，动员所有的戈什哈寻找火婴。一是到苏州各城门、水门，甚至过往船只上张贴寻找火婴下落的启事，承诺有送还者，赏银五百两，报告线索者，赏银一百两。二是快马向沿途各州县驰去，一路张贴火婴画像和悬赏布告。

李渔在贞节牌坊上看到的寻人启事就是其中的一张。

李渔匆匆离开红春楼，一回到客栈，遇见李乡君，不等她问，就说了火婴失踪的事，说她在高邮湖不远的地方失去了踪影，其间居然还去了如皋，过去这么多天了，不知去了哪里，现在还没有消息。

李乡君其实也看到了布告，似乎料到李渔没有离开苏州与此事有关，所以对李渔一回来就说这件事，也并不感到惊讶。不过李乡君仍然神情急切，说火婴会不会回到苏州，她人生地不熟的，万一出点什么事如何是好，我们应该一起想办法找火婴。

李渔连连点头，说我也这样想，明天我就往扬州走，先找到一个落脚的地方，再到附近各县、镇、村去找一找。李乡君有点不放心，说你还是带几个人去，我和你一起去找。

李渔想了想，说还是我一个人去找，顺便签几票戏约。戏班还请乡君姑娘照看。再说火婴在什么地方，现在没有一点线索。又半开玩笑说但愿她正好遇着一个什么戏班，正高高兴兴地唱戏呢。

李渔又跟李乡君商量了一下，觉得火婴毕竟是曹尔玉的女儿，要去找人，也要争取曹尔玉有个态度，以图出师有名，同时也是给他一个人情，让他知道李渔戏班知恩必报。

李渔随后去了曹府，曹尔玉一见李渔，神情充满期待，但马上发现李渔并没有给他带来意外的惊喜，迅速又恢复无精打采的神态。李渔当然知道曹尔玉此刻的心情，但自己确实没有火婴的消息。为了缓和曹尔玉的情绪，李渔作了一些铺垫，说自己是特来告辞的。曹尔玉勉强应付几句话，问李渔要到哪里去。李渔说戏班以唱戏为生，虎丘戏场又不让开场，因此戏班打算离开苏州，过了长江，订一些场子，到各县唱几天，等案子结了，戏场开场就回来。

听说李渔要离开苏州，曹尔玉一怔，提起了精神头，说你们缺银子跟我说一声，何必要离开苏州呢。再说戏班马上要进北京，为皇上唱戏，现在没有钱，我养着就是了。

曹尔玉的态度不由让李渔心生感动，连忙站起来，认真地向曹尔玉作了个揖，说多谢曹大人，戏班唱戏固然为了生计，但也是为了戏班的演艺和前程。如果戏班长期赋闲，唱做念打必然生疏，久而久之就上不了台面。何况，戏班如果真的能够进京，到乡下演出几场，也权当练兵。

曹尔玉频频点头，说李渔的话有道理，他一定会跟李森先说一说，让缪家正抓紧把案子结了，到时候戏场也尽快开场，戏班也好马上演《比目鱼》，苏州的百姓看上好戏，还闹什么事。

李渔眼泪几乎落下来。曹尔玉一个满官，能如此体恤一个戏班，如此懂得民情，知道百姓所好，实在难得，那些自命不凡、附庸风雅的汉官真不如也。李渔心中一番感慨，觉得遇上曹尔玉这样的人真是自己的幸运，于是再作一个揖，说多谢曹大人，庇佑之恩，容后再报。

曹尔玉看看李渔，欲言又止，只等李渔离开。李渔走出几步，又回过来，说自己急急忙忙明天就离开苏州还有一个目的，就是帮曹大人找火婴。

曹尔玉一愣，哦了一声，拉住李渔，说已经派人四处找了，但李班主既然知道了，想问一声，火婴能到哪里去？

李渔见曹尔玉目光审视，心想他会不会是在怀疑火婴的失踪与戏班有关，甚至是自己把火婴藏匿了，于是急忙说曹大人，火婴应该还没有回到苏州。

曹尔玉像是有些失望，声音突然高了，说如果回到苏州，她一定会先找你们戏班。现在戏班也没有，我这里也没有，要是火婴有个闪失，土谢图亲王那边事小，我怎么向皇上、太后交代。

李渔其实也担忧火婴人生地疏，语言不通，种种麻烦，难以预料，时间长了，后果不堪，绝不能再坐等下去了。想着再说什么安慰的话也没有用，神情坚决，向曹尔玉表态说一定竭尽全力寻找火婴，明日一早就离开苏州，沿河北上，把扬州一带大小村落都找寻一遍。

李渔的态度让曹尔玉升起一丝希望，说李班主既然有此诚意，我就先谢谢了。说着叫人取过一包银子，硬是交给李渔，说路途费用开支不够，你尽管开口，如果你找到火婴，除此之外，一定重金酬谢。

李渔知道推不掉，只好接在手上，说戏班是有些缺钱，恭敬不如从命，算是借的。临走又把话题转到进京唱戏的事情上，说曹大人已经是成全戏班了，但听说太后有旨，苏州城姑苏剧社和李渔戏班只取其一，还望曹大人努力争取，自己别无所求，唯有把曹大人的进京献礼，当作头等大事。

曹尔玉说太后和皇上听他的，不会要姑苏剧社的。李渔担心姑苏剧社用了吴三桂家班的名义，到时候太后和皇上恐怕要给吴三桂人情。曹尔玉神情流露出不屑，说吴三桂算什么，八旗的人都不会把他放在眼里，要李渔放心，他给皇上的这份礼送定了。

李渔松口气，说此事让曹大人费心了。话音一转马上又回到火婴的事情上来，说当务之急，还是找到火婴，有什么消息，我会马上设法告诉曹大人。

曹尔玉发觉又回到了现实，叹口气，说火婴净给我惹麻烦，找到她之后，我要亲自送她回京。

曹尔玉给的银子足足有一百多两，顿时解决了戏班的困境。

李渔先将曹尔玉给的银子还清了苏州客栈欠下的赊账，拿出几两叫李乡君交给赵则鸣叔侄，作改善伙食之用。同时给黄宗羲留了几两银子，如果他回浙东，就算是盘缠，如果仍留在苏州，就算添置笔墨之用。结果赵则鸣叔侄和黄宗羲知道是曹尔玉的银子，任由李乡君怎么说，都死活不肯要。

之后曹尔玉叫人通知了缪家正，让他同意李渔暂时离开苏州，也不管同不同意，就派了四五个戈什哈准备送李渔到城外码头。娄吏目知道阻拦不成，放行之前，还是到码头等着李渔，好好警告了一通，说如果不回来，就发通缉令，抓回来从严惩处，如果回来，也要先把他收监，反正不会有好果子吃。

李渔心中挂念篓、杭二姬，去山塘河向王紫稼告别，顺便送去十两银子，算是对王紫稼关照二姬的酬谢，说这次订下几票戏，十天半月便回苏州，等收回定金，攒足了银子，就来赎人。

王紫稼表示虽然已经不住拙政园，但一定会把她们当成自己弟子好好照顾，哪怕晚上自己回到船上，也会设法知道她们的境况，但十两银子却不肯收，李渔差点跪下，王紫稼才勉强收下。李渔这才算放了点心，对王紫稼千谢万谢。

既然李渔可以光明正大地离开苏州，李乡君和新班弟子坚持要到码头上送李渔。看到一边娄吏目和一群衙役监视的样子，李渔也不便多说什么，只是一个劲地劝他们赶紧回去。李乡君心里有许多话也不说，只好交代随同的木子李，一路上要照顾好李班主，千万不能让他再累着了。

李渔发现李乡君眼中含着泪，连忙活跃气氛，说我又不是小孩，还要人照看，最好我一个人去，还嫌人多，多一个人多一张吃饭的嘴。

大家都笑了，李乡君却不肯跟着笑，送了李渔一把雨伞，说天一热，雨水多了，这把伞你用着，免得淋雨。

李渔接过雨伞，不禁感动，说乡君姑娘想得周到，李渔不会淋着雨水了。戏班弟子就让你费心了。

李乡君转过脸，说李班主放心吧，我会照顾好戏班的。

李渔走近李乡君，说李姑娘保重啊。

李乡君回过脸，说我李乡君经历过很多事情，别人想怎么样，我不去管他，我只是一心带好戏班弟子，等李班主回来。说着李乡君平静了许多。两人四目相视，久久没有分开。新班弟子一齐围着，欢笑起来，李乡君察觉，赶紧把目光移开。

船慢慢开动，驶离了码头，李乡君仍伫立码头，远远地挥手，等船看不见了，眼泪终于流了下来。

李渔离开苏州，当天就过了长江。

李渔在瓜洲渡口停留的那一会儿，迟了几天的寻人启事终于张贴到如皋县城。知县穆同得到快报，一刻也不敢怠慢，叫李典吏带领几个兵丁在城内主要进出街道的墙壁上都张贴了布告。

再说戏霸天把火婴扣下，要她教完全本的《比目鱼》之后，骗她说往苏州走，其实沿着江岸往东北角走到南通州，每天日夜不停演戏，过了十数天，才离开南通州往回返，准备一路北行，往山东走。不想到了如皋，恰逢庙会，遇到戏约，戏班才停了下来。

巧的是同一天，火婴的寻人布告快马送到了如皋。

孔庙前，戏班照例挂出苏州名旦李乡君首演李笠翁新剧《比目鱼》的戏牌，火婴起初不肯上台，戏霸天再一次发誓，答应这里的几场戏唱完了，就亲自送她回苏州。

其时一路跟随的赛武大连续看了几场戏，想起看到火婴的画像，又几遍看了看台上的火婴，觉得这是发财的机会，于是找到巡查的李典吏，说台上唱刘藐姑的旦角跟画像上的这个女子长得一模一样。

李典吏因为见过火婴，知道她是有身份的人，绝不相信她会跟草台班子混在一起，但是出于负责，他还是转到戏台前看了看。李典吏虽然听说过这本戏是自己叔叔李渔所编，但对戏的具体内容却不熟悉，更不知道什么刘藐姑，因此看了许久，留神到的竟然是谭楚玉这个角色。李典吏一转身离开，火婴就上了场，唱到一句不如一命丧长江，李典吏回过头，火婴突然站起来，奔过去，跳入水中，传过来的都是喝彩声和如雷的掌声。李典吏认为赛武大老眼昏花，却想着得赏钱，也就没有理会下去。

等唱谭楚玉的生角跳水，落入船中，看客掌声没有给火婴的那样热烈，但戏霸天高兴地登台，亮出李渔戏班旗幡，并请出火婴谢幕。

戏霸天拉着火婴，说这位是本戏班的头牌花旦李乡君。

火婴耳边响起的也是叫着李乡君的欢呼声。

戏散了场，第二场要接着演，戏霸天亲自给火婴端茶水送点心递毛巾，火婴擦了擦额上的汗珠，随后只吃了一个炊饼，喝了几口凉水，就开始一边补妆容，一边背戏词。这一路下来，火婴每天上场好几回，居然没有埋怨之色，让戏霸天又是惊喜，又是不安，忐忑间，生怕火婴突然走了，因此百般地伺候讨好。火婴心里虽然盼望尽快回到苏州，但天天有戏演，而且唱的是头牌，观众又都叫好，也觉得这日子有趣，回苏州也不是时刻要想的事情，反倒想趁机多唱些戏，把戏唱好了，唱熟了，等回到苏州，在虎丘戏场唱几天几夜，让爹爹，让李渔，让戏班的人，让苏州看客，看看她当台柱子的样儿，他们一定会感到万分惊讶，由衷地称赞自己。当然火婴想到更远的是，有朝一日，唱给太后和皇上听，让他们刮目相看，那时候她就提出请求，准她继续唱戏，一直唱下去，嫁给一个自己喜欢的人。想到这里，她又只盼时间停下来，甚至晚点回到苏州，因为一回到苏州，就意味着要回到北京，要跟那个三贝勒成婚，那就再也不能登台唱戏了。与其这样，倒不如就跟这个戏班子一直唱下去好呢。

只有登台的时候，火婴才能把这些全忘了。

其实戏霸天已经看到了寻人启事，火婴登台的那会儿，他送给赛武大一两银子，封住他的嘴，然后将周边所有的悬赏布告和火婴画像偷偷揭了下来，藏到一棵古樟的树洞里。

第二天一早，如皋县城的寻赏布告一一消失，穆同接到报告，没有十分在意，叫李典吏去查一查。李典吏到各处转了一圈，看到地上有些纸灰，怀疑是叫花子撕下来点火取暖的，回去报告穆同，两人一商量，觉得反正火婴不可能在如皋，再说布告已经张贴过，也让大家看到过了，以后问起，也算可以交代。

戏班继续在如皋孔庙前日夜演戏，火婴继续连轴登台，赛武大继续收到戏霸天的银子。

不过火婴还是时不时地找戏霸天吵上一架。正当戏霸天以为瞒过火婴的时候，当天赛武大喝多了酒，潜入火婴的房间，偷看她换衣服，后来又把持不住，要搂抱火婴，结果差点被火婴打死。赛武大怕被送官，哀求火婴，并把寻人启事的事告诉了她。火婴不信，让赛武大带她去古樟树洞里，结果看到了一堆自己的画像。火婴看了看，仍然生疑，认为画像的人不像自己。赛武大说怎么不像你，不是你，戏霸天也就用不着把它都撕下来藏在这儿，官府都在到处找你。火婴把布告收起，答应不再追究赛武大，不想他提出要赏银，火婴大怒，随手打了他一个巴掌。

第二天，戏班仍演《比目鱼》，火婴却不肯上场，只是一副教师爷派头，在教导即将上场的角色，看着扮刘藐姑的女伶投河，台下船撑过来，旦角跳下来落入船中，火婴幻觉自己在虎丘戏场身着戈什哈服装看戏，李渔扮谭楚玉，唱着守节捐躯都为我，不如一命丧长江，而自己呢，竟然跑上去，投进水里，又想到李渔在大牢里受苦的情景，一幕幕下来，忽然眼泪下来。

火婴突然脱下戏装，抚平、整理好，说要马上回苏州。

戏霸天愣了，说我们明天一早就回苏州，苏州就在对面。

火婴冲上来断打戏霸天，说你还敢骗我。

戏霸天反抗了几下，火婴将他打倒在地，说今晚我就要回苏州。

戏霸天可能感到害怕了，竟然向火婴叩了叩头，说要走也明天走。

火婴放开戏霸天，说我自己走。

戏霸天追了出去，死活抓住火婴，说要走一块儿走。

最后火婴平静下来，回到了戏班，又教起戏来，但一直没有说话。

到了晚上，戏霸天忍不住问火婴，你到底是什么人？

问了几遍，火婴没有还是回答。此刻，她虽然不愿意回去，但她还是想念京城里的太后和皇上了。

火婴离开苏州的这些日子里，苏州发生的一切如期呈报到紫禁城中。

孝庄太后在御花园喝茶的当儿，土谢图亲王领着孙子三贝勒，也不顾抱着玄烨的孙氏在场，气呼呼地表达了对曹尔玉的不满。

孙氏见土谢图亲王当着自己的面向孝庄太后告丈夫的状，也不甘示弱，一边逗着玄烨，一边反唇相讥，说三贝勒去过江南怎么不把火婴接回来，我家老爷是个老实人，要是怪他，他也会认了是他的错，不该带自己的女儿去江南。但火婴是我们满人家的女孩，到江南玩耍几天，不见得就飞了。怎么我们满人得了汉人的江山也学起汉人的一套，三纲五常贞节烈妇的，生怕女孩儿家一出门就会被什么人欺负了。三贝勒，你今天让她到江南玩够了，她说不定反而对你心存感激，日后一颗心在你身上。

孝庄太后看了看孙氏，心里赞许她说得好，有见识，满人家女儿，天生就一副野性子，过了门可就没有机会疯玩了，自己如果还年轻，指不定玩出什么花样呢。但嘴上安慰土谢图亲王，说曹尔玉和火婴的生身父亲是生死之交，对火婴比亲生的还亲。火婴还没有嫁过来，她在江南大概觉得什么都新鲜，闹着玩的何必认真。

老土谢图亲王一脸不快，说那要疯玩到什么时候。

孝庄太后见土谢图亲王是真生了气，缓口气说姑娘家野过这阵子，也差不多了。让三贝勒带一道圣旨，叫曹尔玉、洪承畴、李森先、多哈几个一块儿送火婴回京。但现在皇上亲政，这道旨该由皇上来下。

土谢图亲王也只能见好就收，说有太后的旨意，臣就放心了。一边高声说臣这就去请旨，一边人还不肯走。孝庄太后猜到土谢图亲王心里的算盘，说要是你也想去江南，也去请旨，要是皇上准了，走之前来回个话，哀家有事嘱咐。

土谢图亲王兴高采烈离开之后，孙氏忍不住发起牢骚，说他们都一个个走得容易，奴婢夫君在江南这么久了，让奴婢也去一趟江南，说了多少次，到今天还没有去成。

孝庄太后并没有责怪孙氏，孙氏这几年与曹尔玉分多聚少，也难为她了。说这样吧，太子殿下留给哀家，给他另找个奶妈，你跟土谢图亲王他们一块儿去，也好有个照应。

孙氏没想到孝庄太后真的会准自己去江南，激动得慌了神，说太后这怎么行，奴婢现在也离不开太子殿下了。

孝庄太后忙说太子殿下太小可不能去，你把他扔给哀家就是了，以后他长大了，当了皇上，游江南有的是机会。

孙氏这时才确定孝庄不是虚言，但又怕她反悔，连忙双膝一跪，先谢了恩。

此时土谢图亲王祖孙直奔内殿书房，向顺治请旨。顺治来回踱步，盯着三贝勒，斥责了一通，说三贝勒去江南干什么，说是去接火婴回京城，但火婴呢，怎么你一个人回来了？

三贝勒不满地嘟了嘟嘴，愣着头为自己辩护，说皇上就是对我不放心，上次要不是那个叫李渔的人骗过我，我早就把火婴接回来了。

顺治见三贝勒不服气，声音高了，说出门在外，不能太轻信别人，所谓吃一堑，长一智，你若不记取教训，苦头还有你吃的，以后还是要被骗。又讽刺说三贝勒连找个火婴也找不着，还真怕他把土谢图亲王也给弄丢了。

土谢图亲王知道顺治责怪三贝勒，其实是不同意自己去江南，急了，说皇上，还是准了吧，臣虽然年迈，这次有臣跟三贝勒一块儿去，不会再出什么岔子了。再说江南这么好的地方，如今成了我大清的国土，我们科尔沁草原上的父老子弟，谁不高兴，谁不想亲自去江南瞧一瞧。

顺治看着土谢图亲王脑后花白的发辫，想他年纪也大了，长途跋涉，舟车劳顿，恐怕受不得辛苦了，因此没有马上准许，但土谢图亲王刚才几句话可谓用心真切，其情可嘉。顺治似乎被感动，点点头，说你们快去快回，早点把火婴接回来，这么些日子不见，朕也想看看她了。但准许他们祖孙去江南的同时，建议除随从之外，再找一两个熟悉江南的官员，最好是江浙人氏，陪同一块儿去。江南地方，水路蜿蜒，语言多变，比不得蒙古草原通达空旷，一匹骏马，任你驰骋，放声一唱，都是知音。

三贝勒认为顺治是不放心他们，名义上是陪同，实际上是派人监视，于是话里有话，说爷爷由孙子陪着去，皇上有什么不放心的。如今江南是我们大清天下，走到哪里都用不着怕。

土谢图亲王瞪了孙子一眼，对顺治恭敬一笑，满口应承，说皇上说得对呀，恳请皇上找人带臣一起去江南。

顺治并不计较三贝勒的态度，说人你们自己找吧，朕不打算推荐什么人。顺治最终不仅同意了这位老亲王的江南之行，考虑到是亲王重臣出门远游，还授予了重要差事，使其师出有名。顺治郑重交代土谢图亲王办几件公事：第一，查明苏州是否真的发生火烧府衙案，如果发生了，幕后主使又是谁。第二，虽然派了李森先巡按江南，留察苏州，只怕他夹在洪承畴等几位大人物中间，没有什么作为，希望土谢图亲王尽力查清苏州府发生的实情。第三，也是最要紧的，既不许有人趁机策划谋乱，动摇大清在江南的统治，更不想看到因为无中生有，随意夸大，以无端小事殃及无辜，激发民怨，希望土谢图亲王慎重把握，稳定大局。

听到这里，土谢图亲王乐了，说皇上想得周详，赶忙拉着三贝勒一块儿向顺治谢恩。

土谢图亲王祖孙自从在书房见过顺治，回来后一直讨论顺治说的熟悉江南并陪同他们前往的江浙籍官员人选。

第二天快到午门时，土谢图亲王忽然停下，说自己想到了一个人。

这个人就是明史馆编裁文瑞方。

土谢图亲王很快就在秘阁书库找到了文瑞方，问他是否想告老还乡。

文瑞方心里一怔，但头也不抬，慢吞吞地回话说下官年已老迈，已无力胜任现在的职分，想告老还乡，可是不准呀。

土谢图亲王神情显得急切，问是谁不准？

文瑞方此时感觉到心中盼望已久的机会可能来到眼前，但越是机会临近，越要保持镇静，绝对不能流露出迫切的神情，不然机会又会再次错过。他没有马上回答土谢图亲王的问题，低头检了几条书目之后，才漫不经心地说下官已经多次请辞了，都未获准，也不知道是谁不准。下官曾听洪承畴说过，是皇上不准。

土谢图亲王连忙摆手，说你一个编裁，皇上才不管，肯定是洪承畴骗你。

文瑞方合上书，平静地说骗不骗，下官怎能知道。洪承畴不肯让我走，我也走不了，时间久了，也不想走了。

土谢图亲王抢过文瑞方手上的书，说本王有一趟差事，你如果干好了，就准你回到江南祖居，用你们汉人的话说，让你回江西老家颐养天年。

文瑞方抑制内心的激动，但已经抬起头来，问土谢图亲王，不知是什么差事？

土谢图亲王口气不容商量，说随本王去一趟江南。

文瑞方禁不住喜形于色，但不敢相信自己的耳朵，又问了一遍。

土谢图亲王大着声，说去江南，到了江南，你陪本王到各处看看，等事情完了，你如果想留在江南，就不用回来了。

文瑞方兴奋得胡须抖动，但目光怀疑，弯着腰，问了声是真的吗？

土谢图亲王恼火了，说本王不跟你开玩笑。

文瑞方怔了半天，又摇摇头，叹了口气，说洪承畴能答应吗？

土谢图亲王把书一扔，说笑话，是本王叫你去的，还要洪承畴答应干什么。再说找人随本王同去江南，是皇上的意思，到了江南，见到洪承畴，他不敢啰唆。

文瑞方终于如释重负，忍住哽咽，谢过土谢图亲王。

孝庄太后要土谢图亲王走之前回个话，其实是嘱咐他带孙氏一同去江南。

孙氏抱着玄烨一边流眼泪，一边逗他睡觉，哄了很久，玄烨才笑着闭起眼睛睡着。

孝庄太后从孙氏怀中接过玄烨。孙氏仍然不舍，要求再多抱一会儿。

土谢图亲王祖孙已经等得急了，问太后还有什么吩咐。孝庄太后抱过玄烨，说土谢图亲王，曹夫人跟你们一块儿走。哀家让她去江南，和夫君团聚团聚，一路上你们要好好照顾她，不许对她撒气。又叮嘱三贝勒，说火婴虽然是曹尔玉带着离京的，但也是哀家和皇上的意思，你们就不要怪他了，毕竟现在还没有嫁到科尔沁草原去。

孙氏提了提精神，说土谢图亲王、三贝勒，一路上要麻烦你们了。

接着孝庄太后又给土谢图亲王布置了一项任务，叫他大着胆子帮忙挑一个戏班。说吴三桂封了平西王，要谢恩，就在苏州办了一个叫姑苏剧社，号称天下第一戏班，再过两月皇上新婚，要到京城来庆贺。吴三桂在云贵刚刚站稳脚跟，诸事繁忙，仍然想到皇上，倒是有心人。可这事情就难办了，曹尔玉一片热心，也准备了一个叫李渔戏班的，而且听说是货真价实的天下第一戏班，也要给皇帝庆祝。到底选哪个戏班好呢，哀家倒是犯难了。

土谢图亲王急着想走，赶紧附和，说两个都好，两个都请来。

太后不急着让土谢图亲王离开，拿出李森先的密折，说钦差李森先上了一道折子，出了一个主意，让两个都在苏州的戏班在苏州斗戏，比上一比，谁好谁差，言下之意，谁好谁来京城。后来细想大清国才得天下，基业还没有牢固，做事不能太铺张，皇上又不是头一次大婚，一个戏班就够热闹了。苏州一个地方，就来两个戏班，也太张扬了一些。两家都说是天下第一戏班，究竟谁家是天下第一戏班，你们这一趟去，给哀家看看，比较比较，探个究竟，要来，来一个就够了。还有一本叫《风筝误》的是一定要演的，让大家都乐一乐，上次曹尔玉让哀家看了其中的几出，乐得差点笑破肚皮。

土谢图亲王与三贝勒、孙氏相互看看，不知道何时能走，只好站着。不想孝庄来了兴致，索性叫他们都坐下，听她继续讲下去，说不过是看戏，谁不会，这传奇本来就是唱给百姓们看的，就是大字不识的妇孺老农也看得明白。你们就以平常心、平常人去看他们的戏。什么叫好戏，就是好看，再说那本《风筝误》，上次曹尔玉带回几个苏州女伶，在御花园唱，不仅哀家都笑了，就是太子殿下这么大的一个人，也乐得合不拢嘴。好看就是好戏，搞个婚礼就是图个喜气，图个热闹，让大家伙儿都笑一回，也是值得。

临了，孝庄太后又问他们懂不懂自己的意思。

土谢图亲王一个劲点头，说懂了懂了。

孝庄太后兴致更高，说那些会看戏的人，都叫赏家，可是他们只会选自己喜欢的，平常人看不懂的戏他们才认为是好戏，其实哀家看他们自己也是云里雾里，不懂装懂，只是假模假式地蒙人。明明不好看的戏，他偏说好，显示他高人一筹，旁的人糊里糊涂的，生怕别人说他不懂，也跟着说好好好。洪承畴他在江南主持大局，还有李森先奉旨巡按，也在江南，为什么到现在还选不下来？他们自以为比别人懂戏，把事情混杂了。哀家就不相信他们什么都比哀家好。孝庄太后特意叮嘱不必太相信洪承畴的眼光，洪承畴说好的，可能就是不好的。

土谢图亲王虽然听了个半懂，但惊奇孝庄说出这些话来真不容易，可见她是下了功夫的，连汉人的戏都能够评出个自己的道道来。孝庄就是孝庄，总是让他们这些亲王大臣自愧不如。土谢图亲王满怀敬佩，向孝庄太后行了个君臣之礼，郑重表示一定牢记太后的话，洪承畴说好的，可能就是不好的。

提到洪承畴，孝庄太后不禁埋怨起来，说这个洪承畴，本该去武昌，然后到皇上大婚时回京复命，却还要找借口在苏州逗留，也不知他到底在干什么。洪承畴本是孝庄太后愿意与之说说心里话的人，每当心中有疑难烦心之事要找人问，洪承畴是一个人选，因此想到离京多日、迟迟不肯回来的洪承畴，孝庄不免感到缺憾甚至思念。

二十四、闽地有情老汉心动男女

沈秀才的族祖、嘉兴秀水人沈德符于万历六年生于北京，四十岁那年中了举人，后来回到了南方，死于崇祯十五年，活了六十五岁。至于迁居苏州的沈秀才，其实只是他的一个近房族孙。

沈德符自幼喜欢记录故事，对当时的朝章典故、里巷琐语，都有详尽的记载。

洪承畴知道沈德符写过《万历野获编》，但他对游离于功名之外的闲散文人，并不看重，甚至有些蔑视，因此没有读过他一篇文章，以致此前金人瑞并无好意地专门推荐，也没有引起他的注意。

作为闽人，洪承畴当然知道他生活的地方海运发达，往海外通商的人很多，而航海的人又都很迷信，船上不能有女人，否则船会倾覆。奈何食色饥渴，长期在海上的人就以同性为伴。当时闽地男风盛行还有一个特殊原因，则是地处偏僻，贫民多以淫业为生，如当地的剃头师傅利用学徒也兼经营变相男娼。

就是这个沈德符，听到了这些奇怪的事，写在书中，说闽人酷重男色，无论贵贱，各以其类相结，长者为契兄，少者为契弟，其相爱者，年过而立者，处如伉俪。他的《敝帚斋余谈》中讲称契儿的人，以父自居，花钱买了几个少年养在家外，行同性之爱。契这个字，在闽地就是指男子间的性关系。

而这种同性恋，当要受到社会承认时，就要举行一种契的仪式，从而确立契父和契儿的关系。

当王紫稼说到如果英雄当年，洪大人不应该是契父吗？洪承畴全身一阵快感，把那些美丽智慧而颇有才名的女子暂时遗忘一边了。

此刻，远在苏州的洪承畴至少暂时忘记宫中孝庄对自己的挂念，尽量拖延着不想回武昌，也不想很快去北京。

蒙古亲王即将南下的消息传来，那些为了大明，为了故国，抗过清、生过事、说过话的人又一次感到了危险，但藏匿或者逃跑都不是这些人的本色，他们只能毫无畏惧地等待命运的安排。而有过其他行为的人也是惶恐不安，譬如书生因为不满聚集，市民以众怒殴官等前明常有的把戏，失去了可以依赖的背景和肆意的舞台，因为大清毕竟不是前明，总是外族，不会有那么多私情可徇，更不会顾全什么民情，作为征服者，宽容和杀戮只在瞬息之间。

因为诸多的不可预测，苏州恐慌又一次突然加剧。

洪承畴显得轻松，感到这一切与他无关，他更不会想办法安民告示，稳定人心。

苏州就是天堂，留园就是留人的，如果一直住下去，再也不用回北京那该多好啊。但是留园虽好，总缺少点什么。

缺少点什么呢？留园再好，要看跟什么人一块儿住着，有什么人一块儿陪着，与什么人一块儿饮酒品茶、抚琴弄曲。

这一比较，现在的留园还真比不上如皋城东北角的水绘园，那座董小宛于崇祯十五年十二月委身冒辟疆为妾后，双双归隐的冒辟疆私家宅院；也比不上钱谦益丢官以后，与柳如是一同踏雪赏梅的常熟红豆山庄，那座一同饮酒作诗的以如是我闻之意命名的我闻室；当然更比不上侯方城回到归德老家，在人生的最后几年与李香君读书拂琴的壮悔堂。

但这里除了王紫稼，不还有一个李乡君？

洪承畴心里清楚，世间不知者诟病他好男风，却不知道他更钟情懂英雄而解风情、善爱憎而又性机敏的美貌女子，这李乡君不就是这样的女子。不管她从何处来，不管她叫什么名字，不管她为戏班中人，与李渔等辈日夜厮混，却细细审其喜怒哀乐，气场尤在，歌声依然，闻之亦香，见之怡然，自己暮秋之年，得以遇之，心有摇旌，神却安然，这种感觉何其美妙。

名字不过是一个符号，相信她不过借用了这个符号，他只相信自己所见到的是一个活生生的年轻女子。

心潮忽然涌来，洪承畴似乎不想再加抑制，穿上新衣，精心打扮一番，在园中来回踱步，享受着美妙的少年般心境。

站在一旁的娄吏目一直在观察着洪承畴，看出他不是要会什么下属同僚，也不会是见什么门生故旧，他要见的一定是什么属意的人。此时正好锦上添花，娄吏目连忙恭维，说洪大人精神焕发，步伐稳健，非壮年人能比。

洪承畴继续沉浸着，打量着池中的自己，也不想去判断娄吏目说的是不是真话，是不是在奉承自己，叹了一声，说岁月不饶人呀，本官毕竟不同以往了。

娄吏目原本以为洪承畴要见王紫稼，但看到洪承畴如此反常，又觉得不是，但很快眼睛一亮，趁机试探，说洪大人气宇轩昂，红光满面是明摆着的，想必胜于当年，今日李乡君见了洪大人，一定会心存敬意、为之倾倒的。

洪承寿开怀大笑，称赞娄吏目会说话，说今天要叫缪家正一块儿作陪，毕竟这里是苏州府地方。

娄吏目得意，自己果然猜中了，洪承寿要见的确是李乡君。但让娄吏目有些失落的是，洪承畴明明知道缪家正最不愿意参与这种场合，却偏偏要请他来，为了掩人耳目倒也罢了，也用不着在自己这里演戏，说明他对自己还是见外。娄吏目脑子急速盘算之后，觉得今天这个机会难得，自己一定要好好表现，以加深与这位大人物的关系。想着假意转身离开，又回来说洪大人，事不凑巧，缪判官到吴县去劝农桑，一时回不来了，依下官之见，还是洪大人和李乡君单独聚会好。其实娄吏目知道，缪家正知道蒙古亲王要南下苏州的消息，去了昆山，给从南京回老家的顾炎武通风报信去了。

洪承畴略微表示了一下不满，说劝农桑不能以后再去呀，他是不是故意躲出去的，你找他去。顿了顿又说算了，劝农桑也算季节里的大事，曹尔玉催促得紧，缪家正当然不敢松懈，再说按缪判官脾性，此类的雅会也确实不适合在场。

后来洪承畴想想还是不妥，也许觉得心里有些不踏实，改变了原来单独约李乡君见面的计划，叫娄吏目多通知几个人参加聚会。至于能不能请到李乡君，就看娄吏目的本事了。

不过娄吏目已经胸有成竹。

娄吏目在百花巷口等李乡君出来，把帖子送到她面前，撂下一句话，说如果给面子，就有机会见到婺、杭二姬。

李乡君随手把帖子扔还给娄吏目，明确表示不去。但回到客栈，木子李指着屋子里婺、杭二姬的东西，说自从婺姬、杭姬加入了姑苏剧社，就没有见到过她们，李班主留下过话，要时刻想办法关注她们是凶是吉，这不正好是一个机会。

洪承畴请李乡君相聚留园

李乡君显然受到震动，想到留园又不是府衙大牢，没有什么好怕的，叫木子李去巷口取回帖子。

刚好黄宗羲从外面回来，问李乡君去留园干什么。不等李乡君说明，木子李喘着气进来，扬了扬手中的帖子，说洪承畴请客，能见到婺姬和杭姬。

黄宗羲坚决反对，说这时候突然请人吃饭，其中定有诈，土谢图亲王要来苏州，洪承畴可能见风使舵，转变态度，对抗清人士下手，一来向满人主子表功，二来可以自保，所以千万小心。

李乡君倒也坦然，说洪承畴请我去吃饭，这样才能见到婺、杭二姬。又很无奈，说我只想见一见婺姬和杭姬。指着巷子口，说梨洲先生看见了吗，门口的娄吏目带来的那几人，就是洪承畴派来的，如果不赴今晚的宴席，戏班恐怕就又会有麻烦了。

黄宗羲态度软下来，表示了理解，但仍然充满狐疑，说那也不能去，你不能相信洪承畴，他的饭不好吃。他要对戏班不利，那首先新班弟子就危险了，现在最要紧的是戏班离开苏州。不是明天早上，而是今晚就走。我已经让金人瑞帮忙，先把戏班行头送到浒墅关码头装船。

李乡君不禁惊诧，原来黄宗羲出去了大半天，是张罗离开苏州的事情了，之前也不商量一下，让人措手不及。但想想也不好责怪，蒙古亲王南下苏州的消息传到之后，黄宗羲毕竟估计过形势，他自己身处险境不说，更是为了大家的安全。

李乡君神情犹豫，说浒墅关码头这么远。

黄宗羲好像已有周全的计划，说怕苏州码头有洪承畴的人。晚上你们想办法离开留园之后，就直接去浒墅关码头。如果可能，带婺姬、杭姬一起走。

李乡君沉默良久，否定了黄宗羲的计划，指了指巷口，说现在走不是时候，等我从留园回来，再商量吧。

黄宗羲要陪她去，李乡君怕他有意外，没有答应。

娄吏目先到拙政园通知王永康，并叫他带婺、杭二姬，一块儿去热闹一下。又到山塘河请了王紫稼跟自己一块儿走。几路人陆续到留园的时候，刚好遇到了李森先，娄吏目奇怪洪承畴怎么请了他了，李森先扬了扬手中的请帖，说洪大人亲自给的帖子，又指着王紫稼，他都来了，本官能不来？

此时木子李在前，李乡君在后，出现在留园门口，娄吏目拦住木子李，不让他进去。

李乡君走前一步，说他是跟我一起来的，让他进去。

娄吏目横在门口，说洪大人就请了李姑娘一人。

李乡君转身，说既然请我来赴宴，却又不让我们进去，那我们就回去了。

娄吏目虽然同意木子李进去，但他只能先在门口等着，一会儿到侧房用餐。

李乡君进去之后，娄吏目仍然没有马上让木子李进去，木子李来了气，与娄吏目吵了起来，说你算什么东西，谁还不知道你的伎俩！

娄吏目瞪大眼睛，指着自己，说我算什么东西？我现在是洪大人的幕僚，洪大人凡有苏州的事，都由我办理。我知道你以前曾对洪大人不尊，随时可以办你，等蒙古王爷来了，你脑袋怕是保不住，还敢在这里捣乱。一顿骂，木子李退到一边，不敢吭声了。

过一会儿，一只小船过来靠近河岸，王永康先登上埠头，杭姬、婺姬随后从船篷里出来，娄吏目迎过去，将她们一一拉上埠头。木子李伸头看到娄吏目一手牵着婺姬、一手挽着杭姬过来，不禁愕然，连忙叫她们。婺姬、杭姬回过头来，没有看见木子李，木子李追过来又叫，王永康已经拉着她们进了留园。木子李也想跟进去，又被娄吏目挡在门外，说你想进来，再等等。

在亭子上坐等的洪承畴正跟李森先敷衍，远远看到李乡君出现，眼睛一亮，从亭子里奔出几步，说李姑娘你来了，我正要到门口接你呢。

李乡君淡淡一站，说洪大人严令下之，李乡君不得不来。

洪承畴其时情不自禁，想过来拉李乡君，李乡君退后一步，说洪大人，请您招呼别的贵客吧。

洪承畴仍欣喜地打量着李乡君，说李姑娘今天素面淡雅，十分天然，洪某欣赏。

这时王永康等人进来，洪承畴连简单的招呼都不打，还是注视着李乡君，双目一动不动。李乡君避开洪承畴的目光，正觉得难堪的时候，发现婺、杭二姬正看着自己，愣愣地站住，连忙迎过去，几句问候之后，婺姬、杭姬眼中含着泪向李乡君询问师父的情况。

李乡君回头看看洪承畴，低声告诉婺、杭二姬，说李渔已经离开苏州了。婺姬、杭姬急切地想问个明白，王永康过来，说李渔在苏州待不下去了，你们幸好离开李渔戏班，改投我姑苏剧社，否则也只好去喝西北风了。又问李乡君你什么时候和婺姬、杭姬一样，加入姑苏剧社？

李乡君挽着婺、杭二姬，说她们好像并没有加入姑苏剧社。

洪承畴早已等不及了，叫王永康不要再多话了，请李姑娘入席再说吧。说着就给李乡君倒酒，李乡君摆摆手，说自己喝一杯清茶就好。王永康拿起李乡君面前的杯子倒酒，说洪大人一番美意，怎么好不喝酒呢。

李乡君声音一沉，说要喝你自己喝。

但王永康还是硬要倒酒，李乡君索性把杯子挪到了一边。

婺姬过来拿起杯子，说李乡君这杯酒，由我来代。举杯转向洪承畴，说洪大人，敬你一杯酒。

洪承畴脸色难堪，但没有吭声，轻轻地沾了一口。

王永康恼怒，对着婺姬随手就是一巴掌，骂了声贱奴，几时轮到你出头了。

众人愕然，婺姬抚着脸，呆在那里。王永康气咻咻还要打，杭姬上前扯住王永康，说你要打就打我。王永康随手就是一巴掌，打在杭姬头上，说你以为我舍不得打你。话音刚落，李乡君已经拣起桌上的茶杯，泼向王永康。王永康被泼了一脸茶水，茶叶渣粘在脸颊上，不禁怒不可遏，伸手搬起椅子，要向李乡君砸来。王紫稼过来夺下椅子，说洪大人请客，不要冲动。婺姬、杭姬两人捂着脸，气呼呼地哭出声来。王永康一边抹去脸上的茶水，一边骂李乡君，说你以为你是谁，即便你真是那个李香君，也不过是秦淮河上的卖唱的，装什么贞节烈妇，要不是看在洪大人面上，饶不了你。

李乡君迎着王永康走过来，一顿恶骂，说今天是洪大人做东请客，你撒什么野？对婺姬、杭姬想打就打，你不就是凭着吴三桂这个岳丈，才这么横行霸道、无法无天。就算我是秦淮河上卖笑的，但比起狗仗人势的恶棍，我多少还懂什么是善恶是非。多行不义必自毙，我奉劝一句，凡事不要做得太过头了，否则总有一天会自食恶果。

王永康伸手扬了扬，说你以为我不敢打你?!

李乡君说你想打想杀，就动手。

忍耐已久的洪承畴站起来，猛地一拍桌子，一边大骂王永康放肆，一边安抚要离开的李乡君，说今天这桌酒是请你的，你怎么能走呢，要走也不是你走。

众目睽睽之下，王永康当然不甘示弱，问洪承畴的意思是不是叫他走。

王永康如此咄咄逼人，还不是仗着吴三桂，洪承畴眼睛一瞪，刚要发火，旁边王紫稼连忙给他夹上一块点心，说先吃点东西吧。洪承畴对王紫稼点点头，以示感谢，要出口的话也收了回去，说如果再无礼，休怪本官下逐客令。

王永康虽然恼怒，但权衡之后不敢再顶撞。娄吏目硬是拉他坐下，说好好坐着，洪大人怎么会下逐客令。

王永康只好重新坐了下来，不再说话。

李乡君将婺姬、杭姬拉到一旁，掏出手帕给她们擦泪，说不要哭了，你们师父知道你们这样，该多难过。

王紫稼走过来，低声说李姑娘，还有二位姑娘，都坐下吧，王永康一时气头上，没有了风度，不要与他计较。洪承畴也过来安慰，并提议说李姑娘不喜热闹，不如到池边的小亭子上喝茶听琴。

李乡君推辞，说有这么多客人，就不打扰了，还是告辞吧。

洪承畴急了，说李姑娘和洪某志趣相投，不喜饮酒，喜欢在清雅安静的地方品茶听琴。李姑娘要走，也陪洪某喝完茶再走，再说洪某还要替二位姑娘出头呢。

考虑到婺、杭二姬的境遇，李乡君还是答应了洪承畴的挽留。

月光照耀着后花园亭台，香案早已摆好，洪承畴亲自泡上新出的碧螺春，递给李乡君，李乡君自己倒上一杯，尝了一口，果然好茶，于是又喝了第二口。看到李乡君终于肯与自己喝茶，洪承畴激动了，捋着迎风抖动的白须，长叹一口气，说月白风清，如此良辰美景，李姑娘，洪某早就等着这样的一个夜晚了。

但是李乡君没有再喝第三口，放下茶杯，说洪大人的茶我也喝了，该走了。

洪承畴猝不及防，说好不容易避开他们，怎么能这样就走。这茶不好喝，要不换一杯龙井？

李乡君站起来，说不用换了，茶很好，但我还有事情要办，不能久留。

洪承畴不愿意站起来，说这深更半夜的，李姑娘还去哪里，陪我再坐一会儿吧。婺、杭二姬你尽管放心，我会让王永康把人还你们。

李乡君没有坐下来，也没有马上离开，洪承畴抓住机会，说李姑娘不就是放心不下戏班，既然李姑娘肯留在这里，戏班就能平安无事。

一提到戏班，李乡君焦急起来，自己有照顾戏班的责任，如果不回去，大家会担心的。洪承畴仿佛看出李乡君的心思，说要走，新班弟子，还有黄宗羲就危险了。如果这样，到时候我也帮不了。李姑娘要是走了，戏班就走不了，浒墅关已经被京城来的镶黄旗把守着，再加上来一个杀人不眨眼的蒙古亲王，戏班能走得了吗？

李乡君一惊，戏班要从浒墅关离开，不过是黄宗羲个人的建议，是一个还来实施的计划，洪承畴居然知道了，这说明戏班的一举一动都被监视了。为了戏班弟子的安全，自己不得不小心周旋。李乡君心一紧，说戏班要到外地演戏，是常有的事，就算是镶黄旗也不能不让人走呀，至于蒙古王爷要来杀人，就由他便。

洪承畴流露出关切的神情，说只要李姑娘安心地在这里喝茶，以后戏班要走就走，当然也能过得了浒墅关，只不过这都是李姑娘的面子。

见李乡君仍然站着，洪承畴过来搬动椅子，让她再坐下，说看不出李姑娘还是个性急之人，洪某有一句话早就想劝李姑娘了。

李乡君仍然不坐，说有什么话请快说吧。

洪承畴也站着，说戏班这种地方，不是李姑娘能待的，你还是离开李渔戏班吧。

李乡君沉默了一会儿，却突然坐了下来，说我倒觉得李渔戏班是个好地方，虽然漂泊在外，四海为家，没有什么安定富裕、锦衣玉食可言，但大家相处和睦，情同一家人，也算苦中作乐，别有一种欢趣，这真不是旁人能体会得到的。

洪承畴看出来，李乡君之所以不走了，多半是为了劝她离开戏班这句话，要跟自己争辩个一清二楚。于是也坐下来，冷冷一笑，说李姑娘还真会安慰自己，外界人所羡慕的无非是戏班之中，男男女女，无须顾忌，台上情侣，台下鸳鸯，居于一所，假戏真做。

虽然是月光下，洪承畴仍然可以感觉出李乡君姣好的面容涨得通红，连耸起的胸脯也更分明可见了。四周很安静，但李乡君激动的声音也是自己喜欢听的。李乡君反驳说他的话是错的，戏班弟子，台上演的是张生、崔莺莺，柳梦梅、杜丽娘，自然要情真意切，否则何以感动观众，催人泪下，为之唏嘘。当李乡君说他是个懂戏的赏家，这一点不会不明白的时候，洪承畴竟然有几分高兴，李乡君分明是在夸自己，这不禁让他看到了希望，连声说明白明白。

但是李乡君接下去的话却越来越不友好。

李乡君说台下的事他未必知道，台下的戏班，虽然旅途迁移之间，时常居于一所，却是相互恪守男女大防，以礼相待，比起那些道貌岸然，却行为委琐的君子，不知规矩多少倍。如果不相信，建议他屈尊到戏班过上几天日子，就会明白他的看法太过想当然了。

洪承畴一时哑口，过后又笑了笑，说李姑娘规矩，但难保别人也规矩。不管怎么样，李姑娘就不要在李渔戏班待了。

李乡君明白洪承畴的话针对的是李渔，说李渔收留她，已让她感激不尽，和戏班众人朝夕相处，历尽风波之后，更是舍不得离开戏班了。

洪承畴不想再争辩下去，鼓起勇气，话题一转，说李姑娘何不学学柳如是？

李乡君听到柳如是三个字，怔了良久，声音轻下来，说每个人都有自己的机缘巧合，不是想学就能学的。

洪承畴乘势鼓励李乡君，说秦淮八艳中，李姑娘和柳如是最为外人称道，而在洪某看来，李姑娘却在柳如是之上，为何学不得？只要李姑娘愿意，机缘一定比柳如是多。

李乡君似乎陷入回忆，说柳姐姐少年青春，行事独立，心中坦白，了无牵挂，岂是别人所能学的。

见李乡君变得柔弱的样子，洪承畴心一热，说李姑娘难道还不明白洪某的心意？柳如是以其二十之余的芳龄，觅得钱谦益这位知己，成为终身伴侣，令人击掌叹服。钱谦益何许人，李姑娘不会不知道吧，他已年过七旬，远比我洪承畴年长。柳如是敢做的事情，你不敢做？他钱谦益有老来之福，我洪承畴就不能有夕阳之情？李姑娘，你若跟洪某在一起，又是一段传世佳话，一场美满情缘。

洪承畴的这番表白，让李乡君极度不安，几乎喘不过气来，过了许久，才好不容易冷静下来。李乡君转过身，说洪大人怎么像醉了似的，说着酒话呢。洪大人不是钱谦益，我李乡君也不是柳如是，你和我谈这样的话题，不觉得可笑吗？李乡君是心死之人，不会再有非分之想，望洪大人珍重。

洪承畴显然不愿放弃，说李姑娘就是有什么往事，过去这么久了，也该放下了。

李乡君只是想着离开，不想与洪承畴继续讨论下去，说如今我的心全在戏班，别无他求。洪大人，我还是走了，免得我再说出大不敬的话来，冒犯洪大人。

洪承畴一急，先说出伤人的话，说我知道了，李姑娘是离不开李渔。

李乡君也马上回道，李班主生性率真，行为坦荡，确是我尊敬的人。

洪承畴希望李乡君说的是气话，因此还是努力克制住自己的情绪，语重心长劝她不要被李渔所蒙骗，听说此人生性龌龊，混迹于缙绅之间，以淫亵取悦他人，作《金瓶梅》诱赚重价，骗取钱财，行为污秽之极，为士林所不齿。跟他在一起，怕是损毁自己的名誉，李姑娘在这里袒护他，替他说话，你不了解男人，你能肯定他此刻还会把李姑娘放在心上？说不定李渔这会儿正在青楼教坊，怀抱着美女纵情放浪。

李乡君抬起脸，看着夜空，也不禁猜想。贬损李渔的坏话，抹黑他的说辞，自己已听到过多少遍了，她也不想为李渔辩解什么，因为自己心目中的李渔自有其率性真实的一面。但是洪承畴堂堂大清一品大员，手握大权，李渔是乡野民间的流浪艺人，两个世界，天上人间，相互之间并无任何关系，却因为自己扯上了关系，后悔自己真不应该来，真不应该与洪承畴争论什么，如果洪承畴因此更加生恨，那李渔就危险了。

李乡君不想再多说什么，说多谢洪大人这杯上好的茶，我就此告辞。

洪承畴上前拦住，说现在太晚了，月色多好，甚是撩人心弦。留园，留园，就是留人之园，既是留园就留一晚，与洪某一起再赏赏月，叙叙话，明天再走。并提出想奏上一曲，抛砖引玉，与她切磋一番。

勉强之下，李乡君又留了一会儿。

洪承畴双手焚香，走到早已放就的琴案旁边，情绪饱满，信手弹了起来。

洪承畴弹奏的乃是《高山流水》，好像幻觉江南景色如画，山间瀑布高挂，不禁意气风发，仙风道骨，言语豪迈，说乡君，你是我的红颜知己呀。

琴声倒是不俗，李乡君听完了一曲。

洪承畴弹毕，闭眼，吸气，仿佛停留在幻觉中不肯回来。一会儿，他睁开眼睛，等待李乡君的反应。李乡君已走到亭外，说洪大人琴艺高超，李乡君心存俗念，欣赏不了。洪大人琴也弹了，我也听了，该走了。

洪承畴走出亭子要来执李乡君的手，说李姑娘你既然听了洪某的弹奏，是否也应弹上一曲，这样才公平，说着便要将她拉到琴案旁边。

李乡君挣开洪承畴的手，说我可以弹奏一曲，一曲罢了，让我离开。

洪承畴点头答应，说那当然。

李乡君坐下，沉默片刻，抬手，弹琴。

洪承畴欣赏着，不住地拈须点头。

琴声如诉，李乡君双目晶莹，透出一股悲情。突然琴弦断裂，琴声戛然而止。李乡君站起来，遥望皓月，吟道：

昨夜寒蛩不住鸣。惊回千里梦，已三更。起来独自绕阶行。人悄悄，帘外月胧明。

陷入恍惚的洪承畴惊醒过来，说好一曲《小重山》，连忙接下去念下半阕：

白首为功名。旧山松竹老，阻归程。欲将心事付瑶琴。知音少，弦断有谁听。

片刻沉寂之后，洪承畴忽然大笑，说李姑娘以岳飞的《小重山》示洪某，用意很清楚，洪某明白。可惜岳少保一心为主，出生入死，匡扶赵宋，到头来却受猜忌，遭排斥，风波亭里被斩下人头。君不明，贤臣良将就是如此下场。

李乡君终于找到了一个杀伤洪承畴的机会，觉得十分解气，脸上掠过一丝胜利的笑容，说洪大人的意思是说先帝崇祯不是一个明君。

洪承畴果然板下脸，身体颤动了一下，顾不得风度，把脸一翻，叫李乡君注意分寸。随后一阵痛心疾首的倾诉：崇祯帝固然是一个贤君，但前明自太祖、成祖以下，又有几个贤君？大厦将倾，崇祯帝纵然励精图治，力图中兴，却已经迟了。前明亡于这一代，怨不得崇祯皇帝，更是不能怪罪我洪承畴，我洪承畴尽了力了，只不过比岳少保多了一点审时度势，顺应潮流。松山之役，就算洪承畴死了，这李自成照样进京，这吴三桂照样放开山海关，这大清八旗铁骑照样踏平中原，挥师南下，我洪承畴没有机会做成岳少保，世人为何要紧揪住我不放。

李乡君扔过的是一句冰冷的话，说你做不了岳少保。

洪承畴步子踉跄了一下，说我做了大清的洪少保。

李乡君投过轻蔑的眼光，讥讽说岳少保流芳百世，洪少保就不怕千古骂名呀。

洪承畴本来挺直的身体慢慢佝偻了，声音也轻弱下来，说洪某身后事，怕又何用，只要我现在心安理得就行了。

李乡君惊愕洪承畴居然如此心安理得，真是让人佩服之至。那扬州十日，嘉定屠城，能心安理得呀？洪承畴像是读出李乡君的心声，说扬州十日，嘉定屠城那是多尔衮、多铎他们的事，与我洪承畴无关。要是没有我洪承畴，这江南要死的何止是扬州、嘉定区区数万之众。比起江南百万人的性命，数万之众不就是一个小数，如果不是我洪承畴总督两江，提出安抚政策，这江南有这么快就恢复了现在的车水马龙、人丁兴旺、繁华热闹？要不是我洪承畴上奏在汉人士子中开科取士，那么天下四体不勤、五谷不分的读书人前程何在，衣食何取？

说到这里，洪承畴忽然停了停，说自己其实明白李姑娘何以对他有成见。正是因为他提出了在汉人士子中开科取士之策，李姑娘钟情的那些故人考取了功名，折损了所谓的气节。

李乡君一怔，不愿再听下去，抬脚就走。

洪承畴再次拦住，要求李乡君且听他说完。说自己提到的故人正是那些像侯方域一样的江南士子。因为他考取了大清的功名，到现在还不肯原谅他。

李乡君缓缓走出几步，突然回过头来，异常平静，说洪承畴说得没有错，李香君离开侯方域，是因为他丧失了一个士大夫所应具备的气节，但自己对洪承畴的成见远非这一点。

洪承畴也静下来，听李乡君要说些什么。

李乡君站在亭外假山石上，居高临下，对洪承畴几分俯视，说松山之役，你蒙骗了国人，让君臣百姓以为你是当今岳少保，但也许你是被逼无奈，情有可原；江南浩劫，你不过胁从，人们也许没有看见你举起屠刀的身影，似乎你还有一点前明旧臣的恻隐之心。但我所鄙夷的恰恰是你总督两江之后，打着安抚的幌子，达到征服人心的目的和企图，那虚伪掩盖之下的是残忍和冷酷。

洪承畴长吁了一口气，竟然平静了许多，说李姑娘敢对洪某说这样的真话、重话，佩服。

李乡君越说越激动，话已经收不住，豁了出去，说夏完淳不过一少年孺子，血气方刚，你却把他杀了；黄道周不过一执着儒生，而且是你的同乡故友，你却把他杀了。夏完淳、黄道周长于大明，却是在野不在朝，更不是什么达官显贵，说句真话，皇恩未及于他们。他们有的不过是做人的性情和气质。说实话，你杀那些朝中的高官重臣并没有到令人厌恶的地步，你杀他们却是令人厌恶之极，不可原谅。

洪承畴木立着，没有说话。

李乡君见洪承畴没有反应，反而不知道怎么说下去了。

李乡君的话确实太过分了，但洪承畴听了居然感到一阵痛快，一阵轻松，更不想阻止李乡君说下去，而是用接近怂恿的目光看着她，希望她说出更刺人的话。

李乡君走出亭子，说琴也弹了，话也说完了，让不让走？

洪承畴忽然大笑，说李姑娘不仅貌美才高，而且性格也叫人着迷。

李乡君一愣，见洪承畴走过来，连忙加快脚步，洪承畴后面紧跟着。等李乡君走到门口，娄吏目要阻拦，情势突然急转直下，洪承畴像换了一个人，挥挥手，叫人赶紧送李乡君离开。

洪承畴往回走的时候，脚步稳健，走了几步，猛然攥住王紫稼的手，声音激动，说听你唱戏去。又一个站立不稳，跌倒在王紫稼的怀里。

王紫稼让洪承畴靠在自己身上，充满爱怜。洪承畴摸索着王紫稼俊俏而又妩丽的脸，流下泪来，说这些女子也不是什么冰清玉洁，柳如是又如何，李香君又如何，还是契儿好啊，你要是我的契儿多好啊，可惜我老了。

王紫稼任由洪承畴抚摸自己的脸庞，说洪大人如果英雄当年，难道不该是我的契父吗？

两人在月光下紧紧依偎着，久久没有分开。

二十五、集李镇李姓同宗祠堂摆案

李渔虽然生长在如皋，但从来不知道附近有一个集李镇，居然一色的都姓李，面对万历四十四年丙辰科进士李姓长老，面对连同姓同宗都不肯原谅他时，他确实充满了敬畏和恐惧。困于集李镇，原因是因为他姓李，最后得以安全离开，也因为是姓李。

情急之中，他口撰一文：李是吾家果，花亦吾家花，当以私爱嬖之，然不敢也。唐有天下，此树未闻得封，天子未尝私庇，况庶人乎。以公道论之可已。与桃齐名，同作花中领袖，然而桃色可变，李色不可变也。自有此花以来，未闻稍易其色。始终一操，涅而不淄，是诚吾家物也。李树较桃为耐久，逾三十年始老。枝虽枯而子仍不细，以得于天者独厚，又能甘淡守素，未尝以色媚人也。若仙李之盘根，则又与灵椿比寿。我欲绳武而不能，以著述永年而已矣。

《金瓶梅》到底谁写的不说了，《肉蒲团》也不提了，不仅有《风筝误》，不仅有《比目鱼》，而且有《李》文。

《李》一出，集李镇的同宗们心一下子被融化了。

李渔和木子李自扬州往东开始，一路找过去，过一地就下船查访，准备一直找到南通州。

路过之处，大多地方墙上都贴着画有火婴肖像的布告，李渔挤进人群，主要想听到什么议论。到了泰州，木子李心里想着订戏约的事，说这一路上张贴的布告都是一样的，不如问问这儿的大户人家有没有戏约。

经木子李前面登门洽谈，很快有一位在此处经营绸伞的苏州籍客商主动请李渔吃饭。客商知道李渔名声，几句攀谈后，觉得李渔并非冒充，而且听说不久将赴京城进宫为顺治新婚唱戏，于是摆了宴席请他们吃饭，三杯酒下去，就订了下半年八月初一至中秋十天十夜的戏，并付了十两银子的定金。饭后邻近的几个员外闻名前来主动约戏，场次一下子排到了年底，所收戏金一共有九十五两之多，装了整整一锦袋。后来李渔借口要赶回如皋县城老家，告辞之际，忽然下起了小雨，一时半会儿停不下来。客商说下雨天留客天，要留宿一夜再走，也好一起谈谈李笠翁的传奇。

李渔急着走，但还是耐着性子跟乡绅谈了几段故事。客商更觉不过瘾，突然问起《金瓶梅》这本书，李渔努力否认是自己所著。客商将信将疑，希望八月戏班再来时，李渔能把书带来一阅。临走客商要送他几把伞，李渔说自己有伞刚好用得着，叫木子李拿着雨伞出来，两人撑着伞，消失在细雨之中。

伞下李渔忽然感叹一句，说李乡君送我这把伞，正好用得着。

不一会儿天气晴朗，因为错过了船，一时赶不到附近的城镇，傍晚时李渔和木子李只好先在黄桥附近的一个叫集李镇的地方停下，找了几处客店都已经满了，后来以同是李姓为由，在河边的一座李姓祠堂借住了下来。

不想这一住让李渔遭遇难堪，甚至身陷险境。

听说有人来订戏约，又是李姓同宗，镇上里正带着人过来看个究竟。可一听说是李渔戏班，里正突然翻脸，表示坚决不欢迎李渔戏班到集李镇演戏，因为李渔此人名声不佳，随后其他人也七嘴八舌，列数李渔种种不是。李渔和木子李低头听着，原来几天前镇上有位年轻女子不满婚配，去如皋县看了李渔戏班的《比目鱼》回来，竟然以投河相威胁，惊动了整个集李镇。因此本地人断定李渔谬作祸害不轻，如皋演了还不够，现在还要到集李镇来放毒，当然不被允许。

李渔看看情况不妙，连忙假称自己叫木子李，是路过投宿而已。此时进来一位神色威严的长老，与李渔交谈，李渔得知他原来是万历四十四年丙辰科进士，竟然与赵则鸣、洪承畴同科，不由心生敬佩，表达了崇慕之意，表示愿意向他讨教，并说出了自己的真实姓名。

长老怔了一怔，把李渔端详了半天，声音几乎颤抖，说既然你就是李渔，今天要开祠堂了。

李渔预感不妙，但又不敢多问，只好恭敬地听任长老安排。里正搬来一张椅子，让长老坐下。长老闭着双眼，问李渔可知道李姓的来历。

李渔当然知道李姓从何而来，但知道不能在长老面前夸夸其谈，于是摇摇头说自己所知不多，愿意请教。

长老指了指祖宗牌位，开始教训李渔。

李姓出自黄帝，其始祖皋陶是黄帝孙颛顼的后裔。《唐书》记载李姓出自嬴姓，皋陶之后，世为大理，以官命族为理氏。皋陶任理官，即掌管司法的长官。《史记》说他主持制定了五种刑罚，并依照罪行的轻重来量刑治之，还对不用五刑的罪人分等流放，使天下人心信服。皋陶之后，历虞、夏、商，二十六世为理官，按古人以官为氏的习惯，故称皋陶及其后裔为理氏。

李渔惊奇长老不愧进士出身，学问如此渊博细密，于是神情谦虚，眨了眨眼，又问以理为氏，后来为什么又变成了李氏？

这时长老脸上流露出自得，说传至一个叫理征的祖先，任商纣王的理官，时纣王昏庸无道，理征执法不阿，为纣王所不容。理征罹难，理征之妻带幼子利贞逃至伊侯之墟避难，饥饿不堪，只见树上结有木子，便采来吃，母子得以活命。其后，利贞为防追捕，不敢姓理，感念木子救命之恩，遂改为李氏。木子正是李树的李子。

长老说的这些典故，木子李听李渔说过很多遍，忍不住上前插话，说自己姓李，就叫木子李，这些连他都知道。李渔赶忙踢了木子李一脚，说你知道，我怎么不知道，好好地听长老教诲。

长老不理木子李，继续讲述关于李姓来历的话题，接着又问李渔，天下李氏郡望有多少？

李渔故意掐着指头，说了几个，就说不出来了。

长老一口气说出了陇西、赵郡、柳城、略阳、鸡田、武威、代北、高丽、范阳、渤海、西域、河南、京兆共十三个，说其中陇西与赵郡这两支郡望名声最大，今天下李氏多出自这两支，唐朝李氏为国姓，安史之乱时，李氏子孙迁往南方，就是你我的祖宗。

其实李渔以前在如皋时就知道集李镇这支李姓是从南方来，南唐后主李煜被宋太宗赵光义留置汴京，有族人迁往东海，途中留居此地，算起来七百多年前跟兰溪下李村有可能同祖同宗。

不等长老要求，李渔拉着木子李对着众多牌位俯身就拜，长老喝了一声，叫李渔停下。李渔还没有回过神来，长老又突然发问，说原籍金华府兰溪县李仙侣乃淫书《金瓶梅》作者，是否属实？

李渔吸了一口凉气，没想到会在这里遇上麻烦，想了想，把之前跟赵则鸣解释的话重复了一遍。说自己万历三十九年生人，先辈得中进士那年，自己才五岁，二十四岁才离开如皋，以自己的年纪和阅历，写不了这样的书。

长老沉默了一会儿，如同赵则鸣责问过李渔的，说你敢不敢承认《肉蒲团》是你写的？

李渔只好点了点头。

长老露出胜利者的神情，说与《肉蒲团》比起来，《金瓶梅》流毒更广，所以先帝英明，于崇祯十年御批查禁《金瓶梅》。

显然关于崇祯御批查禁《金瓶梅》的事已流传甚广，连集李镇这样的小地方都知道了，自己真是百口莫辩了。虽这样想着，李渔依然先强调自己真的未曾写过《金瓶梅》，同时反驳说崇祯十年，快二十年以前的事情了，事隔这么多年，这御批有还是没有，谁能说得清楚。

长老一时说不出话来。

两旁族人一脸愤怒，似乎只要长老一声令下，就要痛殴李渔。

李渔情急，高声说都是姓李，何必伤我，我想到一文，背给你们听，说着背起了临时想到的《李》文。令李渔有些意外的是，此文一出，大家都不再动手了。而且长老也并非像赵则鸣那样固执己见。全场安静了许久，长老低声嘀咕了一句，说其实我也有些不信，李家子孙怎么会去写如此不堪入目的文字呢？

李渔不禁暗自松了口气，原来是一个李字让长老动了宽容之心，觉得自己不管如何，都应该有如公堂之下人犯的姿态，低头认错。如果不这样做，横生枝节起来，今天恐怕很难顺利离开集李镇。李渔一把抓过木子李，摁下他的头，一起跪了下来，跟着自己一起说了几句向祖宗谢罪的话，为了表达悔过的诚意，两人还哭了起来。

其实长老原本想对李渔有所惩戒，毕竟写过《肉蒲团》，写过《比目鱼》，在道德上依然不可原谅，但一看李渔确实哭得痛心疾首，心也软了一半，后来只把他痛斥一顿了事。

但长老的这番感慨和指责，竟然与赵则鸣当初在杭州时，对自己痛斥十分相似，让李渔吃惊不小。

面对李氏祖宗牌位，长老一边批评李渔，一边总结前明灭亡的教训，说明亡不是亡于朝政废弛，而是亡于文人不修，世风日下，大明就亡于你们之手。

李渔也像对赵则鸣一样，想说出不同意见，但又忍住，只是心里反驳。不想长老像是看出他腹中之语，说知道你要说大明亡是朝中腐败，阉人当道，官德不修，民不聊生，致使闯贼起兵造反，满人铁骑趁机入关；大明亡，是亡于洪承畴、吴三桂这样的奸臣叛将，就是连宏愿励精图治、立志中兴的先帝也无法换回，大势所趋，几人能挡，大厦将倾，独木不支，天亡大明，岂能把大明丢失天下的责任推给文人？

李渔惊诧长老竟然把自己以前说过的话、现在想的话一句不差地说了出来，实在太神奇了，看来赵则鸣把自己的这些话告诉了他所认识、所遇见的这些大明故旧。

李渔既惶恐又佩服，向长老深深一拜。

长老长叹了一口气，说自己不是为了同是姓李故意为难他，而是诚心为他好，劝诫李渔真心悔过，赵则鸣还有自己，都是为了先帝，为了大明。希望他有一天，北上京城，到煤山下，向先帝在天之灵叩头悔过。

李渔苦笑着，果然是赵则鸣，到哪里都紧盯着自己，上次追踪到下李村，这次又在集李镇李姓祠堂受到训诫。李渔看出像长老这些以前做官久了的人，往往自信自用，最不愿意别人与之争辩，不然一定将你抓住不放，死究到底，多解释也必定惹来新的麻烦，最好的办法就是低头诺诺，就像对付赵则鸣的办法。

李渔向前，又向长老深深一拜，说李渔谨记教诲，知错图改。

其他人正要商量怎么处置李渔，长老手一挥，说相信李渔一回，如不悔改，永远不许他们跨进集李镇，走近李家祠堂。

李渔还要说什么，一伙人上来，合力把李渔和木子李推出祠堂，之后又有一伙青壮闻声赶来，一直把两人赶出集李镇为止。

尽管狼狈不堪、惊魂未定，但在得知如皋有人冒名李渔戏班演出《比目鱼》

的消息时，李渔突然联想到火婴，心中升起希望，决定直奔如皋。之后与木子李摸黑走了一阵夜路，到通扬运河边搭上了一条船。

船到如皋城南码头时，已是半夜。

上岸的那一刻，李渔在夜雨中激动地站着，几乎难以迈开步子。他于万历三十九年生在如皋，崇祯七年离开，在这里整整生活了二十四年。魂牵梦绕的故园，他生长的地方，无数次设想过自己回来的方式，比如一开始的金榜题名，头插雉毛，高头大马，走在熟悉的大街上，父母欣喜万分的情景；比如做官之后，回家省亲，先回兰溪、再到如皋的感觉。上述情景不再可能之后，也有后来做成学问，闻名天下却安然归隐此地的想象，甚至再不济也带着戏班在文庙前演出自己新作，街坊邻里纷纷到场观看，以致万人空巷的盛况。

就是没有想到过自己会在如此窘迫的情形下回到如皋，而且回到如皋又发生了后来遭遇世人误解的事。

一说他为了一个女人而来，二说他是为分家产而来。

事情的由头因为丢了戏约定金而起。

时值半夜，估计城门开不了，而雨越下越大，李渔和木子李就近躲进一处没有上锁的老旧建筑避雨，将就打了个盹。天亮时雨停了，李渔抹了一把被雨水打湿的脸，发现地上躺着一块匾额，定睛看清楚匾额写着“影梅庵”三个字，顿时全身一阵发凉。不仅因为记忆中的影梅庵已成眼前这年久失修、破败不堪的样子，更是因为听到过传言，顺治八年正月，冒辟疆的爱妾董小宛仙逝，冒家将这位不同寻常的女子安葬于此。再细看，李渔发现庵堂后有一处小亭，亭内好像有一座新坟，怀疑可能就是安葬董小宛的香丘。为看个明白，李渔毫不迟疑地冒着残雨，三两步走到亭中，四处寻找后，果然看见墓碑上新刻着冒辟疆亲书的“董小宛之墓”。李渔心中嘘唏再三，空着手对着坟墓拜了几拜，凭吊了一番。

离开影梅庵时，天已经大亮，南城门刚刚开，李渔和木子李进了城，觉得饥饿难忍，准备先吃早饭，却发现装银子的锦袋不见了，断定可能是进城门时被人偷了，最要命的是连同戏约文书也一块儿丢了。情急之下，李渔拦住一个衙役求助，衙役见他们一身泥浆，不像是有钱的人物，因此怀疑他们要讹人，不仅不予帮助，反而将他们带到县衙审问。

衙门口先遇到李典吏，他并没有认出眼前之人是自己的亲叔叔，也没有多问，就带他们到知县穆同那里。

穆同正吃着早点，叫李典吏先处理起来。

李典吏没有按惯例查证李渔的身份，而是直奔事由，问他们一共丢了多少银子。李渔如实回答，说一共九十五两。穆同一听，皱了皱眉头，插了一句，说你们是干什么的？哪里来的这么多现银？

李渔略微支吾了一下，说是做生意的定金。

李典吏一拍惊堂木，说你们究竟干什么的？是什么人？

木子李吓一跳，脱口而出，说这是我们唱戏的定金，里面有戏约文书为证。

穆同吐出一口馄饨，说你们是何方高人？谁会付你们这么多定金？

木子李说出实话，说我们是李渔戏班的，这位是班主李渔李笠翁。

李典吏瞪大眼睛，打量着李渔，久久说不出话来。

穆同抓过惊堂木，重重敲了一下，回头对李典吏，说你赶快认一认，他是不是你叔叔李笠翁？

李渔仔细看了看李典吏，也怔住了，眼前的这位小吏与自己的哥哥李茂确有几分相像，难道真是自己的侄儿？正疑惑着，李典吏已经叫了一声叔叔，扑通跪下了。

李渔与侄儿很快相认，知道火婴上次来如皋时见过侄儿，侄儿曾托火婴带了一个口信给自己，哥哥李茂希望他回如皋看看，一是叙一叙兄弟之情，二是分一分几家药铺的红利，所以李典吏一见李渔，就以为叔叔收到了火婴的口信才来如皋的。

李渔打听起火婴的情况，穆同解释了一遍，说城内外都找过了，人不可能在如皋。李渔又问起如皋县城有没有戏班演《比目鱼》，穆同认为李渔传奇名声远播，戏班演他的戏也是为了赚钱。李典吏说有人企图领取赏银，谎报过唱刘藐姑的旦角就是火婴。李渔顿时认真，再三细问，李典吏保证说自己亲自到戏台查验过，此人根本不是火婴。

李渔疑问难消，叫李典吏马上带他找戏班查清楚。叔侄二人当即赶到孔庙，却只见台拆人空，戏班昨晚已经离开如皋了。

后来李渔由李典吏陪同，回到离水绘园一水之隔的李宅，首先去后花园看了看少时栽种的梧桐树。树已高数丈，让他惊叹的是，他十二岁种植，十五岁在树皮上题的诗，随着树干成长而放大之后，变得更加清晰。李渔兴奋地诵读起来：

> 小种梧桐树，桐本细如艾。针尖刻小诗，字瘦皮不坏。刹那三五年，桐大字亦大。桐字已如许，人长亦奚怪。好将感叹词，刻向前诗外。新字日相催，旧字不相待。顾此新旧痕，而为悠乎哉。

读后又用纸笔记录下来，准备收进以后的诗集。

不一会儿到外面收账的李茂回来，兄弟俩执着手流了一阵泪，说了一会儿话，也都马上平静了。李茂一开始心里有点紧张，等确定李渔不会留在如皋，更无意家族药店生意的继承事宜，放了心，欣然取出一百两银子送给李渔，并且在望海楼安排了隆重的宴请。

但是后来有意贬污李渔名声者，说那年他为争夺李家药铺专赴如皋，跟李茂发生争执，逼得李茂流了泪。

穆同也不喝酒，于是李渔也以茶代酒，敬了敬他，说明这次出行一是为了签戏约，二是应曹尔玉所托寻找火婴。穆同一听，态度一变，推起责任，说乡乡里里、村村落落、街街巷巷都找了好几遍了，人不会偏偏在如皋县走失，要是在本县辖治内有什么不测，本官就把这顶官帽交出去。

李渔见穆同神情沉重，反过来安慰他，说火婴生性机敏，遇事善对，不会有什么不测的，自己跟曹尔玉也说了，火婴可能就在沿江各县之中，既然来了如皋，也一定要找找。穆同说托李渔的吉言，如果找到火婴，如皋县官民同乐，请戏班唱十天十夜的大戏，戏金双倍。

这时李典吏引着一个人进来，此人捧着一包银子，一进门就说李仙侣你怎么给了董小宛九十五两银子，她不肯收，叫我送回来了。

穆同要介绍，李渔却已经认出来人正是冒襄冒辟疆，连忙叫了声冒公子是你呀，二十年不见了，一点儿都没有变。冒辟疆点点头，说今天自己去小宛坟前，发现一个装满银子的锦袋，心想世上怎么还有如此倾情小宛的人，发现里面戏约文书，才知道是当年的李仙侣回来了，于是找到李家药铺，原物归还。

李渔怕冒襄误会，一边接过锦袋，一边将昨晚的情况作了解释。冒襄脸色缓和下来，声称自己绝非小心眼，天下喜欢董小宛的人都可以凭吊，当然像洪承畴这样的人不受欢迎。李渔你生于如皋，才情天下闻名，更是可以祭奠。

后来因为这段故事，误传李渔恋上死去的董小宛，专程偷赴如皋，雨夜为她送上银子。

穆同请冒襄入席，李渔离座，推让说他记得冒襄与他都生于万历三十九年，算是同年，但冒公子生于三月十五日，自己则生于八月七日，年长于自己，理应让座。冒襄也不客气，在李渔坐过的主宾位上坐下。席间李渔提到想去冒家的水绘园看看，冒襄却大倒苦水，说这个往日盛名江南江北的冒家庭园已经全无当年的华丽精美，只剩萧条破败，不值得一看了，自己现在大半时间都住在影梅庵，陪伴董小宛。

三杯酒下肚，冒襄又哭了起来。

战乱过后，冒家历尽劫难，辗转回到如皋，日子十分艰难。持家的董小宛巧妇难为无米之炊，勉强维持着全家的生活。不想冒辟疆患上痁疾，久治不愈，董小宛日夜守在床榻边，为他端盆解带，将近半年，从来没有厌倦神色。冒襄的病情刚一好转，董小宛却因操劳过度，骨瘦如柴，仿佛大病一场。谁料日子刚刚安稳，冒襄又病数次，水米不进，其中一次是背上生疽，不能仰卧，董小宛就夜夜抱着他，让他安寝，自己则坐着睡了整整一百天。冒襄病愈后，董小宛体质已极度亏虚，冒家多方请来名医诊治，终难奏效。顺治八年正月，在冒家做了九年贤妾良妇的董小宛终于闭上了疲惫的眼睛。

听了冒襄哭着说完董小宛生命的最后境遇，李渔不禁感动陪泪，劝慰冒襄，说你有董小宛此生足矣。

次日李渔坚持去水绘园拜会冒襄，知道了一些内情，从此替董小宛感到不平。

李渔登门时，冒襄却不在园内，接待他的是一个名叫吴扣扣的年轻女子，才知道冒襄平时都住在城南。吴扣扣原是冒家婢女，董小宛进冒家不久，冒襄就纳其为妾，由此看来，冒襄对董小宛的情义多少打了折扣。及至吴扣扣陪同李渔到城南的一座小庙，看见冒襄又与另一女子在小庙里正儿八经地生活，虽然这位名叫吴蕊仙的苏州女子的所作所为，也令他敬佩和感动，虽然李渔暗中也羡慕冒襄艳福不浅，但惊愕之余，心中更多的是对董小宛付出的痴情深感惋惜。

冒襄作了解释之后，李渔才有所谅解。李渔对吴蕊仙也叫吴琪的女子家世背景并不陌生。吴琪的祖父吴挺庵，做过前明的布政使，父亲吴健侯官至孝廉。吴琪的丈夫管勋是冒襄的复社好友，李渔也粗略见过一面，因反清事败遇难。吴琪只身渡江投靠冒襄，冒襄将她作了安置。吴琪来到水绘园的时候，恰逢董小宛刚刚去世，冒吴二人同病相怜，日久生情。但吴琪不想伤害吴扣扣，表示了遁入空门的想法。冒襄劝留不成，便在这城南杨花桥旁盖了这座小庙，取名别离庙。

多少年后，吴琪去世，冒襄题词刻石庙中：

别离庙，春禽叫，不见当日如花人，但见今日花含笑。春花有时落复开，玉颜一去难复来。只今荒烟蔓草最深处，愁云犹望姑苏台。

几乎在同一年，李渔读到题词之后，才对冒襄释怀。

中午吴琪备了一桌素斋，一定要留李渔和吴扣扣吃饭。席间冒襄再次说起孔庙前看过《比目鱼》，让人动容，李渔再次表示了奇怪，说《比目鱼》是自己刚刚编写的传奇，只在苏州演了几场，怎么这么快就在如皋演出了。冒襄称赞了一番，表情沉浸，说戏文不错，也演得好，尤其是那个唱刘藐姑的旦角，很少见到这么才色双全的旦角，而且清纯可爱，气质非凡，不像是梨园行普通女子，自己颇想结识，可惜没有机会。又诡笑一声，说李仙侣跑来如皋，不会是为了此女吧？

李渔顿时认真，也不理会冒襄别的用意，详细询问此女长相。经冒襄描述，李渔断定是火婴无疑。

后来李渔遇上赛武大，终于确定了火婴的下落。

晚上李渔在李茂家与族人叙旧，李典吏送来了一个急性病人，在李茂开药方时，李渔发现此人竟是赛武大。赛武大心虚，连忙证实了火婴在戏班一事，并提供了戏班有可能去的地方。

这样李渔无心再作停留，次日一早，告别了李茂一家，匆匆搭船离开了如皋。穆同态度积极，让李典吏带了七八个健壮的衙役捕快，跟随李渔一同前去找人。

此时戏班虽然还在如皋境内，但往西而行，越走越远。

李渔到达如皋的前一天晚上，火婴又一次看了看李渔留给她的那片血字布条，想回到苏州的愿望突然迫切。她让戏霸天看了布条，说李渔在苏州被下了大狱，她要去投案。戏霸天不信，火婴说在樟树洞里藏的悬赏她的布告就是证明，官府到处张贴告示要找她，还不是因为她犯了事。见戏霸天还是不相信，她又吓唬戏霸天说自己是朝廷钦犯，连皇上也在找她，要不然怎么会出这么多赏银。

戏霸天至少表面上相信了火婴，答应马上送她离开如皋。

火婴他们的船刚离开途中的一个码头，李渔他们的船后一步驶入。木子李率先下船，看到刚离去的船，不禁踮着脚尖看了看，因为他见到了一个酷似火婴的背影，但船已经远去。李渔发现木子李在犯嘀咕，问他看什么，木子李指着远去的船，说自己好像看见火婴在那条船上。

李渔喊着叫人拦船，但船越走越远，李渔心急火燎地下了船，说坐船太慢了，找辆马车追上他们。两人离开码头，在驿路上拦马车，但过往马车都不肯停下，最后遇到一辆刚好在码头卸货的马车，简单讨价还价之后，李渔一咬牙给了十两银子拉走马车，由木子李驾车沿着河堤的驿路往西急奔。

戏班的船辗转到了运河上，火婴着急催着赶路，戏班老板突然变卦，说今晚不走了。戏班众人纷纷从船上搬下行李，火婴责问戏霸天，戏霸天沉下脸要火婴跟他们一起远走高飞。

火婴不肯下船，说你们自己走，我回苏州去。

戏霸天威胁说要是不肯跟他们走，就告发火婴，若是肯在戏班落脚，正好逃命，离开江浙，到安全的地方。李渔下了大狱，戏班正好冒名顶替，叫李渔戏班，到别处去唱，吃好穿好，过好日子。

火婴只好实话实说，前前后后解释了一遍，说自己不是什么朝廷钦犯，而是曹尔玉的女儿，皇上赐封的格格。

戏霸天以为火婴有意捉弄他，不禁恼怒，叫人合力制住火婴，说我们帮你逃命，为戏班好，也是为你好。火婴又是挣扎，又是喊叫，嘴被堵上，让人推着又往北走去。

正在这个时候，木子李驾着的马车急奔而来，遭遇迎面过来的戏班。

木子李赶紧勒马，但马已经受惊，李渔差点从马车上掉下来，马车停下来的刹那，李渔身体一跳，突然看到了跌倒在地上的火婴。火婴躺在地上，仰起了头，瞪大眼睛，也看到了李渔，但是想喊却喊不出声。

马车翻车，李渔和木子李翻落地上，李渔头碰在一棵树上，昏了过去。火婴奋力挣开众人，扯下堵在嘴上的丝巾，奔了过去，扑在李渔身上，拍打着他的脸，叫了半天。李渔苏醒过来，睁开眼睛，说我是不是在做梦？细细辨认着火婴，不敢相信。

火婴点点头，抓过李渔的手，说你把手伸过来。李渔伸过手，摸火婴的脸，火婴趴在李渔身上，哭了出来，说你不是下了大牢了？我从船上逃出来，就是想回苏州救你的。

李渔拍拍火婴的肩膀，说怎么哭了，哭肿了眼睛就不好看了。

火婴一拳打在李渔的腿上，说你敢笑话我。

这时李典吏押着戏霸天他们过来，在李渔面前表功，说还好在如皋境内把他们全抓来了，一个都没有跑掉。

戏霸天发现李典吏对李渔态度恭敬，以为他就是如皋知县，连忙向李渔跪下告饶，说他们只是跑码头唱戏的，不知道火婴是朝廷钦犯。

李渔愣了愣，问谁是朝廷钦犯？戏霸天指指火婴，说就她呀，她是朝廷钦犯。她跟关在苏州大狱里的李渔是一伙的。

李典吏伸手就要一巴掌，李渔阻止，对戏霸天说什么朝廷钦犯，她是格格，也就是公主。

戏霸天一副目瞪口呆的样子，但并不慌张，说是火婴自己说她是朝廷钦犯，并从衣襟里掏出告示，说官府到处都在张榜抓她。

李渔看得出戏霸天其实知道是怎么回事，不过是在演戏，装糊涂，但不想戳穿，哈哈笑起来，说我就是李渔，都是吃江湖饭的，尤其像这样一个草台班子，不容易。再说火婴也没有受到什么伤害，也算平安度过，得饶人处且饶人。李典吏问叔叔怎么处置，李渔知道，如果押他们去苏州，他们怕是命都保不住了，既然是在如皋境内，不如先一同回到如皋，叫穆同发落。

戏霸天不敢相信自己的耳朵，连着向李渔磕了几个响头。

李渔一边让木子李马上赶回苏州报信，一边叫李典吏将戏班先从陆路押回如皋，自己与火婴坐船，后来又怕他们在穆同那里吃亏，就想自己做主就地放他们走，并问戏霸天下一步有何打算。

戏霸天情绪低落，说火婴走了，戏班能有什么打算，火婴姑娘有大量，如果官府开恩，接下去还不是走村过户，唱到哪里算到哪里，混个肚子半饱就满足了。

李渔停了停，说冒昧问一句，你们愿不愿意跟着我？

戏霸天不敢相信自己的耳朵，傻住了。等火婴把李渔的意思重复了一遍，戏霸天不住地点头，说他们不过是乌合之众、草台班子，要不是火婴顶着，这些日子戏班就混不下去了。

李渔反倒鼓励了一番，说戏班唱戏，四海为家，沦落天涯是常有的事，不足为怪。我听火婴说了，你们居然跟火婴学了不多久，就能把《比目鱼》唱下来，说明戏班有潜力可挖，稍作调教，也能冒出几个名角。

戏霸天激动得哭出声来，说知我者李班主，李班主要是肯收留戏班，那真是我们的再生父母。说着率众人齐跪下，李渔一一扶起，说如果大家有此意愿，我们就这么说定了，从此以后，你们就是李渔戏班的人了。起来吧，以后大家就是一家人，千万不要客套。穆知县答应过，如果火婴找到了，就演十天十夜大戏，戏就让你们演。

戏霸天吓住了，说火婴不上台，一台《比目鱼》就不敢演，还敢演十台大戏？

李渔扶戏霸天起来，说天底下好女孩还是有，找到了是你运气，火婴跟着你这么多天，也是你的造化。李渔又望着火婴，说火婴也好像长大了许多，她吃了不少苦，也一定学会了不少东西，也该谢谢你。至于十台大戏，第一步，马上做一些急需的戏装和道具，台上要漂漂亮亮的。第二步，我随身带了一些戏本，大家都看看，如果不识字，以后还是要识得，尤其做师父的，不识字怎么教，这一次先读给大家听，我读一句，唱一句，各自的角色也背一句，唱一句。第一本，先学《玉搔头》，第二本《凰求凤》，第三本再是《奈何天》，最后才是《风筝误》和《比目鱼》。我相信，十天十夜大戏唱下来，回苏州城再唱，苏州城唱完了，就进京城去唱，以后都能成响当当、闻名天下的名角。

兴奋之中，天暗了下来，李典吏催促李渔和火婴上了回如皋的船。

火婴上船后，支走李典吏，进入李渔的船舱，突然把船舱一关，偎依在李渔身上，说我们去如皋，留在那里，哪里都不去了。苏州也不回去，京城也不回去。

李渔推开火婴，并打开船舱，说别任性了，曹大人为你担心呢。

船只慢慢开动，火婴神情不安，说他们迟早要送我回京城的。

李渔安慰，说我一定会到京城来看你，就是你不肯见我，我也要带着戏班的人来看你。

火婴沉默良久，问起婺姬和杭姬，说自己倒想她们了。这一问又触动李渔痛处，说她们暂时离开戏班回家了。火婴怔了怔，问她们几时回来，又说那戏班不是缺人了，那正好让我到你戏班唱戏。

李渔摇摇头，说苏州都知道你身份了，你怎么还能登台唱戏。

火婴靠近李渔，说不管什么身份，是不是你嫌我唱得不好？李渔端详着火婴，说要是在戏班，你一定会成为响当当的台柱子的，我早就说过，你有唱戏的天赋。

火婴又高兴了，说那干吗不让我跟戏班一块儿唱戏？

李渔认真了，说曹大人不会让你留下的。听曹大人说，太后已几次催你回京，为的是让你早日嫁入土谢图亲王府，你若再在这里逗留不归，王府不会答应，恐怕皇太后那里也不好交代，到时候，惹恼了土谢图亲王，苏州城势必跟着遭殃。

火婴盯着李渔，心里责怪他总是拿她父亲当挡箭牌，还把自己跟土谢图亲王、跟苏州城的安危联系在一起，说我明白你是怎么想的。

李渔还没有说话，火婴背过身，说你只跟李乡君一起唱戏。

李渔脱口而出，说她跟你不一样。

火婴回过身，说怎么不一样，她比我唱得好，她比我长得美是吗？

李渔好不容易让火婴坐下，说李乡君很关心你，挂念你，要不是我拦着，她好几次都要来找你了。

这时夜风吹来，李渔关上船窗，给火婴披上外套，说你很快就能见到她了。

火婴终于平静下来。

夜航船上，李渔辗转反侧，起床走到舱外，等了很久，天还没有亮，又躺回床上，过一会儿，又到窗前，遥望夜空。到半夜，火婴又敲开李渔的舱门，说自己想到了一个好办法，现在不用回京城，要去也等到戏班进京唱戏时一块儿回去。

李渔担心，说还不知戏班最后能不能进京唱戏。

火婴神情坚定，说能，一定能。

李渔见火婴衣衫单薄，连忙取过自己的衣服给她披上，说你穿得这么少，小心着凉了。

火婴不肯，要给李渔披上，说不冷，还是你自己披上吧。

火婴独自在外这么多天，吃了不少苦，但人却真长大了许多，像一个懂事的平常人家的女孩。李渔按捺住心里的感动，说你快披上衣服，要是冻出病来，感染了风寒，我可吃罪不起啊，快回去睡吧。

火婴靠在李渔身上，说我不冷，你睡到床上去，我就回去睡。

李渔答应到床上去，上了床，和被坐下。

火婴还是不肯离开，这时凉风从窗户中袭来，她不禁打了个寒战，李渔连忙把被子给她披上，说你睡床上去，我坐在这里，看你睡着。

火婴很快就睡着了。

李渔悄悄坐起，给火婴盖好被子，然而又转身走到窗前，望着窗外的运河，若有所思。

火婴睁开眼睛，看到李渔的举动，突然从床上跳起来，奔到他身边，一把抱住他，要拉他到床上。李渔不由自主抱紧了火婴，感受到了身体的热烈，但马上又缓缓推开火婴，说天亮了。

船慢慢靠近了如皋城南码头。

戏班果然在如皋城孔庙演了十天十夜的大戏，所演剧目都是李笠翁所作传奇。但之后，因担心清廷追究，戏班并没有加入李渔戏班，也没有再去苏州，而是继续流转于长江北岸的苏中一带。另一种说法，应冒襄请求，戏班改名冒家班，以重续晚明时期冒家班的辉煌。当然，火婴也没有能够像她自己希望的那样，与李渔留在如皋城学戏，或是跟着戏班流落民间。

二十六、多情客蒙面人墙上墙下

作为西南清军的总督粮官，身处苏州的洪承畴始终心系西南。

这时快旨传来大西军李定国部将孙可望杀害永历朝十八位大臣的消息。

一直想做皇帝的孙可望，随着大西军据有云贵，出兵四川、湖南和广西，并节节取得胜利，个人野心随之滋长。先是到梧州请永历帝封他为秦王，但永历阁臣坚持明朝祖训未有封异姓为一字王的成例，坚决反对，只封其为景国公，引起孙可望的愤恨，把永历帝接到贵州安隆府，强迫封自己为秦王，挟天子以令诸侯。

部分权臣见南明政权日渐衰弱，于是纵容孙可望受禅，篡夺帝位。

就在洪承畴到达苏州的那一天，永历帝对孙可望的僭逼忍无可忍，在大学士吴贞毓的建议下，秘密写信给正在前方与郑成功谋求联合抗清的李定国，求其回来护驾。不想被内侍密报孙可望。孙可望严刑拷打参与其事的有关大臣。就在苏州虎丘戏场发生踩踏案的那一天，孙可望胁迫永历帝下诏处死吴贞毓等十八大臣。孙可望又诱杀李定国，事泄未逞，但李定国因此只能回到广西，与郑成功联师北上的愿望没能实现。

残明的生息更加虚弱。

洪承畴把情况告诉王永康，对吴三桂在西南即将取得的胜利表示预祝之意，又说给李渔听，说这就是大明的臣子，你写个传奇吧。

作为总督军务兼管粮饷，洪承畴得知西南前线战事有利于大清，自然喜不自胜，他慢慢回到武昌了。不料中间又发生了有人企图行刺洪承畴的事情。尽管后来证明此事十有八九是误传，清廷包括顺治追问时，洪承畴本人也矢口否认曾经遇刺。

事情的起因是讹传洪承畴因上次宴客李乡君时未能如愿，之后以扣留李渔戏班的新班弟子为要挟，逼李乡君到留园与自己一夜风流。

其实李乡君是为了婺、杭二姬的事主动去留园的。

这天如皋县衙快马向曹尔玉报来口信，说已经找到火婴。后来又传言说李渔正护送火婴在回程路上，而且晚上就到苏州。赤五娘把上述消息一五一十地告诉了李乡君，李乡君不管真假，早早就到浒墅关码头等候。直到闭关鼓声响起，周围渔火纷纷停歇，等来的却只是木子李一个人。李渔找到火婴的消息因此得到了确认，李乡君心里却着急了。她担心的是婺、杭二姬还没有回到戏班，李渔回来不好交代，于是趁夜就匆忙去了留园，洪承畴答应过让王永康尽早放回婺、杭二姬。

碰巧文进通到客栈看望李乡君，听木子李说她去了留园，一下子近乎失态，激烈反对。赵则鸣也认为李乡君与洪承畴这样的人来往总是不好，洪承畴对李乡君定是不怀好意。在文进通心中，李乡君几乎是别人碰不得仙女，就是自己也一直都只留在脑子里暗暗地思念、想象和细心地维护，现在她居然主动去找洪承畴，这让他心理上一时无法承受。看看天越来越晚，文进通决定离开，途中又不放心，不由自主地就去了留园，他要看看到底是怎样的一种境况，看看李乡君与洪承畴到底怎样相处，如果李乡君需要自己保护，他会奋不顾身。到了留园门口，发现四周戒备森严，谁都不让进，也不肯通报。文进通只想着如何进去，无奈之下转到侧墙，穿上夜行衣，戴上面罩，爬上墙顶疾走到一片树林边上，刚想找机会跳入园中，突然发现李乡君独自站在楼前等候。

只听得多哈正向她解释，说洪承畴饭后小睡，一时半会儿不会出来接待她。

李乡君没有离开，索性在石椅上坐下，说自己找洪承畴是希望他马上兑现承诺，说服王永康，让婺、杭二姬今晚就回到李渔戏班。

文进通见李乡君非要见到洪承畴，感到有些不快，站在墙上发愣。

多哈刚离开，李乡君就发现了立在墙头的文进通，刚要回头喊他，不想巡逻的侍卫先看到了墙上的影子，其中一个喊着满语，迅捷地奔过来。文进通一失神，跌落园中树林里，另一个冲上来对着树林就是一阵砍杀。

文进通脸上碰到树枝，流了血，身体贴在地上，纹丝不动。一会儿几个侍卫过来，拨开树丛，仔细搜寻起来。文进通大气不敢出，但飞刀已经在手，随时准备拼命。闻声赶来的多哈断定人在树丛里，叫过很多人围了。文进通情知不妙，跳出树丛，多哈后面挥刀就砍。文进通跳上高墙，多哈想跟着跳上来，但因块头太大，始终上不了墙。不想外面几个弓箭手突然冒出来，一齐挽弓指向墙上的文进通。文进通也不敢往外面跳，索性上了房顶。

已经睡下的洪承畴得到有刺客的报告，本不愿理睬，但听说人被困在房顶了，精神一振，起床走出来想看个究竟。奔到园中，突然看到李乡君也站在门外，吃了一惊，怀疑看错，小心叫了一声李乡君。

李乡君点了点头，说是我。

洪承畴心头一热，不知说什么才好。

这时外面射向房顶的箭有几支落在园中青石路上，发出清脆的叮当声，溅起红绿的火星，李乡君吓得尖叫起来。

洪承畴急忙一边跑到李乡君身旁，一边高叫来人，快来保护李姑娘。

正在追捕文进通的多哈听到洪承畴的叫声，以为发生了什么事情，带着几个侍卫往这边跑了过来。

文进通也借这个机会，消失在房顶。文进通当然没能离开留园，他纵身一跳，落在了亭子上。

在李乡君当时就看到了站在墙上的文进通，一眼就认了出来。后来文进通走出亭子，出现在众人面前的时候，她马上向洪承畴说明文进通是跟自己一起来的。之前多哈在亭子外拦住了文进通，隐约看见他脸上有血痕，断定他就是刚才墙上的那个刺客，于是两人先打了一仗。

多哈挥刀指向文进通，文进通且战且走，多哈越逼越紧，说自己看文进通是一条好汉，不忍伤他，但这次绝不会像兰溪那次走运，命令他束手就擒。

文进通冷笑，说自己看多哈也是一条好汉，所以不用兵器，但不要逼自己。多哈挥刀又砍，文进通手中飞刀出手，多哈急避，却飞中帽心。文进通退后一步，说多都统，我也不想伤你，你不要再逼我了。

多哈一惊，平静下来，对着搭了箭正要射击的侍卫，说活捉他，不可伤他性命。

众高手又上前，将文进通团团围住，文进通一时无法脱身，体力渐渐不支，突然停手，说多都统，我不是什么刺客，但可以跟你走，把事情说清楚。

多哈答应让文进通见洪承畴，说有他多哈在，不会让他有任何机会伤到洪承畴。

文进通神情坦然，说我正要去见洪大人，多都统与我兰溪一别，不过一月余，现在误会我了，看来冤家路窄。

多哈带着文进通出现在洪承畴面前，李乡君第一时间就迎上前去，责怪文进通刚才跑什么地方去了，害她一个人差点被箭所伤。又说多都统刀光剑影的，不会是要错抓什么人吧。

洪承畴上前，说原来李姑娘认识文进通。

多哈指着文进通，说我们是在抓一个刺客，不想让他跑了。我们在兰溪已经跟他交过手了。

李乡君一怔，说以我这个局外人看来，这个刺客也是鲁莽冲撞，事到如今，刺杀洪大人又有什么用，总不能把已经失去的再要回来。

洪承畴频频点头，称赞李乡君说话有见识，这个刺客想搞什么惊天动地的壮举，也犯不着赔上自己的性命，生命珍贵，蝼蚁尚且贪生，何况人乎，如果有机会姑娘一定要劝一劝他。

李乡君扑哧一笑，也用调侃的口气说既然是刺客，就铁定了心要做一个荆轲，对生命当然在所不惜。刺客要做的事情，岂是旁人劝得了的？何况，洪大人也太抬举我了，我并不知道刺客是什么人，怎么劝呀？李乡君说着一把拉过文进通，说皇皇苏州城内，戒备森严，难道还有刺客？

文进通也答得自然，说自己刚才在亭子里稍坐了片刻，听说有刺客，想过来看看到底是什么人飞檐走壁这么厉害。

洪承畴一听文进通的话笑了，说你别乱跑，小心像上次兰溪那样，多哈把你当成刺客。洪承畴本可以问问门口的守卫，就知道文进通是否与李乡君一块儿来的，但他没有问，到于脸上的血迹，文进通说是刚才黑暗中被多哈伤了一下，但只擦破点皮。

当晚洪承畴兴致浓厚，解释自己不过是说说笑话，活跃气氛，李姑娘当然不会有刺客朋友。但他倒是诚心诚意想和她有所交往，切磋琴赋，笑谈人生，希望姑娘能赏脸。

因为文进通的皇差身份，洪承畴没有同意多哈将文进通关押，但要求李乡君在留园暂住。李乡君为了让文进通摆脱困境，答应了洪承畴的邀留。李乡君看出文进通对自己答应留下有些责怪，心想自己应当面对洪承畴有言在先，表明心迹，不然文进通误会不要紧，就怕他一激动，做出蠢事。

洪承畴还要劝，李乡君神情认真，说洪大人不必再勉强我，你我之间，冰炭不可共器，水火不能相容，你做你的达官显贵，我过我的百姓生活，你自回你的京城，享你的荣华富贵，我在我的江南民间，继续我的平常日子。今天相遇，非我所愿，以后更是不会相关。

洪承畴听了李乡君的话不仅没有表现出不舒服，而且伸出大拇指表示赞赏。

文进通感觉到洪承畴与李乡君好像是打情骂俏，气呼呼地走了。文进通虽然是被气走的，但因此得以离开，李乡君暗自松了口气。

之后多哈劝洪承畴不要留下李乡君，以免带来不必要的危险。洪承畴希望多哈不要误会，他把李乡君留在这里，除了与她交流谈心，说诗论赋，排遣寂寞之外，确想引为红颜知己，结为忘年之交，自己虽然年长，总还有几分气度，几分才情，不信逊色于别人。把她留置这里，就是让她清醒清醒，不用多久，她就会明白过来的，与戏班为伍，迟早会辱没了她。

据苏州坊间曾经传言，说当晚洪承畴与李乡君饮茶至子夜，并亲自与两个侍女将她送至金罗帐内。李乡君玉体横陈，和被而眠，洪承畴爱慕地掀开罗帐端详着李乡君。李乡君翻动了一下，又睡回去。

洪承畴赶紧放下罗帐，退到门外。

娄吏目趁机献计洪承畴，说机会难得，何不同床共眠。

洪承畴沉吟良久，问娄吏目在李乡君茶水里放了什么，一躺下就睡了，现在还醒不过来？娄吏目说自己给李乡君的茶里放了迷沉药，对人不会有伤害，但和茶而服，药效加倍，洪大人要做点什么，她都不会知道。

洪承畴吃惊不小，说洪某乃大丈夫，要征服于人，就要攻心为上，勉强人的事情不会做的，何况一个像李乡君这样美丽智慧、才情兼具的年轻女子。并严厉告诫娄吏目切勿与外人道，待李姑娘醒来，自己再与她慢慢说明，以求谅解。

李乡君醒过来，看着周围，心里想着这是什么地方，低头看到自己睡在豪华的床上，吃了一惊，赶紧下床，看看身上，衣服并没有被脱光，神情才平静了一点。李乡君穿好衣服，刚要出去，洪承畴推门进来，发现她眼神疑惑，连忙表情关切，说才昨晚的事，怎么就不记得了？这是留园，就是要留住美人的留园。

李乡君明白过来，出门离开，回头说洪承畴，你在我的茶水放了什么，留园就这样留人?!

洪承畴急忙一拦，劝李乡君不要急着走，不然对洪某多有误会，让你留在这里，是想你给洪某一个机会，整整一夜，洪某秋毫无犯，你应该明白洪某的为人，洪某并非好色之徒。

但事实情况却是这样的，当晚李乡君故意饮了一杯浓茶，以保持头脑清醒，因此一个晚上都没有合眼。

次日天气晴好，却不闷热，洪承畴来到李乡君住室门口，劝她不要待在房内，外面天色很好，不如到园中走走。

李乡君隔着门，说自己一夜未睡，身心疲惫，不想走动，洪大人雅兴，你自己去走吧。洪承畴又敲门，说要进来看看她。李乡君在里面回答，说洪大人请便吧，不敢烦扰。

洪承畴还是不放心，说李姑娘身体如有不适，要尽早言明，要不要请大夫来给瞧瞧?

李乡君还是没有开门，说不必了，自己歇息一会儿就好了。

洪承畴正欲退去，多哈领着文进通过来。洪承畴奇怪文进通昨晚怎么没有走。文进通说自己担心李乡君安全，昨晚就在留园门外守候，一夜没有睡，多哈为防备他，也一夜没睡，说好了等天亮就接李乡君回去。李乡君在里面听到，心里直骂文进通糊涂，明明可以走了，却不走，人家不把你当刺客才怪呢，自己在留园留一夜白留了，这一夜的名誉也白白牺牲了。

文进通随后一句话却多少伤害了李乡君。

李乡君开门出来，冷冷地对文进通说我自己会离开，你来干什么？说着整了整衣裙，刚要告辞，洪承畴却一脸的不舍，坚持要留她用完早点再走。文进通不悦，说洪大人强留了她一夜，也该让她回去了。

显然文进通话里有话，不仅把洪承畴想当然了，也把李乡君想歪了。

洪承畴正要解释或者反驳，李乡君已经红了脸，冒出气话，说我在这里吃得好、住得好，洪大人也对我有情有义的，只住了一夜，怎么就舍得走。

洪承畴见李乡君竟然这么说，一则愕然，二则激动，也涨红了脸，但还是一句话都说不出来。

文进通不敢相信自己的耳朵，责怪李乡君怎么能说出这些话来。但他仍然认为一定是洪承畴强迫她这样说的，于是硬要拉着李乡君跟自己走。

李乡君后退几步，避开文进通，竟然靠近洪承畴，表情冷淡，坚持要文进通一个人先走，说我告诉你，我不想离开留园，这么好的地方留一夜怎么够，我还想多留一夜，我一个风尘女子还不是想着及时享受欢乐，想着攀上达官显贵。李乡君越说越激动，突然挽起了洪承畴的手臂，提高声音，说文进通你走，不愿看到我变成现在这个样子，你就快走。

文进通惊呆了，马上又神情颓然，不相信地看着李乡君。

文进通一时顾不上判断李乡君说的是不是气话，她没有给他退路了，于是恨声说我走，说着转身离去，也没有回头。

洪承畴看了看房顶上的弓箭手，又看了看李乡君，犹豫了一会儿，宽宏大量地朝多哈挥了挥手，示意文进通离开。

文进通离开留园，想着李乡君的言行，疾步走着，也不知道应该走往哪里。先是到了百花巷客栈，戏班的人见他脸色阴沉，又不知道原因，都远远看着他，不敢发问。只有黄宗羲上前问李乡君的消息，文进通神情恍惚，也不回答他，低着头又离开了。一会儿回到驿馆，推门进来，把李森先吓了一跳，看着他说你怎么还敢回来，多哈以为你是刺客，正要抓你呢。

文进通这才清醒过来，把昨晚在留园的遭遇说了一遍。李森先点点头，说多哈刚刚走，他还是有些怀疑，担心洪承畴有个闪失。我把他打发了，你是皇差，洪承畴能对你怎么样。

文进通摇摇头，说自己不在乎洪承畴的态度，他担心的是李乡君。

李森先忽然哈哈大笑，直截了当劝他，说洪承畴一个老头子，无非是弹琴说唱，找点风雅，不见得有本事再对李乡君这样的年轻女子真刀真枪。

文进通顿时不安，问什么真刀真枪？

李森先马上板起脸，说等你到了洪承畴这个年纪，你就知道了。李森先又劝，说洪承畴喜欢的是王紫稼这样的男风，你犯不上生什么醋意，不过既然是她愿意留下来陪洪承畴，你也不必自作多情了。

直到李渔和火婴回到苏州的那天，李乡君还继续待在留园。文进通痛苦之下，到红春楼喝酒。赤五娘听了文进通的一番酒话，知道了个大概，埋怨他说李姑娘都是为了你，洪承畴强留做客，她也只能忍了。

文进通酒性上来，握着尖刀，就要去找李乡君。赤五娘一把夺过他手中尖刀，说你别再冒冒失失了，我相信李乡君能随机应变，有办法应付洪承畴的。你就好好地在红春楼里待着，不然真被人当刺客抓了。

赤五娘叫文进通忍一会儿，自己去找曹尔玉了。知道火婴已经找到，曹尔玉一块石头终于落地，赤五娘不禁恭喜。曹尔玉说她人还在路上，只有把她平安送回京城，自己才算放心。

趁曹尔玉精神头好的当儿，赤五娘提起李乡君现在还被洪承畴留在留园，怕她遭遇什么不测，想请曹大人帮忙。曹尔玉开始十分恼怒，说洪承畴堂堂一品大员，扣留一个民女，还要不要脸，当即派人去留园。等人回来，曹尔玉了解了情况，态度变了，要赤五娘放心，洪承畴不会对李乡君怎么样的，李乡君一个风尘女子，不会是她自己愿意留在留园的吧？

赤五娘心里一阵不快，说李乡君绝不会心甘情愿留在留园的，既然曹大人不愿再去说，我只好回去了，说着转头就离开了曹府。

文进通看到赤五娘神情不对，更加感到不安，说自己就是不放心李乡君，洪承畴这个人道貌岸然，其实天底下最虚伪的人就是他，怕他对李姑娘有所企图。

赤五娘冷冷一笑，说这个李乡君跟那个李香君差不到哪儿去，她又不是三岁小孩，十三岁就到秦淮河混了，三教九流见得多了。

文进通并没有听劝，赤五娘越劝越让他觉得问题严重，几乎下了要杀进去把李乡君抢出来的决心。就在他离开了红春楼，快到留园，准备再次行动之时，李渔突然出现了。

李渔把戏班交给冒襄之后，不等十台大戏开唱，就和穆同一起赶回苏州，亲自把火婴送到曹尔玉面前。过了长江，火婴想着法子迟点回到苏州，说金陵是六朝故都，坚持要去看看秦淮河。穆同无奈只好一边差人去苏州报信，一边与李渔陪着火婴转道去了南京，结果途中遇到了吴梅村。吴梅村去南京是祭奠侯方域的，原来侯方域早于去年十二月底，以三十七岁壮年抑郁而终，因为侯方域生平事迹主要都在江浙一带，所以将其灵位从河南归德老家移至南京旧宅，供故友旧交祭奠。李渔与侯方域素昧平生，又碍穆同和火婴等人在旁，本不想跟吴梅村一起去，但又想看在李乡君的面上，还是应该去祭拜。

去侯家旧宅的人不少，包括从昆山来的顾炎武，从常熟来的钱谦益，从如皋赶到的冒襄，不过李渔一个也没有见到。他匆匆上了香之后，就要离开，但吴梅村却一时走不动，而且落泪不止，当众诵读了《怀古兼吊侯朝宗》七律一首：

河洛风尘万里昏，百年心事向夷门。气倾市侠收奇用，策动宫娥报旧恩。多见摄衣称上客，几人刎颈送王孙。死生总负侯嬴诺，欲滴椒浆泪满樽。

整首诗用的全是信陵君与侯嬴的故事。李渔问起“死生总负侯嬴诺”一句，吴梅村作了注解，检讨说朝宗归德人，顺治九年曾修书相约，终隐林泉，杜门不出，而自己为世情所逼，不得已乃应诏入都，授秘书院侍讲，国子监祭酒，现在借口身体有病请了假，但头上这顶官帽还戴着，有负夙诺啊。

李渔叹口气，不禁赞扬吴梅村，心想有此一诗一注，胜于侯方域自辩清白千语万言了。吴梅村如果想自我解剖，何尝不可以用侯方域孟浪赴试一事，借题发挥，而宁愿屈己以尊人，还算有点古人风义。当年吴梅村复出仕清一说甚嚣尘上，侯方域曾写信规劝，三论不可出的理由，吴梅村慷慨表示必不负良友，而终于复出。事实上顺治八年侯方域自己却被迫应试了，而且闱中所作策论五道，五篇皇皇大文，确实下过功夫，如果说是没有用世的志向，或者对大清仍持反感，实在用不着这样大卖气力。

这样一想，李渔也就没有行祭拜之礼，点上一炷香就离开了南京。

回到苏州，由穆同送火婴回了曹府。李渔回到客栈之后，想着把去南京的事情先告诉李乡君，但木子李说她为婺、杭二姬找洪承畴帮忙，去了留园。李渔也没有即刻想办法与李乡君见面，而是与赵则鸣、黄宗羲聊了几句，随后将他们的费用在内，还清了客栈的赊账，客栈老板大喜，备下一桌酒菜为李渔接风洗尘。吃饭前，李渔给每人送了如皋特产，新班弟子等不及，一一品尝，吃到董糖，连说好吃，各自抢了许多。李渔讲到董糖的来历以及冒襄和董小宛的情事，一直默然的黄宗羲得知董小宛已经故去几年，不禁眼中潮湿，替冒襄担心起来，说冒家矢志抗清，几番蒙难，冒襄幸遇董氏，也算是得到补偿，岂知好景不长。李渔劝他不用太难过，冒襄已有善解人意的吴氏扣扣做伴，不会孤凄。黄宗羲希望日后有机会去如皋，一来与冒襄一叙，共同缅怀抗清先烈，二来凭吊董氏，以示敬佩之情。李渔预留了两份礼物准备给婺、杭二姬，木子李知道他心里挂念李乡君，要去留园报信，说李乡君就是为了婺、杭二姬，但去了几天了，也不见准信。李渔说不急，等大家一块儿吃好饭，他亲自去一趟。

后来李渔坐了一只小船前往留园，见到门口徘徊着的文进通，跳下船，指着留园，向他求证李乡君是否还在里面。

文进通点点头，哭出声来。

李渔的出现，让文进通顿时找到了倾诉的对象，有种如释重负的感觉，因为李渔对于李乡君甘心住在留园不走的行为一定比自己更加难过，更加愤怒，对洪承畴一定比自己更充满仇恨，充满嫉恨。文进通忍住满腹的悲愤，拉着李渔的手，说李班主你终于来了，李乡君她还在里面。

但让文进通意外的是，李渔倒是平静，挣开文进通的手，往园门口走过去。文进通拦住他，说李班主不用找了，李乡君说她愿意留在留园，留在洪承畴身边。

李渔连忙一笑，神情显得自信，说李乡君恐怕是找洪承畴办什么事情，我们都不要误会她。

文进通见李渔这么说，心里一凉，转身就走，回头说李班主如果不相信，你就去找她问问。让文进通深感气愤的是，李渔当晚也留下来了，而且趁着月色与李乡君在池亭旁秀了一段恩爱。

文进通走远之后，李渔加快脚步，走到留园门口，请侍卫通报。一会儿娄吏目出来，说洪承畴正接待客人，没有空，要李渔先等一等。

洪承畴接待的所谓客人是王紫稼。李乡君在留园已经第三天了，这天一早，他请来王紫稼与李乡君一块儿唱了几段戏，然后喝了一会儿茶，随后三个人开始讨论情爱的话题。

这时娄吏目过来通报李渔求见，在李乡君和王紫稼的坚持下，洪承畴勉强同意让李渔进来。后来李渔也参加了讨论，他一进来，就拿出董糖作为见面礼。洪承畴嘴上说自己牙口不好，不吃甜食，但比谁都吃得多。李乡君说起董小宛，敬佩之情难以抑制，流下泪来。洪承畴提起自己此前的如皋之行，见到冒襄另结新欢，替董小宛不值。指着李渔，说你们这些风流才子，往往始乱终弃，辜负多情女子，也多是靠不住的。

李渔看了看李乡君，说自己不过市井泛泛之辈，岂敢与世家公子相比。

洪承畴与李渔一来一往争论着，长久沉默的李乡君说了一句，董小宛入情太深，无药可医，冒襄患的病轻，因而好得快，更不见会跟董小宛一块儿死。

李渔指着池中的两尾鱼，说起王紫稼的西厢相思故事，提出的论点是，一心钟爱之人可以当药。

李乡君心里一动，说真有这样的药吗？

李渔想了想，用自己以前写过的话作了回答，说人心私爱，必有所钟。精神所注，性命以之者，即是钟情之物也。

李乡君微微点头，自言自语着，说这味药就是爱，爱一个人，这是李笠翁的话。

李渔说起逢到雨天，用了有人送给自己的伞，心生思念，因此途中在集李镇遇到麻烦时，急中生智，写就一篇文章，文章的题目就一个《李》字。李渔望着李乡君，说李姑娘的李，李渔的李，十八子的李，木字下面一个子的李。

李乡君当然知道李渔说的是离开苏州前她送伞一事，难掩眼睛放出的光亮，忘我地看着李渔，听他背《李》文：

> 李是吾家果，花亦吾家花，当以私爱嬖之，然不敢也。唐有天下，此树未闻得封，天子未尝私庇，况庶人乎。以公道论之可已。与桃齐名，同作花中领袖，然而桃色可变，李色不可变也。自有此花以来，未闻稍易其色。始终一操，涅而不淄，是诚吾家物也。李树较桃为耐久，逾三十年始老。枝虽枯而子仍不细，以得于天者独厚，又能甘淡守素，未尝以色媚人也。若仙李之盘根，则又与灵椿比寿。我欲绳武而不能，以著述永年而已矣。

洪承畴看到他们旁若无人，不耐烦了，哼了一声，打断说你们都姓李，是自己的事情，不听也罢，捧着剩下的董糖，拉着王紫稼离开了。

此时只剩下李乡君和李渔，李乡君眼眶中的眼泪落了下来，慢慢走近李渔，说这些年来，我的心就像这一池死水，风再大，也刮不起半点涟漪。现在觉得就像被投进一块很大、很重、很沉的巨石，激起了心中埋藏很深的波浪。

李渔停了停，半真半假说乡君姑娘，如果巨石还不能激起波浪，我愿意用我的身体投进水中，溅起你心中的浪花。

李乡君马上冷静了下来，说不用你的身体，你已经用你的文章，就像这篇《李》，用你的传奇，就像那出《比目鱼》，溅起我心中一朵又一朵浪花了，不必再投进你的身体了。说着随手向池中扔石子，石子没有溅起浪花，可见是一个深池。李乡君望着李渔的背影，百感交集。李渔回过头来，拉住了李乡君的手。

其实月光之下，娄吏目一直暗地里密切关注着两个人的动静，终于看到二人挨得如此之近，急忙报告了洪承畴，说两个人居然抱在一块儿了，真是不顾廉耻。

洪承畴心里被触了一下，但不太相信娄吏目的话，尽量保持冷静，说故人相见，难免动情。

娄吏目非得拉洪承畴亲自去看看李乡君拉李渔的手的真实情景。洪承畴勉强跟着娄吏目去了池前花园，看到两个人果然靠近，但并不是什么拥抱，顿时平静许多，说风尘中人，这种举动也是平常。

娄吏目挑唆不成，只好跟着洪承畴离开了。

但李乡君和李渔的谈话仍然继续，而且后来有了一次真正的拥抱。

李渔拉着泪眼晶莹的李乡君，进了亭子里坐下，望着夜色下的小桥流水，把侯方域去世的消息告诉了李乡君，并背出了吴梅村的七律。李乡君顿时呆住了，感叹侯公子正值壮年，怎么会呢，她如去南京，当寄托哀思。说着想起了什么，背了一首也许是侯方域写的诗：

夹道朱楼一径斜，王孙初御富平车。青溪尽种辛夷树，不及春风桃李花。

刚背完，突然不忍，抱着李渔恸哭起来。

两人的拥抱被又一次站立在墙头的文进通看得清楚，几乎又一次跌下墙来。原来文进通没有走远，而是一直等着李渔能把李乡君带离留园，不想等到天黑，也不见他们出来，情绪十分波动，一心想着自己只有闹出惊天动地的事情来，让李乡君不仅猛醒过来，而且会真切地看到自己的一腔热血，一片真情。

唯一的办法，就是来一次真正的刺杀，惊动世人，震撼到李乡君的内心。

文进通蒙面闯进来的那一刻，多哈就带人从里面冲了出来，开始在园中追捕他。文进通走投无路之际，李渔在门口作掩护，李乡君将文进通藏进房间里，三两下除去他的衣服，把他往床上一推，说你好好在这里待着，别再胡闹了。

此时娄吏目走过来，一见李渔站在门口，满腹狐疑，突然抓住他的衣领，指控刺客是他引来的。李乡君听到声音，马上走出房间，也不理娄吏目，拉着李渔径直往外面走去。娄吏目抓住李渔衣领不放，说这件事要禀明了洪大帅，有人胆敢在留园三番两次对洪大人不利，谁知道你们是不是合谋，要说清楚，李渔你今天是自投罗网。

这时多哈抓不到刺客又返回来，娄吏目指着李渔，说他勾结反清复明分子，图谋不轨，快把他抓了。

李乡君上前把李渔推到自己身后，说李班主是来找我的，别血口喷人。

娄吏目一心要抓住机会整整李渔，说放过你可以，你刚才不是说要变成一块巨石投到水中吗？那好，我成全你，这下面就是一汪深池，不如你跳下去。

李渔轻蔑一笑，说这一点池水淹不死我。李乡君担心李渔真要跳，紧紧抱住他。娄吏目也来了气，说淹不死你，给你拴上块石头。这时跟娄吏目亲近的几个守卫真用绳子拴上一块石头，要挂在李渔脖子上。

李乡君急了，说娄吏目你不能杀人。

娄吏目恶作剧到底，说不是我要杀他，是他自己想跳下去，是他想变成一块石头激起你心中的波浪，我不过是成全他。

躲在屋里的文进通一看急了，忍不住从房间里奔出来，说什么刺客，跟李渔没有一点儿关系，说着要对娄吏目动手。娄吏目急忙躲过，吃惊地打量着赤裸上身的文进通，叫多哈把他抓起来。李乡君再三求情，甚至承认文进通是偷偷进来看自己的，进来之后一直在她的房间里，哪儿都没有去，担保文进通绝对不是刺客。

娄吏目看到如此情形，气愤难平，当即就跑着去向洪承畴报告。正在对镜整容的洪承畴差点铜镜落地，久久说不出话来。一会儿，多哈带着文进通进来，洪承畴取下墙上的佩剑，慢慢地在厅堂上一边耍起来，一边说李乡君要是真的与你亲密无间呀，你一个匹夫，得意吧。

文进通昂着头，不肯说话。

洪承畴停下来，说留园留李乡君，李乡君留你留宿，还不得意。不过李乡君这会儿可是替你着急，替你捏着一把汗呀。

文进通声音大了，说你身为朝廷大员，所作所为并不令人尊敬，你凭什么扣押乡君姑娘，我是来救她的。

洪承畴也火了，说什么扣押，李姑娘是自觉自愿留在这里的，你要不信就问李姑娘自己。

李乡君再一次救文进通脱离了险境。她适时地赶到，证实是自愿留在这里的，希望文进通马上离开。

洪承畴抚弄着手中宝剑，说这次不会再轻易让文进通就这么走了。

文进通神情豪迈，说洪大人不让我走，我倒求之不得，正可与乡君姑娘多待一会儿。洪大人重权在握，生杀予夺，要加害我，也不是一件难事。我不怕死，也不求死，如洪大人要我死，我也无可奈何。

洪承畴突然哈哈大笑起来，戳穿文进通不过是哗众取宠，自作多情，像你这样岂能得到芳心，李姑娘怎么会上你当？说着愤愤地将剑掷向花盆，剑插入泥土中，直直地垂立在地上。

文进通大怒，刚要说话，被李渔阻止。李乡君说文进通不要再说了，我是不会再跟你走的。又对洪承畴说，你把他赶走，我留下来就是。

文进通态度强硬，李渔怎么劝都劝不住，粗着脖子说自己留下，还李乡君一个自由，让她走。

结果洪承畴给了李乡君一个情面，答应再一次不追究文进通。但他对于文进通私自留宿一事依然极度不满，在让多哈放走他时，奚落了一顿，说我要留的是李姑娘，要你留下干什么。说着突然回身，一剑向李乡君刺来，李乡君不躲，淡然迎上。李渔眼快，将李乡君拉住，然后上前，奋身挡剑。洪承畴手中的宝剑抵住了李渔的身体，他一看是李渔，停住手没有用力刺进去。洪承畴收剑，突然问文进通，李笠翁为什么不想避开我的剑？

文进通哑然。

洪承畴自己作了回答，说那是因为他们比你更有默契。又看了看李渔，说不过李笠翁想和黄道周、夏完淳这样的英烈人物一样，同死于洪某剑下，梦想流芳百世，本官绝不会再给这样的机会。

毕竟答应过李乡君，而且她在留园住了几天，后来洪承畴叫王紫稼带了个口信给王永康，希望他能够将婺、杭二姬还给李渔。因为不是洪承畴自己出面，王永康反而把王紫稼骂了一通。李乡君无奈，又找了洪承畴，洪承畴写了一张手条，让李渔亲自去找王永康商量，王永康让婺姬、杭姬跟李渔见了一面，但是回绝了李渔，说这是平西王吴三桂家班，洪承畴做不了主。

二十七、阳春三月美江南曲终人散

其实当时的洪承畴还经历了一场迅速过去的危机。

正当洪承畴从如皋回到苏州的那一天，传来了郑成功部属张名振沿海路北上，进攻南京的消息。

洪承畴和郑成功的父亲郑芝龙都是泉州南安同乡。

当年在清廷承诺给予郑芝龙三省王爵的利诱下，郑芝龙不顾郑成功反对，带着其他几位儿子降清北上。郑成功劝阻不成，带着部分士兵出走金门。郑芝龙本想有洪承畴为榜样，降清之后不但得保家业，还能加享荣华富贵，不料清军征闽主帅博洛背约，把郑芝龙与诸子一同挟往北京，而且出兵攻打南安。郑成功母亲田川氏当时已从日本国岛搬回南安定居，不幸碰上此次劫难，于战乱中自缢身亡。

这一切，洪承畴没有能够阻止，至今深感后悔，不然怎么会酿成今天的局面。

郑成功得知母亲死后，决心抗清到底。顺治八年，郑成功在闽南取得一个接着一个的胜利，声势高涨，洪承畴几次偷偷摸摸才能回家，深切感受到了大清势力不能所及，大明气势仍一息尚存，自己心处游移也算情势所迫。

顺治十年，清军进犯海澄，郑成功以火攻大破大举渡河的清军。顺治帝无奈，敕封郑成功为海澄公，郑成功不接受。顺治帝再度敕封，并承诺给予泉州府之地安置兵将，郑成功仍不接受。

投奔郑成功的定西侯张名振认为清军集中福建，江浙防务空虚，于是向郑成功请师，率领百艘战舰北上，夺取江南。数天内北伐之师沿长江进攻，直达金山寺，威胁南京城，如果不是因为后援不及回师，恐怕南京周边又是一场血战了。

虽然是虚惊一场，苏州人却浑然不觉。

阳春三月的苏州城一片祥和，改朝换代的紊乱被大家所厌烦，市民希望生活一切正常。

首先是在土谢图亲王的要求下，虎丘戏场开禁，锣鼓声同时响起，两边戏台同时开唱。姑苏剧社报的戏名仍是《西厢记》。因为李渔戏班迟迟没有报出戏名，台下观众纷纷转向姑苏剧社。这时金人瑞带领一群观众齐声高呼《比目鱼》，大幕突然拉开，《比目鱼》准时开演。

刘藐姑跳入水中时，土谢图亲王站起来鼓掌。

王永康指控李渔戏班作弊，因为唱刘藐姑的火婴根本不是李渔戏班的人，如果让京中的王公大臣知道了，更是一个大笑话。

土谢图亲王回了一句，说有什么不好的，火婴唱得好，皇上、太后喜欢就行了。

之后李渔戏班接洽了官府安排的船只，等待日子赴京为顺治大婚演出。李乡君因为听到苏州人非议她与洪承畴瓜葛上了，激愤之中，果断安排新班弟子跟黄宗羲回了浙东，自己则找了个晚上坐夜航船走了。临走扔上一封信给李渔，为离开找了个极好的理由：她思想再三，无法说服自己随戏班进京为顺治大婚献戏。满人铁蹄践踏蹂躏我大明疆土，杀害大明的百姓，此等屈辱无论如何她心中无法淡忘，她心中三恨也无法很快消除。但她理解、尊重李渔的选择。李渔心中有一个大大的戏字，与日月年轮一起运转，无论大明朝或者大清朝，都束缚扼杀不了他心中的这个戏字。人各有志，但愿能遂所想，用戏，用传奇去惩恶扬善，改造人心。最后说花是吾家花，果是吾家果，笠翁保重等，让李渔一颗心重重掉在地上。

在这个结局之前，也就是土谢图亲王从北京出发到苏州的这段时间里，苏州城的紧张气氛继续加剧，以致还接连发生了一起死人和两起差点死人的事件。巧合的是，事后查实，这三起事件，并无凶犯，嫌疑人一一排除之后，最后查实都是当事人的自杀行为。

第一件是关在苏州府大牢的冯、沈二位秀才食物中毒，一人死于狱中，一人昏迷不醒。

苏州府衙案被围的案子惊动了远在北京的顺治，隔几天就有快马赶到苏州的黄马褂向李森先传达密旨，顺治对案子没有审结颇为不满，命他赶快查清主犯。缪家正提议，原本要取保就医的冯、沈二位秀才继续收监，以便追究。至于李渔是否入监，因为曹尔玉不同意，洪承畴不置可否，李森先没有态度，于是缪家正维持了李渔不得离开苏州的原判。

节骨眼上，冯、沈二人在狱中喝下了毒酒。

因为沈秀才还在昏迷中，无从查问，缪家正调集了苏州府各县衙老成的仵作，仔细查了查现场，一致推断冯、沈二人应该是饮毒酒自尽，至于毒酒是怎么带进去的，却没有什么线索。李森先决心自己暗中追查，想到文进通是江南人，苏州熟人多，或许有办法查找投毒的人，于是找他商量，说皇上耳目众多，明察秋毫，圣意断定，如果投毒嫌犯没有找到，就难以查获此案的主使，没有抓到主使，就不能说结案。文进通当时恰好因为李乡君去留园做客一事闹了一阵，心中失落，情绪不高，既有此案，正可转移自己的注意力，因此用心进行了研究，也走访了冯、沈的街邻亲友，再经过推断，很快理出了一个线索。

文进通的主要怀疑对象先是娄吏目，然后追索到王永康，希望李森先按照他的推定进行调查：

王永康感觉到事情闹大，不可收场，朝廷追究，风声吃紧，必须找好替罪羊，冯、沈二位秀才不可能不会供出自己，只有他们死了，一了百了。而出主意的很可能是娄吏目，当然王永康提供了至少五百两银子以上的钱财。

居然连银子的数量都有了，李森先不禁听得入神，但又皱了皱眉头，说这府衙大牢怎么会有毒酒，是什么人拿进来的。

文进通继续推断：

娄吏目得到这一大笔银子，就会找到一家药店，重金买了一包砒霜，随后将砒霜悄悄交给某个牢头，牢头当然狠狠敲了他一笔，趁当值之际，故意好心请二位秀才喝酒。二位秀才喝了酒不久，就捂起肚子，口吐白沫，跌倒在地，牢头冲了进来，故意大叫他们寻了短见。黑暗中牢头一脚把酒壶踢到牢门外面，所以一直找不到酒壶这个重要的证据。

第二天，李森先把文进通的推断交与众人定夺，虽然没有说出涉案嫌疑人的姓名，但坚持这下毒灭口的人一定就是大闹府衙的幕后主使。

争论异常激烈。

曹尔玉没有听完，就说两个烂秀才，都死了好，不死的以后也要砍头，还查什么，也查不清楚。要是查清楚了，缪家正管理疏漏，难辞其咎。

缪家正不服，说下官处理此案，尽心尽责，处处查防，不曾有半点疏漏。如果是府衙中人做下的手脚，下官一定严查，绝不包庇。

洪承畴听了李森先的说法，点头认可，说这毒酒完全可能这样带进大牢，分明是杀人灭口，但具体是什么人作的案，则不好胡乱猜疑。说起幕后主使，洪承畴说嫌疑最大的人，是最想他们死的人，就是最恨他们的人。至于最恨这几个秀才的人是谁，洪承畴分明有所指，但他马上又否定自己的论点，说李渔并非这样的人。

一直沉默不言的多哈发言，说毒酒中的砒霜可能是府衙里的人买通了当值的狱卒送进去的，狱卒却不肯承认背后的人是谁，也好像查无实据，这两个秀才时常进出拙政园，与王永康会不会有什么来往图谋？市井传言，很可能是吴三桂女婿王永康主使的。

话题变得敏感。洪承畴心想即便是王永康，但这王永康是吴三桂的女婿，吴三桂手握重兵，进军云贵，皇上念其功劳甚大，封其为平西王。这种情形下，去追究王永康也不合时宜了，有句古话叫打狗还要看主人，何况他是女婿，顶吴三桂半个儿子。当然也可以在查清楚之后，据实奏报皇上，请皇上圣裁。但也就让皇上为难，为了这点事，影响全局。当年吴三桂任山海关总兵，带甲十万，只因为李自成杀了他的父亲吴襄，刘宗敏占了他的爱妾陈圆圆，他怀恨在心，为了报复，不惜牺牲一个大明王朝，放开山海关，引大清雄狮入关，李自成因此而亡，前明因此不保。

洪承畴想到此，否定了王永康是幕后主使的可能性，自己也是为了大清天下安定，基业永固，相信皇上也会洞察自己一片苦心。

李森先一心要在土谢图亲王来到苏州之前了结此案，奏报皇上。但就在此时，沈秀才刚醒了过来，却被人用一个枕头闷死了。回到驿馆之后，李森先布置文进通秘密搜集证据，查到在酒里放毒和闷死沈秀才的人，暗中拿住，逼出口供。有李森先这句话，文进通自然更加胆大，想办法把娄吏目从红春楼绑到驿馆，交由李森先亲自审问。娄吏目死活不肯承认，李森先一不做二不休，用计将王永康骗出拙政园，借了浒墅关的一条官船当作公堂对他盘问。

李森先诈称娄吏目已经交代，王永康吃惊之余，态度傲慢，说此事娄吏目一人所为，自己绝不知情。到了半夜，王永康仍然无话可说，文进通主张上手段，来点硬的。李森先感到王永康也许真的没有做这等事，也就没有同意文进通的建议，解释了几句好话，放王永康回去了。王永康越想越气不过，径直到留园找洪承畴告状，说李森先私设公堂，企图刑讯逼供。洪承畴觉得李森先做得过了头，上门指责。李森先得知王永康居然告状，当然不买账，说王子犯法，与庶民同罪，一旦有证据，马上锁拿王永康，押解到京，请皇上处置。

洪承畴气得发抖，说没有证据就抓人，而且私下用刑，这不是逼吴三桂造反是什么？李森先义正词严，说吴三桂他如果敢，这次正好借机整倒他。洪承畴不由叹息，李森先只顾及自己什么铁面御使的形象，却毫无大局观念，前明就是这类官员太多，自以为道德楷模，居高临下，指忠为奸，不容为事者有一点闪失，讪君买直，沽名钓誉，陷皇上重臣于尴尬境地。要说明亡，他们的责任比自己还少吗？想到这些，洪承畴良久才把心情平静下来，觉得无论如何自己也不能为吴三桂辩护什么，对李森先只能晓以利害，于是拉住他的手，说别以为吴三桂有什么不敢，不要忘了是谁把山海关交给大清铁骑的，如今吴三桂拥有重兵，与李定国对阵，如果得罪了他，必然造成大患。为了大清的稳定大局，作为臣子，应该为皇上排忧解难，而不应该把难题交给皇上，案子虽小，但牵涉到吴三桂，就变成了大事，所以务必慎重。

李森先听着洪承畴的话有点道理，不禁犹豫起来，但他嘴上还是不想给他情面，说此案不了了之，何以服苏州百姓，何以服江南百姓？

洪承畴顿时厉声说，李钦差，事情闹大了，现在情形下，吴三桂如果要你的人头，皇上不得不给呀。见李森先没有马上吭声反驳，洪承畴声音轻了下来，说王永康不太可能做这种事，如果有什么嫌疑，也先放他一马，等回京奏明皇上再说吧，现在的吴三桂确实碰不得。

但李森先还是秘密安排人手，暗中侦查，但种种证据都没能支持文进通的推论。后来查明酒是冯、沈二人的家人探监时带进去的，旁人没有机会做手脚，文进通在金人瑞陪同下，得以向他们的家人查证，却得了一个令人吃惊的情况。不管他和金人瑞如何劝导，家人一致咬定，是冯、沈二人一心求死，坚决要求送去毒酒，在狱中自我了断。针对文进通的质疑，两家人分别拿出冯、沈二人各自的绝笔，内容却是一样，只十二个字：与其解京凌迟，何如全尸苏州。文进通看罢亲笔，一时无言以对。

金人瑞解读十二个字的意思，说二人以为自己既已成为清廷钦犯，满人必将把他们押到北京，极尽羞辱，处以极刑，不如死在故土苏州了。

看到洪承畴态度，金人瑞提醒他有没有读过沈德符的《敝帚斋余谈》，如果没有，最好马上就读，而且读得要细。

洪承畴感到金人瑞话里有话，想起曾经送给他的书，连忙读完，之后，洪承畴不再为沈秀才说话。

文进通报告李森先，李森先疑问，但洪承畴坚持不追究了，说沈秀才死了活该，像沈德符这样的无德文人，生下后代也好不到哪里去。

到此，冯、沈二人之死，成了不了了之的无头案。

第二件就是前李渔戏班女弟子，现姑苏剧社也就是吴三桂家班在籍女伶婺、杭二姬被人推入水中，但被救起。在追查过程中，李森先怀疑此事与王紫稼有关。

其实回苏州的路上，李渔想到二姬，每日叹气。吴三桂家班也算有眼光，看中了婺、杭二姬，但要让她们回戏班谈何容易，怪就怪他这个当师父的无力保护自己的徒儿，真是惭愧。火婴劝他不要太自责，回苏州后想办法叫王永康把婺姬、杭姬送回戏班。如果他不肯，就到皇上、太后那里去告他，请一道圣旨，把王永康发配到黑龙江充军。李渔知道火婴是在安慰他，说王永康可是平西王吴三桂的女婿，吴三桂重兵在握，称霸一方，皇上、太后也要让他三分。事到如今，只能等待时机，想出一个好办法。

李渔从如皋回来之后，火婴请求曹尔玉出面要回二姬。曹尔玉去拙政园找王永康，说明来意，王永康设宴招待他，曹尔玉要求婺、杭二姬作陪。酒过三巡，曹尔玉虽然被灌了个半醉，却抓住陪酒的婺姬、杭姬，要她们跟自己去见师父李渔。王永康说两位姑娘是姑苏剧社的人，不能带走她们，继续叫人灌酒。后来据说王紫稼还是娄吏目送了一杯有蒙汗药的酒进来，曹尔玉一饮而尽后，头一歪，就趴在桌子上，随后就被抬到床上。第二天曹尔玉起床，看到门口守卫的戈什哈，奇怪自己怎么回来的，戈什哈说昨晚大人到这里喝酒，没有回府。我们在这里守候了一夜，见大人睡得香，就没有叫醒。

婺、杭二姬满以为能离开拙政园的希望落了空，王永康还警告她们不仅要安心在吴三桂家班，而且不能身在曹营心在汉。之后李乡君为了二姬专门去留园找洪承畴求助，因此传言李乡君与洪承畴交好，王永康借此教训二姬，说李乡君聪明得很，傍上洪承畴这棵大树，还愁没有荣华富贵，你们两个，好好学吧。二姬听了又是一阵茫然不解。

李渔没有放弃努力，又托王紫稼能否中间帮助谈条件，赎回婺、杭二姬。二姬每日等着师父来领走她们，时间一久，希望渐渐地变成失望，所幸王紫稼有机会就过来安慰她们，并答应求王永康放她们回到李渔戏班。王紫稼也确实找过王永康几次，建议让李渔做些补偿，先放她们回去。王永康仍然不舍，两个美貌娇嫩的少女，迟早成为名角，好不容易签了合同文书，放她们走了真是太可惜了。

事情发生在土谢图亲王到苏州的第二天晚上。王永康借岳丈吴三桂的名义，以《西厢记》招待。座中连同洪承畴在内，所有在苏州的重要人物都陪同观看。洪承畴趁还没有开演，过来看王紫稼上装，王紫稼希望洪承畴出面向王永康说情，洪承畴答应了，随后找来王永康，希望他让两个女伶回到李渔戏班。不想王永康连洪承畴的面子也不给，强调说此事已向吴三桂报告过，吴三桂叫他下次带家班去云南，务必将二姬一起带上，如果让她们回去，吴三桂那里无法交代。正在上装的二姬听见，绝望地看着王紫稼，王紫稼也无奈地摇了摇头。

二姬似乎恢复平静，甚至杭姬要求替王紫稼演红娘，王紫稼答应。一开始显得正常，二姬念唱无一错漏。正当洪承畴带头奋力鼓掌之时，杭姬扮的红娘突然跌倒，婺姬扮的崔莺莺恰好站在水边上，身体摇晃不已，台边的王紫稼突然冲上来，试图扶住二姬，不想因冲击过猛，使得二姬先后落水。

全场一片混乱，包括火婴在内的许多人跳入水池中要救二姬。二姬救上之后，睁开眼睛，忽然大哭起来。李森先当场要以推人落水罪名拘拿王紫稼，被洪承畴阻止，曹尔玉也说暂时不追究也可以，但是王永康必须归还李渔戏班的婺姬、杭姬，自己带戏班为皇上祝贺不能少了她们二位。土谢图亲王也因此知道了二姬的遭遇，做主让二姬回到李渔戏班。

李森先最终还是没有放过王紫稼，是因为不久发生在百花巷客栈的纵火案。

按照计划，土谢图亲王早在一天前就能到苏州了。

大红官船驶入京口长江水道时，三贝勒指着水中沙洲，吹嘘自己在这里指挥了一仗。土谢图亲王大喜，不忍心错过，非得要登上沙洲，实地考察了半天。土谢图亲王自然相信孙子的话，不停地抨击洪承畴把平定江南水匪的功劳归于自己，真是无耻。在土谢图亲王看来，洪承畴官做得再大，也不过是一个败将降臣，等见到他，一定要给他一点颜色瞧瞧。不想离开沙洲时，长江水位降低，官船搁了浅，调来水师船拖了一天，也拖不出来。一行人只好换了小船先到镇江。土谢图亲王听说镇江有座金山寺，是当年法海在这里修行的寺庙，提出上金山寺游览。文瑞方急着赶到苏州，但不敢说话，孙氏当时就反对了，说谁要游览自己去，她要马上赶到苏州。三贝勒附和孙氏，说金山寺比不上苏州的寺庙好看，劝祖父即刻启程。看到土谢图亲王犹豫，文瑞方趁机作了委婉的劝阻，说江南四百八十寺，多少楼台烟雨中。苏州有寒山寺，再南，杭州的灵隐寺，都是有名的大寺庙，等到了苏州，自己愿意充当向导，陪王爷尽兴游玩。

其时已近黄昏，一行人还是在镇江住了一夜，第二天一早才离开了镇江。

早上赤五娘送客人到浒墅关上船，遇到曹尔玉正在检查四周的布置，于是打听了一个详细，随后到百花巷客栈告诉李渔，说土谢图亲王马上要到苏州，他这次来有重要使命。李渔当即到曹府找火婴，说曹大人到码头接土谢图亲王他们了，你怎么不去？

火婴一脸漠不关心，说在这里等他们不是一样，就是不想去。

李渔说曹夫人也来了，你就不要再使性子了，听说土谢图亲王这次来还有重要使命。

火婴索性坐了下来，说爹已经去接娘了，至于什么重要使命，跟我有什么关系？

李渔想想还是说明了好，坐到火婴对面，说太后让土谢图亲王来是杀人的，还是挑选进京戏班的？

火婴理解了李渔的用意，拉他站起来，说为了戏班，我和你一起去码头见一见土谢图亲王去，让他选李渔戏班。

两人赶到码头时，船刚刚靠岸，孙氏抢在土谢图亲王前面下船，曹尔玉抑制不住内心的喜悦，也奔上几步，执孙氏的手，说你怎么来了，太子殿下可好？

孙氏一听，推开曹尔玉，说我可不想来，太后说太子殿下先交给她照料，太后叫我来，我能不来？说着朝曹尔玉身后寻找，问火婴人呢？

恰好这时李渔和火婴一起走了过来，曹尔玉手一指，说她不是来了。

火婴奔过去，与孙氏高兴地相互抱着哭了一场，然后拜见过土谢图亲王，不等前来迎接的其他人与土谢图亲王一一寒暄，火婴先霸住土谢图亲王，不让别人说话，然后直奔主题，问他这次到苏州是不是来杀人的。

土谢图亲王愣了半天，坚决否认自己是来杀人的。

火婴往四周看看，说我看也不像是来杀人的，那是来干什么的？

土谢图亲王大笑不答。火婴说你笑什么，我知道你这次来还要替皇上、太后选一个戏班。不等土谢图亲王说话，火婴就说这戏班哪还用选，进京的是李渔戏班，太后、皇上一定会满意的。

土谢图亲王显得为难，但认真回答了火婴的问题，说平西王吴三桂也送了一个戏班，叫姑苏剧社，也是从苏州送的，太后的意思，选一个戏班让大家一块儿看看，乐一乐就行了，用不着两个戏班挤在一块儿，让别人说铺张奢侈。

孙氏马上站到女儿一边，说太后把这个权交给王爷，王爷就选李渔戏班。

土谢图亲王狡黠地一笑，说这个平西王吴三桂也不能得罪，他正在前线打仗呢。

火婴嘟着嘴，说吴三桂既然远在边疆打仗，为什么还要把手伸到江南来，在苏州选什么姑苏剧社，就不让他送。

土谢图亲王马上严肃起来，说这事关朝政，你不懂的。

曹尔玉见火婴生了气，怕她当场发作，让大家难堪，连忙劝她放心，说太后要的就是李渔戏班。

这时一直没有吭声的洪承畴缓步走过来，先问候了土谢图亲王，然后参与话题，说哪家戏班演的戏好看，就选哪家。凭戏说话，公平竞争，谁都不必埋怨谁。

火婴在洪承畴前面一站，说姑苏剧社原是空架子，只因为有人从中作梗，抢了李渔戏班的几个角儿，这样的戏班如果送到京城，那是欺君之罪。

土谢图亲王见火婴对洪承畴这种态度，心里一乐，但故意沉下脸来，说这是太后、皇上交的差使，还要听听洪大人意见。

火婴转身对土谢图亲王说，我不插嘴，我回去跟太后、跟皇上说去。说着，怒气冲冲地要离开码头。三贝勒追上来，劝她有什么话跟他私下说，不然洪大人面上不好看。火婴正好有地方撒气，说我还没有嫁给你，你管什么闲事，洪大人面上不好看，跟我又有什么关系！

旁边土谢图亲王不禁哈哈大笑起来。

晚上接风酒宴散了以后，曹尔玉把李渔介绍给了土谢图亲王，说李班主的戏太后也看过。上次我回京时带了几个苏州女伶，唱了几出李班主所作的《风筝误》，太后乐得快笑破肚皮了。

土谢图亲王看了看李渔，说你的名气很大嘛，这么多人帮你说话。

李渔态度恭敬，作了一番表白，说经营戏班，维持生计，日后能带着戏班进京，光大戏曲，是我最大的愿望，如果大人能选中李渔戏班，实属万幸。至于姑苏剧社也希望进京，与李渔持同一心情，无可厚非。现在王爷传达太后懿旨，李渔戏班和姑苏剧社只能两者取其一，确是意料之外，为了不使各位大人为难，李渔戏班愿与姑苏剧社唱对台戏，在同一时间、同一地方唱戏，以显优劣，比出胜负。让王爷和各位大人，当然还有平西王，都不用为难。如果技不如人，戏班台前必然观者稀少，场面冷落，我李渔戏班即使输了也无话可说。

娄吏目鼓励王永康，说无论如何要赢，如果姑苏剧社输了，不好向平西王交代，只要把李渔戏班斗败了，用什么办法都可以。后来王永康想到了一个办法，让一个身穿戏装化装成红娘的人进入客栈，蛰伏一会儿，找到堆放行头道具的仓库，一根火苗投了进去，很快大火熊熊。伙计醒来一边大叫着火了，一边又去追黑影，但是只扯下一件戏装，黑影逃去。睡梦中的李渔下楼一看是仓库着火，冲进去抢道具。木子李跟着冲进去，被火势逼出来。刚好火婴与三贝勒到戏班做客，不由分说，也冲进火光里。三贝勒无奈，也只好冲进去，背了一个人出来，丢在地上一看，是李渔，又往里面冲了几次，才将火婴背了出来。火婴被烟熏得昏迷不醒，三贝勒拼命地拍她的脸，试图把火婴叫醒。客栈老板端凉水来浇，火婴仍然不醒。三贝勒紧张得大叫请太医，赤五娘抱过火婴，说这里不是京城，哪里来的太医，叫住冲进仓库抢道具出来的李渔，说李班主还心疼你的行头吗，救命要紧！

李渔回过身来，把道具一丢，正要对火婴施救，但马上又犯难地看着三贝勒，说火婴是昏过去了，要马上急救。

赤五娘焦急，催李渔不要犹豫了，赶紧用吸吮之法救救火婴。

李渔蹲下身体，又看看三贝勒。赤五娘叫三贝勒先回避一下。

三贝勒一愣，说回避什么，我要看着火婴。

李渔抱起火婴，低下头，嘴对嘴地吸吮起来。三贝勒大怒，跺着脚就要来杀李渔，赤五娘拼命拦住，解释李班主这是在救人，三贝勒千万不要误会。

李渔一阵吸吮，又一阵挤胸之后，火婴透了一口长气，苏醒过来。李渔似乎用尽力气，无力地瘫倒在地上。火婴舔了舔自己的嘴，睁开眼睛看了看，明白了什么事，挣扎着站起来，三贝勒连忙扶住，说火婴你被救活了。

客栈这场火，恰好把戏班的家当烧了个精光，尤其是价值不菲的戏装烧得一件不剩，着实让大家心痛不已，即使有银子，许多东西也一时难以办齐，这更是让戏班陷入绝境。

正当李渔一筹莫展之时，他的原配徐氏和二夫人曹氏从杭州来到了苏州。

火灾过后的第二天中午，二位夫人率领几个挑着箱笼的脚夫出现在巷口，李渔先看到的是箱笼，刹那间感到救星出现，眼睛一亮，迎上去，也来不及问候她们，忙着打开一个个箱笼，果然都是一件件戏装，不禁失声大哭，把两个夫人拢到怀中，说二位夫人救了我。

事后缪家正带人勘查火灾现场，结果在现场找到了一件戏装。多人指认，戏装正是王紫稼演红娘专用。李森先下令将王紫稼拘押，并将婺、杭二姬落水并案审理。审案过程中，李森先又拿出手头匿名和实名的举报信，指责王紫稼一是以才色勾引妇女，聚会乱性，平日花天酒地，淫污良家妇女不可计数，此前又奸污婺、杭二姬，有拙政园提供的床单血污为证；二是以其名奔走于官府，关说公事、包揽词讼，俨然是苏州一大害。洪承畴对其诱奸婺、杭二姬的罪名有所质疑，暗示王紫稼台上演红娘已久，喜交男士，不近女色。李森先坚持以详细访察得实，一一举出例证，并提醒洪承畴不要干预，自己也是为了他好。

婺、杭二姬作证时也替王紫稼开脱，再三盘问，二姬都是按李渔事前叮嘱，咬定在滞留拙政园时，王紫稼百般关心，所谓床中血迹，是她们初潮所遗，并非被人破身。

洪承畴怀疑李森先握有顺治密旨，也不再多说，只是建议教训可以，王紫稼一个伶人，风花雪月而已，不宜惩戒太过。缪家正开堂，由李森先主裁，将王紫稼一顿痛杖之后押赴阊门，戴枷示众三天，众目睽睽之下，王紫稼突然不支，倒地而亡。

王紫稼命运如此突兀，令整个苏州城始料不及，周边的旧交熟人更是没有想到。等包括洪承畴在内的许多人设法救援时，王紫稼性命已休。时人都以为他是因杖刑溃烂而死，但了解他的人深深知道，以他既娇又骄的自恋性格，完全可能是因为不堪羞辱，自行了断。

李渔和苏州的伶界前去祭奠，听到吴梅村一边含泪，一边吟诵旧作《王郎曲》：

王郎十五吴趋坊，覆额青丝白皙长。孝穆园亭常置酒，风流前辈醉人狂。同伴李生柘枝鼓，结束新翻善财舞。锁骨观音变现身，反腰贴地莲花吐。莲花婀娜不禁风，一斛珠倾宛转中。此际可怜明月夜，此时脆管出帘栊。王郎水调歌缓缓，新莺嘹呖花枝暖。惯抛斜袖卸长肩，眼看欲化愁应懒。摧藏掩抑未分明，拍数移来发曼声。最是转喉偷入破，人肠断脸波横。

在场的人无不泣涕。

第三件事是赵则鸣吃了被人下毒的羊肉包子而死，由洪承畴命人送其回湖南老家安葬。

文瑞方出京途中，怕与赵则鸣不好见面，先托人带了一封信，由文进通转交给赵则鸣。赵则鸣拿到书信，打开窗户，对着光亮阅读了几遍，之后不停地说着不可能三个字。文瑞方信中解释，崇祯帝在赵则鸣奏本中的亲笔御批已经找不到原件，是洪承畴请他代笔。言下之意，崇祯可能没有下过圣旨。文进通把话挑明，说家父被逼无奈，手仿圣迹，以假乱真，目的就是骗你。

赵则鸣脸色陡变，不肯相信文瑞方的话，他坚持认为崇祯御批一定是有的。崇祯十年起他连上五道奏本，难道先帝一本都没有看到？先帝看到了他的奏本，难道不作点滴圣示？再者洪承畴是朝中大员，天子近臣，所见所闻，皆为机密，他既示于我，岂有伪造，洪承畴没有必要骗他。

但赵则鸣还是抓起奏本与书信，要去找洪承畴问个明白。文进通也不阻拦，反而鼓励他去，说洪承畴伪造先帝圣旨，是大逆不道，是要问清楚了，痛骂他一顿。

赵则鸣正要走，被李渔拦了下来。李渔劝他不要太认真，不管有没有圣旨，都是过去的事了。不想赵则鸣又冲李渔来，说你作《金瓶梅》是大过错，当年我上奏请治其罪，是出于公心，而秉承圣意，是完成先帝遗愿，是作为大明官员的神圣职责，先帝英明，因此圣旨不可能是假的。并告诫李渔，这件事并没有过去，待向洪承畴问清楚了，还是要一起去北京向崇祯请罪。

李渔担心惹恼了洪承畴，会对赵则鸣不利，说他既然有心骗你，你找他又有何用？

赵则鸣犹豫了一下，坚持认为洪承畴没有骗他，当年连上五道奏本，先帝不会不理会的。

此时黄宗羲进来，向戏班告别，听说情况后，支持赵则鸣去责问洪承畴，说洪承畴贪生怕死，卖国求荣，他当年欺骗了皇上，欺骗了大明的官民百姓，还有什么人不敢骗的。一定要当面质问他，带领天下人共讨之。

一直不说话的火婴拉开黄宗羲，劝赵则鸣冷静，说有一些话我憋了很久了，今天不妨说出来。你为什么宁肯错信洪承畴，却不愿相信李渔？听说你从杭州到苏州，与戏班不离左右有些日子了，应该多少了解李班主的为人了，难道还相信李班主像外界传说的那样？说句重话，你该清醒清醒了。

火婴的话刺激了赵则鸣，他直了直身体，声音有些哆嗦，激动起来，说你一个满人小女孩懂什么，你帮了我们许多事，也不怪你，贫道也慢慢苟同。李渔为人，贫道不加评断，你相信他的品行，你有你的道理。但是，贫道所作所为，是因为《金瓶梅》一案。崇祯十年起，贫道连上五道奏本，直到国破家亡，江山易主，贫道仍然初衷不改，矢志不移，尽心追究，抓住李渔不放，就是因为痛定思痛。我们大明亡，亡于士人堕落，正气尽失，世风日下，《金瓶梅》抄本大行其道，便是一例。旁人看来，迂执也罢，可笑也罢，无情也罢，查办《金瓶梅》，贫道决不会半途而废。因为相信先帝对我的奏本必有所问。

火婴声音也高了，说你说的这些，别以为我不懂。那《金瓶梅》我看过，不是李渔写的。赵道长执意认定《金瓶梅》是李渔写的，那你可有确凿的证据？退一步讲，即使是他所作，那也是陈年旧事，何必咬住不放、穷追猛打呢。如果洪承畴骗了你，你就不怕落下话柄，让世人笑话？

火婴显然成熟了许多，刚才一番话，让赵则鸣目瞪口呆。一个满人女孩，居然能帮助李渔说出这些话，不禁让他暗自震惊。李渔也不由感叹火婴突然间像一个大人了，说出话来有板有眼，于是爱怜地将她拉到一边，让她不要责怪赵则鸣。

赵则鸣不多理会火婴，只是指着李渔，一边走，一边说，你们都被李渔骗了。即便今日李渔洗心革面，言行整洁，即便是李渔做了很多有功于大明后人的好事，《金瓶梅》一案既有御批，我是不敢轻易放手的，所以搞清御批真假至关重要。赵某别无他求，如果真是假的，活该让天下人笑话。

听到赵则鸣这番话，黄宗羲泪水流下来，紧紧握住他的手把他送到巷口，以表达支持。

李渔奔到巷口，知道阻拦不住，望着赵则鸣的背影叹了口气，想说黄宗羲，又把话咽了回去。

赵则鸣到留园之后，洪承畴单独见了他，听赵则鸣说奏本上的御批有可能并非真迹，洪承畴愣了愣，但马上解释，说先帝御批是自己亲眼所见，岂能有假，让文瑞方摹仿也是属实，但绝不是什么伪造圣旨。赵则鸣虽然做过前明按司，但毕竟是地方官，看到的大多是内阁代拟，很少有机会见到皇帝亲笔御批。而他洪承畴前明重臣，佐理军政，与先帝近在咫尺，先帝圣书见过无数，但大清取而代之，先帝圣书一律封存，他也不能再拿到了，不然一定会被追究，或许文瑞方的字与先帝圣书有几分相像，所以请他代笔。洪承畴给赵则鸣倒了茶，言语诚恳，说他连上五道奏本，请查《金瓶梅》一案可是真的。既然有奏本送上，即便内阁代拟，先帝勤政，必有御批。以后有机会，一定想办法让他看到先帝真迹，劝他还是信其有，查办《金瓶梅》一案，毕竟是他的心愿。

赵则鸣觉得洪承畴的话有点道理，点了点头，之后神情颓然，长久不语，神志恍惚地离开了留园。

赵则鸣回到客栈，一直不肯走出房间。李渔进去劝了劝，他才喝了小半碗馄饨，两人有了一场交心的长谈。

面对李渔，赵则鸣心里从未有过如此矛盾，说李渔称得上是一代才子，还是一个有情有义的人，只是可惜《金瓶梅》的确是一部大淫书，败坏世风，流毒社会，这是否认不了的，其危害恐怕也不是一朝一代能够肃清的。自己身为前朝旧臣，矢志不事二主。先帝对追查此书著者有过御批，他也以先帝遗旨为己任，让李渔到先帝陵前问罪，完成此事后便对俗世再无牵挂。

李渔感到赵则鸣分明有求死之心，沉默了一会儿，说大明亡而大清兴，也许是无道所致，天命有归，我等凡夫俗子岂能有力量扭转乾坤，再造天地。你我生为大明的子民，都对大明尽过心、出过力了，如今既然改朝换代已成定局，前朝的是非恩怨还请道长慢慢淡忘吧，毕竟我们都还活着。

赵则鸣深深沉浸在自己的情绪里，但口气淡然，说大明既亡，我赵则鸣身为大明旧臣，虽生犹死。

李渔对赵则鸣的心情完全能够体会，因为自己也是从那样一种悲怆和绝望中走过来的。不过不同的是，他现在为自己找到了活着的理由，并且要好好活下去。李渔思量了一刻，知道自己接下去要说的这些话，赵则鸣一定会笑他甚至骂他，但此时此刻，他已经憋得不能再憋，必须说出来。他说大清虽然凭着金戈铁马夺得了天下，但礼教文化方面荒蛮落后，远远不能同汉族文明相比。大明朝虽说亡了，但汉民族五千年的璀璨文化不能亡，我们这些士子文人既然没有在改朝换代中杀身成仁，苟且活下来了，我们能做的就是要光大汉文化，不能让汉民族的文明在清人手下断裂失传。赵道长听了这番话也许会认为我李渔是掩耳盗铃，幼稚可笑之极，但这确实是我心底深处的想法，也是我李渔作为大明朝的遗民还能够苦中作乐，最终放下仇怨，变得所谓的豁然开朗，坦然活下去的理由。

赵则鸣虽然被震动了，李渔这番话境界深远，确实非凡庸之辈所能达到，但他绝不能苟同。一阵悲凉之下，赵则鸣显得麻木，说李渔你不必辩白，你我都是大明朝遗民，谁的心里没有一把悲辛泪，你有你坦然活着的理由，我赵则鸣也有我注定不能逆转的归宿，多多保重吧，说完飘然离去。

李渔不解地久久盯着赵则鸣的背影。

赵则鸣没有走出苏州内城，就昏倒在大街上。赵僮将他背回客栈，刚好遇到洪承畴陪着土谢图亲王一行到一家新开的满食馆用餐，洪承畴让医官救治，查明原来是饿的。洪承畴心中感叹赵则鸣要学伯夷、叔齐了，连忙送他进了这家馆子，让他吃了一个刚做好的羊肉包子。不想赵则鸣刚吃完一只包子，腹中一阵难受，口中涌出一口血来，而后半躺在地上，手指向洪承畴，已说不出话来。

医官急救后，赵则鸣睁开眼睛，说自己要去见先帝和大明的忠烈们了。

洪承畴泪流满面，对赵则鸣低语，说此刻我想起范文程说自己的那六个字：大明骨，大清肉。骨肉一体，只能合之，岂能分之。

赵则鸣冷笑，你是自己骗自己呀，说完头一歪死去了。

当时尽管洪承畴将赵则鸣送回老家厚葬，但舆论的矛头都指向洪承畴，指责他毒死了赵则鸣。后来尽管查实在包子中下毒的另有其人，目的是要毒死洪承畴及土谢图亲王等人。

但洪承畴也不想再辩白什么了，他急于赶回武昌，至于他在苏州的这段经历，也好像从来没有发生过，因为没有任何记录。

由于长江战事又起，交通不畅，李渔戏班也就没有能够进京为顺治第二次大婚唱戏。

在遥远的科尔沁草原，传来隐隐透露出江南委婉味儿的歌声，新封的三福晋骑着骏马，立在山头，遥望南方。

一稿于2004年

二稿于2006年

三稿于2014年

图书在版编目（CIP）数据

审判日 / 王霄夫 著. -- 北京：作家出版社，2016. 5
ISBN 978-7-5063-8682-1

Ⅰ. ①审… Ⅱ. ①王… Ⅲ. ①长篇小说 – 中国 – 当代
Ⅳ. ①I247.5

中国版本图书馆CIP数据核字（2016）第011296号

审判日

作　　者：王霄夫
插　　图：蔺洁青
策划统筹：袁　敏
责任编辑：王　炘　杨兵兵
装帧设计：张晓光
出版发行：作家出版社
社　　址：北京农展馆南里10号　　邮　　编：100125
电话传真：86-10-65930756（出版发行部）
86-10-65004079（总编室）
86-10-65015116（邮购部）
E-mail:zuojia@zuojia.net.cn
http://www.haozuojia.com（作家在线）
印　　刷：三河市北燕印装有限公司
成品尺寸：170 × 240
字　　数：374千
印　　张：22.5
版　　次：2016年5月第1版
印　　次：2016年5月第1次印刷
ISBN 978-7-5063-8682-1
定　　价：39.00元